Christa Ludwig
Die Siebte Sage

AF177961

Über die Autorin: Christa Ludwig wurde 1949 in Wolfhagen bei Kassel geboren, studierte Germanistik und Anglistik. Spätestens seit sie lesen kann, liebt sie Bücher, früh fing sie auch an, selbst zu schreiben. Seit 1989 erschienen von ihr Kinder- und Jugendbücher, u.a. *Ein Lied für Daphnes Fohlen, Blitz ohne Donner,* die sechsbändige Pferdebuchreihe *Hufspuren* sowie die fünfbändige Reihe für Erstleser *Jonas Weg ins Lesen.* Parallel dazu beschäftigte sie sich seit nahezu zwanzig Jahren mit Else Lasker-Schüler. Für ihr Romanprojekt *Ein Bündel Wegerich* erhielt sie ein Stipendium vom Förderkreis deutscher Schriftsteller und ein Reisestipendium für Recherchen in Jerusalem vom Verband deutscher Schriftsteller. 2019 wurde Christa Ludwig zudem mit dem Eichendorff-Literaturpreis ausgezeichnet. Christa Ludwig hat drei erwachsene Söhne. Sie lebt mit ihrem Mann und einem Islandpferd in der Nähe des Bodensees.

Über das Buch: Sie heißt Dshirah und ist ein Hirtenmädchen in einem wunderschönen südlichen Land. Doch sie kann nicht leben wie andere. Sie darf keine Freundin haben. Muss sich verbergen, fliehen. Denn wenn erkannt wird, was sie von anderen unterscheidet, droht ihr der Tod im Löwenrachen – falls sie nicht die verlorene Siebte Sage erzählen kann. Viel hängt von dieser Sage ab für die Zukunft der zwei Völker, die in Al-Cúrbona zusammenleben, Araminen und Barden. Eine dunkle Vergangenheit verbirgt sich hinter dem jetzigen Frieden. Und wenn Dshirah die Sage nicht träumen kann, wie alle aufgrund eines bestimmten Merkmals eigentlich von ihr erwarten? Dann bleibt nur die Hoffnung, dass sich in den prächtigen Palästen oder unterirdischen Gemächern der Stadt wenigstens Fragmente alter Aufzeichnungen finden lassen. Aber was ist Zeichen und was nur Ornament in dieser erlesen schönen Welt? Dshirah und Januão, ihr geliebter Bruder Januão, der Pferdepfeifer, kämpfen bis zum letzten Augenblick. Christa Ludwig erzählt mit großer Meisterschaft eine unendlich spannende Geschichte über das Schicksal eines Mädchens im Kreuzpunkt zweier Völker – eine große Saga über den Anfang des Zählens und Erzählens, über Schuld und Verzeihen, Gesetz und Toleranz und Freundschaft.

CHRISTA LUDWIG

Die Siebte Sage

VERLAG FREIES GEISTESLEBEN

1. Auflage 2020
der Taschenbuchausgabe

ⓔ auch als eBook erhältlich

Verlag Freies Geistesleben
Landhausstraße 82, 70190 Stuttgart
www.geistesleben.com

ISBN 978-3-7725-2770-8

© 2007 Verlag Freies Geistesleben
& Urachhaus GmbH, Stuttgart
Vignetten nach Ernst Kühnel, *Maurische Kunst,* Berlin 1924
Einbandgestaltung: Henriette Sauvant
Druck: GGP Media GmbH, Pößneck
Printed in Germany

Inhalt

Flucht mit einem Schuh

Wasser!

Dshirah liebte Wasser. Daheim in der weiten Ebene am Fluss, wo man immer rechtzeitig sah, ob sich jemand näherte, durfte sie die Schuhe ausziehen und im Wasser planschen. Sie konnte sogar ein wenig schwimmen. Die fünf Jungen, die vor ihr in dem schmalen künstlichen Bach mitten in der Stadt herumsprangen, konnten das bestimmt nicht.

«Dshirah!», schrie Silbão und spritzte ihr Wasser ins Gesicht. Er war ein Freund ihres Bruders und sie mochte ihn. Doch sie wandte sich ab.

Ich hätte nicht mit den Jungen gehen sollen, dachte sie. Aber in einer Stadt wie Al-Cúrbona ist es nicht leicht, allein nach Hause zu gehen, wenn die Schule zu Ende ist. Jenseits des kleinen Platzes sah sie die Mädchen aus ihrer Klasse gerade in einer Straße verschwinden. Eine drehte sich um und winkte ihr zu. Beinahe hätte Dshirah zurückgewinkt, es zuckte in ihrer Hand, aber sie presste noch rechtzeitig den Arm an den Körper. Drei Tage hintereinander war sie mit diesem Mädchen bis zur Plaza de las Poemas gegangen, drei Tage, das war fast der Beginn einer Freundschaft. Und Dshirah hatte den Eltern doch fest versprochen, dass sie nie nie nie eine Freundin haben würde, sonst hätte sie nicht zur Schule gehen dürfen.

Ein nasser Ball traf sie im Rücken. Silbão lachte. Das Wasser reichte ihm bis zum Knie. Es floss hier mit nur leichter Strömung am Rand der sacht abfallenden Straße in einem kunstvollen Bachbett aus bunten Fliesen mit Schnörkeln und Ornamenten. Silbāo bückte sich, patschte auf das Wasser, dass es spritzte und sprühte. Im Regen der Tropfen sah er noch schöner aus, allerdings nicht klüger. Er war ein Aramine mit schwarzem, gewelltem Haar und dunklen Augen.

«Dshirah, Dshirah wasserscheu ...», rief er, «wasserscheu, wasserscheu, wasser-, wasser-, scheu, neu, freu?»

Er kam nicht weiter. Im Verse-Machen war Silbāo ein völliger Versager. Er schaute hilflos auf den kleinen Kirr, der auf den Randfliesen saß. Kirr hatte helle Haare, er war ein Barde wie Dshirah. Er hob den Kopf und sagte: «Dshirah, Dshirah wasserscheu, fasst keinen Tropfen Wasser an, es sei denn, dass man's trinken kann.»

«Fasst keinen Tropfen Wasser an ...», schrie Silbāo.

«Ich bin nicht wasserscheu», unterbrach Dshirah und trat näher an den Bach.

Ich muss gehen, dachte sie, weg! Weg!

Aber sie war elf Jahre alt und wollte mit anderen Kindern spielen, nicht immer nur daheim mit ihrem Bruder und mit – oh, sie hatte eine Freundin! Doch das durfte niemand wissen.

Silbāo sprang an einer bunten Schlange aus mehreren Fliesen entlang, die sich am Boden des Bachbettes ringelte. Er lachte.

Ich muss gehen, dachte Dshirah und sagte: «Ich kann nur nicht ins Wasser, weil meine Schuhe dann so rutschig werden.»

«Zieh sie aus!»

Die Sandalen der Jungen lagen alle auf der Straße.

«Das geht nicht. Meine Mutter bindet sie immer so fest. Ich krieg sie nicht auf.»

Niemand kriegt sie auf, dachte sie, die auch nicht.

Denn Dshirah trug keine Sandalen, sondern weiche Lederschuhe. Bänder waren über Kreuz ihre Unterschenkel hinauf gewickelt und unter ihrem Knie mit einem Knoten zusammengehalten, den niemand öffnen konnte, nicht einmal ihre Mutter. Die schnitt ihn jeden Abend auf und zog neue Bänder ein.

Silbāo hörte auf zu planschen.

«Warum hast du nur diese Schuhe an?», fragte er.

Er kam häufig Dshirahs Bruder besuchen und wusste, dass sie diese Schuhe immer trug.

«Hast du keine Sandalen?»

«Das geht dich nichts an», sagte Dshirah. «Und überhaupt – du hast mir gar nichts zu sagen.»

Das stimmte. Zwar war Silbāo ein Aramine und gehörte damit zu jenem Volk, das vor über vierhundert Jahren die Südbarden überfallen und das Land erobert hatte, aber das war inzwischen kaum noch wichtig. Viel bedeutsamer war, dass Silbāos Hemd auf der rechten Schulter einen Ziegenkopf trug, während auf Dshirahs linke Schulter ein Pferdekopf gestickt war. Hirtenkinder waren sie alle in der Hirtenschule, aber sie waren damit nicht alle von gleichem Rang. Die Ziegenhirten waren die niedrigsten. Unter ihnen standen nur noch die geächteten Metzger, aber deren Kinder gingen in eine andere Schule. Dshirahs Familie hütete die Halbblutfohlen des Kalifen, und nur der kleine Kirr mit dem Pferdekopf auf der rechten Schulter war höher gestellt als sie, denn sein Vater betreute die Vollblutfohlen.

Silbāo war ein friedlicher Junge. Er lachte noch immer und rief: «Dshirah, Dshirah wasserscheu ...»

«Ich kann schwimmen!», schrie Dshirah.

Da lachten sie alle.

Weg, dachte sie, weggehen.

Aber sie sprang ins Wasser, hüpfte über die roten und goldenen Fliesenfische, spritzte Silbāo Wasser ins Gesicht, lachte und spritzte, lachte und spritzte, rannte den Bach hinunter, die Jungen folgten und lachten, sie hüpfte, rutschte und fiel.

«Glaubt ihr es jetzt?», fragte sie.

Silbāo nickte. «Ich komme heute zu euch und du zeigst mir, wie du schwimmst.»

Sie hätte es nicht sagen dürfen.

Weg, dachte sie, weg.

Sie sprang aus dem Bachbett und merkte nicht, dass sich am Rand eine Fliese gelöst hatte. Das Band ihres rechten Schuhs blieb daran hängen, und sie hatte das Bein so heftig aus dem Wasser geschwungen, dass es riss.

«He», sagte Silbāo, «jetzt kannst du den Schuh ausziehen.»

Und Kirr grinste: «Und auf einem Bein hüpfen, ohne zu rutschen.»

Dshirah hielt die losen Enden zusammen, humpelte ein Stück, sagte: «Ich muss heim.»

Aber die Jungen folgten ihr. Da rannte sie. Sie gewann einen kleinen Vorsprung, weil die Jungen verblüfft stehen blieben. Als sie sich aber umdrehte, sah sie, dass sie ihr nachliefen. Sie bog in eine Seitenstraße. Sollte sie versuchen, das Schuhband wieder zu verknoten? Silbāos Kopf erschien am Ende der Straße, da jagte sie in wilder Angst davon. Sie fühlte, wie das Band sich ihren Schenkel hinunterringelte, sie versuchte die Schuhsohle mit den Zehen zu halten, doch dadurch wurde sie langsam, und die Jungen holten auf. Sie sprang über die mit glatten Steinen gepflasterten Straßen. Es war am frühen Nachmittag. Die Menschen kamen gerade erst wieder aus ihren Häusern gekrochen, noch war es heiß. Nicht heiß genug, um ihre Schuhe schnell zu trocknen. Sie glitt aus, fiel einem fremden Mann in den Weg und fühlte an ihrem rechten Fuß keinen Schuh. Er war weg. Sie zog das rechte Bein an, setzte sich auf den Fuß, der Mann reichte ihr eine Hand, um ihr aufzuhelfen, sie nahm sie nicht. Dicht hinter dem Fremden sah sie ihren Schuh liegen. Da stießen die Jungen gegen den Mann. Der schimpfte, drehte sich um. Dshirah sah, wie Silbão nach ihrem Schuh griff. Sie sprang auf und rannte, schneller jetzt, noch schneller.

Al-Cúrbona war eine schöne Stadt. Sie lag am Hang über dem Fluss. Hoch über allen Häusern schwebte die Palaststadt des Kalifen. Neben den größeren Straßen flossen auf einer oder auf beiden Seiten die kleinen Bäche in ihren bunten, kunstvollen Betten. Ihr Wasser sammelte sich in Brunnen, schoss in Kaskaden und kleinen Wasserfällen über die Hänge und sprühte Fontänen an Straßenecken. Obwohl die Häuser sich nach außen schlicht gaben und fast allen ihren Schmuck in den Innenhöfen zeigten, hatten auch die Fassaden ihren eigenen Stil. In vielen Farben gewebt waren die Vorhänge vor den Türen, um den Türrahmen war eine Leiste mit bunten Ornamenten in den weißen Putz gemalt, und vor den wenigen Fenstern hingen Blumen.

Dshirah blieb stehen.

13

Die schmale Gasse, in die sie sich geflüchtet hatte, war menschenleer. Sie keuchte. Ein heftiger Schmerz stieß in ihre linke Seite. Aber die Jungen schienen ihr nicht mehr zu folgen.

Sie haben nichts gemerkt, dachte sie, nur, wie komme ich jetzt nach Hause?

Sie versuchte herauszufinden, wo sie war. Neben den Türen hingen Schilder: Schneider, Weber, Schuster – sie überlegte, ob sie in eines der Schusterhäuser schleichen und ein paar Schuhe stehlen sollte, doch das schien ihr noch gefährlicher, als mit einem Schuh weiterzugehen. Sie kannte diese Gasse nicht, aber solange sie abwärts- und der Sonne entgegenlief, war sie auf dem Heimweg. Sie bemühte sich, weiterhin durch unbelebte Gassen zu gehen, doch immer mehr Vorhänge wurden beiseite geschoben. Um diese Zeit drängten die Menschen hinaus. Es war also besser, wieder zu rennen.

«Da! Da ist sie!»

Silbão und die anderen Jungen! Sie lief genau auf sie zu. Dshirah drehte sich um und stürmte planlos durch die Gassen und Straßen. Schon füllten die sich mit Leuten, schon musste sie sich im Zick-Zack um fremde Körper schlängeln. War das ein Vorteil? Konnte sie so den Jungen leichter entkommen? Aber jedes Paar Augen war genauso gefährlich wie Silbãos schwarze Pupillen. Und da hörte sie ihn wieder. Erschrocken sprang Dshirah geradeaus, dahin, wo Platz war, wo niemand ging –

«He, du!», schimpfte eine Männerstimme – und Dshirah merkte nicht, dass sie den schlimmsten aller Fehler gemacht hatte. Sie war über eine Baustelle gelaufen, ein kleines Geviert, das auf einer Kreuzung für ein neues Muster von Fliesen vor-

bereitet wurde. Man hatte den Boden mit frischem Sand be-
streut. Den hatte man nass gemacht, geebnet. Als Dshirahs
rechter Fuß darauf trat, fühlte sie kurz die feuchte Kühle einer
glatten Fläche, fest, aber nicht hart.

Wieder rennend, schaute sie zurück, sah die Jungen aus der
Menge kommen, sah – nur im fernsten Winkel ihres Blicks –, wie
die Arbeiter sich über den Sandboden beugten, wie Kirr stehen
blieb. Sie hörte, dass er etwas rief, verstand es aber nicht. Da tat
sie, womit die Jungen nicht rechnen konnten: sie verschwand
hinter dem Vorhang des nächsten Hauses, sie fühlte schon am
Stoff, dass es ein Adelshaus war.

Ein Hirtenkind in einem Adelshaus, ohne Auftrag, etwas zu
holen oder abzugeben – natürlich wusste sie, wie streng das
verboten war. Trotzdem atmete sie auf. Hierhin würden ihr die
Jungen auf keinen Fall folgen. Sie würde durch das Haus und den
Patio schleichen und das Gebäude auf der anderen Seite wieder
verlassen – denn Dshirah wusste genau, wie ein Adelshaus von
innen aussah, und sie wusste ziemlich genau, wer sich um diese
Tageszeit wo aufhielt.

Wenn jemand kommt, sage ich, ich soll die Geburt eines
Fohlens melden, dachte sie. Dann bin ich eben im falschen Haus,
ich habe mich verlaufen.

Ein paar Frauen kamen ihr entgegen, die beachteten sie
nicht, also war sie im Gesindetrakt und damit immerhin auf der
richtigen Seite. Aber dann kam ein Mann vorbei und trat ihr in
den Weg. Und leider gab es hier Fenster. Wer den ganzen Tag
arbeiten muss, braucht Licht. Sie schob den bloßen Fuß hinter die
Ferse des Schuhs.

«Was machst du hier?», fragte der Mann.

Sie zeigte auf ihre linke Schulter.

«Ich bin Dshirah, die Tochter von Tazihlo, dem Hüter der Halbblutfohlen. Ich soll die Geburt des Fohlens melden.»

Der Mann nickte.

«Geh durch den Patio. Die Verwalter sitzen am Teich der Goldfische. Einer wird dich zum Herrn führen.»

Glück gehabt! Jetzt wusste sie genau, wohin sie nicht gehen würde.

Sie lief der Nase nach, fort von dem Geruch nach gebratenem Fleisch und auf den Duft von Blumen zu. So erreichte sie den Patio. Er war sehr groß. Wer hier wohl wohnte? Die Bäume und Hecken schützten sie, eine gelbe Katze putzte sich im Schatten, mitten im Garten rauschte der Springbrunnen, sonst war es still. Sie mied den Teich und kam zum Hauptgebäude. Hier war es dämmrig, man hielt die Sonne und die Hitze fern. Aber nun durfte ihr niemand mehr begegnen. Der Herr war also wahrscheinlich im Haus. Hoffentlich in seinen Arbeitsräumen. Die mussten rechts sein. Links ging es zur Halle und von da auf die Straße. Wenn jetzt nicht von oben eine der Frauen herunterkam ...

Dshirah schlüpfte an den Wänden entlang, lautlos über dicke Teppiche, durch den Flur, durch den Vorhang – sie stand auf der Straße und – vor der Plaza de las Poemas. Im ersten Augenblick wusste sie nicht, was größer war, ihr Schrecken oder ihre Erleichterung. Sie musste durch das Haus eines Ministers gegangen sein, aber den Jungen war sie entwischt. Auf keinen Fall würde auch nur einer ihr auf diesem Weg folgen. Nur – sie war noch lange nicht zu Hause. Sie stellte sich dicht an die weiße Hauswand und trat mit dem Schuh über den bloßen Fuß. Wie sollte sie weitergehen? Hier rannte niemand, weder auf dem endlosen Platz noch auf den Wegen um ihn herum. Und – oh! – sie hatte jetzt nicht mehr die Jungen hinter sich, keinen Grund zu rennen, keine Möglichkeit vorzutäuschen, dies sei ein Spiel.

Die Plaza de las Poemas war kein Ort der Hast, sondern eine Stätte des geruhsamen Schreitens. Nur den kleinen Kindern, die in den Bächen planschten, war das Laufen gestattet. Die Männer saßen auf den Steinbänken. Die meisten trugen das araminische Tuch um den Kopf gebunden, doch es waren auch bardische Gesichter darunter. Sie redeten, besprachen philosophische, mathematische und rechtliche Fragen, zwei spielten Schach mit lebendigen Figuren, der eine mit Dunkelleuten aus Afrika, der andere mit hellen Figuren aus dem Norden, die Dshirahs Volk ähnlich sahen. Auch die wenigen Frauen, die sich verhüllt und tief verschleiert am Rande bei den Kindern aufhielten, bewegten sich langsam und gemächlich. Dshirah schaute, ob sie eine Strecke fand, auf der niemand ging, eine Schlangenlinie quer über den Platz, immer weit genug entfernt von Augen, die ihr auf den nackten Fuß schauen konnten. Sollte sie sich in die Nähe der Philosophen begeben, die vielleicht darüber nachdachten, ob der Himmel oder ob das Wasser blau sei? Oder lieber an den Rechtsgelehrten vorbeigehen, die sich mit Sicherheit – wie immer – darüber stritten, ob man zum Tode Verurteilte köpfen sollte, wie es bei den Araminen üblich war, oder erhängen, wie die Barden verlangten?

Sie schaute nach links.

Da war die Fassade eines alten araminischen Gotteshauses, das gut gepflegt, aber seit der Zeit von Armei dan Hasud leer war. Sie schaute nach rechts. Da war das größte der prachtvollen Bäder dieser Stadt, in der es fast 800 öffentliche Bäder gab, und nicht eines hatte Dshirah jemals von innen gesehen. Nirgendwo ein Weg, frei von Menschen und deren Blicken. Und dann erkannte sie rechts neben sich auch noch das vergoldete mannshohe Gitter im Maul eines Mosaiklöwen. Hier endete der Löwengang, der bis zu dem Käfig mit den beiden Löwen oben im Palast von Kalif Hisham III. führte. Wenn sie nicht bald einen Fluchtweg fand, brauchten die Rechtsgelehrten nicht mehr über Schwert und Strick zu verhandeln. Wenn man sie so, wie sie hier stand, erwischte, würde man ihre Familie weder köpfen noch hängen, dann würden die Löwen endlich einmal wieder etwas zu jagen haben, bevor sie es fraßen.

Von links kam Lärm, Unruhe, Bewegung. Rettung? Eine Gruppe kleiner Kinder, Dshirah sah das Zeichen der Bäcker und Köche auf ihren Hemden. Sie wurden vielleicht zum ersten Mal auf die Plaza geführt, der Lehrer gab ihnen ein Zeichen und sie stürmten los. Sie sollten hier lesen lernen. Denn der Platz war mit Buchstaben, Silben, Worten gepflastert. Die Dichter kamen hierher und erfanden im gemächlichen Schreiten hin und her, kreuz und quer über den Platz endlose Gedichte, die entstanden und vergingen und die außer der Sonne niemand las. Aber man glaubte in Al-Cúrbona, dass die kurzlebigen Gedichte die Luft durchtränkten, das Atmen würzten, die Lungen reinigten.

«Ich helfe euch!», rief Dshirah und warf einen fragenden Blick auf den Lehrer. Der schaute auf ihre Schulter, sah den

Pferdekopf, ja, sie war vom selben Rang wie die Kinder der Bäcker und Köche, und er nickte.

So sprang Dshirah mit den Kindern über den Platz, von Buchstabe zu Buchstabe, sagte: «Gota, alef, fora ...», die Kinder sprachen ihr nach und hüpften. Sie hatte keine Angst, dass die Kleinen ihr Geheimnis entdeckten, denn in Al-Cúrbona lernten alle immer zuerst lesen und dann zählen. So sprangen sie an dem Brunnen vorbei und um die große marmorne Statue von Armei dan Hasud herum. Der Gelehrte saß nachdenkend, den Kopf auf die rechte Hand gestützt, ein stilles, freundliches Lächeln lag auf seinem Gesicht. Dshirah blieb stehen und grüßte ihn mit einem leichten Neigen des Kopfes, und das taten auch die kleinen Kinder. Armei dan Hasud zu achten, lernte man in Al-Cúrbona so früh, wie den Kalifen zu ehren.

Dshirah erreichte das südwestliche Ende des Platzes. Durch die anschließenden Straßen würde sie wieder rennen dürfen.

«Geht denselben Weg zurück», sagte sie, winkte dem Lehrer auf der anderen Seite noch einmal zu, wollte in den Gassen verschwinden, hörte einen Schrei: «Dshirah!!!» Silbãos Stimme. «Warte! Warte doch! Dshirah!!!» Und sie rannte.

Er wird mich einholen, dachte sie, er ist schneller als ich, er weiß ja, in welche Richtung ich laufe, ich muss nach Haus, wo soll ich sonst hin?

Es war jetzt nicht mehr so voll in den Gassen. Die meisten, die nicht mehr arbeiten mussten, hatten sich schon mit ihren Freunden auf der Plaza oder auf den anderen Plätzen bei den Springbrunnen getroffen. Dshirah kam gut voran. Aber was nützte ihr das? Sie konnte versuchen, Silbão zu täuschen, und in

19

die kleinen quer liegenden Gassen verschwinden, doch das würde ihr nicht helfen. Auch Silbão war klug genug, um zu wissen, dass er sie auf der weiten Ebene zu ihrem Elternhaus sehen und einholen konnte. Er musste sie nur überholen und dann am Stadtrand warten.

Zaiira, dachte Dshirah, es tut mir leid, ich will dir das nicht antun, aber nur du kannst mich retten.

Zaiira war ihre heimliche Freundin. Ihr Vater war ein adliger Aramine und der oberste Verwalter der Gestüte des Kalifen. Er hatte viel mit Dshirahs Vater zu besprechen, Zaiira begleitete ihn oft und Dshirahs Familie hatte nicht bemerkt, dass sich die beiden Mädchen mehr als nur vom Ansehen kannten. Zaiiras Haus war das letzte am Stadtrand vor den weiten Ebenen, in denen die halbwilden Sorraia-Pferde lebten.

Dshirah lief in eine schmale Seitengasse, dort wohnten Sattler. Vor den Häusern lagen Berge von gegerbtem Leder. Sie verkroch sich darin, sie war zu erschöpft und musste verschnaufen. So wartete sie, bis sie Silbão vorbeilaufen sah. Jetzt erst merkte sie, wie sehr ihr der rechte Fuß wehtat. Sie ging ja niemals barfuß wie die anderen Kinder, nie. Auf dem glatten Pflaster in der Stadt würde sie schon noch laufen können, aber nicht über das Feld in der Ebene. Sie ging langsamer weiter, die Gassen waren leer und sie kannte jetzt ihren Weg.

So erreichte sie Zaiiras Haus. Hier war sie ein gern gesehener Gast. Sie musste sich nur vor den Dienern verbergen, bis Zaiira ihr ein Hemd mit einem Schwert auf der Schulter brachte. Sobald sie das trug, war sie in diesem Haus die Tochter eines Offiziers. Zaiiras Eltern grinsten über den kleinen Betrug. Sie kümmerten sich wenig um die Rangordnung, sondern freuten sich mit ihrer einzigen Tochter an dieser Freundschaft. Zaiira war zwölf und das einzige Kind des Fürstenhauses Al-Antvari. Sidi Antvari hatte keinen Sohn. Seine Frau hatte nach Zaiira kein gesundes Kind mehr geboren. Ein Junge hatte drei Tage gelebt und war dann gestorben. Natürlich hätte Antvari sich eine zweite Frau nehmen können, eine dritte, eine vierte, aber er hatte sich entschieden, mit dieser und keiner anderen Frau zu leben. So war es Sitte gewesen im Volk der Barden, die meisten bardischen Familien hielten sich noch heute daran, und einige Araminen hatten sich ihnen angeschlossen.

Dshirah trat durch den Haupteingang ein, ging die Stufen hinauf zu den Frauengemächern. Auf der Treppe war es dunkel. Sie stolperte über etwas Weiches, hörte ein Fauchen und sah Zaiiras Falbkatze die Stufen hinunterlaufen, ein heller Streifen, fahlgelb wie die halbwilden Sorraia-Pferde. Dshirah trat in Zaiiras Zimmer. Aber ihre Freundin war nicht dort. Sie hörte Stimmen auf der Treppe. Zwei Dienerinnen stritten. Das würden sie nicht wagen, wenn die Herrschaft im Haus wäre. War Zaiira mit ausgegangen? Oder war sie hinten bei den Stallungen? Oder unten im Patio? Dshirah schaute aus dem Fenster hinunter in den Innenhof. Sie sah niemanden. Wenn sie aus dem Fenster kletterte, am Weinlaub hinunter bis in den Patio, sich dann weiter schlich bis zu den Stallungen ... Oder sollte sie hier warten? Aber es war sehr leicht möglich, dass eine Dienerin kam, um zu putzen. Sie blickte noch einmal über den Patio. War wirklich niemand da? Nein. Sie schwang sich aus dem Fenster, ließ sich an den Ranken hinunter und das letzte Stück fallen. Sie fiel Zaiira vor die Füße, die mit einem Buch auf einer Bank an der Hauswand saß und ihr nicht ins Gesicht schaute. Zaiira war so blass, wie ihr dunkles araminisches Gesicht überhaupt blass sein konnte. Sie starrte auf Dshirahs bloßen Fuß, dann hob sie den Kopf und sagte: «Du?»

Dshirah verbarg den Fuß nicht mehr, sah der Freundin in die Augen und sagte: «Ja. Ich.»

Freundschaft

Ein paar Herzschläge lang saßen die beiden Mädchen schweigend nebeneinander. Dshirah kuschelte sich in das schützende Weinlaub und zog Blätter über das Zeichen des Hirten kindes auf ihrer Schulter. Sie war in Sicherheit und war froh, so froh ...

Dann sprang Zaiira auf.

«Ich hole dir dein Hemd», flüsterte sie, «und – und – Schuhe ...»

Sie lief ein paar Schritte über den knisternden Kiesweg, blieb stehen, kam zurück, wollte ihre Sandalen ausziehen.

«Besser als nichts», hauchte sie.

Ihr Gesicht hatte noch immer die erschrockene Blässe unter der araminisch dunklen Haut.

«Lass nur», sagte Dshirah, die Füße unter der Bank verborgen, «hier vertreibt mich doch niemand. Ich lese.»

Sie griff nach Zaiiras Buch, ließ ihre Augen über die Seiten gleiten. Lesen konnte sie die araminische Schrift kaum. Sie war bis jetzt nur zehn Tage zur Schule gegangen. Zaiira lächelte, legte eine Hand an Dshirahs linke Schläfe, ein kleines, leichtes Streicheln, dann ein deutlicher Schubs.

«Danke», lachte Dshirah, «ich passe auf.»

Oh ja, sie musste achtgeben. Wenn sie auch das Buch nicht las, so musste sie doch die Augen von rechts nach links über die

Seiten führen. So schrieben die Araminen. Die Barden hatten eine andere Sprache, die inzwischen fast vergessen war. Sie hatten auch eine andere Schrift und sie schrieben von links nach rechts. Das aber hatten die herrschenden Araminen in diesem Land seit mehr als vierhundert Jahren verboten. Nur heimlich unterrichteten die Barden ihre Kinder in ihrer eigenen Schrift. So hatte Dshirah zuerst von links nach rechts lesen gelernt, bevor sie vor zehn Tagen in die Hirtenschule kam.

Zaiira war schnell zurück. Sie brachte das Hemd, das Dshirah in eine Generalstochter verwandelte, und ein paar Reitstiefel aus weichem gelbem Leder.

«Andere feste Schuhe habe ich nicht gefunden», sagte sie. «Damit kannst du nicht nach Hause gehen. Unser Zeichen ist in den Absatz gebrannt.»

Nein, Dshirah konnte auf dem Heimweg nicht zugleich ein Hirtenhemd tragen und auf allen feuchten, lehmigen Stellen am Fluss Spuren des Hauses Al-Antvari hinterlassen.

«Hier bei euch geht es», sagte Dshirah. «Silbāo ist hinter mir her. Wenn er weg ist, kann ich barfuß nach Hause laufen.»

Sie wollte nach dem rechten Stiefel greifen, aber Zaiira zog ihn zurück.

«Warte», flüsterte sie.

Dann kniete sie vor Dshirah und nahm den rechten bloßen Fuß der Freundin in beide Hände. Ihre Finger glitten über die Zehen, zögernd, von einem zum anderen, als wollte sie es nicht glauben: eins, zwei, drei, vier, fünf, sechs – und zurück: eins, zwei, drei, vier, fünf, sechs.

«Bitte», sagte sie, «Dshirah, lass mich drei Sonnenblicke

lang genießen, dass meine Freundin das lang ersehnte Kind mit den sechs Zehen ist. Drei Sonnenblicke lang genießen. Bis das Unglück über dich hereinbricht.»

«Wirst du», Dshirah zitterte, «mich verraten?»

«Nie!», Zaiira schüttelte heftig den Kopf. Sie streifte den gelben Stiefel über Dshirahs Fuß.

«Dann wird es kein Unglück geben», sagte Dshirah. «Nur meine Eltern und mein Bruder wissen es. Silbão und die anderen Jungen haben nichts gemerkt, als ich den Schuh verlor. Hast du ein Messer? Ich muss das Band vom linken Schuh aufschneiden.» Zaiira lief über den Kiesweg bis zum Rosentor. Da sollte ein neues Mosaik gelegt werden, es mussten dort bunte Steine mit scharfen Kanten sein, und sie brachte eine leuchtend rote Scherbe.

«Deine Eltern sind nicht hier?», fragte Dshirah. «Und kommen auch nicht so bald?»

Zaiira schüttelte den Kopf: «Mein Vater ist beim Kalifen, und meine Mutter ist im Krankenhaus und besucht mal wieder bardische Kinder.»

Dann warf sie den Kopf zurück, schaute Dshirah an und stieß heraus: «Warum haben deine Eltern das getan? Warum halten sie dich verborgen? Dshirah, ich muss immer mit den Kindern des Kalifen spielen. Sie haben mir die goldene Wiege gezeigt, in der du hättest liegen sollen.»

«Wo ist die?», fragte Dshirah und hielt ihr den linken Fuß hin. «Wie sieht sie aus?»

«Sie steht mitten im Frauenpalast und – oh – sie ist ganz aus Gold mit einem Himmel aus goldener Seide. Sie steht auf Kufen, die enden in kleinen Schnecken, so ...» Ihre Finger malten kleine

Schnecken in die Luft. «... und wenn sie weit genug schwingt, so hin und her, schlagen die Schnecken an goldene Glöckchen, die machen Töne wie – wie – lachende Sonnenstrahlen, die über die Dächer von Palästen stolpern.»

Dshirah lehnte den Kopf an die Wand und murmelte: «Lachende Sonnenstrahlen, die über die Dächer von Palästen stolpern ... Manchmal denke ich, es wäre schön gewesen.»

Zaiira säbelte mit der roten Scherbe an Dshirahs Schuhband.

«Warum haben deine Eltern das gemacht?», presste sie durch die Zähne. «Jetzt ist alles verloren. Oder ...», sie schaute auf, «... kennst du vielleicht die Siebte Sage?»

Dshirah schüttelte den Kopf, und Zaiira säbelte weiter.

«Siehst du», murmelte sie, «siehst du. Jetzt ist alles verloren. Und wenn der Kalif jemals herausbekommt, dass das Kind mit sechs Zehen längst geboren ist, und es wurde ihm nicht gebracht – Dshirah, er muss euch töten, alle miteinander.»

«Ich weiß», flüsterte Dshirah. «Verrätst du mich?»

«Niemals! Ich bin deine Freundin. Aber du musst mir sagen, warum deine Eltern das gemacht haben.»

Sie zerriss das Band, zog Dshirah den linken Schuh aus, zuckte zusammen. Hatte sie gehofft, dass die Freundin an diesem Fuß nur fünf Zehen hätte? Es waren sechs. Sie blickte auf.

«Sag es mir!», verlangte sie. «Warum?»

«Weil wir Barden sind», erklärte Dshirah. «Wir glauben eben nicht, dass irgendein Kind mit sechs Zehen das Dshinnu aus den Sieben Sagen ist. Nur weil es auch sechs Zehen hat. Also haben meine Eltern auch nicht geglaubt, dass ich die verlorene Siebte Sage erzählen kann. Auch nicht, wenn ich in der goldenen Wiege schlafe. Und – was wäre dann gewesen? Der Kalif hätte mich doch getötet.»

«Ich weiß nicht», sagte Zaiira. «Kalif Hisham tötet gar nicht so gern.»

Doch Dshirah schüttelte den Kopf.

«Er hätte es getan! Wenn seine Richter und Gelehrten das Urteil fällen: das ist nicht die Siebte Sage, dann wird das Kind mit den sechs Zehen getötet. Und seine Familie dazu. Damit wieder ein Kind mit sechs Zehen geboren werden kann. Meine Eltern haben mir das alles erzählt.»

«Ja», meinte Zaiira, «aber vielleicht hättest du ja doch ... Und Armei dan Hasud hat gesagt ...»

«Nein!», Dshirah schüttelte heftig den Kopf. «Ich bin nicht das Dshinnu aus den sechs Geschichten. Ich habe sechs Zehen, na und? Wir Barden glauben das alles nicht.»

«Und was glaubt ihr?»

«Das wirst du doch wissen.»

«Nein! Dshirah, ich gehe auf eine araminische Fürstenschule. Von den Barden erzählen sie uns nichts.»

«Ah», sagte Dshirah, «so.»

Und dann sprudelte es aus ihr heraus.

«Die Sieben Sagen sind unsere Geschichten! Nicht eure! Ihr habt sie uns gestohlen wie unser Land. Ihr habt alle unsere Bücher zerstört. Dabei ist die Siebte Sage verschwunden. Und viele Jahre konnten wir nichts von unseren Geschichten erzählen, bis alles vergessen war. Dann endlich haben die Araminen gemerkt, dass Barden auch Menschen sind. Kalif Obajan war ein gerechter Herrscher. Und seitdem geht es uns hier gut, und sechs Geschichten

29

von den sieben hat man gefunden. Aber die siebte Geschichte ist weg. Und dass ein Kind mit sechs Zehen kommt und nur weil es in einer goldenen Wiege beim Kalifen aufwächst, dann mit sieben Jahren diese Sage erzählen kann, das ist Unsinn, Zaiira, Unsinn!»

«Leise. Bitte», sagte Zaiira, «nicht so laut.»

«Mein Vater», murmelte Dshirah, «mein Vater meint, das ist nur, weil die Richter nicht wissen, wie sie ein – was für ein Todesurteil sie sprechen müssen. Es gibt da kein Gesetz. Darum soll das Dshinnu das machen. Die Siebte Sage erzählen, und dann haben sie ihr Gesetz. Das kann ich nicht. Das will ich nicht!»

Zaiira setzte sich neben Dshirah auf die Bank. Beide schauten in den Patio, aber Dshirah sah nichts, nicht das Rosentor, nicht die Pomeranzenbäume, auch nicht zwischen den Lorbeerbäumen die Fontänen des Brunnens, bunt gefärbt von Blumen und Fliesen.

«Aber Geschichten vergisst man doch nicht», sagte Zaiira. «Man erzählt sie weiter und immer weiter, auch wenn keine Bücher da sind. Das ist doch bei uns genauso.»

«Ja ...», Dshirah zögerte, «ja ... du weißt nicht viel von euch, Zaiira, sie erzählen euch in eurer Schule nichts von uns und nicht viel von euch. Aber wir reden ja auch nicht gern davon.»

«Wovon? Komm! Sag es mir!»

Aber Dshirah schüttelte den Kopf: «Meine Mutter sagt immer, ich soll das keinem araminischen Kind erzählen. Wir leben gut jetzt hier mit euch. Meine Mutter meint, das müssten die Araminen ihren Kindern selber sagen.»

Zaiira drängte nicht mehr.

«Mein Vater wird es tun, wenn es richtig ist», flüsterte sie. «Er hat mir beigebracht – du, jetzt verrate ich dir ein Geheimnis –, er hat mir gesagt, ich soll immer, wenn ich einen Barden begrüße, mit dazu denken: ‹Und ich bitte dich, verzeih mir.› Aber er hat mir nicht gesagt, warum.»

Die beiden Mädchen schauten sich an. In Zaiiras Blick lag eine Bitte. Dshirah nickte und hielt der Freundin die offene Hand hin. Zaiira legte einen Zeigefinger auf Dshirahs Handgelenk und suchte, bis sie den Puls fühlte. Da schloss sie die Augen. Sie saßen reglos, bis sie beide spürten, dass ihre Herzen im gleichen Takt und Rhythmus schlugen. Das war ein alter bardischer Brauch für Herzensfreunde. Niemand wusste, ob er aus uralten Zeiten stammte und im Gegensatz zu den Büchern nicht hatte zerstört werden können, oder ob er entstanden war, als die Araminen die Barden so schlimm unterdrückten.

Die beiden Mädchen nahmen ihre Hände wieder zu sich, und die schreckliche graue Blässe unter Zaiiras dunkler Haut war verschwunden.

«Du musst nach Hause», sagte sie. «Komm!»

Gemeinsam sprangen sie durch den Patio über knisternden Kies, über farbige Mosaike. Sie liefen durch den hinteren Teil des Hauses, wo die Verwalter und Diener wohnten, und wieder hinaus, nun auf sandigen Wegen, in die Dshirahs Absätze das Zeichen des Hauses Al-Antvari drückten. So hüpften sie am Reitplatz vorbei, wo ein paar Jungen mit den dreijährigen Fohlen übten, ruhig auf einem Fleck zu stehen. Als die Mädchen vorbeirannten, sprangen fünf junge Pferde zugleich in die Luft, schnaubten, prusteten, quietschten, buckelten, stiegen.

Zaiira legte einen Arm um Dshirahs Schulter.

«Wahrscheinlich hast du recht», zischte sie der Freundin ins Ohr. «Wenn Kalif Hisham wüsste, dass du sechs Zehen hast – er ahnt es nicht! Liebe Sonne, Dshirah, er ahnt es nicht, und ich weiß es! Ich glaube, er würde dich sofort den Rechtsgelehrten geben, damit sie aus dir herausquetschen, ob man die zum Tode Verurteilten nun hängen oder köpfen soll.»

«Das könnte ich ihnen sogar erzählen», sagte Dshirah. «Dazu brauche ich die Siebte Sage nicht. Ich weiß ja, dass sie aus unserem Volk kommt. Wenn wir die Siebte Sage fänden, würde die grässliche Köpferei endlich aufhören.»

«Ich glaube nicht, dass die Gehängten schöner sind», sagte Zaiira.

«Immerhin sind die Köpfe noch dran», meinte Dshirah.

Zaiira blieb stehen.

«Hast du mal einen gesehen?», fragte sie atemlos.

«Liebe Sonne nein!!!» Dshirah schüttelte sich. «Einen Toten! Nie!»

Sie liefen weiter und erreichten die Stallungen. Von hier konnte Dshirah über die Ebene laufen, ohne von der Stadt aus gesehen zu werden.

«Kann ich deine Sandalen haben?», fragte sie. «Es ist doch besser als nichts, und mein rechter Fuß tut mir weh. Kein Kind in Al-Cúrbona ist das Barfußlaufen so wenig gewöhnt wie ich.»

«Natürlich kriegst du die Sandalen. Aber nicht zum Laufen. Ich gebe dir Dshalla.»

Dshirah blieb stehen.

«Das kannst du nicht wagen. Ich kann sie heute nicht mehr zurückbringen.»

«Du lässt sie einfach bei der Herde. Sie fällt zwischen den wilden Stuten nicht auf. Und morgen bringst du sie zurück.»

Zaiiras eigene Stute Dshallalalama hatte die gleiche helle Falbfarbe wie die halbwilden Sorraia-Pferde, nur nicht die dunklen Querstreifen an den Beinen.

«Das geht», überlegte Dshirah, «Januāo zählt die Herde immer schon auf dem Heimweg. Wenn da hinterher eines mehr ist, merkt das keiner. Und sie ist tragend, ja? Du bist sicher? Wir haben den Hengst.»

«Umso besser. Wenn sie noch nicht tragend ist, wird er sie decken. Er ist doch ein Vollblut.»

«Danke», sagte Dshirah. «Dann komme ich auch nicht gar so spät heim. Meine Eltern haben es nicht gern, wenn ich in der Stadt bin. Du weißt jetzt, warum.»

Dshallalalama war zusammen mit den anderen Stuten der Al-Antvaris im Sandauslauf. Sie langweilte sich und kam sofort, als sie die Mädchen sah. Zaiira legte ihr ein leichtes Schnurhalfter an. Das genügte Dshirah zum Reiten. Dann tauschten sie die Schuhe. Noch einmal hielt Zaiira einen von Dshirahs Füßen zwischen den Händen, die genauso heftig zitterten wie Dshirahs Fuß und Stimme, als sie wieder und immer wieder sagte: «Es ist nichts Besonderes. Es ist gar nichts Besonderes. Ich bin deine ganz gewöhnliche Freundin. Das einzige Besondere ist, dass ich ein Hirtenkind bin, und du bist eine Fürstentochter.»

Dann schloss sie die Schnalle der Sandalen. Die gelben Stiefel lagen noch am Boden, Zaiira hatte keinen Grund, ihre Füße zu verbergen. Dshirah schlüpfte aus dem Generalshemd. Sie führten die Stute zu dem Stein, den man zum Aufsteigen benutzte, und Dshirah sprang auf Dshallalalamas Rücken.

«Es stimmt nicht, was ich gerade gesagt habe», flüsterte sie. Dabei legte sie den Kopf an Dshallas Hals, so tief, dass sie fast Zaiiras Stirn berührte. «Das wirklich Besondere an unserer Freundschaft ist – ist –, dass du mir hilfst, auch wenn es für dich gefährlich ist. Zaiira, wenn irgendjemand erfährt, dass du es weißt …»

Zaiira nickte. Ihr dunkles Haar streifte Dshirahs Stirn. Sie führte die Stute durch den Torbogen hinaus ins freie Feld. Beide Mädchen blickten über das Gelände.

«Silbāo ist längst nach Hause gegangen», sagte Dshirah.

«Jetzt reite!» Zaiira ließ ihr Pferd los. Dshirah zögerte.

«Zaiira», sagte sie, «jedes Mal, wenn ich dich grüße, werde ich jetzt denken: Ich danke dir, meine Freundin, ich danke dir.»

Und sie drückte der Stute die Schenkel in die Seite. Sie drehte sich nicht mehr um. Es war kein schwerer Abschied von der Freundin. Sie glaubte ja, dass sie sich bald wiedersähen.

Obwohl sie einen Umweg reiten musste, würde sie viel schneller sein als zu Fuß. Auf geradem Weg zu ihrem Elternhaus führte nur ein schmaler Steg über den Fluss. Da kam man mit einem Pferd nicht hinüber. Sie musste den Fluss überqueren, wo das Wasser niedrig war. Also lenkte sie die Stute nach Nordwesten. Nur einmal schaute sie nach rechts, sah in der Ferne an dem Steg einen Reiter stehen, wunderte sich kurz: Was wollte der Mann da mit einem Pferd? Aber dann sprang Dshalla die Böschung hinunter und sie konnte den fremden Reiter nicht mehr sehen.

Sie genoss den Ritt über die weite Ebene wie niemals zuvor. Sie saß auf einem Vollblutpferd, einem echten Vollblutpferd, und es war nicht irgendeines, es war Zaiiras. Sie hielt die dünnen Lederzügel mit der Rechten, das Handgelenk der Linken aber legte sie an ihre Schläfe, dahin, wo die Haut am dünnsten war. An dem Handgelenk hatten Zaiiras Finger den Puls gefühlt, bis ihre Herzen wie ein einziges doppeltes schlugen. Und sie ritt Zaiiras Pferd. Sie war so glücklich, dass sie nicht aufhören konnte, glücklich zu sein, als sie vor dem kleinen weißen Haus ihrer Eltern elf fremde Pferde sah. Die standen dort mit hängenden Zügeln und dem Zeichen der Polizei auf der Satteldecke. Sie waren nicht angebunden, sie standen und rührten sich nicht, als Dshirah an ihnen vorbeiritt. Das waren vorzüglich erzogene Pferde hoher Polizeioffiziere. Und Dshirah war so glücklich, dass sie immer noch keine Angst hatte.

Aber sie ritt um das Haus herum und mied den Eingang.

Elf. Elf Polizeioffiziere im Haus ihrer Eltern? Manchmal kam einer, um die Fohlen des letzten Jahres zu prüfen, denn die Polizei ritt immer Halbblüter, deren Mütter halbwilde Sorraia-Stuten waren und der Vater ein Vollbluthengst aus dem Stall des Kalifen. Aber elf! Was konnte so wichtig sein, dass die auf einmal zu einem Pferdehirten kamen? Und elf war eine Zahl, die im ganzen Land gemieden wurde. Die Lieblingszahl des Kalifen war zwölf. Am Steg, dachte sie, der zwölfte Reiter steht am Steg.

Sie sprang vom Pferd. Run, Lont und Moia kamen ihr entgegen, die drei Hirtenhunde ihrer Familie, groß, gelb, mit langem, feinem Haar und mit einer schwarzen Maske im Gesicht, auch Beine und Schwanzspitze waren schwarz. Nur die Pferdehirten hatten solche Hunde, die eigentlich Windhunde waren aus dem Zwinger des Kalifen für die Jagd. Alle drei kamen lautlos, still – kein Bellen, kein Fiepen, kein wildes Begrüßen wie sonst, wenn sie Dshirah sahen. Run, die Jüngste, wedelte heftig mit dem Schwanz und hechelte, die anderen taten nicht einmal das. Also hatten ihr Bruder oder ihre Mutter oder ihr Vater den Befehl: «Still allem!!!», gesprochen. Die Hunde waren so gut erzogen wie die Pferde der Polizeioffiziere. Run leckte Dshirahs Hand und konnte gar nicht damit aufhören. Dshirah streichelte sie und band Dshallalalama an der Rückseite des Hauses an. Sie stieg durchs Fenster in das Zimmer, das sie sich mit ihrem Bruder teilte – und schaute in Silbāos dunkle, vor Schreck und Angst so weit aufgerissene Augen, dass sogar dieses Gesicht nur noch verzerrt und gar nicht mehr schön war.

Flucht ins Gefängnis

Silbāo legte eine Hand auf seinen halb offenen Mund und stellte sich vor die Tür, die zum Patio führte. Er schaute auf Dshirahs Füße. Die Sandalen verdeckten die äußeren Zehen, ließen die mittleren frei, und nur wer genau hinsah, konnte erkennen, dass es hier nicht drei, sondern vier mittlere gab. Silbāos Hand fiel herunter.

«Es ist wahr», hauchte er.

Dshirah schluckte.

«Wie – wie hast du es gemerkt?»

«Du musst fliehen», sagte er. «Sofort! Sie sind schon da. Sie dürfen es nicht sehen. Nie! Dann haben sie keinen Beweis.»

Dshirahs Herz überschlug sich. Es verlor den Takt, der in Zaiiras Hand gepocht hatte. Wer hatte sie verraten? Wer? Die Jungen! Es mussten die Jungen gewesen sein. Sie hatten es also doch gesehen. Bevor sie die Gefahr spürte, die jetzt ihrem Leben drohte, hatte sie Angst, ihr Glück zu verlieren, das Glück, das Zaiira hieß.

Nein!, dachte sie. Zaiira war es nicht. Die Zeit war ja auch viel zu kurz. Nein!

Der Gedanke beruhigte sie und sie konnte fragen: «Was ist geschehen?»

«Du bist über die Baustelle gelaufen. Du bist auf den Sand getreten. Mit dem – dem Fuß da. Die Arbeiter haben geschimpft.

Und als sie deinen Fußabdruck wegharken wollten, haben sie es gesehen. Kirr hat verraten, wer du bist.»

Kirr! Ein Barde wie sie!

«Ich bin dir weiter nachgelaufen», fuhr Silbão fort. «Ich wollte dich warnen. Ich glaube nicht, dass so eine Spur im Sand ein Beweis ist. Du musst weg. Wenn sie dich nie sehen ... aber ich weiß nicht, wohin? Weißt du wohin?»

Sie schüttelte den Kopf.

«Der Kalif wird dich suchen lassen. Überall. Es gibt keinen Ort, wo er nicht suchen wird, wir müssen Januão fragen. Der ist klug. Ich bin nicht so klug.»

«Wo ist er?»

«Was? Was sagst du?»

Silbão konnte sie nicht mehr verstehen. Die Angst hatte angefangen, ihre Stimme zu zernagen. Sie schluckte.

«Wo ist er?»

«Im Patio. Ich glaube, ich kann ihn holen.»

Er öffnete die Tür einen Spalt. Geschützt vom Dunkel des Raumes blickte sie in den Hof und sah ihre Eltern an dem kleinen Brunnen sitzen. Das Gesicht der Mutter war so weiß wie der gekalkte Brunnenrand. Der Vater wandte ihr den Rücken zu. In dem kleinen Patio saßen die Polizeioffiziere, sie rauchten oder aßen Trauben, sie tranken Tee, sonst taten sie nichts. Sie warteten. Januão sah Dshirah nicht. Aber Silbão schien zu wissen, wo er war. Er schlüpfte durch den Türspalt und kam gleich darauf mit dem Freund zurück.

Die Geschwister schauten sich an.

Wie die sich anschauen konnten, die zwei! Es gab vielleicht

im gesamten araminischen Reich keinen anderen Menschen, dem Dshirah oder Januão so gerade, so geradewegs in die Augen schauen konnten. Ihre Blicke passten zusammen. Sie hatten beide die gleichen weit auseinanderstehenden Augen. Es war, als seien ihre Augen nach außen gerutscht, an den Rand des breiten Gesichts, an die äußerste Grenze des menschlichen raubtierähnlichen Blicks. Ein wenig mehr noch und die Augen wären an der Seite gelandet, wie bei Pferden und Rindern und Hirschen, wie bei allen Tieren, die nicht jagen, sondern gejagt werden. Und zwischen den Augen war reichlich Platz für das strähnige helle farblose Haar, das ihnen von der Stirn fiel.

Manchmal aber brach Januão aus dem Geschwisterblick. Wenn er lautlos, tief im Innern, ein neues Lied sang, das er für sich und die Pferde spielen würde, dann verloren seine Augen jeden Blick. Er lief dann gegen den Tisch oder die Truhe oder die Tür, und seine Mutter Chomina musste ihm immer wieder sagen: «Vergiss das Schauen nicht. Verlern es nicht. Sonst wirst du noch blind.»

Januão war ein Jahr älter als seine Schwester, aber nicht größer, weil er so sehr kurze Beine hatte.

«Dir ist etwas eingefallen?», fragte Silbão. «Du weißt, wo wir sie hinbringen können?»

Januão nickte.

«En-Wlowa», sagte er, und Silbão wurde blass.

«Da geht niemand freiwillig hin.»

Januão zuckte die Achseln.

«Ich weiß kein anderes Versteck.»

«A-a-aber», wenn Silbão aufgeregt war, fing er immer an zu

stottern, «aber ist es nicht besser, sie geht zu dem Kalifen? Du kannst so gute Geschichten erzählen. Warum erfindest du nicht die Siebte Sage?»

«Das haben schon viele versucht, aber noch nie haben die Richter und die Gelehrten so eine Geschichte als Siebte Sage anerkannt. Alle warten auf etwas – keine Ahnung auf was, ja, sie warten auf etwas, das sie nicht erwartet haben.»

Der Gedanke an En-Wlowa hatte Dshirah nur wenig erschreckt.

«Muss ich da lange bleiben?», fragte sie. «Ich kenne da niemanden.»

«Du musst bleiben, bis sie dich hier nicht mehr überall suchen. Dann hole ich dich und bringe dich übers Meer. Die Eltern kommen nach. Wir gehen alle nach Afrika. Die Mutter hat immer gewusst, dass dies eines Tages geschieht.»

Da erst erschrak auch Dshirah. Sehr!

«En-Wlowa», murmelte Silbão. «Oh, es ist schlimm. Wir kriegen sie rein, aber nie wieder raus.»

«Wir kriegen sie genauso raus, wie wir es immer mit dir gemacht haben», sagte Januão.

Silbão schüttelte heftig den schönen, störrischen Kopf.

«Ich habe immer gewusst, dass du am nächsten Tag um dieselbe Zeit die Pferde vorbeirufst. Wie soll sie das wissen, wenn sie Wochen da drin ist?»

«Indem du hineingehst, Silbão, und es ihr sagst. Wir brauchen dich.»

Dshirah erholte sich nicht von ihrem Schreck. Es war jedoch nicht En-Wlowa, was sie entsetzte. Sie kannte von dem Gefängnis des Landes nur die Blumenmauer. Es war der Gedanke an Afrika, der ihr alle Freude nahm.

«Wir gehen fort?», flüsterte sie.

Und sie dachte an Zaiira. Januão nickte.

«In der Wüste wissen sie nichts von den sieben Geschichten. Wir hätten längst gehen sollen. Mutter sagt, vor zwanzig Jahren ist ein bardisches Kind mit sechs Zehen da untergetaucht, ein Junge. Der Kalif hat es nie erfahren.»

«Es hat schon mal ein Kind mit sechs Zehen gegeben?» Dshirah wunderte sich. Ihr Bruder nickte: «Das ist gar nicht so selten in unserem Volk. Komm!»

Zum ersten Mal, seit das Unglück begonnen hatte, musste Dshirah weinen. Januão legte ihr die Hände auf die Schultern. Auch in ihre weinenden Augen passte Blick in Blick, denn auch in seinen standen Tränen.

«Wir werden dort keine Not leiden», versuchte er zu trösten. «Es gibt da wundervolle kleine Pferde. Ganz sicher folgen die mir so gut wie unsere hier. Und ganz gewiss brauchen sie dort einen Pferdepfeifer.»

Aber Dshirah schüttelte den Kopf.

«Du darfst dort barfuß gehen», versprach Januão, «und die Hunde können wir mitnehmen, und, Dshirah, du darfst dort eine Freundin haben, hörst du! Eine Freundin! Das war doch immer dein größter Wunsch.»

Er schloss die Augen, als er das sagte, und von Silbão hörten sie einen leisen Schluchzer.

«Ja», hauchte Dshirah, «ja.»

Januão ließ sie los.

«Wir gehen jetzt», sagte er.

Er holte aus der Kleiderkiste ein paar weiche geschlossene Lederschuhe, sie zog die Sandalen aus. Januāo erstarrte.

«Wo hast du die her?», fragte er.

«Gestohlen», behauptete sie, «in der Schustergasse.»

«Gib her!»

Er drehte die Sandalen in seinen breiten, klotzigen Händen, von denen kein Fremder erwartet hätte, dass er damit Flöte spielte.

«Das ist gut», murmelte er. «Das ist gut.»

Er blickte auf, schaute seine Schwester an.

«Geh in dein Versteck!», befahl er.

«Mein Versteck!», rief Dshirah leise. «Ich kann doch einfach in meinem Versteck bleiben!»

Aber Januāo schüttelte den Kopf.

«Nein! Da bist du nur sicher, solange dich Polizisten suchen. Polizisten sind dumm. Sie haben nichts zu tun. Die können nichts mehr, als ihre Pferde ausbilden. Morgen werden sie Soldaten schicken. Die finden dich dort. Geh.»

Sie stiegen beide auf die Truhe und schoben ein Brett in der Decke beiseite. Dann half er ihr in den doppelten Boden zwischen Decke und Dach. Da konnte sie nur liegen und warten, nichts sehen, aber hören. Doch es blieb still. Wie lange? Sie hatte hier manchmal liegen müssen. Zum Üben für den Notfall. Und jedes Mal war ihr die Zeit entsetzlich lang geworden.

«Im Notfall», hatte ihr Vater immer gesagt, «wirst du froh sein über jeden Herzschlag, den du da in Sicherheit bist.»

Sie war aber nicht froh. Es war eng und fast dunkel, nur durch die Ritzen der Bretter kam ein wenig Licht.

Ja, dachte sie, morgen kommen Soldaten, und die sind nicht dumm.

Polizisten galten als dumm in Al-Cúrbona. Es gab keine Mörder und keine Diebe im Land, fast nicht. Das lange Nichts-Tun hatte die Polizisten dumm gemacht.

Und dann hörte sie einen Schrei, einen Freudenschrei.

«Ich hab sie! Ich hab sie gefunden!»

Januãos Stimme.

«Was hast du gefunden?»

Das musste einer der Polizisten sein.

«Dshirahs Sandalen! Sie lagen beim Misthaufen. Dshirah lässt eben immer alles herumliegen.»

Es war eine Weile still. Dann hörte Dshirah den Polizisten.

«Und warum zieht sie in der Stadt keine Sandalen an? Der kleine bardische Junge hat gesagt, sie trägt nie Sandalen.»

«Sie geht doch erst seit zehn Tagen in die Schule.» Das war die Stimme ihres Vaters. «Sie wird schon noch mit Sandalen kommen.»

«Wir warten», bestimmte der Polizist. «Wir bleiben auf alle Fälle, bis sie nach Hause kommt.»

«Darf ich jetzt die Pferde reinholen?», fragte Januão.

Eine Antwort hörte Dshirah nicht, aber wenig später das leise Klopfen an dem losen Brett, das verabredete Zeichen. Sie schob das Brett beiseite.

«Diese Sandalen können uns retten», flüsterte Januão. «Jetzt schnell!»

Er drückte ihr die Lederschuhe in die Hand. Sie schlüpfte hinein, er verknotete die Bänder so fest wie die Mutter. Sie schaute zur Tür mit bittendem Blick.

«Nein!», er schüttelte den Kopf. «Du kannst dich nicht verabschieden. Du siehst sie erst in Afrika wieder.»

Sie kletterten aus dem Fenster. Silbão folgte, ohne zu fragen. Run stand sofort wieder neben Dshirah und leckte ihre Hand.

«Wo kommt das Pferd her?», fragte Januão.

«Ich habe es eingefangen», log Dshirah.

«Das ist ein Vollblut.»

«Ich weiß. Wahrscheinlich gehört es zum Haus Al-Antvari. Ich denke, der Reiter ist runtergefallen. Bring du es morgen zurück.» Januão nickte.

«Das hat dich gerettet», sagte er. «Am Steg über den Fluss steht ein Reiter und wartet auf dich.»

Er band die Stute los.

«Wir lassen sie bei unseren.»

Dshirah nahm ihm die Zügel aus der Hand. Sie legte Dshalla die Arme um den Hals, drückte ihr Gesicht in die dunkle Mähne, wühlte Stirn und Nase durch bis zu dem glatten gelben Fell, trocknete dabei ihre Tränen im feinen Mähnenhaar. Dabei legte sie der Stute eine Hand auf den Rücken. Morgen würde Zaiira wieder dort sitzen. Drei Herzschläge lang fühlte sie sich noch einmal, ein letztes Mal, der Freundin nah, so nah. Und Run stand hinter ihr und leckte ihre Kniekehlen, die ganze Zeit.

«Komm jetzt», flüsterte Januão und tippte leicht auf ihre Schulter.

«Ich muss ihr danken», sagte Dshirah. «Sie hat mich doch gerettet.»

Und sie ließ Januão nicht merken, dass sie nicht die Stute, sondern Zaiira meinte. Ihre Hände flatterten über Dshallas

Brust und Hals, über Ohren, Stirn, Nüstern, sie konnte nicht aufhören zu streicheln, zu klopfen, überall da, wo Zaiiras Hände dieses Fell berührt hatten und wieder berühren würden. Und dann hätte sie eigentlich das Gesicht wieder in die Mähne drücken müssen, denn sie hatte sonst nichts, um die Tränen zu trocknen, aber Januão zog sie weiter. Er holte seine Flöte aus dem Schuppen, hängte sie sich um den Hals. Dshirah sah, dass er weinte. Er wählte drei Pferde und vier Halfter aus, gab Dshirah das vierte Halfter, er berührte dabei ihre Hand und hielt sie fest, das wäre nicht nötig gewesen. Dshirah verstand, dass dies ein Abschied war.

Run war ihnen nachgelaufen und wich nicht von Dshirahs Seite.

«Nieder!», befahl Januão leise, aber scharf, und er hob den Arm, als schwinge er eine Peitsche. «Nieder! Hart Leder sonst droht!»

Die Hündin zuckte zusammen und kauerte winselnd am Boden. Sie hatte diese schlimme Drohung aus Januãos Mund noch nie gehört. Dshirah wollte sich zu ihr setzen und sie trösten, aber sie hatte verstanden, was sie zu tun hatte.

Silbão saß als Erster auf dem Pferd. Er konnte am besten aufspringen, und das war gut so, denn er fiel am häufigsten hinunter. Dshirah und Januão führten ihre Pferde zu einem Stein und kletterten hinauf.

«Du erklärst ihr alles», sagte Januão zu seinem Freund, wendete sein Pferd nach Nordwesten und trabte davon, ohne Dshirah noch einmal anzusehen. Die wusste sofort, sie würde ihn so bald nicht wiedersehen. Nur hören. Sie schaute noch einmal auf ihr Haus, auf die Stallungen. Dann presste sie die Augen fest zu. Das Letzte, was sie von ihrem Zuhause wahrnahm, war Run, ein schwarz-gelber zitternder Fleck vor dem Stall.

Sie ritt mit Silbão nach Südwesten. Als sie sich ein einziges Mal umdrehte, war ihr Bruder nur noch ein kleiner Punkt in der Ferne. Silbão hielt sich mit einer Hand in der Mähne fest, führen musste Dshirah.

«Wir suchen die Herde?», rief sie ihm zu.

Er nickte.

Sie fand die Zuchtstuten schnell. Es ging auf den Abend zu, und die Herde war schon auf dem Heimweg. Es waren 24 Sorraia-Stuten, alles Falben. Sechs hatten schon ihre Fohlen geboren, dunklere, wollige Körperchen sprangen auf endlos langen Beinen um sie herum. Es führte sie Je-ledla, die alte Leitstute, es trieb sie von hinten ein weißer Vollbluthengst aus dem Stall des Kalifen. Dshirah ritt auf ihre alte Freundin Je-ledla zu. Auf ihr hatte sie reiten gelernt. Um den Hengst kümmerte sie sich nicht. Er würde folgen. Sie legte Je-ledla das Halfter an.

«Wohin?», fragte sie.

«Ich mache bestimmt alles falsch», sagte Silbão.

«En-Wlowa liegt ungefähr da», Dshirah zeigte nach Norden.

Silbão nickte: «Ja, aber wir müssen nach Westen.»

Dshirah ritt mit Je-ledla voraus. Die Herde folgte. Schon stand die Sonne am westlichen Himmel, aber noch hoch, sie zeigte keine rötliche Färbung. Es ging leicht abwärts, der Weg wurde steiniger, nah im Norden sahen sie den flachen Hügelzug, hinter dem En-Wlowa liegen musste. Plötzlich fiel Dshirah mit einem jähen Schrecken ein, dass sie sich freuen musste. Sie hatten bestimmt schon mehr als die Hälfte des Weges hinter sich, und sie hatte sich noch nicht ein kleines bisschen daran gefreut. Es war so wichtig, dass sie sich freute. Denn dies war ihr letzter Ritt auf einem Sorraia-Pferd.

In Afrika gibt es Pferde, hatte Januão gesagt.

Kleine, hatte Januão gesagt.

Sorraias gab es da offenbar nicht.

Ich muss mich freuen, dachte Dshirah, jetzt, schnell!

«Oh, wir müssen traben!», rief Silbão. «Wir müssen schneller sein als sonst. Ich muss dir ja noch alles erklären. Los!»

Er stieß seinem Pferd die Hacken in die Seite. Das machte einen Satz und hätte er nicht die Hand in der Mähne gehabt, wäre er hinuntergefallen.

Dshirah trabte an. Je-ledla lief ruhig neben ihr.

«Schneller!», rief Silbão. «Sonst fängt Januão an zu pfeifen und du weißt nicht wohin!»

Sie ritten der Sonne entgegen.

Freuen!, dachte Dshirah, ich muss mich freuen.

Sie schaute zurück. Hinter ihr wogten die Rücken der hellen Pferde wie ein gelber Fluss. Sie trabten, nur der Hengst – eine weiße Schaumkrone am Schluss – galoppierte. Er war ein ausgebildetes Reitpferd und beherrschte den langsamen Galopp. Dshirah beugte sich nach rechts und legte Je-ledla eine Hand auf die dunkle Mähne hinter den Ohren. Nie wieder würde sie dieses Pferd berühren. Nie wieder eines, das so ähnlich aussah.

«Da!», rief Silbão. «In die Senke.»

Jetzt verstand Dshirah, warum ihnen die Pferde so willig gefolgt waren. Die Senke war voller Silbergras. So nannten sie die langen, dünnen Halme, weil sie von einer Seite silbrig schimmerten. Alle

Pferde liebten Silbergras. Da würden sie bleiben, bis Januão sie rief, obwohl daheim am Stall ihre salzigen Lecksteine auf sie warteten. Dshirah zog Je-ledla das Halfter über die Ohren. Nun musste sie auch die Stute gehen lassen. Sofort hatten alle Pferde ihre Nasen im Gras, nur die Fohlen ließen sich von den dünnen Halmen die Nüstern kitzeln. Dshirah und Silbão aber ritten davon, jetzt auf die Hügelkette zu. Sie folgten einem kleinen Bach, der von den Bergen kam und der am Fuß des Hügels in einer Höhle verschwand. Dort nahm Dshirah Je-ledlas Halfter auseinander und fesselte damit ihren beiden Pferden die Vorderbeine. Sobald die Januãos Pfeife hörten, würden sie versuchen, dem Ton zu folgen. Silbão kletterte schon den Hügel hinauf. Dshirah folgte.

«Wart mal», rief sie ihm leise nach. «Du musst nachher mit den Pferden zu Januão. Kriegst du sie über den Bach?»

Silbão nickte: «Mach ich immer!»

Verborgen hinter Felsen und Sträuchern schauten sie hinüber auf die Blumenmauer von En-Wlowa, mitten darin drei Blumentore, darunter je zwei Wächter in roter Uniform, bewaffnet mit Speer und Pfeil und Bogen, stehend neben ihren gesattelten Pferden.

Silbãos Unterlippe zitterte.

«Nicht stottern jetzt», sagte Dshirah und griff nach seiner Hand. «Du musst mir nun erklären, was ich tun soll.»

Er nickte, presste die Lippen zusammen, aber als er sie wieder öffnete, zitterten beide, und alles, was er schließlich herausbrachte, war: «I-i-i-ich mache alles falsch.»

Dshirah versuchte zu fragen.

«Januão wird gleich die Pferde rufen?»

Er nickte.

«Die Wächter werden ihre Pferde halten müssen. Oder die werden ihnen durchgehen. Und dann soll ich da irgendwie rein?»

Er nickte.

«Man kann durch die Mauer?»

Er nickte.

«Wo?»

Er zeigte nach Westen.

«Also», flüsterte Dshirah, «also laufe ich los, wenn die Herde dort vorbei ist?»

«Ja.»

Dshirah hielt den Atem an, immerhin, ein Wort hatte er wieder herausgebracht. Sie wartete, dass er weitersprach.

«Du musst nur hinter die Blumen. Da. Die hängen da runter. Dann sehen sie dich nicht mehr. Dann musst du gucken und das Loch finden. Aber schnell! Sonst bringen sie dich um.»

«Warum rennen die da drin dann nicht alle weg?»

«Sie rennen. Aber sie kommen nicht weit. Wenn die wegrennen, dürfen die Wächter sie erschießen. Januão sagt, das soll so sein. Wenn sie nicht immer mal welche erschießen, wird es da drin zu voll. Ist schon voll.»

«Was soll ich machen da drin?»

Silbão zuckte die Achseln.

«Warten. Bis wir dich rausholen. Sie kriegen zu essen.»

Er kroch auf dem Boden herum, hielt sich verdeckt von dem niedrigen Strauch, er hob kleine Steine auf, ließ sie fallen, behielt einen spitzen mit scharfer Kante.

«Komm!»

Er zog sie zu sich heran, säbelte mit dem Stein an dem Hirtenzeichen auf ihrer Schulter herum, bis er eine Ecke gelöst hatte, da riss er es ab.

«Jetzt siehst du aus wie die anderen. Nur dicker.»

«Ich habe Angst.»

Er nickte.

«Du gehst zum letzten Haus nach Nordosten, da fi-fi-fi-»

«Silbāo!»

Sie schrie zu laut, sie wusste es. Sie packte seine Schultern und schüttelte ihn. Manchmal, wenn die Worte in ihm stecken blieben, konnte man sie herausschütteln.

«Ma-ma-ma-ma-meine Schwester. Du erkennst sie, man erkennt sie immer noch.»

Jetzt zitterte Dshirahs Unterlippe. Silbāos Schwester war seit fast zwei Jahren verschwunden.

«Deine Schwester?», fragte sie. «Ist die da? Da ist sie?»

Aber Silbāo konnte nicht mehr reden. Er öffnete den Mund. Sie sah, wie seine Zunge darum kämpfte, Laute zu formen, er fasste sich an den Hals, aber er stieß nur tonlose Luft heraus, würgend, als hätte er eine Fischgräte in der Kehle.

Da hörten sie aus der Ferne einen langen, leisen, klagenden Ton. Sie wandten die Gesichter nach Osten. Dshirah schloss die Augen. Alles, was ihr Bruder spielte, erkannte sie am ersten Ton. Dies war sein traurigstes Lied. Wie hätte es auch anders sein können. Januão spielte Flöte, seit er das Instrument halten konnte, aber er hatte bis jetzt nicht gelernt zu spielen, was andere von ihm forderten. In seine Flöte floss immer, was er im selben Atemzug spürte. Dieses Lied hatte Dshirah zum letzten Mal gehört, als ihr winziges Schwesterchen vor zwei Jahren starb. Silbão stieß sie an und drehte ihren Kopf zur Blumenmauer. Auch die Wächter schauten nach Osten, alle. Ihre Pferde fingen an zu tänzeln. Und nun hörten sie von der anderen Seite das Wiehern des Hengstes. Es klang nicht schrill wie sonst, wenn er seine Stuten trieb, es klang dunkel wie die Töne aus den langen Holzröhren, die in manchen Patios hingen. Noch niemals hatte Dshirah ein solches Wiehern gehört. Auch die Wächter wandten den Kopf. Nun blickten sie gerade in die untergehende Sonne. Dshirah erkannte den Plan ihres Bruders: Die Wächter hatten nicht nur mit ihren unruhigen Pferden zu kämpfen, sie schauten auch der Herde entgegen und würden von der Sonne geblendet sein.

Silbão hatte den Kopf auf die Knie gelegt und die Hände über die Ohren gepresst. Dshirah starrte entsetzt auf die schwarzen Locken, die durch seine Finger quollen. Er musste ihr noch so viel erklären, und er brachte kein Wort mehr heraus. Da schlug die Angst wie schwere Pauken in ihrem Kopf und übertönte die Flöte.

«Silbão!» Sie packte und schüttelte ihn. «Was soll ich tun da drin? Und wie, wie komme ich wieder raus?»

Er blickte auf. Sein Gesicht schien zerstört, schief hing sein Mund und die Augen wirkten blöde. Sie schüttelte ihn. Aber es hatte keinen Sinn. Es sah aus, als ob dieser Junge noch niemals hätte sprechen können.

«Wo finde ich deine Schwester?»

Er zeigte nach Nordosten. Auch sein Arm zitterte. Da kamen die Pferde.

Man hörte sie kaum. Der Boden war sandig. Ihre unbeschlagenen Hufe machten fast kein Geräusch. Und immer wenn Januão spielte, wurden ihre Körper leicht wie Federbälle. Nur zögernd lösten sich die gelben Leiber der Stuten wie große goldene Tropfen aus der Sonne und flossen weiter über die Ebene. Dshirah konnte Je-ledla nicht mehr erkennen, denn es gab keine einzelnen Pferde mehr. Sie waren eine schwebende Schar von Wesen, die vielleicht von einem anderen Stern auf die Erde gefallen waren. Eine alte Geschichte erzählte, so seien Pferde entstanden.

Die Paukenschläge! Die trommelnde Angst! Das Einzige, was Dshirah retten konnte, war die laut lärmende Panik in ihrem Kopf. Wenn sie hier weiter lauschte und schaute, kam sie niemals nach En-Wlowa. Aber die Pauke war nur noch ein sanftes, tiefes Beben im Bauch, über dem hoch in der Luft Januãos Flöte schwebte. Auch Silbão neben ihr hatte wieder sein schönes Gesicht, nicht jedoch seine Sprache gefunden. Vier der Wächter hielten ihre tobenden Pferde am Zügel. Zwei waren aufgesessen, hatten aber die Speere verloren, ihre Pferde mischten sich unter die Sorraia-Stuten, weiße Flecken im gelben Fluss und darüber das Rot der Uniform. Von der anderen Seite des Hügels schrien die beiden gefesselten Reitpferde, im Osten ein einzelner Reiter. Die Musik wurde lauter.

Da sagte, klar und deutlich, Silbão ein einziges Wort: «Jetzt!» Das war ein Befehl.

Dshirah sprang hinter dem Strauch hervor und stürzte den Hügel hinunter. Niemand würde sie sehen. Nicht ein einziger Blick ging in ihre Richtung. Und auch sie sah nichts mehr. Und hörte die Flöte nicht mehr. Die Angstpauken waren wieder laut und lärmend, und alles, was sie spürte, war der Schmerz im rechten Fuß, mit dem sie zu lange barfuß gelaufen war. Sie jagte über die Ebene. Ein gesatteltes Pferd galoppierte an ihr vorbei. Es hatte seinen Reiter abgeworfen. Sie sah einen großen roten Fleck reglos auf dem von Hufen zertrampelten Boden liegen. Ein Bündel Lumpen rannte ihr entgegen. Als sie aneinander vorbeiliefen, traf sie ein verwunderter Blick aus einem knochigen, schmutzigen, jungen Gesicht. Sie erreichte die Blumenmauer und schlüpfte unter den Blütenvorhang. Sie lehnte sich an die Mauer und schloss die Augen. Sie sah und hörte nichts mehr. Da war nur noch der Duft der Blumen, schwer, betäubend, wie starkes Parfüm.

Hinter der Blumenmauer

Dshirah saß und rührte sich nicht. Sie tat nichts als atmen, das war mühsam genug. Die Luft fühlte sich an, als hätte der schwere Duft der Blumen sie in einen zähen, klebrigen Brei verwandelt. Die Augen hatte sie geschlossen, denn da war ein unangenehmes Kitzeln auf ihren Augenlidern. Sie öffnete den Mund, weil sie durch die Nase nicht genügend Luft bekam. Es krabbelte auf ihren Lippen, sie atmete etwas ein, musste husten, schlug die Augen auf, da krochen ihr Fliegen in die Augen, sie schlug die Hände aufs Gesicht, vertrieb und zerdrückte Fliegen. Fort, nur fort, hier konnte sie nicht bleiben. Und sie sprang aus der Blumenmauer zurück in die Ebene.

Niemand sah sie, denn noch immer spielte ihr Bruder. Sie entfernte sich ein paar Schritte von der Blumenmauer, bis sie die Luft wieder atmen konnte. Auch die Fliegen blieben zurück. Nun hörte sie wieder Januāos Flöte und sah die Pferde nach Osten laufen. Das machte sie so traurig, dass ihr Herz klein wurde wie eine getrocknete Weinbeere. Sie stand mit hängenden Armen und vergaß, dass sie fliehen musste.

«Wenn du traurig bist», sagte ihre Mutter immer, «wird dein Herz so klein wie eine getrocknete Weinbeere.»

Und dann nahm sie meist eine trockene Weinbeere aus dem weißen Leinensack, die legte sie in eine Schale mit Honigwasser, und Dshirah durfte vor der Schale sitzen und zuschauen, wie die

Weinbeere wieder groß und rund und prall wurde. Wenn sie die süße Kugel dann essen durfte, war sie nicht mehr traurig, schon lange nicht mehr.

Gab es Honigwasser in En-Wlowa? In Tränen getaucht konnte ihr verschrumpeltes Weinbeerenherz nur ein bitterer Trost werden. Und sie sollte hier nicht stehen mit hängenden Armen und hängendem Kopf. Sie sollte fliehen! Fliehen! Aber Januão spielte noch immer.

Würde es in Afrika Weinbeeren geben? Sie wusste nicht viel von Afrika. Sie wusste von Afrika nicht viel mehr, als dass es weit weit fort war von Zaiira. Und da waren die letzten Töne von Januãos Lied. Sie öffnete den Mund, um die verklingende Melodie einzuatmen, mitzunehmen – die konnte sie doch nicht auch noch verlieren –, aber das Lied verklang, es ließ keinen Rest in der Luft, nicht einmal Spuren im Sand. Drüben auf dem Hügel sah sie die magere Lumpengestalt im Gestrüpp verschwinden und Silbão sah sie, der wild mit den Armen winkte. Sie musste zurück in den schrecklichen Duft der Blumen und zu den Fliegen, in wenigen Herzschlägen würde der Zauber von Januãos Musik zerfallen. Aus dem Staub erhob sich die rote Uniform des gestürzten Wächters. Er taumelte halb bewusstlos, schien aber nicht schwer verletzt. Dshirah lief ein paar Schritte an den Blumen entlang weiter nach Westen. Vielleicht war es dort besser. Vielleicht war sie da näher an dem Loch in der Mauer. Und sie stürzte sich, Augen und Mund geschlossen, in die bunten Blüten. Sie drückte sich gegen die Mauer, hielt die Hände über den Mund, atmete durch schmale Schlitze zwischen ihren Fingern. Ihr Kopf wurde schwer, ihre Hände und Füße auch. Mit jedem Atemzug wurde sie müder. Sie hörte auf zu atmen, aber das ging nicht, nicht so lange, bis sie das Loch in der Mauer gefunden hatte. Sie schnappte nach Luft, nach der duftschweren, breiigen Luft, sie fühlte sich wie ein Stein, ihre Hände tasteten an der Mauer entlang, aber sie spürte kaum noch einen Unterschied zwischen ihren Fingern und dem Stein. Und Fliegen, Fliegen überall. Sie konnte die Augen nicht öffnen, sie sah dann auch nicht mehr, nur Fliegen, Fliegen überall. Sie sah und fühlte nichts mehr, sie konnte auch nichts riechen, ihr Geruchssinn war erschlagen von dem Duft der Blumen. Da versuchte sie zu hören, versuchte die allerletzten Reste von Januãos Lied aus der Luft herauszulauschen, aber das war längst verklungen. Stattdessen hörte sie tief in ihrem Innern die Stimme ihrer Mutter. Die hatte ihr einmal erzählt, es gebe Blumen, die seien so bunt und so schön, dass sie jeden zum Tanzen fröhlich machten, aber sie dufteten jeden zu Tode, der zu lang aus ihnen atmete. Sie hatte Angst, sie fiel, sie stürzte in die Mauer und in einen anderen Geruch.

Verfaultes und Faulendes stank und mischte sich mit dem Blumenparfüm. Sie blinzelte durch halb geöffnete Augen. Sie saß mitten in der Mauer. Die war so breit wie die Kruppe von zwei Arbeitspferden. Auf Händen und Knien kroch sie nach En-Wlowa. Die harten Steine schürften ihr die Haut auf. Das machte sie wach genug, durch den lähmenden Duft in den Dreck des Lagers zu krabbeln. Sie war in Sicherheit, in einer stinkenden, dreckigen, engen Sicherheit. Sie kroch weiter fort von den Blumen, von den Fliegen. Sie setzte sich auf den Boden, öffnete die Augen und den Mund. Sie konnte wieder atmen. Das hier war nur Gestank.

Über ihr schwankten schmutzige magere Gesichter mit lächelndem Mund und glücklichen Augen, aus denen ganz langsam wie zäh fließender Honig das Glück hinausfloss. Solche Blicke kannte Dshirah. Verzweifelte Menschen, die Januãos Musik gehört hatten, behielten noch viele Herzschläge lang die Freude in den Augen. Auch die Gefangenen hatten sein Spiel gehört, und so traurig seine Melodie heute gewesen war, so schön war sie doch. Dshirah streckte eine Hand aus.

«Bitte», sagte sie, «bitte ...»

Vielleicht konnte sie noch ganz schnell, bevor der Zauber der Musik vollends verging, von diesen Leuten erfahren, wo Silbãos Schwester war. Sie wusste ja nicht, wie diese Leute waren, wenn sie nicht mehr unter dem Eindruck von Januãos Lied standen. Die sahen alle so eckig und kantig und spitz aus, und sie waren so grau, wie auch zehn Regentage die Berge nicht machen konnten. Und sie waren ja Verbrecher, alle miteinander, sonst wären sie doch nicht hier.

«Bitte», sagte sie, «wo ...»

Aber sie hatte vergessen, wie Silbãos Schwester hieß. Da fiel ihr ein, dass es in wenigen Augenblicken dunkel sein würde, und im selben Atemzug merkte sie, wie hungrig sie war – sie hatte seit dem Morgen nichts mehr gegessen. Mit hastigen Augen schaute sie sich um. Zwischen den mageren Körpern der grauen Gestalten sah sie verfallende Hütten aus Holz. Sie erhob sich auf die Knie, aber dann blieb sie lieber sitzen. Eigentlich wollte sie sich verkriechen, wollte fort von diesen Leuten, die doch alle Mörder waren oder mindestens Diebe, fort – nur nicht zurück in die Blumen. Sie schaute sich um. Die Blumen wuchsen oben auf der Mauer, und auch hier innen hingen sie hinunter bis in den Dreck. Die Dämmerung begann den großen Blüten die Farben zu nehmen. Sie machte sie den Gesichtern und den Kleidern der Menschen ähnlich, nur nicht deren Geruch. Ein Mann trat auf Dshirah zu.

«Was kommst du hier rein?», fragte er. «Wir kennen nur welche, die rausgehen.»

Was sage ich ihm?, dachte Dshirah. Oh, wir haben nicht überlegt – ich kann ihm doch nicht sagen –

Da drängte sich eine Frau durch die Reihe.

«Hast du einen Jungen gesehen?», fragte sie. «Der rausrannte?»

Dshirah nickte.

«Ist er durchgekommen? Bis zum Hügel?»

Dshirah nickte: «Ja, ich habe ihn am Hügel gesehen.»

Die Frau schloss die Augen, taumelte, lehnte sich an einen anderen, fand nur wenig Halt, schwankte, flüsterte: «Danke. Danke.»

«Doch – es kommen welche rein», sagte eine andere Frau. «Dieser Junge. Er war schon dreimal hier.»

Dshirah horchte auf.

«Er besucht seine Schwester», sagte sie rasch. «Das will ich auch. Wisst ihr, wo seine Schwester …?»

Kopfschütteln. Achselzucken.

«Der ist ein ganz Schneller», sagte einer. «Der flitzt hier so durch. Der hat Kraft und keinen Hunger.»

Dshirah stand auf.

«Ich muss sie suchen», sagte sie, «seine Schwester. Sie wohnt da.»

Sie ging nach Nordosten. Noch konnte sie sehen, wo die Sonne untergegangen war. Niemand stellte Fragen, keiner hielt sie auf. Nur die Frau, die nach dem geflohenen Jungen gefragt hatte, griff nach ihrer Hand und drückte sie. Dshirah schaute in Augen, die aus der Dunkelheit leuchteten. Da hatte sie etwas weniger Angst.

Sie irrte durch die Gassen zwischen verfallenen Holzhäusern. En-Wlowa musste vor sehr langer Zeit einmal ein Dorf gewesen sein, als es hier noch Wälder gegeben und man mit Holz gebaut hatte. Sie fand keinen geraden Weg nach Nordosten, musste nach rechts, nach links und wusste schon bald nicht mehr, wo die Sonne untergegangen war. Es wurde kalt. Sie hatte nur Kleidung für die Zeit der Sonne am Himmel, und es war in diesem Land bei Tag so heiß, wie es nachts kalt war. Sie schloss das Hirtenhemd fest um den Hals, aber wenn sie sich den Hals damit wärmte, zog sie es von den Knien weg, und ihre Beine wurden kalt. In ihrem Bauch war die Blase so voll, wie der Magen leer war. Gab es hier Abtritte? Plötzlich war es ihr dringlichster Wunsch, einen Abtritt zu finden. Sie spürte keine Kälte mehr, keinen Hunger, keinen Durst. Aber sie fand einen Brunnen. Und sofort hatte sie wieder Durst. Doch trinken? Noch mehr in die Blase füllen? Und war das Wasser denn sauber? War es gut? Es glänzte dunkel im Mondlicht. Dshirah starrte auf den hellen Strahl, der aus dem Holzrohr in das steinerne Becken rann. Sie presste die Beine fest zusammen und drückte die Hände unter den Bauch. Sie durfte den Wasserstrahl nicht mehr anschauen, sie musste den Kopf abwenden und konnte es nicht – da rann es warm in ihre Schenkel. Sie hockte sich schnell auf den Boden und raffte das Hemd. Schaute ihr jemand zu? Bestimmt war es verboten, neben den Brunnen zu pinkeln, bestimmt. Eine dürre Gestalt beugte sich von der anderen Seite über den Brunnen, schnappte nach dem Wasserstrahl, ließ sich das Wasser in den Mund laufen, ging davon. Und im selben Herzschlag bedauerte Dshirah, dass die Wärme da aus ihr herauslief, es war ihre einzige Wärme, sie hatte sonst keine für diese Nacht. Sie sah diese Wärme als Rinnsal aus dem Brunnenschatten ins Mondlicht laufen. Sie erhob sich und trank aus dem Brunnen. Das Wasser war frisch. Und kalt.

Sie ging weiter. Sie dachte an die Frau, die sich so gefreut hatte, dass der Junge geflohen war. War er ihr Sohn? Hatten die Leute hier Kinder? Oder hatte sie ihn nur gern? Gab es hier Leute, die jemanden gern haben konnten? Würden die auch sie gern haben? Sie dachte an ihre Mutter und weinte. Nicht weit vom Brunnen, sie konnte ihn sehen, kauerte sie sich in einen Spalt zwischen zwei Häusern. Das Holz hatte noch etwas Wärme vom Tag. Sie zog ihr Hemd über die Knie, konnte aber die Füße nicht bedecken. Sie schlüpfte mit beiden Armen in das Hemd hinein. Aber da packte sie die Angst. Auf der anderen Seite der Gasse sah sie einen Mann an die Holzwand gelehnt sitzen. Wenn der jetzt käme oder ein Hund oder eine Ratte – sie hatte keinen Arm frei, um das abzuwehren, nicht einmal eine Hand, um ihr Gesicht zu bedecken. Der Mann bewegte sich nicht, vielleicht schlief er schon. Da dachte sie ganz fest an ihre Mutter. Sie stellte sich vor, dass die Mutter mit einer warmen Hand durch ihr Hemd, durch ihre Haut in ihre Brust griff. Es tat nicht weh. Die Mutter nahm ihr das getrocknete Weinbeerenherz aus der Brust und legte es in Honigwasser. Und während Dshirah zuschaute, wie es aufging, wie es groß und weich und dick wurde, weinte sie sich die allerletzte

Wärme aus dem Körper, bis ihre Tränen schon kalt waren, als sie ihr aus den Augen flossen.

Sie erwachte am frühen Morgen und wusste, dass sie etwas geträumt hatte, aber sie wusste nicht mehr, was. Es war zu kalt, um sich an Träume zu erinnern. Träume hielten sich unter warmen Decken. Hier klemmte sie so steif gefroren zwischen Holzwänden wie vor zwei Jahren Je-ledlas verunglücktes Fohlen in den Felsen. Das war schon tot gewesen, als sie es gefunden hatten, aber es war wärmer als Dshirah, denn die Stute hatte über ihm gestanden und es geleckt mit ihrer warmen Zunge. Dshirah fühlte sich kälter als tot. Der Mann auf der anderen Seite der Gasse schlief noch. Er kauerte noch genauso wie am Abend zuvor.

Am Himmel erschien das erste Licht. Menschen kamen zum Brunnen, hielten Schalen unter den Wasserstrahl, tranken. Dshirah sehnte sich nach ihrem heißen Morgentee. Eine der grauen Gestalten trat auf sie zu und hockte sich neben sie.

«Ich habe dir Bruns Schale gebracht», sagte sie. «Er braucht sie ja jetzt nicht mehr. Ohne Schale bekommst du hier nichts zu essen.»

Dshirah erkannte die Frau, die gestern nach dem geflohenen Jungen gefragt hatte. Sie reichte ihr eine kleine hölzerne Schale. Dshirah wollte danach greifen, konnte aber den Arm nicht bewegen. Die Frau nahm ihre Hand, hielt ihre kleinen, dünnen Eiszapfenfinger, und in ihren Augen waren so ein Schreck und so ein weiches Mitleid, dass Dshirah tief in sich einen warmen Klumpen spürte, der immer größer wurde, als sei in ihrem Bauch die Sonne aufgegangen. Die Frau löste sie aus dem Holzspalt, hüllte sie in ihre weiten Lumpen und umfing sie mit den Armen, bis die richtige Sonne so weit in das Lager schien, dass ihre Strahlen zu wärmen begannen. Dshirah sah die Frau an, wie sie gern ihre Mutter angeschaut hätte. Dann reckte sie sich langsam in der Sonne. Allmählich konnte sie Arme und Beine wieder bewegen.

Am Brunnen war es voll geworden. Alle standen ruhig in einer Reihe, als aus einer Gasse sieben oder acht weitere Gestalten kamen, genauso grau wie die anderen, aber sie gingen schneller und kraftvoller. Sie stellten sich nicht hinten an, sondern liefen gleich nach vorn. Dort machte man ihnen Platz. Nur einer stellte sich ihnen entgegen. Den packten sie an der Kehle, warfen ihn zu Boden, traten ihm in den Bauch, auf den Hals, ins Gesicht. Er blieb liegen und krümmte sich im Dreck. Er blutete auch. Dshirah starrte ihn an, als die Frau an ihrem Arm zog. Die schaute woandershin und zerrte sie ans Ende der Schlange.

«Wenn wir noch länger warten, kriegst du nichts Warmes mehr zu essen», sagte sie. «Wir müssen immer mit Wasser in der Schale kommen. Wer mit leerer Schale kommt, kriegt keinen Brei.»

Sie kamen ziemlich schnell voran. Schon hatte sich hinter ihnen eine sehr viel längere Schlange gebildet. Sie näherten sich dem blutenden Mann am Boden.

«Da!», sagte Dshirah.

Aber die Frau fragte: «Weißt du, wann der Pferdepfeifer wieder kommt?»

Dshirah schüttelte den Kopf. Sie erreichten den Brunnen.

«Erst trinken», riet die Frau, «und dann mit halb voller Schale weitergehen.»

Sie gingen alle in dieselbe Richtung und trugen die Schalen mit Wasser vor sich her.

«Bevor sie dir Brei geben, musst du das Wasser ausgießen. Wir glauben, sie machen das so, damit die Kämpfe am Brunnen stattfinden und nicht da, wo sie das Essen austeilen. Mit halb vollen Wasserschalen kann man nicht kämpfen.»

Während sie durch die Gassen gingen, fiel Dshirah plötzlich ein, dass sie vergessen hatte, sich zu merken, wo die Sonne aufgegangen war.

«Weißt du, wo Nordosten ist?», fragte sie erschrocken.

Die Frau nickte.

Mitten auf einem kleinen Platz war eine steinerne Statue von Armei dan Hasud. Sie war schmutzig, wurde offenbar nicht gereinigt und sah aus, als hätte man sie mit Dreck beworfen. Zwei Männer, die genauso grau, aber weniger zerlumpt waren als die anderen, standen daneben. Sie waren deutlich dicker und kräftiger. Um sie herum wimmelte es von Fliegen. Vor ihnen war schon eine Wasserpfütze, weil alle dort ihre Schalen leer gossen. Jeder bekam eine Kelle Brei. Auch Dshirah erhielt einen Klecks. Sie verscheuchte die Fliegen und griff mit den Fingern in die gelbe Masse. Die schmeckte nach nichts, höchstens ein wenig bitter, wahrscheinlich war es Hirse, aber der Brei war warm. Sie aß sehr langsam, während sie weiterging, kaute, obwohl es nichts zu kauen gab, und dachte ans Essen und nur an das Essen, denn sie hatte die Stimme des Vaters im Ohr: «Denke beim Essen an nichts als an essen. Mit jedem Gedanken an Wetter, Arbeit, Sorge fütterst du Wetter, Arbeit, Sorge und nicht dich.»

So bald, das wusste sie, würde sie nicht wieder etwas zu essen bekommen, denn die Gefangenen sahen halb verhungert aus. Dieser Brei musste wahrscheinlich für den ganzen Tag reichen, aber sie versuchte, auch daran nicht zu denken, und als ihre Schale leer war, hatte sie die freundliche Frau verloren.

Sie stand und schaute, suchte das Gesicht der Frau, suchte ein anderes, das Silbão ähnlich war. Aber Silbão war schön, und die hier waren hässlich, alle. Solche Menschen hatte sie noch nie gesehen.

Die Sonne! Sie musste die Sonne beachten! Es war gewiss noch früh am Morgen. Noch konnte sie ungefähr erschließen, wo Nordosten war. Sollte sie sofort dahin gehen? Aber da war jetzt niemand. Alle drängten sich auf dem Platz zusammen. Wenn die Sonne jedoch erst einmal hoch am Himmel stand, würde sie sich nicht mehr zurechtfinden.

Dshirah brach auf. Die Hütten standen eng, aber sie waren niedrig, sie konnte immer die Sonne sehen. Sie schaute in alle Holzverschläge, ob vielleicht darin ein Abtritt war. Schon fühlte sie ein Drängen im Darm.

Was mache ich mit der Schale, wenn ich hocken muss?, dachte sie. Sie konnte nicht hoffen, dass sie hier einen Abtritt finden würde, in dem sie ihre Schale auf den Boden legen mochte. Daheim im Haus ihrer Eltern und in Al-Cúrbona war alles sauber. Sie kannte keinen Dreck.

Was machen die anderen mit den Schalen?, dachte sie.

Ihr war klar, dass sie die Schale auf keinen Fall verlieren durfte.

Hat jeder sein eigenes heimliches Versteck? Oder muss man sie abgeben und bekommt sie am Morgen ausgeteilt? Nein, die Frau hat gesagt, dies ist die Schale von –

Den Namen des geflohenen Jungen hatte sie vergessen.

Sie ging weiter nach Nordosten, scheuchte die Fliegen von der Schale und leckte sie sauber, bis es für die Fliegen da nichts mehr zu suchen gab. Sie schnüffelte. Aus der Richtung, in die sie ging, kam üblerer Gestank. Auch waren die Menschen, die ihr mit leeren, trockenen Schalen entgegenkamen, die elendsten von allen. Sie trugen Kittel wie sie. Bei einigen sah sie noch die hellere Stelle, wo das Klassenzeichen von der linken oder der rechten Schulter gerissen war. Einmal sah sie ein Kind. Ob es ein Junge oder ein Mädchen war, konnte sie nicht erkennen, es war bloß dünn und grau. Sie schauten sich kurz an, blieben aber nicht stehen.

Die Fliegen wurden nicht weniger, obwohl Dshirah nicht mehr den kleinsten Rest Brei in ihrer Schale hatte. Sie liefen auf ihren Händen herum, saßen in ihren Mundwinkeln, sie schlug um sich, die Schale fest in der Hand, da stand sie vor einem Bretterzaun. Von dort kam der Gestank. Und mit Würgen in der Kehle begriff sie, dass sie gefunden hatte, was sie suchte.

Da war alles voller Fliegen.

Ich muss da rein, dachte sie. Jetzt! Wenn sie gegessen haben, werden viele kommen.

Sie fand einen Eingang. Da waren nur dreckige Balken und Löcher.

Januão, Silbão, holt mich hier raus! Sofort!

Da drehte sich ihr Magen um. Sie spuckte den Brei vor den Balken. Sie konnte nur noch rasch die Schale hochhalten, wo die Luft etwas sauberer war, aber alles war voller Fliegen.

Sie floh aus dem Gestank, rannte durch die Gassen, lehnte sich zitternd an eine Holzwand, fühlte sich verdreckt und erniedrigt.

So lebte in Al-Cúrbona kein Mensch und kein Tier, so konnte, so wollte sie nicht leben, aber die Schale hatte sie noch immer in der Hand. Sie stand in der Sonne, und sie blieb dort, bis ihr schwindlig wurde von dem grellen Licht. Da taumelte sie in den Schatten einer Hauswand, ließ sich auf den Boden sinken, starrte in den Staub. Sie würde hier warten, nichts essen, nichts trinken, um nie wieder dahin gehen zu müssen, wo die Fliegen und der Gestank waren. Sie hatte keinen Hunger, obwohl sie das Einzige, das sie seit gestern früh gegessen hatte, wieder ausgespuckt hatte. Hunger war ein entsetzlicher Feind, gegen den sie kämpfen würde. Hunger zwang zum Essen, und Essen hatte entsetzliche Folgen.

Dann lieber sterben, dachte sie, das macht nicht solchen Dreck.

Und während sie mit zitternden Lippen in den Staub starrte, fiel ihr etwas ein.

«Juja», murmelte sie. «Juja …»

Ihre Hände umklammerten die Schale. Das war ihr kostbarster Besitz, denn ohne diese Schale bekam man nichts zu …

«Juja», flüsterte sie, «Juja …»

Ihre Hände würgten die Schale, sie war ihr größter Feind, denn aus der Schale hatte sie gegessen – sie hob den Kopf.

«Juja!», rief sie. «Juja!»

Die Gefangenen kamen jetzt in Scharen von dem kleinen Platz zurück. Die meisten gingen in dieselbe Richtung. Dahin, wo Dshirah nie wieder sein wollte?

«Juja!», schrie Dshirah ihnen entgegen.

Sie schaute in die Gesichter, suchte nach einer jungen Frau und rief: «Juja! Juja!»

Sie schrie und schrie, bis eine Frau vor ihr stehen blieb und zu ihr hinunterschaute. Sie lächelte. Und sie war nicht grau wie die anderen, sondern trug ein blassbuntes Kleid. In den Händen hielt sie ein kleines Bündel voller roter, blauer und gelber Flecken.

«Juja», flüsterte Dshirah.

Ist sie es?, dachte sie. Ist das Silbāos schöne Schwester? Kann das sein? Sie sieht aus wie – wie – wie eine – Ruine …

Sie musste an die alte Bardenburg denken. Jenseits der Hügelkette hinter dem Kalifenpalast standen noch immer die Reste der alten Bardenburg. Vor vierhundert Jahren hatten die Araminen die Burg zerstört. Übrig geblieben waren Teile der Kuppel, die viele Barden besuchten. Dshirah hatte oft mitten in dem weiten Gewölbe gestanden, und da hatte sie ahnen können, wie schön dieser Bau einmal gewesen war.

«Ruine», flüsterte sie.

Auf sie hinunter schaute lächelnd die Ruine von Jujas schönem Gesicht.

«Wer bist du?», fragte eine andere, ältere Frau. «Ich habe dich hier noch nie gesehen. Woher kennst du Juja?»

«Silbāo schickt mich», sagte Dshirah.

Da geschah etwas mit der Ruine von Jujas schönem Gesicht. Es war wie in der alten Burg. Dshirahs Familie war immer im Sommer dahin gegangen und hatte mittags auf den Höchststand der Sonne gewartet. Wenn dann das Licht durch das Loch im Scheitel der Kuppel schien, erstrahlte der Raum, und wenige Herzschläge lang wirkten die zerstörten Wände wie die Spitzenschleier, hinter denen der Kalif seine Frauen verbarg. Juja, die sich neben Dshirah auf den Boden hockte, war plötzlich schöner als ihr Bruder.

«Wie geht es meinem kleinen Abdalameh?», fragte sie.

«Abdalameh?», flüsterte Dshirah.

Das war ein Kalifenname. Selbst den vornehmsten Fürsten war es verboten, ihren Söhnen diesen Namen zu geben. Auch Zaiiras Bruder, hätte sie einen gehabt, wäre nicht Abdalameh genannt worden.

«Wer?», stammelte Dshirah. «Ich weiß nicht ...»

Und genauso war das in der alten Bardenburg: Wenn das Mittagslicht über der Kuppel weiter wanderte, wurde die Burg wieder zur Ruine, ihre Schönheit war nur noch Erinnerung. Jujas Gesicht zerfiel in fremde, traurige Augen und zitternde Lippen.

«Komm mit», sagte die fremde Frau und reichte Dshirah eine Hand. Auch ihr Kleid war farbig, zwar nicht so voller bunter Flecken wie Jujas, aber blau, ein scheckiges Blau wie ein gefleckter Himmel mit ein paar grauen Wolken darin. Es tat Dshirah gut, an einer Hand zu gehen, dicht neben jemandem einfach mitzugehen. Sie kamen zu einem kleinen Verschlag.

«Hier leben wir», sagte die alte Frau. «Wenn man das leben nennen kann. Es gibt bessere Hütten, aber hier will außer uns keiner rein. Wir wollen allein sein. Weil Silbão manchmal kommt. Du kannst auf seinem Platz schlafen.»

Juja fasste Dshirahs Hand. Sie ließ das Bündel mit den bunten Flecken los. Es fiel auf den Boden und öffnete sich. Es war voller Blüten von der Blumenmauer. Juja achtete nicht darauf. Sie schaute Dshirah mit flehenden Augen an und sagte: «Wie geht es meinem kleinen Abdalameh?»

Dshirah wollte gern die Hand wegziehen und vor Jujas Augen weglaufen. Sie kannte keinen Abdalameh. Wie sollte sie so einen kennen? Und sie spürte, es war für Juja ein entsetzliches Unglück, wenn sie auf diese Frage keine Antwort bekam. Dshirah warf der alten Frau einen hilflosen Blick zu. Die sammelte die Blumen wieder in das Tuch, schob Juja sanft in eine Ecke, gab ihr die Blüten und ein graues Stück Stoff. Und Juja begann, den Blütensaft in den Stoff zu drücken, bis der Stoff und ihre Hände so bunt waren wie die Vögel, die zum Geburtstag des Kalifen in goldenen Käfigen auf der Plaza de las Poemas aufgehängt wurden. Da wandte sich die alte Frau wieder Dshirah zu.

«Du kannst mich Una nennen», sagte sie. «So heiße ich nicht, aber ich bin seit vielen Jahren hier, und ich hoffe noch immer, es wird mir eines Tages besser gehen, wenn ich mein früheres Leben und meinen Namen vergessen habe. Denn raus komme ich hier nicht mehr.»

«Warum bist du ...», wollte Dshirah fragen. Aber Una unterbrach sie.

«Frag mich nicht, dann frage ich dich auch nicht.»

Dshirah nickte heftig. Das war ihr sehr recht.

«Aber warum Juja hier ist, muss ich dir erzählen», fuhr die Frau fort. «Woher hast du die Schale? Silbão hatte nie eine.»

Dshirah berichtete.

«Das ist gut», sagte Una. «Zieh das Hemd aus.»

Dshirah gehorchte. Una nahm das Hemd, stülpte es um und zog es Dshirah wieder an. Aus einer Ecke holte sie einen Fetzen Stoff, eine grobe Nadel und Faden. Sie biss und zerrte mit den Zähnen an dem Stoff herum, bis sie den Fetzen noch etwas kleiner genagt hatte.

«Messer haben wir nicht», erklärte sie, «Scheren auch nicht.»

Auf Dshirahs Brust nähte sie eine Tasche, steckte die Schale hinein, Dshirah musste das Hemd wieder ausziehen und wenden. Nun trug sie die Schale innen auf der Brust.

«Das ist hier Pflicht», erklärte Una. «Wer seine Schale verliert, ist tot.»

Juja hockte in einer Ecke. Sie sang leise vor sich hin. Dshirah erkannte die Melodie. Es war ein altes Kinderlied, aber Juja sang immer nur ein einziges Wort: «Abdalameh, Abdalameh ...»

«Er ist ihr Sohn», flüsterte Una, und Dshirah erschrak. Das konnte nicht wahr sein.

«Juja war einmal sehr schön», erzählte Una.

«Ich weiß», Dshirah nickte.

«Der Kalif», fuhr Una fort, «sah sie, als sie auf dem Markt Ziegenkäse verkaufte. Er lässt sich ja manchmal durch die Straßen tragen, schaut, verborgen hinter seinem Spitzenstoff, und nimmt alles mit, was ihm gefällt: Früchte, Blumen, Krüge, Stoffe, Pferde, Frauen, Windhunde ...»

Juja sang noch immer ‹Abdalameh, Abdalameh›, aber die Melodie änderte sich. Die Töne wurden länger und tiefer. Aus dem Kinderlied wurde ein Klagegesang. Una wandte ihr den Kopf zu und sang mit. Sie machte die Töne erst lauter und voller, dann wieder rascher, heller, bis ihre raue Stimme hüpfte und Juja jubelte: «Abdalameh! Abdalameh!» – ein Lied für fröhliche Kinder beim Spielen. Una rückte etwas näher an Dshirah heran. Sie sprach sehr leise: «Der Kalif ließ sie holen. Als eine seiner Nebenfrauen. Sie sollte sein dreizehntes Kind gebären. Das dreizehnte Kind des Kalifen wird gut versorgt, aber es bekommt keine Macht. Doch Juja wurde zu früh schwanger.

Sie gebar das zwölfte Kalifenkind. Und es ist ein Junge. Vielleicht, wenn es ein Mädchen wäre – vielleicht säße Juja im Palast und hielte ihr Kind am Arm. Aber wenn das zwölfte Kind des Kalifen ein Sohn ist, erbt er die Länder in Afrika. Da haben sie Juja verurteilt. Erbbetrug werfen sie ihr vor. Sie sagen, sie hätte sich mit diesem Kind Reichtum und Macht ergaunern wollen.»

Jujas Lied war wieder von Dur nach Moll geglitten. Una sang mit, bis aus dem Trauergesang ein Tanzlied wurde.

«Silbāo kommt alle paar Monate», flüsterte sie Dshirah zu, «und erzählt ihr, dass es Abdalameh gut geht. Ich glaube nicht, dass er ihn je gesehen hat, aber es ist trotzdem keine Lüge. Wenn Jujas Sohn krank würde, müssten alle trauern im Land. Ihr Kind erbt Afrika, das kann auch Kalif Hisham nicht mehr verhindern. Dass Abdalameh so schön wird wie seine Mutter, mag ihm recht sein, aber der Kleine wird gewiss auch genauso lieb.»

Und vielleicht nicht sehr klug, dachte Dshirah.

Als Jujas Stimme wieder dunkel wurde, zog Una an Dshirahs Arm.

«Schnell! Sag ihr, dass es ihm gut geht. Ich kann nicht den ganzen Tag mit ihr singen, und es ist entsetzlich, wenn sie noch trauriger wird, es ist furchtbar. Ich kann es nicht ertragen.»

«Juja», sagte Dshirah, «Abdalameh geht es gut. Er ...»

Wie alt konnte das Kind jetzt sein? Seit fast zwei Jahren war Juja verschwunden. Was hatte sie selber gemacht, als sie zwei war?

«... er hat ein weißes Maultier bekommen und winkt immer, wenn es durch die Straßen geführt wird.»

Vielleicht stimmte das sogar. Vor einem Monat hatte sich die Familie des Kalifen offen in der Stadt gezeigt, und auf einem weißen Maultier hatte ein kleiner Junge gesessen, der schöner war als die anderen Kalifenkinder. Juja jubelte einen kleinen Triller. Dann blieb sie still in der Ecke sitzen, lächelte vor sich hin, und ihre bunten Hände lagen zwischen den letzten heilen Blüten.

«Gut», sagte Una. «Nun zu dir. Hast du heute gegessen?»

Dshirah schauderte.

«Ja», nickte sie, «aber ...»

Und sie erzählte, wo der Brei geblieben war.

«Silbāo holt mich bald wieder hier raus», sagte sie. «So lange muss ich nichts essen. Wasser reicht mir.»

Una schüttelte den Kopf.

«Du musst Kraft haben, wenn du zum Hügel rennst. Willst du dich waschen?»

«Man kann sich waschen?» Dshirah hob den Kopf.

«Nicht alle tun es, aber man kann, wenn man jemanden hat, der das Hemd mit der Schale solange hält. Komm. Jetzt ist Frauen-Waschzeit.»

Sie gingen durch die Gassen. Die sahen für Dshirah jetzt schon ganz anders aus. Ja, sie würde essen. Sie würde Kraft haben und zurücklaufen. Sie würde ihren Bruder wiedersehen und den Vater und die Mutter – niemals Zaiira ... Fast hätte sie angefangen, sich zu freuen – aber Zaiira ...

Da griff Una nach ihrer Hand und drückte sie sanft.

«Das war sehr lieb, was du Juja gesagt hast», flüsterte sie. «Du hast es ja sicher gemerkt, sie ist vor Sehnsucht nach ihrem Kind ganz krank im Kopf geworden.»

«Warum sind hier gute Menschen?», fragte Dshirah. «So wie du?»

«Hier sind Mörder, Diebe und Betrüger», antwortete Una. «Und Betrüger sind in Al-Cúrbona alle, die etwas gesagt oder getan haben, das dem Kalifen oder seinen Ministern nicht passt.»

«Aber warum rennt ihr nicht weg? Wenn man in einer dunklen Nacht durch das Loch geht, können die Wächter doch nicht schießen.»

Una lachte kurz und hart. «Nachts ist das Loch bewacht. Sie geben es nur frei, wenn sie auch schießen können.»

«Und warum könnt ihr nicht über die Mauer?», schlug Dshirah vor. «Könnt ihr nicht Leitern bauen?»

Aber Una schüttelte den Kopf.

«Das haben schon welche versucht. Niemand kommt durch diese Blumen. Der Duft macht dich ganz wirr im Kopf, und die Fliegen bringen dich um.»

«Aber im Winter? Die können doch nicht das ganze Jahr blühen.»

«Es sind fast immer Blüten da. Nur zwei Monate sind sie kahl. Und dann haben sie Stacheln – du kannst es jetzt noch nicht gemerkt haben, das fängt erst im Sommer an – fingerlange Stacheln, lauter kleine Dolche. Es kommt niemand durch. Kalif Hisham hält uns gefangen in bunter Blumenpracht. In den Geschichtsbüchern wird stehen, dass er ein guter Herrscher war, der seine Gefangenen von Blumen bewachen ließ. Aber das hat sein Vater ja auch schon getan und der –»

Sie sprach nicht weiter. So gingen sie durch die Gassen, die erst sandig, dann immer steiniger wurden. Einmal kam ihnen ein Kind entgegen, Dshirah wusste nicht, ob es dasselbe war wie vorhin, es sah genauso aus, aber die anderen Menschen sahen auch alle gleich aus. Sie bogen um eine Ecke. Vor ihnen war ein Bach. Das Wasser sprudelte aus einer Felsengrotte, wahrscheinlich war es dasselbe, das draußen vor dem Hügel in unterirdischen Höhlen verschwand, da, wo sie gestern die beiden Pferde angebunden hatten. Es floss zur Blumenmauer und verschwand durch ein vergittertes Loch. Auch das Wasser des Brunnens kam sicher aus diesem Bach. Da waren viele Frauen. Sie wuschen sich, und andere hielten ihre Hemden mit den Schalen. Alle Frauen im Wasser waren nackt.

Und keine hatte Schuhe an.

Ein Aramine mit Herz zerbeißt seine Zunge

Januāo, die Flöte spielend auf seiner falbgelben Stute, sah zwei kleine Punkte zwischen dem Hügel und der Blumenmauer rennen. Seine Augen folgten Dshirah, die in das Gefängnis hineinlief. Nur im Winkel, fast im toten Winkel seines Blicks nahm er den anderen Punkt wahr, der aus En-Wlowa floh. In einer fernen Ecke seines Gehirns wunderte er sich ein wenig, denn seine Gedanken waren bei der Schwester. Nur ein kleines Erstaunen war da. Bisher war noch nie jemand geflohen, wenn er die Pferde diesen Weg entlang lockte. Aber warum nicht? Sie konnten im Lager inzwischen gemerkt haben, wie leicht während des Flötenspiels die Flucht war. Und nicht die entlegenste Gehirnwindung gab Januāo eine Warnung, dass dieser winzige fliehende Punkt gefährlich werden könnte. Er musste ja auch Flöte spielen, nicht denken, spielen. Und nicht weinen jetzt. Er kämpfte die Tränen zurück. Das konnte er gut, denn das war er gewohnt. Jungen, die älter als fünf Jahre waren, durften in Al-Cúrbona nicht weinen. Manchmal wünschte er sich, ein Mädchen zu sein. Vielleicht war er der einzige Junge im Reich des Kalifen, der diesen völlig abwegigen Wunsch hatte. Oder war es möglich, dass es noch mehr gab, die so leicht weinten wie er? Ob das in Afrika erlaubt war? Er fühlte eine kleine, sehr kleine Freude.

Er sah den Dshirah-Punkt hinter den Blumen verschwinden. Da konnte er etwas aufatmen, und in sein Trauer-Klage-Todeslied mischten sich ein paar helle Töne. Die spürte er in seinen Fingerspitzen.

«Januão kann Musik anfassen», sagte seine Mutter immer.

Aber der Dshirah-Punkt kam zurück, kam wieder heraus aus den Blumen – oder war das ein anderer? Noch ein Flüchtling aus En-Wlowa? Aber warum lief der nicht weiter? Januão spielte, um den Punkt zurückzudrängen in die Blütenmauer, denn es war Dshirah, er sah es nicht, er spürte es. Aber trieb er sie wirklich mit seinem Spiel nach En-Wlowa hinein? War es nicht eher so, dass er sie zurückhielt? Er ließ die Flöte sinken. Da erreichten ihn auch schon die Pferde. Je-ledla lief voraus. Er beachtete sie nicht. Er sah den Punkt wieder in den Blumen verschwinden. Langsam wendete er sein Pferd.

Er führte die Herde nicht auf geradem Weg nach Haus, sondern ritt einen kleinen Bogen, Silbão entgegen. Der musste nun in die Stadt zurück laufen, denn Januão nahm seine beiden Pferde mit. Es wurde dunkel. Als er sein Elternhaus erreichte, hatte sich dort wenig geändert. Die elf Polizeipferde standen jetzt im Schatten. Sie hoben die Köpfe, als die Herde vorbeikam, eines schnaubte, eines wieherte, aber sie taten keinen Schritt.

Januão ließ die Stuten auf die Koppel. Je-ledla leckte an den salzigen Steinen, der Hengst begrüßte Dshalla. Januão ging von einem zum anderen, schaute, ob sie Wunden hatten und hob ihre Hufe. Da kam einer der Polizisten in die Koppel.

«Du hast die Pferde geholt?», fragte er.

«Das mache ich jeden Abend», nickte Januão.

«Deine Schwester hast du nicht gesehen?»

«Nein. Ist sie immer noch nicht da?»

«Nein. Was glaubst du, wo sie ist?»

«Das haben wir doch gesagt. Bei einer Freundin in der Stadt. Wahrscheinlich bleibt sie über Nacht. Sie ist so glücklich, dass sie zur Schule gehen darf. Wir leben hier ganz allein.»

Der Mann nickte.

«Du kommst in den Patio», bestimmte er.

«Darf ich erst die Pferde versorgen?»

«Ja.»

Januāo beeilte sich. Es hatte keinen Sinn mehr, die Zeit zu verzögern. Dshirah war in Sicherheit. Als er in den Patio trat, zündete seine Mutter gerade die Öllampen an.

«Wann hast du deine Schwester zuletzt gesehen?», fragte der Polizeioffizier.

«Heute Morgen. Das habe ich doch schon alles erzählt.»

«Erzähl es noch einmal.»

«Wir sind zusammen mit der Herde bis zum Stadtrand geritten. Das machen wir meist so. Von da muss sie laufen. Ich bringe die Pferde auf die Weideplätze.»

«Warum bist du nicht zur Schule gegangen?»

«Ich bin ein guter Schüler. Ich gehe nicht jeden Tag zur Schule.»

«Was für Schuhe hatte deine Schwester an?»

Januāo zögerte. Jetzt musste er aufpassen.

«Ihre leichten Lederschuhe, glaube ich. Ja, natürlich. Ihre Sandalen sind doch hier. Sie hat nur das eine Paar Sandalen.»

Er merkte, wie seine Mutter ihn von der Seite sehr aufmerksam beobachtete, aber er schaute sie nicht an.

«Warum trägt sie in der Stadt nie Sandalen», fragte der Offizier.

«Natürlich trägt sie in der Stadt Sandalen, aber ...», sagte die Mutter sehr schnell.

Der Polizist unterbrach sie: «Ich habe den Jungen gefragt. Nun!»

«Natürlich trägt sie in der Stadt Sandalen», Januão sprach ruhig, er war jetzt nicht aufgeregt. Dshirah war in Sicherheit, und was er hier zu antworten hatte, wusste er, sie hatten das geübt, die Mutter hatte ihm das Stichwort gegeben.

«Wenn wir bis zur Stadt reiten und auch wieder zurück, zieht sie gern Sandalen an. Aber von der Schule zurück muss sie laufen, und dann will sie immer geschlossene Schuhe haben. Sonst kommen ihr Steine rein. Dshirah stellt sich ein bisschen an. Sie mag auch nur ganz feine Wolle auf der Haut.»

«Der kleine bardische Junge hat gesagt, dass sie nie Sandalen trägt.»

«Die kleine bardische Kröte hat gelogen», mischte sich einer der anderen Polizisten ein. «Der wollte sich nur wichtig machen. Und der Fußabdruck im Sand war doch ziemlich verwischt. Können wir nicht endlich gehen? Es gibt keinen Tee und keinen Kuchen mehr.»

Der Offizier nickte. «Morgen, wenn die Schulen schließen, sind wir wieder hier. Da wird das Kind ja wohl nach Hause kommen. Und wenn es nicht kommt – ja dann, dann stimmt es doch. Dann werden wir es suchen. Ein Kind mit sechs Zehen ist im gesamten Kalifenreich nicht zu verstecken.»

Endlich brachen sie auf und erlösten ihre Pferde.

Es blieben zurück: Januão, sein Vater Tazihlo, seine Mutter Chomina.

«Du weißt, wo sie ist?», fragte die.

Januão nickte. Und er erzählte von Silbãos Schwester und dessen heimlichen Besuchen in En-Wlowa.

«Dshirah in En-Wlowa», flüsterte Chomina. «Wie schlimm ist es dort?»

«Sie wird es überleben», sagte Januão.

«Was machen wir, wenn sie morgen wiederkommen?», überlegte Tazihlo. «Die Polizisten kommen nicht wieder, die nicht. Morgen weiß es der Minister, und der schickt Soldaten. Was können wir tun?»

«Fliehen?», fragte Januão. «Sofort. Nach Afrika. Wir haben alles vorbereitet. Und nach einem Monat, wenn sie die Suche nach Dshirah aufgegeben haben, komme ich zurück und hole sie.»

Aber sein Vater schüttelte den Kopf.

«Wir können jetzt nicht mehr heimlich fliehen. Sie merken ja gleich morgen, dass wir fort sind. Und wir sind nicht mehr irgendwelche Hirten. Sie suchen das Kind mit den sechs Zehen. Und seine Eltern. Und seinen Bruder. Sie haben Brieftauben. Mit denen schicken sie die Nachricht voraus. Wir kommen nicht mehr bis zum Meer und schon gar nicht auf ein Schiff.»

«Und wie willst du zurückkehren?», fragte die Mutter. «Und dann die Pferde an En-Wlowa vorbeipfeifen? Und Silbão brauchst du auch.»

Sie schwiegen so lange, bis die Stille Januão wehtat. Dann fragte Chomina: «Diese Sandalen. Wo hast du die Sandalen? Gib sie mir!»

Januão holte die Sandalen wieder aus der Kiste. Chomina hielt sie unter eine der Öllampen, drehte sie in den Händen, sagte:

«Und wie ist Dshirah hierher gekommen? Am Steg war ein Wächter.»

«Sie ist geritten», erklärte Januão. «sie hat ein frei laufendes Pferd eingefangen und ist durch die Furt geritten.»

«Am Stadtrand laufen keine Pferde herum», zweifelte sein Vater.

«Doch. Wahrscheinlich ist einer der Pferdejungen von Antvaris runtergefallen. Es ist ein Vollblut.»

«Bring es in den Patio», verlangte Tazihlo.

Auch für Januão war es nicht leicht, das fremde Pferd bei dem schwachen Mondlicht in der Herde zu finden. Der Mond war nicht mehr als ein dünner Haken am Himmel, und wenn man die Augen voller Tränen hatte, konnte man nicht viel sehen. Januão wusste nicht mehr weiter. Der Vater hatte recht, sie konnten nicht mehr fliehen. Sie waren verloren. Seine Füße waren schwer. Er stolperte über jeden Stein, und das Einzige, was ihn noch auf den Beinen hielt, war der Auftrag des Vaters. Noch hatte er etwas zu tun. Wenn das auch keinen Sinn mehr hatte, keinen Sinn ... Er wischte sich die Tränen aus den Augen und erkannte den Hengst. Der schimmerte heller, auch in dem schwachen Licht. Er ging zu ihm. Wahrscheinlich hielt der Hengst die fremde Stute neben sich. Januão erkannte das Vollblut, es hatte einen helleren Kopf. Er legte der Stute ein Halfter an und führte sie in den Patio, ins Licht. Seine Eltern schauten das Pferd an, tauschten einen Blick.

«Sie ist es», sagte Chomina.

«Wer?», Januão verstand nichts mehr.

«Dshallalalama», erklärte Tazihlo. «Die hat Dshirah nicht

herumstreunend gefunden. Niemand außer Zaiira reitet dieses Pferd, und wenn sie wirklich einmal runterfällt, dann bleibt die Stute neben ihr stehen.»

«Glaubst du, Dshirah hat sie gestohlen?», fragte Januāo. «Sie hat sie ja dann nur ausgeliehen. Sie war in Not ...»

«Niemals», sagte der Vater, «würde sie sich mit nur einem Schuh am Fuß in das Haus eines araminischen Fürsten wagen, wenn nicht ...»

Er zögerte.

«Es sind Zaiiras Sandalen», sagte Chomina. «Ich kenne sie. Dieses helle Leder – und es ist hier auf eine Weise geflochten, wie man es selten sieht. Wenn die Polizisten nicht so dumm wären, hätten sie gemerkt, dass dies nicht die Schuhe eines Hirtenkindes sind. Zaiira hat ihr die Schuhe gegeben.»

«Und das Pferd», nickte Tazihlo. «Zaiira und Dshirah sind Freundinnen. Sie treffen sich heimlich. Wir haben es gemerkt und geduldet. Aber wir wissen nicht, wie Zaiiras Eltern dazu stehen.»

«Doch, wir wissen es», widersprach Chomina. «Zaiira kann sich nicht heimlich aus ihrem Haus entfernen wie irgendein Hirtenkind. Ich bin sicher, ihre Eltern dulden diese Freundschaft auch. Wenn uns jemand helfen kann, dann sind es Antvaris.»

«Wie?», fragte Januāo.

Sein Vater zuckte die Achseln.

«Ich reite hinüber. Du kommst mit.»

«Wenn ihr mich hier allein zurücklasst, werde ich wahnsinnig», sagte Chomina.

«Du musst bleiben. Wir haben die Herde noch nie allein

gelassen. Wir tun es auch jetzt nicht. Du hast die Hunde hier.
Und du packst alles für unsere Flucht. Denn gehen müssen wir.
Wie auch immer.»

Januão hatte die Sandalen zusammengeschnallt und trug sie am
Gürtel. Sie ritten zwei Arbeitspferde und führten Dshallalalama
am Halfter. Sie kannten den Weg, und die Pferde liefen sicher, sogar in der Nacht. Im Haus der Antvaris brannten die Öllampen.
Auch in den Ställen war Licht. Man öffnete den späten Besuchern
sofort. Mitten im Hof stand Zaiira. Sie sah schlimm aus.

«Da ist sie!», rief Sidi Antvari. «Zaiira! Tazihlo hat sie
gefunden.»

Aber Zaiira rührte sich nicht. Sie blieb starr und steif und ging
keinen Schritt auf ihr Pferd zu. Ihr Vater nahm sie in die Arme,
hob sie hoch, trug sie zu ihrer Stute, dabei redete er: «Danke,
Tazihlo, du bist unsere Rettung. Zaiira, siehst du, da ist sie
wieder. Und wenn du sie noch so gut erzogen hast, eine Stute
läuft zu der Herde, wenn da ein Hengst ist. Vielleicht ist sie
wirklich noch nicht gedeckt. Und danke, Tazihlo, dass du sie
sofort gebracht hast ...»

Aber Zaiira starrte nur auf die Sandalen an Januãos Gürtel.
Dann verkroch sie sich in den Armen ihres Vaters, weinte und
schluchzte, dass ihr ganzer Körper geschüttelt wurde. Ihr Vater
hob den Kopf, schaute hilflos, ratlos um sich und sagte: «Was
geht hier vor? Was ist hier los?»

Tazihlo fasste seinen Sohn an der Schulter, zog ihn mit sich,
als er dicht an Sidi Antvari herantrat und ihm, gerade so laut,
dass Januão es hören konnte, zuflüsterte: «Sidi, lass uns von hier

fortgehen, bevor die Pferdeburschen merken, dass deine kleine Tochter nicht um ihr Pferd gezittert hat.»

Antvari stellte Zaiira wieder auf ihre Füße, und Januāo sagte laut: «Nun hör auf zu weinen, Zaiira. Dshalla ist nichts geschehen. Ich habe sie gründlich untersucht. Sie ist nicht verletzt, überhaupt nicht. Und sei nicht mehr traurig, dass sie dir davongelaufen ist. Das ist doch nicht so schlimm.»

Er schob sie sachte zu ihrem Pferd und leise flüsterte er ihr zu: «Dshirah ist in Sicherheit.»

«Nein», Zaiira musste husten, erst dann konnte man sie verstehen, und sie sprach jetzt laut genug, dass alle sie hören konnten. «Nein, das ist nicht so schlimm. Sie ist ja wieder da. Bringt sie in den Stall.»

«Tazihlo», sagte Antvari, «wir sind dir zu größtem Dank verpflichtet, weil du das Pferd gleich heute Abend gebracht hast. Dies wäre eine schlimme Nacht geworden. Kommt und trinkt noch einen Tee mit uns. Wir brauchen keine Bedienung. Die Siada wird den Tee selber bereiten.»

Erst jetzt entdeckte Januāo Zaiiras Mutter. Sie stand abseits, reglos. Ihr Gesicht konnte man nicht sehen. Sie hatte den Schleier bis tief über die Augen gezogen. Sidi Antvari ging voran. Er führte sie in seine Arbeitsräume. Die Siada huschte lautlos neben ihnen durch die Flure und Korridore. Sie war in diesem Flügel des Hauses fremder als Tazihlo, denn hier gingen nur Männer ein und aus. Und Zaiira. Sie war das einzige Kind der Familie, und ihr Vater ließ sie aufwachsen wie einen Sohn. Im Arbeitszimmer setzte sich die Siada abseits auf ein Kissen. Sie nahm den Schleier vom Gesicht, sagte nichts, bereitete auch keinen Tee, saß nur da mit großen, dunklen, erschrockenen Augen. So schaute sie aus einem dunkelroten Gewand heraus, das ihr über die Füße und halb über das noch dunklere Sitzkissen fiel. Obwohl niemand sprach, schien sie noch stiller als die anderen. Zaiira hielt sich dicht neben ihrem Vater. Keiner verlangte Tee.

Sidi Antvari setzte sich. Langsam schob er sich die Kissen zurecht, breitete seinen hellroten Mantel darüber – er machte es sich behaglich, wie man es bei den Araminen gewohnt war. Aber dass er nicht nach Tee verlangte, störte die Gemütlichkeit. Und dass eine Frau im Zimmer war, passte noch weniger zu einem Gespräch in den Arbeitsräumen eines araminischen Fürsten. Und wie diese Frau – dunkelrot mit schwarzen Augen – saß und schaute, das passte zu gar nichts im ganzen Kalifenreich. Araminische Fürstinnen hatten keine Angst.

«Tazihlo», begann Sidi Antvari, «meinen Dank habe ich ausgesprochen. Nun schuldest du mir eine Erklärung.»

Tazihlo nickte, aber er antwortete nicht. Da schnallte Januão die Sandalen vom Gürtel, gab sie Zaiira zurück und fragte: «Was weißt du?»

«Ich habe am Fenster gestanden», sagte Zaiira, «den ganzen Abend. Und ich habe Polizisten gesehen. Zwölf. Sie kamen von euch. Da wohnt doch niemand sonst.»

«Sie kamen von uns», nickte Januão, «aber ich sage dir nicht, was sie wollten. Du sollst sagen, ob du es weißt.»

«Ich weiß es», flüsterte Zaiira.

Und da berichteten sie, Tazihlo, Januão und Zaiira, sie erzählten alles. Danach saßen sie noch genauso im Raum: Zaiira kauerte auf ihrem Kissen und zitterte wie zuvor im Patio, ihr Vater sah noch immer gelassen aus, lehnte scheinbar entspannt an einem kleinen Teetisch, auf dem jedoch der Tee fehlte, und auch die Siada hatte sich nicht verändert, denn noch verschreckter konnte sie nicht aus ihren schwarzen Augen schauen.

«Ihr dürft nicht zu eurem Haus zurück», sagte der Sidi. «Wenn morgen die Soldaten kommen, müsst ihr fort sein. Ich überlege, wo ich euch einige Wochen verbergen könnte, bis es für euch möglich wäre, nach Afrika zu fliehen. Ich habe einige Landgüter in der Ebene und Jagdhäuser im Gebirge.»

«Das darfst du nicht, Herr», sagte Tazihlo. «Sie werden auch die Jagdhäuser in der Sierra untersuchen. Es wäre gefährlich für deine Familie. Sehr!»

Antvari nickte. «Dshirah ist die Einzige, die in Sicherheit ist. Du bist wirklich klug, Januão.»

«Aber sie kommt nie wieder raus!», rief Januão. «Nie!»

«Könnt ihr nicht morgen, gleich früh, alle nach En-Wlowa?», überlegte Antvari.

«Ich nicht», Januão schüttelte den Kopf. «Ich muss die Pferde vorbeipfeifen.»

«Dich könnte ich am ehesten als Pferdeburschen auf einem meiner Gestüte verstecken. Du, Tazihlo, bist am meisten gefährdet. Alle, die mit Halbblutpferden zu tun haben, kennen dein Gesicht.»

«Ihr denkt falsch.»

Das war die leise Stimme der Siada.

Januão schaute sich erst suchend im Zimmer um. Er hatte vergessen, dass da noch jemand war. Und keiner hatte von dieser Frau ein Wort erwartet.

Die Siada sprach leise weiter, ruhig und ohne Zittern in der Stimme: «Wenn ihr jetzt flieht, seid ihr verloren. Sie finden euch. Sie werden suchen, bis sie euch finden. Was wir brauchen, ist ein bardisches Mädchen, das sie für eure Tochter halten und das nur fünf Zehen hat. Davon gibt es schließlich genug.»

«Du meinst, wir sollen irgendein bardisches Mädchen als Tazihlos Tochter ausgeben?», fragte der Sidi. «Gut, ja, das ist gut. Wir haben den Vormittag Zeit, eine bardische Familie zu suchen, die bereit wäre, euch zu helfen. Aber was ist, wenn sie fragen und forschen, wo Dshirah diese Nacht gewesen ist? Es ist doch verdächtig, dass sie nicht nach Hause gekommen ist.»

«Sie werden nicht forschen», sagte die Siada. «Wir erzählen ihnen, Dshirah sei bei der Flucht vor den Jungen über die Dächer geklettert und gestürzt. Ein Spiel mit einem bösen Ende, mehr nicht. Morgen früh, Tazihlo, wird ein Bote aus dem Krankenhaus euch einen Hirtenkittel mit eurem Zeichen bringen und fragen, ob er Dshirah gehört. Wir müssen den Kittel noch heute Nacht in das Krankenhaus schaffen. Und morgen führen wir die Polizisten oder Soldaten, wen immer sie schicken, zu jenem Kind, das ich heute besucht habe.»

Wer sehr genau hinschaute, konnte erkennen, dass Sidi Antvaris Hand jetzt wirklich entspannt auf dem Teetisch lag. Er lächelte und sagte: «Das ist deine Mutter, Zaiira. Es ist nicht das erste Mal, dass sie es ist, die den kühnsten und klügsten Gedanken hat. Sprich weiter, Amira.»

«Ein elfjähriges Mädchen ist heute von einem Baum gefallen. Es hat sich ein Bein gebrochen. Und es hat eine Kopfverletzung, die schlimm aussieht, aber es ist nicht gefährdet. Zu diesem Kind werden morgen die Männer geführt, die nach Dshirah suchen. Tazihlos Frau wird an ihrem Bett sitzen.»

«Und die wirkliche Mutter des Kindes?», unterbrach Antvari. Die Siada zuckte die Achseln.

«Die müssen wir betrügen, es tut mir leid. Der Arzt könnte ihr sagen, dass sie ihr Kind jetzt nicht besuchen kann, weil er das Bein operieren muss. Nur eine kleine Operation, nur am Bein, nicht am Kopf. Wir wollen die Mutter nicht ängstigen.»

«Aber das Kind selber. Was wird es sagen?»

«Nichts. Es bekommt Opium, tut mir leid. Schmerzmittel geben sie ihm ohnehin. Dann kriegt es eben ein bisschen mehr. Es wird ihm nicht schaden. Der Arzt ist sehr gut.»

«Der – Arzt», begann Tazihlo zögernd, «er ist ein Barde?»

«Er ist Aramine», sagte die Siada, «und das ist gut. Ich weiß nicht, ob wir einen Barden für diesen Plan gewinnen könnten. Ich würde es auch nicht gern tun, denn er wagt viel. Dieser Arzt wird euch helfen. Er ist ein Aramine mit Herz und zerbissener Zunge.»

Januão verstand. Alle hatten verstanden. Bis auf Zaiira. Die starrte ihre Mutter an.

«Hast du keine Angst?», fragte sie. «Warum hast du auf einmal keine Angst?»

Amira lächelte. Sie sah ein wenig traurig aus.

«Meine Tochter kennt mich nicht», sagte sie. «Da habe ich dem Haus Al-Antvari keinen Sohn geboren. Das ist schlimm genug. Nun habe ich eine Tochter, und sie wächst mit ihrem Vater auf wie ein Sohn und kennt mich nicht. Nein, Zaiira, wenn ich weiß, dass es richtig ist, was ich tue, habe ich nie Angst. Und ein Aramine kann nichts Richtigeres tun als seine Zunge zerbeißen.»

‹Ein Aramine mit Herz zerbeißt seine Zunge.›

Alle im Land kannten diesen Satz. Nicht alle wussten, was er bedeutete. Ihren Kindern erzählten die Araminen es nicht gern. Sidi Antvari stand auf.

«Wir müssen es ihr jetzt sagen.»

Zaiira war sehr blass, aber sie hob den Blick und schaute zu ihrem Vater auf.

«Zaiira, deine Familie ist vornehm, aber nicht gut. Die Antvaris gehörten zu jenen Araminen, die vor vierhundert Jahren den Barden ein grausames Unrecht zugefügt haben. Damals hat man den Barden ihre Bücher verbrannt, ihre Sprache und ihre Schrift verboten. Nur sechs von den Sieben Sagen haben sie vorher aufgeschrieben, die haben ihnen gefallen, warum auch immer.»

«Du meinst, die Sieben Sagen sind wirklich bardisch?»

«Wir vermuten es. Aber es ist nicht ratsam, das laut zu behaupten. Vor ungefähr fünfzehn Jahren haben das welche getan. Sie haben es bereut.»

«Aber warum ist die Siebte Sage verloren gegangen?»

«Das ist sie nicht, glauben wir. Mit wir, Zaiira, meine ich jetzt nicht die Araminen in den Gerichtssälen oder an den Schulen. Es gibt ein heimliches Bündnis unter Araminen. Wir nennen es: ‹Ein Aramine mit Herz zerbeißt seine Zunge›. Und wir sind ziemlich sicher, dass die Siebte Sage damals vernichtet wurde, verboten, vernichtet, sie passte nicht in das Reich des Kalifen. Erst seit Kalif Obayan I. sucht man sie. Es war Armei dan Hasud, der gefordert hat, man müsse die Siebte Sage finden, aber es weiß keiner mehr, wovon sie erzählt.»

«Und warum soll ein Aramine mit Herz seine Zunge zerbeißen? Ich kenne den Satz, aber ich habe ihn nie verstanden.»

Ihr Vater schwieg.

«Du musst es ihr jetzt sagen», verlangte ihre Mutter.

Er nickte.

«Weißt du, Zaiira, man kann einem Volk seine Geschichten nicht nehmen. Sie werden weitererzählt, heimlich des Nachts, den Kindern in den Schlaf hinein. Das haben unsere, deine Vorfahren verhindert. Sie haben allen Barden so lange die Zungen herausgeschnitten, bis sie glaubten, dass alles vergessen sei. Nun, sie haben sich geirrt.»

Januão schaute Zaiira an. Sie hockte auf ihrem Kissen, und der Mund war ihr aufgefallen, so weit auf, dass er ihre Zunge sehen konnte. Er sah, wie sie die Zunge tief in den Hals zurückzog, bis sie würgen musste.

‹Ein Aramine mit Herz zerbeißt seine Zunge.›

Von nun an würde sie zu diesen Araminen gehören. Das machte das Lachen und Fröhlichsein sehr viel schwieriger. Sie tat ihm leid.

«Sag ihr alles!», verlangte die Siada.

Sidi Antvaris Hand verkrampfte sich am Rand des Tisches, auf dem immer noch kein Tee stand.

«Das muss nicht sein.»

«Doch», beharrte die Siada, «sie ist jetzt zwölf.»

Antvari nickte.

«Du musst nicht erschrecken, Zaiira, mehr wissen wir gar

nicht. Armei dan Hasud schrieb vor ungefähr 250 Jahren sein berühmtes Buch über das Vergessen. Er wollte damit einen Schlussstrich ziehen unter alles, was gewesen war. Immerhin leben wir seitdem mit den Barden in Frieden und Gerechtigkeit. Das Seltsame ist nur – wir können nicht vergessen. Es gibt viele Araminen, die einfach nicht vergessen können, was sie den Barden angetan haben. Fällt das Vergessen den Barden leichter?»

Er warf Tazihlo einen zögernden Blick zu. Der wich ihm aus.

«Und, Zaiira», fuhr Sidi Antvari fort, «das Schlimmste ist: wir haben doch etwas vergessen. Und wir wissen nicht was. Wir haben es so gründlich vergessen, dass wir nicht einmal mehr wissen, was damals geschehen ist. Übrig geblieben ist ein quälendes Nicht-Wissen, ein zermürbendes Ahnen. Es muss da noch etwas gewesen sein, ein grausames Verbrechen, das die Araminen an den Barden begangen haben.»

«Schlimmer als das Herausschneiden der Zungen?», würgte Zaiira.

Ihr Vater zuckte die Achseln.

«Wir wissen es nicht.»

Die Siada stand auf.

«Ihr reitet jetzt zurück und holt ein Hirtenhemd von Dshirah», bestimmte sie. «Ihr gebt es nicht im Pferdehof ab, sondern bringt es zur Straße, wir erwarten euch. Ich schreibe inzwischen den Brief an den Arzt.»

«Und ich», sagte der Sidi, «bringe beides zum Krankenhaus. Niemand außer uns wird davon wissen.»

Mitten in Januāo, in seinem Bauch, erklang ein kleines fröhliches Lied. Er lauschte und vergaß das Schauen. Kaum nahm er wahr, wie sein Vater dankte und sich verabschiedete. Er hätte jetzt gar zu gern Flöte gespielt. So stolperte er neben seinem Vater hinaus.

Zaiira blieb zurück und würgte an ihrer Zunge.

Geheimnisse

Dshirah schaute auf die badenden Frauen im Bach. Sie krampf-
te die Zehen in ihren Schuhen zusammen, als könnte sie dadurch
einen wegdrücken. Sie wollte sich so gern waschen, aber sie blickte
zu Una hinauf und sagte: «Ich kann nicht. Ich will das nicht. Ich
kann meine …»

Fast hätte sie gesagt ‹Schuhe›, das durfte sie nicht, oh, das
durfte sie nicht.

«… ich will meine Kleider nicht ausziehen.»

Una schaute auf die leere Stelle an Dshirahs linker Schulter.

«Was für ein Zeichen hast du da gehabt?», fragte sie. «Nun,
das ist deine Sache. Ich will es nicht wissen.»

Sie trat an den Bach und sah sich die Frauen genauer an.

«Die Shenja und ihr Pack sind nicht da», stellte sie fest. «Ich
glaube, ich kann dich ein paar Augenblicke lang allein lassen.
Hör zu: Wer niemanden hat, der auf seine Kleider und seine
Schale aufpasst, badet mit allem seinem Besitz. Wir haben ja
sonst nichts. Ich bleibe in der Nähe. Wenn dich eine angreift,
bin ich da. Geh nicht weiter den Bach hinunter. Für alle die da
bist du nun ein schutzloses Kind. Und eil dich. Nur reinigen.
Nicht planschen.»

Dshirah atmete auf. So einfach war das.

Das Wasser war kühl. Und da es in En-Wlowa unter der
Erde floss und erst hier an die Oberfläche kam, war es sauber.

Dshirah fühlte, wie es ihren Körper reinigte, den Schmutz davontrug, nein, sie hatte keine Lust zum Planschen. Sie dachte an das Spiel von gestern in dem bunten, gefliesten Bachbett mitten in der Stadt. Gestern? War das gestern? Silbāo und die Jungen, Kirr, der kleine Barde, der sie verraten hatte – oh, hätte sie doch nie mit den Jungen gespielt, nie und schon gar nicht gestern – war das wirklich gestern? Es war seitdem mehr geschehen als in ihrem ganzen Leben. Ihr Herz wurde schwer wie ein Stein, und wenn sie noch lange an gestern dachte, würde der Stein in dem Wasser auf den Grund sinken. Sie schaute den Bach hinunter. Es ging nur sacht abwärts. Wo das Wasser En-Wlowa verließ, war ein Gitter in der Mauer, das bis in den Boden reichte. Dshirah merkte, dass alle Frauen aufgehört hatten, sich zu waschen, und sie anstarrten. Sie sprang aus dem Bach, schüttelte sich wie ein nasser Hund, wie Run, Lont und Moia es immer taten, wenn sie aus dem Fluss kamen, und quer durch ihre Angst schoss der Gedanke: Warum gibt es hier keine Hunde?

Sie lief zu Una, die verborgen hinter einer Ecke stand. Die nassen Kleider waren nicht unangenehm, denn die Sonne stand jetzt hoch am Himmel, aber die Blicke der Frauen stachen in ihren Rücken. Dshirah hatte viele Fragen, und doch fiel ihr nichts ein als: «Warum gibt es hier keine Hunde?»

Sie gingen nebeneinander her.

«Hast du Hunde gern?», fragte Una.

Dshirah nickte. «Wir haben drei Hunde, die brauchen wir …»

«Das will ich nicht wissen», unterbrach Una. «Manchmal kommen welche und fragen einen aus. Die meisten kümmern sich um nichts, aber manche glauben, es könnte ihnen was nützen, Geheimnisse herauszupressen. Ich glaube, es wäre dir nicht recht, wenn sie erfahren, wer du bist und warum du hier bist.»

Dshirah schüttelte heftig den Kopf.

«Und von den Hunden sag ich dir auch nichts», fuhr Una fort. «Weil du Hunde magst. Da sag ich dir nichts.»

Vom nächsten Tag an bekam Dshirah etwas zu essen. Und sie gehörte zu den Sattesten im Lager, denn allen wurde ungefähr die gleiche Menge Brei in die Schale gegeben. Das war für ein elfjähriges Mädchen genug. Am hungrigsten waren die jungen Männer, die gern das Vierfache gegessen hätten.

«Das wollen sie so», erklärte Una. «Sie wollen, dass die jungen Männer schwach sind und sich kaum auf den Beinen halten können.»

Dshirah schlief jetzt unter Decken, die alte Lumpen, aber gar nicht so unangenehm waren, denn Una wusch sie im Bach. Sie lag zwischen Una und Juja und hatte es warm und hätte gut schlafen können, wenn sie nicht immer hätte denken müssen: Januão hat jetzt die Pferde versorgt, die Hunde liegen vor den Ställen, die Mutter packt heimlich unsere Sachen für Afrika, und Zaiira hat heute Dshallalalama geritten und die ganze Zeit an mich gedacht.

Gleich am Morgen musste sie dann wieder Juja versichern, Abdalameh gehe es gut. Juja fragte mehrmals täglich. Sie verstand nie, dass Dshirah schon längst keine Neuigkeiten mehr mitteilen konnte. Una und Juja gingen immer zusammen zum Baden, damit sie sich gegenseitig Kleider und Schalen halten konnten. Dshirah wäre gern mitgegangen, aber Una schüttelte den Kopf.

«Bleib du hier», verlangte sie. «Wir haben auch unsere Geheimnisse.» Allein im Verschlag hatte Dshirah Angst. Dann verkroch sie sich unter den Decken. Da war es heiß und stickig.

Zum Essenholen ging sie niemals allein. Sie stand immer mit Una und Juja in der Schlange vor dem Brunnen. Manchmal kamen ihnen Kinder entgegen. Mit denen tauschte Dshirah dann einen Blick, aber stehen blieb sie nicht. Sie versuchte immer zu zählen, wie viele Kinder es gab, doch die sahen alle gleich aus. Una, Juja und Dshirah wurden von niemandem gegrüßt, nur die freundliche Frau, die Dshirah an ihrem ersten Morgen hier geholfen hatte, nickte ihr zu.

Es begegneten ihnen Menschen, wie Dshirah noch keine gesehen hatte.

«Die haben die Pocken gehabt», erklärte Una. «Schau sie dir nur an. Das ist eine gar nicht so seltene Krankheit. Wer sie überlebt, hat solch ein zerstörtes Gesicht.»

«Ist das ansteckend?», fragte Dshirah. «Wie Husten?»

Una lachte.

«Du kennst nichts Schlimmeres als Husten, ja? In der Hauptstadt des Kalifen gibt es keine Kranken. Wer krank wird oder hässlich durch Pocken, verschwindet.»

«Wohin? Kommen die alle nach En-Wlowa?»

Hässliche Leute gab es hier genug.

«Nein», sagte Una. «Es gibt in den Bergen Häuser für die Kranken. Da werden sie gut versorgt. Aber sie dürfen nicht zurück in die Stadt. Wer trotzdem geht, ist dann bald hier. Die einzigen hässlichen Menschen, die sich im Reich des Kalifen sehen lassen dürfen, sind die Sänger im Frauenpalast.»

«Warum?», fragte Dshirah und bekam keine Antwort.

Mitten auf der Gasse lag einer und schlief. Er hatte viele Fliegen im Gesicht. Dshirah schaute zu ihm zurück, aber Una zog sie weiter. Dshirah schwieg, bis sie den Platz erreichten.

«Warum ist die Statue von Armei dan Hasud dreckig?», fragte sie. «Warum kommt niemand und hält sie sauber?»

«Die Leute hier mögen Armei dan Hasud nicht besonders», sagte Una.

«Aber man muss ihn grüßen», verlangte Dshirah.

Da war es Una, die fragte: «Warum?»

«Weil – weil er der klügste Mann aller Zeiten war.»

«Das war er», nickte Una, «und der dümmste.»

Dshirah starrte sie entsetzt an.

«Glaub mir, Dshirah», sagte Una, «Klugheit schützt nicht vor Dummheit. Merk dir das.»

Und jeden Tag holten sie frische Blüten, umsummt von den Fliegen, an der Blumenmauer. Juja saß den größten Teil des Tages im Schatten und färbte Kleider, denn die Farbe verblasste immer schnell in der Sonne. Sie wollte auch Dshirahs Hemd färben, aber Una verbot es. «Die Farbe hält nicht im Wasser», sagte sie. «Du kannst dich dann nicht mehr mit dem Hemd waschen.» Aus Stoffen, die sie immer mal wieder hingeworfen bekamen, nähte Una neue Hemden. Sie hatte nur ihre kurze Nadel. Die Fäden musste sie aus den Stoffen herausziehen. Messer oder Scheren gab es nicht. Sie bissen mit den Schneidezähnen so lange auf den Stoffen herum, bis man sie reißen konnte. So vergingen die Tage.

Dshirah hatte ein kleines Stück Holz gefunden und malte damit Zeichen in den Dreck.

«Was malst du da?», fragte Una. «Das kenne ich nicht.»

«Mein Vater hat es mir gezeigt. Es ist ein altes bardisches Zeichen. Es ist noch älter als unsere Schrift. Ich glaube, es bedeutet ‹Leben›.»

«Kannst du noch mehr?»

«Nein oder vielleicht. Mein Vater hat mir noch mehr gezeigt, aber ich habe alles vergessen.»

Una hockte sich neben sie.

«Das möchte ich lernen», murmelte sie.

«Warum?», fragte Dshirah.

«Ja, warum?» Una zog mit dem Stock die Linien nach. «Das sollte ich vergessen.»

Das Baden wurde täglich schwieriger. Zu viele wussten inzwischen, dass Dshirah von Una begleitet wurde und es also keineswegs nötig hatte, mit Kleidern ins Wasser zu gehen. Und so kam der Morgen, an dem Shenja und ihr Pack im Bach saßen und sofort aufsprangen, als Dshirah vorsichtig aus dem Schatten einer Hauswand trat. Sie hatten auf sie gelauert. Dshirah floh zurück zu Una.

«Da ist Shenja», keuchte sie, «ich glaube, das ist Shenja.»

Und schon waren sie von nackten Frauen umstellt, die böse grinsten.

«Heute zieht sie das aus», sagte Shenja. «Kleider werden weiter unten gewaschen. Sie verdreckt uns das Wasser mit ihrem fleckigen Hemd.»

Die anderen nickten, grinsten, kamen näher. Una nahm Dshirah in die Arme.

«Lass sie los!», verlangte Shenja. «Wir ziehen sie aus. Wir nehmen ihr nichts weg.»

«Ihr rührt das Kind nicht an», sagte Una langsam und sehr deutlich.

«Gut», nickte Shenja, «zieh du sie aus. Wir wollen nichts von ihr. Wir wollen nur wissen, ob sie auch so eine ist wie du und Juja.»

«Bedeckt euch!», forderte Una. «Ich rede nicht mit nackten Frauen.»

Einige lachten, aber verstummten, als Una sie anschaute, einer nach der anderen lange und gerade in die Augen schaute. So gingen sie, schlüpften in ihre Kittel, hüllten sich in ein Tuch. Aber immer blieben so viele zurück, dass sie ihren engen Kreis um die beiden schließen konnten. Una fasste Dshirah an den Schultern, drehte sie den Frauen zu, sagte: «Sie ist keine von denen. Sie trägt einen gewöhnlichen Kittel, und das Zeichen ihrer Klasse ist abgerissen.»

«Jeder kann so ein Hemd anziehen», sagte Shenja. «So ein Kittel geht von einem zum anderen. Das Zeichen aber bleibt immer bei dem, der es hat. Wir wollen es sehen.»

«Es gibt nichts zu sehen.»

«Dann wollen wir sehen, dass es nichts zu sehen gibt.»

Unas Hände lagen fest auf Dshirahs zitternden Schultern.

«Los!» Shenja trat vor. «Sonst mache ich das.»

Unas Hände streichelten Dshirahs Oberarme. Ihre Daumen glitten unter den Stoff auf den Schultern, hoben ihn hoch –

Nein! Dshirah schrie nicht. Sie stand vollkommen stumm und steif und still. Aber in ihr schrie es: Nein! Und: Weg! Fort von diesen neugierigen Blicken, grinsenden Mündern. Fort! Wohin? Konnte sie sich ducken und zwischen zwei mageren Frauenhüften aus dem Kreis brechen? Und dann fliehen? Wohin? Weg von Una, der einzigen Hilfe, die sie in diesem Gefängnis hatte? Hätte sie Una alles erzählen sollen? Die wollte ihr nichts Böses. Die würde sie nicht ausziehen vor diesen Frauen, wenn sie wüsste, dass –

Sie hätte ihr alles erzählen sollen. Es war zu spät.

«Komm», flüsterte Una ihr zu, «heb die Arme. Komm. Sie gehen dann gleich fort.»

Dshirah presste die Arme an den Körper. Es war ja nicht das Hemd, das ihr Geheimnis verbarg. Aber wenn sie das Hemd ausgezogen hatte, konnte sie nicht mehr fliehen.

«Nun!?», lauerte Shenja.

Unas Hände waren so ruhig und so warm. Dshirah schmiegte sich in diese lieben, freundlichen Hände und Arme, die so gut zu ihr waren, die ihr immer geholfen hatten. Ihre Arme lösten sich vom Körper. Una zog ihr den Kittel über den Kopf.

Und dann – stand sie da, sah, wie Shenja enttäuscht die Achseln zuckte und verlangte: «Dreh sie um!»

Una drehte sie um, und Dshirah vergrub sofort das Gesicht in ihrer Brust. Wie aus weiter Ferne hörte sie: «Also nichts.»

Und Una sagte: «Was hättet ihr denn mit ihr gemacht?»

«Nichts. Wir wollten es nur wissen.»

Una schob Dshirah etwas von sich und ließ ihr den Kittel wieder über den Körper gleiten. Und Dshirah spürte, wie sich die lauernden Blicke von ihrem Rücken entfernten.

Gingen die fort? Ohne ihr die Schuhe ...?

Sie zitterte, weinte, heulte, schluchzte, bis es Unas Händen gelang, sie ruhig zu streicheln.

«Ich weiß es doch», sagte sie, «ich habe es doch längst gemerkt. Du verbirgst nicht deinen Körper. Du versteckst deine Füße.»

Dshirah wäre am liebsten sofort zurück in den Verschlag gegangen, aber Una bestand darauf, dass sie erst badete.

«Denn dazu sind wir hergekommen. Das musst du nun auch tun. Sonst denken sie, wir hätten noch ein Geheimnis. Und ...», sie lächelte, «wir haben gar keins. Es ist jetzt kein Geheimnis mehr. Nicht zwischen uns.»

Patschnass war Dshirah nach dem Bad, aber sie trocknete schnell, denn die Wärme kam jetzt nicht nur von außen. In ihr strahlte es warm, als sie an Unas Hand durch die Gassen ging.

«Wie hast du es gemerkt?», fragte sie. «Und wann?»

«So nach und nach. Wenn man dich immer um sich hat, merkt man, was du verbirgst. Wenn man gut aufpasst, meine ich. Hab keine Sorge, die anderen wissen es nicht.»

«Und Juja?»

«Juja weiß nichts und sollte nichts wissen. Sie ist so lieb, aber man kann niemals vorhersehen, was sie tut. Das bisschen Verstand, das sie noch hatte, als sie kam, hat sie hier gänzlich verloren. Nun sag, wie es weitergehen soll mit dir. Du hältst dich hier verborgen, weil der Kalif dich suchen lässt?»

«Ja. Ich muss bleiben, bis sie aufgeben. Dann holt Silbāo mich hier raus, und ich gehe mit meinen Eltern und meinem Bruder nach Afrika.»

«Da ist schon so manches bardische Kind mit solchen Füßen untergetaucht», sagte Una. «Es sind diese Füße in deinem Volk ja gar nicht so selten. Hier bist du sicher. Aber – haben sie einen Verdacht? Suchen sie einfach nur nach einem Kind mit sechs Zehen oder wissen sie, wer deine Eltern sind?»

Dshirah nickte. Unas Finger, die Dshirahs Hand so leicht und doch so fest gehalten hatten, fühlten sich wie harte Klammern an, der ganze Arm wurde steif, und als sie die Hütte erreichten, blieb Una stehen und trat nicht in den Verschlag.

«Brun», sagte sie, «der Junge, der geflohen ist, als du reinkamst, Brun, er ist durchgekommen, ja?»

Dshirah nickte.

«Auch das noch», murmelte Una und bückte sich, denn die Tür war niedrig, «hoffentlich holt Silbāo dich bald.»

In der Nacht, als sie zwischen Una und Juja lag, fiel Dshirah ein, was Shenja und die anderen Frauen an ihrem Körper gesucht hatten. Das Zeichen! Alle, die zum Haus des Kalifen gehörten, hatten das Sternbild des Löwen auf den Körper tätowiert. Juja musste es haben – und Una hatte es also auch.

In den nächsten Wochen ließ Shenja sie in Ruhe.

«Die sind wahrscheinlich gar nicht wirklich böse», überlegte Una. «Sie sind nur – nichts. Und dieses Nichts füllt sich hier mit En-Wlowa. Mit dem Dreck und dem Gestank. Das ist ein Teil von ihnen, und sie leiden nicht darunter. Sie weinen nicht um einen Abdalameh. Vielleicht haben sie längst aufgehört, ihre Kinder, ihre Freunde zu vermissen. Sie leiden nicht, also langweilen sie sich. Es geht ihnen schlechter als uns. Leiden ist ein Schmerz. Langeweile ist ein kitzelndes Jucken. Wahrscheinlich können sie an alles, was da draußen ist, nicht einmal mehr denken. Ich muss mich immer wieder mal an den

Dorfrand setzen und auf die Mauer schauen. Die Blumen sind so schön.»

Sie gingen nun zusammen zum Baden, und Dshirah durfte mal mit Juja, mal mit Una planschen. Da sah sie denn auch das Sternbild des Löwen tätowiert auf Jujas linker und Unas rechter Schulter. Juja war nur eine unbedeutende Nebenfrau des Kalifen gewesen, Una musste etwas Höheres gewesen sein. Eine Verwandte? Oder im Frauenpalast von Hisham III. eine Dame hohen Ansehens?

Einmal kam, als sie mit Una badete, ein Gruppe junger Männer in den Bach gesprungen. Die Frauen flohen kreischend. Sofort waren andere Männer da, Dshirah hatte nicht gemerkt, woher sie so schnell kamen. Die vertrieben die Störer.

«Wer solche Dienste leistet, kriegt mehr zu essen», erklärte Una.

«Müssen wir keine Angst vor Mördern haben?», fragte Dshirah. «Es gibt hier doch Mörder?»

«Vielleicht. Wahrscheinlich. Aber ich glaube, es gibt hier mehr ehrliche Menschen als Verbrecher. Außerdem gibt es keine Waffen. Auch alle größeren Steine wurden eingesammelt. Morden kann man hier nur mit bloßen Händen. Das schaffen höchstens kräftige Männer. Die Männer hier sind aber nicht kräftig. Der Brei nährt die Frauen besser. Dies ist der einzige Ort im ganzen Kalifenreich, wo Frauen stärker sind als Männer.»

Und dann kam ein Regentag. Das war schlimm. Am Abend zuvor hatte es ein kurzes, heftiges Gewitter gegeben, und es regnete die ganze Nacht. Am Morgen war der Staub in den Gassen zu einem zähen Matsch geworden. Dshirah wollte mit

Juja und Una zum Brunnen und weiter zum Platz gehen, um den Brei abzuholen, aber als sie spürte, wie der Matsch sich an ihren Schuhen festsaugte und daran zog, blieb sie stehen. Sie bückte sich, fühlte das Leder der Schuhe, prüfte die Bänder. Der rechte Schuh saß fest wie immer, aber der linke –

«Una», flüsterte sie, «das Band reißt ab. Da ist ein Riss im Schuh.»

Una führte sie zurück in die Hütte.

«Bleib hier», sagte sie. «Leg dich hin. Wenn jemand kommt, tust du, als wärst du krank. Wir holen den Brei und teilen ihn mit dir.»

«Immer?», fragte Dshirah. «Immer, wenn es regnet?»

«Du wirst die Regenzeit hier nicht erleben», tröstete Una. «Dann bist du längst da, wo es noch weniger regnet.»

Eines konnte Dshirah sich nicht abgewöhnen: beim Gang über den Platz die Statue des Armei dan Hasud zu grüßen. Dann wurde Una manchmal etwas unwillig und zog sie weiter, riss an ihrem Arm, fast ein wenig grob, und einmal sagte sie: «Du solltest dir das abgewöhnen.»

«Ist es gefährlich?», fragte Dshirah.

«Nein, nur dumm.»

«Aber ich verstehe das nicht.»

Una schüttelte den Kopf.

«Natürlich nicht. Wie dumm dieses Buch über das Vergessen ist, das der kluge Mann da geschrieben hat, kannst du wohl noch nicht verstehen. Aber, Dshirah, er ist doch schuld an deinem ganzen Elend.»

Das verstand Dshirah erst recht nicht.

«Hasud hat alles geregelt», erklärte Una, «und auch die Kalifen müssen sich an die Gesetze halten.»

«Das ist doch gut», unterbrach Dshirah.

«Ja, das ist gut. Aber es gibt ein Loch in diesem Gesetzbuch. Sie wissen nicht, wie sie ihre Verbrecher loswerden sollen. Köpfen, wie es bei den Araminen immer Brauch war? Oder hängen, wie die Barden das gemacht haben? Hasud hat das nicht festgelegt. Niemand in diesem Land will etwas mit Tod zu tun haben, und niemand will an so etwas schuld sein. Da schicken sie lieber alle nach En-Wlowa und machen ein Loch in die Mauer. Auf der Flucht erschießen geht schnell, niemand hat ein Todesurteil gesprochen, und der Flüchtende ist selber schuld.»

Dshirah schaute in das stille, friedliche Gesicht des steinernen Weisen. Es war fleckig. Jemand hatte es mit Dreck beworfen.

«Er hat es gut gemeint», fuhr Una fort, «ja, und dann hat er diese Sieben Sagen wieder bekannt gemacht. Weil die Sechste Sage genau mit der Frage endet, die er nicht beantworten wollte: Wie tötet das Gesetz die Verbrecher? Und, Dshirah, Armei dan Hasud kann alles mit seinem klugen Verstand erklären, er hat uns beigebracht, nur an das zu glauben, was wir mit eigenen Augen sehen können, aber wenn es um das Dshinnu geht, ist er ein Träumer, ein – Spinner! Das ist doch alles Unsinn mit dem Dshinnu in der goldenen Wiege oder mit den sieben Nächten, in denen das Dshinnu die Siebte Sage träumen soll! Du bist ein ganz gewöhnliches Kind.»

«Ja!», rief Dshirah. «Ich will ein ganz gewöhnliches Kind sein, das seine Mutter lieb hat und seinen Vater und seinen Bruder.

Und meine Freundin. Und meine Hunde und meine Pferde und – dich!»

Sie warf sich in Unas Arme, aber am nächsten Tag grüßte sie den alten Weisen wieder. Er hatte von allen Menschen in En-Wlowa das friedlichste Gesicht.

Tage – oder Wochen – geschah nichts. Dshirah konnte nichts tun als warten und denken und denken und denken und denken. Sie drückte sich eng an Una. Dann konnte sie immer für eine halbe Stunde aufhören, an ihre Mutter zu denken. Manchmal setzte sie sich in den Schatten und dachte nur darüber nach, an was sie denken könnte. Es sollte etwas sein, das nicht wehtat. Aber alles, was ihr einfiel, tat weh: Zaiira und die Mutter, Januão und der Vater, die Pferde und die Hunde ... Sie überlegte, warum es hier keine Hunde gab, sie fragte, erhielt keine Antwort, fragte wieder, fragte nicht mehr, als sie beobachtete, wie ein Mann Fliegen erschlug und aß.

Und dann wurde etwas anders.

Es waren zuerst nur Geräusche, die es vorher nicht gegeben hatte. Sie waren außerhalb der Blumenmauer, im Süden, an der Seite zum Hügel, Stimmen, Männerstimmen, sie kamen jeden Tag wieder. Man hörte auch Hämmern und Klopfen. Manche im Lager zeigten so etwas wie Hoffnung oder gar Freude. Sie hatten keinen Grund zur Freude. Aber konnte nicht alles, was ein bisschen anders wurde, etwas besser machen? Viele aber hatten Angst. Una wirkte besorgt.

«Sie machen dort hoffentlich nichts, was Silbão stören könnte», sagte sie. «Er sollte jetzt kommen und dich herausholen.»

«Silbão?» Juja schaute auf und lachte. «Er kommt bald.»

Viele kletterten auf die Dächer, aber sie konnten nicht über die Mauer schauen. Beim Essenholen sprach sich herum, dass eine Frau entschieden hatte, durch das Loch in der Mauer zu kriechen. Sie wollte nicht fliehen. Sie wollte nur, verborgen hinter den Blumen, ein Stück auf die Geräusche zugehen und sehen, was die Männer da machten. Man warnte sie:

«Du wirst ohnmächtig in den Blumen.»

«Die Fliegen bringen dich um.»

Aber sie versuchte es. Am Nachmittag verschwand sie in dem Blumenschleier an der Innenseite. Es war voll am Dorfrand. Una, Juja und Dshirah konnten nicht viel sehen, denn sie standen ganz hinten. Die Frau war bald zurück. Una hob Dshirah hoch, und Dshirah sah die Frau taumeln. Man hörte sie schreien, dann stürzte sie. Dshirah hatte nicht verstanden, was sie geschrien hatte. Sie reckte sich hoch in Unas Armen, versuchte zu sehen, zu hören. Aber da stellte Una sie grob auf die Füße, griff nach ihrer Hand und auch nach Jujas, zog beide fort, hinein ins Dorf. Es war eine Flucht. Aber es war zu spät. Hinter ihnen schrien jetzt die anderen, und die konnte man verstehen. Dshirah zappelte und schrie auch. «Una! Sie haben – sie haben –» Una drückte ihren Kopf fest gegen ihren Hals und flüsterte ihr zu: «Sag es Juja nicht. Sag es wenigstens Juja nicht.»

Es gab kein Loch mehr in der Mauer. Jetzt war Dshirah wirklich im Gefängnis.

Sie konnte nicht schlafen in der Nacht. Una auch nicht. Sie flüsterten miteinander, während Juja lächelte und wahrscheinlich von ihrem Kind träumte. Juja war die Einzige in En-Wlowa, die noch nicht wusste, dass es kein Loch mehr in der Mauer gab.

«Nicht verzweifeln», flüsterte Una Dshirah zu. «Das ist es nicht, was die Männerstimmen da gemacht haben, nicht nur das. Sie haben nicht nur das Loch zugemacht. Wir hören doch die Stimmen an einer anderen Stelle, viel weiter östlich, viel.»

«Und was glaubst du, was sie da machen?», fragte Dshirah.

Sie bekam keine Antwort. Una streichelte über ihren Kopf und fing an zu singen, wie sie Juja oft beruhigte, nur leiser.

Und am nächsten Tag vergaß sie eben dieses Singen.

Es war noch in den Morgenstunden. Da sahen sie, dass an der Südseite außerhalb der Mauer Balken aufgerichtet wurden, die hoch über die Blumen ragten. Dshirahs Blick hing voller Angst und Fragen an Unas Gesicht. Und sie sah in Unas Augen ein unruhiges Flackern. Da waren vielleicht weniger Fragen, aber genauso viel Angst.

«Silbão?», fragte Juja. Sie flüsterte: «Er kommt nicht.» Und sie schrie: «Nie wieder!»

Sie sank in sich zusammen und sang: «Abdalameh, Abdalameh.»

Una starrte auf das Gerüst im Süden, und Jujas Stimme glitt in den Totengesang.

Auf der Mauer stand ein Mann. Er schlug mit einem großen Messer, fast ein Schwert, auf die Blumen ein. Sie fielen hinab nach En-Wlowa, lange Girlanden aus riesigen Blüten. Jujas Lied zerbrach in Schluchzer. Una schwieg noch immer.

Und die anderen? Die vielen anderen? Sie schrien oder lachten oder fluchten oder tanzten oder zitterten – und keiner wusste warum.

An diesem Tag geschah nichts mehr. Sie hatten also noch eine Nacht, voller Grübeln, voller Angst – ohne Schlaf. Und eine kleine, verrückte, vollkommen sinnlose Hoffnung war auch dabei. Dshirah kuschelte sich an Una und träumte, sie läge wieder in den Armen ihrer Mutter.

Glückstag

Und dann begann: der Glückstag.

Früh aufgestanden war Dshirah ja schon immer. Die tief am Horizont stehende Morgensonne war eine Vertraute, eine Freundin, die eben jetzt in diesem Wimpernschlag auch das kleine weiße Haus in der Ebene erhellte und den Patio und den Hof mit den Pferden, die Januão gerade mit seiner Flöte ... Hörte sie ihn? Sie stand zwischen Juja und Una in der Schlange am Brunnen, die Schale in der Hand, und dachte: Wenn der Wind nicht so ein träger Klepper wäre, wenn der Wind so flink wäre wie das Licht, dann könnte ich jetzt meinen Bruder hören, wenn –

Sie unterdrückte alle übrigen Wenns, denn vom Dorfinneren brachte der Wind andere Töne: Schreie, schrill und wütend.

Una, Juja und Dshirah waren immer kurz nach Sonnenaufgang, aber niemals als Erste am Brunnen. Auch waren sie heute – kampflos – zurückgetreten, als Shenja und ihre Truppe kamen, die sonst, an gewöhnlichen Tagen, viel länger schliefen. Dies war kein gewöhnlicher Tag. Noch traten welche von den Gefangenen, grau und mager, an das Wasser, hielten ihre Schale unter den Strahl, spülten sie aus, wenn sie noch Gewohnheiten ihres früheren Lebens in sich hatten, tranken aus dem staubigen Gefäß, wenn sie schon gar zu lange hier waren, und gingen mit halb gefüllter Schale weiter zum Platz. Von dort kam das Geschrei. Da lief eine Bewegung durch die knochige Reihe vor dem Brunnen, ein Zucken durch die schmerzenden Wirbel dieser alten, ergrauten Schlange, in der Jujas scheckiges Blau der einzige farbige Fleck war. Una – was erwartete sie? – versuchte Dshirah zu verbergen. Das Schreien kam näher, Frauenstimmen schrill: «Nichts! Nichts!», Männerstimmen hohl, dumpf: «Leer! Leer!»

Dshirah drückte sich an Una. Durch die Lücke zwischen zwei schmutzigen Kitteln vor ihr sah sie Shenja. Die trat zum Brunnen und hob ihre Schale – leer, kein Wasser, kein Brei.

«Trinkt!», schrie sie. «Füllt euch mit Wasser. Es gibt sonst nichts. Es ist niemand in der Bude. Sie lassen uns hungern, verhungern, und ...», sie schob die beiden schmutzigen Kittel vor Dshirah mit leichtem Druck auseinander, zwei Männer taumelten zu Seite, «... und die da ist schuld.»

Rasch drückte Una Dshirah hinter sich und fragte: «Was habe ich getan?»

Shenja lachte, ein kurzes, bitteres, hungriges Lachen.

«Nicht du. Das Kind. Wir wissen es doch alle. Es ist was mit diesem Kind.»

Sie trat so dicht an Una heran, dass auch Dshirah ihren erhitzten Körper spürte.

«Wir tun dem Kind nichts, wenn du uns sagst, warum es immer mit seinen Kleidern badet.»

«Es hat etwas, das ihr nicht kennt: ein Schamgefühl.»

«Das die Frauen des Kalifen auch nicht kennen», keifte Shenja, «denn zwei baden hier nackt mit dem Zeichen auf der Schulter.»

Es sammelten sich mehr um Shenja, jeden Herzschlag mehr. Auch Männer. Juja fing leise an zu weinen. Wahrscheinlich weinte

Dshirah auch, aber sie hatte zu viel Angst, um die Tränen zu fühlen.

«Sie hat recht», sagte ein Mann, «es ist was mit dem Kind.» Er fasste mit einer Hand Unas Arm und zog mit der anderen Dshirah hinter dem schützenden Rücken hervor. Shenja hielt Una ihre Finger unter die Nase.

«Guck!», kreischte sie. «Seit drei Wochen habe ich meine Nägel nicht gebissen, damit ich dem Kind das Gesicht kratzen kann. Dann sagt es uns selber, was sein Geheimnis ist.»

Ein lautes Krachen rettete Dshirah vor Shenjas Krallen. Es kam von der Mauer, und sofort rannte, wer laufen konnte, dahin. Zurück blieben ein paar lahme Alte. Ein Mann, der sich auf einen anderen Alten stützte, streckte den Arm nach Dshirah aus.

«Vielleicht befreist du uns ja», nuschelte er und lächelte. Als er versuchte, auf Dshirah zuzugehen, wäre er gestürzt, hätte Una ihn nicht gehalten.

«Danke», sagte er mit seinem fast zahnlosen Mund und einem sehr freundlichen Blick. «Es gibt gute Menschen, und solange es gute Menschen gibt, ist Hoffnung.»

«Es ist Hoffnung!», jubelte Juja. «Es ist Silbão, der kommt.» Die beiden Alten humpelten zum Brunnen, tranken aus ihren schmutzigen Schalen, der kräftigere, der gehen konnte, füllte sie halb mit Wasser und schleppte den anderen mit sich durch die Gasse zum Platz, wo es bis heute immer den Brei gegeben hatte. Die Schalen balancierten sie mühselig einer in der rechten, der andere in der linken Hand. Da krachte es wieder an der Mauer.

«Wo versteck ich dich?», murmelte Una.

«Musst du mich verstecken?», fragte Dshirah.

Una zuckte die Achseln. «Wir schauen das an. Wir müssen das wissen. Man muss wissen.»

Sie gingen auf den Lärm zu. Juja lief voraus, im blauen Kleid auf leichten Füßen. Sie sang. Es war voll am Dorfrand. Sie konnten nichts sehen.

«Ich will nicht nach vorn gehen», sagte Una. «Wir könnten nicht mehr zurück. Jujas blaues Hemd fällt überall auf.»

Da entdeckte Dshirah ihre erste freundliche Helferin in En-Wlowa, die für den geflohenen Brun eine Mutter gewesen war, wie Una für sie.

«Die können wir fragen», flüsterte sie.

Doch Una zögerte. Es war Abwehr, fast Feindseligkeit in dem Blick, mit dem sie Bruns Beschützerin begegnete. Aber sie hatten keine Wahl, und Una sprach die Frau an.

«Sie haben einen Widder aufgebaut», erfuhren sie. «Sie reißen die Mauer ein.»

Widder? Dazu fiel Dshirah nichts anderes ein als die lustigen Schafböcke, die in wildem Spiel die Köpfe gegeneinander stießen. Konnten die ein Grund sein, dass Una so blass wurde?

«Was für Widder?», fragte Dshirah.

Una antwortete nicht. Die andere Frau musste helfen.

«Ein altes Kriegsgerät», erklärte sie. «In dem Gerüst, das sie gebaut haben, hängt an langen Seilen ein schwerer Baumstamm. Der hat vorn einen Eisenkopf. Das ist der Widder. Den schwingen sie jetzt hin und her und rammen ihn gegen die Mauer. Da stehen schon alle und wollen rausrennen.»

«Komm!» Una wollte Dshirah wegziehen. Ein lauterer Krach hielt sie fest, ein Poltern, ein Steineschlagen, eine Felslawine und viele Stimmen, gebündelt zu einem einzigen tosenden Schrei. Die graue Masse vor ihnen brach auseinander, warf sich nach vorn, zersplitterte in Rennende und Stürzende. Lücken entstanden und gaben den Blick frei. Zwischen Mauerbrocken taumelten die Gefangenen, grau in grau. Was war Mensch? Was war Stein? Zu Boden gingen sie alle.

Soldaten in dunkelblauen Uniformen strömten durch das Loch. Sie räumten den Weg und warfen Menschen und Steine beiseite. Die Menschen waren leichter, flogen weiter, krachten nicht auf den Boden, machten andere Laute: Schreie.

Una hob Dshirah hoch.

«Wo kann ich dich verstecken?», flüsterte sie ihr ins Ohr.

«Warum muss ich weg?», fragte Dshirah. «Was wollen die? Was denkst du?»

«Was der Kalif denkt», murmelte Una. «Wenn hier jemand weiß, wie der Kalif denkt, bin ich das.»

Sie schaute sich um, sah Juja nah der Mauer.

«Wir lassen sie dort», sagte sie. «Das gilt nicht ihr.»

Sie stellte Dshirah wieder auf die Füße.

Durch das Mauerloch kamen Reiter in roten Jacken auf schnellen Pferden, die sicher durch das Geröll sprangen. Hinter ihren Sätteln hingen große Mengen dünner Lederbänder.

«Fessler!», hauchte Una. «Weg! Komm!»

Aber Dshirah starrte gebannt auf die Reiter. Die roten Fesselreiter! Wie oft hatte sie die schon gesehen! Hatte in der großen Arena zwischen Mutter und Vater gestanden und geschrien und gejubelt, wenn die Reiter ihre Beute jagten. Zuerst wurde immer die Herde hereingetrieben, Ziegen zum Beispiel, viele muntere hüpfende Ziegen, wie Silbāo sie hütete. Dann folgten die roten Fessler, hetzten die Ziegen, sprangen von ihren kleinen, flinken Pferden, warfen ihre Opfer zu Boden und banden ihnen mit zwei Handgriffen die Beine zusammen. Dabei hatte jeder Bänder in seiner Farbe. Am Schluss wurde gezählt, wer die meisten Tiere gefesselt hatte. Das machten sie mit Ziegen, Schafen, Kälbern und den Dunkelleuten aus Afrika. Mit Fohlen nicht.

Una riss an Dshirahs Arm. Es schmerzte im Schultergelenk. Einige Fesselreiter sprangen von ihren Pferden und dann gar nicht wieder hinauf. Zu dicht gedrängt und zu langsam waren die grauen Gestalten. Die Fessler mussten nur greifen, werfen, fesseln und wieder greifen, werfen, fesseln ... Schon lagen sie in den Gassen, nebeneinander, übereinander, Männer und Frauen, an Händen und Füßen zu einem Bündel geschnürt.

Es gelang Una, sich mit Dshirah durch zwei eng stehende Häuser zu drücken. Bevor sie die nächste Gasse erreichten, noch frei von Fesslern, hörten sie den Schrei eines Reiters: «Da! Da ist ein Kind!»

Sie pressten sich an die Holzwand. Dshirah konnte noch sehen, wie zwei, vielleicht mehr der Fessler in dieselbe Richtung rannten.

Sie jagen die Kinder, dachte sie und verstand: Sie jagen mich.

War es ein Glück, dass es Una gelang, Dshirah zu ihrem Verschlag zu führen? Es war ein nutzloses Glück. Was sollten sie da? So dumm war Shenja nicht, dass sie dort nicht suchen würde. Sie kam mit ihrer Truppe durch die Mittelgasse gerannt.

«Ich hatte recht!», schrie sie. «Sie suchen das Kind!»

«Hast du gesehen?», rief eine aus ihrem Gefolge. «Sie ziehen den Kindern die Schuhe aus!»

Dshirah floh in die Hütte und dort in Unas Arme.

«Wir schaffen das nicht», schluchzte sie. «Ich will nicht mehr wegrennen. Lass mich zu ihnen gehen.»

Aber Una presste sie fest an sich.

«Du weißt, was geschieht! Du hast dann sieben Tage im Kalifenpalast. Sieben Tage Angst in Pracht und Protz. Du weißt, was sie mit euch tun!»

«Sie ist da!»

Una sprang zur Tür und versperrte den Frauen den Eingang. Warum? Wozu? Dshirah war gefangen, mitten im Gefängnis gefangen. Hatte Una keine Kraft mehr, weil das alles so sinnlos war? Sie ließ sich beiseite schieben, und sofort war die dunkle Kammer voller Frauen. Eine warf sich vor Dshirah auf den Boden, griff einen ihrer Füße und versuchte, durch das weiche Leder ihre Zehen zu fühlen. Aber Dshirah zappelte und zog ihr die Füße weg. Da packten sie alle zu, rissen und zerrten an ihr herum.

«Wenn sie sechs Zehen hat», keuchte Shenja, «bringen wir sie ihnen. Dann lassen sie uns frei.»

An Dshirahs Hemd platzte die Schulternaht. In den Bändern ihres rechten Fußes verhakten sich Finger. Aber die Schnüre waren fest, bestes Leder, von ihrer Mutter ausgesucht, von Januāo gebunden.

Sie sind schon einmal gerissen, dachte Dshirah, schon einmal zu viel.

Die Frauen fetzten ihr den Kittel vom Körper. Wieder stand sie nackt vor ihnen, nicht lange, Una ließ ihr das nächste Hemd, das sie greifen konnte, über den Kopf gleiten. Es war Jujas, das rote. Es war lang und fiel bis zum Boden. Unter dem roten Saum riss das

Band ihres linken Schuhs. Zwei Frauen packten ihre Schultern, zwei verdrehten ihr die Arme hinter ihrem Rücken, eine krallte ihr linkes Bein, eine – war es Shenja? das konnte sie nicht sehen, sie hatte zu viele Tränen in den Augen – eine zog ihr den Schuh aus.

Und da war es plötzlich still. Die Griffe an Schultern, Händen, Bein lockerten sich zugleich, in einem Herzschlag, als wäre es nur eine einzige Person gewesen, die sie gehalten hatte. Und eine leise Frauenstimme sagte: «Das Dshinnu!»

Sie wichen zurück. Dshirah erkannte ihre letzte Möglichkeit zu fliehen. Sie raffte das lange Hemd, schoss zwischen zwei Hüften hindurch zur Tür und hinaus ins Freie.

Freie? War sie frei? Es waren keine Fessler in der Gasse. Sollte sie wieder mit einem Schuh fliehen, diesmal dem rechten? Wohin flieht man in einem Gefängnis? Das Loch in der Mauer war zugeschüttet. Es gab ein neues Loch, eine Bresche. Aber da stand alles voller Soldaten. Niemand kam hier herein oder hinaus.

Doch! Was einem alles einfällt in allerhöchster Not!

Das Wasser!

Es floss unter der Erde herein. Konnte sie nicht unter der Erde hinaus? Es musste zu der Höhle am Fuß des Hügels führen, wo sie damals – wie lange war das her? – mit Silbão die beiden Pferde gebunden hatte. Gab es unter der Erde einen Weg hinaus? Hätten das, wenn es denn ginge, nicht schon viele versucht?

Es gibt keine Luft da unten, dachte sie, während sie Richtung Bach lief, und niemand hielt sie auf.

Oder es ist zu eng, dachte sie, zu eng für die Großen, aber vielleicht kann ein Kind ...

Dshirah sprang in den Bach und tauchte in die Höhle, aus der er kam. Es war keine Höhle, es war ein Kanal, aber nicht zu eng. Das Wasser füllte ihn ganz aus, sie musste kriechen, aber sie kämpfte sich gegen die Strömung. Und dann weitete sich die schmale Röhre. Sie spürte keine Strömung mehr und konnte sich aufrichten. Ihr Kopf stieß gegen Fels. Luft! Ihr Mund blieb unter Wasser, doch durch die Nase bekam sie Luft. Sehen konnte sie nichts. Es war vollkommen dunkel.

Kann ich hier bleiben, bis sie weg sind?, dachte sie. Aber niemals mehr holt Silbão mich hier raus. Nie niemals nimmermehr. Ich muss immer hier bleiben, und ohne meine Mutter, meinen Vater, meinen Bruder will ich nicht leben.

Sie versuchte weiterzugehen. Ihr Kopf schrammte an der Felsdecke entlang. Es tat weh. Sie stieß mit der Stirn gegen eine scharfe Kante. Was ihr da von oben warm in die Augen lief, musste Blut sein. Sie breitete die Arme aus, fühlte keine Seitenwände. Langsam ging sie vorwärts. Der Wasserspiegel sank unter ihre Oberlippe, Unterlippe. Sie konnte durch den Mund atmen.

Aber die Angst in der Enge und Finsternis, die Angst in der Finsternis und Enge.

Weg!, dachte sie. Weg!

Sie ging weiter, prüfte nach jedem Schritt, wo das Wasser stand. Näherte es sich dem Kinn? Es schwappte ihr in den Mund. Und da fühlte sie die Strömung wieder, das Wasser floss ihr kräftiger entgegen, ihr rechter ausgestreckter Arm stieß gegen eine Wand.

Zurück, dachte sie. Ich will leben. Was geschieht mir, wenn sie mich finden? Sie bringen mich in den Kalifenpalast. Da steht meine goldene Wiege, in der ich nie lag. Vielleicht tun sie mir nichts. Vielleicht lassen sie mich leben. Vielleicht töten sie nur die Mutter, den Vater, Januão ... aber Zaiira töten sie nicht.

Wie lange hatte sie nicht mehr an Zaiira gedacht?

Sie drehte sich um. Da rutschte sie aus. Sie strampelte unter Wasser. Wo war oben? Wo war unten? Ihre Füße fanden den Boden, sie richtete sich auf, hatte wieder die Nase, nur die Nase frei – und wusste nicht mehr, aus welcher Richtung sie gekommen war.

Die Strömung! Ich muss die Strömung finden.

Sie ging vorsichtig, sie wusste nun, wie leicht sie ausgleiten konnte. Sie streckte die Arme zur Seite, nach vorn. Den Kopf an der Felsdecke und die Nase, nur die Nase über Wasser stieß sie gegen eine Wand. Und keine Strömung. Oder doch? Sie hielt den Atem an. Sie fühlte nichts.

Ich bin zur Seite gegangen, dachte sie, nicht vor, nicht zurück, zur Seite.

Sie tastete sich an der Wand entlang. Aber wo war das Loch, der enge Kanal, durch den sie gekommen war? Wasser lief ihr in die Nase. Das war gut. Sie musste dahin, wo sie keine Luft bekam, nur da ging es hinaus. Sie legte den Kopf zurück. Die Felsdecke schrammte jetzt ihre Stirn. Und das Wasser stieg. Noch einmal Luft holen, tief, dann musste sie tauchen, wohin?

An der Wand bleiben, weiter tasten, Augen öffnen ...

Wozu? Kam Licht durch den Kanal? Sie wusste es nicht mehr. Hatte sie vorhin die Augen offen gehabt? Sie sah nichts. Und ihre Lunge schrie nach Luft! Sie konnte nicht länger tauchen. Ihre Brust fühlte sich an, als wollte sie platzen. Nie, nie würde sie den Weg durch den Kanal zurück schaffen.

Ich will leben, dachte sie, als sie stürzte und die Strömung fühlte, die sie weiterriss.

Ich werde sterben, dachte sie.

Dann dachte sie nichts mehr. Ihr Kopf prallte gegen den Fels.

Sie spuckte Wasser, immer mehr Wasser. Daran merkte sie, dass sie lebte. Una hielt sie in nassen Armen, drückte ihr die Brust zusammen, und Dshirah spuckte und spuckte. Und alles war rot. So viel Blut?

Sie saßen im Bach, da, wo das Wasser aus dem Kanal kam. Am Rand, auf der Gasse lagen gefesselte Menschen, einige ringelten sich, aber fortbewegen konnten sie sich nicht. Dshirah hörte auf zu würgen, sie schloss die Augen, blieb in Unas Armen liegen.

«Wie bin ich hierher gekommen?», flüsterte sie.

«Ich hab dich da rausgeholt», sagte Una.

Dshirah schaute sie verwundert an. Una lächelte.

«Ich sah, dass es rot aus dem Kanal strömte. Da wusste ich, wo du bist. Das war mutig, Dshirah, aber dumm.»

Dshirah schaute ihren Körper an, tastete ihren Kopf ab, fand keine großen Wunden.

«So viel Blut?», fragte sie.

Una schüttelte den Kopf.

«Das ist kein Blut. Es ist die Farbe aus Jujas Hemd. Zieh es aus.»

Dshirah gehorchte und schaute zu, wie Una das Hemd spülte, bis es nicht mehr so viel Farbe hatte. Dann zog sie es Dshirah wieder an.

«Besser geht es nicht», murmelte sie, «immer noch zu rot. Aber ich denke, jetzt kannst du dich damit verstecken.»

«Aber es gibt keinen Ort, wo ich mich verstecken kann», sagte Dshirah.

«Doch. Ich bringe dich zum Platz. Da liegen sie alle gestapelt übereinander. Du quetschst dich dazwischen. Niemand darf sehen, dass da noch ein Kind ist. Suchen werden sie da nicht. Dann lasse ich mich fangen.»

«Warum haben sie dich noch nicht erwischt?»

«Weil ich nicht vor ihnen davonlaufe. Ich gehe hinter ihnen her. Dass ich hier zum Bach kam und die Farbe von Jujas Hemd sah, war nur Glück.»

So viel Glück an diesem einen schrecklich fürchterlichen Tag!

Sie schlichen im Schutz der leeren Hütten und lauschten auf Hufschlag. Die Fessler saßen jetzt wieder auf ihren Pferden und sammelten letzte Flüchtlinge ein. Als Nächstes würden sie die Häuser durchsuchen, bald. Überall lagen Gefesselte, und einmal, als sie über eine Gasse in den Schatten eines Hauses huschten, schrie einer: «Ein Kind! Hier ist noch ein Kind!»

Da rannten sie schneller und erreichten – ein Glück! Welch ein Glück – den Platz, auf dem bis zu diesem Tag jeden Morgen der Brei verteilt worden war. Dshirah sah vor der Breihütte, getrennt von den anderen, die Kinder liegen.

«Da!»

Una stieß sie in eine Hütte. Dshirah stolperte über das zu lange, immer noch zu rote Hemd. Sie fiel in etwas Schmieriges. Es stank in der Hütte. Sie sah, wie Una eine Hand über die Nase legte und vorsichtig aus dem Loch schaute, das hier als Fenster diente.

«Komm!», flüsterte sie.

Dshirah drückte sich neben sie.

«Da rechts», sagte Una, «da – die liegen alle mit dem Gesicht zum Platz. Wir müssen noch zwei Hütten weiter, dann können wir uns dazulegen, und keiner sieht, dass du ein Kind bist. Ich bleibe bei dir und verberge dich. Dann musst du nicht unter Fremden liegen.»

Sie bleibt bei mir, dachte Dshirah, sie bleibt bei mir.

Mitten auf dem Platz, im Schatten des steinernen Armei dan Hasud, sah sie ein blaues Kleid. Da tat ihr das Herz noch einmal so weh.

Hinter den Hütten schlichen sie weiter, lauschten auf Hufschlag, nichts, Una zog Dshirah auf den Boden. Sie robbten bis an einen Haufen gefesselter Menschen und legten sich dazu. Jujas Hemd verbarg Dshirahs Kinderkörper, sie drückte den Rücken gegen Unas Bauch und versteckte ihren Kopf in Unas Armen. Die aber versuchte Arme und Beine so aneinanderzuhalten, als sei sie gefesselt.

«Tu das auch», zischte sie Dshirah zu, «krümm dich zusammen. Pass auf, dass man den Fuß ohne Schuh nicht sieht.»

Dshirah versuchte, ihre Arme und Beine unter fremde Körper zu schieben, die halb betäubt und verdreht im Dreck lagen. Una verdeckte den größten Teil ihres Körpers. Sich windend sah sie Unas Gesicht, sah Schmerz in ihrem Gesicht, als Una versuchte, ihre Hände und Füße in die Fesselhaltung zu bringen. Dshirahs jungem Körper fiel das leichter, aber schon nach wenigen Minuten fühlte auch sie einen Schmerz, und da fiel ihr etwas ein: die Dunkelleute.

Bei den Festen in Al-Cúrbona, wenn die roten Reiter um die Wette fesselten, jagten sie Ziegen, Schafe, Kälber und Dunkelleute aus Afrika. Und Dshirah, die sich jetzt den Rücken verkrümmte, als sei sie gefesselt, dachte: Aber das tut ihnen doch weh!

Sie verdrehte den Kopf, bis sie in Unas Gesicht schauen konnte, in stummem Schmerz. Die Dunkelleute hatten nicht geschrien. Die Ziegen hatten gemeckert, die Schafe hatten geblökt, die Dunkelleute hatten nicht geschrien. Dshirah schob den Mund an Unas Ohr.

«Una», sagte sie, «die Dunkelleute, die die Fessler immer jagen, das tut denen doch weh!»

Da war fast ein Lächeln auf Unas Gesicht.

«Ja», nickte sie, «das hast du verstanden.»

Von der Mauer näherten sich Geräusche, Hufschlag und anderes. Und ein Schrei.

«Brun!»

Und wieder: «Brun! Brun! Brun!»

«Ich wusste es», flüsterte Una, «ich hab's gewusst.»

«Was?», fragte Dshirah.

«Brun. Der Junge, der geflohen ist, als du kamst. Natürlich haben sie ihn ergriffen. Sie haben ja das ganze Land durchsucht. Nach dir. Und er wusste, dass ein Kind nach En-Wlowa geflohen war. Darum sind sie jetzt hier.»

Und dann hörten sie eine kieksende, sich überschlagende Stimme, die es kaum gewohnt zu sein schien zu befehlen: «Da! Die Frau! Die da! Befreit sie!»

Dabei kam die Stimme näher, rief weiter: «Da hinten! Die!», kam näher, rief aus der Luft, von oben herab. Dshirah spürte die Anwesenheit von etwas Großem. Nicht weit von Unas Rücken hielt das Bein eines Elefanten. Der Junge, der hinter dessen Kopf saß, war ganz in weiße Seide gekleidet wie die weißen Lakaien, die Lieblingsdiener des Kalifen. Unter dem nach araminischer Art um den Kopf geschlungenen Tuch grinste ein bardisches Gesicht.

«Wir haben kein Kind mit sechs Zehen gefunden!», schrie jemand zu ihm hinauf. «Du hast uns betrogen!»

«Ich habe nichts davon gesagt!», kreischte die Stimme, die das Befehlen offenbar noch nicht lange gewöhnt war. Sie klang jetzt schrill wie die eines Jungen im Stimmbruch. «Ich habe nicht gesagt, dass ein Kind mit sechs Zehen hier ist, ich habe nur gesagt, dass ein Kind hierher gelaufen ist, ich ...»

«Komm herunter! Guck dir die Kinder an und sag, ob du es erkennst.»

Unas Kinn drückte sich wie ein zuschnappendes Schloss in Dshirahs Hals. Von der entfernten Seite des Platzes kam ein anderer Ruf.

«Hier sind drei Frauen, die sagen, sie haben es gesehen!»

Und eine dünne Stimme, die nicht weit trug, krächzte Unverständliches über den Platz.

«Was?», rief einer zurück.

«Die Frauen hier. Sie sagen, sie haben es gesehen!»

«Macht sie los!»

Von fern heran, immer lauter, immer deutlicher, schließlich erkennbar, verstehbar, kam Shenjas Stimme: «... und den Schuh ausgezogen. Ihr müsst es finden. Es hat ein rotes Hemd an.»

«Da!»

Das ging schnell.

Es war auch nicht schwer für den Jungen auf dem Elefanten, das rote Hemd zu entdecken. Zu dicht lag es bei dem Tier, von dem er gerade herabgeklettert kam.

Unas Berührung wurde sanfter. Sie entließ Dshirah aus der Klammer und streichelte sie, Stirn über Stirn, und Dshirah spürte,

Una gab sie nicht frei, sondern auf. Es war ein zartes, liebevoll trauriges Aufgeben: Wir haben verloren.

Soldatenhände zogen Dshirah aus dem Menschenhaufen, fassten sie vorsichtig an, ohne ihr wehzutun, hoben sie und stellten sie auf die Füße, einen mit und einen ohne Schuh. Der Junge war über den Kopf des Elefanten auf den Rüssel geklettert, saß da wie auf einer Schaukel, sprang herab und war der Erste, der vor Dshirah kniete.

«Sechs!», jubelte er und triumphierte. «Ich habe das Dshinnu gefunden!»

Da wurde es still. Und es blieb still. Die roten Fessler und die Soldaten schauten Dshirah mit stillen Augen an. Einer lächelte sogar. Shenja und die drei Frauen aus ihrer Truppe standen reglos. Eine sah nahezu hübsch aus. Der nächste Befehl kam leise und war dennoch gut zu hören: «Alle losbinden!»

Langsam gingen die Fessler von einem zum anderen. Und langsam erhoben sich die von den Fesseln Befreiten und rieben die Handgelenke. Zugleich schlangen ungeschickte Hände bunte Seidentücher um Dshirahs Kopf, Schultern, Brust und Bauch, und schon während einer ihr den rechten Schuh vom Fuß schnitt, fielen die schlecht gewickelten Tücher wieder von ihrem Körper. Da stand Una neben ihr und kleidete sie von Kopf bis Fuß mit wenigen Griffen und Schlaufen in ein fürstliches Gewand, und einer der Männer sagte «danke» zu ihr. Von Süden kamen Pferde, die zogen einen großen Wagen, und damit begann der Jubel, Freudengeschrei: «Brot! Brot! Sie verteilen Brot!»

«Ihr müsst nicht drängeln!», rief ein Soldat. «Zehn Tage lang bekommt ihr Brot. Für jeden mehr als genug.»

Una beugte sich zu Dshirah hinab, küsste sie auf die Stirn, flüsterte: «Für Hisham», und verschwand auf den Platz, nicht dahin, von wo der Wagen kam.

Hisham? Nicht Abdalameh? Dshirah kannte auch keinen Hisham, außer dem Kalifen natürlich, denn auch das war ein Kalifenname. Sie schaute dem Wagen entgegen und streckte die Hände aus. Plötzlich merkte sie, wie hungrig sie war. Aber kräftige Männerarme hoben sie am grauen Leib des Elefanten empor. Brun, der wieder oben saß, zog sie hinauf. Sie setzte sich auf die bestickte Decke hinter dem Kopf des großen Tieres, Brun kniete hinter ihr, ein weißer Lakai. So ritten sie durch die Gassen, durch jubelnde Menschen, die winkten mit Händen voll Brot und taumelten, während sie gingen.

«Du hast Hunger, ja?», flüsterte Brun ihr von hinten zu. «Oh, ich weiß noch, wie das ist. Und sie haben dir kein Brot gegeben. Sie denken an nichts. Hier!»

Er schob ihr seine Hand hin. Neben den Säulenbeinen des Elefanten lief ein blaues Hemd. Dshirah beugte sich hinab. Juja lief auf den Zehen, streckte ihr die Hände entgegen, beide Hände voller Brot, aber sie konnte Dshirah nicht erreichen.

«Hilf mir», sagte sie zu Brun, «halt mich.»

Und sie ließ sich nach unten hängen. Das war nicht schwer für sie. Der Elefant schwankte viel weniger als ihre halbwilden Pferde. Sie streckte beide Hände nach unten, Brun hielt sie an dem von Una sicher geschlungenen Tuch. Juja strahlte. Sie hüpfte. Dshirah konnte die Brote fassen, und in dem Jubel von allen Seiten hörte sie Juja sagen:

«Für Abdalameh. Für Abdalameh.»

Und dann saß Dshirah wieder auf dem Elefanten, hatte die Hände voller Brot, aber sie durfte es nicht essen.

«Wirf das weg», sagte Brun, «hier, nimm das!»

Und wieder schob er ihr die Hand hin.

Aber sie hatte beide Hände voll. Sie konnte nach dem bunten Ding in seinen Fingern, das aussah wie ein geschliffener Edelstein, nicht greifen. Und sie würde das Brot nicht wegwerfen.

«Bist du dumm», sagte Brun. «Dann mach den Mund auf.»

Das tat sie und schnappte nach dem schillernden Diamanten. Der war süß. Und war doch kein Honig, nicht nur. Er schmeckte nach anderem, das sie nicht kannte. Sie drehte ihn im Mund, und er schmeckte wieder nach anderem, das sie auch nicht kannte. Sie schob ihn in den Gaumen, sie schmatzte und lutschte, auf ihrer Zunge schmolzen 1000 unbekannte Welten, und jede schmeckte besser als alles, was sie jemals im Mund gehabt hatte.

«Na?», Bruns Kopf grinste neben ihr. «Lohnt es sich dafür, den Brei und die Hütten von En-Wlowa zu verlassen? Und in einer goldenen Wiege zu schlafen? Du passt nicht mehr rein, sicher nicht.»

Sie näherten sich dem Ausgang. Schon sah Dshirah das Loch, das man in die Mauer gebrochen hatte.

«Weißt du, wo meine Eltern sind?», fragte sie. «Hast du meinen Bruder gesehen?»

«Nein. Vielleicht sind sie im Palast. Der ist groß. Wenn du die Siebte Sage erzählst, werdet ihr da wohnen.»

Dshirah lutschte an dem süßen Edelstein.

Die Siebte Sage, dachte sie, erzählt die Geschichte von den süßen Diamanten. Was sonst. Es kann gar nicht anders sein.

Sie freute sich. Auf ihre Mutter, ihren Vater, ihren Bruder. Auf Zaiira, auf die Hunde, auf die Pferde. Die Freude saß tief drin in ihrem Bauch, genau da, wohin der immer wieder anders schmeckende Diamantensaft floss.

Was für ein Glückstag!

Das letzte Stück ihres Elefantenritts durch En-Wlowa winkte sie. Mit beiden Händen. Mit beiden Händen voller Brot.

Die geprügelte Sonne

Als Dshirah die Kalifenstadt erreichte, wurde sie sogleich in den Frauenpalast geschoben. Das Brot nahm man ihr fort. Sie wollte sagen: «Für Abdalameh!» Aber sie brachte kein Wort heraus. Sie durfte hastig ein Stück Kuchen hinunterschlingen. Eine wahrscheinlich köstliche Marzipanfüllung verstopfte ihr die trockene Kehle. Sie bekam einen Schluck Tee, der war heiß, sie verbrühte sich den Mund, musste husten, während flinke Hände an ihr zupften und erstaunte Frauenstimmen riefen: «Alles bestens! Wer hat das Kind in En-Wlowa so vollkommen gekleidet?» Und bevor Dshirah antworten konnte, zog man sie wieder hinaus zu dem Elefanten. Die ganze Zeit schaute sie sich um, ob sie irgendwo ihre Eltern sah, aber alle Gesichter waren ihr fremd. Ein Soldat griff sie, um sie auf den Elefanten zu heben, da rief jemand: «Halt!»

Und dann hatten sie Zeit.

Sie saß am Rand des großen Platzes mitten in der Kalifenstadt und bemerkte nichts von den gemeißelten Schnörkeln ihrer Marmorbank. Ihre Augen suchten die Mutter. Sie sah nichts von den Ornamenten aus bunten Steinen am Boden. Ihre Augen suchten den Vater. Und sie sah nichts von dem sich sieben Stockwerke hinauftürmenden Gebirge aus Säulen und Bogen rund um den Platz. Ihre Augen suchten den Bruder. Kaum spürte sie das warme Wasser in der silbernen Schüssel, in das man ihre Füße tauchte.

Aber die Hände, die sie streichelnd wuschen, fühlte sie, und da weinte sie und sah gar nichts mehr.

So wurde sie auf den Elefanten gehoben, rittlings gesetzt, die Stoffe ihres flatternden Gewandes wurden über ihren Knöcheln festgebunden, ihre Füße blieben frei. Hinter sich hörte sie Bruns kieksende Stimme, vertraut immerhin und fröhlich: «Ich bin dein weißer Lakai. Sie haben mich zu einem weißen Lakai gemacht, und ich bleibe auch weißer Lakai, wenn du die Siebte Sage nicht erzählen kannst und sie dich töten müssen. Das haben sie mir versprochen.»

Ein Reiter, der durch das offene Tor hereingaloppierte, schrie: «Wo bleibt ihr? Das Volk tobt in den Straßen!»

Sie brachen auf zur großen Parade. Die Musiker trugen ihre Trommeln und Pfeifen, die Flaggenwerfer ihre Fahnen, die Löwen brüllten, die Katzen schrien. Dies war keine Parade für den Kalifen, für seine Frauen nicht und nicht für seine Kinder. Die alle saßen verborgen und unerkannt hinter Spitzenschleiern in den Sänften. Machte sich irgendeiner aus der jubelnden Masse in den Straßen die Mühe, nach dem Kalifengrün hinter den Schleiern zu suchen, um zu erraten, in welcher Sänfte Hisham III. war? Und hinter welchem Schleier seine Kalifa? Mit den Trommlern klatschten die Leute, denn die gingen ganz vorn. Hoch flogen die Fahnen. Die Farben aller Länder des Reiches tanzten bis hinauf zum dritten Stock der Stadthäuser, drehten sich und landeten wieder sicher in den Händen der Fahnenwerfer. Aber schaute sie jemand an? Vielleicht zog die Katzenorgel einige Blicke auf sich, denn die gab es nicht immer zu sehen. Es war dies ein Prunkstück des bardischen Volkes: auf einem großen Wagen stand die Orgel mit hölzernen Pfeifen, und ein Mann in einem Bärenfell haute seine Pranken auf die Tasten. In den Orgelpfeifen hingen Katzen. An ihre Schwänze waren Seile geknotet, die mit den Tasten verbunden waren. Jeder Schlag der Bärenpranken zog an den Katzenschwänzen. Und die Katzen schrien. In die ständig maunzende, klagende Grundmelodie riss der Bär Akkorde von Schreien. Aber die Orgel war schlecht gestimmt. Im letzten Jahr, beim zehnten Geburtstag des Thronfolgers, hatte sie schriller geklungen. Man hatte in der Eile nicht die besten und kräftigsten Katzen gewählt, und aus der kleinsten Orgelpfeife kam außer Miauen und Fauchen kaum ein Ton, der Strick am Katzenschwanz war offenbar viel zu lang.

Hinter der Katzenorgel schlugen kaum beachtete Akrobaten ihre Räder und sprangen ihre Saltos. Sie waren nicht mehr als ein Zwischenraum, ein Puffer zwischen Schreien und Brüllen, damit die Zuschauer beides hören konnten, erst die Katzen, dann die Löwen.

Der Löwenwagen war nicht weniger groß. Doch auch die Löwen hatten schon mit mehr Ausdruck gebrüllt. Sie hatten dieses Mal nur einen Tag gehungert. Mehr Zeit war nicht gewesen. Es war am Löwenwagen bei dieser Parade mehr zu sehen als zu hören, denn zu sehen gab es etwas Neues. Vor dem Löwenkäfig baumelte ein zweiter, kleinerer Käfig, aufgehängt an einem Balken schwankte ein Köder vor den Löwennasen. Ihre nächste Mahlzeit? Vielleicht.

Dann der Elefant.

Er lief so dicht dahinter und war so groß, dass Dshirah nun nach Monaten endlich ihre Eltern wiedersah. Aber sie hätte sie lieber niemals als dort wiedergesehen.

Über die Löwen hinweg hatte sie einen freien Blick auf den Köderkäfig. Ihr wurde schwindlig, sie wäre hinabgefallen, aber ihr weißer Lakai bewährte sich und hielt sie.

«Was hast du?», fragte er.

Sie zitterte.

«Was hast du denn?»

«Das sind meine Eltern», flüsterte sie, «da, die.»

«Natürlich», sagte er. «Löwenfutter, das wusstest du doch.»

Sie zitterte, bis Brun sie streichelte und tröstete und sagte: «Nimm es nicht so schwer. Man lebt ganz gut ohne Eltern. Ich hatte nie welche.»

Es gelang ihm nicht, sie damit zu trösten, da fiel ihm etwas anderes ein: «Du musst ja gar nicht ohne sie leben. Wenn du die Siebte Sage erzählen kannst, tut ihnen niemand was. Und wenn du es nicht kannst, fressen dich die Löwen auch.»

«Und Januão ist nicht dabei», sagte sie. «Was haben sie mit Januão gemacht?»

So zogen sie durch die Straßen. Es war entsetzlich heiß. Aber die Tücher, die Dshirah trug, um den Kopf, am Körper, waren mit einem leichten Zitronenduft durchtränkt. Das erfrischte. Nur ihre nackten Füße glühten in der Sonne.

In der Nähe der Plaza de las Poemas wurde ein Junge von Soldaten gegriffen und zurück in die Menge gestoßen. Er war zu dicht an den Elefanten gelaufen. Dshirah bemerkte es kaum. Erst als Brun hinter ihr sagte: «Das war der Junge, der immer nach En-Wlowa kam», drehte sie sich um und suchte nach Silbão, fand ihn nicht, aber ihr fiel ein, dass irgendwo Zaiira sein musste.

Hilf mir, Zaiira, dachte sie. Dein Vater ist von höchstem Adel.

Kann er uns helfen? Doch die Familie Antvari war nirgends zu sehen.

Hat man sie eingesperrt?, dachte Dshirah. Weil Zaiira versucht hat, mich zu retten?

Und überall winkten und jubelten Menschen. Zehntausende Blicke forschten nicht nach dem Kalifengrün, blieben nicht bei der Katzenorgel, nicht einmal bei dem Löwenwagen. Sie suchten in der großen Parade nur einen winzigen Punkt: einen Zeh.

Am Nachmittag wurde Dshirah gebadet, aber nicht in dem großen Bad der Kalifenstadt, sondern in einer kleinen Kammer. Von einer Dienerin, die nicht mit ihr sprach, wurden ihr die Kleider ausgezogen, und ihr Körper wurde mit warmem und kaltem Wasser übergossen. Das ging sehr schnell. Köstlich war es dennoch. Zum ersten Mal seit Monaten floss warmes Wasser über ihre Haut. Dann erhielt sie neue Kleider, die dufteten und mit sicheren Händen um sie geschlungen und gebunden wurden von einer Dienerin, die nicht mit ihr sprach.

Und endlich lernte Dshirah ihre goldene Wiege kennen – und Sittah-Su, das war eine Freude. Sittah-Su war vierzehn, das älteste Kind des Kalifen und lieb wie eine große Schwester. Sie gab der Wiege einen kleinen Stups, dass die Glöckchen am Ende der Kufen läuteten wie – wie – wie hatte Zaiira das beschrieben? Dshirah versuchte sich zu erinnern, aber sie hörte nicht die Worte der Freundin, nur ihre Stimme, und da spürte sie wieder Zaiiras Finger auf ihrem Handgelenk, die ihren Puls suchten, fanden, hielten, bis ihre Herzen – und Dshirahs Herz schlug wieder im gleichen Takt wie das der Freundin, aber ganz allein, so allein.

«Hörst du?», flüsterte Sittah-Su. «Ich finde, es sind die schönsten Glöckchen in der ganzen Kalifenstadt. Sie klingen wie lachende Sonnenstrahlen, die über die Dächer von Palästen stolpern ...»

«Ja!» Dshirah zuckte zusammen. So, genau so hatte Zaiira diese Töne beschrieben. «Woher weißt du das?»

«Was?»

«Wie sie klingen.»

Sittah-Su lachte. «Aber ich höre es doch.»

«Ja, aber, du», stammelte Dshirah, «du – hast es so schön beschrieben.»

«Ich will ehrlich sein», sagte Sittah-Su. «Das sind nicht meine Worte. Das hat eine Freundin von mir so gesagt.»

Und Dshirahs Herz ging auf, ging auf wie eine Weinbeere im Honigwasser.

Wir haben dieselbe Freundin, dachte sie, wir werden Freundinnen sein.

Auch die jüngeren Töchter des Kalifen waren nett zu ihr, desgleichen ihre Mütter und die Mütter der Söhne. Und die dicken Wächter im Frauenpalast waren auf so eine friedliche Weise plump wie die großen massigen Hunde der Bauern hoch oben in den Schneebergen. Eingehüllt in so viel Freundlichkeit konnte Dshirah an nichts anderes denken als an ihre Eltern im Köderkäfig vor den Löwenrachen.

«Dshirah Dshinnu», sagte Sittah-Su, «warum sind deine Augen so dunkel? Du sollst fröhlich sein.»

Und Dshirah erzählte. Da wurden Sittah-Sus dunkle Araminenaugen ganz und gar schwarz.

«Das weiß der Kalif nicht», behauptete sie. «Das kann er nicht gewusst haben. Denk nicht mehr daran, Dshirah Dshinnu. Deinen Eltern geht es gut. Das haben die nur für das Volk gemacht.»

Dshirah wollte ihr gern glauben.

«Und mein Bruder?», fragte sie.

«Dein Bruder?», wunderte sich die Kalifentochter. «Was soll mit deinem Bruder sein?»

«Ich möchte wissen, wo er ist.»

«Was du für Wünsche hast, Dshirah Dshinnu! Wir haben auch Brüder, aber wir wissen nicht viel von ihnen. Komm, du sollst heute Abend im Patio der bunten Lichter die erste Geschichte erzählen, und dann jeden Abend eine, wie es üblich ist.»

«Aber ich kenne die siebte nicht», sagte Dshirah.

«Noch nicht. Natürlich nicht. Du hast ja nie in der goldenen Wiege geschlafen. Das kannst du auch nicht mehr, das ist klar. Aber sie machen dir ein Hängebett. Es wird an goldenen Ketten über der Wiege schweben. Da wirst du die Siebte Sage träumen. Wir werden dein Schwebebett schwingen lassen und die Glöckchen der Wiege läuten. Ich selber werde das tun. Und wenn ich sechs Nächte lang nicht schlafe.»

Und sie stupste die Wiege, dass die Glöckchen klangen.

«Armei dan Hasud hat gesagt: alles schwingt. Er hat gesagt, das Dshinnu wird die Siebte Sage träumen. Und Armei dan Hasud war der klügste Mann aller Zeiten.»

Und der größte Dummkopf, dachte Dshirah, hat Una gesagt.

Aber das sprach sie nicht aus, und sie glaubte es ja auch nicht.

«Wir glauben», fuhr Sittah-Su fort, «wir hoffen, nein, nein, wir glauben, wir wissen, dass wir die vergeudeten Jahre, in denen du nicht hier warst, ersetzen können.»

Sie sprach ein wenig hastig, und ihre Stimme klang gepresst. Glaubte sie das wirklich? Oder wollte sie es nur glauben?

«Wichtig ist, dass du in deine Träume gewiegt wirst, weil alles schwingt, Dshirah, alles Leben ist ein Tanz.»

Und sie fasste Dshirah an den Schultern und tanzte mit ihr um die Wiege herum, bis Dshirah schwindlig wurde und sie taumelte. Da lachte Sittah-Su: «Du schwingst ja schon. Spürst du, wie die Siebte Sage in dir schwingt?»

Aber Dshirah torkelte ganz ohne die Siebte Sage. Die Kalifentochter hielt immer noch ihre Schultern, hielt sie fest, hart und fest, und Dshirah merkte, Sittah-Su klammerte sich an sie, und als sie ihre Schultern losließ, stolperte sie.

«Was hast du?», fragte Dshirah. «Ist dir übel?»

«Nein!», sagte Sittah-Su. «Komm, wir müssen gehen.»

Begleitet von den Wächtern und den Frauen taumelte Dshirah durch die Säle bis hin zum Patio der bunten Lichter. Sie schritt über Teppiche, die dicker waren als im Haus Antvari. Sie schwebte durch Düfte, die stark waren wie die Blumen von En-Wlowa, aber leicht und frisch. Windorgeln aus Holz und Silber tönten im Luftzug der offenen Fenster. Sie ging an Wänden entlang, die längst vergessen hatten, was eine Wand war. Diese Säulen und Bogen, diese wie Spitzentücher geschnitzten Türen, diese Ornamente und Arabesken, Schriften und Zeichen und Bilder, gefliest, gemalt, gemeißelt, die dachten doch allesamt keine Handbreit daran, dass sie hier eine Decke zu tragen hatten und oben das Dach. Weder Stein noch Mörtel, noch Putz und Stuck scherten sich um die lästige Pflicht zu stützen und zu halten. Sie waren ein Fest für die Augen. Ein Haus waren sie nur so ganz nebenbei.

Bevor sie ins Freie traten, warfen alle Frauen, auch die kleinen Mädchen, ihre Schleier über das Gesicht. Dshirah allein ging ohne weiter. Und dann erlebte sie, was der Patio der bunten Lichter war.

Der Hof war klein. Er war nicht von Arkaden und Galerien umgeben wie die anderen Höfe, es waren schlichte gerade Wände, die ihn an drei Seiten umstanden, die Fassaden nur leicht getönt in hellem Gelb, sanftem Rot, lichtem Blau. Im Westen stand kein Haus, nur ein vielfach durchbrochener steinerner Vorhang aus Säulen und Bogen. An der Nordseite waren, rundum geschlossen, jene Wandschirme aufgebaut, hinter denen sich gewöhnlich die Familie des Kalifen verbarg, fast sah es aus wie ein vornehmer Käfig. Mitten im Patio war ein Teich. Er war klein und nicht mit Wasser gefüllt. War das Silber? Flüssiges Silber? Dshirah schaute den Wächter, der sie führte, fragend an. Er nickte lächelnd und schob sie näher an den Teich. Die glänzende Oberfläche spiegelte ihr Gesicht anders als jeder Brunnen zuvor. War das gar kein Teich, sondern ein Viereck mit einer Silberplatte? Konnte man darauf gehen? Das durfte sie sicher nicht versuchen.

«Schau, ich zeig es dir», sagte Sittah-Sus Stimme verborgen hinter bunten Schleiern neben ihr.

«Nein!», verbot der Wächter.

«Nur ganz kurz», bettelte Sittah-Su.

Der dicke Mann drehte sich um. Ein Kopf unter Schleiern hinter ihm nickte und erlaubte: «Nur ganz kurz.»

Sittah-Su hockte sich neben den Teich, zog Dshirah mit zu sich hinunter und drückte den Zeigefinger auf die silberne Oberfläche. Die gab nach, aber der Finger tauchte nicht ein wie in Wasser, es war eher wie Honig, so fühlte nun auch Dshirahs Finger, aber überhaupt nicht klebrig.

«Jetzt pass auf!»

Sittah-Su schnippte eine kleine Menge des flüssigen Silbers aus dem Teich, und über die Fliesen flitzten viele winzige silberne Kugeln. Dshirah wollte sie greifen, aber sie erwischte keine, sie waren zu schnell und wie lebendig.

«Sie sind wie lebendig, und sie machen dich tot», erklärte Sittah-Su. «Das ist Quecksilber. Leck die Finger nicht ab, es ist giftig.»

Während Dshirah noch auf das flüssige Metall schaute, verschwanden die Frauen hinter den Wandschirmen. Dshirah konnte die Silhouetten ihrer Körper noch erkennen, wusste aber nicht mehr, wer nun wo saß. Es schienen da auch mehr zu sein, als mit ihr aus dem Frauenpalast gekommen waren. Sie wurde zu einem Kissen geführt. Da saß sie allein. Die Wächter standen.

«Wenn der Tanz der bunten Lichter vorbei ist», sagte einer, «erzählst du die Erste Sage.»

Die Sonne begann gerade, unter den Horizont zu sinken. Ihr rotes Licht fiel durch die Säulen und Bogen und malte Schnörkel auf die schlichten Fassaden. Es kamen junge Männer in hellen Kleidern, aber nicht in der Tracht der weißen Lakaien. Sie trugen – Dshirah erschrak – Peitschen, viele lange Schnüre hingen an jedem der kurzen Peitschenstöcke. Das rote Licht der sinkenden Sonne erreichte den Teich. Der begann zu glühen. Da schlugen sie zu. Sie holten weit aus und peitschten die sinkende Sonne im Teich.

Wahrscheinlich dauerte es nicht lang. So lang eben, bis der letzte Rest Sonne untergegangen war. Und Dshirah wusste hinterher nicht, ob es schön gewesen war. Doch natürlich, es war schön, da gab es keinen Zweifel, es war schön. Aber es war schrecklich. Ihre Dämmerung! Ihr geliebtes Erblassen der Farben daheim in der Ebene, wenn Januão die Pferde holte und manchmal die letzten Töne seiner Flöte noch in der Luft klangen. Ihr geliebtes Dahinschwinden des Tages in die Nacht – die jungen Männer in den schlichten Kleidern zerfetzten ihre Dämmerung. Sie peitschten die Oberfläche des Teiches, sie zertrümmerten den roten Schein auf dem Quecksilber, sie zerschlugen das Licht in Tausende bunter Splitter. Ein Sprühregen aus glitzernden Diamanten sprang über die hellen, schmucklosen Fassaden, ein Sturzbach aus Edelsteinen, ein Wasserfall aus bunten Sternschnuppen, ein Gewitter aus farbigen Blitzen, lila, grün, blau, rot, gelb, ein Regenbogen, oh, es war schön, geblendet schmerzten Dshirahs Augen, es war schrecklich, so schrecklich schön.

Da war die Sonne gesunken. In dem Augenblick ohne Licht, bevor die Lampen im Patio entzündet wurden, drei, vier Herzschläge lang, verstand Dshirah all die fröhlichen Menschen, die gejubelt hatten, als ihre Eltern im Köderkäfig durch die Straßen fuhren. Wenn etwas Schönes so schrecklich ist, dann kann auch etwas Schreckliches schön sein. Und sie fürchtete sich fürchterlich, sie war so schrecklich erschrocken, so entsetzlich entsetzt, sie zitterte, wie sie zwei Monate lang in En-Wlowa nicht gezittert hatte. Und als die Lampen brannten und ihr stiller

Schein auf den sanften Farben der Wände ruhte, da rieb sie den Finger, mit dem sie das Quecksilber berührt hatte, an den seidenen Tüchern ihres Kleides. Und während sie zu dem Käfig aus Wandschirmen geführt wurde, drängte sie ihren Wächter zur Seite und machte einen Bogen um den Teich.

Im Innern des Kalifenkäfigs sah sie immer noch keine Kalifenfamilie. Die Wandschirme waren geschnitzte, durchbrochene Elfenbeinwände, dahinter verbargen sich die Frauen und auch Hisham III. und seine Söhne. In der Mitte hatte man Dshirah den Erzählerthron gerichtet, ein Hügel aus Kissen und Decken, auf dem es sich gut räkeln ließ, wenn einer sein Erzählen genießen wollte und konnte, Früchte gereicht bekam und Säfte und vielleicht die Wasserpfeife rauchte. Für Dshirah gab es nichts zu genießen, sie erzählte für ihr Leben, noch nicht, aber bald, die Erste Sage kannte jedes Kind, diese Aufgabe war nicht schwer.

Zwölf Elfenbeinwände standen um sie herum. Sie versuchte zu erraten, hinter welcher der Kalif saß. Oder Sittah-Su. Ihr gerade gegenüber in der Mitte entdeckte sie das meiste Grün. War das Hisham III.? Oder war es seine Kalifa, die Dame höchsten Ansehens, die Mutter seines ältesten Sohnes? Rechts von ihr war hinter der Wand nichts als ein helleres Weiß, und noch weiter rechts, das konnte das rote Kleid von Sittah-Su sein. Sie wollte ihr verängstigtes Herz daran anlehnen, fühlte aber ein stärkeres Sehnen nach links, nach ganz außen, wo wenig Farbe hinter dem Elfenbein war. Zog es sie dahin, weil da zwei Menschen saßen? Dicht nebeneinander, und alle anderen waren allein. Sie wollte nicht mehr allein sein. Da brachte ihr ein weißer Lakai den Becher mit reinstem Wasser, und das Erzählen begann:

Die Erste Sage: Das Dshinnu und die Pomeranzen,

sagte Dshirah.

In den alten Zeiten, als die Menschen noch nicht zählen konnten, lebte ein Bauer, der hatte viele Kinder und das jüngste, das sie ‹das Dshinnu› nannten, hatte sechs Zehen, aber niemand merkte es, denn sie konnten ja noch nicht zählen. Der Bauer prahlte vor allen Leuten, er sei reicher als der König, weil er mehr Kinder habe. Das kam dem König zu Ohren, und er ärgerte sich. Er rief den Bauern mit allen seinen Kindern zu sich, und jedes Kind des Bauern musste sich neben ein Kind des Königs stellen. Das gab eine lange Reihe, und keines der Kinder stand am Schluss allein. Also verbot der König dem Bauern, weiterhin zu behaupten, er sei reicher als der König, weil er mehr Kinder habe. Der Bauer ging nach Hause und erzählte allen Leuten, er sei genauso reich wie der König, weil er genauso viele Kinder habe. Das ärgerte den König auch, aber er konnte nichts dagegen tun. Er mochte den Bauern lange nicht leiden, aber er musste sich daran gewöhnen, ihn zu leiden, denn im Garten des Bauern wuchs eine Frucht wie keine andere im Land. Der Bauer nannte sie Pomeranze, aber die Gelehrten des Königs wussten, dass es chinesische Äpfel waren, und der König befahl dem Bauern, die Frucht Apfelchine zu nennen und von nun an immer mit ihm zu teilen.

Die Pomeranze – oder Apfelchine – war eine Sonnenfrucht. Sie hatte dieselbe Farbe wie die Sonne, nicht rot, nicht gelb, sie hatte die gleiche Form wie die Sonne und war fast so groß.

Da konnte Dshirah nicht weiterreden, denn sie sah die Sonne wieder, wie sie untergegangen war, vor einer Viertelstunde vielleicht, gespiegelt im Teich und rot, nicht gelb, strahlend rot – und dann zerschlagen, zerrissen, auseinandergepeitscht und in Farben geprügelt, die eine Sonne doch gar nicht hatte. Oder? War das Blut der Sonne bunt? Hatten die peitschenden Männer sie umgebracht? Oder so schwer verletzt, dass sie niemals wieder aufgehen würde? Hatte sie vorhin den Sonnentod gesehen? Und schön gewesen war es auch. Wie schön es gewesen war wie –

Sie stammelte, stotterte, versuchte an die Pomeranzen zu denken, aber vielleicht weil sie noch nie eine gegessen hatte, fiel ihr immer nur die Sonne ein.

Es war still.

Sie trank einen Schluck Wasser und noch einen. Sie hielt das Gesicht über den Becher und zuckte erschrocken zurück: Wenn Tränen in den Becher des Erzählers fallen, werden die Geschichten so traurig wie der Tod. Das Dshinnu aber überlistet den Tod – in der Vierten Sage? Oder in der Fünften? Sie hatte alles vergessen.

Die Stille war schlimmer als ein Schmerzensschrei, und sie tat ihr weh. Sie war schrecklicher als ein Angstschrei, denn sie fürchtete sich. Da kam von rechts eine weiße Gestalt hinter der Elfenbeinwand hervor, ein weißer Lakai, vielleicht der höchste aller weißen Lakaien, da er jetzt hier sein durfte, vielleicht der Lieblingsdiener des Kalifen. Der trug den Kopf anders als Brun und schritt auch ganz anders daher. Den hatten sie nicht aus dem Dreck von En-Wlowa gezogen. Es war ein sehr junger Mann, ziemlich hübsch, ein Aramine. Er setzte sich neben Dshirah auf den Erzählerhügel, lächelte freundlich und sagte: «Fang einfach noch einmal von vorn an. Und sag ‹Kalif›, nicht ‹König›. Der Kalif ist in der

Ersten Sage zwar ein Dummerchen, aber wir mögen das. Der Kalif möchte über Kalifen lachen. Nun! Willst du noch einen Becher vom Wasser des Erzählens?»

«Ich kann nicht», stammelte Dshirah.

«Was kannst du nicht?»

«Ich habe alles vergessen. Ich muss immer an die Sonne denken. Wie sie geprügelt wurde vorhin.»

«Ah», der weiße Lakai sah sie verwundert an, «hat dir das nicht gefallen?»

«Doch. Aber das ist ja so schlimm. Und heute bei der Parade ...» Sie stockte. Durfte sie so etwas sagen? Dem Lieblingsdiener aller Lieblingsdiener des Kalifen?

«Rede weiter!», forderte er.

«Meine Eltern! In dem Käfig vor den Löwen. Das war auch schlimm. Und gefallen hat es den Leuten doch.»

«Ja», nickte der weiße Lakai, «so ist das, da hast du recht.»

«Stimmt es, dass der Kalif es gar nicht weiß? Von dem Köderkäfig, meine ich. Sittah-Su hat gesagt, dass der Kalif das gar nicht weiß.»

«Der Kalif weiß, dass es deinen Eltern gut geht. Möchtest du, dass dein Vater weiter erzählt? Die ersten sechs Sagen können auch deine Eltern erzählen. Wir brauchen dich nur für die Siebte.»

«Jetzt gleich?»

Er nickte.

«Darf ich ihn sehen?»

Er nickte und winkte nach links.

Vor die Elfenbeinwand traten die beiden Menschen, die so

dicht nebeneinander gesessen hatten. Sie waren einfach, doch gut gekleidet, kein bisschen zerlumpt wie im Köderkäfig vor ein paar Stunden. Sie standen so still, wie Dshirah auf dem Kissen saß.

«Nun geh schon», sagte der weiße Lakai, «geh zu ihnen.»

So lag Dshirah zuerst in den Armen der Mutter, dann in den Armen des Vaters, und sie zweifelte nicht mehr daran, dass die Sonne die bunte Prügelei überlebt hatte.

Tazihlo setzte sich auf die Kissen, trank aus dem Becher und erzählte:

Da die Menschen noch nicht zählen konnten, wusste niemand, wie viele Pomeranzen im Garten des Bauern wuchsen. Darum holte der Bauer sein jüngstes Kind und legte es unter den Pomeranzenbaum. Er teilte jedem Finger des Kindes eine Frucht für den Kalifen zu und jedem Zeh des Kindes eine für die eigene Familie, denn so war es üblich: die Finger zählen für die Edlen und die Zehen für die Armen. Als der Bauer merkte, dass der Baum gerade so viele Früchte trug, wie das Kind Finger und Zehen hatte, freute er sich, brachte die Pomeranzen zum Kalifen und die anderen zu seinem Haus. Das wurde ein Festessen an diesem Abend! Sie hatten sogar eine Pomeranze zu viel, weil das jüngste Kind noch zu klein war, um seine zu essen. Es lag auf dem Rücken und spielte mit seinen Füßen.

Am nächsten Morgen kam der Kalif und brachte die Pomeranzen. Er klagte, er habe zu wenig bekommen. Der Bauer zählte ihm an den Fingern des Dshinnu die Früchte ab und beteuerte, er selber habe so viele bekommen, wie das Kind Zehen habe. Da zählte der Kalif seine Pomeranzen an den Zehen des Kindes nach, und da hatte es zwei Zehen mehr, als Früchte da waren.

«Das ist ja seltsam», murmelte er.

«Ja», sagte der Bauer und dachte nach. «Ist es, Herr, vielleicht so, dass die, die wenig haben, mehr bekommen?»

«Nein», sagte der Kalif, «das kann nicht sein. Die viel haben, bekommen immer viel, und die wenig haben, bekommen wenig. Das ist ganz einfach: viel – viel; wenig – wenig.»

«Ja», sagte der Bauer, «das dachte ich auch, aber es werden ja immer mehr, die wenig haben. Vielleicht gilt jetzt: wenig ist gleich mehr?»

«Da könntest du recht haben», murmelte der Kalif, «ja, vielleicht. Es gibt mehr Arme als Reiche. Das darf nicht so bleiben. Ich werde dafür sorgen, dass es mehr Reiche als Arme gibt. Ich will genauso viele Pomeranzen wie du!»

Das war die erste Tat des Kindes, das sie das Dshinnu nannten. Es lag im Gras. Es hatte nichts dazu gesagt, denn es konnte noch nicht sprechen. Es lag auf dem Rücken und spielte mit seinen Zehen.

Tazihlo nahm noch einen Schluck aus dem Becher des Erzählens. Er ließ seine Zuhörer warten, denn niemand durfte sich bewegen oder etwas sagen, bevor er aufstand, nicht einmal der Kalif. Schließlich stellte er den Becher ab und erhob sich. Sofort drückte Dshirah sich tiefer in die Arme der Mutter und fragte: «Weißt du, wo Januão ist?»

«Nein», sagte die Mutter, «aber sie sagen, es geht ihm gut, und ich glaube nicht, dass sie lügen. Hab keine Angst, alles wird gut.» Und Dshirah, die seit drei Monaten zum ersten Mal wieder bei der Mutter war, konnte nicht anders als glücklich sein, und sie glaubte: Alles wird gut.

Der weiße Lakai

Am nächsten Morgen gab es keinen Zweifel, Dshirah sah es sofort: die Sonne hatte die Prügelei überlebt. Als sie erwachte, war es schon heller Tag. So lange hatte sie seit Monaten nicht mehr geschlafen und schon gar nicht so gut. Wie sie in das Schwebebett über der goldenen Wiege gekommen war, wusste sie nicht. Sie war in den Armen der Mutter eingeschlafen. Im Halbschlaf des Erwachens spürte sie manchmal, wie das Bett an den goldenen Ketten hin und her schwang, und sie hörte die Glöckchen läuten. Sie richtete sich auf. Sittah-Su saß auf einem Kissen, hielt die Wiegebänder, ließ Schwebebett und Wiege schwingen.

«Sie ist wach!», rief die Kalifentochter.

Sie sprang auf, lief zu einem riesigen Gong weiter hinten im Raum, griff einen großen Schlegel, schlug nur sehr sachte, aber der Ton, weich und tief, schwang durch den Raum, dass Dshirah ihn im Bauch fühlte.

Kann ich jetzt Musik anfassen, wie Januāo?, dachte sie.

Nun sah sie, dass mehrere Frauen des Kalifen im Zimmer waren, einige von Sittah-Sus sehr viel kleineren Schwestern spielten mit winzigen weißen Hunden. Neben der Kalifa im grünen Kleid saß ein großer Windhund, gelb mit schwarzer Zeichnung, fast sah er aus wie ihre Hunde daheim. Auf mehreren Kissen lagen meist gelbe Katzen, und ein paar Dienerinnen gingen herum und zupften verwelkte Blüten aus den Blumen. Alle wandten sich dem

Gong zu. Ein paar Katzen schüttelten die gelben Köpfe mit den schwarzen Ohren und öffneten beleidigte blaue Augen. Und da erklang Musik aus der Galerie über der letzten Bogenreihe unter der Decke. Zu sehen war nichts, doch es erklangen Trompeten, die einen Morgen begrüßten, der schon lange kein Morgen mehr war. Es war ein heller, kurzer Trompetengruß, wie die Hähne schreien würden, wenn sie nur etwas Musik in ihren Federn und Knochen hätten. Und dann spielten die unsichtbaren Musiker ein kleines Tanzlied, eine lustige Melodie. Dshirahs Beine zuckten, die kleinen Mädchen hüpften, die Frauen wiegten sich hin und her, nur eine Hochschwangere tanzte nicht mit, und die Dienerinnen liefen stur gegen den Takt zwischen den Blumen herum. War ihnen jeder Tanzschritt verboten? Da war es auch schon vorbei, und Sittah-Su ließ das Schwebebett auspendeln.

«Hast du mich wirklich die ganze Nacht geschaukelt?», fragte Dshirah.

«Guten Morgen», sagte Sittah-Su. Sie lachte, aber sie sah müde aus. «Was hast du geträumt?»

«Nichts!» Dshirah sprang aus dem Bett. «Gar nichts.»

«Du hast noch fünf Nächte. Du wirst die Siebte Sage träumen.»

«Bist du so sicher?»

«Ja.»

«Warum bist du so sicher?»

«Weil du es musst!»

Sie wandte den Kopf ab und schaute Dshirah nicht an, als sie das sagte.

«Und hast du mich wirklich die ganze Nacht geschaukelt?»

«Ja.»

«Musst du nicht schlafen?»

«Ich schlafe nicht gern.»

«Aber du musst doch schlafen.»

«Ja, aber nicht gern.»

Das verstand Dshirah nicht, doch die Kalifentochter gab auf ihre weiteren Fragen keine Antwort, bis Dshirah sie etwas ganz anderes fragte: «Hast du einen Bruder Abdalameh?»

«Ja. Wenn du etwas eher gekommen wärst, hättest du ihn hier noch gesehen. Er ist noch nicht lange im Männerpalast. Warum fragst du nach ihm?»

«Weil – weil ich glaube, ich habe ihn bei den Paraden gesehen. Er ist sehr hübsch.»

«Ja, das ist er und ganz lieb, aber er lernt sehr langsam. Und er muss viel lernen, denn er ist der Erbe Afrikas.»

«Ja», sagte Dshirah, «ich weiß.»

An diesem Morgen erlebte sie zum ersten Mal das Bad in der Kalifenstadt. Es gab fast achthundert Bäder in Al-Cúrbona. Ihre Eltern und Januão kannten viele davon. Denn natürlich waren sie immer regelmäßig zum Baden gegangen, und natürlich hatte Dshirah niemals mitgehen dürfen. Und damit es niemandem auffiel, dass Chomina immer ohne ihre Tochter kam, hatten sie kein Stammbad gehabt. Januão hatte ihr von den wundervollen Räumen erzählt, von den Säulen und Bogen, den bunt gefliesten Wänden und den Wasserbecken, heiß, warm und kalt. Sie hatte ihn und alle anderen um den Genuss der Bäder beneidet, aber es war klar, dass sie niemals mitgehen konnte. Und nun durfte sie im prachtvollsten aller Bäder des Kalifenreiches baden, planschen, tauchen.

Wasser! Dshirah liebte Wasser!

Sie ließ es über ihr Gesicht laufen und wusch damit auch gleich die Tränen ab. Wasser! Damit hatte das ganze Elend angefangen. Die Luft war schwer. Dampf stieg aus den heißen Becken. Wie im Nebel sah sie die nackten Körper der Töchter und Frauen des Kalifen. Wer ist Una?, dachte sie, als sie das Löwenzeichen auf den linken Schultern der Frauen entdeckte, und eine, nur eine, trug es auf der rechten. War Una eine Kalifa gewesen? Das konnte nicht sein. War sie die Schwester eines Kalifen? Oder eine Tochter? Aber die Töchter hatten das Zeichen nicht. Bekamen sie es erst, wenn sie erwachsen waren? Konnte sie Sittah-Su danach fragen? Die blieb immer in ihrer Nähe, entfernte sich nur manchmal so weit, dass Dshirah sie in der dumpfigen Luft nicht mehr erkennen konnte. Es war ihr recht. Die anderen Töchter des Kalifen waren alle viel zu jung, um ihr eine Freundin zu sein. Aber sie traute sich nicht, sie nach Una zu fragen.

Der Boden war überall warm, denn heißes Wasser floss unter seinen Fliesen. Zwischen den Säulen standen Dienerinnen mit gewärmten Tüchern. Kaum hatte Dshirah ein Becken mit heißem Wasser verlassen, da wurde ihr ein warmes Tuch über den dampfenden Körper gelegt. Sie genoss das Gefühl von warmer, sauberer Haut und musste an Una und Juja denken. Da wollte sie gern allein sein und lief schneller, versuchte unter einer Reihe Säulen, die quer durch das Bad liefen und den Raum teilten, der Kalifentochter zu entkommen. Sie verbarg sich hinter einer der dicken, hohen Säulen, aber Sittah-Su war sofort wieder neben ihr. In ihre langsam abkühlenden Tücher gehüllt, Dshirah in Rosa, Sittah-Su in Sandgelb – gingen sie weiter. Sie trafen auf eine Reihe kleinerer Säulen, die im rechten Winkel zu den anderen standen. Die trugen eine Galerie. Dshirah schaute hinauf. Eine Frau des Kalifen lehnte am Geländer, sie lächelte und nickte ihr zu, am Bad nahm sie nicht teil. Unter der Galerie war ein Arkadengang. Zwischen kleinen, geschwungenen Säulen und einer bunt gefliesten Wand gingen die beiden Mädchen, eine sprach, die andere gab keine Antwort. Und dabei hatte Dshirah ein Gefühl, als ob etwas Altvertrautes sie an ihrer linken Seite begleitete, mit ihr mitlief. Sie blieb stehen, schaute nach links, doch da war nur die Wand mit ihren bunten Fliesen und Schnörkeln und Ornamenten.

«Nun, sag schon!», drängte Sittah-Su.

«Was?»

«Du hörst mir gar nicht zu!»

Nein, Dshirah hatte nicht zugehört, und da entdeckte sie etwas, das sie noch mehr anzog als das seltsam Altvertraute an der Wand.

«Was ist das?», fragte sie.

«Was?»

«Das große Wasser da!»

«Das? Da gehen wir nicht hin. Da schwimmen die Männer.» Ein Wasserbecken, größer als alle anderen zusammen! Und tief genug, um zu schwimmen? Darin würde sie sich fühlen wie daheim in ihrem Fluss.

«Ihr geht nicht oder ihr dürft nicht?», fragte sie.

«Wir können nicht», erklärte Sittah-Su. «Das Wasser ist zu tief.»

Mit einem kleinen, jauchzenden Ruf ließ Dshirah das Tuch fallen und sprang in das Wasser. Es war kalt.

«Dshirah Dshinnu!», schrie Sittah-Su.

«Das Dshinnu!», schrien vier fünf sechs Frauenstimmen.

Das Dshinnu schwamm.

Es war viel leichter in diesem unbewegten Wasser als im Fluss, und ein paar glückselige Atem- und Schwimmzüge lang dachte Dshirah, dass dies alles Elend von En-Wlowa aufwiegen musste.

«Dshirah Dshinnu!»

Der Ruf war ein Befehl. Sie schwamm zurück. Da stand eine Frau, eingehüllt in ein grünes Tuch. Das musste die Kalifa sein.

«Wir gehen jetzt zum Essen. Komm!»

Zwei Dienerinnen halfen ihr aus dem Wasser. Das warme Tuch, das um sie geschlungen wurde, war ihr nun doppelt angenehm. Sie dankte und versuchte, mit den beiden Frauen zu reden, aber die lächelten nur und antworteten nicht.

Dshirah bekam das beste Essen und die besten Kleider, sie durfte die Farben selber wählen, und da keine dabei war, die sie ablehnen mochte, war sie an ihrem ersten Tag in der Kalifenstadt bunt wie die Vögel, die beim Geburtstag des ältesten Kalifensohnes in kleinen Käfigen rund um die Plaza de las Poemas saßen. Sie bekam auch wieder Schuhe. Das tat ihr gut. Ihre Füße wurden noch einmal gewaschen und mit Salben gepflegt. Dann durfte sie in weichen Lederschuhen, die ihre Zehen ganz bedeckten, mit Brun durch die Kalifenstadt gehen.

«Ich soll dir alles zeigen», sagte ihr weißer Lakai.

Die Schuhe waren wie eine Heimat. Es war so vertraut und beruhigend, die Zehen wieder verborgen zu halten, wenn es auch nichts mehr nützte, aber niemand schaute ihr auf die Füße, als sie über den großen Platz der Kalifenstadt gingen.

«Ich soll dir jeden Wunsch erfüllen», sagte Brun.

«Bring mich zu meinem Bruder.»

«Das geht nicht. Ich weiß gar nicht, wo er ist.»

«Dann zu meinen Eltern.»

«Das darf ich nicht.»

«Dann sag nicht, dass du mir irgendwelche Wünsche erfüllen kannst.»

Dshirah ging weiter. Tauben flogen auf. Er musste ihr nachlaufen.

«Bitte, bitte, wünsch dir etwas, das ich dir erfüllen kann», flehte er, und seine Stimme kiekste. «Du bleibst ja nicht immer so ein kleines Kind. Und wenn du groß bist und mächtig, kannst du mir ...»

«Bring mich zu meinen Eltern», verlangte sie. «Und finde heraus, wo mein Bruder ist.»

Aber dann bewunderte sie die Pracht der Fassaden doch. Die vielen Gebäude der Kalifenpaläste waren eine Stadt für sich. Es war schon fast Mittag, als Dshirah und Brun über den Platz gingen, aber die Luft war angenehm kühl, denn bis in die siebten Stockwerke der Häuser wuchsen aus allen Fenstern Blumen, die beständig mit Wasser besprüht wurden. Es kam vom Dach und lief in verborgenen Röhren herab. Es mussten Hunderte von Arbeitern damit beschäftigt sein, das Wasser unaufhörlich hinaufzutragen. Zu sehen war keiner von ihnen. Es schien, als arbeitete niemand in dieser Stadt. Nur wer sehr genau hinschaute, merkte, dass wie Fürsten gekleidete Männer über den Platz schlenderten und sich immer wieder bückten. Über die gesamte südliche Seite des Platzes erstreckten sich die Säulen des araminischen Gotteshauses, und – das wusste

Dshirah – sie waren endlos, in Terrassen stiegen sie hinab bis nach Al-Cúrbona, sie kannte die Eingänge von der anderen Seite.

Davor war eine Statue von Armei dan Hasud. Der Philosoph, aus Marmor gemeißelt, saß still mit leicht nach rechts geneigtem Kopf, genauso wie unten auf der Plaza de las Poemas, und wie auch dort blieb jeder, der vorbeiging, kurz stehen, wandte dem klugen Kopf das Gesicht zu und grüßte den Weisen des Reiches. Eine Taube, die sich dem Philosophen auf die Schulter setzte, wurde sofort verscheucht, und Dshirah erkannte, dass die sich immer wieder bückenden, geruhsam schlendernden Männer nichts zu tun hatten, als die Tauben zu verjagen und deren Mist zu entfernen.

«Kannst du mich nicht mitnehmen in den Patio der tanzenden Lichter?», fragte Brun. «Ich war da noch nie.»

«Wer hat hier wem Wünsche zu erfüllen?», erwiderte Dshirah.

«Du könntest dir doch wünschen, dass sie die Lichter heute Abend wieder tanzen lassen.»

«Nein!», sagte Dshirah.

Mitten auf dem Platz war der größte Brunnen, den sie jemals gesehen hatte. Es sprühten und spritzten nicht nur Fontänen in hohen und kleinen Bogen, es drehten sich steinerne Seepferdchen unter Wasser, eine Nixe tauchte auf und verschwand wieder. Eine marmorne Seeschlange hob ihr gemeißeltes Haupt, schaute Dshirah funkelnd und leblos aus Smaragdaugen an, im schäumenden Wasser erschien wie Brückenbogen ihr langer Leib und versank, dann ein Meergott mit Muschelhaar, eine Krake mit acht Armen und Perlmuttfischen in den Saugnäpfen, ein springender Delphin und ein entsetzliches Tier.

«Gibt es solche Tiere?», fragte Dshirah.

Das wusste Brun auch nicht.

Es war lang wie ein Baumstamm, ja, es sah aus wie ein versteinerter knorriger Baumstamm, auch sein Kopf unterschied sich kaum davon, aber es hatte ein grässliches Maul, fast sein ganzer Kopf war Maul und darin waren Zähne –

«Ich glaube, so ein Tier gibt es nicht», entschied Dshirah. Sie hatte ohne solche Wesen in dieser Welt genügend Gründe, Angst zu haben. Sie stand und starrte, bis die Nixe wiederkam.

«Ja – da staunst du», flüsterte Brun.

Das alles kam und schwand, tauchte auf und unter, sprühte, spritzte, funkelte, Marmor, Porphyr und Alabaster, das schimmerte in Perlmutt, strahlte in Smaragd, Rubin und Turmalin.

«Wie machen sie das?», fragte Dshirah.

«Was du für Fragen stellst», wunderte sich Brun.

Er drängte weiter. Am Rand des Platzes entdeckte Dshirah das Taubenhaus. Die fliegenden Boten des Kalifenreiches bewohnten einen Palast, der war für ein Taubenhaus riesig, für einen Kalifenpalast winzig klein.

«Im Patio der süßen Früchte dürfen wir essen, so viel wir wollen», sagte Brun. «Wenn sie uns reinlassen. Was für eine Frucht wünschst du dir? Ich kenne sie jetzt alle und kann dir helfen, dass du keine falsche erwischst. Aber sie lassen mich nicht mehr rein. Dich bestimmt, ganz bestimmt.»

«Brot», murmelte Dshirah, «weißt du, was sie mit dem Brot gemacht haben, das mir Juja in En-Wlowa gegeben hat? Es war für ihren Sohn. Abdalameh.»

«Was sollen sie damit gemacht haben? Sie haben es weggeschmissen. Abdalameh hat keinen Hunger.»

Dshirah blieb stehen.

«Ja, ich habe einen Wunsch!», rief sie. «Den kannst du mir sicher erfüllen. Du bist doch ein weißer Lakai. Bring mich zum obersten der weißen Lakaien. Der war gestern so lieb zu mir.»

In den Nebengebäuden des Palastes staunte Dshirah nicht mehr. Das alles kannte sie nun schon. Und sie dachte an anderes. Sie liefen über Teppiche und über Teppiche über Teppichen und erreichten das Vorzimmer des Herrn der weißen Lakaien. Dort mussten sie warten. Nicht lange. Dshirah wurde allein zum obersten weißen Lakai gerufen und erschrak. Den Mann kannte sie nicht. Er war alt und grau, und das Einzige, was er mit ihrem Helfer von gestern gemeinsam hatte, war, dass er sie genauso freundlich anschaute.

«Das Dshinnu hat einen Wunsch? Wir freuen uns, wenn das Dshinnu einen Wunsch äußert, und werden versuchen, ihn zu erfüllen.»

«Ich wollte eigentlich zu dem weißen Lakai, der mir gestern erlaubt hat, meine Eltern zu sehen. Ich dachte, er wäre der oberste der weißen Lakaien.»

«Das ist er nicht, aber vielleicht kann auch ich dir helfen.»

Dshirah trug ihre Bitte vor.

«Nur der Kalif selber kann dir erlauben, seinen Sohn zu sehen», sagte der alte Mann. «Ich werde ihn fragen. Der Gefangene aus En-Wlowa, den wir zu einem weißen Lakai gemacht haben, kann dich dabei natürlich nicht begleiten. Ich werde dir einen anderen Lakai zuteilen. Aber du musst warten. Der Kalif ist nicht immer zu sprechen. Hast du sonst keinen Wunsch?»

«Viele», sie holte tief Luft.

«Du wirst deine Eltern heute Abend sehen und bald auch deinen Bruder», sagte er und lächelte.

«Und weißt du», begann sie, «wer unsere Hunde füttert? Die Pferde finden ihr Futter selber, aber die Hunde ...»

«... werden versorgt.»

«Von lieben Menschen? Die sie nicht niederwerfen mit der Hart-Leder-Drohung?»

Sie dachte an Run. Die war ein winselnder gelber Fleck vor dem Haus gewesen, als sie sich zum letzten Mal nach ihr umgeschaut hatte.

«Von lieben Menschen», versicherte der weiße Lakai. «Geh nun und warte. Ich werde dem Kalifen deine Bitte vortragen.»

Sie warteten mit Kuchen und süßem Tee. Brun schmatzte. Er versuchte, mit dem weißen Lakai, der sie bediente, zu schwätzen wie mit einem Kumpel, aber der antwortete nicht. Dshirah aß wenig. Sie warteten lange.

«Kennst du das Augenspiel?», fragte Brun, als er alles aufgegessen hatte. Dshirah schüttelte den Kopf.

«Die anderen Lakaien haben es mir gezeigt. Sie spielen das alle hier. Guck die Wand an. Wenn du lange darauf starrst, wirst du ganz irre im Kopf. Und dann kannst du mit dem Muster spielen. Da – manchmal kommt die blaue Linie nach vorn und manchmal die rote. Versuch's mal.»

Aber da wurde Dshirah allein hereingerufen, und sie traf ihren Freund von gestern.

«Dshirah Dshinnu», grüßte er sie, «ich führe dich zu dem kleinen Kalifensohn. Hier hast du ein Stück trockenes Brot. Es ist nicht dasselbe, das du aus En-Wlowa mitgebracht hast, aber es stammt aus einer Lieferung, die morgen nach En-Wlowa gehen soll. So teilt Abdalameh es doch mit der Gefangenen. Bist du damit zufrieden?»

Dshirah nickte.

«Und glaubst du, die Gefangene von En-Wlowa wird damit zufrieden sein?»

Dshirah schaute ihn verwundert an. War das hier für irgendjemanden wichtig? Sie nickte. Sagen konnte sie nichts. Sie musste fast weinen, als sie das Brot aus den Händen des jungen Mannes nahm, denn tief in sich spürte sie, wie sehr sich Juja nach ihrem Kind sehnte, so sehr, wie sich ein Kind nach seiner Mutter sehnt. Und wie das schmerzte, das wusste sie. Und ein klein wenig glücklich war sie dabei auch. Der Kalif hatte wirklich ihren Wunsch erfüllt und hatte alles getan, um Jujas Gabe ihrem Sohn zu bringen.

Der Kalif ist nicht böse, dachte sie. Er wird mich nicht töten. Und die Mutter und den Vater und Januão auch nicht.

«Darf ich mit Abdalameh reden?», fragte sie, als sie durch die Hallen gingen.

«Ja. Er versteht noch nicht viel. Aber du darfst ihm nichts von seiner Mutter sagen.»

«Warum wird Juja so schwer bestraft?», fragte sie. «Es war nicht ihre Schuld, dass ihr Kind so früh kam.»

«Das ist Gesetz», sagte der weiße Lakai. «Dagegen kann auch der Kalif nichts machen.»

Wenn Dshirah auf die Söhne des Kalifen neugierig gewesen war, so wurde sie enttäuscht. Sie hätte so gern einmal Hakam gesehen, den Zehnjährigen, den ältesten Sohn des Herrschers, den Thronfolger. Aber sie sah weder Hakam noch seine jüngeren Brüder. Ein Diener brachte nur den kleinen Abdalameh ins Zimmer. Sie erkannte ihn sofort. Silbãos und Jujas Gesicht mit der Kindlichkeit eines Zweijährigen – seltsam, dachte sie, man kann Dornen anschauen, und sie stechen nicht in die Augen, und dieser kleine weiche Mund sticht mir wie ein Messer ins Gesicht.

Sie hockte sich auf den Boden und sagte: «Abdalameh, ich bringe dir Grüße von einer, die dich lieb hat.»

Der Kleine lachte und antwortete nicht. Sie sah kein Erkennen in seinen Augen, ihre Worte hatten ihn nicht erreicht.

Sie sagte: «Abdalameh, Abdalameh ...», und machte den Singsang von Jujas Stimme nach. Da lächelte er, legte den Kopf schief und sagte im gleichen singenden Tonfall: «Abahameh, Abahameh ...»

Viel mehr Worte hatten sie nicht, aber Dshirah musste schließlich mit dem wechselnden Singsang aufhören, weil sie merkte, dass der Kleine immer trauriger wurde. Sie erschrak. Durfte sie den Kalifensohn so traurig machen? Sie schaute vorsichtig zu dem weißen Lakai. Der saß auf einem Kissen und bewegte einen kleinen Gegenstand in den Händen, den sie zuvor nicht gesehen hatte.

Bevor Abdalameh anfing zu weinen, machte Dshirah das, was Una getan hätte. Sie sang. Sie sang das kleine Kindertanzlied, mit dem Juja an guten Tagen in En-Wlowa begonnen hatte und zu dem Una sie immer zurückgeführt hatte, wenn aus dem fröhlichen Lied ein Klagegesang wurde. Dshirah saß und sang und hatte noch nicht zweimal Atem geholt, da war die Trauer im Blick des Kindes verschwunden. Abdalameh klatschte, sprang auf, hüpfte, drehte sich, tanzte. Und dann fing er an zu singen, ohne Worte, ohne Laute, kein la und kein li, er sang wie ein kleines lebendiges Instrument. Dshirah schwieg und hörte und schaute ihm zu, bis er stehen blieb, zu ihr kam, sich in ihre Arme schmiegte und dort weitersang, eine Quitarra in den Armen ihres Musikanten, die klang aus, ihre Töne verhallten, er wurde still. Da gab sie ihm das Brot. Von hinten kam die Stimme des weißen Lakaien: «Genug!» Und das war kein Befehl. Das war ein Verbot. Das kleine Ding, das er in den Händen gedreht hatte, fiel auf den Boden. Er hob es sofort auf. Dshirah stellte das Kind wieder auf seine Füße. Es schaute ohne Verstehen auf den harten Kanten in seiner Hand, der nicht duftete und nicht bunt war.

«Von einer, die dich lieb hat», flüsterte Dshirah schnell.

«Genug!»

Der weiße Lakai winkte dem Diener. Der führte den Kalifensohn aus dem Saal. Bevor er hinter dem Vorhang verschwand, sah Dshirah, dass Abdalameh das Brot fallen ließ. Er wusste nichts damit anzufangen.

Dshirah war wieder mit ihrem freundlichen Helfer allein. Der stand auf. Sie starrte ihn an. Wie der schaute! Auf den Vorhang schaute. Oder auf das Stück Brot, das davor lag? Er sah so traurig aus. Schweigend gingen sie zurück. Der weiße Lakai hatte noch immer den seltsamen Gegenstand in der Hand, die an einem verkrampften Arm neben seinem Körper hing. Dshirah lief dicht daneben und sah: es war ein Stück Brot, ein hartes, altes, ein wenig verdorbenes, von Abfall verschmiertes Stück Brot. Sie wollte darüber nachdenken, aber vergaß es, denn als sie zum großen Platz kamen, war dort der Brunnen stehen geblieben, und es war das entsetzliche Schuppentier, das Baumstamm- und Riesenmaultier, das viel zu viele Herzschläge lang über dem Wasser schwebte, besprüht von Fontänen. Dann ging es unter, die Brunnenfiguren spielten wieder Kommen und Gehen, und Dshirah dachte: Wie schade! Sie hätte lieber die Nixe so lange betrachtet, viel lieber. Als sie sich umdrehte, war der weiße Lakai verschwunden. Das war nicht schlimm. Sie hätte den Weg zum Frauenpalast allein gefunden, aber da merkte sie, dass sie gar nicht allein war, fünf lautlose Gestalten begleiteten sie, und schon war auch Brun wieder da.

«Hast du Hunger?», fragte er.

Ja! Sie hatte Hunger. Und sie wollte essen. Viel! Alles von den köstlichen Speisen, die man ihr anbieten würde. Sie war voller Zuversicht. Der Kalif konnte kein böser Mann sein. Wer auf den Gedanken kam, dass man dem Erben Afrikas ein Stück Brot aus der Lieferung für En-Wlowa gab, weil seine Mutter das gewünscht hatte – oder wer dies zumindest zuließ –, der konnte kein böser Mensch sein. Sie war voller Hoffnung und vergaß den traurigen weißen Lakai mit dem verschimmelten Brot in der Hand, und den Stillstand des Schuppentieres am Brunnen vergaß sie auch.

«Gehen wir in den Patio der süßen Früchte?», fragte Brun.

Nein! Dshirah war nicht dazu da, die Wünsche ihres Lakaien zu erfüllen. Sie warf den Kopf hoch und lachte.

«Bring mich zurück zum Frauenpalast!», verlangte sie.

Aber dort wartete ein böser Schmerz auf sie, denn da saßen Sittah-Su und Zaiira und spielten Tric Trac. Sittah-Su hob den Kopf, aber Zaiira schaute nicht auf.

«Ich hab gleich gewonnen», sagte die Kalifentochter. «Dann spielen wir etwas, das du mitmachen kannst.»

Sie hatte bald gewonnen, aber bevor sie ein anderes Spiel vorschlagen konnte, forderte Zaiira: «Revanche! Du musst mir Revanche geben.»

Ein einziges Mal hob sie dabei den Blick, aber bevor er Dshirah erreichte, stürzte er zurück auf das Spielbrett. Sittah-Su konnte sich der Revanche nicht verweigern. So spielten sie weiter Tric Trac, und Dshirah saß da und schaute nicht hin, bis eine der stillen, lautlosen Dienerinnen sie bei der Hand nahm und zum Essen führte. Sie ging folgsam mit. Wozu sollte sie bleiben? Tric Trac spielt man nur zu zweit.

Aber am Abend vergaß sie Zaiiras ausweichenden Blick. Da saß sie wieder mit der Mutter hinter dem Wandschirm und hörte dem Vater zu, der die Zweite Sage erzählte. Sie waren dieses Mal im Patio der Gotalefora. Gota – alef – fora hießen die ersten drei Buchstaben der araminischen Schrift. Alle Buchstaben waren hier mit bunten Fliesen in den Boden eingelassen, genau wie auf der Plaza de las Poemas mitten in Al-Cúrbona, also musste Dshirah nicht wieder zuschauen, wie die Sonne geprügelt wurde. Sie kuschelte sich an die Mutter und lauschte:

Die Zweite Sage: Das Dshinnu und der Schleifenmann

Das Dshinnu spielte am liebsten mit bunten Kieselsteinen, die legte es zu Kreisen, Schnecken und Schlangenlinien, und immer, wenn eines seiner Geschwister vorbeiging, hielt es ihm einen Stein entgegen und sagte: «Du auch!», denn mehr konnte es nicht sagen, nur «lallan» und «dadan» und «ese», aber das waren keine richtigen Wörter, zumindest kannte sie keiner, und niemand wusste, was das Dshinnu damit meinte.

Im Sommer zog der Bauer mit seiner Frau und seinen Kindern zum großen See, um Fische zu fangen, zu essen und in der Sonne für den Winter zu trocknen. Das Dshinnu war nun so groß und schwer geworden, dass die Mutter es den weiten Weg nicht mehr tragen konnte. So stellten sie es auf die Füße, gingen voran, und das Dshinnu lief hinterher, bis ihm die Sohlen brannten und es klagend am Wegrand stehen blieb.

«Es braucht Schuhe», sagte der Bauer, und sein zweitjüngstes Kind schlüpfte aus den Bastschuhen, zog sie dem Dshinnu an, und sie gingen weiter. Aber das Dshinnu klagte.

«Du auch! Du auch!», rief es und humpelte.

Sie zogen ihm die Schuhe von den Füßen und sahen, dass die Zehen wund waren.

«Die Schuhe sind zu klein», sagte der Bauer und sein drittjüngstes Kind schlüpfte aus den Bastschuhen, zog sie dem Dshinnu an, und sie gingen weiter. Aber das Dshinnu klagte.

«Lallan!», rief es. «Dadan» und «Ese!», und es humpelte.

Sie zogen ihm die Schuhe von den Füßen und sahen, dass die Zehen wund waren.

«Die Schuhe sind zu klein», sagte der Bauer und sein viertjüngstes

Kind schlüpfte aus den Bastschuhen und zog sie dem Dshinnu an. Aber das Dshinnu klagte. So ging das fort und fort, bis das Dshinnu die Schuhe seines Vaters trug, und sie passten ihm nicht. Da standen sie ratlos vor Dshinnus Füßen, aber da keiner von ihnen zählen konnte, fanden sie nicht heraus, was daran anders war, und die Mutter trug das Kind bis zum großen See. Da fingen sie viele Fische, und das Dshinnu lief barfuß im weichen Sand. Es lief Kreise und Schnecken und Schlangenlinien, und wenn der Wind das Wasser ans Ufer trieb, löschte es seine Spuren aus.

Es waren aber noch viele Leute am See, und unter ihnen war einer, der Noñu hieß, und den sie alle kannten. Das war der Mann, den sie jeden Morgen, wenn sie sich anzogen, verwünschten, und jeden Abend, wenn sie sich auszogen, mit lauten Worten lobten. Denn Noñu hatte die Schleife erfunden. Er hatte Bänder und Schnüre so lange gewunden und geschlungen, bis er sie so verbunden hatte, dass man sie mit einem Zug, einem raschen Ruck wieder lösen konnte, und die vielen Finger der Bauern und Handwerker, die ihr Leben lang Knoten geknüpft hatten, verfingen sich morgens hilflos im Geschlinge der Schleifen, aber wenn sie abends ermattet ins Bett fallen wollten, genügte ein leichter Zug am richtigen Band, und das mühselige Aufdröseln der Knoten blieb ihnen auf immer erspart.

Noñu schlenderte am Ufer des Sees entlang, als das Dshinnu gerade zu seinen Eltern gelaufen war, und an diesem Tag ging kein Wind. So fand Noñu die Spuren des Dshinnu, die Kreise, Schnecken und Schlangenlinien, einmal fast eine Schleife. Er kniete nieder und wunderte sich, aber nicht über die Schleife. Es war etwas seltsam an diesen Fußabdrücken. Er wusste nicht was. Er versuchte auch nicht, das herauszufinden. Er hatte das befremdliche Gefühl, dass diese Spur ihn auf die Spur einer Entdeckung brachte, also folgte er ihr.

Am See wohnte der Bauer mit seiner Frau und seinen Kindern in einer kleinen, aus Zweigen gebauten Hütte. Sie saßen alle zusammen am Boden, als Nonu in die Hütte gekrochen kam. Sie erkannten ihn sofort. Niemand im Land konnte so schöne Schleifen binden, sie waren alle gleich groß. Aber Nonu erkannte auch etwas. Er schaute keinen außer dem Dshinnu an, er wusste, das hatte die Spur gemacht, und er sagte: «Du! Wer bist du? Du wirst etwas Größeres erfinden als Schleifen.»

Und das Dshinnu sagte: «Du auch.»

Ja, dachte Nonu, ich bin auf einer Spur, fast hätte ich soeben etwas Größeres erfunden als Schleifen.

Er drehte sich um und rannte zurück zum See. Da lief er aufgeregt hin und her, untersuchte die Spuren des Dshinnu und zertrampelte fast die Hälfte.

So geht das nicht, dachte er.

Und von da an trat er vorsichtig über Dshinnus Spuren und lief Schleifen um sie herum.

Allmählich kamen immer mehr Leute. Der Bauer hatte überall erzählt, dass der Erfinder der Schleife etwas Neues erfinden werde. Nonu musste gut aufpassen, dass die Leute ihm nicht die Muster und Zeichen zertraten, die er und das Dshinnu in den Sand gelaufen hatten.

«Weg! Weg! Weg!», rief er und kratzte sich am Kopf. So konnte er besser denken, und denken muss man, wenn man etwas erfinden will, vor allem, wenn man nicht weiß, was. Ein Bauer trat auf ihn zu.

«Hör mal, Nonu», sagte er. «Ich habe im Sommer viel Durst und mein Vieh auch. Aber dann ist mein Bach fast ausgetrocknet. Im

Winter ist er voller Wasser, aber da haben wir weniger Durst. Kannst du etwas erfinden, das alles umgekehrt macht?»

«Stör mich nicht», sagte Noñu, «ich bin dabei, etwas Wichtigeres zu erfinden.»

Er kratzte sich am Kopf und dachte: Da hinten, wo alles zertrampelt ist, da war ich ganz aufgeregt.

Ein Mann trat auf ihn zu und sagte: «Hör mal, Noñu, ich bin ein Eilkurier des Königs. Ich muss immer sehr schnell rennen und sehr weit. Und immer, wenn ich renne, kommt mir der Wind entgegen. Das ist doch schlecht. Kannst du nicht etwas erfinden, das den Wind umdreht?»

«Stör mich nicht», sagte Noñu, «ich bin dabei, etwas Wichtigeres zu erfinden.»

Er kratzte sich am Kopf und dachte: Hier ist dieses Kind gegangen, in Bogen und Schleifen, da hat es Muscheln hingelegt, es hat gespielt, und von da an ist es geradewegs nach Hause gelaufen.

Ein anderer Bauer trat auf ihn zu und sagte: «Hör mal, Noñu, ich habe einen Hain mit Olivenbäumen. Immer wenn die Früchte reif sind, breche ich morgens ausgeruht mit einem leeren Karren auf. Dann arbeite ich hart, den ganzen Tag, und abends, wenn ich müde bin, muss ich den schweren, vollen Karren nach Hause ziehen. Das ist lästig, Noñu, fällt dir etwas ein, wie man das ändern kann?»

«Stör mich nicht», sagte Noñu, «ich bin dabei, etwas Wichtigeres zu erfinden.»

Und er dachte: Hier bin ich ruhig mit leichten Schritten gegangen. Das war, bevor ich bemerkte, dass es hier etwas zu entdecken gibt. Es ist doch fast eine Geschichte, die da in den Sand ... in den Sand ... die da im Sand ist.

Er schaute sich um. Neben ihm saß das Dshinnu und spielte mit Muscheln. Es sang leise vor sich hin: «Lallan, dadan ese – lallan, lallan ...»

«Kind», sagte Noñu, «wenn jemand an unseren Spuren entlanggeht, bekommt er eine Geschichte erzählt. Er geht und schaut, und er kann unsere Geschichte – wie nennt man das? Gibt es das?»

«Lesen», sagte das Dshinnu.

Aber das war kein richtiges Wort, zumindest kannte es keiner, und niemand wusste, ob das Dshinnu damit überhaupt etwas sagen wollte.

In der Nacht kam Wind auf, der trieb das Wasser an den Strand, das löschte die Spuren aus. Am nächsten Morgen sah man nichts mehr davon.

Tazihlo blieb noch eine Weile auf dem Erzählerhügel sitzen, und hinter den Wandschirmen rührte sich niemand. Dann stand er auf, und sofort flüsterte Dshirah der Mutter zu: «Hast du Januão jetzt gesehen?»

Chomina schüttelte den Kopf. Reden durften sie jetzt nicht miteinander. Hinter allen Wandschirmen kamen die Zuhörer hervor, nur der grüne Schimmer hielt sich verborgen, und Dshirah bekam den Kalifen wieder nicht zu sehen. Sie tat dann, was alle immer taten, wenn sie die Zweite Sage gehört hatten: Sie ging über die Buchstaben in Kreisen, Schnecken und Schleifen, und was vor vielen Jahren mit den Fußspuren des Dshinnu begonnen hatte, wurde nun zu Worten und Sätzen gefügt. Dshirah schrieb in den Patio immer wieder denselben Satz: Ich will leben ich will leben ...

Das Gesetz

Als Dshirah am nächsten Morgen erwachte, hatte sie wieder nichts geträumt. Ihr Schwebebett hing völlig still über der stummen Wiege, deren Glöckchen schwiegen, und als sie sich über den Rand beugte, schwang das Bett in die andere Richtung und zog an dem Band, das Sittah-Su sich um die Hand gewickelt hatte. Die schreckte auf.

«Guten Morgen!», sagte Dshirah. «Du hast geschlafen.»

«Nein», murmelte Sittah-Su mit müder Stimme, «nur ein wenig gedöst. Was hast du geträumt?»

«Nichts.»

«Dann hast du nur noch vier Nächte. In der nächsten Nacht muss mir jemand helfen, dich zu wiegen.»

Sie erhob sich taumelnd, schlug den Gong an, und wieder lauschte Dshirah den Trompeten, die diesmal einen richtigen Morgen begrüßten, denn die Sonne war gerade aufgegangen. Nach und nach kamen in wiegendem Tanzschritt die Frauen und Mädchen herein, begleitet von ihren Dienerinnen, die gegen Takt und Rhythmus trampelten. Als die Musik verklungen war, schauten sie Dshirah fragend an.

«Nein», sagte Sittah-Su, «sie hat nichts geträumt.»

Eine der Frauen, sie war offenbar eine Bardin mit hellem Haar und grauen Augen, trat auf Dshirah zu und sagte: «Sei unbesorgt, Kind, du wirst träumen.»

«Bist du so sicher?», fragte Dshirah.

«Ja», die Bardin nickte. «Und zwar in der kommenden Nacht. Armei dan Hasud hat geschrieben, dass die Schwingung im Schlaf in sieben Tagen so viel bewirken kann wie in sieben Jahren, vorausgesetzt die Sterne stehen gut. Und das tun sie. Jupiter, Saturn und Venus bilden ein großes Trigon. Und heute Nacht ist Neumond. Das heißt, Sonne und Mond stehen in Konjunktion. Und es treffen Sonne und Mond zusammen auf Jupiter – mehr Glück kann es nicht geben am Himmel.»

«Die Sonne? In der Nacht?», wunderte sich Dshirah.

Die Bardin lächelte: «Du weißt nichts von Astrologie, Kind. Das musst du auch nicht. Du musst nur träumen.»

«Aber Thokardi weiß über die Sterne so viel wie ein Mann», spottete eine der anderen Frauen. «Was sollst du auch machen den ganzen Tag als Bücher lesen.»

Tatsächlich hatte Dshirah diese Frau noch nie mit einem Kind gesehen. Auf eines der Kissen sank die Hochschwangere mit schmerzverzerrtem Gesicht. Die Kalifa trat auf sie zu, legte einen Arm um sie und fragte: «Hast du Wehen?»

Die Schwangere nickte. Da stand plötzlich der große Windhund neben der Kalifa. Dshirah hatte ihn nicht kommen sehen, er war auf einmal da, und sie musste die Augen schließen, sonst hätte sie weinen müssen vor Sehnsucht nach ihren Hunden daheim.

Sittah-Su erhob sich.

«Lasst uns ins Bad gehen», sagte sie. «Ich brauche kaltes Wasser, damit ich wach werde.»

Dshirah schaute noch immer ratlos die Bardin an.

«Und was ist, wenn ich diese Nacht wieder nichts träume?», fragte sie. «Was machen die Sonne und der Mond dann?»

Bevor die Frau antworten konnte, rief Sittah-Su – und ihre Stimme klang ungewöhnlich scharf: «In der nächsten Nacht wirst du träumen, Dshirah Dshinnu! Ich weiß, was träumen ist, und ich weiß, wann man träumt. Du warst bis jetzt noch nicht unglücklich genug.»

Vielleicht hatte sie recht. An diesem Tag wurde Dshirah unglücklich genug, um alle Albträume des Lebens und des Todes zu empfangen.

Aber das Morgenessen schmeckte ihr gut. Es gelang ihr, fest an die Güte des Kalifen zu glauben. Das Bad machte ihr noch mehr Spaß als gestern. Sie planschte und schwamm. Sie ließ sich ein warmes Tuch geben, spazierte unter den Säulen und suchte wieder jenes altvertraute Gefühl, das sie gestern irgendwo hier begleitet hatte. Sie fand es nicht. Sie lehnte sich an eine Säule und versuchte, sich zu erinnern.

«Woran denkst du?», fragte Sittah-Su.

«An gar nichts», behauptete Dshirah, «ich schau mich nur um.»

Das immerhin stimmte, und mehr mochte sie der Kalifentochter nicht erzählen. Sie stand in der mittleren Säulenreihe, die quer durch den Raum lief. Nur in dieser Reihe reichten die Säulen bis hoch hinauf und trugen über weit geschwungenen Rundbogen die Decke. Zwei weitere Säulenreihen, eine rechts, eine links von ihr, waren niedriger. Sie hatten nur die Aufgabe, den Raum aufzuteilen, und sie waren durch andere Bogen verbunden, stärker geschwungene, wie Hufeisen. So teilte sich das Bad in drei kleinere Räume, die gaben etwas freundlich Vertrautes, und doch blieb das Gefühl einer nahezu grenzenlosen Weite. Das Licht kam aus einer Reihe Fenster, die sehr hoch, fast an der Decke lagen, denn es durfte niemand hineinschauen. Das seltsam Vertraute, nach dem Dshirah suchte, fand sie unter den Säulen nicht. Oder erkannte sie es nicht wieder, weil sie ja gar nicht wusste, was es gewesen war? Sollte sie Sittah-Su fragen? Das kalte Wasser hatte die Kalifentochter nicht nur wach gemacht, sondern auch wieder in eine freundliche große Schwester verwandelt. Aber was sollte sie fragen? Grübelnd, zögernd verließ sie das Bad.

Mit Brun saß sie dann endlich im Patio der süßen Früchte, aß Pomeranzen, und die Erste Sage des Dshinnu fiel ihr ein, die Geschichte von den Pomeranzen. Da waren plötzlich auch die anderen Geschichten wieder in ihrem Kopf, und sie überlegte, ob sie an diesem Abend die Dritte Sage selber erzählen sollte. Aber sie verwarf den Gedanken sofort, es war so schön, dicht bei der Mutter zu sitzen und dem Vater zu lauschen. Als sie keine süßen Früchte mehr essen mochte, ging sie mit Brun über den großen Platz, und als sie unter dem Taubenhaus standen, blieb wieder der Brunnen stehen, aber diesmal war es die Nixe, die aus dem Wasser ragte. Das nahm Dshirah als ein gutes Zeichen, und gern wollte sie glauben, dass die unsichtbaren Sterne am Himmel schon ihre Wirkung taten. Das Wundervollste aber geschah am frühen Nachmittag, als sie mit den Frauen und Töchtern des Kalifen im großen Saal des Frauenpalastes saß. Einige Freundinnen der Töchter waren auch dabei, Zaiira, in einem rosenfarbenen Kleid, hielt sich neben Sittah-Su. Dshirah wich ihr aus, blinzelte trotzdem ständig zu ihr hinüber, da empfing sie schräg von der Seite Zaiiras Blick, zu kurz, als dass sie ihn hätte erwidern können, aber lang genug, um ihre Freundschaft zu erkennen.

Sie warteten alle auf die Sänger und Musikanten.

«Sie singen und spielen so schön, wie sie hässlich sind», versprach Sittah-Su. «Du wirst es hören. Und sehen. Leider. Aber du musst ja nicht hinschauen. Ich mache immer die Augen zu.»

«Warum sind sie so hässlich?», fragte Dshirah. «Mein Bruder ist auch ein guter Musikant, ein sehr guter. Er kann Musik sehen, sogar anfassen. Und er ist nicht schön. Aber hässlich ist er nicht.»

«Dshirah Dshinnu», lachte Sittah-Su, «seit vielen hundert Jahren sind Musikanten im Frauenpalast hässlich. Damit sich die Frauen des Kalifen nicht in sie verlieben. Sie sahen vielleicht mal wie dein Bruder aus. Oder schöner. Aber man macht sie hässlich.»

«Wie?», fragte Dshirah erschrocken. «Zerschneidet man ihnen das Gesicht?»

«Aber nein! Wir sind nicht grausam. Es gibt andere Mittel. Aber sag mir, wie kann dein Bruder Musik sehen? Und anfassen?»

«Januão behauptet, er sieht die Töne bunt, in Farben und Formen. Vielleicht so ähnlich wie die Wände hier bei euch. So hat er es beschrieben. Ja, Januão spielt wie die schönsten Wände im Kalifenpalast, und dabei fühlt er die Musik in seinen Fingerspitzen, sie zittern in seiner Flöte, meint er.»

«Ich bin gespannt», sagte Sittah-Su, «und, Dshirah, du darfst es auch sein. Es gibt eine Überraschung. Da kannst du die Augen aufmachen. Das tue ich dann auch.»

Die Frauen ließen sich auf den Kissen nieder. Zwei verscheuchten gelbe Katzen, die sich offenbar auf ihren Lieblingskissen ausgestreckt hatten. Die Bardin Thokardi stand zögernd vor einer weiteren Katze und suchte sich dann einen anderen Platz. Für die Hochschwangere wurde von den Dienerinnen, die noch kein einziges Wort gesprochen hatten, ein besonderes Lager bereitet.

«Tamerlalun!», rief die Kalifa.

Doch ihr gelber Windhund fehlte.

Er darf überall herumlaufen, dachte Dshirah, aber er sollte rennen. Rennen!

Dienerinnen verteilten Säfte, Früchte und jene köstlichen, nach allen Wundern dieser Welt schmeckenden Edelsteine, die Dshirahs Gaumen inzwischen nicht mehr in solche Verwirrung stürzten wie vor ein paar Tagen in En-Wlowa.

Dann kamen die Musikanten. Sie spielten Flöten, die Quitarra, die Harpa, sie spielten gut, aber Dshirah konnte sie wirklich nicht anschauen, so hässlich waren sie. Sie hatten Gesichter wie alte borkige Bäume. Wenn sie spielten, wiegten sie sich ein wenig in ihre Melodien hinein, aber tanzen konnten sie nicht. Sie waren merkwürdig plump und unbeholfen, sie konnten kaum laufen, stießen sich an, wenn sie kamen und gingen, und stolperten viel. Ein Quitarra-Spieler trat auf einen der winzigen weißen Hunde, der ihm vor die Beine lief. Das Tierchen schrie, schnappte nach dem Fuß des Musikers, der streckte die Arme aus, aber keiner der anderen half ihm. Die Musik war gut, aber anschauen konnte Dshirah die Musiker wirklich nicht. Also versuchte sie, die Augen zuzumachen, doch sie musste immer auf Zaiira schielen, die schräg vor ihr saß. Dabei polterten auch immer die Dienerinnen in ihr Blickfeld, die, während sie Früchte verteilten, mit jedem Schritt die Musik zertraten, so ohne jeden Takt und Rhythmus gingen sie.

Die Kissen sind weich, die Früchte sind süß, dachte Dshirah, aber Musik wird im Haus des Kalifen fast so schlimm geprügelt wie die Sonne.

Als die Musikanten fort waren, schleppten die Dienerinnen Wandschirme herbei, bespannt mit Stoffen aus durchbrochenem Brokat. Die stellten sie vor die Kissen. Einige Frauen und Mädchen schoben ihre Kissen selber hinter die Wandschirme. Sittah-Su saß neben Dshirah, und ebenfalls hinter ihre Brokatwand setzten sich zwei Frauen, die ohne Kinder hier waren, da sie Söhne geboren hatten. Sie lächelten Dshirah an, Mütter von Söhnen, Damen hohen Ansehens, und auf ihrer anderen Seite hatte sie plötzlich Zaiira neben sich. Sie fühlte Zaiiras Hand in ihrer, spürte einen leichten Druck, Zaiiras Finger suchten ihr Handgelenk, fanden den Pulsschlag. Dshirah hielt den Atem an, lauschte nach innen, es gab auch gerade nichts zu hören, ein neuer Musikant sollte kommen, sie mussten alle warten, und Dshirah merkte, sie hatten sich wieder, ihr Herz und Zaiiras schlugen im selben Takt. Zum ersten Mal seit mehr als zwei Monaten war sie vollkommen glücklich. Da machte sie die Augen zu. Sie genoss jeden ihrer Herzschläge, von denen jeder ein doppelter war. So kam der neue Musikant, und was er spielte, passte zu ihrem Gefühl, es war genauso lieb und tief und reich. Besser hätte niemand die wieder verbundenen Herzschläge von zwei Freundinnen begleiten können. Kein anderer hätte diese Freude so klingend in Töne verwandeln können, Zaiiras nicht, Dshirahs nicht und die von beiden zusammen erst recht nicht. Kein anderer als dieser eine trug solche Melodien in den Händen, fühlte so tief die Lieder in den Fingerspitzen über den Klanglöchern seiner Flöte.

Dshirah sprang auf, zerriss den gedoppelten Herzschlag, stieß

Zaiiras Herz zurück, denn ihres setzte aus, sie stolperte nach vorn, warf die Brokatwand um – und konnte ihn sehen, und er sah sie auch. So schauten sie sich wieder an, mit dem Geschwisterblick, mit den Augen, die so weit auseinander standen, dass es keine zwei Menschen im gesamten Kalifenreich gab, die einem von ihnen so gerade in die Augen schauen konnten. Dshirah stand atemlos, diesen ganzen langen Augenblick, bis der Blick und die Augen sich trübten, weil ihr die Tränen übers Gesicht liefen. Da trat sie achtlos auf den Goldbrokat des Wandschirms und lief auf ihren Bruder zu, auf seine Augen, auf seine Arme, zu denen sie nicht aufschauen und nicht hinaufreichen musste, denn er war nicht größer als sie, weil er doch so kurze Beine hatte. Er nahm sie in die Arme, dabei glitt ihm die Flöte aus der Hand, und das war noch niemals geschehen, noch nie. Und gerade als Dshirah anfing, das vervielfachte Glück zu ertragen, und wieder tief atmen konnte, da erklang ein Schrei. Es war der furchtbarste Schrei, den sie jemals gehört hatte. Er war rau, wie eingerostet und losgebrochen, wie fest und steif geworden und gewaltsam gefesselt, so schreit nur jemand, der seit Jahren nicht mehr geschrien hat. Sie löste sich von Januão und drehte sich um. Es war eine der Dienerinnen gewesen, sie stand da mit offenem Mund. Eine Schale Früchte lag in Scherben vor ihren Füßen, aber nicht das war es gewesen, was an ihrem Schrei so zersplittert geklungen hatte. Erst jetzt, als sie die Schale am Boden sah, erinnerte sich Dshirah an das Geräusch des zerspringenden Porzellans. Es war eine von den Dienerinnen, die sie noch niemals hatte reden hören.

Und dann sah sie die vier Gesichter über dem umgeworfenen Wandschirm: Zaiira, Sittah-Su und die beiden Damen hohen

Ansehens. Die waren so bleich, wie araminische Gesichter überhaupt bleich sein konnten. In Dshirahs Hand zitterte die ihres Bruders und entzog sich ihr. Sie spürte eine Bewegung, schaute zur Seite und sah: Januão hatte sich umgedreht. Er stand mit dem Rücken zum Saal. Seine Flöte lag noch immer auf dem Teppich. Und da begriff sie, was geschehen war, was sie getan hatte, und sie dachte: Ich habe meinen Bruder getötet.

Aus den umliegenden Räumen eilten die Wächter herbei, drei, vier fünf, alle plumpe, dicke Gestalten, natürlich, das hatte sie doch gewusst, die waren keine richtigen Männer mehr, die hatte man kastriert, Eunuchen, dann werden die meist auch so dick, das wussten doch alle im Land: Kein Mann darf die Frauen des Kalifen sehen. Sie klammerte sich an einen der Wärter, ihren Begleiter vom ersten Tag, sie hängte sich an seinen Arm und schrie: «Aber er ist doch nur ein Junge! Er ist doch ein Kind!»

Der Dicke strich ihr sacht über den Kopf und sagte nichts. Sie rannte über den Wandschirm, warf sich vor Sittah-Su auf den Boden, fasste ihre Hände und flehte: «Du sagst deinem Vater, dass er ihn nicht töten darf, ja? Er hat nichts Böses getan!»

«Sie töten ihn nicht», sagte Sittah-Su, sagte es so, dass es kein Trost war.

«Was werden sie tun?»

«Blenden. Sie machen ihn blind.»

Ein Wärter führte Januão hinaus. Die anderen entfernten die Wandschirme. Die Frauen und Mädchen schoben die Kissen zusammen. Keine sprach. Man hatte den Kalifen benachrichtigt. Er kam sofort, und Dshirah sah ihren freundlichen weißen Lakai zum ersten Mal in seinem Kalifengrün. Wieder lächelte er sie an, noch trauriger als gestern bei Abdalameh. Hisham III. schaute auf sie hinunter, traurig, verzweifelt und vollkommen hilflos.

Eine Dienerin stand neben ihm, reichte ihm Tücher, die nahm er und verschleierte die Gesichter seiner Frauen. Fünf Herzschläge lang kniete er vor der Hochschwangeren, in seinem Blick waren Hochachtung, Verehrung. Liebe? Dshirah erinnerte sich, dass ihre Eltern sich anders anschauten. Zum ersten Mal zählte sie die Frauen des Kalifen. Sechs. Aber die Kalifen von Al-Cúrbona hatten sieben Frauen, nicht mehr, aber auch nicht weniger.

Juja ist die siebte, dachte Dshirah, er hat sie verstoßen, aber nicht ersetzt. Und wie er das Brot gehalten hatte, gestern bei Abdalameh … Das harte, verdreckte, halb verdorbene Brot … Hatte er es im Abfall suchen lassen? Weil er nun wusste, dass es von Juja kam?

Und Dshirah entschied sich zu glauben, was sie so gern glauben wollte. Wenn Hisham jemals eine seiner Frauen geliebt hatte, dann war es Juja gewesen. Liebte er sie noch immer? Die Hirtentochter? Ziegenhirtentochter?

Er ist kein schlechter Mensch, dachte sie. Er wird Januão nichts tun.

Der Kalif ging, ohne Dshirah noch einmal anzuschauen.

Und es begann ein hektisches Rennen. Dienerinnen sammelten die kleinen Kalifentöchter ein und brachten sie fort.

«Was geschieht jetzt?», fragte Dshirah.

«Du gehst zur Gerichtsverhandlung», sagte eine der beiden bardischen Frauen. «Es dauert nicht länger als eine halbe Stunde, dann werden die Richter versammelt sein. Es sind immer genügend hier. Ich denke, der Kalif wird zulassen, dass deine Eltern kommen.»

«Ich will mit!», verlangte Sittah-Su.

«Ich auch!», rief Zaiira.

Da trat die Kalifa auf Dshirah zu. Obwohl nun alle verschleiert waren, konnte man sie leicht an dem grünen Kleid erkennen.

«Der Kalif wird nicht nur zulassen, dass deine Eltern kommen, sondern auch, dass jemand deinen Bruder verteidigt», sagte sie.

«Wenn er es nicht selber anordnet, werde ich ihn darum bitten. Kennt deine Familie einen Gelehrten? Oder einen Fürsten von hohem Adel?»

«Ja, wir, ich weiß nicht ...», begann Dshirah und warf einen vorsichtigen Blick auf Zaiira.

«Mein Vater!», sagte Zaiira. «Ich komme nicht mit. Ich gehe nach Hause und hole meinen Vater.»

«Was hat dein Vater mit Dshirah Dshinnus Familie zu tun?»

«Dshirahs Vater ist der Hüter der Halbblutfohlen. Mein Vater kennt ihn gut und schätzt ihn hoch.»

Unter dem grünen Schleier nickte die Kalifa.

«Wir schicken einen Boten. Das geht schneller.»

«Nein!», das hatte Zaiira fast geschrien. «Das – das geht nicht schneller, weil – weil wir dem Boten alles erklären müssen oder ihm gar einen Brief schreiben. Ich kann es meinem Vater erzählen. Und reiten kann ich genauso schnell. Gebt mir ein Pferd.»

«Die Sänfte mit den schnellen Läufern!», bestimmte die Kalifa.

«Ich will ein Pferd!»

«Du kannst reiten?»

«So schnell wie eure Boten.»

«So kleidet sie in einen Knabenmantel und gebt ihr ein Pferd.»

Die Wärter eilten. Einer lief mit Zaiira hinaus.

«Fall nicht runter», murmelte die Kalifa. Neben ihr stand, lautlos war er gekommen, Tamerlalun.

Als sie zum Gerichtssaal gingen, schob Sittah-Su etwas in Dshirahs rechte Hand. Januãos Flöte. Dshirah erschrak. Wenn Januão seine Flöte vergaß, war er schon nahezu tot.

So traf eine seit Monaten auseinandergerissene Familie in einem Gerichtssaal wieder zusammen. Dshirah, Januão und ihre Eltern standen verloren mitten in dem großen Raum. Die Frauen blieben weit im Hintergrund. An der Fensterseite waren keine Kissen, sondern hohe Stühle. Jeweils sechs Richter saßen links und rechts von einem prächtigen Sessel. Sie trugen blaue Gewänder und anstelle des araminisch um den Kopf geschlungenen Tuches einen flachen blauen Hut. Links von ihnen, mehr in den Saal gerückt, war noch ein weiterer großer Sessel. Diese Sessel waren beide leer, aber einer wurde bald besetzt, denn der Kalif kam und nahm seinen Platz in der Mitte der Richter ein. Dshirah verstand, dass der andere Sessel für den Verteidiger war. Aber Sidi Antvari kam nicht.

Ist Zaiira vom Pferd gefallen?, dachte Dshirah.

Das war fast nicht möglich. Die war wildere Ritte gewöhnt. Wahrscheinlich hatte man ihr sogar einen Sattel gegeben. Aber vielleicht will ihr Vater Januão gar nicht verteidigen, dachte sie.

Ja, warum sollte er das tun? Warum denn war Zaiira ihr gestern so aus dem Weg gegangen? Und vorhin hatte sie heimlich gezeigt, dass sie noch immer von Herzen ihre Freundin war. Ja, natürlich, so war es. Ihr Vater hatte ihr verboten, Dshirahs Freundin zu sein. Er würde nicht kommen.

Hisham zeigte keinerlei Ungeduld. Er saß reglos. Und solange der Kalif sich nicht rührte, bewegten sich auch die Richter nicht. Dshirah hatte noch immer die Flöte in der Hand. Die hätte sie so gern ihrem Bruder gegeben, damit der wenigstens wieder vollständig war, aber Januāo stand mindestens drei Meter von ihr entfernt in der Mitte des Saales, ließ die Arme hängen und den Kopf, und es war deutlicher als je zuvor, dass er viel zu kurze Beine hatte. Dshirah schaute sich möglichst unauffällig um, fast ohne den Kopf zu wenden. Sie suchte Sittah-Su und die Kalifa im Hintergrund, konnte sie aber nicht entdecken. Stattdessen sah sie zwei Diener, die in den Saal kamen. Sie brachten ein kleines Tischchen und einen Becher, und – noch immer nach hinten blinzelnd – nahm Dshirah eine Bewegung wahr, ein kurzes, rosenfarbenes Huschen hinter einen Wandschirm, dahin, wo sie Sittah-Su und die Kalifa vermutete. Also war Zaiira zurück. Ohne ihren Vater? Die Diener stellten den kleinen, runden Tisch vor die Richter, rechts neben den Kalifen. Der bewegte leicht den Kopf, und einer der Richter fragte: «Wo ist die Karaffe?»

«Der Trunk ist noch nicht bereitet, Herr», antwortete der Diener. «Die Alchimisten waren nicht darauf vorbereitet, heute einen Sänger blenden zu müssen.»

Und dann mussten sie wieder warten. Das Stehen wurde Dshirah immer schwerer. Sie trat von einem Bein auf das andere. Durfte sie das? Alle Übrigen blieben vollkommen reglos. Als Sidi Antvari kam, war sie fast mehr überrascht als erleichtert.

Die Gerichtsverhandlung war kurz. Alles, was Antvari zur Verteidigung Januāos vorbringen konnte, war:

«Er ist ein Junge von zwölf Jahren, Herr. Lasst ihn singen, jetzt und hier, ihr werdet hören, seine Stimme ist hell und klar und wird noch lange nicht brechen. Er ist ein Kind. Kein Mann.»

«Gibt es dazu ein Gesetz?», fragte Hisham.

«Ja, Herr», sagte einer der Richter. «Es heißt: Ein Junge wird ein Mann. Ein Junge, der die Frauen des Kalifen gesehen hat, wird ein Mann, der die Frauen des Kalifen gesehen hat.»

Also konnte Sidi Antvari nur um Gnade bitten.

«Ich kann nur zum Tode Verurteilte begnadigen», sagte der Kalif.

«So verurteilt ihn zum Tode und begnadigt ihn.»

«Gibt es dazu ein Gesetz?»

«Ja, Herr, auf die Tat des Jungen steht keine Todesstrafe.»

Er hat nichts getan, schrie es in Dshirah. Das war doch ich!

Ein Diener kam herein, brachte eine Karaffe und stellte sie auf den kleinen Tisch. Da fiel Dshirah etwas ein. Sie zuckte zusammen, warf den Kopf hoch, aber sicher durfte ein Hirtenmädchen sich hier nicht zu Wort melden.

«Das Dshinnu hat eine Frage», sagte der Kalif.

Richtig, sie war hier kein Hirtenmädchen, sondern das Dshinnu.

«Die anderen Musikanten und Sänger, Herr», sagte sie, «die haben alle die Frauen gesehen. Die Wandschirme haben sie erst später gebracht.»

Der Kalif lächelte und wandte den Kopf ab. Einer der Richter klärte Dshirah auf. Sie hatte eine entsetzliche Dummheit gesagt. Die anderen Sänger und Musikanten waren alle blind. Aber da sie nun einmal das Wort hatte, wollte sie auch sagen, was sie die ganze Zeit dachte.

«Mein Bruder hat doch nichts getan. Die Wand umgeworfen habe ich. Muss man nicht den Täter bestrafen?»

«Es geht nicht um den Täter», sagte ein Richter. «Es geht um die Tat. Und die ist: Dein Bruder hat die Frauen gesehen.»

Dshirah drehte sich zu ihren Eltern um. Warum sagten die nichts? Sie standen nur da und starrten Sidi Antvari an. Aber etwas anderes machte sie ja auch nicht.

Hisham stand auf.

«Ich will den Jungen nicht blenden!», schrie er. «Aber Gesetz ist Gesetz!»

Er lief mit schnellen Schritten durch den Saal.

«Herr!», rief einer der Richter ihm nach. «Ist das Urteil damit gesprochen?»

«Ja!»

«So gib ihm den Becher. Er muss den Trunk in deiner Gegenwart nehmen. Das Urteil ist sonst nicht gültig.»

Hisham kam zurück und ging zu dem Tisch. Er nahm die Karaffe und füllte den Becher. Den brachte er Januão und sagte: «Trink! Ich bleibe, bis du ausgetrunken hast. Damit deine Blindheit vor dem Gesetz gültig ist.»

Januão hielt den Becher in der Hand.

«Herr! Ich werde deine Frauen sofort wieder vergessen!», schrie er. «Ich habe auch gleich die Augen zugemacht. Ich habe sie gar nicht gesehen!»

Der Becher glitt aus seiner Hand, verschüttete die Flüssigkeit auf den Boden, zersprang aber nicht, denn er war aus Metall. Einer der Richter sprang auf, er rannte durch den Saal, hob den Becher, füllte ihn wieder, zeigte ihn dem Kalifen.

«Das ist noch genug, Herr», sagte er. «Das reicht für den Jungen. Er wird vollständig erblinden.»

Hisham nickte. Der Richter drückte Januão den Becher in die Hand.

«Trink», drängte er. «Du hast verloren. Wenn du dich weigerst, müssen wir das Todesurteil sprechen.»

«Dann kann er mich doch begnadigen!», schrie Januão.

Aber der Richter schüttelte den Kopf.

«Nur von dem zweiten Urteil, von der Todesstrafe, nicht von dem ersten, das bleibt bestehen. Das ist Gesetz.»

Januão schwieg. In der Stille schluchzte seine Mutter. Dshirah lief zu ihr, presste sich an sie, dann an den Vater, beide starrten sie Sidi Antvari an. Der wandte sich ab. Der Richter hielt eine Hand hinter Januãos Kopf und mit der anderen presste er ihm den Becher zwischen die Zähne, dabei zog er dem Jungen den Kopf tief in den Nacken. Januão musste schlucken. Etwas lief aus seinem Mund, aber das war nicht viel. Als der Becher leer war, drehte Hisham sich um und ging. Dshirahs Augen waren von Tränen so blind, wie Januãos es bald ohne sein würden. Sie stolperte zu ihm und drückte ihm die Flöte in die Hand.

Der Richter zeigte den Becher einem seiner Kollegen. Der schaute hinein und nickte. Der Becher war leer, und der Kalif selber hatte bestätigt, dass er voll gewesen war. Das bisschen, das Januão hatte ausspucken können, würde ihm nicht so viel Augenlicht geben, dass er die Sonne grau sah.

«Damit», sagte Sidi Antvari, «ist das Urteil vollzogen, und ich kann mich wieder benehmen wie ein Mensch?»

Die zwölf Männer in den blauen Gewändern antworteten nicht.

Antvari nahm den Becher, warf ihn weit in den Saal, und noch während das Metall scheppernd über die bunten Fliesen sprang, schrie er: «Das ist Gesetz. Und Gesetz ist Gesetz! Aber was ist Gesetz?!»

Januão stand mit hängenden Armen. Dann fasste er sich an die Kehle und würgte.

Was ist, wenn er es ausspuckt?, dachte Dshirah. Das Urteil ist vollstreckt. Und wenn er es jetzt ausspuckt? So wie ich den Brei an meinem ersten Tag in En-Wlowa. Schnell, Januão, spuck es aus. Vielleicht wirst du dann nur ein wenig kurzsichtig. Vielleicht kannst du nicht mehr lesen, aber noch Farben sehen? Vielleicht wirst du nur auf einem Auge blind. Schnell, Januão, spuck es aus!

Er krümmte sich und würgte, er schnappte nach Luft, das Würgen schnürte ihm die Kehle zu und ließ nichts mehr hinaus.

Dshirah schaute hinauf zu der hohen Decke des Saales. Sie war aus Holz, aus vielen geschnitzten Holzkassetten, bemalt mit Ornamenten. Sie hatte bisher nicht hinaufgeschaut und die Decke nicht gesehen. Sie wusste, von nun an würde es Dinge geben, die sie sah und die ihr Bruder niemals sehen würde.

Januãos letzte Augenblicke

Die Richter verließen den Saal. Einer ging an Tazihlo und Chomina vorbei und grüßte sie mit einer leichten Neigung des Kopfes. Ein anderer blieb vor Januão stehen. Wollte er ihn beobachten? Wollte er prüfen, ob der Junge nichts, auch nicht das Geringste von dem Trunk wieder ausspuckte? Als Januão aufschaute, lächelte der Mann. Er strich sich den blauen Hut vom Kopf, er hatte nur noch wenig Haar, ein alter Mann, der vielleicht schon wusste, wie es ist, wenn sich die Augen trüben. Er sagte:

«Weißt du, dass es eine Blindenschrift gibt, mein Sohn? Du wirst lesen können.»

Dann ging auch er. Die blauen Gewänder waren fort. Vor Januão stand ein weißer Lakai.

«Ich werde dich durch diesen Tag begleiten», sagte er. «Wenn du es willst. Du kannst auch allein bleiben.»

«Bis jetzt merke ich nichts», sagte Januão. «Wann werde ich ... wann kann ich ... wirkt der Trunk?»

«In der Nacht. Hab keine Angst. Dieser Trunk macht keine Schmerzen. Heute Abend wirst du das Gefühl haben, dass die Sonne schneller sinkt, als es sein sollte. Du wirst gut schlafen, dafür ist gesorgt. Wenn du morgen aufwachst, wirst du die Vögel hören, aber keine Sonne sehen.»

«Stimmt es», fragte Januão, «dass sehr alte Männer die Frauen des Kalifen sehen dürfen?»

«Sehr alte, ja.»

«Und gibt es oder könnte man es finden, ein Mittel, einen Trunk wie dieser, nur umgekehrt – wenn ich sehr sehr alt bin und es nicht mehr verboten ist, dass ich die Frauen des Kalifen sehe, dann müsste es doch kein Verbrechen sein, dass ich sie gesehen habe, dann muss ich doch nicht mehr blind sein, gibt es ein Mittel, dass ich dann wieder sehen kann?»

«Das gibt es nicht, aber du bist ja noch sehr jung. Wenn Kalif Hisham jetzt den Auftrag gibt, werden unsere Alchimisten es sicher finden.»

«Glaubst du das wirklich?»

«Ja.»

Januão schaute dem weißen Lakai mit seinen noch vollkommen scharfen Augen gerade ins Gesicht, und er erkannte, dass der Mann log. Da schloss er die Augen ganz schnell, und er entschied im selben Atemzug, dass dies das Einzige sein sollte, vor dem er an diesem Tag die Augen schließen würde.

«Ich bin jetzt zwölf», sagte er. «Ich werde mich ab morgen vielleicht siebzig Jahre lang darauf freuen, dass ich die Sonne wiedersehen werde.»

«So ist es recht, mein Sohn, das wird eine lange Zeit der Freude. Die soll erst morgen beginnen. Heute werde ich dir fast jeden Wunsch erfüllen, nur das, was du dir als Erstes wünschen wirst, nicht.»

«Du weißt, was ich mir wünsche?»

«Ja, du willst bei deiner Familie bleiben.»

«Das will ich.»

«Du wirst dich nun von deinen Eltern und deiner Schwester

verabschieden. Du wirst ihnen wieder begegnen, sie jedoch nicht wieder sehen. Das ist nicht so schlimm. Da verlierst du nicht so viel. Um die Liebe deiner Mutter zu fühlen, brauchst du keine Augen. Wir wollen, dass du heute schaust und gehst und schaust und schaust. Du sollst dich vollsaugen mit Bildern. Sie müssen für ein Leben ...»

«Siebzig Jahre», unterbrach Januão.

«... für siebzig Jahre reichen. Die gesamte Kalifenstadt steht dir offen, außer dem Frauenpalast, und in den darfst du ab morgen auch.»

Januão ging zuerst auf Dshirah zu. Die ließ den Kopf hängen und weinte. Er fasste sie bei den Schultern, sie hob den Kopf, und noch einmal, zum letzten Mal, genossen sie den Geschwisterblick.

«Januão», schluchzte Dshirah, «ich ... ich ...»

Er brach die gerade Linie der Blicke und schüttelte den Kopf.

«Nein», sagte er, «es war nicht deine Schuld.»

Aber als er in den Armen der Mutter lag, schluchzte er selber und hätte geweint, hätte er nicht seit sieben Jahren den Kampf gegen die Tränen geübt.

«Deine Lieder sind bunt», sagte Chomina. «Du kannst Melodien sehen. Das können sie dir nicht nehmen. Ich werde von nun an immer, wenn ich mit dir rede, singen. Dann siehst du mich.»

Er ging zu seinem Vater. Der malte ihm mit dem Zeigefinger ein unsichtbares Zeichen auf die Stirn. Januão erkannte es: das war das uralte bardische Zeichen für Leben.

«Nun will ich 110 Jahre alt werden, mein Sohn», sagte

Tazihlo. «Dann werden wir noch einmal daheim in der Ebene sitzen und sehen, wie die Sonne aufgeht über dem Fluss.»

Erst als die Eltern und Dshirah fort waren, wunderte sich Januão, dass er so ruhig war. Er fühlte keine Verzweiflung. Und da fiel ihm ein: Er hatte vergessen – sie hatten es alle vergessen, dass sie ja sterben würden alle vier. Es war der Tag der Dritten Sage, und in vier Tagen, wenn Dshirah die Siebte nicht würde erzählen können, mussten sie sterben. Nur fünf Tage seines Lebens würde er blind sein. War das ein Trost? Oder war es ein Trost, dass einem blinden Jungen der Abschied von seinem kurzen Leben leichter fallen würde?

Er folgte dem weißen Lakai durch die Kalifenstadt. Er stolperte über jede Schwelle, jeden Teppich, schaute nicht nach rechts und nicht nach links, taumelte – blindlings – hinter seinem Führer her, bis der sich umdrehte, ihn bei den Schultern packte und schüttelte.

«Mach die Augen auf!», schrie er ihn an.

War es Wut, was Januão im Gesicht des Mannes sah? Zuerst war es Wut. Dann fielen die Arme in den weißen Ärmeln von seinen Schultern, die Wut rann aus dem Gesicht und machte Platz für einen Blick aus Mitleid und Trauer.

Der soll weggehen, dachte Januão. Ich will ihn nicht. Er soll mich allein lassen.

«Mach die Augen auf», flüsterte der weiße Lakai. «Jetzt!»

Er schaute nach oben. Januão tat es ihm nach. Er befand sich in einem Raum, wie er keinen je gesehen, wie er keinen sich je hätte vorstellen können. Über ihm, in die Decke gestochen, war ein achteckiger Stern, so groß, dass er, den Kopf im Nacken, mit dem ganzen Körper kreisen musste, um die Spitzen der acht Strahlen mit den Augen abzutasten. Die Zacken führten in meterhohen Wänden zu einer Kuppel, die sich hoch darüber wölbte, Sterneninnenwände – seine Augen wanderten über das Innere eines Sternes. Die Sterneninnenwände waren weiß, ein gedunkeltes Weiß, aber kein Grau, es war ein Schattenweiß, denn das Licht fiel auf die Reliefs von Ornamenten und Arabesken, und die warfen Schatten auf ihre eigenen Schnörkel: Blumenbänder, Blattmuster, Buchstaben araminischer Schrift. Darüber waren in jeder Zacke des Sterns zwei Fenster, die ihre Bogen hoch in die Kuppel schoben. Die Scheiben waren getönt, das Licht war gelb, fast ein helles Braun, es tropfte wie Honig durch die Scheiben, gewiss war es süß. Er zwang den Blick auf den Teppich. Der war nur bunt und weich.

«Ich brauche dich nicht mehr», sagte er zu seinem Begleiter, «ich bleibe hier.»

«Es gibt noch mehr prachtvolle Räume», sagte der weiße Lakai.

«Schönere?»

«Nein, nicht schöner, aber anders. Du solltest dich führen lassen. Du siehst sie heut oder nie.»

«Dies ist mir genug.»

«Für heute, gewiss, aber nicht für – für siebzig Jahre.»

«Ich will allein sein», beharrte Januão.

Der Mann nickte.

«Das darfst du, wenn du es willst. Aber ich rate dir, geh weiter, und wenn du mich rufen lässt, so stehe ich für dich bereit.»

Er ging. Januão schaute ihm nicht nach. Er legte sich auf den

Teppich, wandte das Gesicht dem Inneren des Sternes zu, wie sonst dem Äußeren der Morgensonne. Er ließ sich das Honiglicht in die Augen tropfen. Er hatte das Gefühl, es müsse ihn heilen von einer Blindheit, die ihn noch nicht erreicht hatte. So lag er lange still. Und er war voller Melodien. Er hatte die beiden letzten Tage mit den Musikern des Kalifen verbracht. Zwei Tage lang hatte er Lieder und Tänze gelernt, die ihm neu, die anders und manchmal so schön waren, dass er das Unglück seiner Familie vergaß.

Er setzte sich auf. Tränen drückten auf seine Augen.

Nicht weinen, dachte er, Tränen trüben den Blick. Heute schauen, den ganzen Tag, diesen letzten Tag.

Er nahm seine Flöte und spielte ein neues Tanzlied, das er gestern gelernt hatte. Es war kein Lied für einen Pferdepfeifer, denn es verlangte so viele kleine rasche Schritte, dass er es für Pferde nicht hätte spielen können. Er hörte es bunt in blitzenden Farben, die er über die Innenseiten von Stern und Kuppel laufen sah. Er sprang auf und fing an zu tanzen. Das hatte er nie zuvor getan. Er stampfte mit den Füßen, drehte sich, wiegte sich, versuchte all die flinken kleinen Schritte. Aber er war kein Tänzer, seine kurzen, plumpen Beine trippelten und stolperten über die Teppichfransen. Da sah er an den Wänden Männer stehen, niedere Diener, keine weißen Lakaien, und er begriff, er war nicht allein, man war hier nie allein. Er sah die Gesichter der Männer in genau jenem Augenblick, als die Bewunderung für sein Flötenspiel umschlug in Grinsen über seinen Tanz. Die Männer verschwanden wieder. Er hatte sie mit seinem Spiel aus den Nischen und Türbogen gelockt. Nun sah es wieder so aus, als sei er allein, aber er fand nicht zurück in den Sterninnenraum. Da überfiel ihn die Angst, die anderen schönen Räume zu verpassen.

Er verließ den Sternensaal. Auch als er durch den Türbogen ging, nahm er keinen Diener wahr. Er merkte auch nicht, ob ihm einer folgte, aber er wusste nun, dass sie da waren. Trotzdem fühlte er sich, während er durch die Flure und Korridore lief, mehr von den Mustern an den Wänden verfolgt. Das alles wollte angeschaut, lange betrachtet, bewundert werden. Aber er hatte keine Zeit. Er fing an zu rennen. Hastig, gierig riss er die Schnörkel in sich hinein, die änderten sich dauernd, er wollte mehr, er wollte alle, aber die Verwandlung nahm kein Ende. Er merkte sich die Farben, lernte sie auswendig wie ein Gedicht, schloss die Augen, schloss die Farben hinter seinen Augenlidern ein. Da hielt er sie gefangen.

Die gebe ich nicht wieder her, dachte er. Was brauche ich Augen? Ich kann das mit meiner Flöte spielen.

Aber schon riss er die Augen wieder auf und entdeckte ein weit schöneres Muster, und er ärgerte sich, dass er so viel Zeit verschwendet hatte. Plötzlich trat er hinaus und unter die Arkaden um den großen Platz. Am Himmel stand die Sonne. Die Sonne! Die Sonne! Wie hatte er vergessen können, dass es die Sonne war, was er wirklich sehen wollte. So stand er eine Weile auf dem großen Platz. Wie lange? Wie viel Zeit verging, in der er nur stand mit hängenden Armen und blinzelnden Augen? Denn natürlich schaute er nicht in die Sonne. Sollte er seine Augen blenden? Einen viertel Tag zu früh? Die Tränen drückten wieder gegen seine Stirn. Er musste weiter. An der Sonne gibt es nichts zu betrachten, alles gilt dem, was die Sonne erhellt. Er ging zum Brunnen, schaute zu, wie sich Wassermann, Nixe, Krake, Schuppentier, Seeschlange aus dem Wasser hoben und wieder verschwanden. Er nahm sich nicht die Zeit, darüber nachzudenken, wie das geschah, denn das Schuppentier – dieses Schuppentier – er kannte es.

Darüber hatte er mit Silbão gelacht, sich gegruselt und den anderen Jungen Angst gemacht. Er wusste, solche Tiere gab es wirklich. Vor drei Jahren hatte man eines aus Afrika geholt. Es hieß: Kokodril oder Krokodil. Er hatte vergessen, ob man diese Tierart so nannte oder ob das der eigene Name dieses einen Schuppentieres war, das damals vor dem schaudernden Volk in einem Käfig durch die Straße gefahren wurde. Es war in seinem ersten Jahr in der Schule gewesen. Damals hatte er Silbão kennengelernt. Und da Silbão mehr als die anderen Jungen vom Kalifenpalast wusste – Juja war dort –, hatte er herumerzählt, was man dem Volk verschwieg: Das Kokodril oder Krokodil, das nur ein Modell für eine Brunnenfigur hatte sein sollen, war ausgerissen. Drei Tage lang hatten Silbão und Januão die anderen Jungen erschreckt, weil sie immer wieder riefen: «Da! Da! Da ist es! Im Bach! Ko-ko-ko-kodril!»

Vor allem Januão ließ Kokodril aus den unmöglichsten Orten herauskriechen. Keiner der anderen Jungen traute sich auf den Abtritt. Dann aber war Silbão von seinem Vater verprügelt worden, denn er hätte das nicht ausplaudern dürfen, und beide mussten sie überall erzählen, Kokodril sei gefangen und getötet worden. Wahrscheinlich stimmte das sogar. So hatte ihre Freundschaft begonnen.

Und sie hatten sich nur ein einziges Mal gestritten. Das war, als Silbão mit dem Löwen-fressen-Menschen-Buch zu ihm kam. Silbão konnte damals noch gar nicht so gut lesen, aber mit diesem Buch hatte er keine Schwierigkeiten, weil er es nahezu auswendig wusste. Alle kannten es. Es war das Lieblingsbuch von Al-Cúrbona, wo man keine Toten berührte, keine Hinrichtungen anschaute und wo man am liebsten von den hungrigen Löwen las, die das Kind mit den sechs Zehen und seine Eltern zerrissen, weil es nicht das Dshinnu war. Januão hatte dem Freund nicht erklären können, warum er als Einziger dieses Buch nicht mochte.

Ich werde ihn niemals wiedersehen, dachte Januão. Sehen, ach, sehen ...

Er drehte sich um sich selbst. Die gesamte Südseite des Platzes nahm das araminische Gotteshaus ein. Da war er noch nie gewesen. Da wollte er hin. Er wusste nicht warum. Gott – das war etwas, für das vor Jahrhunderten prachtvollste Häuser gebaut wurden, die immer noch prachtvoll waren, die gepflegt und erhalten wurden. Verehrt wurde die Statue des großen Denkers Armei dan Hasud, die vor dem Gotteshaus stand. Januão schaute ihm, wie es Pflicht war, in das marmorne Gesicht, suchte, wie es üblich war, Trost und Frieden in den ruhigen Augen des Gelehrten, aber der antwortete ihm nicht. Vielleicht konnte er nicht. Eine Taube saß auf seinem Philosophenhut und ließ einen weißen Klecks auf die weise Nase fallen, der auf dem Marmor eigentlich nicht störte. Januão empfand etwas, das er sich nicht erklären konnte. Zuerst war es so etwas wie Schadenfreude. Aber da er so wenig Grund hatte, sich zu freuen, wurde das ganz schnell zu Wut. Dieser Mann hatte die Gesetze gemacht! Nein, Unsinn, das Gesetz, das ihm die Augen zerstörte, war älter, viel älter. Aber Armei dan Hasud hatte erzwungen, dass auch die Kalifen sich an die Gesetze halten müssen. Das war gut, solange der Kalif grausamer war als sein Gesetz. Was aber geschieht, wenn das Gesetz grausamer ist als der Kalif? Und wenn niemand mehr ein Todesurteil fällen will? Dann brauchen sie ein Dshinnu. Dazu brauchten sie seine arme kleine Schwester –

Einer der gut gekleideten Männer, die über den Platz schlenderten und sich immer wieder bückten, kam mit einem langen Stab und putzte dem Gelehrten die Nase.

Da ging Januão weiter. Niemand verwehrte ihm den Eintritt in das alte Gotteshaus. So ging er hinein und geriet – er war so überrascht, dass er den Atem anhielt – in einen Wald. Es war ein Wald aus Säulen. Es war ein Wald gewordenes Bauwerk. Bogen aus Steinen, elfenbeinfarben und dunkelrot, verbanden die Säulen. Auch hier gab es Ornamente, aber das waren feine Verästelungen am Säulenende, in den Bogen, nicht Prunk, sondern still wie Laub. Der Säulenwald war endlos. Januão ging und ging. Es war wie ein Gehen im Steineichenwald, zu dem er so gern geritten war weit unten am Fluss. Mit jedem Schritt wurde er ruhiger, und als er den Eingang, durch den er gekommen war, wiederfand, wusste er, was er noch sehen wollte, bevor die Sonne an diesem Tag zu schnell für ihn unterging.

Er eilte. Damit er nicht ziellos herumirrte, fragte er irgendeinen Diener, ob es einen Turm gäbe, von dem man nach Westen schauen konnte. Der fremde Diener übernahm sofort die Führung. Wenn er einen anderen Auftrag hatte, vernachlässigte er ihn. Sieben Stockwerke stieg Januão den Bau hinauf und dann weiter, eine schmale Treppe auf den Turm.

Ja – das war es, was er gesucht hatte. Er hatte die Weite des Landes wiedergefunden, den Blick hinab ins Tal über die Ebene bis zum Fluss, wo, seinen Augen verborgen, das Haus seiner Eltern stand, wo Je-ledla vor zwei Monaten ihr Fohlen geboren hatte, wo die Vögel flogen und ihre drei Hunde vielleicht Hasen jagten, weil sie Hunger hatten. Erst stand er nur da und schaute, ließ den Blick in die Ferne gleiten, dann spielte er die alten Lieder, nicht die neuen, und endlich verlor er den Kampf gegen die Tränen.

Wie lange er so stand und immer klagendere Töne aus seiner Flöte herausschluchzte, wusste er nicht. Als er nur noch heisere Geräusche hervorbrachte, fasste ihn jemand mit sanftestem Druck von hinten an den Schultern und drehte ihn um. Es war der weiße Lakai, der ihn diesen Tag begleiten sollte.

«Trüb dir die Augen nicht», sagte er leise. «Lass sie weinen, wenn sie blind sind.»

Und mit einer verwirrenden Erleichterung konnte Januāo nichts anderes denken als: Dürfen blinde Augen weinen? Auch wenn sie zu den Köpfen von Jungen gehören, die älter als fünf Jahre sind?

«Was möchtest du sehen?», fragte der weiße Lakai. «Du hast noch eine Stunde, nicht ganz.»

«Ich möchte noch einmal ein Pferd sehen», sagte Januāo. «Und einen Hund.»

Der weiße Lakai nickte und ging voraus. Er ging jetzt schnell, fast rannte er. Auf dem Reitplatz hinter dem Palast ritten ein paar junge Männer. Aber ihre Pferde waren so vollgehängt mit Satteldecken und Schabracken, mit Bändern und Schnüren an Zaum und Zügel. Januāo schüttelte den Kopf und sagte: «Solche will ich nicht. Ich will doch die Pferde sehen. Nicht ihre Sättel.»

Sein Begleiter führte ihn in die Ställe. Da standen die Pferde des Kalifen in kleinen Kammern zwischen Marmorsäulen. Januāo drehte sich sofort um und lief hinaus. In seinem von nun an sehr begrenzten Vorrat von Erinnerungsbildern hatte er keinen Platz für Pferde in Käfigen.

«Was für einen Hund soll ich dir zeigen?», fragte der Lakai. «Ich fürchte, ich tue dir keinen Gefallen, wenn ich dich zu den Hunden in den Zwingern führe.»

«Unsere Hunde sind Windhunde», erklärte Januāo. «Sie haben lange Beine, lange Hängeohren, sie sind ganz hell, fast gelb, und ein bisschen Schwarz haben sie auch an ...»

«Komm!», unterbrach ihn der Lakai. «Die Kalifa hat so einen Hund. Der ist nicht im Zwinger, und er hat sehr liebe Augen.»

Jetzt rannten sie wirklich. Als liefen sie auf etwas zu, das sie retten konnte. Als könnte der Blick in die Hundeaugen Januāo eine glückliche Blindheit schenken. In den äußeren Räumen des Frauenpalastes schlug der weiße Lakai einen Gong. Durch einen Vorhang trat einer der Wärter und erhielt den Auftrag, den Hund zu holen.

Sie warteten. Hinter dem Vorhang hörten sie Stimmen. Eine Frau rief: «Tamerlalun! Oh, ich hätte ihn besser erziehen sollen! Tamerlalun! Schnell! Wir müssen ihn finden.»

Da war Unruhe, Hin- und Her-Gerenne. Manchmal kläffte etwas, aber das war kein großer Windhund. Und dann wieder die Frau: «Oh! Schlagt seinen Futtergong! Es ist nicht seine Zeit, aber sicher wird er kommen.»

Und bald hörte Januāo von fern den Gong. Der weiße Lakai schaute aus dem Fenster nach Westen und dann schräg von der Seite auf Januāo. Der verstand die Frage: Merkst du schon etwas?

Er merkte nichts. Aber es überfiel ihn die Panik. Was konnte er noch anschauen? Hier im Vorzimmer des Frauenpalastes gab es nichts als schillernde, schimmernde Angriffe auf seine Augen – also warten auf den Hundeblick.

Der Hund kam und seine schwarzen Augen enttäuschten nicht. Ja – das war es, was er gesucht hatte, was er noch einmal hatte sehen wollen und was er auf keinen Fall verlieren wollte, und er verlor es sofort, denn der Hund verschwand hinter seinen Tränen. Er kniete vor dem Tier und saugte sich fest an den schwarzen Augen. Aber kein Hund mag so lange von einem Menschen angestarrt werden. Er wandte sich ab und winselte leise.

«Meine Mutter, mein Vater, meine Schwester!», schrie Januão. «Ich will noch einmal ihre Augen sehen! Meine Mutter, mein Vater, meine Schwester!»

Aber der weiße Lakai schüttelte den Kopf.

«Sie gehen gerade in den Patio der süßen Früchte und werden dort die Dritte Sage erzählen.»

«Dann will ich allein sein», verlangte Januão.

Der Wärter brachte den Hund hinaus.

«Wo willst du hin?», fragte der weiße Lakai.

«Nirgendwohin. Allein sein.»

«So bleib hier in den Vorräumen des Frauenpalastes. Ich komme bald und bringe dich in die Kammer der Düfte. Geh nicht mehr hinaus.»

Fing es schon an zu dämmern? Oder waren es nur Januãos Augen, die dunkel wurden? Er hatte jetzt nur noch einen Flur, auf dem er hin und her gehen konnte. Er prägte sich ein, wie die Teppiche lagen. Dann schloss er die Augen und lief dieselbe Strecke. So also würde es sein. Ab morgen. Nein! Noch nicht!

Noch nicht! Er riss die Augen wieder auf. Wie war es dunkel geworden. Konnte es in der kurzen Zeit so dunkel geworden sein? Nicht wieder schließen die Augen! Nicht einmal zwinkern! Er verbot sich den Lidschlag. Er starrte auf die bunten Wände und dachte nichts als: Offen halten! Offen! Es war ein Befehl, den seine Augenlider nicht befolgen konnten. Er musste starren, stieren, starr und stier auf die Wand.

Und da sah er es.

Seine Lider verweigerten den Gehorsam und fielen herunter. Er ließ es zu. Seine Finger umkrallten die Flöte. Ihm war schwindlig. War er schon blind? Blind geworden, als er mit geschlossenen Augen über die Teppiche ging? Er fing an zu sehen, was man nicht sehen konnte. Was es nicht gab. Was es nicht geben konnte. Vorsichtig, langsam, erwartend, dass es finster bleiben würde, machte er die Augen wieder auf. Er erschrak über das dämmrige Licht. Fast fühlte er sich geblendet. Er wandte den Blick wieder der Wand zu.

Irrlichterei, dachte er. Verwirrspiel. Ein böser Witz dieser elenden Schnörkel. Es ist nicht da. Es kann nicht sein.

Es war da. Er musste gar nicht lange suchen. Er fand es sofort. Überlagert von Arabesken, überwuchert von Ranken, Zweigen, Blättern, Knospen, Blüten liefen von links nach rechts Buchstaben in bardischer Schrift.

Und er las. Er konnte nicht mehr viel sehen, musste dicht an die Wand treten, um zu lesen:

«Schreib das auf», sagte das Dshinnu …

Wie lange stand Januão reglos und starrte auf dieses letzte Wort? Zu lange! Viel zu lange! Er hatte nicht mehr viel Zeit, hier zu lesen. Er vergaß, warum er nicht mehr viel Zeit hatte. Er rannte an der Wand entlang zurück. Da war noch eine weitere Zeile, verborgen hinter dem verschlungenen Sechs- bis Zwölfeckgewebe. Er stolperte über die Teppiche, obwohl er doch gerade gelernt hatte, wie sie gelegt waren. Er fand Buchstaben. Nur, wer es gewohnt war, von links nach rechts zu lesen, konnte sie hier erkennen. Er las: ... *das kleine Mädchen mit sauber geputztem Gesicht ...*

«Januão!»

Sein weißer Lakai kam durch den Flur.

«Die Sonne wird gleich untergehen. Ich bringe dich jetzt in die Kammer der Düfte. Du wirst dann bald einschlafen.»

Januão torkelte neben ihm her. Der Mann fasste seinen Arm und führte ihn. Er ließ es zu. Aber dann zögerte er und versuchte, noch einen Blick auf die bardische Schrift zu werfen.

«Komm!»

Sanft zog der Lakai ihn weiter. Er merkte nicht, wohin sie gingen. Bardische Buchstaben tobten durch seinen Kopf:

«Schreib das auf», sagte das Dshinnu ...

«Die Kammer ist voll mit Schlafdüften», erklärte der weiße Lakai. «Der Blindentrunk fängt nun an zu wirken und zusammen mit den Düften wird er dir einen tiefen Schlaf bis weit in den Morgen geben.»

Januão hörte nicht zu. Nur einmal schreckte er aus seinen Gedanken. Das war, als der Lakai sagte:

«Alle, die geblendet oder betäubt werden, verbringen in dieser Kammer die erste Nacht.»

«Betäubt?», fragte Januão. «Was ist betäubt?»

«Viele Diener hier sind taub. Auch einige der unteren weißen

Lakaien. Es ist besser so. Sonst könnten wir nicht unbeschwert miteinander reden. Sei froh, dass du nur den Blindentrunk nehmen musstest. Das Zerstören der Ohren tut sehr weh. Das tut uns leid, aber wir haben noch kein besseres Mittel gefunden. Wir wollen aber, dass alle hier in der ersten Nacht einen guten Schlaf haben. Und wir wollen, dass sie lernen, mit Genuss zu riechen. Wenn wir euch das Sehen oder das Hören nehmen, wollen wir euch etwas anderes dafür geben. Wir sind nicht grausam.»

Aber Januãos Gedanken waren schon wieder bei der Schrift an der Wand.

... das kleine Mädchen mit sauber geputztem Gesicht ...

Er kannte die sechs Sagen so gut wie jeder andere im Kalifenreich. Dieser Satz kam nicht darin vor.

«Wir sind da.»

Sie standen vor einer Tür.

«Ich werde nur kurz mit dir hineingehen und das Fenster ein wenig öffnen, damit ein Teil der Düfte über Nacht hinausziehen kann. Das ist wichtig. Sonst machen sie dich krank. Mach aber das Fenster nicht weiter auf. Sonst kannst du nicht schlafen.»

Sie gingen in die Kammer. Die Schlafdüfte legten sich schwer auf Januãos Augen. Er konnte kaum noch etwas sehen, aber er konnte noch denken: «*Schreib das auf*», sagte das *Dshinnu* ...

Der weiße Lakai machte das Fenster einen kleinen Spalt auf.

«Ich verlasse dich jetzt», sagte er.

Januão merkte nicht, dass er ging. Er dachte: Ich habe die Siebte Sage gefunden.

Träume

Die Dritte Sage: Das Dshinnu und der lachende Hund

Tazihlo saß auf dem Erzählerhügel. Dshirah drückte das Gesicht an die Schulter ihrer Mutter und hörte nicht zu. Hörte überhaupt jemand zu, als Tazihlo die Dritte Sage erzählte? Er sprach langsamer, stockender als an den beiden anderen Tagen.

Mit Kieseln und Muscheln und kleinen Zweigen legte das Dshinnu Kreise und Schnecken und Schleifen, die führten immer weiter fort von seiner Hütte daheim, und als sie den Pomeranzenbaum erreichten, war das Dshinnu so groß geworden, dass es die unteren Früchte greifen konnte, die aß es alle auf. Der Bauer kam, wollte die Pomeranzen ernten, aber es waren nicht mehr viele da. Sie langten gerade für den Kulifen und seine Kinder, die Familie des Bauern ging in diesem Jahr leer aus, bis auf das Dshinnu, dem tropfte der Pomeranzensaft von den Lippen und den Händen, dass es sich drei Tage lang die Finger lecken musste.

Da wurden seine Geschwister sehr zornig. Sie schimpften und sagten: «Das Dshinnu muss gehen und Pomeranzen suchen. Irgendwo muss es welche geben.»

So brach das Dshinnu auf. Der Vater gab ihm eine Leiter mit, weil kleine Leute ohne Leiter so leicht übersehen werden. Die Mutter gab ihm ein Tüchlein, damit es seine Tränen trocknen konnte, weil kleine

Kinder ohne Mutter so oft weinen. Und seine älteste Schwester, die traurig war, weil es fortgehen musste, gab ihm ein kleines Kissen, damit es seinen Kopf auf Weiches legen konnte, das sei gut für die Träume.

Das Dshinnu ging und ging, die Leiter unter dem linken Arm, das Kissen unter dem rechten und das Tüchlein, das ganz nass war, um das rechte Handgelenk gebunden. Es kam in eine ferne Stadt. Da war Markt. Die Leute schrien, aber es konnte nicht herausfinden, warum, weil alle so groß waren, dass es nur Beine sah. Es suchte eine Wand, an die es die Leiter lehnen konnte. Es gab keine Wand und die Beine hielten nicht still. So stellte es die Leiter an ein schwarzes Fell, klemmte sich das Kissen unter den Arm, stieg hinauf, erhaschte einen kurzen Blick auf eine Marktfrau, die Früchte verkaufte, aber bevor es prüfen konnte, ob Pomeranzen dabei waren, sprang das schwarze Fell vor, das Dshinnu stürzte auf seinen Rücken, konnte mit einer Hand die Leiter halten, mit der anderen krallte es sich in das Fell, und dann flog es dahin in wildem Galopp, während die Leute hinter ihm schrien und brüllten, laut und lauter noch als zuvor.

Das Dshinnu steckte die Nase in das Fell. Das Tier roch wie ein Hund. Da war das Dshinnu zufrieden, fast glücklich. Sie jagten aus der Stadt hinaus, schwammen durch einen Fluss, sprangen über einen Hügel, und auf einer großen Wiese hinter dem Hügel warf sich der Hund ins Gras, er war sehr müde. Als er sich etwas ausgeruht hatte, leckte er dem Dshinnu die Nase, sprang um die Leiter herum und wedelte mit dem Schwanz. Dann schnüffelte er lange auf der Wiese herum, scharrte ein bisschen hier und ein bisschen da und buddelte ein tiefes Loch. Erst jetzt sah das Dshinnu die Frucht, die der Hund gestohlen hatte. Sie war kleiner als die Pomeranzen, leuchtend rot und die Schale war sehr hart. Der Hund holte die Frucht, trug sie zu dem

Loch, warf sie hinein und scharrte das Loch wieder zu. Dann kam er zu dem Dshinnu, sprang an ihm hoch und zog an dem Tränentüchlein am rechten Handgelenk, das inzwischen getrocknet war. Das Dshinnu folgte dem Hund, aber der zeigte ihm, dass es die Leiter mitnehmen sollte. Also trug es die Leiter zu einem Baum, der voller kleiner gelber Früchte hing, alle so hoch, dass weder das Dshinnu noch der Hund sie erreichen konnte, die unteren Zweige waren abgeerntet, der Boden war voller Steine. Das Dshinnu legte die Leiter an den Baum, stieg hinauf, holte eine Handvoll Früchte und gab eine dem Hund. Der fraß sie so gierig, dass er den Stein verschluckte, und das Dshinnu verstand, er hatte lange keine mehr bekommen. Seine Augen fingen an zu leuchten, und dann lachte er. Er lachte und lachte. Er wälzte sich auf dem Boden, strampelte mit den Beinen und lachte und lachte. Das Dshinnu merkte, wie hungrig es war. Es wollte gern eine von den Früchten essen, aber es zögerte. Wenn Hunde davon anfangen zu lachen, was geschieht dann mit Menschen, die schon lachen können? Doch es hatte Hunger. Der Hund kicherte immer noch, als das Dshinnu endlich eine der gelben Früchte aß. Die schmeckte süß und lustig. Es fühlte ein kribbelndes Kullern im Bauch. Aber das war schnell vorbei, und das Dshinnu musste lächeln. Der Hund hörte auf zu kichern. Er sah plötzlich ganz ernst aus. Er leckte dem Dshinnu die Lippen, als ob er ihm das Lächeln ablecken wollte, aber das ging nicht ab.

Das Dshinnu blieb bei dem Hund, bis aus der neuen Frucht ein Baum gewachsen war. Sie ernährten sich von den gelben Früchten, lachten vom Morgen bis zum Abend, und wenn sie nicht lachten, lächelten sie. Als an dem neuen Baum große, leuchtend rote Kugeln hingen, pflückten sie zwei und begannen zu essen. Erst der Hund. Der rote Saft tropfte ihm von den Lefzen. Er schlabberte und schleckte jeden

Spritzer weg. Er lachte nicht. Er saß und legte den Kopf schief. Dann sprach er. Er hatte eine tiefe Männerstimme und sagte:

> Ande Binke, waffe Darte,
> ar barijen, baren Silf,
> dalb warliefene Jelarte,
> branst zerlus'ner Warnenrilf.

Das sagte er immer wieder, bis das Dshinnu es fast verstand. Dann biss es selber in die Frucht. Die Schale war hart. Es musste sich durchbeißen. Das Innere war gar nicht so süß. Es schmeckte dennoch besser als alles, was das Dshinnu jemals gekostet hatte. Dabei war es durchaus ein wenig bitter. Das Dshinnu leckte sich die Finger ab. Es vergeudete keinen Tropfen. Dann sagte es:

> Es war kein Berg, es war kein See,
> es war ein Grashalm unter dem Schnee,
> es tut mir leid, ich tu dir weh,
> du bist so traurig, weil ich geh…

Es wusste nun, es würde keine Pomeranzen mehr suchen müssen. Mit diesen Früchten würde es nach Hause gehen. Es breitete sein Tränentüchlein aus und knüpfte daraus ein Bündel für die Früchte. Es zupfte alle Wolle aus seinem Kissen und füllte es mit Früchten. Die Leiter ließ es dem Hund. Es blieb noch zwei Tage, bis der Hund gelernt hatte, auf die Leiter zu steigen. Dann kraulte es den Hund noch einmal und lief davon. Es musste rennen, denn der Hund schrie und jaulte hinter ihm her:

dalb warliefene Jelarte,
branst zerlus'ner Warnenrilf.

Und solange es ihn rufen hörte, wollte es am liebsten umkehren.
Obwohl es keine Pomeranzen nach Hause brachte, freuten sich alle.
Und als sie die roten Früchte gegessen hatten, sprachen sie miteinander,
wie sie niemals Menschen miteinander hatten sprechen hören. Da sagte
einer von Dshinnus Brüdern:
«Das müssen wir singen.»
Die Kerne in den Früchten schluckten sie nicht hinunter. Die hoben sie
auf und pflanzten viele Bäume.

Und obwohl dies Dshirahs Lieblingssage war, hatte sie kein einziges Wort davon gehört. Sie ging von der Mutter, sie ging von
dem Vater, ohne ihnen eine gute Nacht zu wünschen. Es war die
Nacht, in der Januão erblinden würde.

«Dshirah Dshinnu, was hast du geträumt?!»
Der Schrei riss Dshirah aus dem Schlaf. Ein plötzlicher Ruck an
ihrem Schwebebett warf sie nach rechts und aus ihrem Traum. Ja,
sie hatte geträumt.
«Dshirah Dshinnu, was hast du geträumt?!»
Sittah-Su schrie und zog so heftig an dem Band, dass Dshirahs
Schwebebett schwankte wie ein Boot im Sturm.
«Dshirah Dshinnu, was ...»
Aber Dshirah hielt sich die Ohren zu. Der Traum! Sie musste
den Traum behalten! Sie hatte das Gefühl, dass er vor ihren

zupackenden Gedanken flach wurde wie ein Weizenfladen und unter dem nächsten Vorhang verschwinden wollte.

«Dshirah Dshinnu ...»

«Still!!! Ich habe etwas geträumt!»

Sittah-Su hörte auf, an dem Schwebebett zu reißen. Das schwang nun in immer sanfter werdendem Hin und Her durch eine Stille, die eine Leere war, denn alle Frauen und Töchter des Kalifen waren sofort verstummt. Dshirah spürte ihr forderndes Lauschen fast wie eine Berührung auf ihrer Haut. Das Dshinnu hatte geträumt! Sogar die weißen Hündchen fiepten und kläfften nicht mehr. Es war eine befehlende, eine schreiende Stille.

Ich muss, dachte Dshirah, ich muss mich erinnern, ich –

Aber alles, was ihr einfiel, war: Januāo ist jetzt blind, und ich bin schuld.

Das Bett pendelte aus. Es wiegte sie sacht, ganz ohne Schwung. Sie dachte an Januāo und erwischte einen flatternd verschwindenden Zipfel ihres Traums: Augen! Da war was mit Augen. Januāos Augen ...

Ihr wurde schwindlig. Sie hatte das Gefühl, dass ihr Bett sich jetzt drehte, schneller, immer schneller. Die geschnitzten Ornamente in der Holzdecke über ihr fingen an zu rennen, zu kreisen, eine fliehende Schnörkelschrift, geschrieben von einem jungen Hund, der den eigenen Schwanz jagt. Ihr war übel. Was hatte sie gegessen gestern Abend? Brei? Einen lauwarmen, pappigen Hirsebrei, der nach nichts schmeckte? Wie immer, wenn ihr Magen etwas nicht behalten wollte, musste sie an ihren ersten Tag in En-Wlowa denken. Ihre Augen brauchten einen Halt, etwas, das sich nicht bewegte. Vorsichtig richtete sie sich auf. Dabei versetzte sie das Bett wieder in eine leichte Schwingung. Sie würgte. Was hatte sie gegessen? Sie schaute in den Saal. Da hätten ihre Augen genügend Halt finden können, keine der Frauen bewegte sich, nur neben der Kalifa hob Tamerlalun seinen schönen, müden Kopf. Dshirah schaute in seine traurigen Hundeaugen, und sie wusste ja, das war Januāos letzter Augen-Blick gewesen, der ihn an seine Heimat, an sein Leben in der Ebene, in der Weite, mit seiner Familie und seinen Tieren hatte erinnern können.

Und ich bin schuld, dachte sie und würgte. Was hatte sie gegessen? Nichts. Sie hatte nichts essen können gestern Abend. Aber sie wollte spucken! Sie wollte an jener Stelle weiterspucken, -speien, an der Januāo gestern aufgehört hatte. Hinauswürgen den fürchterlichen Trunk aus der silbernen Karaffe, den sie gar nicht geschluckt hatte. Aber der Traum! Den Traum nicht vergessen! Festhalten! Ihr Magen kämpfte. Ihr Bauch fühlte sich an, als hätte sie selber den Blindentrunk geschluckt, so litt ihr Magen, ihr Bauch – die Augen nicht, die waren noch trübe vom Schlaf, benommen vom Schwindel, aber sie sahen Licht – und Januāos?

Dshirahs Augen sahen im Morgenlicht Erschreckendes: Sie schaute in Sittah-Sus Gesicht und erkannte sie kaum.

Der Traum! Sie durfte den Traum nicht vergessen!

Sie kniff die Augen zu. Die Fremde da unten, die das schlaffe Ende des Wiegebandes von ihrem Schwebebett hielt, durfte ihren Traum nicht vertreiben. Und hatte sie da nicht gerade neben den feindselig blickenden Augen von Sittah-Su noch eine vertraute Gestalt gesehen, die sich ebenfalls schlimm verwandelt hatte? Zaira in dem rosenfarbenen Kleid, aus dem sie ihr gestern die Hand zugestreckt hatte, heimlich, bevor der Wandschirm fiel. Dshirah blinzelte und war ein wenig erleichtert. Zaiiras Gesicht wirkte müde, auch verängstigt, aber sie sah nicht so völlig versteinert aus wie Sittah-Su. Immerhin. Wenn schon ein böser Geist in eine von diesen beiden fahren musste, dann sollte es bitte Sittah-Su sein. Die war ihr eine nette Begleiterin gewesen in den letzten Tagen, aber die liebte sie nicht.

Weiche Hände streckten sich ihr entgegen.

«Komm, Dshirah Dshinnu, erzähl uns deinen Traum.»

Die Kalifa selbst half ihr aus dem Bett. Neben Sittah-Su kniete Thokardi, eine der beiden bardischen Frauen des Kalifen. Sie streichelte die älteste Tochter des Herrschers, die leise zu weinen begann, und Thokardi summte eine kleine Melodie. Da kamen auch Dshirah die Tränen, denn dieses Lied hatte ihre Mutter gern gesungen. Die Frauen bauten aus Kissen einen Erzählerhügel für Dshirah und ein Lager für sich, für ihre Töchter und die beiden jüngsten Kalifensöhne, von denen einer noch nicht laufen konnte. Eine schlug den Morgengong, und während die Trompeten bliesen, fingen die Mädchen wieder an zu hüpfen, und die kleinen weißen Hunde kläfften und fiepten. Seit Sittah-Su weinte, wurde sie ihrem wirklichen Gesicht wieder ähnlicher. Nur die Fröhlichkeit konnte Thokardi ihr nicht zurück in die Augen streicheln. Zaiira döste etwas abseits. Ging man ihr aus dem Weg, weil sie hier eigentlich nicht dazugehörte? Das konnte Dshirah nicht glauben, denn die Frauen waren freundlich zu allen. Es herrschte Ruhe und Frieden im Frauenpalast. Die Hochschwangere fehlte. Hatte sie in der Nacht ihr Kind geboren? Langsam erhob sich Tamerlalun. Dienerinnen brachten Tee und Früchte. Dshirah hatte lange nichts gegessen und nahm sich eine Feige. So plötzlich wie ein Schreck überfiel sie ein Gefühl von Zufriedenheit, das sich genauso schnell in eine quälende Sehnsucht verwandelte, als sie Tamerlaluns schwarz-gelben Schwanz im Vorhang verschwinden sah. Einen Herzschlag lang hatte sie geglaubt, es sei Run.

«Erst Dshirahs Traum, dann Sittah-Sus!», bestimmte die Kalifa.

«Nur Dshirahs Traum», widersprach Sittah-Su. «Meinen kennt ihr.»

Dshirah schloss die Augen und nahm den Hund, Tamerlalun, mit hinter die Augenlider, und es war das Tier, das ihr die Traumbilder der Nacht wieder zusammensetzte.

«Das – das ist nicht», stotterte sie, «es ist nicht die Siebte Sage.»

«Erzähl es trotzdem», forderte die Kalifa sie auf.

«Es ist kein guter Traum.»

«Trotzdem.»

«Ich habe von meinem Bruder geträumt», begann Dshirah. «Er hat sich über einen Becher gebeugt. Da wurde der Becher groß wie ein Brunnen, und da fielen ihm die Augen aus dem Kopf in den Brunnen hinein, mitten in die Goldfische. Januão lief durch einen Patio, und weil er nicht sehen konnte, stürzte er in die Rosen, und die Dornen stachen ihm die Augen aus, aber weil keine mehr drin waren, konnte er nicht einmal weinen. Da kam ein großer schwarzer Mann, den konnte man nur von hinten sehen, auch wenn er sich umdrehte. Der klatschte in die Hände, und da kam der Kalif angerannt. Er krabbelte auf Händen und Knien wie ein kleines Kind, aber er war schnell wie ein Hund. Er sah ein bisschen aus wie Tamerlalun, aber einen Schwanz hatte er nicht, auch keine Schlappohren. Der große Mann befahl ihm, aber nicht mit Worten, gesagt hat er nichts, nur befohlen, ja, der Kalif musste die Augen von Januão aus dem Brunnen holen. Aber die waren zwischen die Goldfische gefallen, und der Kalif musste ins Wasser springen und tauchen. Als er wieder an die Oberfläche kam, hatte er zwei gläserne Murmeln im Maul, sehr schöne, bunte, wie sie die reichen Kinder haben, die Hirtenkinder haben welche aus Ton. Eine fiel ihm aus dem Maul. Sie hatte eine hellblaue Spirale im Innern, sie sah nicht aus wie ein Auge, aber sie schaute mich an. Und der große Mann hat die Murmeln weggeworfen, immer wieder, und der Kalif musste sie immer wieder bringen. Ob der große Mann Hände hatte, weiß ich nicht, weil ich nicht gesehen habe, ob er auch irgendwo vorne war. Ja – und einmal, als der Kalif eine Murmel zurückbrachte, da war es keine Murmel, sondern eine chinesische Kugel. Wie immer, wenn wir feiern, wie lange der Kalif schon regiert, da haben sie doch immer diese chinesischen Kugeln und Stäbe, die zünden sie an, und die knallen oder werfen Feuerblumen und Sterne über den Fluss. Angezündet hat er sie nicht – der Kalif in dem Traum, meine ich –, er hat nur fest darauf gebissen, und da hat es einen Knall gegeben, und Sittah-Su hat an meinem Bett gerissen und geschrien: ‹Dshirah Dshinnu, was hast du geträumt?!›»

Viele Atemzüge lang war es still. Dann sagte die Kalifa: «Das ist nicht die Siebte Sage. Das wirst du keinem anderen erzählen. Hört ihr?! Das Dshinnu hat heute Nacht nicht geträumt!»

Thokardi wandte sich Dshirah zu.

«Denk noch einmal nach», verlangte sie. «War das alles? Wirklich alles?»

Dshirah dachte nach.

«Ich glaube, der große Mann war zufrieden», murmelte sie. «Ich weiß nicht, warum ich das glaube, ich habe sein Gesicht nicht gesehen, aber ich glaube, er war zufrieden.»

«Der Kalif hat einen bardischen Traumdeuter», schlug Thokardi vor, «dem sollte Dshirah den Traum erzählen.»

«Nein!», bestimmte die Kalifa. «Keinem. Wir brauchen, um diesen Traum zu verstehen, weder einen bardischen noch einen araminischen Traumdeuter. Niemand soll davon erfahren. Es wäre nicht gut.»

Das war Dshirah eigentlich recht. Sie schaute sich um. Über Sittah-Sus Kopf hinweg – in deren Gesicht sammelte sich wieder die böse Zerstörung – suchte sie Zaiiras Blick. Aber die wirkte ermattet, und es fielen ihr die Augen zu.

Sie darf nicht krank werden, dachte Dshirah. Die will ich nicht auch noch verlieren in diesen letzten Tagen, die ich – die ich vielleicht lebe ...

«Was ist mit Zaiira?», fragte sie.

«Sie ist nur müde», beruhigte die Kalifa. «Sie ist hier geblieben und hat die ganze Nacht dein Schwebebett gewiegt. Wir alle wussten, dass Sittah-Su diese Nacht einschlafen würde. Es fand sich keine, die ihre Aufgabe übernehmen wollte. Wir sind es gewohnt, in der Nacht zu schlafen. Und es soll ja eine Edelfrau sein. Zaiira hat uns sehr geholfen. Wir danken ihr.»

«Lass mich los!», fuhr Sittah-Su Thokardi an, die sie wieder in den Arm nehmen und trösten wollte. «Wie kannst du vorschlagen, dass ein bardischer Traumdeuter diesen Traum erklärt? Der Kalif als Krabbelkind und Apportierhund!»

«Sittah-Su», sagte Thokardi, «jetzt nimm Vernunft an. Wir wissen alle, dass es dir nicht gut geht ...»

«... und es geht mir noch weniger gut, wenn ein Hirtenkind erzählt, dass mein Vater Hängeohren hat ...»

Da verlor Dshirah ein paar Sätze von Sittah-Sus wütendem Geschrei, denn sie hatte plötzlich ein Bild im Kopf: der Kalif, der nicht mehr ihr weißer Lakai war, Hisham, wie er gestern vor ihr gestanden hatte, der war doch so jung! Wie war er jung!

«Und du wirst nicht mehr lange hier sein», hörte sie Sittah-Su wieder. «In fünf Jahren hast du kein Kind bekommen, nicht einmal ein Mädchen. Bald wird der Kalif dich verstoßen!»

«Das wird er nicht tun.»

«Das wird er tun. Es ist Gesetz.»

«Ich will baden und dann essen, wo es keinen Streit gibt», unterbrach die Kalifa. «Wer streiten will, mag bleiben.»

Sie ging. Die anderen Frauen folgten ihr, auch Thokardi.

«Eine soll schauen, ob Aiina schon ihr Kind geboren hat», sagte die Kalifa noch. «Ich bin ein wenig besorgt. Aiina hat immer so schwere Geburten.»

Und als sie durch den Vorhang trat, hörte Dshirah sie rufen: «Tamerlalun!»

Zaiira, Sittah-Su und Dshirah blieben zurück. Dshirah schaute Sittah-Su an und sagte: «Du bist keine Tochter des Kalifen. Es kann nicht sein.»

«Was redest du da?» Sittah-Su starrte sie an.

«Der Kalif ist viel zu jung. Er kann nicht dein Vater sein.»

Zaiira stand auf, kam zu ihnen und setzte sich zwischen sie.

«Das habe ich auch schon gedacht», sagte sie, «aber ich habe mich nie getraut, dich zu fragen.»

«Er ist viel älter, als ihr denkt!», schrie Sittah-Su. «Er ist ein sehr schöner Mann, und die sehen immer sehr jung aus.»

Dshirah traute sich nicht zu widersprechen, aber Zaiira sagte: «Er ist nicht schöner als mein Vater, und der sieht viel älter aus.»

«Kalifen heiraten sehr früh», beharrte Sittah-Su, «sehr sehr früh, das ist immer so. Und Hisham musste besonders früh viele Kinder haben, weil sein Vater krank war und nur zwei Söhne hatte.»

«Und wer ist deine Mutter?», fragte Dshirah. «Ich kenne jetzt alle Frauen. Keine ist deine Mutter, oder?»

Zaiira beugte sich zu ihr.

«Nicht», flüsterte sie. «Nicht.»

Sie roch nach etwas, das Dshirah an En-Wlowa erinnerte. Sittah-Su schloss die Augen und antwortete leise: «Meine Mutter ist schon lange tot. Sie starb bei meiner Geburt.»

Oh, das war schlimm. Denn Kalifenkinder hatten nur ihre Mütter. Sie hatten ja keinen Vater, wie Dshirah einen hatte, einen, der mit der Familie lebte und der seine Kinder kannte. Hisham kannte höchstens seine Söhne. Die Töchter wurden nur gezählt. Man brauchte sie, um sie aufsässigen Fürsten als Frauen anzubieten.

«Es tut mir leid», murmelte Dshirah.

«Der Kalif hat meine Mutter sehr geliebt», verkündete Sittah-Su laut und stolz. «Darum hat er nur sechs Frauen. Er hat meine Mutter nie ersetzt.»

Das erschreckte Dshirah. Also war es nicht Juja, die der Kalif so sehr geliebt hatte. Das Einzige, was sie an ihrem früheren weißen Lakai noch gern hatte, war der Gedanke, dass er Juja liebte und den kleinen Abdalameh.

«Sollen wir nicht auch ins Bad gehen?», fragte Zaiira. «Und dann zum Essen. Ich habe Hunger. Und wenn du etwas Süßes isst, Sittah-Su, vergisst du sicher deinen Traum. Das war doch letzten Monat auch so.»

«Du lügst!»

Dshirah schrie es. Die beiden anderen Mädchen starrten sie an.

«Zaiira weiß es vielleicht nicht, aber ich weiß es. Der Kalif hatte eine siebte Frau. Vor zwei Jahren hatte er sieben Frauen. Und es ist diese siebte, die er so sehr geliebt hat, dass er sie nicht ersetzt hat. Er hat sie verstoßen müssen, weil – oh! Wartet!»

Sie schlüpfte aus den weichen Lederschuhen, die geschlossen waren und ihre Zehen verdeckten, aber nicht mit Knoten, die keiner lösen konnte, um ihre Füße gebunden waren.

«Du bist gemein!», schrie Sittah-Su. «Wie kannst du das behaupten! Und vor meiner besten Freundin.»

Sie legte einen Arm um Zaiira.

«Die ist nicht deine beste Freundin», widersprach Dshirah. «Ihr Vater ist ein Freund meiner Familie ...»

«Ihr Vater hat nicht viel für deinen Bruder getan. Er hat sich nicht sehr bemüht gestern.»

«Er hat es versucht», sagte Zaiira, «aber Gesetz ist Gesetz.»

Sie wand sich aus Sittah-Sus Armen.

«Dshirah, was machst du da?»

«Ich nehme die Zehen», sagte Dshirah, «wie das Dshinnu.

Ich kann gut zählen, aber so ist es leichter. Ich muss bis zwölf kommen.»

«Ich warne dich, Dshirah Dshinnu», flüsterte Sittah-Su. «Wenn du meine Freundschaft verlierst, hast du hier alles verloren.»

Dshirah starrte auf ihre Füße und verteilte die Kinder des Kalifen auf ihre Zehen. Sie zählte von links nach rechts. Das Lesen bardischer Schriften war ihr vertrauter. Wenn der kleine Zeh vom rechten Fuß Abdalameh war ...

Sittah-Su stieß Zaiira weg.

«Wie riechst du denn!», schrie sie. «Hast du einen neuen Duft? Der geht mir in die Augen. Die tun mir sowieso schon weh nach dieser Nacht.»

«Ich – ich weiß», stotterte Zaiira. «Ich habe zu viel davon ... mein Vater hat mir ...»

«Geh ins Bad und lass dir ein anderes Kleid geben. Geh!»

Zaiira ging. Sie taumelte ein wenig. Sie hatte ja nicht geschlafen. Dshirah schaute ihr nach und dann wieder auf Sittah-Su.

«Ich will dich nicht verlieren», sagte sie.

«Jetzt kannst du zählen», sagte Sittah-Su. «Du weißt es ja doch.»

Dshirah nickte. Im Frauenpalast lebten neun Töchter des Kalifen. Seine sechs Söhne kannten alle im Land. Man zeigte sie bei den Paraden. Machem und Borka waren noch hier im Frauenpalast. Sie waren jünger als Abdalameh. Von den Mädchen war keines jünger als Jujas Sohn. Also war Abdalameh das 13. Kind des Kalifen und nicht der Erbe Afrikas. Es sei denn, man zählte Sittah-Su nicht mit.

«Gesagt haben sie mir nie etwas», flüsterte Sittah-Su. «Ich

weiß, dass Hisham 27 ist. Er wäre 13 gewesen bei meiner Geburt. Ich habe lange geglaubt, dass er mein Vater ist. Aber vor drei Jahren, als hier so eine Aufregung war, weil Jujas Kind eher kam als As-Lyras, da habe ich gemerkt, dass ich nicht mitgezählt werde. As-Lyra ist eine Fürstentochter aus dem Ostreich. Ihr Sohn sollte Afrika erben. Und sie hat einen Sohn. Aber Machem ist ein halbes Jahr jünger als Abdalameh und erbt fast nichts. Ja – da habe ich gemerkt, dass ich nicht zähle.»

«Aber wer bist du?», fragte Dshirah.

«Ich weiß es nicht. Ich frage auch nicht. Es kann nichts Besseres dabei herauskommen, als die ungezählte Tochter eines Kalifen zu sein. Wieso weißt du das mit Juja?»

Dshirah erzählte von Juja, doch von Una berichtete sie nichts.

Sittah-Su sah nicht mehr böse und wütend aus, nur noch klein, in sich zusammengesunken, traurig und alt, viel älter als vierzehn Jahre.

«Du suchst deine Mutter doch», flüsterte Dshirah.

Sittah-Su zuckte die Achseln.

«Nein», sagte sie, «ich glaube nicht. Sie wird tot sein. Ich will nur wissen, dass sie richtig tot ist oder dass sie richtig lebt. Ich will sie nicht mehr jeden Monat sterben sehen.»

Dshirah rutschte näher an Sittah-Su heran und nahm ihre beiden Hände. Das war ein araminischer Brauch unter Frauen. Wenn sie sich Entsetzliches zu erzählen hatten, hielten sie sich an beiden Händen.

«Es ist erst in den letzten Jahren so schlimm geworden», begann Sittah-Su. «Als Kind habe ich auch manchmal geträumt, aber viel seltener und nicht so regelmäßig. Da konnte ich schlafen gehen, und wenn der Traum kam, war es schlimm, aber ich hatte keine Angst davor, schlafen zu gehen. Seit ich meine Mondzeit habe wie die Frauen, kommt er regelmäßig mit der Mondzeit. Ich glaube, es ist das Blut. Ich habe solche Angst vor Blut, und wenn ich in meinem Körper spüre, es kommt bald Blut, dann kommt auch der Traum. Ich will dann nicht mehr schlafen. Zwei Nächte schaffe ich das. Dann schlafe ich ein und träume.»

«Und das war heute Nacht?», fragte Dshirah.

«Ja. Ich weiß nicht, wie alt ich bin in dem Traum. Ich kann mich nicht sehen. Ich fühle mich nur. Etwas hält mich fest, drückt mich ganz fest an sich, aber tut mir nicht weh. Ich glaube, das ist meine Mutter. Und dann kommt etwas anderes und haut mich aus diesen Armen heraus. Mit einem Schwert, glaube ich. Haut immer weiter, bis es mich ganz herausgehackt hat, und da bin nur noch ich übrig, alles andere ist Blut. Dann rennt der Traum immer schneller, alles rast und dreht sich, und am Schluss sind lauter Dunkelleute um mich herum, du kennst die sicher, die von unseren Fesselreitern in der Arena gejagt werden ...»

«Das tut ihnen weh», unterbrach Dshirah. «Die Fessler tun ihnen weh. Du bist nie wie ein Fesseltier zusammengeschnürt gewesen. Una hat gesagt ...»

«Sie sind schrecklich», fuhr Sittah-Su fort. «Sie stehen um mich herum und blecken die Zähne. Wie Hunde. Vielleicht knurren sie auch. Ich weiß es nicht.»

«Vielleicht lächeln sie», schlug Dshirah vor.

Sie drückte Sittah-Sus Hände und lächelte sie an.

«Vielleicht kommt dir das nur so vor. Weil die Zähne so weiß in den dunklen Gesichtern sind.»

Und noch einmal lächelte sie, so fest, wie sie lächeln konnte, und versuchte zu strahlen und zu trösten, und dabei musste sie wieder an Januão denken, und zugleich dachte sie: das Augenspiel.

«Sittah-Su, das Augenspiel! An allen euren Wänden. Du bist viele Jahre daran entlanggegangen, du musst es doch können. Mach das Augenspiel mit den Dunkelleuten, mit ihren Zähnen, ihren Lippen in der dunklen Haut, und du wirst sehen, sie lächeln, sie lächeln dich an.»

Und bevor ihr Versuch, zu strahlen und zu trösten, vollständig misslang, legte Sittah-Su den Kopf etwas schief und murmelte: «Es könnte sein. Könnte es sein?»

Sie sank in sich hinein, jedoch nicht in sich zusammen.

«Das Blut ist schrecklich», flüsterte sie. «Aber es könnte sein. Es könnte sein.»

Das Hdorigo-Rot

Als Januão aufwachte – aus einem dumpfen Schlaf in ein ebenso dumpfes, lähmendes Wachsein – war das Erste, was er sah, ein araminisch dunkler Kinderkopf auf seiner Bettdecke. Er versuchte, sich aufzurichten, aber er taumelte, obwohl er sich fast nicht bewegte. Das Taumeln war in ihm und um ihn. Es schaukelten die Wände, es schaukelte die Decke, das halb offene Fenster schwang hin und her. Die Sonne war noch nicht aufgegangen. Vielleicht war es noch Nacht. Das Mondlicht fiel durch das Fenster genau auf den dunklen Kopf, der ihm abgewandt lag, fast auf dem Gesicht.

Silbão, war das Erste und lange das Einzige, was er denken konnte.

Er hatte kein Gefühl für Zeit und glaubte, es seien Stunden, die er in vollkommenem Glück – nicht wachend, nicht schlafend – so in den Kissen lag und dachte: Ich habe meinen Freund wieder, endlich habe ich meinen Freund wieder ...

Aber er kriegt ja gar keine Luft, fiel ihm ein, so kriegt er doch gar keine Luft, er wird ersticken, er ist schon erstickt.

Dieser entsetzliche Gedanke machte ihn nahezu wach. Er kämpfte den Taumel nieder, er zwang die Wände in die Senkrechte, die Decke in die Waagerechte. Er stützte sich auf den linken Ellbogen, kam halb hoch, streckte den rechten Arm aus, um Silbão an der Schulter zu fassen, vielleicht über die schwarzen Locken zu streichen, und sah: Die Haare waren zu lang. Kein araminischer Junge trug seine Haare so lang. Und nun sah er auch das rosenfarbene Kleid. Auf seiner Decke lag ein Mädchenkopf. Die Enttäuschung war schlimm und warf ihn zurück in die Kissen.

Während er an die Decke starrte, die wieder zu schwanken begann, näherte sich ihm aus einer traumhaft weiten Ferne ein anderer Gedanke: Aber ich bin doch blind.

Und in seinem Kopf drehte es sich wie die Kreisel, die kleine Kinder durch die Straßen schlugen: Ich bin blind, aber ich sehe, also träume ich. Aber warum ist es dann nicht Silbāo? Wenn ich träume, dann müsste es doch Silbāo sein, denke ich, aber hat jemals jemand geträumt und dabei gedacht, dass er träumt?

Luft! Er brauchte frische, richtige Luft, nicht dieses Schwere, das er da einatmete, Luft! Er kroch aus dem Bett, torkelte zum Fenster, stolperte über einen Hocker mit buntseidenem Polster und fiel auf den Boden.

Hocker, dachte er, gut, gut ...

Er zog sich hoch, stieg auf den Hocker, streckte die Hände nach dem Fenster aus, konnte es nicht erreichen, taumelte, stürzte.

Er schaute zum Fenster. Da oben war Luft, frische, klare, kühle Nachtluft. Drei, vier Atemzüge von dieser Luft, und er würde wissen, ob er wachte, ob er träumte, ob er blind war, ob er sehen konnte und wer betäubt auf seiner Bettdecke lag. Auf Händen und Knien kriechend stieß er den Hocker bis an die Wand. Er kletterte hinauf. Er tastete sich an der Wand nach oben, über araminische Schnörkel und über Buchstaben bardischer Schrift, so erreichte er das Fenster. Luft! Die wirkte sofort. Er öffnete das

Fenster ganz, zog auch den anderen Fensterflügel auf, atmete tief bis in die Lungen und dachte: Ich habe die Siebte Sage gefunden!

Er trank die Luft in sich hinein. Die war frisch. Er merkte, es hatte in der Nacht geregnet. Die noch feuchte Luft vertrieb den Schwindel aus seinem Kopf.

Ich träume nicht!

Er lehnte sich aus dem Fenster. Er sah Dachziegel, die nur deshalb nicht rot waren, weil es der Mond war, der auf sie schien.

Ich träume nicht, ich bin nicht blind.

Er schaute über Dächer hinab auf Dächer.

Ich träume nicht. Ich bin nicht blind. Ich habe die Siebte Sage gefunden.

Die Kammer der Düfte musste im obersten Stockwerk sein. In der dämmernden Ferne schaute er über die Kalifenstadt hinaus und ahnte so etwas wie die Weite des Landes.

Ich bin nicht blind. Ich habe die Siebte Sage gefunden. Ich kann uns retten.

Wer war das Mädchen auf seinem Bett?

Er stieg vom Hocker, ging durch klarere Luft zurück zum Bett. Durch die beiden geöffneten Fensterflügel strömten die Düfte aus der Kammer. Er fasste eine rosenfarbene Schulter, drehte die kleine Gestalt um und schüttelte sie.

«Du?», fragte er. «Was machst du hier?»

Aber er musste noch ein wenig schütteln und dann warten, bis der erfrischende Luftzug das Zimmer weiter durchdrungen hatte und Zaiira die Augen aufschlug. Sie erholte sich schnell.

«Ich habe geschlafen», sagte sie. «Oh, ich muss hier weg. Ich weiß nicht, wie lange ich geschlafen habe.»

«Aber was machst du hier?»

«Wenn jemand kommt! Wie spät ist es? Hier darf mich niemand finden.»

«Zaiira, ich kann sehen, ich kann dich sehen. Weißt du, warum ich nicht blind bin?»

«Ja.»

«Dein Vater?»

«Ja.»

Da streichelte Januão die langen, für Silbão zu langen araminischen Haare nun doch.

«Was hat er gemacht?», fragte er.

«Er hat von Anfang an gewusst, dass es keine Möglichkeit gab, ein anderes Urteil für dich zu erkämpfen. Also konnte er das Gericht nur betrügen. Der Alchimist hat einen völlig harmlosen Trunk für dich gemischt.»

«Der Alchimist? Das hat er getan? Warum?»

Zaiira lächelte. «‹Ein Aramine mit Herz zerbeißt seine Zunge.› Er gehört zu unserer Vereinigung. Ich jetzt auch.» Sie schaute ihm stolz in die Augen. «Dies ist meine erste Tat: Ich habe die Aufgabe übernommen, dir alles zu erklären. Ich bin heute Nacht hier geblieben. Ich habe allen erzählt, ich will bleiben, damit ich Dshirahs Schwebebett schaukeln kann, weil wir wussten, dass Sittah-Su einschlafen würde. Und sie schläft. So konnte ich mich hier heraufschleichen. Aber ... Januão ...» Stolz und Mut zerfielen in ihrem Gesicht. Sie fasste seine Hände, beide. «... Januão, niemand darf wissen, dass du sehen kannst. Du musst den Blinden spielen und darfst es keinem sagen.»

«Keinem?»

«Deiner Familie, ja, die werden es verschweigen, wie sie Dshirahs sechsten Zeh verschwiegen haben. Wenn es herauskommt, töten sie uns. Niemand wird es wollen, aber sie müssen es tun. Einer der Richter gehört zu uns. Der dich gezwungen hat zu trinken. Wenn du noch mehr verschüttet hättest, hätten sie vielleicht einen neuen Trunk gemischt, und wir wissen nicht, was dann ... aber Januão, du musst schweigen. Wir sind bereit, vieles zu wagen für das bardische Volk, aber sterben, Januão, sterben wollen wir nicht.»

«Sag deinem Vater und dem Alchimisten und dem Richter meinen Dank, sag ihnen meinen Dank in buntesten Farben, und ich verspreche, ich werde schweigen, und ich werde gegen Wände laufen, über Teppiche stolpern und auf den Treppen stürzen.»

Zaiira nickte.

«Ich muss weg, die Sonne geht auf. Schnell!»

Licht! Januão wandte den Kopf dem Fenster zu. Er genoss die aufgehende Sonne wie noch nie zuvor in seinem Leben.

«Steht ein Wächter vor der Tür?», fragte er.

«Nein. Hier nicht. Sie glauben, dass du nicht fortlaufen kannst. Du bist ja blind, und außerdem schläfst du in diesen Düften.»

«Ich bin aber aufgewacht.»

«Weil du den Blindentrunk nicht bekommen hast. Da ist auch ein Schlafmittel drin.»

Er nickte.

«Zaiira, ich danke auch dir. Und geh jetzt. Wie kommst du zurück in den Frauenpalast?»

«Gar nicht. Sie lassen mich hinaus, aber nicht wieder hinein. Ich verstecke mich. Gleich mit der Sonne kommt meine Mutter.

Ich treffe sie auf dem Platz. Sie kann mich in den Frauenpalast bringen.»

«Und wenn Sittah-Su doch wach geworden ist?»

«Sie hat drei Nächte nicht geschlafen oder schlecht geträumt. Ich musste das wagen. Jemand musste dir sagen, warum du sehen kannst.»

Sie drehte sich um, wandte sich noch einmal zurück.

«Du hast das Fenster geöffnet, ja? Mach es wieder halb zu.»

Sie zog sich den rosenfarbenen Schleier übers Gesicht, ließ ihn wieder fallen, ihre Augen dahinter waren entsetzt.

«Mein Kleid! Es hat diesen Duft angenommen. Hoffentlich merken sie nichts.»

«Sie merken nichts», sagte Januão. «Sie merken nichts, sie dürfen nichts merken! Und geh, schnell!»

Zaiira schlüpfte durch die Tür.

Januão legte sich wieder auf das Bett. Auch in den Kissen hingen die Schlafdüfte.

Sie merken nichts, dachte er, sie merken nichts.

Und dann durchspülte ihn eine große Freude, füllte ihn bis zum Überlaufen, wie das klare Wasser die steinerne Tränke der Stuten daheim. Er war nicht blind, und er hatte die Siebte Sage gefunden. Er musste die bardische Schrift an der Wand nur Dshirah zeigen, und er würde sie sehen, sehen! Sehen! Sehen! Er durfte ja jetzt in den Frauenpalast, er musste nur Dshirah erklären, wo – ja – wo? Er erinnerte sich nicht, doch, es war gleich vor den Frauengemächern gewesen, sie würden es finden. Er dachte nach, versuchte sich zu erinnern, welchen Weg er gestern gegangen war, dabei schloss er die Augen, und dann konnte er nichts mehr denken, denn er genoss es zu sehr, dass er die Augen schließen konnte und es war keine Verschwendung des letzten Lichts in seinem Leben. Und dieses Leben würde nun auch länger dauern als vier Tage.

Da riss es ihn aus den Kissen. Er saß aufrecht in seinem seidenen, noch immer nach Betäubung duftenden Bett. Er hatte bardische Schriftzeichen gesehen. Vor wenigen Minuten. Nicht nur gestern irgendwo in einem Korridor vor dem Frauenpalast. Hier! Vor wenigen Minuten! Hatte er bardische Schriftzeichen gesehen! Wo?

Es war schon fast hell. Er schaute sich um. Er erinnerte sich an nichts. Nur an Zaiira. Etwas anderes als Zaiira hatte er doch gar nicht angeschaut in den letzten Minuten. Sie angeschaut, ihr zugehört.

Und wenn ein Teil der Siebten Sage hier in der Kammer an der Wand stand? Wie hatte er glauben können, dass die ganze Geschichte unten vor dem Frauenpalast ausgebreitet war? Er musste diese bardische Schrift hier in der Kammer finden.

Wo war er gewesen? Was hatte er getan? Das Fenster! Er stand auf. Im Schatten unter dem Fenster fand er kaum erkennbar zwischen den Schnörkeln bardische Buchstaben an der Wand. Er stieß den Hocker weg, versuchte zu entziffern: *Hdorigo* las er in etwas kräftigerem Rot im Gewirr der Ornamente. War das ein Wort? Es bestand ohne Zweifel aus bardischen Buchstaben, aber war das ein Wort? Januāo wusste nicht einmal, wie er diese Silben aussprechen sollte.

«Dorigo», versuchte er und «Hedorigo», das alles kannte er nicht. Er drehte die Laute auf seiner Zunge. «Rorigo», «Drorigo», «Chorigo». Das klang bekannter, vertrauter.

«Dchorigo» oder so ähnlich, das war ein uralter bardischer Name. Als er noch ein sehr kleiner Junge gewesen war, hatte seine Mutter ihm Geschichten erzählt, Märchen und Sagen. Niemand wusste, wer diese bardischen Märchen erfunden hatte, denn außer den sechs Dshinnu-Sagen kannten sie ja keine Geschichten ihres Volkes mehr. Dchorigo hatte ein Hirtensohn geheißen, der seine Schafe vor den Wölfen schützte, Dchorigo oder so ähnlich, das konnte man einmal «Hdorigo» geschrieben haben.

Die Kammer füllte sich mit Licht.

Das Fenster, fiel ihm ein, Zaiira hatte gesagt, er solle es wieder halb schließen.

Es hat eine Scheibe, merkte er erst jetzt. Klar, sonst ziehen diese Düfte hinaus. Der gute Schlaf in die Blindheit und Taubheit ist ihnen offenbar viel wert.

Gleich würde ein Wärter kommen, und der musste ihn schlaftrunken, fast ohnmächtig und bei halb geschlossenem Fenster finden. Er sollte sich ins Bett legen. Er sollte nicht mit seinen blinden Augen an den Wänden herumlesen. Aber vielleicht war hier ein Teil der Siebten Sage aufgeschrieben?

Wenn ein Wärter kommt, liege ich hier bewusstlos, nahm er sich vor. Ich bin gefallen, weil ich blind bin.

Die Sonne kam schnell. Es begann ein heißer südlicher Sommertag. Die Dächer dampften nach dem Regen. Januão las die verborgenen Zeichen:

Ich, Hdorigo, Baumeister der roten Liga unter Kalif Abdalameh I., gehorsam wie ein Hund und stumm wie ein Barde, rette mit meinen zungenlosen Malern, Fliesenlegern und Bildhauern der roten Liga die Siebte Sage des Dshinnu. Du findest sie in vier entlegenen Räumen, da, wohin niemand schaut oder wo niemand Zeit hat zu schauen. Vier Zeichen hier in der Kammer weisen den Weg.

Dies schrieb ich, Hdorigo, im Namen meiner Farbe und in der Farbe meines Namens.

Schnell! Januão sprang auf. Es war Morgen und hell in der Kammer. Wie lange hatte er noch Zeit, die vier Zeichen zu suchen? Würde er sie überhaupt erkennen? Zeichen gab es genug an diesen Wänden. Da waren mehr Zeichen als Wände zu sehen. Er drehte sich im Kreis. Schnell! Aber je schneller er sich bewegte, desto weniger konnte er sehen. Er las die Botschaft von Hdorigo noch einmal. Zeichen musste er suchen, nicht Schrift. Was für Zeichen? Er ging an den Wänden entlang und suchte zwischen den araminischen Schnörkeln nach etwas Fremdem, das diese Muster störte. Und in seinem Kopf rasten die Gedanken durch alles, was ihm die Eltern über die Barden erzählt hatten. Dabei rannte seine Erinnerung immer hin und her, denn viel hatten sein Vater, seine Mutter ja nicht mehr gewusst.

«Immer wenn ein bardisches Kind geboren wird, fällt ein Vogel vom Himmel», hatte seine Mutter erzählt.

«Das ist traurig», hatte er gesagt.

«Aber nein, das ist nicht traurig ...»

Da! Da war eine kahle Stelle zwischen den Schnörkeln.

«... der Vogel stürzt nicht auf die Erde und ist nicht tot ...»

Das war kein Zeichen. Da war ein bisschen Farbe abgeblättert.

«... der Vogel fällt in das Kind, bardische Kinder haben Vogelseelen, drei Jahre lang ...»

Dieser Teil des Palastes musste an die 300 Jahre alt sein.

«... und wenn das Kind drei Jahre alt ist, fliegt der Vogel davon.»

«Ich habe nichts davon gemerkt, als ich drei wurde», hatte er der Mutter gesagt.

«Natürlich nicht. Man merkt es selber nicht. Aber du kannst ja mal aufpassen, wenn Dshirah drei wird.»

«Kann man den Vogel sehen, wenn er davonfliegt?»

«Selten, diese Vögel sind sehr scheu.»

Januāo stand mitten in der Kammer der Düfte und starrte so angestrengt an die Wände wie vor acht Jahren auf seine kleine Schwester. Er sah so wenig bardische Zeichen, wie er damals einen Vogel gesehen hatte.

So geht das nicht, dachte er. Ich muss nicht suchen, ich muss denken. Hdorigo hat gewollt, dass man die Zeichen findet. Also wird er sie so gesetzt haben, dass man sie findet.

Er ging zurück zu der Schrift unter dem Fenster. Er schloss die Augen und strich mit den Fingern darüber. Vielleicht ließ sich etwas ertasten.

Wenn jetzt jemand kommt, wird er glauben, ich sei blind, dachte er.

Er malte mit dem Finger die bardischen Buchstaben nach.

Blindenschrift, dachte er, ich werde nicht Blindenschrift lesen müssen.

Und im selben Augenblick fühlte er sich wieder so glücklich, glückselig, dass er nichts anderes mehr denken konnte als: Ich werde Farben sehen, mein ganzes Leben lang werde ich Farben sehen ...

Und er machte die Augen wieder auf. Ein etwas kräftigeres Rot hob den Namen Hdorigo aus den Ornamenten, nur wenig, kaum sichtbar, aber hatte man es einmal entdeckt, fand man es wieder.

Das ist es!, dachte er. Das ist es! Hdorigo von der roten Liga schrieb nicht nur im Namen seiner Farbe, sondern auch in der Farbe seines Namens!

Er ging durch die Kammer, suchte dasselbe Rot, fand es aber nicht. Er kehrte zurück zum Schriftzug Hdorigo.

Ich habe das gestern doch geübt, dachte er. Ich habe doch gestern die Farben von Wänden auswendig gelernt.

Er schloss die Augen, wartete, bis er von innen das Hdorigo-Rot sah, öffnete die Augen, verglich, Hdorigo war etwas milder, noch einmal, besser, noch einmal, jetzt!

Wie ohne Absicht, als suche er nichts, ließ er den Blick durch den Raum gleiten. Da war es, das Hdorigo-Rot, eins, zwei, drei, vier – viermal, verteilt über die Wände, nicht weniger, nicht mehr.

Und wenn ich die Zeichen nicht verstehe?, dachte er. Ich müsste sie dem Vater zeigen. Sie haben gesagt, ich darf zu meinen Eltern. Die wissen vielleicht, was Hdorigo gemeint hat – wen sonst kann ich fragen. Aber ich kann die Zeichen nicht abmalen. Ich kann schließlich niemanden um einen Stift und ein Stück Papier bitten, ich bin doch blind.

Zögernd – hatte er Zeit zu zögern? – ging er auf das Zeichen nah dem Fenster zu. Er suchte sich die roten Linien aus den Arabesken heraus, sie fügten sich zusammen zu etwas, das er schon einmal gesehen hatte, das wurde mit jedem Bogen der Linie vertrauter. Und dann fühlte er es auf der Stirn: ‹Leben›. Das alte bardische Zeichen für Leben. Gestern, zum Abschied, hatte der Vater es ihm mit dem Finger auf die Stirn gezeichnet.

Bevor der Vater ihm die bardischen Buchstaben beigebracht hatte, hatte er ihn etwas anderes gelehrt.

«In uralten Zeiten gab es eine Zeichenschrift», hatte er erklärt. «Dies ist das Zeichen für ‹Kind›. Es kann aber auch bedeuten ‹jung› oder ‹ohne Erfahrung›, nicht ‹dumm›, dafür gab es ein anderes Zeichen, glauben wir. Wir kennen nur noch wenige. Die aber will ich dir zeigen.»

Und dies war das Zeichen für Leben.

Er sprang zum nächsten, folgte den roten Linien, Hdorigo hatte vor dreihundert Jahren wahrscheinlich noch alle Zeichen gekannt. Durfte er hoffen, dass auch die anderen drei so grundlegend wichtig waren, dass man sie nicht vergessen hatte?

‹Wasser›, fand er.

Wirklich ‹Wasser›? Oder war es nur ein dem ‹Wasser› ähnliches Zeichen? Was aber konnte ‹Wasser› ähnlich sein?

Das nächste!

Ein Geräusch in seinem Rücken. Die Tür.

Ich muss mich umdrehen, dachte er. Blinde folgen dem, was sie hören.

Aber er ließ sich vor dem dritten Zeichen auf den Teppich fallen, es war nur einen halben Meter über dem Boden.

Das vierte, dachte er, ich erreiche das vierte nicht.

«Du bist schon wach?», fragte eine Männerstimme hinter ihm.

Ich muss mich umdrehen!

Er legte eine Hand auf das Zeichen, als könnte er es fühlen. Blindenschrift. Er wandte den Kopf ein wenig der Stimme zu und lallte: «Ist schon Morgen?»

Dann starrte er wieder auf die Wand.

Dies noch. Wenigstens dies. Das vierte erreich' ich nicht mehr.

Hinter seinem Rücken hörte er die Schritte des Wärters.

«Komm», sagte der, «ich bringe dich zum Essen. Das Essen ist gut und schmeckt auch, wenn man es nicht sieht. Wer hat das Fenster geöffnet?»

Er fasste Januão bei den Schultern und zog ihn hoch, aber der hielt sich mit den Augen noch an den roten Linien festgesaugt.

«Tod!», murmelte er. «Tod!»

«Nein», sagte der Wärter, «du lebst.»

Januão ließ sich hochziehen und schloss die Augen. Er musste jetzt an anderes denken, sich an den leeren Blick der wenigen Blinden erinnern, die er gesehen hatte. Die bettelten nicht. Niemand bettelte in Al-Cúrbona. Aber wenn irgendwo Musik gemacht wurde, waren da immer auch Blinde gewesen. So musste sein Blick wirken, wenn er die Augen wieder öffnete, und er durfte nicht nach dem vierten Zeichen schauen. Oder? Ja! Er musste nur schauen, wie immer, wenn er das Sehen vergaß und nur nach innen auf neue Lieder lauschte.

Ich kann das, Zaiira, dachte er, ich werde euch nicht verraten.

Er machte die Augen wieder auf und sah ins Nichts, aber er konnte es nicht verhindern, dass sich sein Kopf in jene Richtung wandte, wo die roten Linien zwischen den Ornamenten das vierte Zeichen bildeten. Da war es! So nah! Und er konnte die wenigen Schritte dahin nicht gehen. Er nahm nichts wahr als das Rot, Hdorigo-Rot. Kaum merkte er, dass der Mann ein weißer Lakai war. Der brachte ihn zu einem Kissen und half ihm, sich zu setzen. Dann zog er ihm die Schuhe aus und streifte ihm andere über die Füße.

«Blindenschuhe», sagte er. «Mit dünnen Sohlen. Weil deine Füße jetzt für dich sehen müssen.»

Januão ließ sich führen, und es fiel ihm nicht schwer, über einen Teppich zu stolpern, gegen das Bett zu treten und mit der Schulter an die Tür zu stoßen.

Als der weiße Lakai ihm an der Treppe eine Hand auf das Geländer legte, begriff Januão plötzlich, dass er alle vier Zeichen gefunden hatte: Leben und Tod, Wasser und – Feuer!

Heimlich jubelnd verpasste er eine Stufe und stürzte die Treppe hinunter.

Feuer! Ja! Das vierte Zeichen musste Feuer sein!

Fast absichtlich stieß er den Kopf noch einmal gegen die steinernen Säulen des Geländers. Er brauchte einen Schmerz, sonst hätte er gelacht. Und er konnte nicht ganz verhindern, dass er lachte, als der weiße Lakai ihn um die Brust fasste und von der Treppe hob. Aber da war keine Gefahr, dass er sich verriet. Nur ein aus dem unterdrückten Lachen verirrtes, irres Kichern kam aus seinem Mund, der Schrecken und die Angst hatten ihn wieder eingeholt, denn wo er das finden sollte: ‹Feuer› und ‹Wasser›, ‹Leben› und ‹Tod›, wusste er nicht.

Blindenschule

Wenig später, im Saal der blinden Sänger, überfiel Januão der verzweifelte Wunsch, wirklich und tatsächlich blind zu sein. Es war unerträglich.

Die Musikanten saßen beim Morgenessen. Es war nicht etwa ein unbeholfenes Grapschen nach Brot und Käse, was Januão entsetzte. Die Männer warfen keine Teekannen um, sie beschmierten sich nicht mit Honig, sie patschten nicht linkisch das helle Fladenbrot in das Olivenöl und verspritzten keinen Pomeranzensaft. Umsichtige, aufmerksame Diener hatten Becher, Teller, Schalen so auf die niedrigen Tische gestellt, dass die Blinden, auf ihren Kissen hockend, alles gut erreichen konnten. Und die waren geschickt, an ihre Blindheit gewöhnt, selten ging ein Griff daneben, und dann war sofort ein Diener zur Stelle, der half, eine Birne reichte, das Aprikosenmus oder die Schale mit dem Olivenöl. Den Musikanten war eine Dienerschaft zugeteilt wie einer Fürstenfamilie. Es waren ungefähr zwanzig, junge und alte, verteilt an vier Tischen. Sie unterhielten sich, wirkten heiter, sangen, wenn sie nicht kauten, einer schien zu komponieren.

Es duftete. Hatte man mit Absicht Speisen ausgewählt, die stark dufteten? Damit sich die Blinden auf dem Tisch besser zurechtfanden? Oder damit sie mehr Freude hatten? Beides war gelungen. Auch Januão spürte seinen Hunger sofort. Und seine Lust, genau dies zu essen. So war es, als sie den Raum betraten und der Duft ihnen entgegenkam. Aber der weiße Lakai führte ihn auf die Tische zu, und da verging ihm jegliche Lust zu essen. Er hatte Glück, dass er nicht gerade einen der Diener anschaute, sondern ausschließlich in blinde Augen blickte, als der Schreck in seinem Gesicht erstarrte. Denn hätte ihn jemand dabei beobachtet, er hätte bemerken müssen: es war der Schreck über etwas, das er sah. Er war nicht darauf vorbereitet gewesen. Er hatte die letzten Tage in der Sängerschule des Kalifen verbracht und die Musikanten der Frauen noch nicht gesehen.

Es gab schöne und weniger schöne Menschen in Al-Cúrbona. Er selber gehörte gewiss zu den weniger schönen. Aber es gab keine mit entstellten, zerstörten Gesichtern. Nur von den Eltern ihrer Eltern wussten sein Vater und seine Mutter zu erzählen, dass es einmal einen Krieg gegeben hatte und dass Männer mit Wunden, Narben, zerschlagenen Stirnen, zerschossenen Nasen und Augen durch die Straßen und über die Plätze gegangen waren. Das war schon lange her. Auch Kranke sah man nicht in den Straßen von Al-Cúrbona. Einmal, so hatte der Vater erzählt, war es einem Pockennarbigen gelungen, bis in das Handwerkerviertel vorzudringen. Tazihlo hatte beobachtet, wie der Mann sofort von der Polizei gestellt und, ohne jede Gewalt, abgeführt wurde. Schaudernd hatte Januão damals zugehört, wie sein Vater der Mutter das Gesicht des Pockennarbigen beschrieb. Und jetzt konnte, musste er es sehen.

Alle Musikanten hatten Pocken auf Stirn und Wangen. Aufplatzende Narben? Aufgekratzte? Schmerzende? Juckende? Sie hatten Flechten auf der Nase und um den Mund, auch auf den Händen. Sofort schaute Januão irgendwohin, durch sie hindurch, an ihnen vorbei. Und einen Herzschlag lang wünschte er sich, er wäre wirklich blind, um dies niemals gesehen zu haben. Und dann durchfuhr ihn der nächste Schreck: Alle! Sie haben das alle!

Wirklich alle?

Er machte einen unsicheren Schritt nach vorn, verlor seinen Begleiter, drehte, scheinbar hilflos, den Kopf hin und her: Alle! Sie hatten es alle.

Ist es ansteckend?, dachte er. Bekomme ich es auch, wenn ich unter ihnen lebe?

Nein! Das konnte nicht sein. Die Diener hatten glatte Gesichter und – vor allem – mit einer ansteckenden Krankheit hätten sich die Musiker dem Frauenpalast nicht einmal nähern dürfen.

Der Blindentrunk, dachte er, es kommt mit dem Blindentrunk. Wie bald? Was wird geschehen, wenn sie merken, dass meine Haut gesund bleibt? Hat Sidi Antvari das nicht gewusst? Und der Alchimist, der den Trunk gemischt hat? Der muss es gewusst haben. Oh –

Januão stolperte ohne jedes Bemühen. Er nahm den Duft nicht mehr wahr, er hörte die Stimmen nicht mehr, seine Nase war stumpf, seine Ohren waren taub, nur seine Augen waren nicht blind, heimlich schaute er hin – er musste sich ansehen, wie er bald schon aussehen würde.

Der Alchimist, dachte er, der hat das Pockenmittel in meinen Trunk getan. Er muss es getan haben. Sonst würden bald alle merken, dass der Trunk nicht echt war. Und dann wissen sie, dass ich sehen kann, und dann würden sie ihn töten, den Alchimisten und Sidi Antvari auch. Das können die nicht gewagt haben, das nicht.

Er tat, als wolle er sich die Haare aus der Stirn streichen.

Dabei tastete er über sein Gesicht. Waren da schon Knoten und Knubbel unter der Haut? Aber sie war glatt und unversehrt, nichts schmerzte, nichts juckte.

Er wurde an einen Tisch geführt, und er aß von köstlichsten Speisen so wenig und so lustlos, wie man es von ihm erwartete am ersten Tag seiner Blindheit.

«Ich habe euch einen Neuen gebracht», verkündete der weiße Lakai. «Ihr kennt ihn nicht. Er war Pferdepfeifer, aber er ist sehr gut.»

«Der Junge, der gestern vor den Frauen Flöte gespielt hat? Ich hörte ihn von weitem und hörte ihn reden, als er an unserer Kammer vorbeiging. Er muss ein Kind sein.»

Das hatte der Älteste gesagt. Er war hier der Schönste, er war am angenehmsten anzuschauen, denn in seinem runzligen Gesicht fielen die Pusteln weniger auf.

«Genau der», bestätigte der weiße Lakai. «Januão ist sein Name.»

«Willkommen», sagte der Alte. «Du bist, wo du hingehörst, bei den besten Musikern des Kalifenreiches.»

«Ich danke», sagte Januão. Ein wenig freute er sich, dass sein Flötenspiel hier Anerkennung fand, aber ihn drängten andere Wünsche.

«Wann darf ich zu meiner Schwester?», fragte er. «Man hat mir gestern versprochen, dass ich zu meiner Schwester darf.»

«Bald», sagte der weiße Lakai. «Wir lassen dir in der ersten Woche viel Zeit. Du sollst dich an deine Blindheit gewöhnen.»

Eine Woche, dachte Januão, mehr brauche ich nicht, mehr haben wir gar nicht, in vier Tagen haben wir alles verloren oder alles gewonnen. Nein, das gilt nicht für mich. Ich kann nicht mehr alles gewinnen. Mein Gesicht habe ich verloren.

«Aber du musst in dieser Zeit auch in die Blindenschule gehen», fuhr der weiße Lakai fort. «Du musst lernen, wie man sich ohne Augen zurechtfindet. Die anderen zeigen es dir.»

Es war eine Gespensterschule.

Januão musste immer an die Halbtoten in den araminischen Geschichten denken, die sie in der Schule gelesen hatten. In der Fünften Sage überwindet das Dshinnu den Tod. Aber es gab Geschichten von Halbtoten, die aus dem ‹Zwischenraum› nicht ohne Schaden zurückgefunden hatten. Die hatte er sich so ähnlich vorgestellt wie die zerfurchten Gesichter der Blinden.

Der weiße Lakai ging. Die Diener räumten die Tische ab und gingen auch. Januão hatte jetzt nur noch Blinde um sich. Er hätte ihnen gefahrlos mit aufmerksamen Augen zuschauen können, aber in ihre Gesichter zu sehen, war gar zu grauslich. Darum beobachtete er nur ihre Körper, und an der Sicherheit ihrer Schritte konnte er abschätzen, wie lange sie schon blind waren. Sie gingen alle miteinander quer durch den Saal auf ihre Instrumente zu. Einer hielt Januãos Hand.

«Du musst dir die Teppiche merken, Junge», sagte er.

Er hatte die tiefe, volle Stimme eines Mannes in der Lebensmitte. Ob er wirklich in diesem Alter war, wusste Januão nicht, denn er mied den Blick in sein Gesicht.

«Du merkst dir die Teppiche, und ich will mir deinen Namen merken, denn du bist ein sehr guter Musikant. Januão, nicht wahr?»

Januão nickte, aber sogleich fiel ihm ein, wie sinnlos das war.

«Ja», sagte er.

«Und ich bin Boabdan, ein Sänger.»

Boabdan schien einer der erfahrensten Blinden zu sein. Vielleicht war er, als er den Trunk hatte schlucken müssen, so alt gewesen wie Januão jetzt. Aber nein, das konnte nicht sein. Er war ein Sänger, und Kinderstimmen wurden wahrscheinlich nicht geblendet. Man wusste ja nicht, ob es sich lohnte, ob der Sänger nach dem Stimmbruch für die Frauen noch hörenswert war. Januão schaute auf Boabdans Füße. Die hatten einen tastenden Tritt, fühlten nach Teppichflor und Fransen. Er schloss die Augen, versuchte auch so zu gehen, aber er stolperte.

«Still alle!», forderte Boabdan. «Januão muss mit Füßen und Ohren gehen.»

Da schwiegen sie, und wirklich gelang es Januão, mit seinen Füßen zu horchen.

«Setz dich», sagte Boabdan. «Wir stellen dir jetzt unsere Musik vor. Da muss ein Kissen sein, hinter dir, taste.»

Aber Januão blinzelte.

«Hast du es gefunden?»

«Ja.»

«Du lernst schnell.»

Januão öffnete die Augen. Er sah die Männer jetzt alle von hinten: helle bardische Schöpfe, dunkle araminische Locken, aschblonde gemischt aus beiden Völkern, zwei waren grau. Sie waren einige Schritte weiter gegangen und nahmen ihre Instrumente, die an der Wand lehnten. Keiner tat einen Fehlgriff. Dann sangen und spielten sie für ihn. Dabei nannte jeder seinen Namen.

«Merke dir unsere Stimmen und unsere Musik», sagte der

Älteste. «Mehr kennen wir nicht voneinander. Und das ist wohl auch gut so. Man sagt, es sei nicht angenehm, in unsere Gesichter zu schauen.»

Januão starrte auf den Teppich vor seinem Kissen. Nur einmal hob er den Kopf. Warum gerade in jenem Augenblick? Er hörte eine Quitarra, ein Instrument, das ihm fremd war. Warum schaute er ausgerechnet diesem Musikanten in die toten Augen? Es spielte ein sehr junger Mann, der sicher noch keine zwanzig war, ein Aramine, wahrscheinlich war er einmal schön gewesen, Silbãos Gesicht, von Pocken vernarbt.

«Jetzt wollen wir dich hören», verlangte der Alte. «Deine Stimme und deine Flöte. Du hast sie bei dir?»

Wieder nickte Januão.

«Hast du sie bei dir?»

«Ja. Ja! Ich habe sie immer bei mir. Es ist ja nur eine Pferdepfeife. Ich spiele euch das Lied der Abendstuten zum Ende eines Sommertages.»

Er spielte. Dabei sah er die Weite der Ebene, die dürren Sträucher, den fast ausgetrockneten Bach und in der Ferne die sich nähernde Wolke aus Staub.

«Bravo!», rief einer der Musiker. «Wir geben ihm eine Flutiya, oder was meint ihr?»

«Wenn du ihn unbedingt zerstören willst, so gib ihm eine Flutiya oder eine Tonetta oder was auch immer. Nein, wir lassen ihm seine Pferdepfeife. Er ist ein Zauberer. Wo hast du diese Melodie her, Junge?»

«Aus der Luft», sagte Januão. «Aber es muss die Luft zwischen der staubigen Erde vor dem Fluss und der Sonne am Himmel sein.

Aus der Luft zwischen bunten Teppichen und bemalten Decken werde ich keine Lieder machen können, denke ich.»

«Nun, da du weder die staubige Erde vor dem Fluss noch die bunten Teppiche sehen kannst, wird es dir vielleicht doch gelingen», sagte der Alte, und Januão dachte: Ich muss besser aufpassen, was ich sage.

«Aber es geht uns doch genauso», sagte ein anderer. «Keiner von uns kann sehen, was er liebt, und nicht wenigen verkümmert die Musik. Darum müssen sie ja immer neue von uns machen, sonst langweilen sich die Damen. Aber legt die Instrumente weg. Januão muss laufen lernen.»

Sie nahmen ihn bei der Hand und führten ihn über die Teppiche. Sie erklärten ihm, wie wollig sich dieser anfühlte, wie seidig jener, dazwischen die Fliesen, kühl unter dem Blindenschuh. Januão schaute nach unten. Der wollig weiche Teppich war rot, der seidig glatte blau.

Wozu, dachte er, legen sie solche Teppiche in den Saal der Blinden?

Sie packten ihn bei den Schultern, drehten ihn und schoben ihn von einem zum anderen.

«Jetzt rate: Auf welchem Teppich stehst du?»

Januão machte überhaupt keine Fehler, und seine Lehrer staunten.

«Wie schnell du lernst! Das ist noch keinem gelungen.»

«Du bist zum Blindsein begabt, Junge.»

«Du wirst», knurrte einer, und seine Finger umklammerten hart Januãos Handgelenk, «du wirst dem Kalifen noch dankbar sein, dass er dich diese Begabung entdecken lässt.»

Januão machte sofort die Augen zu.

«Ich habe geraten», sagte er. «Noch einmal. Nun will ich wirklich versuchen zu fühlen.»

Wenn er nicht mogelte, machte er jetzt das meiste falsch. Seine Fußsohlen waren hart vom vielen Barfußlaufen, und er musste manchmal ein wenig nach unten blinzeln, damit seine Lehrer nicht verzweifelten, dass er gar zu gut raten und überhaupt nicht mit den Füßen fühlen konnte.

«Wir gehen hinaus!»

Gut! Januão erkannte Boabdans Stimme. Für alles, was er mit den Ohren zu erkennen hatte, war er wahrscheinlich wirklich ein begabter Blinder. Sie gaben ihm einen seltsamen Gegenstand, den er noch niemals gesehen – Augen zu! –, noch niemals in den Händen gehalten hatte. Es war ein halbrunder Metallbügel, etwas kleiner als sein Handteller. Inmitten des Bogens eingearbeitet war ein Metallstreifen, eine Feder, dünn und fest. Sie zeigten ihm, wie er die Feder bewegen sollte, anschlagen wie eine Saite, sie machte nur ein leises Geräusch, aber der halbrunde Bügel bebte stark zwischen seinen Fingern.

«Wenn du Flöte spielst», fragte einer, «spürst du dann das leichte Beben deiner Flöte?»

«Ja», sagte Januão, «ich kann Musik anfassen.»

«Das ist gut. Einige von uns können das. Denen ist viel leichter gefallen, was du jetzt lernen sollst.»

Sie führten ihn zum Ausgang.

«Der wollig Weiche», Januão leierte seine Lektion herunter, «der seidig Glatte, jetzt kommt der lange Schmale mit den kurzen Fransen ...»

Da waren sie am Ausgang. Der Vorhang glitt über sein Gesicht, samtig und rot – nein!, nicht rot, nur samtig, nicht mehr. Sie standen im Korridor, alle waren mitgekommen und umringten ihn, er sah es nicht, er spürte es.

«Tretet zurück, lasst ihn allein. Wie soll er sonst lernen, mit der Flurfeder zu gehen.»

Er fühlte Raum um sich. Er stand allein.

«Jetzt schlag die Feder an.»

Das tat er.

«Merkst du einen Unterschied? Ist sie anders als vorhin im Saal?»

«Ja – sie ist – sie zittert – irgendwie enger.»

«Sehr gut. Du stehst im Flur. Wir nennen dieses kleine Gerät Flurfeder. Wir brauchen es, um sicher hinauszugelangen. Wir gehen gern am frühen Morgen in die Sonne. Sie ist nicht mehr hell für uns, aber immer noch warm. Und sie blendet uns nicht. Wir können ihr das Gesicht zukehren. Es ist jeden Morgen gut zu spüren, dass es sie noch gibt. Nun komm! Du gehst durch den Korridor und schlägst die Feder an. Wenn du merkst, dass sie sich anders anfühlt, bleibst du stehen.»

Januão hielt die Augen geschlossen. Er mogelte nicht. Fast genoss er diese dunkle Art, seinen Weg zu finden. Es war ein Spiel. Als die Flurfeder in seinen Händen etwas anders, etwas weiter zitterte, blieb er stehen. Seine Lehrer jubelten. Sie sprangen um ihn herum und lobten ihn.

«Er ist begabt! Ein Meister des Blindseins!»

Er konnte nicht anders. Er musste blinzeln. Aber jedes Mal, wenn er die Augen einen kleinen Schlitz öffnete, spukte eine

Fratze an ihm vorbei, und er machte die Augen schnell wieder zu. Dadurch wurde nichts besser, denn die jubelnden Blinden um ihn herum stießen die Schultern aneinander und rempelten sich an, auch ihn, einer trat ihm auf den Fuß, einer boxte ihn in den Rücken. Er fühlte sich bedrängt und hielt es nicht mehr aus in seiner dunklen Welt. Er musste die Augen öffnen. Und da sah er ihre Freude. Wie konnte das sein? Die Gesichter waren von Pocken und Narben überwuchert und die Augen tot. Wo war die Freude zwischen Pusteln und Blindheit? Das fand er nicht heraus, wie sehr er auch in den Gesichtern suchte. Und der sehr junge Aramine, der vielleicht einmal schön gewesen war, legte den Kopf schief und fragte: «Ist da noch wer? Ist da einer, der sehen kann? Jemand schaut mich an.»

Januão wandte den Blick ab und schaute sich um. Er stand am Ende des Korridors, am Beginn einer Halle, nicht weit von der Treppe, die nach draußen führte.

«So fühlt sich die Feder an, wenn der Raum weiter wird», erklärte Boabdan. «Hier kehren wir um. Treppen gehen lernst du morgen. Du darfst jetzt den Tag mit deiner Schwester verbringen.»

«Morgen bekommt er den Pockentrunk», sagte ein anderer.

«Was ist der Pockentrunk?», fragte Januão schnell.

«Du wirst es merken, oh, das wirst du merken. Der Blindentrunk tut ja nicht weh, der Pockentrunk macht dich krank. Aber es dauert nur ein paar Tage. Es ist keine schlimme Krankheit, nicht wie richtige Pocken, nur mit deinem Gesicht macht sie genau dasselbe.»

Finger strichen über sein Gesicht, tasteten über seine Stirn, die Nase, die Wangen.

«Er hat so eine gute, glatte Haut», sagte der Alte.

Als sie zurück im Saal der Blinden waren, erwartete sie bereits der weiße Lakai, der Januão am Morgen abgeholt hatte.

«Ich bringe dich zu deiner Schwester», sagte er.

Vorsicht, dachte Januão, jetzt wieder blind sein.

Und er drehte den Kopf, als lauschte er und suchte, woher die Stimme kam. Der weiße Lakai trat auf ihn zu, nahm seine Hand.

«Komm!»

«Kriege ich morgen den Pockentrunk?», fragte Januão. «Muss es gleich morgen sein? Können wir nicht warten, bis meine Schwester die Siebte Sage – ich meine, kann ich nicht diese paar Tage noch – die anderen haben mir erzählt, dass der Pockentrunk krank macht, und ich möchte noch diese paar Tage – ich bin doch erst zwölf, noch lange kein Mann und die Frauen des Kalifen werden sich nicht in mich verlieben.»

Blicklos ins Leere starrend nahm er dennoch wahr, dass der weiße Lakai lächelte.

«Du bekommst keinen Pockentrunk», sagte er. «Der Kalif hat bestimmt, dass du keinen brauchst. Du bist hässlich genug.»

Als er an der Hand des weißen Lakaien durch die Flure ging, breitete sich eine erlösende Erleichterung in Januão aus. Und er dachte beglückt: Ich bin hässlich genug.

Ein Wieder-Sehen

Dshirah saß im Bad und hatte keine Freude am Wasser. Es war das falsche Wasser, das kalte, das kühle, das warme, das heiße, alles war nicht, was sie sich jetzt wünschte, was sie in hohlen Händen oder in einem Krug zu ihrem Bruder tragen wollte.

Irgendwo, dachte sie, vielleicht in den hohen Bergen – die Geschichten der Mutter hatten davon erzählt –, irgendwo gibt es das Heilende Wasser, das Narben von der Haut wäscht und juckenden Ausschlag, das taube Ohren hörend und blinde Augen sehend wäscht. Das musste sie finden.

Wo? Ach, ‹wo› war nicht die schlimme Frage, sondern ‹wie›? Niemals würde sie die Berge sehen und die Ebene niemals wiedersehen. Mit Träumen von Murmelaugen apportierenden Kalifen konnte sie sich und ihre Familie nicht aus der Gefahr heraus erzählen.

Was wird aus Menschen, wenn sie tot sind?, fiel ihr ein.

Daran hatte sie noch nie gedacht. In Al-Cúrbona lebte man gut und lange und so lange wie möglich ohne den Gedanken an Tod. Der Weise Armei dan Hasud hatte gesagt: «Was ich nicht denke, gibt es nicht.» Und wer konnte schon wollen, dass es Tod gab? Dshirahs kleines Schwesterchen, das so früh gestorben war, hatte man verbrannt und die Asche in den Fluss gestreut. Übrig geblieben war nur das traurige Lied, das Januão dabei gespielt hatte, das von da an schmerzhaft und ein wenig sinnlos traurig war. Und nun musste sie denken: Was wird aus Menschen, wenn sie tot sind? Sind sie dann alle blind? Oder können die Blinden dort wieder sehen?

Sie tauchte das Gesicht ins Wasser und wusch sich den Todgedanken, vor dem der Weise gewarnt hatte, von der Stirn. Aber das war ja kein Heilendes Wasser. Es reinigte nur von Schmutz und Schweiß, und an ihrer Stirn blieb etwas kleben, das wusch das Wasser nicht ab.

Sie stieg aus dem Becken. In ein warmes Tuch gehüllt lief sie durch die dumpfige Luft um die Heißwasserbecken. Sogleich war Thokardi neben ihr, die bardische Frau des Kalifen, die kinderlose. Sittah-Su stand oben auf der Galerie. Sie hatte ihre Mondzeit und durfte nicht ins Wasser. Sie rief etwas zu Dshirah hinunter, aber die wich ihr aus. Das war leicht. Sie trat hinter eine der halbhohen Säulen, die bis zur Galerie reichten, und dann verschwand sie unter den Arkaden. Da fing sich der Dunst des heißen Wassers, und sie sah nicht viel. Sie wollte auch nicht viel sehen, das machte den Gedanken an Januão leichter, und plötzlich war da wieder jenes seltsam Vertraute, das sie gespürt hatte, als sie hier zum ersten Mal zum Bad gekommen war. Es war, als liefen Vater oder Mutter unter den Arkaden neben ihr her – da war es vorbei, und sie wusste nicht, was es gewesen war, ein Trost? Ein gutes Wort? Ein liebevoller Blick? Eine streichelnde Hand? Sie ließ sich in ihre Kleider wickeln, griff nicht mehr nach bunten Stoffen, wählte achtlos ein helles Blau.

Auf dem Weg zum Morgenessen war Zaiira wieder da. Sie trug ein sandfarbenes Kleid und duftete frisch, der befremdliche Geruch eines zu starken Parfüms war fort, und auch ihre Müdigkeit schien vergangen. Es war sogar etwas Starkes um sie, etwas Strahlendes. Sie blieb dicht neben Dshirah, wandte ihr immer wieder das Gesicht zu, und aus ihren Augen sprühte eine Freude, die sie fest in sich hielt wie Dshallalamas Zügel in einer engen Biegung vor der Weite.

Sie will mir etwas sagen, dachte Dshirah.

Deutlich spürte sie, wie Zaiira eine freudvolle Botschaft mühsam hinter ihre Lippen zwang, eine Nachricht, die eigentlich hervorsprudeln wollte wie die Fontänen am Brunnen, aber sie sagte nichts.

Was kann sie meinen?, dachte Dshirah. Ja, sie will mir sagen, dass sie mich lieb hat, ja, das will sie.

Etwas anderes fiel ihr nicht ein, aber das genügte, um beim Morgenessen durch alles Unglück die Süße des Honigs zu schmecken.

Und dann brachten sie ihn zu ihr, Januão. Er kam, geführt von einem weißen Lakai, als Dshirah noch beim Essen saß. Sie senkte den Blick. Sie konnte ihm nicht ins Gesicht schauen. Darum sah sie zuerst seine Füße in den fremden Schuhen. Sie wusste noch nicht, dass es Blindenschuhe waren, aber sie war ihr Leben lang daran gewöhnt gewesen, dass besondere Schuhe ein schlimmes Geheimnis verbergen können, und so erschrak sie. Seine Füße tasteten über den Boden, der weiße Lakai lenkte ihn, bis er vor ihr stehen blieb. Da stand sie auf, mit hängendem Kopf und hängenden Armen. Der Lakai griff ihren linken Arm und legte ihre Hand in die des Bruders.

«Das ist deine Schwester», sagte er.

Und Januão krächzte mit rauer Stimme: «Dshirah?»

Sie hob langsam den Kopf, und während sie nur schreien

und eigentlich weglaufen wollte, drängte Zaiira ihr strahlendes Gesicht fast zwischen die Geschwister, und ihre Augen zwinkerten zwischen den beiden hin und her. Januãos leerer Blick glitt über Dshirahs Kopf hinweg. Er versuchte, noch einen Schritt auf sie zuzugehen, stolperte, da war nichts, über das er hätte stolpern können, aber er fiel ihr entgegen, stürzte fast auf sie. Sie kniff die Augen zusammen, als könnte sie dadurch verschwinden, all dem entfliehen, da hörte sie eine Stimme flüsternd zischen: «Schaff die weg, Zaiira! Weg! Ich weiß nicht, wie lange ich das aushalte.»

Dshirah riss die Augen wieder auf. Wer hatte da gesprochen? Sittah-Su? Die stand einen Schritt zu weit entfernt. Die tonlose Stimme ohne jeden Klang hatte sie nicht erkennen können. Außer Januão war niemand nah genug, aber er konnte es nicht gewesen sein. Woher sollte er wissen, dass Zaiira neben ihm stand? Gesagt hatte die nichts. Dshirah schaute die Freundin verwirrt an. Die sprudelnde Freude war aus deren Gesicht verschwunden. Das zeigte nur noch Angst, nichts als Angst. Und Zaiira schrie:

«Was steht ihr alle rum und glotzt und glotzt!? Was gibt es zu sehen an einem, der nicht sehen kann? Ja, ihr wolltet das nicht. Niemand von uns hat das gewollt. Es tut uns leid, leid, leid! Aber es ist geschehen. Jetzt lasst die beiden wenigstens allein.»

«Tamerlalun!»

Ohne dass sie es wollte, folgten Dshirahs Augen dem Hund. Dabei streifte ihr Blick ein Zucken auf Januãos Lippen, die er sofort wieder fest zusammenpresste, und während Tamerlalun auf langen Beinen zu der Kalifa stakste, dachte Dshirah: Ja, diese Hundeaugen waren das Letzte, was er gesehen hat, etwas, das fast aus seiner Heimat kam.

«Wir gehen», sagte die Kalifa. «Alle! Zaiira auch?»

Die nickte. Sittah-Su lächelte Dshirah noch einmal müde an. Dann war sie mit dem Bruder allein.

Januão trat einen Schritt zurück. Er schaute noch immer über Dshirahs Kopf hinweg in eine blinde Ferne, die weit jenseits des Saales lag. Ein winziges Lächeln zitterte über seine Lippen.

«Dshirah», flüsterte er, «sind wir allein?»

Sie nickte, zuckte erschrocken zusammen und sagte: «Ja.»

«Völlig und ganz und gar allein?»

«Völlig und ganz und gar.»

«Keine Wärter? Keine Dienerinnen?»

«Keine.»

Da senkte er langsam das Kinn. Und seine Augen, die weit neben der breiten Nasenwurzel stehenden Augen, fanden ihr Gegenüber, den Geschwisterblick. Langsam, wie schwerer Honig, der vom Löffel tropft, floss das Schauen in seine hellen Augen. In Dshirahs Kehle erstickte ein kleiner erschrockener Schrei, und sie sagte – sie sagte nichts. Sie war so stumm, wie er überhaupt nicht blind war. Dann sprang sie auf ihn zu, schloss die Arme um ihn, klammerte sich an ihn, presste ihn an sich, und hätte die beiden jetzt wirklich einer gesehen, er hätte nicht gezweifelt an ihrem Unglück, denn sie heulten und schluchzten und rotzten sich gegenseitig die Angst, die Wut, die Verzweiflung, die ermattende Anstrengung eines ganzen entsetzlichen Tages an den Hals und ins Genick.

Als Dshirah wieder sprechen konnte, flüsterte sie ihm ins Ohr: «Und Zaiira weiß es?»

Er nickte.

«Es war ihr Vater?»

Er nickte.

«Wie hat Sidi Antvari das geschafft?»

«Ich habe nur bitteres Wasser getrunken. Salzig war es auch.»

Sie trennten sich nicht. Sie ließen sich auf ein paar Kissen fallen und hielten sich fest. Sie sagten eine Weile nichts. Sie schauten – beide – der Sonne zu. Die warf durch das doppelte Bogenfenster und die kleinen Säulen einen geschwungenen Schatten auf den Teppich, Muster auf Muster, und Dshirah genoss das gemeinsame Schauen.

Aber Bogen- und Säulenschatten des Fensters wanderten von der bunten Blumengirlande am Teppichrand in den blauen Hintergrund, der die geknüpfte Rosette des Teppichs umschloss. Es war ein tiefes Blau, wie das Meer sein sollte, so erzählten die Seefahrer, die beiden Geschwister hatten es nie gesehen. Sie würden es niemals sehen. Die Augen-Blicke ihres Lebens waren abgezählt, ihr Leben war begrenzt, das Ende war schon zu sehen, wie man über einen Teich schaut, einen kleinen See, nicht über das Meer.

«Januão», flüsterte Dshirah. «Ich hatte einen schrecklichen Traum, diese Nacht, ich darf ihn niemand erzählen, und es war nicht, es war gar nicht, ich träume gar nicht ...»

Er drückte ihren Kopf an sich und verschloss ihr den Mund mit seiner Schulter. Leise, aber jubelnd, flüsterte er ihr ins Ohr: «Dshirah Dshinnu, meine Schwester mit den sechs Zehen – ich habe die Siebte Sage gefunden.»

Das Zeichen von Leben oder Tod

Jetzt müssen wir damit aufhören, Dshirah», sagte Januão, «jetzt, sofort!»

«Womit müssen wir aufhören?», fragte sie.

«So zu gucken, wie wir gucken.»

«Du weißt doch gar nicht, wie ich gucke.»

Das konnte er – blinde Augen her oder weg – tatsächlich nicht sehen. Wie lange schon klammerte sie sich an ihn? Die Arme um seine Brust geschlungen, den Kopf an seine Schulter gedrückt, das linke Ohr vor seinem Mund, der zuletzt gesagt hatte: «... ich habe die Siebte Sage gefunden!», und der jetzt sagte: «Wirklich, Dshirah, wir müssen jetzt damit aufhören.»

Er löste sie von seinem Hals und schob sie so weit von sich fort, dass er ihr Gesicht sehen konnte.

«Ich wusste es! Du guckst genauso, wie ich dachte.»

Dshirah kicherte.

«Du auch, du auch, du auch, du auch, du ...,»

Er schüttelte sie ein wenig, aber sie lachte nur noch mehr, und eigentlich lachte er auch. Sie waren glücklich. Sie würden leben. Sie würden alle miteinander zurückkehren in ihr kleines Haus. Januão war überhaupt nicht blind. Und sie waren wieder zusammen! Sie waren sich wieder nah, wie sie einander ihr ganzes kurzes Leben nah gewesen waren.

«Was können wir tun, dass wir traurig aussehen?», fragte er.

Sie nickte und griff nach seiner Hand: «Wir üben anders gucken. Ich weiß, wo ein Spiegel ist.»

«Hast du schon mal einen Blinden vor einem Spiegel gesehen?»

«Nein. Dann schau mich einfach an. Ich will dein Spiegel sein, und du bist meiner. Fang an!»

«Womit?»

«Traurig, unglücklich, verzweifelt, entsetzt, ratlos und blind auszusehen.»

Er grinste immer noch.

«Ratlos», sagte er. «Ich fange mit ‹ratlos› an. Das ist am leichtesten.»

Sie nickte. «Wir denken jetzt beide ganz fest: Wie kriegen wir das hin, dass sie uns unser Glück nicht ansehen? Also, ich bin ratlos! Und du?»

«Ich auch. Ratlos.»

Sie schwiegen ein paar Herzschläge lang und spiegelten sich gegenseitig ihre Gesichter. Dann fragte Dshirah, und sie versuchte, dabei kaum den Mund zu bewegen: «Wie sehe ich aus?»

«Ratlos glücklich», flüsterte er durch fast geschlossene Lippen.

Er streckte die rechte Hand aus, berührte ihre Mundwinkel mit Daumen und Zeigefinger und zog sie ein wenig hinunter.

«So muss das sein», sagte er. «Mehr fällt mir nicht ein zu traurigen Gesichtern. Ich glaube, wir sind noch nicht sehr viel traurig gewesen.»

«Doch!»

Dshirah hielt vollkommen still. Sie wollte ihr Gesicht so gern in seine Hand schmiegen, aber sie tat es nicht. Dies war viele Jahre lang die einzige Kinderhand gewesen, mit der sie hatte losziehen können zum Spielen, zum Toben, zum Kennenlernen aller Schätze der Welt. Er war lange das einzige Kind in ihrem Leben gewesen, und es hatte sie bitter traurig gemacht, wenn er in die Stadt gehen durfte, zur Schule, zum Bad, zu Silbão ... Und als sie daran dachte, senkten sich ihre Mundwinkel, auch ohne den Druck von seinen Händen, und auch ihre Augen erinnerten sich an den Trauerblick. Denn sie war einsam gewesen.

Bis sie Zaiira fand. Unter seinen Fingern zuckten ihre Mundwinkel wieder empor.

«Du darfst mein Gesicht nicht formen», sagte sie. «Wenn jemand hereinkommt, wird er denken ...»

«... wird er denken, ich versuche, dich mit den Fingern zu sehen, weil ich doch blind bin.»

Und dann fragte sie endlich: «Wo hast du die Siebte Sage gefunden?»

«An einer Wand», sagte er. «Es sind verborgene bardische Schriftzeichen an dieser Wand. Aber es ist nur ein Viertel der Siebten Sage. Die anderen drei Teile müssen wir noch finden. Und wo die Wand ist, weiß ich auch nicht mehr.»

Und da war es auf einmal wieder ganz leicht, ratlos, traurig und verzweifelt auszusehen.

Januão erzählte ihr, wo und wie er die Zeichen am Morgen in der Kammer der Düfte gefunden hatte, die alten bardischen Zeichen des Lebens, des Todes, des Wassers, und das letzte musste das des Feuers sein. Er stand auf.

«Zaiira muss uns Schreibzeug besorgen. Dann gehen wir und suchen die Wand. Ich glaube, ich finde sie. Ich führe dich, aber es muss so aussehen, als ob du mich führst.»

Dshirahs Finger schlossen sich fest um seine Hand

Das ist gut, dachte sie. Ja, das Gute an diesem Blinden-Spiel ist, dass ich ihn den ganzen Tag nicht loslassen muss.

Aber Zaiira war ratlos. Sie hatten Glück und fanden sie allein, denn sie war schon auf dem Weg nach Hause.

«Schreibzeug?», fragte sie. «Was meinst du mit Schreibzeug? Soll ich nach Hause laufen und meine Schulsachen holen? Nein, das dauert zu lange. Die Töchter des Kalifen werden hier unterrichtet. Sie haben Wachstafeln und Stifte. Soll ich Sittah-Su fragen?»

«Nein», Januão schüttelte den Kopf. «Niemand soll davon wissen. Kannst du die Sachen nicht einfach wegnehmen? Wir bringen sie ja zurück.»

Zaiira zögerte.

«Ich glaube, in den Schulzimmern sind Wachstafeln und Stifte, die kann ich holen.»

«Gut. Das wird uns heute helfen. Heute weiß ich so ungefähr, wo wir die Schrift finden werden. Aber ich habe keine Ahnung, wo wir morgen überall suchen müssen. Vielleicht müssen wir klettern und kriechen. Und wir brauchen mindestens drei Tafeln. Die können wir morgen nicht mit uns herumschleppen. Da brauchen wir Papier, Zaiira, Federn und Tinte.»

«Morgen habe ich das», versprach Zaiira. «Heute Abend gehe ich nach Hause. Ich kann morgen früh wiederkommen, ich muss nicht unbedingt in die Schule. Ich gehe sowieso manchmal mit Sittah-Su hier zu ihren Lehrern. Und meinen Eltern darf ich alles erzählen, ja?»

Januão nickte. «Hol die Tafeln. Wir warten hier.»

Als Zaiira gegangen war, schob sich eine lange, schwarzgelbe Schnauze durch einen Türvorhang, und Tamerlalun kam mit weichen, etwas müden Schritten in den Raum. Sofort verschwand der Blick aus Januãos Augen, er starrte stumpf und leer über den Hund hinweg. Dshirah musste nicht erst nach seiner Hand greifen, die hatte sie die ganze Zeit gehalten. Sie kicherte.

«Das machst du gut», flüsterte sie. «Wir werden es schaffen.»

Sie wartete, ob die Kalifa oder die anderen Frauen dem Hund folgten, aber es kam niemand.

«Du kannst wieder schauen», sagte sie. «Wir sind allein.»

Er ging zum Fenster und zog sie mit.

«Ich erinnere mich noch genau an den Stand der Sonne», sagte er. «Die Schrift war nicht in einem Raum, sondern in einem langen Gang. Der lief von West nach Ost. Da war sie an der Nordwand, mehr im Westen. Und der Gang ist der erste außerhalb des Frauenbereichs. Ich müsste jetzt sehen, wie die Sonne steht, aber ich darf mich nicht aus dem Fenster lehnen und gucken.»

Dshirah zog sich am Fenstersims hoch und beugte sich hinaus.

«Wir sind jetzt mitten im Frauenpalast», sagte sie. «Ich schaue auf den Brunnen am großen Platz. Links ist das araminische Gotteshaus, da geht es hinunter zur Stadt, da muss Süden sein, ja, das Licht wandert von hier nach da, wir haben es vorhin auf dem Teppich gesehen. Wenn du gestern Abend an der nördlichen Grenze des Frauenpalastes warst, muss es da ziemlich dunkel gewesen sein.»

«Es war finster», bestätigte er. «Ich hab ja geglaubt, dass meine Augen schon fast blind wären.»

Und als Zaiira mit den Tafeln kam, wussten die beiden, wohin sie zu gehen hatten.

«Ich muss fort», sagte Zaiira. «Mein Diener wartet schon.»

Dshirah ging voran. Im Frauenpalast kannte sie sich besser aus, und sie führte ihren Bruder wirklich, da mussten sie nichts vortäuschen. Die Tafeln trug sie an langen bunten Bändern, über jeder Schulter zwei.

«Was soll ich sagen, wenn mich jemand fragt?», überlegte sie. «Ich meine, warum laufe ich mit den Tafeln hier herum? Was will ich darauf schreiben?»

«Du schreibst – du schreibst – meine Lieder! Ja, meine Lieder!», sprudelte es aus Januão heraus. «Ich dichte jetzt Lieder zu meinen Melodien, und du schreibst sie auf. Komm!»

Er zog sie auf ein paar Kissen hinunter: «Schreib! ‹Vergiss für einen Atemzug ...›»

«Januão, wir haben jetzt keine Zeit, Lieder zu dichten.»

«Doch, die schützen uns. Es wird uns bestimmt jemand fragen, was wir mit den Tafeln wollen. Wir schreiben eine Seite mit Liedern voll, da lassen wir die neugierigen Frager dann einen Blick darauf werfen und sagen, die anderen dürfen sie noch nicht sehen. Niemand wird drängen. Die Geheimnisse der Dichter und Sänger werden in Al-Cúrbona geachtet. Schreib:

Vergiss für einen Atemzug
Von allen Rosen den Geruch.
Vergiss, zwei Herzensschläge lang
Von allen Vögeln den Gesang.

«Langsam, nicht so schnell, ich kann die araminischen Zeichen nicht. Darf ich bardisch schreiben?»

«Nein, gib her! Pass auf, ob jemand kommt.» Und er schrieb selber, leise singend:

> Vergiss für einen Wimpernschlag
> Von Frucht und Honig den Geschmack.
> Vergiss des Wassers frische Kühle –
> Das ist's, was ich auch morgen fühle.

> Vergiss und schau –

> Der Rosen rot gestaffelte Augenlider,
> Der Vögel glänzendes Buntgefieder,
> Des Wassers Lichterspiel, das gießt

> Erinnerung mir ins Gesicht.
> Halt sie! Und schließ die Wimpern dicht.
> Nein! Mach die Augen, reiß sie auf!
> Was stehst du? Schau dich um und lauf!»

Weiter sprach er nicht. Er sang die letzten Zeilen noch einmal.

«Wir sollten weitergehen, Januão!»

«Gleich, die Tafel sollte voll sein.»

«Die Tafel ist voll.»

«Ja.»

So gingen sie durch den Frauenpalast. Sie führte ihn, und das war gut so, denn er stolperte über die Teppiche wie ein Blinder.

Er sah wirklich nichts von den prachtvollen Räumen, er sang leise vor sich hin, und es waren Lieder von der Ebene und der Weite. Immer wieder blieb er stehen.

«Dshirah», sagte er, «warum habe ich nicht schon immer Lieder gemacht? Ach, ich glaube, ich habe schon immer Lieder gemacht.»

Es begegneten ihnen die Wärter und die still durch die Säle huschenden Dienerinnen.

«Die sind taub, alle», flüsterte er ihr zu.

Und endlich verstand sie, warum sie sich so gegen Takt und Rhythmus der Musik bewegten. Einmal trafen sie auf die Frauen, und die Kalifa fragte tatsächlich: «Was machst du mit den Schreibtafeln, Dshirah Dshinnu?»

Sie durfte Januãos erstes Lied lesen, und der verpasste dann ihren bewundernden Blick. Es entging ihm sein erstes Lob als Dichter, denn er hatte sofort seine Augen von allem Schauen und Sehen entleert.

Niemand hielt die Geschwister auf.

«Wir sind da», sagte Dshirah. «Dies ist der nördliche Gang vom Frauenpalast.»

Und da niemand in der Nähe war, schaute Januão sich um.

«Aber wir sind noch im Frauenbereich?»

«Ja.»

«Ich war außerhalb gestern. Es muss noch ein Gang dahinter sein.»

«Nein. Da ist ein Fenster. Das ist die Außenwand.»

«Es ist auch zu hell.»

«Natürlich. Es dämmert noch nicht.»

«Aber wo ich gestern war, gab es keine Fenster. Dshirah, wir sind falsch.»

Es war kein Singen mehr in seiner Stimme, nur Schrecken, Panik. Sie schauten sich an, keines von beiden musste über zu viel Glück in den Augen des anderen klagen.

Da hörten sie einen Schrei.

Er kam vom westlichen Ende des Ganges. Sie sahen, da war offenbar ein Raum, verschlossen mit einem Vorhang. Der Schrei war laut, schrill, klagend. Die Geschwister schauten sich an. Januão zitterte mehr als seine Schwester. Er war sehr blass. Sie dagegen schloss die Augen und versuchte, die Stille zu belauschen, die der Schrei zurückgelassen hatte. Sie war auf eine seltsame Weise aufgeregt wie nie zuvor in ihrem Leben.

Und wieder ein Schrei.

«Da stirbt jemand», hauchte Januão.

«Glaubst du?», flüsterte Dshirah. Sie war erschrocken, aber nicht ein kleines bisschen entsetzt. Sie öffnete die Augen und schaute in sein bleiches Gesicht. Er atmete tief durch, es gelang ihm, das Zittern zu unterdrücken, zumindest seine Hände und seine Lippen kamen zur Ruhe, aber seine Stimme bebte, als er versuchte, ganz ruhig zu sagen: «Sehr gut. Das geht ja sehr gut. Wir haben den Tod gefunden. Wir müssen richtig sein. Also täuscht mich meine Erinnerung. So genau weiß ich es nicht mehr. Ich denke, das da drüben ist das Sterbezimmer der Kalifenstadt. Irgendwo muss hier die Schrift an der Wand sein.»

Er lief zwischen den beiden Fenstern an der Wand hin und her. Sie waren in einen Bogen gesetzt wie die meisten Fenster in der Kalifenstadt, doch dieser Bogen war anders gewölbt. Er schaute hinauf.

«Wo habe ich das schon einmal gesehen?», murmelte er.

Dann trat er einen Schritt von der Wand zurück, hielt Abstand, ging dicht daran, trat wieder zurück. Seine Schritte waren hastig und steif, und während er mit immer enger gepresster Stimme wiederholte: «Es muss hier sein, hier muss was sein ...», lauschte Dshirah auf einen weiteren Schrei. Der kam, lang und laut und voller Schmerz. Sie ging darauf zu.

«Dshirah!»

Das war ein Schrei von der anderen Seite.

«Dshirah, wo gehst du hin? Es muss hier sein.»

«Hier ist nichts.»

Sie war sehr aufgeregt, und sie wunderte sich, dass ihre Stimme so ruhig klang. «Die Wand ist voller Muster und Schnörkel wie alle Wände hier. Mehr ist da nicht. Ich denke, der Gang geht auf der anderen Seite von dem Raum dort weiter. Wir müssen da durch.»

«Nein!» Januão lehnte sich an die so sinnlos bunt verschnörkelte Wand. «Ich geh da nicht hin. Wir haben den Tod gefunden. Aber die Schrift ist nicht im Todeszimmer. Sie ist hier an der Wand.»

Seine Hände tasteten zitternd über die bunten Fliesen, als wollte er erzwingen, in Blindenschrift zu lesen, was seine Augen nicht fanden.

Hastige, huschende Schritte.

Zwei Dienerinnen schleppten schwer an einem Wasserbecken. Das Wasser dampfte. Januão drehte sich um. Beide schauten sie den Frauen nach.

«Er ist tot. Oder sie», flüsterte er. «Sie werden ihn jetzt waschen.»

Sie griff seine Hand und zog ihn mit sich auf den Raum zu. Der

Vorhang war hinter den beiden Dienerinnen nicht ganz zuge-
fallen, und sie sahen, dass in dem Raum viel Licht war. Starb
man in Al-Cúrbona, wo niemand über den Tod sprach, in solch
hellem Licht? Je näher sie kamen, desto stärker zitterte Januão, und
Dshirah fühlte eine seltsame Aufgeregtheit, in der eine tiefe
Freude war.

Sie schlüpften durch den Vorhang in den hell beleuchteten
Raum, und sie erkannte ihren Irrtum sofort. Er nicht. Oder
doch? Seine Finger wanden sich in ihrer Hand, drängten aber
nicht mehr fort, er hatte gemerkt, sie würde ihm nicht folgen, da
klammerte er sich fest.

Links neben dem Eingang standen zusammengeschoben einige
Wandschirme. Sie waren aus Holz und sehr viel schlichter als die
reich verzierte, die Dshirah gestern umgeworfen hatte. Sie verbarg
sich hinter einem einfachen Holzgitter, doch da die Seitenflügel
nicht aufgeklappt waren, fand Januão neben ihr keinen Platz. Sie
zog ihn und huschte hinter die nächste Wand. Die war weiter
geöffnet, hier konnte sie besser sehen, umrahmt von einem hölzernen Rechteck schaute sie auf das Schmerzgesicht einer jungen
Frau, die wieder schrie. Dshirahs und Januãos ineinander gekrallte
Hände verbanden die beiden Wandschirme mit einem verschlungenen Schnörkel, der nicht zu diesen schmucklosen Holzgittern
passte. Aber niemand blickte in ihre Richtung.

In Dshirah zitterte eine Freude voller Erwartung. Sie warf einen
Blick auf ihren Bruder. Der war blassgrün im Gesicht, und seine
Unterlippe zuckte. In ihren Händen trafen sich das Zittern vor
Freude und vor Angst.

Die Dienerinnen hatten das Wasserbecken abgestellt. Eine

ältere, fremde Frau, die Dshirah noch nie gesehen hatte, ließ eine Flüssigkeit in das heiße Wasser tropfen. Ein unbekannter, leichter, etwas herber Geruch verteilte sich im ganzen Raum. Neben der Frau standen zwei Männer, vor ihnen hob und senkte sich unter einem grünen Tuch Aiinas großer Bauch, und hinter ebenfalls grünen Tüchern, verborgen vor den Blicken der Männer, war Aiinas unverschleiertes Gesicht, von dem eine Dienerin den Schweiß tupfte. Die Frau des Kalifen atmete schwer. Sie kniff die Augen zusammen, zog die Mundwinkel auseinander, ihre Lippen wurden schmal und lang, sie versuchte, mit dem Atem etwas herauszupressen aus ihrem Körper – Dshirah hielt die Luft an. Da floss es wie eine Welle durch Aiinas übergroßen Leib, sie biss auf das Tuch, mit dem die Dienerin ihr den Schweiß von der Stirn hatte wischen wollen, und unterdrückte den Schrei. Die Welle strömte durch den Körper hindurch, sie hinterließ einen fast schmerzfreien Augenblick, und Aiina lächelte den Wandschirm an, hinter dem Dshirah stand. Die vergaß alle Gefahr, alle Angst, alles Unglück dieser Welt und lächelte zurück. Hatte Aiina bemerkt, dass da zwei Kinder waren, die überhaupt nicht in das Zimmer gehörten, in dem alle Söhne und Töchter des Kalifen geboren wurden? Vielleicht, aber sie sagte nichts dazu. Eine neue Welle lief durch ihren Körper. Sie überließ sich ohne Kampf dem Schmerz, in dem sich ihr Leib hob und senkte. Dshirah fühlte mit ihr, litt mit ihr, spürte den Schmerz, fast hätte sie mit ihr geschrien.

Ich werde leben, dachte sie, ich will leben, um dies zu erleben. Sie fühlte die Nähe eines Wunders.

Im äußersten Winkel ihres linken Auges, in einem anderen hölzernen Rechteck nahm sie eine Bewegung wahr: Die Hebamme trat einen kleinen Schritt zurück und machte einem der Ärzte Platz, der nun dicht am Körper der Frau stand und nach etwas griff, das Aiinas Schenkel vor Dshirahs Augen verbargen. Sie schaute schnell wieder in das Schmerzgesicht und erahnte aus dem beseligten Lächeln durch verzerrte Lippen und Schweiß, was der Arzt in den Händen halten musste, und ihre strahlenden Augen waren die ersten, die Gesundheit und Glückseligkeit dem kleinen Wesen wünschten, das noch nicht geboren war. Mit einem tiefen Stich quer durch die Freude fiel Dshirah wieder ein, was die Kalifa am Morgen gesagt hatte: «Aiina hat immer sehr schwere Geburten.»

Und Aiina kämpfte. Kein Lächeln mehr und kein Ruhen zwischen den Wehen, sie musste das Kind jetzt hinauspressen, und sie drückte und schrie. Dshirah biss die Zähne zusammen, biss sich auf die Zunge, fühlte Schmerz, wusste nicht, wessen Schmerz es war, vergaß zu atmen, schwankte, griff nach einer Hand, die keinen Halt gab, schnappte nach Luft, hörte einen winzigen Schrei. War der so leise, weil er weit fort war? Die Hebamme hielt ein mageres, blutverschmiertes Körperchen, und Dshirah merkte nicht, dass die steifen Finger, die ihre rechte Hand umklammerte, ihr entglitten, verschwanden. Die Hebamme tauchte das Kind ins Wasser, eine freudlose Männerstimme sagte: «Wieder ein Mädchen.» Zwei Dienerinnen entfernten die grünen Tücher über Aiinas Bauch und ersetzten sie durch blaue. Die Hebamme hüllte das Kind in ein weißes Tuch und trug es zum Gesicht seiner Mutter. Einen wundervollen Herzschlag lang fühlte Dshirah sich angeschaut von riesigen Augen in einem kleinen schrumpeligen Gesicht. Es war dies der Augenblick allerhöchsten Glücks nach dieser Geburt, der einzige, bevor die Enttäuschung kam. Dshirah wollte gratulieren, wollte eine Hand drücken, Januāos, weil sie keine andere hatte, aber Januāos Hand hatte sie auch nicht mehr, er war fort, ihr Händedruck ging in Leere. Und so kam es, dass der Augenblick des Glücks ausschließlich von Frauen und Mädchen geteilt wurde: eine junge Mutter, eine alte Hebamme, Dshirah und ein neugeborenes Kind, das ein Mädchen war. Und schon, als die Hebamme das Kind der Mutter an die Brust legte, zerfiel das Augenblicksglück in Enttäuschung. Dshirah sah es in Aiinas Augen: Wieder ein Mädchen. Sie würde keine Dame hohen Ansehens sein, und Dshirah dachte: Ich muss hier weg. Und sie schlüpfte durch den Vorhang.

In einer finstern Ecke im Flur fand sie ihren Bruder. Sie musste sich erst wieder an die Dunkelheit gewöhnen, dann sah sie, dass er am Boden hockte, eine Hand auf den Mund gepresst hatte und würgte. Sie kniete sich neben ihn. Die Tafeln, die noch immer über ihren Schultern hingen, klapperten auf den Boden.

«Ist dir schlecht?», fragte sie.

Sie fasste seine Schultern und hielt ihn, bis er aufhörte zu zittern. Sein Gesicht war bleich, fast grün. Aber er überwand das Würgen, nahm die Hand vom Mund und sagte: «Ich wusste nicht, dass es so entsetzlich, so schrecklich ist.»

«Was ist schrecklich?», fragte sie.

«Das», murmelte er, «wenn ich gewusst hätte, wie weh das tut, wäre ich lieber – ach, ich weiß nicht – nie geboren.»

«Bist du dumm!» Dshirah musste fast ein bisschen kichern. «Ja, es tut weh, aber es ist doch auch schön.»

«Nein!»

Sie schaute auf ihn hinunter. Sie fühlte sich mindestens zwanzig Jahre älter als er. Wie eine Mutter streichelte sie seinen Kopf.

«Glaub mir, ich weiß das besser», sagte sie. «Aber es macht nichts, du wirst das ja doch nie erleben.»

Er tat ihr ein wenig leid.

«Komm jetzt», sie zog an seinem Arm, «wir müssen uns irgendwie durch das Zimmer schleichen. Auf der anderen Seite muss die Wand mit der Siebten Sage sein. Wir sind am richtigen Ort, nur, Januão, wir haben nicht den Tod, wir haben das Leben gefunden.»

«Ich weiß», murmelte er. «Oh, ich wünschte, dass dies der Tod gewesen wäre, dann hätten wir das hinter uns, und sterben kann kaum schlimmer sein als so geboren werden.»

«Jetzt komm!», drängte sie. «Wir müssen da durch!»

«Nein! Da geh ich nicht wieder hin. Wir kommen auch nicht durch. Alles ist hell, und man kann sich nicht verstecken, nur hinter den Wandschirmen, und die stehen da in der Ecke, und das Zimmer ist groß. Wir finden einen anderen Weg. Ich habe verstanden, wie das hier gebaut ist. Auf dieser Seite des Zimmers gehört der Flur zum Frauenbereich, damit die Frauen schnell dahin gebracht werden können. Der Gang auf der anderen Seite liegt außerhalb des Frauenbereichs, damit die Ärzte immer schnell kommen können. Da ist unsere Wand. Ich glaube, die finde ich jetzt, wenn wir durch die inneren Räume des Frauenpalastes gehen. Nur, gestern war niemand dort. Heute werden da Scharen von Leuten herumlaufen. Auch der Kalif wird sein Kind sehen wollen.»

«Ich glaube nicht», Dshirah schüttelte den Kopf. «Es ist ein Mädchen. Pech für Aiina, Glück für uns.»

Nun führte Januão. Er hing an ihrer Hand. Es sah so aus, als ziehe sie ihn hinter sich her, aber mit einem leichten Drehen des Handgelenks wies er sie nach rechts, nach links. Und er musste den Blindenblick vortäuschen, denn kaum hatten sie zwei Zimmer durchquert, da ertönte ein Gong, einmal, zweimal, dann Stille – und gleich darauf kamen ihnen die Frauen und Mädchen entgegen, Erleichterung auf allen Gesichtern. Hieß das zweimalige Anschlagen des Gongs, dass Mutter und Kind die Geburt gut überstanden hatten?

«Dshirah», rief Sittah-Su, «Aiina hat eine Tochter. Kommst du mit?»

Das war eine fröhliche Gesellschaft. Die immerhin freuten sich, dass Aiina eine Tochter geboren hatte. Oder freuten sie sich, weil sie keinen Sohn geboren hatte? Für die meisten der Frauen war es ein Vorteil, dass Aiina nicht eine Dame hohen Ansehens wurde.

«Ich will bei meinem Bruder bleiben», sagte Dshirah.

Im Gesicht von Aiinas älterer Tochter sah sie Enttäuschung. Die kleine Schwester, die sie an der Hand hielt, verstand von all dem nichts. Sie wollte zu ihrer Mutter, das war alles.

«Sind sie weg?», flüsterte Januāo. «Alle weg?»

«Ja.»

Er schaute sich um.

«Ich weiß nicht mehr genau, wie lange wir schon in diese Richtung gehen. Ich glaube, wir müssen noch etwas weiter.»

Sie trafen niemanden mehr.

«Jetzt geh mal nach rechts und aus dem Frauenbereich hinaus.»

Der Wächter ließ sie passieren. Dshirah durfte sich ja fast in der gesamten Kalifenstadt frei bewegen. Januāo flüsterte in ihr

Ohr, denn der Wächter war noch nah und nicht taub: «Hier habe ich gestern Abend den Hund gesehen.»

Nun kannte er sich aus und führte seine Schwester vor die Wand mit den bardischen Zeichen.

Bardische Zeichen! Sie waren Dshirah so sehr viel vertrauter als die araminischen. Sie ging an der Wand hin und her, zog – sehr vorsichtig, denn die Ornamente waren gemalt, die Farben alt, gut erhalten, doch spröde unter ihren Fingern – zog sehr vorsichtig die Schnörkel nach und suchte die in sie hineingewundenen Schriftzeichen. Ohne Januãos Hilfe hätte sie die verborgene Schrift nicht erkannt.

«Hier», sagte er, «schau, da steht: ‹Dshinnu›»

Sie erschrak ein wenig. So oft hatte man sie in den letzten Tagen ‹Dshirah Dshinnu› genannt, dass sie sich nun fast gerufen fühlte. Und da fiel ihr etwas ein. Oder es sollte ihr einfallen. Sie hatte das Gefühl, dass ihr jetzt sofort etwas einfallen sollte. Das zog als ‹Etwas› durch ihren Kopf, langsam, aber sie konnte es nicht halten, es wollte verschwinden, bevor sie es erkannte, sie musste es fassen, sie musste …

Es war fort. Aber es ließ eine Spur zurück, wie ein Geruch bleibt, wenn etwas Vertrautes vorbeigegangen ist, sie wollte ihm folgen, es begleitete sie ein paar Schritte – dann war es weg. Sie schnupperte, als könnte sie es riechen, einen Hauch, einen Rest davon. Sie hatte eine gute Nase, eine sehr gute Nase, aber da war kein Geruch, und es war auch gar kein Geruch gewesen, es war mehr so wie eine Melodie, die ihr fast eingefallen wäre – und dann war sie weg.

«Was hast du?», fragte Januão.

«Ich weiß nicht. Aber es ist wichtig. Aber ich weiß nicht …»

Sie wandte sich wieder der Schrift zu. Januão nahm ihr die Tafeln von den Schultern. Die mit seinem Lied beschriebene legte er beiseite und gab ihr die anderen.

«Ich lese, und du schreibst», sagte er. «Jetzt kannst du bardisch schreiben. Wenn jemand kommt, sieht er mich vor der Wand stehen. Mit einem Stift in der Hand und Buchstaben auf der Tafel sollte mich niemand sehen.»

Dshirah strich über die glatte Fläche der Wachstafel, die nichts als eine Schultafel war und gleich zum kostbarsten Gegenstand des Kalifenreichs werden sollte. Sie würde die Siebte Sage tragen und sie, Dshirah Dshinnu, würde sie schreiben.

Und sie schrieb. Erst langsam mit feierlichen Zeichen wie ein gleichmäßiges Schreiten beim Tanz, dann stockend, denn auch Januão stammelte beim Lesen.

«Das kann nicht sein», flüsterte er.

«Lies es noch einmal», sagte sie.

Und wieder las er: «... *verbrennen* ...»

«Aber das Dshinnu ist nicht grausam», murmelte er. «In den anderen sechs Sagen ist es überhaupt nicht grausam. Wie kann es jetzt fordern, dass sie diesen armen Menschen verbrennen?»

«Januão», Dshirahs Stimme war kaum zu hören, «das ist eine Fälschung.»

«Ja.»

Viele beklemmende Herzschläge lang hockten sie am Boden, hielten sich aneinander fest. Dann stand Dshirah auf, schüttelte sich und bestimmte: «Wir schreiben es trotzdem ab. Das ist ja nur ein Teil der Geschichte. Wir wissen nicht, was in den anderen Teilen steht. Vielleicht klärt sich alles auf.»

«Ja!», Januão trat wieder vor die Wand. «Vielleicht hat sich da jemand als Dshinnu verkleidet, und dann kommt das richtige Dshinnu und macht alles anders. Schreib!»

Sie schrieb, was sie nicht verstand.

«Da kommen Leute», sagte er. «Mach schnell!»

«Die Tafeln sind voll», sagte sie. «Wir müssen jetzt deine Lieder löschen.»

Schon legte sie den Stift auf die Tafel, um ihn über das Wachs zu rollen und die Schriftzeichen einzuebnen, da rief er: «Nein! Nicht! Ich muss es erst auswendig lernen.»

«Es kommen Leute», sagte sie. «Wir haben keine Zeit.»

«Oder du lernst den Rest der Sage hier. Es fehlt nur noch ein Teil vom letzten Satz.»

Sie nahm den Stift von der Tafel, schaute an die Wand und prägte sich ein: *... und die Henker und der Schreiber und ein weinendes Kind.*

Es waren zehn, vielleicht zwölf Männer, die durch den Gang kamen, ein paar weiße Lakaien, Richter in Blau, Offiziere in Rot, allen voran einer im Kalifengrün, und Dshirah dachte sofort: Er kommt, er kommt doch ...

Sie legte die Tafeln zusammen und die mit Januãos Lied obenauf. Es hatte keinen Sinn zu fliehen, und dazu gab es auch keinen Grund. Niemand hatte ihnen verboten, hier zu sein. Sie durften nur nicht mehr auf die Schrift starren. Dshirah schaute den Männern entgegen, sah aber nur den einen, sah ihn zum ersten Mal als Kalif, ohne vor ihm zu erschrecken. Sie sah einen jungen Mann, der gar nicht so schön war, wie alle immer behaupteten. Er trat auf Dshirah zu, und die spürte: Er freut sich! Über ein Mädchen? Er freut sich!

«Dshirah Dshinnu», sagte er. «Hast du schon gehört: Ich habe eine Tochter.»

Er sagte es ohne Ausdruck, in seiner Stimme war höchstens ein leises Bedauern, aber seine Augen bewiesen, dass die Stimme log.

«Es gibt ...», überlegte Hisham, «... es gibt kein Gesetz, das bestimmt, wie ich meine Töchter nenne. Meine kleine Tochter soll Dshirah heißen.» Er drehte sich zu den Richtern um, und Dshirah dachte: Ich liebe ihn. Einer der Richter nickte. Sie erkannte ihn. Der hatte gestern Januão gezwungen zu trinken. Er hatte gewusst, was wirklich in dem Becher war.

«Dshirah», sagte er, «ist ein alter araminischer Name. Er bedeutet: ‹Spuren im Sande›. Du kannst deine Tochter Dshirah nennen.»

Als Hisham sich ihr wieder zuwandte, fiel sein Blick auf Januão, der blind ins Leere starrte. Hishams Lippen zitterten und formten etwas, das vielleicht: ‹Es tut mir leid› heißen konnte, und zum dritten Mal dachte Dshirah: Ich liebe ihn.

Sie verbargen die Tafeln im Zimmer der goldenen Wiege in einer Truhe. Dort durfte Dshirah ihre eigenen Sachen aufbewahren. Jede der Frauen und Töchter hatte eine solche Truhe, und niemand würde hineinschauen. Das war in Al-Cúrbona Gesetz. Bis jetzt war Dshirahs Truhe leer gewesen. Die Tafeln mit der Siebten Sage waren nun ihr einziger Besitz.

Es war Abend geworden. Sie führte ihren Bruder in den Patio, wo ihr Vater die Vierte Sage erzählen sollte: *Das Dshinnu und der Augenblick.* Ausgerechnet die Vierte Sage musste Tazihlo an diesem Abend erzählen, die von den Augenblicken, und er saß schon auf dem Erzählerhügel, als sie kamen, und sie konnten ihm kein Geheimnis mehr zuflüstern. Er sah seine Kinder in den Patio kommen, sah seinen Sohn unsicher stolpernd an der Hand der Schwester mit Augen ohne Blick.

Zu dritt war es jetzt wirklich eng hinter dem Wandschirm, aber das war nicht schlimm. Sie drängten sich dicht an die Mutter, nahmen sie in die Mitte, damit niemand schräg von der Seite ihr Gesicht sehen konnte, als Dshirah die Arme um ihren Hals schlang und ihr ins Ohr flüsterte: «Januão ist nicht blind. Sidi Antvari hat ihn gerettet. Und – wir haben die Siebte Sage gefunden.»

Verborgen hinter dem Wandschirm schauten Mutter und Sohn sich an und konnten gar nicht aufhören zu schauen und zu schauen, während Tazihlo – Wut, Trauer, Verzweiflung in der Stimme – zu erzählen begann:

Das Dshinnu und der Augenblick

Die Sonne kam, und die Sonne ging, es wurde Nacht, und es wurde Tag, und mit dem Dshinnu wuchsen die Bäume, sie trugen rote Früchte mit roten Kernen, die verteilte das Dshinnu im ganzen Land, bis im ganzen Land die Menschen von den roten Früchten aßen und mit Worten sprachen, die sangen, auch wenn sie gar nicht gesungen wurden. Das Dshinnu und sein Vater und seine Mutter und alle seine Geschwister mochten nichts anderes als diese Früchte essen. Sie schmatzten und schleckten und leckten sich die Finger danach, sie hatten keinen Durst, der Saft floss ihnen über das Kinn, sie fingen keine Fische mehr und vergaßen, das Kalb zu schlachten, das sprang

unter den Bäumen herum und sagte: «Ande Binke, waffe Darte...»,
so vergingen die Stunden in Reimen, die Tage in Versen, die Wochen in
Strophen, nur manchmal störte der Regen, und immer störte der Wind.
Da kam das Gerücht aus der Stadt, dass auch der Kalif von
den Früchten gegessen hatte und alle seine Soldaten. Die hielten die Schwerter nicht mehr fest in der Hand und stolperten über
ihre Lanzen. Schlimm war das nicht. Man hatte schon lange
keine Feinde mehr. Aber es gab Räuber und Mörder. Gold
wurde noch immer gestohlen, und Verlierer erschlugen Gewin-
ner. Es hatten aber die Richter und die Henker auch von den
roten Früchten gegessen, und Todesurteile kann man nicht singen, es kommt nichts Vernünftiges dabei heraus. Darum schickte
der Kalif dem Dshinnu einen Boten, der rief es in die Stadt. Also
brach es auf, wenn es auch nicht wusste, wie es da helfen sollte. Es
wanderte immer unter seinen Bäumen, und da merkte es, dass auf
anderem Boden die Früchte anders schmeckten. Sie waren so süß
und saftig wie daheim, aber sie schmeckten nach Wörtern, die es nicht
kannte. Das Dshinnu sagte: «Joy!» Das schmeckte ihm gut, und
das gefiel ihm gut, wenn es auch nicht verstand, was es da sagte, und
es wunderte sich, als es merkte, dass ‹fortune› und ‹felicidad› ganz
anders klangen, aber genauso schmeckten. Aber dann fand es ‹sau-
dade›, ‹tristesse› und ‹melancholia›. Die schmeckten so süß wie ‹joy›,
aber herb dazu und würzig, es konnte gar nicht mehr aufhören, davon
zu essen, es musste immer ein wenig weinen dabei, und es wurde
hungrig davon. So kam es langsamer voran. Der Kalif und die Richter und die Henker mussten warten, und die Räuber und die Mörder
hatten es gut.

  Und dann fiel eine Frucht vom Baum. Das war noch nie

geschehen, denn immer waren genügend Hände da gewesen, die die Früchte, sobald sie rot genug waren, von den Ästen gepflückt hatten. Nur in der Nacht, wenn alle schliefen, waren manchmal welche von den Bäumen gefallen, die hatten die Tiere gefressen oder sie hatten zerdrückt und faulig riechend am Boden gelegen, und niemand mochte sie essen. Diese hier aber war übersehen worden. Sie fiel dem Dshinnu auf den Kopf, da platzte sie und rutschte dem Dshinnu über die Stirn, es fing sie auf, mit beiden Händen. Es schnupperte. Diese Frucht duftete stärker als alle, die es je gerochen hatte. Es wollte diese Frucht genießen und wollte dabei gern ein wenig hungrig sein. Aber es hatte gerade große Mengen von ‹felicidad› verschlungen, und das machte satt. Doch es fühlte, es konnte diese Frucht nicht warten lassen. Sie würde sogleich zu faulen beginnen. So biss es rasch ein großes Stück von ‹desideria› ab. Davon wurde es hungrig, immer. Und damit war es bereit, die eine reife Frucht zu genießen. Es aß sehr langsam. Es wollte lange, noch länger, dies auf der Zunge, im Mund haben, durch die Kehle gleiten lassen. Würde es eine solche Köstlichkeit jemals wiederfinden? Es wollte bleiben, innehalten, verweilen … Zwar war diese Frucht nicht anders als die anderen, aber sie war reif, sie war vollkommen reif und nicht ein kleines bisschen faul, es aß diese Frucht in genau dem –

«Augenblick», sagte das Dshinnu.

Das Wort hatte es noch nie gehört, aber es wusste genau, von diesem Wort würde es sich nie wieder trennen.

Das Dshinnu blieb an jenem Ort. Es ließ die Früchte reifen und aß sie im richtigen: ‹Augenblick›, ‹Sonnenblick›, ‹Wimpernschlag›, ‹Atemzug›, ‹Herzschlag› …

Es pflanzte Bäume, um mehr Wörter zu finden für: ‹Augenblick› …

Der Kalif und die Richter und die Henker mussten warten, und die Räuber und die Mörder hatten es gut.

Hinter dem Wandschirm, dicht aneinandergedrängt, saßen Dshirah, Januão und ihre Mutter. Sie warteten auf den Augenblick, in dem sie dem Vater sagen konnten: Januão ist nicht blind. Und: Wir haben die Siebte Sage gefunden.

Wasser

Dshirah erwachte und empfand eine Ruhe, die in gleichem Maß vertraut wie beunruhigend war. Sie lag so still in unbewegtem Bett wie zu Hause, wenn sie nach tiefem Schlaf am Morgen die Augen aufschlug. Aber dann lag sie nicht unter einer solch weichen Decke, die mit bunter Seide bestickt war.

Sie haben mich vergessen, dachte sie und fuhr auf. Sie haben alles verdorben, nun werde ich niemals – Unsinn – ich glaube das doch gar nicht.

Ihr Bett schwankte. Sie sah eine der Frauen des Kalifen, es war die jüngste, die hatte sie bisher kaum bemerkt, sie wusste nicht einmal, wie sie hieß. Die Frau schlief. Das Wiegeband war aus ihrer Hand geglitten.

Wenn die anderen sie so finden, werden sie über sie herfallen und –

Die Frau tat ihr leid.

Ich werde erzählen, ich habe geträumt, dachte sie, ich werde, ja –

Jetzt keinen Fehler machen! Was kann schiefgehen, wenn ich behaupte, ich habe geträumt ... was genau? Ich habe geträumt: In einer Kammer voller schwerer Düfte sind an den Wänden vier Zeichen, die führen zu der Siebten Sage. Nicht Januão hat sie gefunden, der bleibt blind, und wir bringen Sidi Antvari nicht in Gefahr. Dann strömen alle Gelehrten aus und finden die Siebte Sage an den Wänden, und wir müssen nicht mehr suchen, nach

Wasser nicht und schon gar nicht nach Tod. Armei dan Hasud hat gesagt, das Dshinnu wird träumen, er hat nicht gesagt, was das Dshinnu träumt.

Sie ließ ihr Bett schwingen, und als die Frau immer noch nicht erwachte, sprang sie hinab, der Schlafenden vor die Füße. Die riss die Augen auf und starrte sie an. Dshirah lächelte, nickte ihr zu, lief zu dem Gong und schlug ihn selber an. Die Frauen und Mädchen kamen sofort. Es war schon heller Tag.

«Dshirah Dshinnu», sagte die Kalifa, «hast du geträumt?»

Dshirah nickte.

Die Kalifa schloss kurz die Augen, dann lächelte sie.

«Setz dich auf die Kissen, Kind, und halt deinen Traum fest. Du sollst sitzen wie auf dem Hügel des Erzählers, wir hören dir zu.»

Und während die Frauen sich Kissen holten und Dshirah zu ihren ging und sich darauf niederließ und Sittah-Sus freundliches Gesicht ihr entgegenstrahlte, zerfiel ihr wundervoller Plan. Denn es war ihr etwas eingefallen: Niemals würden die araminischen Gelehrten die bardischen Zeichen und die bardische Schrift an den Wänden als die Siebte Sage anerkennen. Niemals. Und solange sie nicht wussten, warum das Dshinnu den Angeklagten verbrennen wollte, waren sie selber nicht so ganz sicher, ob die Schrift wirklich die Siebte Sage erzählte.

«Ich habe von meinem Bruder geträumt», stammelte Dshirah. Das war das Erste, was ihr in den Sinn kam. «Ja, ich saß mit meinem Bruder in – ich weiß nicht genau, da bin ich eingeschlafen, und da kam die Siebte Sage, aber ich habe nicht geschlafen, wie in der Nacht, ich war auch wach dabei, und ich weiß, dass es sehr still war, niemand war da, nur wir zwei, und da war Wasser, ein Springbrunnen, ich hörte ihn plätschern.»

Springbrunnen sind hier überall, dachte sie, und die sollen uns allein lassen, wenigstens dazu kann ich sie zwingen.

«Dshirah Dshinnu und der Dshinnu-Bruder dürfen heute in alle Patios der Paläste», bestimmte die Kalifa. «Niemand darf ihnen folgen. Ich werde dem Kalifen sagen lassen, dass alle Gespräche und Empfänge in die inneren Räume verlegt werden müssen.»

«Das war klug!» Januão lachte. Er saß auf einem Kissen und ritzte Zeichen in eine der Wachstafeln. Die brauchten sie nicht mehr, denn Dshirah hatte diesen Teil der Geschichte schon abgeschrieben und auch auswendig gelernt. «Das war sehr klug! So werden sie uns heute nicht nachschnüffeln. Oh, du bist klug!»

Zaiira hatte ihnen Papier, Federn und Tinte gebracht, und während Dshirah weiterschrieb, versuchte Januão sich an die uralten bardischen Zeichen zu erinnern, die er in der Kammer der Düfte gefunden hatte. Würde jemand hereinkommen, er müsste denken, dass der Blinde hilflos ein paar unsinnige Zeichen in das Wachs gekritzelt hatte. Es war nicht sehr wahrscheinlich, dass die Dienerinnen und die Wärter im Frauenpalast die ältesten bardischen Zeichen kannten. Januão wollte die drei, die er gefunden hatte, noch einmal vor sich sehen, sie genau anschauen und überlegen, was alles sie bedeuten konnten. Das Zeichen für ‹Leben› war dasselbe wie das für ‹Geburt›. ‹Tod› konnte auch ‹Sterben› heißen, und ‹Wasser› könnte auch – er wusste es nicht mehr. Mit dem Wasser-Zeichen hatte er sich damals nicht lange beschäftigt. Tod hatte ihn angezogen, er hatte die Striche und Linien ‹Tod› immer in den Sand gemalt, weil man in Al-Cúrbona nicht von Tod sprach und nicht daran dachte. Der Vater hatte es ihm schließlich verbieten müssen.

Er strich das Zeichen ‹Geburt› durch. Das brauchten sie nicht mehr. Viel lieber hätte er jetzt das Todeszeichen gestrichen. Nun, da ihr Leben bedroht war, zog es ihn nicht mehr an. Und was erwartete sie unter diesem Zeichen? Worauf musste er gefasst sein? Was er gestern im Zeichen des Lebens hatte anschauen müssen, war schlimm genug gewesen.

Es war schon mitten am Tag. Die Sonne stand hoch. Den Morgen hatte Januão wieder in der Blindenschule verbracht, seine Füße hatten geübt, die Teppiche zu unterscheiden, und seine Finger hatten gelernt, aus dem Zittern der Flurfeder zu erahnen, ob er im Gang oder in der Halle stand.

«Ich bin fertig», sagte Dshirah. «Was machen wir jetzt? Wo suchen wir? Auf jeden Fall Wasser. Wir müssen heute die Wasserschrift finden.»

«Wasser ist hier überall», nickte Januão. «Ich denke, die Schrift wird am Boden von einem der Brunnen sein.»

«Es gibt viele», murmelte sie und versteckte die beschriebenen Blätter in der Truhe.

«Es muss ein verborgener Brunnen sein», überlegte er. «Oder man kann nicht gut bis auf den Grund schauen, weil das Wasser unruhig ist, ein Springbrunnen vielleicht. Oder es sind Fische darin.»

Sie sammelten ein, was sie brauchten. Januão trug seine Flöte und die Flurfeder schon an einem Band um den Hals. Er knotete das kleine Tintenfass dazu und steckte die Schreibfedern in die Flöte. Dshirah nahm das Papier und schob es in die Falten ihres Kleides, Gelb und Pomeranzenrot hatte sie gewählt für diesen Tag.

Sie gingen einen paradiesischen Weg: Kleine Wasserläufe wanden sich durch Blumenbeete, schlängelten sich unter blühenden Rosenbäumen, plätscherten Stufen hinunter, sammelten sich in klaren Becken. Wasser überall, Fontänen, Sturzbäche, kleine künstliche Wasserfälle ... Dshirah führte ihren Bruder scheinbar an der Hand. So standen sie im Sprühregen glitzernder, von den Rosen rot gefärbter Tropfen, und sie wanderten von Patio zu Patio. Bunte Fische schwammen in den Teichen zwischen gelben Seerosen und großen Tellerblättern. Sie tauchte die Hand ins Wasser, verscheuchte die Fische, bog die Blätter auseinander, sagte: «Nichts. Nur ein paar Schnörkel, einfache Linien, keine Schrift.»

Sie fanden die große Voliere im Patio der Fliegenden Edelsteine, farbenprächtige Vögel wie geschliffene Juwelen hüpften in einem kleinen Urwald herum, flatterten unbeholfen von Ast zu Ast. Januão trat dicht an das Geflecht aus Kupfer- und Silberdraht und sagte: «Wenn ich gewusst hätte, dass es so etwas gibt, ich hätte es vorgestern alles, alles noch sehen wollen. Ich glaube, ich wäre verrückt geworden.»

Er holte seine Flöte, zog vorsichtig die Schreibfedern heraus und spielte den Vogelgesang, der zu dem Gefieder passte, denn die fliegenden Edelsteine krächzten erbärmlich. Dann knotete er das Tintenfass aus der Schnur.

«Gib mir ein Blatt Papier, Dshirah», verlangte er, «ich muss ein Lied für die Vögel schreiben.»

«Nein!» Dshirah wies ihn entschieden zurück, und als sie weitergingen, zog sie ihn wirklich hinter sich her.

Sie fanden die Löwen. Da war das Paradies zu Ende. Die Löwen lagen nicht friedlich unter Palmen. Sie brüllten und drehten sich unruhig im Kreis. Sie waren hungrig. Es war der fünfte Tag, an dem sie kein Futter bekommen hatten. Sie waren dreckig und stanken in ihrem Kot aus vier Tagen, denn sie wurden seitdem nicht mehr alle Morgen mit Fleisch in die Seitenkäfige gelockt, und niemand reinigte ihren Stall. Ihr Gehege war am südlichen Ende der Kalifenstadt. Dshirah und Januão sahen im Käfig das Gitter vor dem Gang, der durch den Berg hinunter zur Plaza de las Poemas in der Stadt führte zu dem anderen Gitter, dem goldenen, im Maul eines riesigen Mosaiklöwen. Dort sollte Dshirah die Siebte Sage erzählen, übermorgen, dort musste sie die Gelehrten überzeugen, sonst würde hier das Gitter geöffnet, das stinkend verdreckte, und das goldene unten in der Stadt auch.

«Lass uns weitersuchen», bat sie, «hier ist nichts.»

Er nickte.

Der Weg zurück in die Kalifenstadt führte durch ein Säulentor. Da war wieder so ein runder gewölbter Bogen. Wo hatte er das schon einmal gesehen? Sie gingen weiter durch einen Pomeranzenhain. Da duftete es so stark, dass vom Gestank der Löwen nichts zu den Palästen drang, nur manchmal, wenn der Wind von Süden kam, hörte man sie brüllen.

Die beiden Geschwister umschlichen den großen Platz, schauten rundum in die kleinen Patios, fanden nichts als Schnörkel in den Brunnen. Sie warteten, bis der Reigen der schönen und schrecklichen Gestalten des großen Brunnens zum Stillstand kam. Sie mussten lange warten, dann blieb die Krake oben hängen, und Dshirah eilte zum Brunnen, fast rannte sie, zog Januão hinter sich her. Sie standen am Brunnenrand, bis das Wasser zur Ruhe kam und sie den Grund sehen konnten. Der Brunnen war tief. Unter Wasser hockten die anderen Tiere und Gestalten, aufgespießt an metallenen Stangen. Dshirah starrte und suchte, sie fand keine Schrift, da kam Bewegung in die Figuren, die Krake senkte sich, das Schuppentier schwamm nach oben, sie floh und riss ihren Bruder vom Brunnenrand.

Einmal, in einem Patio hinter dem Taubenhaus, glaubten sie, die Schrift gefunden zu haben. Das Wasser war unruhig, ein Springbrunnen wühlte es auf. Sie tauchten die Köpfe ein, fast bis auf den Grund. Goldfische schwammen um ihre Nasen über buntem Boden, die Ornamente waren doppelt ineinander verwoben, das Muster war vielschichtig, aber bardische Schriftzeichen verschnörkelte es nicht.

«Wir finden es nicht!» Januão legte die nasse Stirn auf den Brunnenrand.

«Vielleicht ist es unten in der Stadt?», überlegte Dshirah. «Da gibt es auch Wasser genug.»

«Das glaube ich nicht. Hdorigo hat die Schrift verborgen. Sie ist da, wo kaum einmal jemand hinschaut. Auf dem Gang zum Zimmer der Geburt. Der wird selten benutzt, und wer ihn geht, hat keine Zeit, die Wände zu betrachten. Nein, unten in der Stadt haben die Leute Zeit. Wir müssen so etwas finden wie den Gang zum Zimmer der Geburt.»

«Den Gang zum Zimmer des Sterbens», schlug Dshirah vor. «Sollten wir nicht zuerst danach suchen?»

«Nein! Morgen! Wir wissen auch gar nicht, wo wir suchen sollen. Heute Abend, wenn der Vater die Fünfte Sage erzählt, können wir die Mutter fragen. Mag sein, sie weiß, wo man hier stirbt.»

«Ja – oder», überlegte Dshirah, «ich klage über Kopfweh und frage, wo die Kranken sind. Dann verstecken wir uns vor den Krankenzimmern. Vielleicht haben wir ja Glück und es geht einem so schlecht, dass sie ihn in das Sterbezimmer tragen, und dann ...»

Januāo sah nicht glücklich aus.

Er legte seinen immer noch feuchten Kopf an ihre Schulter und sagte: «Erinnerst du dich? Ich war drei und du warst zwei, als Je-ledla ein Fohlen in der Koppel geboren hat, und der Vater holte mich, und die Mutter trug dich hin. Je-ledla leckte es und stupste es, da stand es auf, das war überhaupt nicht schrecklich wie gestern bei der Frau, es war das einzige Fohlen, das wir so kurz nach der Geburt – Dshirah, weißt du noch?»

Dshirah wusste es nicht. Sie streichelte seine nassen Haare und versuchte, sich zu erinnern, zu erinnern ... und weil sie nur an Je-ledla und das Fohlen dachte und nicht verzweifelt um jene andere Erinnerung kämpfte, die ihr gestern vor der Wand mit der bardischen Schrift so hoffnungslos entglitten war, wusste sie es plötzlich –

Sie drückte seinen Kopf an ihre Schulter. Wasser lief aus seinen Haaren über ihren Hals.

«Januāo», flüsterte sie, «oh, Januāo, ich weiß, wo die Wasserschrift ist.»

Er entzog ihr den Kopf und starrte sie an.

«Im Bad. An einer Wand hinter Säulen. Man sieht es kaum. Es ist beim heißen Wasser. Die Luft ist ganz dumpfig dort. Ich habe nicht erkannt, was ich gesehen habe, aber es war etwas Altvertrautes, und wenn ich – die Wand neben meiner linken Schulter – daran entlangging, lief es mit mir mit, und wenn ich in die andere Richtung ging, kam es mir entgegen. Januão, es ist eine Schrift, geschrieben von links nach rechts.»

Eine Weile saßen sie nur da und schauten den Goldfischen zu, die über ein Muster schwammen, an dessen bunten Ornamenten sie sich nun, da ihnen nichts mehr daran fehlte, freuen konnten.

«Gib mir ein Blatt Papier», sagte er dann. «‹Halt! Vogel still auf diesem Baum, ich will dich singen, wie du bist› – gib es mir, Dshirah, jetzt kann ich das Lied über die Vögel schreiben: ‹dein rot gerändert Flügelsaum, der aus der Glut gebrochen ist› …»

«Januão, wir müssen die …»

«Du hast sie doch! Morgen früh bist du wieder im Bad. Dann schreibst du sie ab: ‹dein schillernd schimmernd Buntgefieder klingt laut und leis durch meine Lieder›, das Papier, Dshirah.»

Er begann, das Tintenfass aus dem Band um seinen Hals zu knoten.

«Du hast nicht verstanden, wie sie hier leben», widersprach sie. «Die Dienerinnen ziehen mich ganz aus. Ganz nackt. Ich kann kein Schreibzeug ins Bad schmuggeln.»

«Dann lernst du die paar Worte auswendig.»

«Ich kann nicht so lange vor der Wand stehen und gucken. Sittah-Su ist immer um mich herum.»

«Es langt, wenn du es einmal gelesen hast. Das wirst du doch schaffen. Du erzählst es mir, und ich schreibe dir die Geschichte.

Ich muss nur wissen, was drinsteht. Erzählen kann ich das selber. Dshirah, ich werde Geschichten und Lieder erfinden. Ich bin nicht nur ein Pferdepfeifer. Ich werde weit ins Land gehen, in fremde Städte, wo man mich nicht kennt und mich nicht für blind hält. Da werde ich ...»

«Januão, zuerst müssen wir die Siebte Sage finden. Sonst nützt es dir gar nichts, dass Sidi Antvari dir die Augen gerettet hat.»

«Gib mir ein Blatt Papier, bevor ich das Lied für die bunten Vögel vergesse.»

«Hör auf! Es kann sein, dass Sittah-Su und die anderen mich kaum einen Schritt allein gehen lassen. Ich weiß nicht, ob ich die Schrift lesen kann. Wir müssen heute ...»

«Ja», sagte er, «ja, wie kommen wir da rein? Wir dürfen in alle Patios. Glaubst du, sie lassen uns in Bad?»

Den Weg zum Bad kannte sie, aber natürlich stand ein Wächter davor und ließ sie nicht hinein. Er war sehr freundlich und hörte Dshirah geduldig zu.

«Mein Bruder möchte baden», erklärte sie. «Sie haben ihn doch geblendet, und er darf jetzt alles haben für die anderen Sinne, alles, was er sich wünscht, darf er riechen, schmecken, hören. Und fühlen. Und er möchte Wasser fühlen. An seinem ganzen Körper.»

Was sie selber fühlte, war: seine linke Hand in ihrer rechten wurde hart, seine Finger krallten sich in ihre.

«Es ist doch jetzt niemand im Bad», erzählte sie etwas verunsichert weiter. «Da können wir doch rein. Nur wir zwei.»

«Aber es ist nicht üblich, dass ein Mädchen und ein Junge zusammen im Bad sind», lehnte der Wächter ab.

«Er ist mein Bruder. Wir sind immer zusammen im Fluss geschwommen. Ihr sollt ihm alle Wünsche erfüllen, und er möchte so gerne, nicht wahr, Januão? Januão!»

Er stand schräg mit dem Rücken zu ihr. Machte er das, weil er dem Wächter vortäuschen wollte, dass er nicht wusste, wo er war? Er hörte doch, von wo die Stimme kam. Er musste nicht auch noch den Tauben spielen.

«Januão!»

«I-i-i-ich mö-chte baden», stotterte er, als hätte man ihm die Zunge verstümmelt.

«Ihr müsst die Erlaubnis holen, dass er ins Bad darf. Dann kann er mit ein paar weißen Lakaien hinein. Ohne dich. Ihr bekommt die Erlaubnis bestimmt. Aber ohne Aufsicht darf ich niemand hineinlassen. Ihr könntet zum Beispiel das Wasser vergiften.»

«So ein Unsinn!», schimpfte Dshirah. «Warum sollten wir?»

«Was weiß ich? Vielleicht aus Rache. Weil sie ihn geblendet haben.»

«Du kannst uns untersuchen», schlug sie vor. «Wir haben kein Gift bei uns.»

Das Papier, dachte sie erschrocken. Wenn er es findet. Die Tinte, die Federn. Ach, wir können sagen, er will Lieder machen, und ich soll sie schreiben, und dann diktiert er mir das Vogellied, das macht er, sofort.

Aber der Wächter untersuchte sie nicht.

«Geht und kommt zurück mit den weißen Lakaien. Es ist alles ganz einfach. Für heute ist niemand mehr angemeldet.»

Sie gingen. Januão atmete kurz, als sei er gerannt.

«Was hast du?», flüsterte sie.

Er wartete, bis sie weit genug von dem Wächter entfernt waren. Dann platzte er heraus:

«Oh, Dshirah, du hast recht! Die Schrift ist im Bad. Ich habe Hdorigos Zeichen gefunden, das Wasserzeichen, es ist rechts neben der Tür zum Bad, Hdorigo-Rot, aber man übersieht es, wenn man es nicht kennt. Und Dshirah, wir sind ja dumm! Da laufen wir durch die ganze Kalifenstadt, aber wir müssen nur in dem Teil suchen, den Hdorigo gebaut hat. Wir fragen heute Abend die Mutter, und du fragst deine Sittah-Su oder gleich die Kalifa, sie tun doch alles für dich. Du behauptest, du wolltest mehr über die Kalifenstadt wissen, weil sie so schön ist, und besonders der bardische Baumeister ... verstehst du?»

«Ja!» Sie nickte. «Und vor den anderen Räumen und Gängen, wo die Sage an der Wand steht, da ist bestimmt auch das Zeichen, Hdorigo-Rot, es sind Wegweiser, wir finden sie.»

«Bestimmt! Es ist nicht schlimm, dass wir heute nicht ins Bad kommen. Du liest das morgen ...»

«Januão, du hast nicht verstanden, wie sie immer um mich herum sind. Aber warum machst du das nicht? Du hast Geschichten immer viel besser behalten als ich, und du kannst viel schneller lesen. Also, wir holen die Erlaubnis, du gehst mit ein paar weißen Lakaien ins Bad, du tust so, als wolltest du die Wand anschauen ...»

«Dshirah, ich bin blind!»

«Ja.»

Hatte Dshirah ihn mit Absicht diesen Weg geführt? Sie näherten sich der Außenwand des Bades.

«Das Licht kommt von oben», murmelte sie, «die Fenster sind sehr hoch, und es gibt nur eine Fensterreihe.»

Sie erreichten einen kleinen, schmucklosen Hof, der war leer, hier gab es nichts zu sehen und nichts zu tun.

«Ja, das dachte ich mir», sagte Dshirah. «Es ist von außen genauso. Da können wir nicht hineinklettern.»

Sie starrten an der Wand hinauf. Die war den Prachtbauten abgewandt, da gab es nur glattes, schlichtes Mauerwerk, keine Säulen, Bogen, Simse – keine Möglichkeit hinaufzuklettern. Und die Fenster waren hoch oben unter dem Dach. Es waren keine einzelnen Fenster. Das sah eher aus wie ein Spalt zwischen Wand und Dach, unterbrochen von kleinen, schlanken Säulen. Es wäre überhaupt nicht schwierig gewesen, da hineinzusteigen, wenn es nicht so hoch gewesen wäre. Dshirah lehnte die Stirn an die Mauer. Sie unterdrückte die Tränen, denn die störten beim Denken.

Wie werde ich morgen die Frauen und Mädchen los?, dachte sie. Wie kann ich lange genug allein sein, um die Schrift zu lesen? Sittah-Su war heute Morgen nicht im Bad, fiel ihr ein, natürlich, sie hat ja ihre Mondzeit, sie wird auch morgen nicht dabei sein, das ist gut. Aber die anderen, all die anderen ...

Da merkte sie, dass Januão nicht mehr neben ihr war. Sie drehte sich um. Er stand an der gegenüberliegenden Seite des Hofes, so weit von der Mauer entfernt, wie es hier möglich war, und er starrte auf die Dächer über der Fensterreihe. Wenn ihn jemand so sah! Sie lief zu ihm.

«Guck doch nicht so auffällig», zischte sie ihm zu.

Er nickte und senkte den Kopf.

«Hinauf zu den Fenstern können wir nicht», flüsterte er, «aber hinunter. Sie sind ja kurz unter dem Dach, und das Dach hat keinen Überstand. Ich bin mit Silbāo schon ganz anders geklettert. Aber schaffst du das?»

«Ich mache alles, was du machst.»

«Und hier ist keiner», überlegte er. «Es wird uns niemand beobachten. Und es geht ja ganz schnell. Nur, wie ist es innen? Kann man innen an den Wänden hinunterklettern?»

«Ich weiß nicht. Kann schon sein. Es gibt Bogen, Säulengänge, quer durch den Raum.»

«Wir versuchen es!», entschied er.

«Ja, aber wie kommen wir auf das Dach?»

Er nickte.

«Schau dich mal um, ob wirklich niemand da ist.»

«Niemand.»

Da hob er wieder den Kopf und schaute hinauf.

«Das ist der Blick aus dem Fenster in der Kammer der Düfte. Da – das ist das Fenster. Ich erinnere mich genau. Was ich als Erstes gesehen habe, als ich merkte, dass ich nicht blind bin, hat sich fest in meinen Kopf eingebrannt. Nur, was ich überhaupt nicht mehr weiß, ist der Weg zu der Kammer. Ich war halb ohnmächtig, als der weiße Lakai mich dahin führte.»

«Und», rief sie leise, «glaubst du, wir kommen in die Kammer der Düfte? Ist sie offen? Wir würden da das vierte Zeichen finden. Dann wissen wir, ob es wirklich ‹Feuer› ist. Du kennst das Feuerzeichen?»

«Ich könnte es dir jetzt nicht aufmalen, aber ich erkenne es bestimmt. Und ja, ich glaube, wir kommen in die Kammer. Nur wenn sie die gerade vorbereiten für diese Nacht, weil sie wieder einen geblendet oder betäubt haben, dann sind wahrscheinlich Leute drin. Wir müssen es versuchen, aber ich finde den Weg nicht, auch wenn ich nun von hier aus sehe, wo die Kammer ist, ich verlaufe mich in diesen Gebäuden, in der Ebene finde ich alles, aber hier ...»

«Erinnerst du dich an nichts, das du auf dem Weg dahin gesehen hast?»

«Nein.»

«Und wir können niemanden fragen.»

«Nein. Doch! Zaiira! Die war ja dort. Weißt du, ob sie hier ist?»

«Sie wird bei Sittah-Su sein.»

«Die findest du, ja? Dann lockst du Zaiira von ihr weg, du willst mit ihr allein reden, sie ist schließlich deine Freundin ...»

«Das weiß Sittah-Su nicht, und das darf sie auch nicht wissen.»

«Nein.»

Sie hockten eine Weile am Boden und dachten nach, wie sie Zaiira allein sprechen konnten.

«Ja», murmelte Dshirah, «das könnte gehen. Du darfst ja mit in den Frauenpalast. Wir gehen zusammen. Ich kann nicht verlangen, dass ich mit Zaiira allein sein will, aber ich kann behaupten, dass ich Sittah-Su etwas Wichtiges sagen muss und ihr allein. Ich werde ihr dann von Una erzählen. Vielleicht ist das sogar wirklich wichtig für sie.»

«Wer ist Una?»

«Die Frau, mit der Juja in En-Wlowa lebt.»

«Ja, Silbāo hat von ihr gesprochen. Was hat Sittah-Su damit zu tun?»

«Una hat das Sternzeichen des Löwen auf der rechten Schulter. Sie muss von hohem Adel sein, eine enge Verwandte des Kalifen. Vielleicht hat sie etwas zu tun mit Sittah-Sus Eltern. Die möchte nämlich gern wissen, wer ihre Mutter ist. Und ihr Vater ...»

«Sie ist eine Tochter des ...»

«Ist sie nicht. Und während ich mit Sittah-Su rede, lässt du dir von Zaiira den Weg zur Kammer der Düfte erklären.»

Sie gingen schnell, Januão immer an Dshirahs Hand. Sie fanden die beiden Mädchen im Patio hinter Sittah-Sus Räumen. Da spielten sie Schach.

«Kannst du Schach spielen, Dshirah Dshinnu?», rief Sittah-Su ihnen entgegen. «Zaiira verliert immer.»

«Ich würde auch verlieren», sagte Dshirah. «Mein Bruder konnte es gut.»

Sittah-Su warf ein paar Figuren um.

«Erinnere mich nicht daran, dass er blind ist», klagte sie, «ich will es vergessen.»

Dshirah trat dicht vor sie.

«Du, ich muss dir etwas erzählen», flüsterte sie, «dir allein. Lass uns zum Brunnen gehen.»

Sittah-Su folgte ihr neugierig, und Dshirah berichtete von Una.

«Eine Frau mit dem Kalifenzeichen auf der rechten Schulter? In En-Wlowa? Bist du sicher?»

«Ja, ich habe es gesehen. Aber sie heißt nicht Una. Wie sie wirklich heißt, hat sie mir nicht gesagt.»

«Könnte sie meine Mutter sein?»

«Dazu ist sie zu alt.»

Sittah-Su starrte nachdenklich in den Brunnen, ließ ihre Finger durch das Wasser gleiten.

«Wie ist die nach En-Wlowa gekommen?», murmelte sie. «Wie?»

«Sie mag Armei dan Hasud nicht», überlegte Dshirah. «Kann man dafür nach En-Wlowa kommen?»

«Was heißt, sie mag Armei dan Hasud nicht? Was hat sie über ihn gesagt?»

«Sie findet ihn dumm.»

«Dumm!» Sittah-Su lachte etwas schrill. «Das ist eine Verrückte.»

«Nein», versuchte Dshirah zu erklären, «sie weiß, dass er ein großer Denker war, der klügste, aber sie hat gesagt: ‹Dummheit schützt ...› nein, so: ‹Klugheit schützt nicht vor Dummheit›, ja, das hat sie gesagt.»

«Eine Verrückte!», zischte Sittah-Su. «Die ist nicht mit mir verwandt. Wie kannst du so etwas denken!»

«Ich wollte nur ...», Dshirah blinzelte zu Januão und Zaiira hinüber, er stand gerade auf. «Ich dachte nur, sie muss ja nicht immer verrückt gewesen sein, vielleicht ist sie es in En-Wlowa geworden, da kann man verrückt werden, glaub es mir.»

«Ja», murmelte Sittah-Su, «ja, das mag sein, ich danke dir, wenn du noch mehr weißt ...»

«Das ist jetzt alles, ich denke an dich, vielleicht fällt mir noch was ein, ich muss jetzt zu meinem Bruder. Wenn er allein rumläuft, stürzt er.»

Sie ließ Sittah-Su am Brunnen sitzen, lief zu Januão, nahm seine Hand und tauschte einen kurzen, aber sehr lieben Blick mit

Zaiira. Sie gingen aus den Räumen der Kalifentöchter hinaus, und dann führte er. Die Kammer der Düfte fanden sie sofort, aber sie blieben zögernd davor stehen und trauten sich nicht, die Tür zu öffnen. Es war einer der wenigen Räume in der Kalifenstadt, der nicht mit einem Vorhang, sondern mit einer festen Tür verschlossen war. Sie konnten nicht hören, ob jemand in der Kammer war.

«Ist verriegelt», stellte Dshirah fest. «Wenn man die Tür nur von außen öffnen kann, ist niemand drin.»

«Man kann sie von innen öffnen», sagte er. «Zaiira ist hinausgegangen.»

«Wir müssen es wagen», entschied sie und griff nach dem Riegel.

«Warte!», rief er leise. «Erst überlegen, was wir sagen, wenn jemand drin ist. Du – du – führst mich hinein, nein, ich gehe hinein, wie ein Schlafwandler, ein Mondsüchtiger, der blind seinen Weg findet, ich suche meine Augen, ich suche den Ort, wo meine Augen ihre letzten Blicke hatten ...»

Er streckte die Arme aus, lief mit blindem Blick auf die Tür zu, hob den Riegel, schlüpfte in die Kammer, sie folgte sofort.

«Leer», sagte sie und schloss die Tür. Sie schnüffelte, Reste der schweren Düfte hingen noch in der Luft. «Ja – das war der Geruch, den Zaiiras Kleider gestern Morgen hatten. Es ist wie in En-Wlowa, aber nicht so schlimm.»

Er sagte nichts. Er saß auf dem Bett, die Ellbogen auf den Knien, das Gesicht in die Hände gepresst, sein Körper wurde geschüttelt von heftigen Wellen, er würgte. Sie setzte sich neben ihn, legte die Arme um ihn, versuchte das Beben festzuhalten, das Würgen zu unterdrücken.

«Ist doch nicht schlimm», flüsterte sie, «riecht nur noch

ein bisschen seltsam, die Blumen von En-Wlowa waren viel schlimmer.»

Langsam beruhigte er sich und hob den Kopf, aber er hatte keine Farbe im Gesicht, seine Haut sah aus wie kalte Asche, und mit einer ebenso kalten, ausgebrannten Stimme sagte er: «Es war so entsetzlich. Und es ist noch viel schlimmer, sich daran zu erinnern. Ich habe ja wirklich geglaubt, dass ich blind werde.»

«Ja, aber du bist nicht blind.»

Sie schüttelte ihn, nahm sein Gesicht in die Hände, es war kalt.

«Ich habe gar nicht gewusst, dass ich solche Angst hatte.» Sogar sein Atem zog kalt an ihren Fingern vorbei. «Jetzt erst merke ich das. Ich wollte sterben. Und ich wollte leben. Und ich wollte weder sterben noch leben. Beides war gleich schlimm.»

Er stieß ihre Hände weg, fingerte an seinem Hals herum, fummelte die Flöte aus dem Hemd heraus, zog die Schreibfeder aus der Röhre, ließ sie fallen –

«Januão!», rief sie leise. «Du kannst jetzt nicht Flöte spielen!»

Er beachtete sie nicht. Seine Finger taumelten über die Grifflöcher, erkannten ihre Heimat, kamen zur Ruhe, leise, sehr leise, spielte er eine klagende Melodie, die endete mit einem winzigen Triller, er lachte, seine Haut hatte wieder eine Farbe wie die Innenseite von Je-ledlas Nüstern.

«Ich sehe dich!», jubelte er, und die Tränen liefen ihm aus den Augen. «Und den Fluss und die Gräser und die Sonne …»

«Januão! Hier ist kein Fluss. Hier muss irgendwo das vierte Zeichen sein.»

«Ja.»

Er wollte die Flöte wieder unter das Hemd gleiten lassen, aber sie hielt seine Hand, hob die Feder auf, steckte sie zurück in die Flöte.

«Meine kleine Schwester, die an alles denkt», flüsterte er, «ich möchte niemals ohne dich sein. Aber ich werde dich verlassen und in fremde Städte gehen und Lieder singen und Geschichten erzählen ...»

Er wandte sich rasch ab, drehte sich dann langsam einmal im Kreis.

«Da», sagte er. «Das vierte Zeichen.»

Sie knieten beide vor der Wand, zogen mit den Fingern die roten Linien nach.

«Ich kenne es nicht», murmelte er. «Kennst du es?»

Sie schüttelte den Kopf.

«Mir hat der Vater noch weniger von der ältesten Schrift beigebracht.»

«Das Feuerzeichen», sagte er, «ist es nicht.»

Sie untersuchten die Wand genau, prüften, ob etwas von der Farbe abgeblättert war, aber das Zeichen schien vollständig erhalten.

«Jetzt musst du mir das Papier geben, kleine Schwester», sagte er. «Ich muss es abmalen. Wir zeigen es der Mutter, die wird es kennen.»

Während er das fremde Zeichen malte, versuchte sie, von einem der großen Kissen die Kordel zu reißen. Dann faltete er das Papier zusammen und half ihr. Sie rissen von allen Kissen die Kordeln, knoteten sie zusammen und hatten schließlich einen bunten Strick von einigen Metern Länge. Januão zog daran.

«Hält der uns?»

Es sah zumindest so aus. Er band ihn um die Hüften. Dann öffneten sie das Fenster.

«Wir können es nicht hinter uns schließen», sagte er. «Hoffentlich kommt niemand. Sie werden sich sonst wundern, dass es offen ist.»

«Sie werden sich noch mehr wundern, dass die Kordeln fehlen.»

«Ja. Und dann bleiben sie hier und passen auf, und wir können nicht auf diesem Weg zurück.»

Dshirah zuckte die Achseln.

«Wer an den Rückweg denkt, bevor er aufgebrochen ist, kommt niemals an.»

Das war ein altes bardisches Sprichwort. Also kletterten sie aus dem Fenster und hofften, dass erst wieder jemand geblendet oder betäubt wurde, wenn sie längst alles gewonnen oder verloren hatten.

Über die nur wenig schrägen Dächer zu klettern, war nicht schwierig, und mit der Sonne am Himmel und der Luft um sich herum fanden sie ihren Weg so sicher wie im Hügelland hinter der Ebene. Gefährlich aber war es, vom Dach in die offene Fensterreihe des Bades zu klettern. Sie lagen auf dem Bauch, die Köpfe zwischen die kleinen Zinnen über den Rand des Daches geschoben, und Januão sagte: «Die Fenster sind weiter weg vom Dach, als es von unten ausgesehen hat.»

Er schob sich vor.

«Und höher sind sie auch. Wir erreichen auf keinen Fall von hier mit den Füßen die Fensterbank. Wir müssen die Beine um die Säule schlingen und uns hinunterrutschen lassen. Aber die

Säulen sind genau zwischen den Zinnen. Wir können uns an den Zinnen halten. Es müsste gehen. Nur, wie kommen wir zurück?»

«Wer an den Rückweg denkt, bevor er ...», begann sie.

«Ja, ja, aber wer nie an Rückwege denkt, wird es irgendwann bereuen.»

«Und wenn wir das Seil um die Zinnen binden?», schlug sie vor.

«Dann haben wir drinnen kein Seil mehr.»

«Wenn doch Zaiira hier wäre», klagte Dshirah. «Die würde es schaffen, und sie würde es für mich tun.»

«Zaiira kann klettern?»

«Wie ihre Katze.»

«Natürlich», fast lachte er ein wenig. «Zaiira hat eine Katze. Silbāo hat keine, aber er kann klettern wie seine Ziegen. Und er würde es für mich tun. Nur würde uns das nichts nützen. Beide können die bardische Schrift nicht lesen.»

Er zog den Kopf aus den Zinnen und drehte sich um. Auf dem Bauch rutschend, die Beine voraus, schob er sich über den Rand. Sie griff nach seiner Schulter.

Nicht, dachte sie, ich lese die Schrift morgen im Bad.

«Stör mich nicht», presste er durch die Zähne. Sein Körper, sein Kopf verschwanden, nur die Hände klammerten sich noch rechts und links an die Zinnen – dann ließ er los, erst eine Hand, dann die andere. Dshirah schaute hinunter in den Hof, nichts stürzte hinab.

«Du kannst kommen», hörte sie ihn rufen. «Es ist leichter, als ich dachte.»

Die Arme um die Zinnen gelegt, fanden ihre Beine die Säule, sie ließ sich hinuntersinken, langsam die Hände von den Zinnen gleiten, bekam den Rand des Daches zu fassen, konnte erst die eine, dann die andere Hand lösen und die Säule umklammern, sie rutschte bis auf den Sockel, ihre Füße fanden das Fenstersims, nun musste sie sich nur noch drehen, und sie saß rittlings im Fenster. Sie schaute hinauf.

Nicht an den Rückweg denken ...

Und nach innen im Bad war es genauso tief. Aber quer durch den Raum liefen die Säulen, verbunden mit hoch gewölbten Bögen. Dshirah schaute hinunter auf eine der beiden Säulenreihen, die nicht die Decke trugen, die nur den Raum teilten. Von oben sah sie einen armbreiten Steg, der reichte bis zu ihrer Wand.

«Mein Ziegenfreund würde daraufspringen», sagte Januão.

«Meine Katzenfreundin auch.»

«Wir können das nicht.»

«Nein.»

«Und wir kommen niemals zurück!»

«Doch!», sagte sie. «Wir haben das Seil. Und hinunter kommen wir. Da unten ist das Becken, in dem ich immer schwimme. Es ist tief genug.»

«Springen?»

«Du bist doch vom Fels in den Fluss gesprungen. Und ich kann das dann auch.»

Er nickte: «Wenn das Wasser tief genug ist ... Aber das Papier. Es wird nass.»

Dshirah schwang sich von Fenster zu Fenster, bis sie über den marmornen Ruhebänken war. Sie zog das Papier aus ihrem Kleid, ließ es fallen, schaute zu, wie das Blatt hinabflatterte und schließlich auf einer rot marmorierten Liegebank einen hellen

Fleck machte. Dann hangelte sie sich durch die Fenstersäulen zurück zu ihrem Bruder.

«Springen wir zusammen?», fragte sie.

Er antwortete nicht. Er beugte sich vor, schaute prüfend an der Wand hinunter.

«Lass mich einmal an den Rückweg denken», sagte er und löste die Kordel von seiner Hüfte. Er gab sie ihr. «Kletter zwei Fenster weiter, da, genau über der Bogenreihe neben dem Becken, in dem man schwimmen kann, da bindest du die Kordel um die Säule. Wenn es uns von unten gelingt, die Säulen hinaufzuklettern, kommen wir mit dem Seil hier herauf.»

Sie nickte und schwang sich zwei Fenster weiter. Da band sie die Kordel um die Säule, löste den Knoten noch einmal und machte die Schlinge am äußersten Ende, nun hing das Seil weit genug hinab, dass sie es von dem armbreiten Steg aus greifen konnten – zumindest sah es von oben so aus. Sie kletterte zu ihm zurück.

«Springen wir zusammen?»

«Nein. Ich springe zuerst. Ich habe das schon gemacht. Du nicht. Vielleicht brauchst du Hilfe. Es nimmt dir den Atem. Es ist nicht so leicht, nach einem solchen Sprung zu schwimmen. Und ich kann besser schwimmen als du.»

«Ich habe jeden Tag geübt, seit ich hier bin.»

«Dshirah, pass auf, wenn du springst, breitest du die Arme aus und die Beine, ganz weit. Kurz vor dem Wasser machst du dich ganz klein, ziehst Arme und Beine an, und sobald du das Wasser fühlst, streckst du sie wieder aus. Hast du verstanden? Ich habe mit Silbāo viele Versuche gemacht. Hast du verstanden?»

Sie nickte. Er stand auf, hielt sich mit der rechten Hand an der

Säule, die linke umklammerte das Tintenfass und die Flöte unter seinem Hemd.

«Januão», sagte sie, «wenn du das festhältst, kannst du aber nicht springen, du kannst nur einen Arm ausstrecken.»

«Es wird schon gehen.»

«Sollen wir die Sachen nicht lieber hinunterwerfen. Wie das Papier? Der Korken muss fest in dem Tintenfass stecken, dann ...»

«Ich werfe meine Flöte nicht hinab.»

«Wirf sie ins Wasser, sie fällt ja doch ...»

«Das Wasser reicht fast bis zur Wand», unterbrach er. «Ist auf dieser Seite die tiefste Stelle?»

Sie nickte. Er sprang.

Sie sah ihn fliegen. Fliegen? Sie sah ihn fallen, stürzen und dachte im selben Herzschlag – den ihr Herz nicht schlug, es setzte aus –, dachte: Es ist das falsche Becken, es ist nicht, es ist doch, aber es ist das falsche Ende, ich bin geschwommen von da nach – oder? – ich habe ihn in den Tod geschickt, und ich springe da nicht runter, ich habe meinen Bruder – ich will nicht – ich –

Sie stieß sich ab und sprang ihm nach.

Seinen Rat hatte sie vergessen. Sie breitete nicht die Arme aus. Sie rollte sich ganz klein zusammen und schloss die Augen. Sie umklammerte sich selbst, sie war der letzte Mensch, der sie jemals anfassen würde, sie war entsetzlich allein, die nächste Berührung würde der Aufprall sein und würde die letzte sein ...

Sie klatschte auf das Wasser, es war hart wie Stein. Der Schmerz traf ihr linkes Knie, die Hüfte, den Ellenbogen, die linke Seite ihres Gesichts. Das Wasser brannte. Dann stieß sie auf Härteres, aber der marmorne Boden war sanfter als das Wasser. Das blieb grausam, ein erbitterter Feind, der sie würgte und ihr den Atem nahm, sie schlug auf ihn ein, stieß ihn und trat ihn, strampelte, trampelte, aber der nasse Feind hielt sie mit festem Griff, umklammerte ihre Arme, sie kämpfte, er zog sie rückwärts, sie warf ihm den Kopf gegen die Brust, fühlte seine Hände und erinnerte sich. Hände, das waren Hände, sie gab nach und Januão konnte nach oben schwimmen. Sie tauchten auf. Sie spuckte Wasser, er hielt ihre Schultern, verhinderte, dass sie wieder nach unten sank, dann konnte sie schwimmen. Er half ihr aus dem Becken, sie würgte noch etwas Wasser hinaus.

«Ich habe alles falsch gemacht», stammelte sie.

«Du bist gesprungen», sagte er. «Du bist hier.»

Er holte die Flöte aus seinem Hemd, legte die Federn auf eine trockene Stelle, schüttelte das Wasser aus der Flöte, prüfte das Tintenfass. Der kleine metallene Behälter war heil geblieben, der Korken saß fest.

«Komm!»

Er griff nach ihrer Hand. Es war nicht nötig, hier den Blinden zu spielen, sie hielten sich an den Händen, weil sie es so wollten. In der anderen Hand trug er die Federn, bewegte sie in der Luft, blies sie trocken. So gingen sie um das Becken, unter den Säulen hindurch zu der Liegebank, auf die das Papier gefallen war.

«Nun?», er schaute sie fragend an. «Wo?»

«Die Galerie!», rief sie. «Natürlich, die Galerie!»

«Die was?»

«Die Schrift ist dort, aber da, siehst du, die Galerie ist fast auf der Höhe der Säulenbogen. Von da kommen wir zurück!»

Er lächelte: «Wer an den Rückweg denkt, bevor er ...»

«Wir sind aufgebrochen, wir sind angekommen, Januão, jetzt darf ich an den Rückweg denken. Wir schaffen es, wir schaffen es.»

Sie führte ihn zum anderen Ende des Bades. Das Heißwasserbecken dampfte nicht mehr, es war nur noch warm, die Schrift unter den Arkaden hinter den Säulen war sehr viel besser zu sehen als am Morgen.

«Ich habe ein bisschen Angst, es zu lesen», sagte er. «Wenn wieder so etwas Schlimmes da steht wie gestern ... und wenn wir nicht erfahren, warum das Dshinnu den armen Mann verbrennen will – dann – dann muss es eine Fälschung sein.»

«Fang an», verlangte sie und biss auf dem Korken vom Tintenfass herum, er war im Wasser aufgequollen, aber schließlich brachte sie ihn heraus. Januão lief an der Wand hin und her und las:

Das Dshinnu und das dreimal gewendete Blatt

Sie schrieb. Unter das unbekannte alte bardische Zeichen, das er in der Kammer der Düfte abgemalt hatte, schrieb sie in bardischer Schrift.

«Ist das alles?», fragte sie.

«Mehr finde ich nicht.»

«Es ist der Anfang der Siebten Sage.»

«Ja. Das ist gut. So hast du übermorgen auf alle Fälle etwas, womit du beginnen kannst.»

«Ja, aber ich verstehe den Zusammenhang nicht.»

«Ich auch nicht. Vor allem verstehe ich immer noch nicht, warum dieser Mann brennen soll.»

Dshirah faltete die Blätter zusammen.

«Morgen», sagte sie, «vor der Kammer der Sterbenden finden wir den letzten Teil der Geschichte. Bestimmt! Dann klärt sich alles auf. Was mache ich jetzt mit dem Papier? Ich kann es nicht in meine nassen Kleider tun. Und wenn ich es in der Hand halte, kann ich nicht klettern.»

«Der Boden hier ist ziemlich warm», stellte er fest. «Sie heizen den Boden, hast du das gemerkt? Wir müssen die Kleider trocknen.»

Sie zogen sich aus, legten die Kleider ausgebreitet auf die bunten, warmen Fliesen, standen nebeneinander, sahen sich nicht an, waren verlegen, wie noch nie in ihrem Leben. Sein Blick ging an ihr vorbei in die Höhe, tastete sich an den Säulen und Bogen entlang, die den Raum aufteilten.

«Ist dir das schon aufgefallen? Guck mal», sagte er, «die Bogen über den Säulen sind alle gleich oder ähnlich. In den Fenstern sind die Säulen nur durch ein waagerechtes Joch verbunden, hier im Bad durch Bogen, die sehen aus wie Hufeisen, und vor dem Zimmer der Geburt gestern waren die Fenster auch so, mit Bogen wie Hufeisen, erinnerst du dich?»

Sie nickte. «Ja, ich habe es gestern nicht gemerkt, aber jetzt … Du meinst, das ist, wie Hdorigo gebaut hat?»

«Ja, ich glaube, das Gebäude hier ist älter, aber Hdorigo hat das hier innen gemacht.»

«Dann müssen wir immer nur nach den Säulen mit Bogen wie Hufeisen suchen. Es gibt noch welche, ich habe sie gesehen.»

Da schauten sie sich in die Augen wie früher, mit dem geraden Geschwisterblick, und sie lachten. Dann aber guckte Januão wieder auf den Boden, und sie dachte: Der dumme Wächter vor dem Bad. Das ist nur, weil der gesagt hat, ein Mädchen und ein Junge dürfen hier nicht zusammen baden. Wie kriegen wir das wieder weg? Sie berührte ihre Kleider mit dem Fuß, sie waren noch feucht.

«Eigentlich», sagte sie, «können wir solange baden.»

Er zögerte.

«Und wenn uns der Wächter hört?»

«Der hört uns nicht», sie schüttelte die Kopf. «Da sind noch die Ankleideräume dazwischen und ganz viele andere mit warmen Bänken und so.»

Das wurde ein Spaß! Sie schwammen, sprangen, tauchten, planschten. Und lachten. Sie hatten die Hälfte der Siebten Sage gefunden. Und das vierte Zeichen. Die Mutter würde es erkennen. Sie hatten verstanden, nach welchen Säulen sie in der Kalifenstadt suchen mussten. Sie würden es schaffen!

Sie mussten nur noch zurück.

«Unsere Kleider sind trocken.» Dshirah schüttelte die Tücher ihres Gewandes, gelb und pomeranzenrot. «Aber wir sind nass.»

«Du kannst dich mit meinen abtrocknen. Meine können ruhig nass sein.»

So rieb sie sich trocken mit dem hellen, sandfarbenen Hemd der Musikanten. Dann war es für sie etwas schwierig, die Tücher um sich zu schlingen, er musste helfen, hier etwas halten, da etwas binden, aber schließlich sah sie fast wie eine Hofdame des Kalifen aus, und die sichere Falte, in der sie das kostbare Papier trug, war ihr gelungen. Sie fand auch die Treppe zur Galerie, und es war leicht, über das Geländer auf den Säulenbogen zu klettern. So balancierten sie über die ganze Breite des Bades bis zur Fensterwand, Dshirah ging voraus, sie schaute nicht hinunter, sondern nur auf das Kordelseil. Reichte es weit genug herab? Es hing nicht genau über dem Säulenbogen, sie musste sich etwas nach links beugen, und obwohl sie nicht hinabschauen wollte, sah sie im linken Augenwinkel unten das Wasser blinken. Sofort wurde ihr schwindlig, aber sie erwischte das Seil, und das gab ihr Halt.

«Soll ich nicht lieber zuerst?», fragte Januão hinter ihr. «Ich kann dich dann hochziehen.»

«Klettern kann ich», sagte sie. «Nicht so gut wie Zaiira, aber das ist jetzt nicht schwer.»

Und sie hätte auch gar nicht mehr zurückgehen können, sie hing bereits am Seil, es gab kein Zurück. Weit war es nicht mehr bis zum Fenstersims, und sie war so froh und zuversichtlich, da griffen ihre Hände zu, ihre Füße stemmten sich gegen die Wand, sie schwang sich ins Fenster und lachte.

«Schau, ob jemand unten im Hof ist!», rief er hinauf.

Da war niemand. Sie saß rittlings im Fenster, ließ das Seil ein wenig pendeln, bis er gut danach greifen konnte. Sie brauchte ihm nicht zu helfen. Die Hände am Seil, die Füße an der Wand, kam er ihr rasch entgegen.

Aber das Seil war kein Seil. Es war eine Kordel aus bunten Seidenfäden, und ein gelber, nein, ein goldener, ein leuchtend sonnengoldener, sprang ab und ringelte sich, ein Sonnenfaden, um ein kleines Stück der Kordel, und ein roter folgte, ein abendroter, als wollte die Sonne jetzt untergehen. Dshirah beugte sich hinab und griff danach, fast konnte sie die Stelle erreichen, fast langten Januãos Finger bis zu den goldenen und roten Fäden hinauf, fast berührten sich ihre Hände, dazwischen war nur, kaum einen Finger lang, ein sich öffnendes, lösendes Geflecht von Fäden, golden und rot, und dann ein nahezu silbernes Blau in seidigem Glanz. Januão hing, sein Leben hing an einem Seidenfaden.

Dshirah versuchte sich auf den Bauch zu legen, der Abstand zwischen den beiden Sockeln der Fenstersäulen war ein wenig zu schmal, doch sie schaffte es, und ihre Hand griff weiter nach unten, dahin, wo seine gerade eben noch gewesen war, und nun war da ein buntes, glänzendes Fadengewirr, schön wie eine Bordüre, das zog sich in die Länge, wurde schmaler und dünner. In jedem Augenblick entstand ein anderes Muster: die bunten Vierecke einer edelsteinernen Schildkröte wurden zum Zick-Zack einer vielfarbenen Schlange, streckten sich zur schimmernden Welle auf dem Rücken einer Eidechse am sonnigen Fels – es war ein lebendiges Band. Dshirah starrte es an, schaute nur auf dieses lebendige Band, das glitzernd schöne, eine Armlänge darunter war ein in Angst sterbendes Gesicht, das wollte sie nicht sehen – wohin würde er stürzen? Zurück auf den Säulenbogen? Oder gerade eben daran vorbei?

«Dshirah!»

Da rief er sie. Zum letzten Mal? Sie schaute in sein Gesicht. Es war Abschied in seinem Blick. Als er von ihr fort in seine Blindheit ging, hatte er sie auch so angesehen, nur die Wut war jetzt nicht dabei, die Trauer war allein und füllte seine Augen aus.

Als die Kordel riss, sprangen goldene Fäden wie Funken aus den Enden, er stürzte auf die Kante des Säulenbogens, warf die Arme hoch, suchte Halt, taumelte, torkelte, schwankte, griff nach der Wand, stieß sich ab, sprang –

Dshirah schloss die Augen, hielt sich die Ohren zu, stürzte fast in die andere Richtung hinab in den Hof, musste sich an der Säule halten. Hatte sie seinen Schrei verpasst? Oder schreit man nicht, wenn man am Boden zerschellt? Sie nahm die Hände von den Ohren.

«Dshirah! Dshirah!»

Er stieg aus dem Wasser des tiefen Beckens. Sie klammerte sich an die Säule und musste die Augen schließen. Alles drehte sich. Sie versuchte, ruhig und regelmäßig zu atmen, und als sie die Augen wieder vorsichtig öffnete, blieben Oben und Unten und Rechts und Links wieder an ihren Plätzen.

«Dshirah, was machen wir jetzt?»

«Ich komme. Ich werfe das Papier wieder hinunter wie vorhin.»

«Nein! Du musst gehen, du musst allein zurückgehen.»

«Und wenn sie dich morgen hier finden?»

«Dann sage ich: Ich weiß nicht. Ich weiß nicht, wie ich hierher gekommen bin. Ich bin doch blind und weiß nicht, wohin ich gehe.»

«Dann werden sie dich einsperren, und ich finde die anderen Teile der Sage nicht allein. Und ich will nicht allein zurück. Ich will nicht! Willst du allein bleiben?»

«Nein.»

Und da war sie schnell. Sie warf die Blätter wieder hinunter wie vorhin, und sie sprang in das Wasser, diesmal mit ausgebreiteten Armen, und sie rollte sich rasch zusammen zu einer Kugel, bevor sie ins Wasser tauchte, er musste ihr nicht helfen, sie schwamm zu ihm hin.

«Du lernst schnell», sagte er.

«Ich möchte daheim mit dir in den Fluss springen», sagte sie.

Er nickte. «Ja, aber wie kommen wir hier raus?»

Sie holten die Blätter mit der Siebten Sage, legten sich auf die bunten Fliesen, ließen sich trocknen, dachten nach.

«Wir gehen einfach hinaus», schlug sie vor. «Das ist hier doch fast überall so. Hinaus kommt man immer. Vielleicht ist jetzt ein anderer Wächter da. Dem sagen wir, der vor ihm hätte uns reingelassen.»

«Und was sagen wir, wenn es noch derselbe ist?»

«Das weiß ich nicht.»

«Und sie werden den Wächter töten», überlegte er. «Er wird abstreiten, dass er uns reingelassen hat, das werden sie ihm nicht glauben, und bestimmt gibt es ein Gesetz, das sie zwingt, ihn zu töten. Wollen wir ihn töten?»

«Nein, aber wollen wir sterben?»

«Nein.»

«Und wenn sie uns hier finden, werden sie uns so lange ausfragen, bis sie rauskriegen, dass du nicht blind bist. Und dann töten sie Sidi Antvari. Das ist nicht besser, oder?»

Er schwieg.

«Sie müssen uns auf alle Fälle ohne die Siebte Sage finden», sagte er. «Kann sein, sie untersuchen uns. Wir löschen die Schrift. Wir müssen sie nur ins Wasser halten. Wir lernen alles auswendig. Zeit genug haben wir ja, und morgen finden sie uns dann einfach.»

«Und wie sind wir hier reingekommen?»

«Ein Wächter hat uns reingelassen.»

«Dann können wir auch gleich hinausgehen.»

«Ja», er nickte, «sicher ist das besser. Der Wächter wird sich wundern, aber vielleicht wird er einfach schweigen.»

Sie liefen durch alle Räume des Bades, durch Vorhänge und Türen, die sich öffnen ließen. Sie fanden, ordentlich zusammengelegt und gestapelt, die großen Tücher in hellen Farben, die Dshirah schon so gut kannte, aber hinaus kamen sie nicht. Die Türen zu den Räumen, in denen Dienerinnen ihr jeden Morgen die Kleider abgenommen hatten, waren verschlossen.

Sie setzten sich auf die Liegebänke und hielten sich an den Händen. Ihre Kleider trockneten, Dshirah konnte die Blätter wieder in die Falte schieben, aber was nützte ihnen das? Sie waren ratlos.

«Wir haben die großen Tücher», sagte Januão.

«Was helfen die uns?»

«Nichts. Aber wenn wir die Nacht hier bleiben müssen, können wir uns ein Lager machen, weich und warm.»

«Wie daheim», flüsterte sie.

Fast freute sie sich auf die Nacht.

«Und wir haben Wasser», sagte er.

«Und Hunger», sagte sie.

Und dann –

Sie waren Geschwister. Sie waren fast Zwillinge. Sie hatten den größten Teil ihres Lebens zusammen verbracht. Es war nicht das erste Mal, dass ihnen beiden zugleich derselbe Gedanke kam.

«Wie», fragte Januão, fragte Dshirah, «kommt eigentlich das Wasser hier –»

«– herein?», fragte Januão.

«– wieder raus?», fragte Dshirah.

Abwasser

Sie gingen auf die Galerie. Von da hatten sie den besten Blick über das Bad. Sie erkannten, dass sich der Boden von Ost nach West senkte, flache Stufen waren zwischen den einzelnen Becken und den offenen Räumen, die durch die Säulengänge entstanden.

«Da», erklärte Dshirah, «ist morgens das Wasser sehr heiß, in dem Becken dahinter sehr kalt. Ich denke, das Wasser läuft von da nach dort, und sie mischen das heiße und das kalte.»

«Und früh morgens lassen sie heißes Wasser zulaufen», sagte Januão. «Darum wird hier meist morgens gebadet.»

«Ja, und wenn sich jemand am Nachmittag waschen will, geht er in eins von den kleineren Bädern. Ich war da an meinem ersten Tag hier.»

«Es sei denn, es ist der Kalif. Für den werden sie wohl auch am Abend alles noch einmal heizen.»

«Wahrscheinlich.»

«Solange da also kein heißes Wasser reinläuft, sind wir hier sicher.»

«Oh ja», zischte Dshirah wütend, «solange wir hier eingesperrt sind, sind wir sicher. Und solange wir hier sicher sind, sind wir eingesperrt.»

Sie gingen zum Heißwasserbecken, das nur noch warm war. Januão tauchte, fand den Wasserzulauf, doch da, wo das Wasser hereinkam, konnten zwei Kinder auf keinen Fall hinaus.

«Aber es läuft auch jetzt Wasser rein», sagte er. «Es geht eine leichte Strömung durch alle Becken, merkst du das? Sie lassen den ganzen Tag Wasser durchlaufen, das muss ja irgendwohin.»

Dshirah schaute fassungslos durch die Weite des Bades. Den ganzen Tag ließen sie das Wasser laufen! Von allem, was sie bisher an Pracht und Prunk in der Kalifenstadt gesehen hatte, erschien ihr dies als die größte Verschwendung.

Hinter dem großen Becken, in das sie gesprungen waren, musste der Ablauf sein. Sie wanderten durch die Halle. Zum ersten Mal nahm Dshirah bewusst den stetigen Abstieg über die flachen Stufen wahr, und zum ersten Mal bemerkte sie die breite Abflussrinne an diesem Becken. Eine kleine, nicht viel mehr als mannshohe Reihe von Säulen behinderte den Blick auf die West-wand des Bades. Dahinter fanden sie, was sie suchten: die breite Rinne verengte sich, der Wasserdruck wurde erheblich stärker, und so füllte das abfließende Wasser eine Röhre in der Wand.

«Dahinter», flüsterte Januão, «ist unsere Freiheit.»

«Aber wir kommen da nicht durch!»

Das war von Dshirah ein kleiner Schrei. Sie dachte an ihren Fluchtversuch durch den Bach von En-Wlowa. Januão maß die Röhre.

«Sie ist so breit wie meine Schultern», stellte er fest. «Wo ich mit den Schultern durchkomme, passt auch mein Körper durch. Und das kann nicht dicker sein als die Wand. Aber vielleicht geht es dahinter steil den Berg hinunter. Dann nützt uns das nichts. Ich will es sehen. Halt mich!»

Er legte sich auf den Boden und ließ seinen Oberkörper in die starke Strömung der schmalen Rinne gleiten.

«Nein!»

Sie warf sich über ihn, umklammerte seine Hüfte und zog ihn schon zurück, als nur sein Kopf in der Röhre verschwand. Er tauchte auf.

«Ich sehe nichts», sagte er. «Die Wand kann nicht so dick sein. Wenn gleich dahinter Licht wäre, müsste ich es sehen.»

«Du glaubst doch nicht wirklich», wandte sie ein, «dass die das ganze Wasser den ganzen Tag einfach den Berg hinunterfließen lassen?»

«Nein. Genau das tun sie offenbar nicht. Wie komme ich da durch?»

«Gar nicht!»

«Wir müssen einen Damm in der Rinne bauen. Dann wird immer noch etwas durch die Röhre fließen, sie aber nicht mehr ganz ausfüllen, und ich ...»

«Wir haben nichts, womit wir den Damm bauen können.»

«Die Tücher.»

Er sprang auf und lief zurück. Sie schaute ihm nach, sie wollte das nicht, aber schließlich folgte sie ihm und half ihm, die Tücher zu der Abflussrinne zu tragen. Die stopften sie da in die Röhre, wo sie sich verengte. Das Wasser wurde umgeleitet, floss über den Boden, sammelte sich an der Wand. Die Röhre war frei – und sofort kam ihnen ein unangenehmer Geruch entgegen. Dshirah schrie. Das roch nach En-Wlowa. Auch Januão schnupperte.

«Ich glaube, ich verstehe», murmelte er. «Aber das können sie doch nicht tun! Sie können doch nicht das alles ins Abwasser leiten.»

«Lass uns die Tücher wieder wegnehmen», bat sie.

«Ich schau es mir an, ja?», schlug er vor. «Und wenn ich sehe, dass es nicht geht, komme ich zurück. Setz du dich auf die Tücher, dann kann nichts Schlimmes geschehen.»

Dshirah setzte sich auf die feuchten Tücher, die sackten ein wenig zusammen, von hinten umspülte sie das Wasser, da saß sie mit Kleidern im Nassen, fast wie in einem Bach. Es war wie in En-Wlowa, und es roch wie in En-Wlowa.

«Nein!», schrie sie, als sie ihren Bruder in die Röhre kriechen sah. «Nicht mit dem Kopf voran. Bitte!»

«Aber, Dshirah, rückwärts ist gefährlicher. Wir haben keine Ahnung, was hinter dem Loch ist. Ich muss das sehen, sonst stürze ich vielleicht in den Abwasserschacht.»

«Lass mich deine Beine halten.»

«Bleib auf den Tüchern sitzen! Ohne Strömung kann ich mich selber halten.»

Sie sah seinen Kopf verschwinden, seine Schultern, seinen Körper – sie hatte den Geschmack von Blut im Mund, wahrscheinlich hatte sie sich auf die Zunge gebissen –, auch seine Beine glitten in die Röhre, er hielt sich links und rechts mit den Füßen, nicht lange und – sie konnte nicht einmal mehr schreien – seine Füße gaben nach. Er verschwand. Sie saß nass und steif und starr und hätte sich nicht bewegen können, selbst wenn ihr eingefallen wäre, was sie tun sollte.

Dann ein leiser Ruf, der mit einem seltsamen Widerhall durch die Röhre drang.

«Dshirah, komm! Schau es dir an!»

Zuerst verstand sie nur: Er lebte! Es gab ihn noch. Ihr Bruder war nicht in einen Schacht gestürzt, in dem es nach En-Wlowa roch.

Aber was verlangte er da von ihr? Zögernd erhob sie sich. Sie prüfte, ob die Tücher als ein fester Pfropfen in die Rinne gequetscht waren. Es floss nun etwas Wasser über sie hinweg, aber in der Röhre war es nicht mehr als eine Handbreit hoch. Sie konnte hindurch. Vorwärts? Rückwärts? Sie scheute vor dem Geruch. Also rückwärts. Aber sie ging zu Januão. Das entschied die Frage. Sie legte sich auf den Bauch und kroch durch die Röhre, den Kopf voran – so würde sie ihren Bruder einige Augenblicke eher wiedersehen.

Die Wand war nicht mehr als drei Fuß dick. Dann wurde die Röhre wieder zu einer Rinne, Januão half ihr hinaus. Sie stand im schwachen Licht eines großen Raumes, vor ihr ein riesiges Becken, ihr gegenüber eine Tür mit einem kleinen vergitterten Fenster, in der Wand rechts ein weiteres, größeres Gitter vor einem schwarzen Loch – von da kam der Gestank.

Für Januão, der nie in En-Wlowa gewesen war, hatte der Gestank keinen Schrecken.

«Schau», sagte er, «ich habe alles verstanden. Sie fangen das Wasser in diesem Becken auf. Vielleicht lassen sie es da auch noch weiter abkühlen. Wenn das Becken voll ist und etwas über-läuft, wird es durch diese Rinne hier in das stinkende Loch da geleitet. Das Becken ist jetzt fast leer. Du kannst da unten Schleusen sehen.»

Sie beugte sich über den Beckenrand und schauderte vor der Tiefe. Von den Schleusen musste mindestens eine geöffnet sein. Da sie den Wasserzulauf fast gesperrt hatten, stürzte nur ein dünner Wasserstrahl hinab.

«Jetzt komm!»

Januão führte sie zu der Tür mit dem kleinen vergitterten Fenster. Sie schaute hinaus und einen Hang hinunter. Die Gärten über Al-Cúrbona! So nah! So blühend, so duftend und so nah! Sie rüttelte am Riegel der Tür.

«Verschlossen. Leider», sagte er. «Aber du verstehst, sie bewässern die Gärten mit diesem Wasser.»

Dshirah sah sich um.

«Aber es sind doch manchmal Leute hier drin, Arbeiter», überlegte sie. «Und sie haben doch solche Angst, dass jemand ihnen das Bad vergiftet. Wenn einer von hier durch die Röhre ...»

«Gegen die Strömung?», unterbrach er. «Unmöglich. Es ist hier wie überall in der Kalifenstadt: man kommt hinaus, aber nicht hinein.»

«Hier kommen wir nicht hinaus», seufzte sie.

«Doch!»

Sie erschrak. Für sie klang das nicht nach einem Ausweg aus der Falle. Was meinte er? Was konnte er meinen? Es gab nur noch eine weitere Öffnung in diesem Raum. Er zog sie zurück zu der Wand, die sie vom Bad trennte.

«Sie haben das so angelegt, dass die Rinne immer ganz voll Wasser ist», erklärte er. «Sonst dringt der Gestank ins Bad, und das wollen sie natürlich nicht. Hättest du gedacht, dass dieses prachtvolle Bad so dicht am Gestank ist?»

Er grinste. Für sie gab es keinen Grund zu grinsen. Was er da wohl für einen Fluchtweg hielt, war –

«Lass uns zurückgehen», bat sie. «Lass uns, ich will ...»

Sie kletterte in die Rinne und kroch auf die Wand zu. Das ging ganz leicht. Es war überhaupt kein Wasser mehr in der Rinne.

Und am anderen Ende der Röhre war es nicht hell.

«Komm zurück, Dshirah, bitte!»

Sie steckte den Kopf in die Röhre. Warum war es nicht hell? Im dämmrigen Licht nahm sie eine Ahnung von Rot wahr, das kam ihr entgegen, und da war ein Blau und ein Grün, Kalifengrün, wie das Tuch, das die Kalifa immer nach dem Bad trug, und es wurde etwas heller in dem Loch, ein wenig Wasser kam ihr entgegen, es gluckerte, gluckste –

«Zurück!»

Januão packte sie unter den Armen, wollte sie aus der Rinne reißen, aber ihr Körper war steif und verkrampft, er zog ihren Oberkörper halb heraus, aber ihre Knie klemmten fest. Nasse Tücher klatschten gegen ihre Schultern, ihren Rücken, und ein Schwall von Wasser floss über sie und stürzte hinter ihr in die Tiefe, das Becken hinab.

Januão zog und riss.

Ihre nassen Kleider in der starken Strömung machten sie schwer, und die Tücher, bunt und weich, aber vollgesogen mit Wasser, drückten sie auf das Becken zu, das tief war und nahezu leer. Sie strampelte. Ihr rechter Fuß trat in die Luft, der linke fand noch einen Halt. Noch, wie lange noch? Sie stemmte sich gegen die Kante am Beckenrand, ihr Kopf kam seinem so nah, dass ihre Schläfe seinen Mund berührte, ihre zappelnden Beine umschlangen die Tücher, es gelang ihr, sich ihm weiter entgegenzuschieben, sie konnte die Arme um ihn schlingen, er warf sich zurück. Sie fielen auf den Boden, und Dshirahs Beine zogen die Tücher nach, zwei gelbe, ein blaues und ein rotes.

Sie blieben liegen und warteten, bis ihr Atem und ihre Herzen sich ein wenig beruhigt hatten. Dann standen sie wortlos auf. Dshirah schaute in das Becken, in die Tiefe, bunte Tücher verstopften die offene Schleuse, schon konnte sie sehen, dass der Wasserspiegel langsam stieg. Sie wollte sich nicht umdrehen. Sie wusste, die Röhre war wieder verschlossen. Sie wusste, im Bad duftete es wieder, wie es sollte. Und sie wusste, es gab nur noch einen Weg hinaus.

Sie stieß sich vom Beckenrand ab, raffte sich die Tücher, drückte sie und versuchte, das Wasser hinauszuwringen.

«Lass das doch», sagte er.

Sie schwenkte das blaue, das rote – bunte Fahnen in trübem Licht.

«Gut, dass wir sie haben», sagte sie. «Wir können uns ein Lager machen für die Nacht.»

«Lass das, du weißt ...»

«Sie müssen nur trocken werden, trocknen ...»

«Jetzt müssen wir da raus», sagte er. «Das Gitter da kann man heben.»

Sie schüttelte und schwenkte die beiden gelben, sie schaute ihn nicht an. Von ‹da› kam der Gestank.

«Komm!» Er nahm ihr ein Tuch aus der Hand und führte sie an das Gitter. «Hier vorn ist es hell», sagte er, «das kommt von dem Licht hier drinnen. Du siehst, da ist ein Gang, und es wird immer dunkler, und da hinten, schau, da wird es wieder etwas heller. Da fällt Licht ein. Da geht's hinaus. Es ist nicht weit.»

Sie zitterte an seiner Hand. Er ließ sie los, legte sich das gelbe Tuch über die Schultern, hielt einen Zipfel wie einen Schleier über seine Nase. Als er es sinken ließ, lächelte er.

«Ja», sagte er, «mach das. Es riecht nach Kalifenbad. Nicht nach dem, was versteckt unter den Palästen zusammenfließt.»

Sie bückte sich, wollte eines der Tücher greifen. Vor ihren Füßen lag das blaue, sie hob es auf, aber dann nahm sie das einzige rote, es hatte ungefähr die Farbe wie das Kleid, in dem sie Zaiira zum letzten Mal gesehen hatte. Das hielt sie sich vor die Nase, es roch gut.

«Wir nehmen jeder ein Tuch mit», bestimmte Januão.

«Nein», widersprach sie, «ich will alle mitnehmen.»

«Was willst du damit?»

«Schlafen», flüsterte sie. Sie fühlte sich plötzlich so müde. «Schlafen. Weich und warm.»

«Du kannst in den Armen der Mutter schlafen», sagte er leise. «Wir müssen jetzt hier raus. Bald wird der Vater die Fünfte Sage erzählen. Du kannst solange in den Armen der Mutter schlafen. Willst du das?»

Sie nickte.

«Nimmst du das rote Tuch?»

Sie nickte.

«Ich nehme das gelbe. Vielleicht solltest du das andere gelbe nehmen. Die sind am hellsten. So können wir uns da im Dunkeln am besten sehen.»

Sie nickte. Sie bewegte sich nicht. Das rote Tuch lag zusammengeknüllt in ihren Armen wie ein Kind oder wie ein Tier, vielleicht ein Hund. Sie wehrte sich nicht, als er es ihr – vorsichtig, als sei es verletzlich – aus den Armen hob. Dann griff er nach dem blauen.

«Die werfen wir auch in das Becken», schlug er vor. «Da sind sowieso schon welche. Dann werden sie morgen denken, jemand hat sie an der Abflussrinne liegen gelassen, und das Wasser hat sie hinausgeschwemmt. Es sollten keine Spuren von uns bleiben.»

«Es gibt schon welche», sagte sie und zitterte, «der Strick, die Kordel hängt oben am Fenster.»

«Da schaut niemand hin.»

«Aber das Stück, mit dem du hinuntergefallen bist, wo ist das?»

«Ich weiß nicht. Ich habe es nicht mehr gesehen. Vielleicht ist es oben auf dem Säulengang liegen geblieben. Da würde es niemand finden. Und wenn sie es finden – es sind Spuren, die nicht zu uns führen.»

Er warf das blaue Tuch über den Beckenrand. Sie ging ihm nach, wollte das rote festhalten, aber ihre Finger griffen nicht zu, sie strichen über den Stoff, sie streichelten ihn und verhinderten nicht, dass er ihn hinabwarf. Sie konnte nicht anders, sie musste ihm nachschauen. Sie hatte das Gefühl, als sei dies ein Abschied von Zaiira.

Das ist Unsinn, dachte sie. Ich bin nur müde. Es ist nur der Abschied von weichen, warmen Tüchern, ja.

Er legte ihr das gelbe Tuch über die Schultern, dabei packte und schüttelte er sie.

«Was denkst du?», fragte er.

«Ich bin müde», sagte sie.

«Bald darfst du schlafen», versprach er, «bald.»

Sie nickte und taumelte hinter ihm her zu dem Gitter vor dem schwarzen Schacht. Es war rostig. Sie atmete die Luft aus dem Schacht.

«Du musst da anfassen», teilte er ein. «Es ist nur eingehängt. Wir heben es gleichzeitig mit eins, zwei, ruck!»

Sie legte die Hände an das Gitter. Er sagte: «Eins, zwei, ruck!»
Aber es hob sich nur auf seiner Seite.

«Du tust nichts, Dshirah.»

Sie klammerte sich an das Gitter, drehte den Kopf zur Seite und
atmete nur durch den Mund. Dadurch wurde nichts besser.

«Hast du Hunger, Dshirah? Draußen bekommen wir etwas zu
essen. Hast du Hunger?»

«Nein.»

Hunger! Er wusste wirklich nichts von En-Wlowa. Vorhin
im Bad hatte sie Hunger gehabt. Jetzt hatte sie keinen mehr. Sie
wollte die Tücher wiederhaben, alle, und schlafen, schlafen …

Er fasste das Gitter in der Mitte, stemmte es hoch, bis es sich
etwas bewegte, aber er brachte es nicht allein aus den rostigen
Angeln.

«Schau, es bewegt sich. Jetzt ist es nicht mehr so schwer, komm!»
Sie fasste es an.

«Eins, zwei – ruck!»

Das Gitter hob sich aus den Angeln. Januão griff nach oben,
hievte es nach vorn, und sie stellten es so ab, dass sie durch eine
Lücke schlüpfen konnten. Dshirah griff nach dem gelben Tuch
und zog den Stoff fest über ihre Nase. Sie traten in den Schacht.
Januão drehte sich um. Sie auch. Sie wollte wieder zurück. Er griff
nach dem Gitter.

«Wir hängen es wieder ein.»

«Nein!»

«Doch. Das ist besser.»

«Und wenn wir fliehen müssen?»

«Fliehen! Vor wem sollten wir fliehen? Den Gestank müssen

wir aushalten. Und der jagt uns auch nicht. Ratten. Ja, wahrscheinlich gibt es hier jede Menge Ratten. Aber so schnell greifen die nicht an, oder?»

Er wusste nicht viel von Ratten.

«Keine Spuren hinterlassen, Dshirah. Hilf mir!»

Sie hängten das Gitter wieder ein. Ihre Augen gewöhnten sich an die Dunkelheit. Der Gang war so hoch, dass sie gerade stehen konnten. Sie gingen auf einer schmalen Kante, und links neben ihnen floss träge mit leichtem Gefälle in einer Rinne ein wenig schmieriges Wasser. Januão lief voran. Er ging leicht seitwärts, der Rinne zugewandt und streckte den linken Arm nach hinten. So hielt er Dshirahs Hand, und manchmal musste er ein wenig ziehen. Sie näherten sich langsam dem matten Licht. Bevor sie es erreichten und bevor sie erkannten, woher es kam, mündete von rechts ein weiterer Gang in ihren Weg. Die schmale Kante, auf der sie sich dem Wasser fernhalten konnten, hörte auf. Aber Dshirah hatte keine Zeit, darüber zu erschrecken. Ihnen entgegen kam ein neuer Geruch, fremder als alles, was sie jemals gerochen hatte, wild wie die Löwen im Käfig, aber anders. Ein wenig wie Fisch? Nein, Fisch war sehr viel vertrauter. Dies war jenseits jeder Ahnung, und doch erinnerte es sie an etwas, nicht an En-Wlowa, so wild und gefährlich roch kein En-Wlowa, sie war sofort hellwach.

Januãos Hand zog nicht mehr an ihrer. Er presste sich an die dunkle, schmutzige Mauer und kehrte ihr das Gesicht zu. Sie waren der unbekannten Lichtquelle jetzt so nah, dass sie die Angst in seinen hellen Augen sehen konnte, der Geschwisterblick, ihr Spiegelbild, Angst in Angst.

«Was – was – ist das?», flüsterte er. «Riechst du das?»

Etwas lief über ihren Fuß, eine Ratte, sie erschrak nicht, sie konnte nicht mehr erschrecken, nicht wegen einer Ratte. Inmitten dieser Ausdünstung von etwas Ungeheuerlichem, Unbekanntem, nie Geahntem war eine Ratte nichts als ein Zeichen dafür, dass es hier Leben gab. Sie schaute hinunter, sah die Ratte ins Wasser springen, in den trägen Strom, der von rechts aus dem neuen Gang kam. Nannte man diese Flüssigkeit hier wirklich Wasser? Das hatte mit dem, was die Becken im Kalifenbad füllte, nicht mehr gemein als ihr morgendlicher Pomeranzensaft mit Januãos Blindentrunk. Es war schwarz, was da vor ihren Füßen floss. Sogar die Ratte war heller.

«Vielleicht hätten wir das Gitter doch nicht wieder einhängen sollen?», flüsterte er. «Das riecht wie etwas, vor dem ich fliehen möchte.»

«Januão!»

Dshirah hatte erkannt, woher das Licht kam. Für einen quälenden Atemzug schlechter Luft vergaß sie den fremden Geruch. Sie starrte nach vorn. Dort in der Mauer links jenseits des Kanals waren ein paar Löcher. Fehlten da Ziegelsteine? Waren die zerbröckelt und hinausgefallen? Oder war dies schon so gebaut worden, damit ein Schimmer Licht in diese Finsternis drang? So oder so. Wo Licht hereinkommt, können zwei Kinder noch lange nicht hinaus. Die Löcher waren kleiner als ihre Köpfe.

«Lass uns denken», sagte Januão. Seine Stimme klang fremd, hohl, hohler als der Hall in den Kanälen, und manchmal, wenn er das Beben in seinen Lippen nicht unterdrücken konnte, zitterte sie. «Das da ist eine Außenwand. Aber wir kommen nicht durch. In unserem Gang ist fast kein Wasser, weil da nur reinkommt, was aus dem Becken vor dem Bad überläuft. In dem Gang hier rechts ist das Abwasser der Kalifenstadt. Wenn wir jetzt nach rechts gehen, kommen wir unter die Kalifenstadt. Ob wir da irgendwo rauskönnen, weiß ich nicht, es mag sein. Wenn wir geradeaus gehen, kommen wir dahin, wo sie alles hinausleiten, vielleicht in einen Bach. Wohin willst du?»

«Zurück!»

«Und dann?»

«Ich weiß nicht.»

«Sie werden uns da finden. Die Schleusen sind verstopft von den Tüchern. Sie werden kommen. Aber was sagen wir ihnen?»

«Ich weiß nicht.»

«Sie werden herausfinden, dass ich sehen kann.»

«Ja.»

«Wir gehen zurück», sagte er. «Den Gestank halten wir aus, aber was ist das, was da so riecht wie – wie –»

Er drehte sich ganz um, aber Dshirah bewegte sich nicht.

«Du musst vorausgehen! Ich komme nicht an dir vorbei. Ich will nicht in die dreckige Rinne treten.»

Aber sie rührte sich nicht. Sie starrte auf zwei leuchtende Punkte, die – schwach beleuchtet von dem Licht aus den Mauerlöchern – im schwarzen Wasser lagen, schimmernde, glänzende Kugeln, die keine Edelsteine waren, sie bewegten sich, sie kamen näher.

«D-d-d-d-da», stammelte sie, «d-d-da.»

«Zurück!»

Januão trat nun doch in die Rinne und um sie herum. Er wollte sie mit sich ziehen.

«Nein!», schrie sie. «Da geht es nicht weiter. Wir haben das Gitter geschlossen!»

Das war eine Falle. Sie trat nach rechts in den Kanal, in das Wasser, es reichte ihr bis zu den Knien, es spritzte ihr bis zur Hüfte, sie raffte das längst nicht mehr gelbe Tuch und ihr Kleid und rannte in den Gang. Sie schaute zurück. Januāo folgte. Die leuchtenden Punkte auch. Und sie liefen ins Dunkle, in die vollkommene Finsternis. Sie stieß mit dem Fuß gegen eine Kante, fühlte einen Absatz. Eine Stufe? Im letzten Licht, das aus den Mauerlöchern in den Gang fiel, erkannte sie eine Treppe, und sie stieg hinauf. Die Stufen waren nahezu trocken, aber ihre nassen Schuhe rutschten. Die Treppe war schmal. Als Januāo neben sie trat, mussten sie sich dicht aneinanderdrücken. Er schob sie an sich vorbei, weiter hinauf, nach oben blickend erkannte sie nichts mehr, unter sich sah sie, dass Januāo sein Tuch zu einer Kugel zusammenknautschte. Und weiter unten noch immer die leuchtenden Punkte.

Aus dem Wasser stieg das Schuppentier, die grässlichste, hässlichste aller Brunnenfiguren auf dem großen Platz, wo das Schaudern vor dem Ungeheuer dem Kalifen Spaß machte. Was würde geschehen, wenn das Schuppentier dort, mitten in der Kalifenstadt aus dem klaren Wasser steigend, sein riesiges Maul aufriss und schloss, dass die Zähne blitzten wie seine Augen? Und was würde hier geschehen, wenn diese Zähne nach ihren Beinen schnappten? Nein, nach Januāos, er stand weiter unten. Konnten sie höher steigen auf der Treppe? Führte die irgendwohin? Zu sehen war nichts. Und Januāo folgte ihr nicht. Warum folgte er nicht?

Er hob mit beiden Armen das zusammengeknüllte Tuch wie eine riesige Faust, und er schrie: «Kokodril! Nieder! Nieder!»

Es war keine Angst in seiner Stimme. Es war der scharfe, harte Befehl an einen ungezogenen, vielleicht gefährlichen Hund. Januāo hatte bei seinem Vater gelernt, mit Hunden umzugehen, die nicht gehorchen wollten.

«Nieder Kokodril! Hart Leder dir droht!»

Er kannte das Wesen? Er kannte seinen Namen und hatte Macht über das Ungeheuer? Dshirah blieb und drängte nicht weiter hinauf. Ja, er beherrschte das Ungeheuer. Das Schuppentier kroch geduckt wie ein geprügelter Hund und schlich langsam auf den unteren Stufen. Zog es sich zurück? Es wandte den Kopf, es glitt ins Wasser, sein Maul klappte und schnappte – nein, es gehorchte Januāo nicht, das war kein Hund. Es fraß zwei Ratten, die vorbeischwimmen wollten, und im Wasser war es sofort wieder flink und wendig wie ein Goldfisch.

Dshirah tastete mit einer Hand nach oben. Die Treppe war zu Ende, aber da begann ein weiterer Gang.

«Januāo!», rief sie. «Komm! Schnell!»

Aber was kam, war das Tier. Es hievte seine kurzen Stummelpranken auf die erste Stufe, auf die zweite, sein Körper wand sich noch geschmeidig im Wasser, sein Schwanz peitschte schwarze Spritzer empor. Außerhalb des Wassers war es plump. Es kam langsam, aber es kam. Nur noch zwei Stufen trennten die Spitze seines langen Maules von Januāos Füßen. Dshirah sah die Nase. Nüstern, dachte sie. Es hat Nüstern, fast wie ein Pferd.

Eine schmerzende Welle aus Heimweh und Sehnsucht überschwemmte sie. Was sie aber von den Stufen riss, war eine andere

Welle. Dunkel schoss ein Wasserschwall aus dem höher gelegenen Gang und spülte sie die Stufen hinunter, an Januāo vorbei. Auch dem riss das Wasser die Füße unter dem Körper weg, sie sah ihn rutschen und zuletzt auf der untersten Stufe sitzen – und dann sah sie das Maul.

Nüstern?, dachte sie. Hab keine Angst und streichle das kleine weiche Pferdemaul.

Es kam näher. Es war nicht klein und nicht weich. Es klaffte vor ihr. Es roch wie etwas Wildes, das sie nicht kannte. Da kam ein fremder, fremder Tod.

Sie trat einen Schritt zurück. Sie glitt aus und fiel in das Wasser. Was war schlimmer? In das Dreckwasser tauchen? Oder in dieses Maul? Sie versuchte aufzustehen. Über ihr klaffte das offene Maul. Da flog etwas zwischen die riesigen Kiefer. Das Maul schnappte zu, an ihr vorbei, sie sah ein kurzes, zufriedenes, gieriges Blitzen in den kleinen Augen jenseits des langen Rachens, dann schüttelte sich das Tier, und es war Wut, was es schüttelte, zwischen seinen Zähnen hing das gelbe Tuch, das schmeckte ihm nicht.

Dshirah konnte aufstehen. Sie floh die Stufen hinauf. Da stand Januāo und knautschte das andere Tuch zusammen, das ihr beim Sturz von den Schultern gefallen war. Noch einmal konnte er das Schuppentier mit etwas füttern, das ihm nicht schmeckte, dann – schon kroch Kokodril langsam und plump die Stufen hinauf.

«Da oben ist ein Gang!», schrie Dshirah.

Aber weiter hinten in dem unteren Kanal war etwas anderes: ein Licht. Der helle Lichtschein einer Lampe. Und ein Ruf: «Ungeheuer!»

Das Schuppentier glitt ins Wasser. Fetzen eines Badetuches

hingen zwischen seinen Zähnen. Diese Beute war nicht nach seinem Geschmack. Da, wo das Licht war, klatschte etwas ins Wasser. Im Schein der Lampe erkannte Dshirah einen Kadaver. Kokodril schoss darauf zu und verschwand damit im Kanal.

Aber das Licht verschwand auch.

«Schnell!»

Dshirah sprang in das Wasser. Sie rannte gegen die dunkle Strömung dahin, wo das Licht verschwunden war. Sie schaute nicht zurück und hoffte, dass Januão ihr folgte. Sie konnte es nicht wagen, den Kopf zu wenden. Ihre Augen waren fest auf die Stelle geheftet, wo gerade eben noch das Licht gewesen war, wenn sie auch dabei so wenig sehen konnten wie die eines Blinden. Sie hoffte, dass sich ihre Augen auch in dem völligen Dunkel erinnern würden: Hier! Hier? Sie streckte die Arme nach der Wand aus.

«Januão, wo bist du?»

«Hier.»

Seine Stimme war nah.

«Irgendwo hier muss das Licht verschwunden sein», sagte sie.

«Ja, irgendwo.»

«Wir müssen hier weg, bevor das Ungeheuer das da gefressen hat.»

Ihr Fuß stieß gegen eine Stufe. Sie stieg hinauf. Und noch eine.

«Januão, hier ist eine Treppe.»

Sie tastete nach seiner Schulter und traf seine Hand. Die hielt sie fest. Noch eine Stufe. Und da –

«Januão, sei still!»

Der hatte gar nichts gesagt. Aber sie brauchte vollkommene

Ruhe. Ruhe von allen Sinnen bis auf einen. Nichts hören! Fern plätscherte etwas im Wasser, und es knackten Knochen. Nicht darauf hören! Und nichts fühlen! Sie tastete nicht mehr nach der Mauer und hielt Januãos Hand wie ein Stück Holz. Nichts sehen! Das war leicht, gar zu leicht. Nur riechen, wittern, schnüffeln. Da war es wieder. Sie hatte sich nicht getäuscht. Zart, schwach wie ein zitternd verklingender Ton mischte es sich in den Gestank des Abwassers und die Ausdünstung des Ungeheuers.

«Januão», flüsterte sie, «ich rieche Lampenöl. Komm.»

Sie fühlte seine Hand wieder als Nähe ihres Bruders, sie hörte wieder sein leises: «Geh voran.» Sie stiegen die Treppe hinauf und erreichten eine Tür. Ihre Hände, Geschwisterhände, griffen wie die eines einzigen Menschen nach dem schweren Riegel und hoben ihn. Sie drückten die Tür auf. Durch den Spalt drang Licht, und sie schoben sich, aneinandergeschmiegt zu einem einzigen Körper, dem Licht entgegen durch die Tür. Die schlug hinter ihnen zu. Sie ließen sich auf den Boden fallen: sie hatten eine schwere hölzerne Tür mit festem Riegel zwischen sich und dem Ungeheuer.

Sie saßen auf einem Boden, der auch hier schmutzig war, doch was jetzt am meisten stank, waren ihre Kleider und ihre Körper. Noch immer hielten sie sich an den Händen. Dshirah zitterte und Januão wurde geschüttelt von einem heftigen Schluchzen. Sie saßen in einem langen schmalen Gang, die Mauer links hatte oben eine Reihe flacher Fenster, durch die nur wenig Licht kam, aber das begrüßten die beiden mehr als die Morgensonne. Januãos freie Hand tastete nach dem verborgenen Stab unter seinem Hemd, und dann lächelte er: die Flöte war nicht zerbrochen, er hatte wieder seinen sicheren Haltegriff, der ihm einen festen Stand in seinem Leben gab. Er erhob sich.

«Ich bin doch in der Blindenschule», sagte er, fast grinste er ein wenig, «und du führst mich im Dunkeln. Aber nach dem Geruch gehen habe ich noch nicht gelernt, nur fühlen und hören.»

«Woher kennst du das Ungeheuer?», fragte sie.

«Vor drei Jahren haben sie es in einem Käfig durch die Straßen gefahren. Sie haben es geholt als Modell für den Brunnen, ich glaube aus Afrika. Und dann hat jemand erzählt, es wäre ausgerissen. Silbão und ich haben immer gespielt: Kokodril ist ausgerissen. Aber wir haben das nicht wirklich geglaubt.»

«Sie füttern es.»

«Ja, warum füttern sie es?»

«Vielleicht brauchen sie es noch einmal als Modell?»

«Oder es soll die Ratten fressen. Ja, es waren wenige Ratten da. Bestimmt soll es die Ratten fressen, sie geben ihm gerade so viel, dass es nicht verhungert. Wahrscheinlich wäre das da unten ohne Kokodril noch viel schlimmer.»

Dshirah stand auf.

«Also mir wären ein paar Ratten mehr lieber gewesen», sagte sie. «Was machen wir jetzt? Ich denke, wir sind in der Kalifenstadt. Aber so können wir nirgendwo hingehen.»

«Ich denke», überlegte Januão, «dies ist der Eingang für die Arbeiter. Kokodril muss jeden Tag gefüttert werden. Und wahrscheinlich wird da unten auch gearbeitet. Sicher ist da immer wieder etwas auszubessern. Die Arbeiter stinken dann auch. Und niemand kommt stinkend in die Kalifenstadt. Also wird hier ein Bad sein.»

Er ging voraus. Dshirah folgte langsamer. Jetzt kam die Müdigkeit zurück. Ihr Blick schweifte vor ihren stolpernden Füßen hin und her, und darum sah sie die Treppe, die rechts in die Tiefe führte. Sie wollte vorbeigehen, wie Januão vorbeigegangen war. Aber ihr müder Blick gehorchte ihrem Willen nicht. Er taumelte die Treppe hinunter und blieb an einem kleinen Fleckchen Rot hängen, es war dasselbe Rot wie bei den Zeichen in der Kammer der Düfte, Hdorigo-Rot, und sie dachte: Nein!, und wollte weitergehen. Nein, nein, nein, das will ich nicht! Nein!

Aber sie stieg zwei Stufen hinunter, setzte sich und wischte den Dreck von der Wand.

Noch ist Zeit, dachte sie, noch kann ich aufstehen und ihm nachlaufen, ich habe das nicht gesehen, ich will das nicht, und vielleicht ist es ja auch gar nicht wahr.

Aber er hockte schon neben ihr und flüsterte, dass es ihr in den Ohren dröhnte: «Das Todeszeichen ...»

Sie wussten beide, sie sollten sich freuen, sie hatten allen Grund zu jubeln, doch sie wollte nicht, sie wollte nicht hinab.

«Es riecht nicht schlecht», sagte er. «Da ist kein Abwasser. Es riecht nur nach Erde.»

«Ja», murmelte Dshirah und wischte die Finger an ihrem Kleid ab, davon wurden sie jedoch nicht sauberer.

«Zaiira muss uns eine Lampe besorgen», sagte er. «Wir – wir erzählen allen, wir wollen in einen ganz dunklen Raum gehen, damit ich das Blindsein üben kann, und die Lampe ist für dich.»

«Oh, Januão», Dshirah war müde, aber noch nicht ganz eingeschlafen. «Du brauchst keinen dunklen Raum zum Blindsein. Du bist blind.»

«Danke», sagte er.

Sie standen auf. Sie hatten nicht darüber gesprochen, aber beide achteten sie jetzt sorgsam darauf, welchen Weg sie gingen. Zwei Türen weiter fanden sie das Bad. Es war Wasser in einem kleinen Becken, und das war noch ein wenig warm. Als Dshirah die Schlaufen ihres Kleides lösen wollte, starrte Januão sie an. Seine Lippen zitterten, in seinen Augen waren Tränen. Er setzte sich auf den Rand des Beckens.

«Was ist?», fragte sie. «Was hast du?»

Er trat auf sie zu, griff in die Falte des Gewandes und zog einen schmutzigen Klumpen heraus, der einmal helles Papier gewesen war. Es war ein schmieriger Batzen, der nach Abwasser roch, und er hielt ihn in den Händen wie ein kostbares Gefäß aus reinem Gold.

«Du – du hast gesagt», stammelte sie, «du kannst selber erzählen, wir haben es ja gelesen, wir wissen ja, was drin stehen muss, ich weiß es noch genau: *«Dem Dshinnu, als es Minister des Lebens war und über die Art des Sterbens entscheiden sollte …»*

«Das kann ich», sagte er. «Aber was ich nicht kann, ist das vierte Zeichen nachmalen. Wir müssen es der Mutter zeigen, und die muss vielleicht den Vater fragen, das vierte Zeichen, Dshirah, das Gegenteil von Wasser und nicht Feuer.»

«Morgen früh», schlug sie vor, «wenn du in der Blindenschule bist, gehe ich in die Kammer der Düfte und male es ab. Und abends zeigen wir es der Mutter. Wir brauchen es morgen nicht, wir kennen ja unseren Weg.»

«Ja.»

Sie wuschen sich. Januão reinigte seine Flöte. Das Tintenfass war heil geblieben, die Schreibfedern waren völlig verdorben. Sie warfen ihre Kleider in einen Bottich mit schmutziger Wäsche, und sie fanden eine Truhe mit sauberer Kleidung. Die durchwühlten sie. Schon wollte er sich für ein Arbeiterhemd als Kittel entscheiden, da zog Dshirah einige Hemden und Hosen heraus, die ihm durchaus passten. Sie schauten sich an.

«Sie schicken Kinder hinunter», murmelte er.

Für Dshirah fanden sie keine Kleidung, aber es gab etliche Badetücher, die waren fast alle weiß. Die konnte sie sich um den Körper binden, und das einzige blaue legte sie sich über den Kopf und die Schultern. Ihre Schuhe waren zerstört. Sie gingen barfuß.

Als sie das Gebäude verließen, dämmerte es. Sie schauten sich um. Der Zugang zu dem, was unter den Palästen verborgen war, unterschied sich nicht von den anderen Arbeitshäusern am Rand der Kalifenstadt: eine weiße Wand, Fenster mit Blumen.

«Findest du das morgen wieder?», fragte sie.

Er nickte.

«Wir sind im Südosten. Da drüben geht die Sonne unter.»

Sie führte ihn wieder an der Hand. Auf allen Wegen in der Kalifenstadt gelangte man zum großen Platz. Von da kannten sie sich aus. Die Tauben umflogen ihren Taubenpalast, das Schuppentier tauchte aus dem Wasser, Dshirah schaute nicht hin. Sie gingen sofort in den Patio der süßen Früchte und verbargen sich hinter ihrem Wandschirm. Die Mutter war schon da. Dshirah kuschelte sich in ihre Arme und deckte sich mit den bunten Stoffen ihres Gewandes zu. Sittah-Su kam zu ihnen.

«Wo wart ihr den ganzen Tag?», fragte sie.

«Zusammen», sagte Dshirah. «Ich darf bei meinem Bruder sein.»

Und das stimmte ja.

Der Vater begann schon zu erzählen, während Dshirah und Januāo der Mutter flüsternd berichteten.

Als das Dshinnu viele Körbe von den Früchten des Augenblicks, Herzschlags, Atemzugs, Sonnenblicks, Wimpernschlags geerntet hatte, legte es sie alle aneinander. So entstand eine lange Strecke Zeit, und es ging in die Kalifenstadt, wo es sehnlichst erwartet wurde.

«Aber es ist gut, dass ihr das Zeichen dort gefunden habt», sagte die Mutter leise. «Ja, ich denke, ihr müsst da hinuntergehen. Es wird bestimmt nicht so schlimm und schmutzig wie in den Abwasserkanälen. Da unten gibt es sicher nichts als Tote, und die sind ungefährlich.»

Dshirah und Januāo hörten das nicht gern. Sie konnten sich nichts Verwirrenderes vorstellen als Tote, vielmehr, sie konnten sich so etwas überhaupt nicht vorstellen.

«Man sagt», fuhr die Mutter fort, «dass die Kalifen ihre Toten nicht verbrennen und die Asche in den Fluss streuen, wie es gewöhnliche Menschen tun, sondern in große, prachtvolle Truhen legen und unter der Erde aufbewahren.»

«Wozu?», fragte Dshirah.

«Ja, wozu?», die Mutter zog sie näher an sich und streichelte ihren Rücken. «Weißt du, früher haben das alle gemacht. Sie haben die Toten in die Erde eingegraben und darüber einen Stein gestellt, damit sie ihre Lieben immer wiederfinden konnten. Es gab besondere Plätze dafür. Aber das ist lange her. Seit Armei dan Hasud lassen wir unsere Toten verschwinden. Wenn man ein

Kind verloren hat, ist das manchmal schwer. Ich glaube, eigentlich wollen die Menschen ihre Lieben nicht einfach so in den Fluss streuen. Und die Kalifen tun, was sie wollen.»

Noch nie hatte die Mutter so lange über Tote geredet. In ganz Al-Cúrbona wurde überhaupt nicht über den Tod geredet – außer in der Fünften Sage, in der das Dshinnu den Tod überlistet:

Als das Dshinnu in die Stadt kam, gab es da so viele Räuber und Mörder, dass die Räuber sogar den Staub von den Straßen stahlen, nur weil das Stehlen ihnen Spaß machte, und die Mörder erschlugen die Brunnenfiguren, nur weil ihnen das Erschlagen Spaß machte. Es sah schlimm aus in der Stadt. Überall flog der gestohlene Staub herum, und der machte die Straße nicht weniger schmutzig, und die zerbrochenen Brunnenfiguren lagen als unförmige Steine auf den Straßen und Plätzen. Das Dshinnu sah ein, so konnte es nicht weitergehen. Es verbot den Richtern und den Henkern, von den Früchten zu essen, die Worte und Sätze zu schön machten, um damit schwere Strafen und Urteile zu sprechen, und weil die Richter und die Henker nun keine besonderen Worte mehr hatten, sollten sie besondere Kleider bekommen. Während die Schneider des Kalifen noch damit beschäftigt waren, für die Richter und die Henker Kleider zu nähen, rotteten sich die Räuber und die Mörder zusammen und berieten sich.

«Wir müssen dem Dshinnu den Mund stehlen», sagten die Räuber, «damit es nicht mehr solche Befehle geben kann.»

«Mund stehlen!», lachten die Mörder. «So eine Dummheit. Das hier ist unsere Aufgabe. Lasst uns das machen. Wir bringen das Dshinnu um.»

Und das taten sie.

Mehr hörte Dshirah an diesem Abend nicht. Sie schlief ein.

«Und das vierte Zeichen haben wir wieder verloren», flüsterte Januão über ihren Kopf hinweg der Mutter zu. «Was kann das Gegenteil von Wasser sein, wenn es nicht Feuer ist?»

Das wusste Chomina auch nicht.

Als das Dshinnu tot war, musste es durch die Todestür gehen, und dahinter war kein Raum. Es war auch keine Wand hinter der Tür, es war auch nicht Nichts, es war gar nichts. Das Dshinnu schaute sich um. Es sah den Tod sitzen und Bagomi spielen. Dass jene Gestalt der Tod war, konnte es sich denken. Das Bagomi-Spiel kannte es nicht.

«Was machst du da?», fragte es. «Und wo bin ich?»

«Immer eins nach dem anderen», sagte der Tod. «Du bist nicht mehr lebendig, du musst nicht mehr eilen. Also: Ich spiele Bagomi, und ich freue mich, dass du jetzt drei Tage mit mir spielen wirst. Alleine spielen ist langweilig. Man weiß nie, ob man verloren oder gewonnen hat. So — deine zweite Frage: Du bist im Zwischenraum in der Zwischenzeit. Hier bleibst du drei Tage. Dann erst bist du richtig tot. Du findest eine Tür und musst weitergehen. Und jetzt erkläre ich dir das Spiel.»

Das Dshinnu hockte sich dem Tod gegenüber auf das Bodenlose. Das Spielbrett hatte viele bunte Felder. Der Tod gab ihm die schwarzen Steine und spielte selber mit den weißen.

«Nur auf die roten Felder setzen», sagte er. «Zwanzig.»

Das Dshinnu legte schwarze Steine auf rote Felder, bis der Tod rief: «Halt! Nein! Du nimmst zu viele! Wenn du mehr hast als ich, werde ich verlieren. Zwanzig!»

«Was ist Zwanzig?», fragte das Dshinnu.

«Ich bin nicht dein Schulmeister», sagte der Tod. «Nimm so viele, wie du Finger und Zehen hast.»

Das machte das Dshinnu, und es gewann.

Der Tod war sehr verärgert, und er verlangte ein weiteres Spiel. Das Dshinnu gewann. Als der Tod für das dritte Spiel – laut und wütend, ein guter Verlierer war er nicht – seine Steine auf das Spielbrett zählte, bemerkte das Dshinnu, dass es an jedem Fuß einen Zeh mehr hatte als Finger an der Hand.

Darum gewinne ich, dachte es. Ich habe zwei Steine mehr als er. Und damit hatte es die Zahl entdeckt. Diese Erkenntnis war so überwältigend, dass es Kopfweh bekommen hätte, wenn es nicht tot gewesen wäre.

«Ich weiß, warum ich gewinne», sagte es. «Du kannst nicht zählen.» Es streckte ihm seine Füße hin und verlangte: «Zähl!»

Und der Tod zählte seine Zehen. Bei ‹neun› stutzte er und zählte weiter «‹zehn›, ‹elf›, ‹zwölf› – Wie kann das sein? Das muss ‹zehn› sein.»

«Hör mal, Tod», sagte das Dshinnu, «du zählst doch die Lebenstage der Menschen?»

«Natürlich, das ist meine Aufgabe.»

«Siehst du, und das hast du immer falsch gemacht. Was du immer für zehn gehalten hast, ist in Wirklichkeit zwölf. Du musst also jedem, der zu dir kommt, für jeweils zehn Lebenstage zwei dazugeben.»

Der Tod kratzte sich am Kopf.

«Das lerne ich nicht mehr», sagte er. «Aber ich fürchte, du hast recht.»

«Dann kann ich jetzt wieder gehen?»

«Ja, aber ich habe eine Bitte. Mach noch ein Spiel mit mir, und diesmal zähle ich richtig.»

Das Dshinnu war einverstanden. Und während es zehn Steine für seine Hände und zwölf für seine Füße auf die roten Felder legte, zählte der Tod zweimal bis zwölf. Er gewann hoch und war nun einigermaßen zufrieden.

Als das Dshinnu aus Zwischenraum und Zwischenzeit wieder in Raum und Zeit trat, wunderten sich alle und die Mörder am meisten. Das Dshinnu ließ die Menschen ihre Schuhe ausziehen, betrachtete ihre Zehen und zeigte seine. Dann brachte es ihnen das Zählen bei.

«Und», sagte es, «wenn ihr zum Tod kommt, dann verlangt ihr, dass er euch für jeweils zehn Tage zwei dazugibt. Und wenn ihr die abgelebt habt, muss er das noch einmal tun, und so kann es immer weitergehen.»

Da jubelten alle bis auf die Mörder, denn das Morden war nun ziemlich sinnlos geworden. Das Dshinnu aber wurde zum Minister ernannt, zum ‹Minister des Lebens›. Darüber dachte es lange nach.

Chomina und Januão streichelten Dshirah vorsichtig wach. Sie hatte tief geschlafen. Sie hatte nicht einmal gemerkt, dass ihre Mutter sie aus den schlichten Tüchern gewickelt und zwei von den blauen, die sie selber trug, um sie geschlungen hatte.

Der Tod ist da, wo du daheim bist

Still und sanft schaukelte Dshirah in den Morgen ihres sechsten Tages in der Kalifenstadt. Sie schwang in so gleichem Maße hin und her, so ohne Zug und Ruck, sie glitt so sanft von rechts nach links, von links nach rechts, dass sie sich noch eine lange Weile zwischen Schlafen und Wachen pendeln ließ, bis schließlich das Erste, das sie wach hielt, die verwunderte Frage war: Wer wiegt mich heut? Hat mich gewiegt die ganze Nacht?

Sie hatte so erschöpft wie eine Tote geschlafen und nicht einmal vom Kokodril geträumt. Schon wollte sie sich aufrichten und schauen, wer da gewacht hatte und ihr Wiegebett in diesem stetigen Hin und Her bewegte, aber sie sank zurück in die Kissen.

Nein, dachte sie, ich muss überlegen.

Doch sie hatte sich gedreht, hatte eine Unruhe in das Pendeln gebracht, und nun spürte sie, wie jemand mit sanftesten Händen das Schwanken beruhigte und wieder ins gleiche Maß brachte.

Es ist Zaiira, dachte sie, so hält Zaiira die Zügel eines Füllens, das zum ersten Mal geritten wird, hält es und lässt es, dass die Eisenstange dem Füllen süß wird auf der Zunge. Denn das hatte Gue-rih-Niaer, der große araminische Reitmeister, verlangt: ‹Halte die Zügel, dass deinem Pferd das Eisen weich wird wie eine Flaumfeder und süß wie Honig.›

Was denke ich da?!, rief Dshirah sich zurück. Ich muss anderes denken, muss überlegen: Wenn es Zaiira ist und sie ist noch allein oder die anderen schlafen, kann ich sie um eine Lampe bitten, wir brauchen eine Lampe. Aber Zaiira ist nach Hause gegangen. Ich muss von der Lampe geträumt haben, dann geben sie mir alles und – ja – so wird es gehen ...

Sie ließ sich weiter schaukeln. Das beruhigte sie. Sie streckte sich wieder aus und genoss, dass ihr Wer-auch-immer sie schaukelte, das Wiegeband führte wie ein Musterschüler des alten Reitmeisters Gue-rih-Niaer.

Und als sie sich erhob, war sie nicht mehr ängstlich, nur noch neugierig, wer sie mit solch sanften Händen in diesen wundervollen Gedanken hineingeschaukelt hatte.

Es war die Kalifa. Mit müden Augen lächelte sie ihr entgegen. Vor ihren Füßen schlief Tamerlalun.

«Dshirah Dshinnu», sagte sie leise, «hast du gut geschlafen?» Dshirah nickte.

«Halt deinen Traum fest, Kind, halt ihn fest. Erzähl ihn dir selbst, bevor ich den Gong schlage und die anderen hole. Du hast geträumt?»

Dshirah wollte nicken, aber die Kalifa hatte so ein ängstliches Zittern in der Stimme, da war so viel Furcht.

«Kind», flüsterte sie, «sag, dass du geträumt hast. Sag, dass du weitergehst auf dem Weg, den du gestern mit deinem Bruder begonnen hast. Es bleibt dir sonst nur noch eine Nacht, und wenn du nicht träumst, wird etwas geschehen, das keiner will, wir wollen es nicht, aber wir werden es tun.»

Sie stand auf. Sie stieg über den Hund. Der hob den Kopf. Sie griff in das Wiegeband, es straffte sich. Dshirah spürte einen kleinen Ruck, kurz, aber hart, die Kalifa trat dicht an ihr Bett.

Sie sprach sehr schnell: «Wir würden dir die Siebte Sage erfinden. Wir erzählen uns viele Geschichten und haben schon viele Siebte Sagen erfunden. Wenn du morgen wieder nichts träumst, kannst du die alle haben. Wir suchen dir eine aus. Aber – es wird dir nicht helfen. Unsere Gelehrten wissen viel und erkennen den Betrug. Du hast nichts geträumt?»

«Doch.»

«Was hast du geträumt?»

Es war nicht viel Hoffnung in der Stimme der Kalifa.

«Von einer Lampe. Ich brauche eine Lampe.»

«Wie sieht die aus?»

«Sie – sie ist klein – man kann sie tragen. Zeigt mir ein paar Lampen. Ich erkenne sie dann.»

«Und die Lampe führt dich zur Siebten Sage?»

«Nein. Ja. Doch. Ich muss mit meinem Bruder gehen. Und mit der Lampe. Gehen und gehen. In die Dunkelheit. Bis ich die Lampe heller leuchten sehe. Da – da muss ich dann warten und ...»

«Denk nach, Kind, vergiss es nicht!»

«Ja – ich habe geträumt, im Licht dieser Lampe wird der Blinde eine Schrift sehen. Das ist die Siebte Sage. Oder ein Teil davon.»

Es sah aus, als hätten Dshirahs Worte im Kopf der Kalifa diese wunderbare Lampe bereits angezündet. So strahlte ein Licht aus den dunklen araminischen Augen.

«Der Blinde wird die Schrift sehen», wiederholte sie. «Das klingt nach dem Dshinnu in den anderen Sagen. Und dann haben wir deinen Bruder nicht sinnlos geblendet! Ah, das ist ein

Gedanke, der mir wohltut. Ja, Dshirah Dshinnu, du träumst dich in die Siebte Sage hinein.»

Sie sprang über den Hund und lief mit leichten Schritten auf den Gong zu, sie lief so leicht, als habe sie die ganze Nacht geschlafen.

«Aber ihr müsst uns allein lassen!», rief Dshirah ihr nach.

«So lange ihr wollt!»

Die Kalifa schlug den Gong.

Auf dem Weg zum Bad ging Sittah-Su neben Dshirah her.

«Erzähl mir mehr von dieser Una», verlangte sie. «Sieht sie irgendjemandem ähnlich, den du hier gesehen hast?»

«Ich weiß nicht», Dshirah zuckte die Achseln. «Darüber habe ich noch nicht nachgedacht.»

«Vielleicht ist sie ja doch mit mir verwandt. Dass sie so etwas Dummes über Armei dan Hasud gesagt hat, bedeutet ja noch lange nicht, dass sie dumm ist. Sie kann ja in En-Wlowa verrückt geworden sein. Du hast gesagt, man kann da verrückt werden.»

«Juja ist da verrückt geworden», bestätige Dshirah. «Sie war wahrscheinlich niemals sehr klug, aber sie war nicht verrückt.»

«Siehst du! Und diese Una ...»

Im Bad wurden sie getrennt. Sittah-Su und eine Frau des Kalifen gingen in die Waschräume, die für Frauen in ihrer Mondzeit vorgesehen waren, und Dshirah folgte den anderen in das große Bad. Die Kalifa blieb an ihrer Seite. Meist hatte sie auch Thokardi neben sich, und allein war sie nur, als sie in dem großen Becken schwamm. Keinen Blick konnte sie auf die Schrift hinter den Säulen werfen, nur hinaufschauen konnte sie, vorsichtig einmal hinaufschauen zu den Fenstern. Da hing ein kurzes Stück Kordel. Es fiel an der bunten Wand nicht auf. Das andere Ende sah sie nirgends. Wahrscheinlich lag es wirklich oben auf dem Säulengang. Sie hatten fast keine Spuren hinterlassen. Dshirah lächelte, und als eine Dienerin sie nach dem Bad in ein blaues Tuch hüllen wollte, lehnte sie es ab und verlangte ein gelbes, das sie grinsend um sich schlang. Aber sie bereute die Wahl sofort. Kaum spürte sie das gelbe Tuch auf den Schultern, da wurde aus ihrem frechen Grinsen ein hektisches, zittriges Kichern, sie schwankte, sie musste sich an die Dienerin lehnen, ihre Zähne schlugen aufeinander, aber das konnte die Frau ja nicht hören, zum Glück. Als man ihr die Gewänder für den Tag brachte, wählte sie die hellsten, ein lichtes Blau wie der frühe Morgenhimmel, der weit – weit – vom Erdinneren entfernt war.

Nach dem Essen führte die Kalifa sie in einen Raum voller Lampen. Die standen auf Tischen, in Nischen, auf Simsen und auf jeder Art von Vorsprüngen an den Wänden. Gab es in dieser Kalifenstadt zur Nachahmung eines jeden Sonnenstrahls eine andere Lampe? Da waren Kugeln aus Glas, farbloses oder buntes, Zylinder aus Metall mit ausgestanztem Muster, Schalen in jeder Größe, geschwungene Gefäße mit Windschutz vor der Flamme, ein goldener Löwenkopf, dem es aus den Augen glühen musste, wenn die Dochte dahinter angezündet wurden.

«Nun, Dshirah Dshinnu, welche Lampe hast du im Traum gesehen?»

Dshirah griff als Erstes nach einer silbernen Kinderhand, die eine Kerze trug. So, fand sie, ginge es sich gut im Dunkeln, so Hand in Hand.

«Die?», fragte die Kalifa.

«Nein!» Dshirah schüttelte heftig den Kopf. Sie brauchte keine Hand aus Silber, sie würde die ihres Bruders halten da unten. Sie stellte den Leuchter wieder fort und wandte sich der Kalifa zu. «Es war gar keine Kerze. Es war eine Öllampe. Sehr leicht, sehr hell. Mit einem guten Schutz für die Flamme. Und sie war ganz schlicht, ganz einfach ...»

Oh, hoffentlich hatte sie jetzt nicht etwas verlangt, was es in der ganzen Kalifenstadt nicht gab! Zögernd ging sie an den Wänden entlang – und da stand sie, ein bauchiges Gefäß mit genügend Raum für das Öl, ein kräftiger Docht und darüber eine Glaskugel, die das Licht nicht nur schützen, sondern auch vergrößern würde.

«Gut geträumt, Dshinnu», sagte die Kalifa, und es war das erste Mal, dass sie Dshirah nur Dshinnu, einfach nur Dshinnu nannte. «Das ist das Licht, in dem Armei dan Hasud sein Buch über das Vergessen schrieb.»

Dshirah erschrak. Fast glaubte sie, dass sie wirklich von der Lampe geträumt hatte. Und sie wusste nicht, ob das ein guter Traum gewesen wäre.

Nach dem Morgenessen trennte sie sich von den Frauen und Mädchen. Sittah-Su wollte ihr folgen, aber die Kalifa verbot es. Dshirah stellte die Lampe auf ihre Truhe. Für diesen Weg brauchte sie die noch nicht. Hoffentlich war die Kammer der Düfte leer. Den Weg dahin fand sie, als sie aber vor der verschlossenen Tür stand, hörte sie drinnen Geräusche, und während sie noch überlegte, was sie tun sollte, wurde die Tür geöffnet, und sie stand dem weißen Lakai gegenüber, der ihren Bruder betreute.

«Dshirah Dshinnu», sagte er verwundert, «was machst du hier?»

«Ich-ich – ist-ist – das die Kammer der Düfte?», stammelte sie.

«Ja, das ist sie.»

«Mein Bruder möchte, dass ich ihn hierher führe. Er möchte dahin zurück, wo er seine letzten Augen-Blicke hatte.»

«Das verstehen wir. Das wollen viele. Wir würden es auch zulassen, aber heute geht es nicht. Schau!»

Er trat beiseite und gab ihr den Weg in die Kammer frei. Zwei Diener waren darin beschäftigt. Einer hatte die Kissen, von denen die Kordeln gerissen waren, zusammengelegt und verteilte neue im Raum und auf dem Bett. Der andere stellte überall im Zimmer faustgroße, verschlossene Metallgefäße auf eiserne Gestelle und schob kleine Kerzen darunter.

«Gestern muss jemand hier gewesen sein und hat getobt und zerstört», berichtete der weiße Lakai. «Das kommt häufig vor. Die hier haben schlafen müssen, machen es aus Rache, aber immer nur die Betäubten. Die Geblendeten finden nicht hierher zurück. Deinen Bruder verdächtigen wir also nicht. Was willst du mit dem Schreibzeug?»

«Januão denkt sich Lieder aus. Es fallen ihm lauter Lieder ein, seit er blind ist, ganz viele. Die schreibe ich für ihn auf. Darum habe ich das Schreibzeug immer bei mir.»

Sie schaute sich in der Kammer um. Da hinten aus der Ecke leuchtete ihr Hdorigos Zeichen entgegen – und sie konnte es nicht abmalen. Sie ging im Zimmer herum, tat so, als wollte sie die Gefäße betrachten, und näherte sich unauffällig dem vierten

Zeichen. Vielleicht konnte sie es sich wenigstens anschauen und versuchen, es sich einzuprägen.

«Was ist in diesen Gefäßen?», fragte sie, während sie zur Wand schielte.

«Ach ja, du armes Kind», hörte sie den Lakai flüstern.

So schwierig und schwer zu merken war das vierte Zeichen gar nicht. Es hatte weniger und einfacher angeordnete Linien als die drei anderen. Wenn sie bekannte Buchstaben damit verglich ... Sah es nicht aus wie ein umgedrehtes ‹Erat›, in das von links ein etwas zusammengequetschtes ‹Lem› geschoben war? Und von oben kam – was hatte der weiße Lakai da gesagt? Sie drehte sich um.

«Wieso bin ich ein armes Kind?», fragte sie. «Ich meine, das bin ich. Man hat meinen Bruder geblendet, und vielleicht werdet ihr uns alle töten. Aber warum bin ich jetzt und hier schon wieder ein armes Kind?»

Der weiße Lakai wich ihrem Blick aus. Er zeigte auf die Gefäße.

«Darin sind Schlafdüfte», erklärte er. «Wir zünden jetzt die Kerzen an, und sie erwärmen die Gefäße den ganzen Tag. Am Abend öffnen wir sie ...»

«Wen blendet ihr!» Dshirah schrie. Wen konnten sie ihr noch nehmen? Von wem würde sie nie wieder einen Blick erwidert bekommen? Vom Vater? Der Mutter? Oder hatten sie gemerkt, dass Januão sehen konnte und würden ihn jetzt wirklich und richtig ...

«Niemanden», versuchte der weiße Lakai zu beruhigen. «Aber wir müssen den einzigen Freund, den du hier hast, betäuben.»

Wen? Dshirah glaubte, hier keinen einzigen Freund zu haben.

384

Oder meinte er ihre Freundin? Hatte der Mann nur ‹Freund› gesagt, weil bei den Araminen nur Männer zählten? Würden sie Zaiira die Ohren zerstören, weil – weil – warum denn? Und niemand wusste, dass Zaiira ihre Freundin war. Als ihre Freundin galt hier Sittah-Su. Würden die Sittah-Su ... aber warum? Wollten sie das Mädchen nicht mehr als Kalifentochter halten, da sie nun einmal keine war? Musste sie jetzt Dienerin werden und taub?

«Was hat er getan?», fragte sie.

«Niemand zwingt ihn», versicherte der weiße Lakai. «Er weiß, dass dies Gesetz ist.»

Er kann nicht ein Mädchen meinen, dachte sie. Auch ein Aramine würde von einem Mädchen so nicht als ‹er› reden. Sidi Antvari schoss ihr durch den Kopf. Sie haben herausgefunden, dass er uns geholfen hat. Gibt es so ein Gesetz? Wenn jemand verhindert, dass einer geblendet wird, dann wird er selber betäubt? Aber dann wissen sie doch auch, dass Januāo sehen kann, und dann werden sie ...

«Geh jetzt, Dshirah Dshinnu», der weiße Lakai schob sie zur Tür. «Ich darf dir nicht mehr sagen. Ich habe schon zu viel gesagt.»

Ohne Widerstand ließ sie sich aus der Kammer schieben, und erst als sie draußen war, fiel ihr ein, dass sie nicht noch einmal auf das vierte Zeichen geschaut hatte. Sie versuchte, sich zu erinnern: Es war ein auf den Kopf gestelltes ‹Lem› mit einem ‹Sinut› ... sie hatte alles vergessen.

Gegen Mittag brachte derselbe weiße Lakai ihren Bruder. So, wie er ihn führte, musste er ihn für blind halten. Sidi Antvaris Betrug war nicht entdeckt. Sie hatte die ganze Zeit nichts anderes denken können als: Wen betäuben sie? Die verrücktesten

Gedanken hatten sich in ihrem Kopf gedreht. Silbāo! Der war nicht in der Kalifenstadt. Der Richter, der erlaubt hatte, dass die neugeborene Kalifentochter Dshirah genannt wurde. Oder – wenn sie lange nachdachte, wer ihr hier ein Freund war, dann kam sie auf – Hisham. So ein Unsinn! Was für ein lächerlicher Unsinn! Ihrem Bruder erzählte sie von all dem nichts. Er war begeistert von der Lampe.

«Wunderbar! Eine bessere hättest du nicht wählen können.»

«Aber es ist die Lampe, bei der Armei dan Hasud das Buch über das Vergessen schrieb.»

«Wen stört das?»

«Unsere besten Freunde unter den Araminen sind die von der Vereinigung ‹Ein Aramine mit Herz zerbeißt seine Zunge›. Und die sind gegen das Buch vom Vergessen, oder?»

«Das wird das Licht der Lampe nicht schwächen.»

«Aber vielleicht bringt es Unglück.»

«Dshirah, was ist mit dir? So bist du doch sonst nicht.»

Sollte sie es ihm sagen? Es quälte sie, dass sie etwas wusste und er nicht. Vielleicht wäre es leichter für sie, wenn sie ... Sie schwieg.

«Hast du das vierte Zeichen abgemalt?»

«Nein – sie – sie haben mich nicht hineingelassen, weil sie heute noch einen betäuben.»

«Pech. Vielleicht ist den Eltern eingefallen, was alles das Gegenteil von Wasser sein kann.»

«Hast du eine Ahnung, wen sie betäuben?», fragte sie.

Er zuckte die Achseln.

«Das geht uns nichts an. Lass uns aufbrechen. Wo können wir die Lampe anzünden?»

Das war nicht schwierig. Ein Wärter brachte eine Kerze.

«Du bist sehr klug, kleine Schwester», lobte Januāo, als sie über den großen Platz gingen und nicht auf den Brunnen schauten. «Es war sehr klug, der Kalifa zu erzählen, du hättest von der Lampe geträumt. So etwas Ähnliches wirst du morgen wieder tun. Mit deinen Träumen können wir fast alles erzwingen. Aber wir dürfen nicht den araminischen Gelehrten die Schrift an der Wand zeigen. Ich fürchte, dann haben wir alles verloren. Zumindest solange wir nicht wissen, warum das Dshinnu den Angeklagten verbrennen will.»

Sie gingen durch die Kalifenstadt. Der Wind kam von Süden. Dshirah spürte, sehr schwach, einen Geruch, der nicht zu den Palästen passte, und als sie ein leises Brüllen hörte, wusste sie: Das sind die Löwen. Ihr Gebrüll und ihr Gestank drangen langsam in die Kalifenstadt. Ohne sich zu verlaufen, fanden sie das Gebäude mit den Eingängen zu der dunklen, modrigen, schmutzigen Welt unter den Palästen. Sie stiegen die Treppe hinunter, an dem Zeichen vorbei, die Lampe leuchtete hell.

Der Gang war schmal. Sie mussten hintereinander gehen. Januāo lief mit der Lampe voraus. Dshirah griff nach einem Zipfel seines Hemdes, das sandfarben und in diesem Licht nur noch hell war.

«Ja, halt dich fest», sagte er leise. «Ich will spüren, dass du da bist.»

«Es geht abwärts, Januāo, spürst du es», sagte sie. «Wir kommen immer tiefer hinunter.»

«Ja. Es ist gut. Dann wissen wir, wenn wir zurückgehen, hinauf ist der richtige Weg.»

Die Luft war erdig, aber nur wenig modrig, denn es war trocken, und ihre Füße fanden auf dem Boden einen sicheren Halt. Januãos Blindenschuhe waren völlig lautlos, Dshirahs dünne Ledersohlen machten ein kleines Geräusch, das ihr geradezu laut erschien, denn es war das einzige und die Wände warfen es vergrößert zurück. Sie trat absichtlich etwas fester auf. Der Klang ihrer Schritte tat ihr gut, beruhigte sie. Solange die Sohlen auf dem Boden klapperten, war der hart, fester Stein, kein Modder, kein Matsch. Die Wände rechts und links waren aus gebrannten Ziegeln gemauert. Die waren vielleicht einmal rot gewesen, jetzt hatten sie eine bräunliche, schwärzliche Schicht an der Oberfläche, aber das war nur zerfallender Ziegelstein, kein Schmutz. Auch von der Decke hing nichts Bedrohliches, nicht einmal Spinnweben streiften ihre Stirn. Schritt für Schritt entfernten sie sich mehr von den sich langsam erwärmenden Schlafdüften oben in der Kammer für ihren fremden, unbekannten Freund. Da blieb Januão stehen.

«Der Weg ist da vorn zu Ende», sagte er, «siehst du?»

Er streckte den Arm mit der Lampe aus, und sie sah es auch, sie liefen auf eine Wand zu. Sollte ihr Gang in die Unterwelt schon beendet sein? Dshirah, die sich auf dem Weg hierher noch vor dem Gedanken an alles Unterirdische gegrault hatte, erschrak. Jetzt wollte sie weiter, auch weiter hinunter, wollte den Schluss der Siebten Sage finden, es musste der Schluss sein, was den toten Kalifen an die Wände geschrieben war, der Schluss, der das Rätsel löste.

«Geh weiter», sagte sie, «wir werden sehen, was da ist.»

Und der Weg war nicht zu Ende. Im rechten Winkel nach links begann ein neuer Gang.

«Das führt uns unter die Kalifenstadt», sagte Januão.

«Richtung Stall und Reitplatz. Noch habe ich ein Gefühl dafür, wo wir sind. Aber sicher nicht mehr lange.»

Dshirah betrachtete die Wände.

«Es gibt bis jetzt nur einen Weg», stellte sie fest, «wir können nicht anders als nach links gehen und uns nicht verlaufen, wenn wir zurückkommen. Aber was machen wir, wenn der Weg sich teilt?»

«Ja, was machen wir? Wir haben die Tinte. Wenn wir die Wände sauber wischen, kann ich vielleicht ein Lied darauf schreiben. Ja, und ich glaube, ich sollte es rückwärts schreiben. Dann gehen wir von Vers zu Vers und können es singen. Auf dem Rückweg werden wir Lust haben zu singen.»

Dshirah musste ein wenig lachen, nur ein ganz klein wenig, doch es hallte lauter und froher als ihre Ledersohlen auf dem Boden. Sie tastete über die Wand, brach ein lockeres Ziegelstück ab und ritzte einen Pfeil in die zerbröselnde Oberfläche der Mauer.

«Wenn wir hier wieder sind», sagte sie, «und einen Pfeil finden, wo wir keinen brauchen, weil es nur einen Weg gibt, dann wissen wir, dass wir bald wieder oben sein werden. Dann kannst du singen, Januão.»

Sie gingen weiter. Tatsächlich teilten sich bald die Wege. Sie ritzten Pfeile in die Wände, und da sie noch ein Gefühl für die Richtung hatten, entschieden sie sich immer für die Gänge, die sie weiter unter die Kalifenstadt führten.

«Ich denke», vermutete Januão, «wenn die Kalifen ihre Toten schon aufbewahren, werden sie sie auch besuchen wollen. Warum sonst machen sie so etwas? Kann sein, es gibt von den Toten eine Treppe hinauf in den Palast des Kalifen.»

«Aber ich weiß nicht, ob wir uns da sehen lassen sollten», meinte Dshirah.

«Nein, lieber nicht.»

Sie gelangten in einen kleinen Saal ohne Tür.

«Wir sind da!», wollte Dshirah triumphieren, denn es standen Truhen an den Wänden.

«Bei den toten Kalifen? Das glaube ich nicht», zweifelte Januão. «Sie legen sie in Truhen, hat die Mutter gesagt, aber in prachtvolle Truhen, nicht in solche Holzkisten.»

Trotzdem gingen sie an den Wänden entlang. Die Truhen waren ohne jegliche Verzierung, kein Ornament, schon gar keine Schrift.

«Ich möchte wissen, was in den Truhen ist», sagte Dshirah.

«Wir sollten weitergehen», meinte er.

«Aber vielleicht finden wir etwas Wichtiges, irgendeinen Hinweis.»

Sie fingerte an einem der Schlösser herum. Das ließ sich nicht öffnen, es war aus Eisen, aber das Holz war morsch.

«Ich kann es herausbrechen. Soll ich?»

Sie wartete seine Antwort nicht ab. Mit einem heftigen Ruck brach sie das Schloss aus dem Holz. Sie zögerte, suchte seinen Blick, sein Gesicht war ohne Ausdruck.

«Ich weiß nicht», flüsterte er.

Sie hob den Deckel. Das war schwerer als das Aufbrechen des Schlosses. Er stellte die Lampe auf den Boden und half. Erst sahen sie nichts, nur schwärzliche Gegenstände, die, als sie ihnen das Licht näher brachten, ein seltsames, ein verborgenes Leuchten hatten.

«Silber», sagte Januão, «das hat einmal gestrahlt.»

Die Truhe war voller Tafelsilber, Messer und Löffel in den verwunderlichsten Formen, geschwungene Stiele, verzierte Griffe. Dshirah nahm einen Löffel heraus. Auf seiner kleinen Fläche konnte man nur winzige Häppchen zu sich nehmen. Der dünne Stiel war geschwungen wie ein Schwanenhals. Sie stellte sich vor, dass sie ihn in die Suppe tauchte, und führte ihn zum Mund. Der Stiel war so gebogen, dass sie eine schwingende, schweifende Bewegung machen musste.

«Liebe Sonne», flüsterte sie, «dieses Volk muss ausgestorben sein. So wird man nicht satt. Die sind verhungert.»

Januão starrte ins Leere.

Ist jemand gekommen, dachte sie erschrocken, denn er sah aus, als spielte er den Blinden. Aber dann erkannte sie den Ausdruck seines Gesichts. So sah er immer aus, wenn er etwas in seiner Erinnerung suchte. Er nahm ein Messer aus der Truhe und einen Spieß mit zwei Zinken, Gabeln gab es keine. Er tat so, als wolle er damit schneiden, essen, seine Hände schwangen in kleinen und großen Gesten vor seiner Brust, zu seinem Mund, und allmählich löste sich sein eingefrorener Blick in ein Lächeln, das aber nicht still in seinem Gesicht lag, sondern auf seinen Lippen zitterte, flatterte wie ein sterbender Vogel und immer trauriger wurde, zu Tode traurig wurde. Dshirah war verwirrt, sie wollte ihn trösten und wusste doch nicht weshalb.

«Dshirah, meine Lieblingsgeschichte, die uns die Mutter immer erzählt hat, hast du die auch so geliebt?» Seine Stimme klang fremd, wie etwas Vertrautes, das sie vergessen hatte. «Die Geschichte von dem bardischen Hirtenjungen, der an den Königshof kommt und die Prinzessin gewinnt, weil er den Edlen Löffel,

Messer und Spieße – nicht Gabeln – schmiedet, mit denen man nur essen kann, wenn man die Arme dabei tanzen lässt, das muss ein altes bardisches Märchen gewesen sein – Dshirah, wir haben das Tafelsilber der bardischen Könige gefunden.»

Sie schaute auf den Löffel in ihrer Hand. Sie erinnerte sich kaum an diese Geschichte, sie hatte andere geliebt. Er rieb das breite Ende des Löffels an seinem Hemd blank.

«Da, schau, das alte bardische Zeichen für Wasser. Und dies …», er putzte das Messer, «ja, das ist das Zeichen für Feuer, und das ist nicht das vierte Zeichen oben in der Kammer.»

Als sie nach weiteren Zeichen suchten, mussten sie erkennen, dass viele der zarten Löffel, Messer und Spieße verbogen oder zerbrochen waren, mutwillig zerstört.

«Araminen!» Januão spuckte das Wort auf einen Löffelstiel und rieb ihn, bis er glänzte. «Zerstörer sind sie, armselige Barbaren. Freu dich, kleine Lampe, dass du nicht mehr für Armei dan Hasud leuchten musst. Wie mag sich ein Licht fühlen, wenn es dabei helfen muss, ein Buch über das Vergessen zu schreiben, was empfindet eine Flamme, wenn sie etwas ins Dunkle stürzen muss? Aber du bist unschuldig, kleine Lampe, ich mache dir keinen Vorwurf, ich werde ein Lied über dich schreiben, schau, das ist es, was Armei dan Hasud alles vergessen haben wollte, das haben sie zerstört, die Araminen, zerstört, zerstört, zerstört …»

Und während er in einem leisen Singsang vor sich hin sprach, polierte er das Silber, bis er merkte, dass es da nur vier der alten bardischen Zeichen gab: Feuer, Wasser, Luft und Erde. Das vierte, das ihnen fehlte, fanden sie nicht. Sie öffneten die anderen Truhen, fanden in zweien zerbrochenes Geschirr, in dreien halb zerfallene, zum großen Teil zerrissene Stoffe, die wahrscheinlich einmal leuchtende Farben gehabt hatten. Januão schüttelte den Staub ab und ließ sie durch die Finger gleiten.

«Es ist Seide», sagte er. «Dshirah, das ist der Beweis.»

«Der Beweis wofür?»

«Dass die Sieben Sagen sehr wohl bardisch sein können.»

«Das verstehe ich nicht.»

«Nein, das kannst du nicht verstehen. Du warst ja nur wenige Tage in der Schule. Pass auf: Die Araminen behaupten, die Sieben Sagen können nicht von den Barden sein, weil in der Ersten Sage die Pomeranzen vorkommen. Sie selber nennen die ja auch Apfelchinen, weil sie aus China kommen, und die Araminen sind ja wirklich bis China gereist, und wir, sagen sie, hätten die Apfelchinen erst durch sie kennengelernt. Wir aber glauben, dass wir die Pomeranzen schon vor ihnen gekannt haben, weil auch die Barden schon früher in China gewesen sind. So, und hier siehst du Seide, alte bardische Kleider aus Seide, da, die bardischen Zeichen sind aufgestickt. Seide kommt auch aus China. Also können wir auch die Pomeranzen schon gehabt haben.»

Es war noch eine Kiste da. Die hatten sie, ohne ein Wort darüber zu reden, bislang gemieden. Sie sah anders aus, war aus gröberem Holz und hatte kein Schloss. Die beiden näherten sich vorsichtig.

«Ich glaube, da ist nichts drin», sagte Dshirah.

«Doch», sagte Januão, «sie stinkt.»

«Sie stinkt nicht», widersprach sie.

«Nein», gab er zu, «sie stinkt nicht.»

Dshirah schnüffelte und flüsterte tonlos: «Sie stinkt.»

Er stellte die Lampe davor. Es war etwas auf das vor langer

Zeit einmal helle Holz gemalt. Er wischte den Staub weg, und sie erkannten einen Ring von Pomeranzen, die gewiss einmal apfelchinarot gewesen waren.

«Gehen wir», sagte er.

«Ja, gehen wir», nickte sie.

Aber sie blieben. Dshirah spürte eine Beklemmung, die ihr den Atem nahm wie ein übler Geruch.

«Gehen wir!»

«Ja, gehen wir!»

Aber sie machte einen Schritt auf die Truhe zu und hob den Deckel. Staub wirbelte auf und tanzte im Schein der Lampe. Und mit dem Staub kam eine schlimme Ahnung von dem, was der Staub einmal gewesen war. Sie ließ den Deckel los. Er machte ein leises Geräusch, das wie ein unterdrückter Schrei klang. Sie standen vor der Kiste und konnten sich nicht bewegen. Sie waren wie Steine, in denen verzweifelte Herzen schlugen. Bis Dshirah ein Stöhnen, ein schluchzender Seufzer gelang. Da sagte Januão: «Ich glaube es nicht», und sie konnte fragen: «Was?» Aber das wusste er nicht. Sie stand dicht neben der Lampe, allmählich erwärmte die Flamme ihren Fuß und löste sie aus der Versteinerung. Sie legte eine Hand auf seinen Rücken, und er bewegte sich auch. So konnten sie gehen, endlich, und sie gingen durch den kleinen, dunklen Saal.

«Es ist ein Verbrechen», murmelte er. «Da in der Kiste ist ein Verbrechen. Manche sagen, es ist noch etwas Schlimmeres geschehen, als dass sie uns die Zungen herausgeschnitten haben. Da in der Kiste ist das Verbrechen, das Armei dan Hasud vergessen will.»

Der Saal hatte nur einen Ausgang, auch der war ohne Tür. Sie gelangten in einen neuen Gang, Januão lief wieder voraus, Dshirah hielt sein Hemd und hörte wieder den Klang ihrer Schritte, aber das beruhigte sie nicht mehr. Der Gang teilte sich und teilte sich noch einmal. Sie kratzten ihre Pfeile in die Wände und wählten einen Weg, ohne nachzudenken, sie dachten überhaupt nicht mehr, und sie wussten auch nicht mehr, wo sie waren und was über ihnen war.

Und plötzlich blieb er stehen. «Dshirah», stammelte er mit einer Stimme, in der sie nicht ihren Bruder und kaum ihren Namen erkannte. Sie war bestürzt, es gab keinen Grund, es gab keinen Anlass, aber sie war bestürzt bis tief in das Herz hinein.

«Ich weiß es nicht», murmelte er.

«Was?», fragte sie.

«Das weiß ich nicht», sagte er.

Sie wusste es auch nicht, und die Ahnung von dem, was sie beide nicht wussten, riss sie mitten entzwei. Sie mussten sich halten, sie mussten sich stützen, sie mussten nach ihren Händen greifen, und sie taten es zur gleichen Zeit, die Lampe entglitt seinen Fingern und schlug auf den Boden, sie hörten das Glas zersplittern, die Flamme erlosch.

Wie viele ausgesetzte Herzschläge lang? Wie viele erstickende Atemzüge lang? Wie viele sinnlose Wimpernschläge in völliger Finsternis? – standen sie in bebendem Entsetzen aneinander geklammert, bis ihnen bewusst wurde, dass sie das Licht verloren hatten, und sie wieder so etwas Harmloses empfanden wie ganz gewöhnliche Todesangst?

Sie hockten sich auf den Boden, tasteten nach der Lampe.

Dshirah griff in die Scherben, Januão fand das Ölgefäß. Er schob es ihr in die Hände. Sie umklammerten es mit allen ihren zwanzig Fingern. Es war sehr warm, fast heiß.

«Nimm es», flüsterte er, «etwas Wärmeres finden wir in diesem Leben nicht mehr. Wir sind verloren ohne das Licht, ach, Dshirah ...»

Anzünden! Wieder anzünden!

Dshirah stand auf, taumelte zur Wand.

Es gibt doch Steine, aus denen kann man Funken schlagen, dachte sie. Den Steinbrocken, mit dem sie die Pfeile geritzt hatten, hatte sie verloren. Sie tastete die Wand ab, brach ein Stück heraus, schlug es, schlug es fester und fester, Stein auf Stein, bis sie sich die Hand aufschürfte. Kein Funken sprang in die Dunkelheit, und das Einzige, was brannte, waren ihre Finger.

«Denken», hörte sie Januão hinter sich sagen, «nachdenken, sofort! Gleich kommt die Panik. Dann kann ich nicht mehr denken.»

Sie folgte seiner Stimme, hockte sich wieder neben ihn, tastete sich zurück zu der letzten Wärme des Lampengefäßes.

«Ich lerne doch Blindsein», sagte er und hustete ein kurzes, böses Lachen, «jetzt kann ich dir zeigen, was ich gelernt habe. Die Flurfeder. Weißt du, was eine Flurfeder ist?»

Das wusste sie nicht. Er zog die kleine, in einen Metallbogen gespannte Feder unter seinem Hemd hervor und schob sie in ihre Hände.

«Damit lerne ich durch die Flure gehen. Sie zittert in einem Korridor anders als in einer Halle. Sie sagen, ich bin sehr begabt, aber ich habe ja meist gemogelt und geblinzelt. Trotzdem, ich kann das! Ich spüre ja auch bei meiner Flöte immer das Zittern der Töne. Ich führe uns zurück. Mit etwas Glück finde ich den Saal, und dann erkenne ich ihn durch die Flurfeder. Von da an geht es immer aufwärts. Du hältst dich an meinem Hemd.»

Das tat sie, und in der anderen Hand trug sie die Lampe, die kein Licht mehr, doch Wärme gab. Die Flurfeder machte einen sehr leisen Ton, den sie in der vollkommenen Stille hörte.

«Kannst du wirklich damit sehen?», fragte sie.

«Ich weiß nicht. Du musst still sein.»

Mit kleinen, langsamen Schritten liefen sie dem zarten Ton nach. Sie gingen geradeaus. Manchmal blieb er stehen, beugte sich nach rechts, nach links, aber ging weiter geradeaus, bis der zarte Ton sehr plötzlich verstummte und sie gegen seinen Rücken stieß. Der zitterte.

«Ich bin ein schlechter Blinder», flüsterte er. «Ich bin gegen eine Wand gelaufen.»

Er drehte ihr den Rücken aus den Händen und ließ sich an der Mauer hinuntergleiten.

«Weiter weiß ich nicht», sagte er.

«Wir sollten aber weitergehen», verlangte sie.

«Wozu? Wohin? Immer tiefer in die Unterwelt?»

«Weiter!», sie versuchte, ihn hochzuziehen. «Komm! Weiter! Hier können wir nur sterben.»

«Ja, lass mich sterben», flüsterte er, «ich bin müde.»

Sie setzte sich neben ihn.

«Ich will nicht sterben», sagte sie. «Ich will erst sterben, wenn ich nicht mehr leben will.»

«Ja, das ist gut», sie fühlte seinen Kopf nicken, «lass uns an das schreckliche Pulver in der Truhe mit den aufgemalten Pomeranzen denken.»

«Nein!»

«Doch! Ich wollte nicht mehr leben, als ich dem so nah war.»

«Ich auch nicht.»

«Siehst du, das macht sterben leicht.»

Sie packte seine Schultern und wollte ihn schütteln, aber er fiel ihr in die Arme, und als Tränen über ihr Gesicht liefen, hatte nicht sie geweint. Er weinte ihr den ganzen Hals nass und schluchzte: «Es ist so schrecklich, so – so – schrecklich, dass es so etwas gibt.»

«Was denn?», schrie sie. Was denn? Was denn? Was war es denn?»

«Ich weiß es doch nicht. Aber es hat uns umgebracht. Ich hätte sonst die Lampe nicht fallen gelassen. Es ist nicht meine Schuld! Dshirah, ist es meine Schuld?»

«Lass uns weitergehen.»

Er löste sich aus ihren Armen, lehnte sich nur noch gegen sie, und dann hörte sie seine Flöte. Er spielte eines ihrer vertrauten Lieder, eines seiner Pferdepfeiferlieder, mit denen er abends die Herde nach Hause gelockt hatte. Da weinte sie auch.

Das Wiehern klang anders hier in den schmalen Gängen. Es flog nicht von ihnen weg über die Ebene dahin mit dem Wind. Es hallte zurück, es blieb dicht und nah, sie saßen mitten drin in einem Pferdepfeiferlied. Das war ein Ort, an dem sie nie gewesen waren und der doch kein fremder war, sondern altvertraut, so vertraut wie das Wiehern darin.

«Januão!»

«Ja», sagte er matt über die Flöte hinweg.

«Da war ein Wiehern.»

«Natürlich. Sie kommen immer, wenn ich spiele.»

Und er spielte. Dshirah schob sich etwas hoch und versuchte zu erkennen, woher das Wiehern kam.

«Januão, da sind Pferde!»

«Ja, wir sind daheim. Der Tod ist da, wo du daheim bist. Hättest du das gedacht? Man muss keine Angst haben. Und dass es so schnell geht! Und es tut gar nicht weh.»

Aber Dshirah fühlte sich überhaupt nicht tot. Und erst recht nicht daheim. Das Wiehern wurde lauter, vielstimmiger, die Herde kam. Die Herde kam? Es hallte von den Wänden. Der Ton lief hin und her und übertönte Januãos Flötenspiel. Sie sprang auf. Aus welcher Richtung waren sie gekommen? Da waren keine Pferde gewesen. Sie lief in die andere Richtung und stolperte über seine Beine. Sie lief ins schwarze Nichts. Der Boden war eben, sie stolperte nicht mehr. Sie streckte die Arme nach vorn. Sie blieb stehen und lauschte. War sie dem Wiehern näher gekommen? Klang es wirklich lauter hier? Langsamer ging sie weiter. Was tat sie da? Was für eine tückische Täuschung lockte sie fort von ihrem Bruder? Sie hatte nichts mehr als ihn und da –

«Januão! Hier ist Licht! Komm! Bring die Lampe mit. Ich habe die Lampe dort stehen gelassen. Bring die Lampe! Hier ist Licht!»

Links neben ihr begann ein Gang, und in den hinein schien ein schwaches Licht. Und jetzt schrien die Pferde.

«Dshirah! Wo bist du?»

«Hier! Hast du die Lampe? Hier! Hier! Hier!»

Sie schrie es, bis sie ihn neben sich fühlte.

«Hast du die Lampe? Da muss eine Flamme sein. Siehst du?»
Und immer lauter schrien die Pferde.

«Wo sind wir?», fragte er. «Wie kommen die Pferde hierher?»

Auf das Licht zugehen war leicht. Es kam aus einem Gang, der nach rechts abbog. Von da strahlte es hell. Und da war Wiehern, Schnauben, Schreien, Toben – sechs kleine Pferde rissen an ihren Geschirren. Dicke Mähnen flogen auf und Schweife hin und her, unter dichten Schöpfen blitzten verzweifelte Pferdeaugen, die sich losreißen wollten und Januão zustrebten. Die beiden standen versteinert, bis er ihr die Lampe gab und eines jener Lieder spielte, mit denen er daheim die Pferde beruhigte. Da hörten sie auf zu toben und zu wiehern. Ihre Köpfe wandten sich ihm zu, ihre Körper blieben eingespannt an ein großes Gestell aus schwerem Metall, das aussah wie eine riesige Spinne. In der Mitte war eine senkrechte Eisenstange, die bis zur Decke dieses kleinen Raumes reichte.

«Wo – wie – kommen die –», begann Dshirah.

«Schnell!» Januão sah überhaupt nicht mehr tot aus. «Nimm den Schwarzen hier vorn am Kopf! Lass die Lampe!»

Er rannte um die Pferde herum, fasste ein braunes auf der anderen Seite am Zaum.

«Führen!», befahl er. «Langsam führen, sie müssen wieder gehen, ich denke, sie wissen dann selber, wie schnell.»

Dshirah streichelte das kleine schwarze Pferdchen – wie lange hatte sie kein Pferd berührt? –, sie lockte es mit schnalzenden Lauten, es folgte, tat einen Schritt vorwärts, die anderen zogen mit, und langsam drehte sich die große Spinne. Als die Pferde einen stetigen Schritt gingen, ließen die beiden sie los.

«Ich glaube, ich habe verstanden», erklärte Januão. «Wir sind unter dem Brunnen auf dem großen Platz. Die Stange da führt nach oben zum Brunnen. In der Decke muss ein Loch sein. Ich denke, sie haben es mit Pech abgedichtet und mit Fett ausgeschmiert. Es läuft etwas Wasser durch, siehst du? Die Pferde drehen die Brunnenfiguren.»

«Immer?», fragte Dshirah entsetzt. «Sie sind immer hier?»

«Ich weiß nicht.»

Sie schauten sich an. Und sie schauten auf die Pferdchen, die wieder stur auf ihrer Kreisbahn trotteten. Beide prüften sie die Geschirre, die Zäume, sie sahen sofort, welche Schnallen zu öffnen waren, um die Pferde zu befreien. Wie gut sie das kannten! Wie gut sie das konnten! Und dann hinaus mit den Pferdchen, dass sie springen konnten, rennen, die Sonne auf dem Fell, den Wind in den Nüstern, hinaus ... Wohin?

«Wir können nichts tun.»

«Nein, wir können nichts tun.»

Sie untersuchten das Umfeld, fanden einen Stall, in dem sechs weitere Pferde unruhig hin und her liefen. Das Stroh war zerwühlt. Auch diese hatten versucht, Januãos Pferdepfeife entgegenzulaufen. Alle waren gut gepflegt, gut gefüttert. Zwei von ihnen waren schwarz und weiß gefleckt wie Silbãos Ziegen. So etwas hatten sie noch nie gesehen.

«Sie tauschen sie alle paar Stunden aus», vermutete Januão. «Und immer dann bleiben oben die Brunnenfiguren stehen.»

«Glaubst du, sie dürfen auch hinauf?», fragte Dshirah.

Er zuckte die Achseln. «Ich möchte sie mitnehmen», sagte er. «Aber das dürfen wir nicht.»

Sie fanden alles, was man für Pferde braucht: einen Wasserzulauf, eine Strohschütte, und da war auch eine Treppe, die steil nach oben führte.

«Wir sollten hier weg», meinte Januão. «Von da kann jeden Augenblick der Wärter kommen, der die Pferde wechselt.»

«Und auf dem Rückweg», meinte Dshirah, «können wir hier nach oben gehen. Wir sehen ja, ob die Pferde dann gewechselt sind. Dann wird wohl niemand kommen. Und wenn es noch dieselben sind, warten wir.»

Lichter, an denen sie ihre Lampe wieder anzünden konnten, gab es genug, nur die Glaskugel fehlte, mit der offenen Flamme mussten sie vorsichtiger gehen, und das Licht war schwächer.

«Und wir wissen jetzt wieder, wo wir sind», sagte Januão. «Der Palast des Kalifen muss ungefähr da sein. Wenn wir einen Gang finden, der in diese Richtung führt, werden wir bald die toten Kalifen finden, da bin ich sicher.»

Sie hatten die Wahl zwischen zwei Gängen. Einer kreuzte ihren Weg am Ende des Stalles. Nach links führte er mit beträchtlicher Steigung nach oben. Nach rechts lief er eben weiter, irgendwohin. Das war nicht ihr Ziel. Sie würden geradeaus gehen und damit wahrscheinlich unter den Kalifenpalast gelangen. Vorher aber leuchteten sie in den Gang hinein, der steil nach oben führte, folgten ihm ein kleines Stück und rochen frischen Pferdemist.

«Sie dürfen nach oben!», jubelte Dshirah.

Mit leichteren Herzen gingen sie weiter.

Im Saal der weichen Stimmen

Januão trug die Lampe. Er hielt eine Hand vor die Flamme, um sie vor Zug zu schützen. Dshirah hatte fast keine Angst mehr. Selbst wenn das offene Licht noch einmal ausgehen sollte, würden sie zurück zu den Pferden finden, und von da gab es einen Weg hinauf. Der Gang, dem sie jetzt folgten, machte einen leichten Bogen nach links.

«Gut», sagte Januão, «stimmt genau.»

Er wurde etwas breiter, und die Wände sahen aus, als würden sie sauber gehalten. Dann mündete von links eine Treppe in ihren Weg. Sie hatte breite Stufen, die ziemlich steil, aber gut gepflegt waren. Von hier an lag ein sandfarbener Teppich auf dem Boden, der verschluckte den leisen Klang von Dshirahs Sohlen, und die Wände waren gekalkt. Sie warfen den kleinen Schein der Lampe hell zurück. Dshirah und Januão schauten sich an.

«Wir sind da», flüsterte sie.

Sie liefen auf eine Wand zu. Der Gang war zu Ende, aber sie erkannten schon von Weitem, dass rechts eine Öffnung war, breit, mit einem hoch geschwungenen Bogen. Sie waren am Ziel. Es gab keinen Zweifel. Schon wollten sie in den Saal treten, da sahen sie darin ein winziges, aber klares Licht, das, als sie im Torbogen erschienen, kurz aufflackerte und erlosch. Sie sprangen zurück. Die Hand vor der Flamme rannte Januão den Gang entlang, Dshirah folgte.

«Da ist wer!», keuchte er.

«Ja, da ist wer.»

«Er hat das Licht ausgemacht, als er uns sah.»

«Ja, er muss uns gesehen haben.»

«Und er will selber nicht gesehen werden.»

«Ja. Der Kalif ist das nicht.»

«Was machen wir jetzt?»

«Ich weiß nicht.»

Sie warteten. Sie versuchten, die Flamme mit ihren Händen und Körpern zu verbergen.

«Er muss diesen Weg kommen», flüsterte Januão, «es gibt keinen anderen. Dshirah, du hast so eine gute Nase. Riechst du Lampenöl?»

«Natürlich. Unseres. Wir können hier nicht warten. Wenn er zurückgeht, läuft er genau auf uns zu.»

«Gehen wir zu den Pferden und warten, bis er weg ist.»

«Wie kriegen wir raus, wann er weg ist?»

Dshirah wollte nicht warten.

«Der Bogen», fiel ihr ein, «hast du das gemerkt, der Bogen, unter dem wir gestanden haben, gerade eben, da, das war einer mit einem Hufeisen oben, wie Hdorigo sie gebaut hat, Januão, wir sind dicht bei der Siebten Sage.»

«Ja, aber wir können nicht hingehen.»

Das Warten machte Dshirah nur unruhiger und ängstlicher. Sie wollte etwas tun.

«Ein Spiegel», hauchte sie, «du, es war ein Spiegel. Da ist niemand.»

«Und warum ist es ausgegangen?»

«Weil du sofort unsere Flamme verdeckt hast. Das hast du doch, oder?»

«Ja.»

«Komm, wir gehen hin», entschied sie und nahm ihm die Lampe aus der Hand.

Sie ging voran und betrat durch einen Hufeisenbogen einen runden Saal mit einer niedrigen Kuppeldecke. Sofort hörte sie wieder das leise Klack Klack ihrer Ledersohlen, aber der Ton war weicher geworden, als ginge sie auf Holz, und sie trat doch auf Marmorfliesen, helle, und von hellem Marmor waren auch die Säulen ringsum. Sie suchte sofort nach dem Spiegel. Warum blieb ihre Flamme allein? Warum war sie nicht wieder gedoppelt, gespiegelt? Januāo hinter ihr zog an ihrem Kleid, aber es war zu spät, um umzukehren. Wer immer sich hier verbarg, er musste sie gesehen haben. Konnte es ein Ungeheuer sein, dessen Augen in ihrem Licht kurz aufgeblitzt waren? Hielten sie im Saal der toten Kalifen ein Kokodril, damit es die Ratten fraß? Hier sah nichts nach Ratten aus.

«Ola?!», rief sie leise. Ihre Stimme hallte kaum durch den Saal. Sie hatte einen seltsam weichen, angenehmen Klang, in dem viel weniger Angst war, als sie dabei empfand.

«Ola!», rief sie noch einmal und lauschte auf ihre weiche Stimme. War es das, was ihr den Mut gab, in den Saal zu gehen? Wie warm das Wort durch den Raum tönte. «Ist da wer?», fragte sie und lauschte mehr auf ihre Stimme, als dass sie auf eine Antwort wartete. Es war eine Stimme wie weiches Hundefell, gestreichelt am Kopf um schwarze Perlenaugen. Wenn die toten Ohren der gestorbenen Kalifen das Miteinander-Reden so warm und weich machten, dann wollte sie von nun an öfter mit Toten reden. Große marmorne Truhen standen in der Mitte des Saales. Sie lief einen Bogen darum herum. Zwischen zwei Säulen fand sie die Stelle, wo das Licht gewesen sein musste. Ein Spiegel war da nicht. Auf einer Marmortruhe stand eine silberne Schale mit Wachs. Sie sah einen schwarzen Rest Docht darin liegen und fasste hinein. Das Wachs war noch warm.

«Es war eine Kerze, Januão», sagte sie und genoss den weichen Klang ihrer Stimme. «Hier war eine Kerze. Sie ist ausgegangen, als wir vorhin hier hereinkamen. Wir sind allein.»

Sie schritt durch den Saal. Es war kein Gehen, es war kein Laufen, hier musste man schreiten. Das gefiel ihr. Sie umrundete acht marmorne Truhen, die in der Mitte wie ein Stern gestellt waren. Es gab keine geraden Wände, sondern Säulen mit Hufeisen-bogen und dahinter Nischen mit ebensolchen Truhen. War es das, was ihre Stimme so weich klingen ließ? Sie wurde nicht von Wänden zurückgeworfen, sondern schwang wie ein Reigen durch Säulen und Nischen.

«Januão, deine Flöte! Bitte, spiel ein Lied!»

Aber dies war das erste Mal, dass ihr Bruder das Flötenspiel verweigerte. Er sah sehr blass aus, fast ein wenig grünlich, wie vorgestern, als Aiina ihr Kind gebar.

«Da sind tote Kalifen drin», sagte er heiser.

Ja, sie hatte es nicht vergessen. Sie fand es nicht mehr schlimm.

«Lass uns die Schrift suchen und gehen!», verlangte er.

Sie leuchteten die gerundeten Wände in den Nischen ab. Es gab nicht viel Schmuck, nur marmorierte Fliesen und ein einziges Band araminischer Ornamente, das rundum lief, sonst nichts.

«Da steht noch was auf diesen – diesen Truhen», sagte er. «Ich glaube nicht, dass man ‹Truhen› dazu sagen sollte. Es gibt bestimmt ein anderes Wort dafür.»

«Ja», Dshirah nickte, «ich möchte auch nicht ‹Truhe› dazu sagen, aber wir kennen das andere Wort nicht.»

Sie leuchteten die Deckel ab und fanden eingemeißelt nichts als die Namen der Kalifen, ihrer Lieblingsfrauen und die Jahre, in denen sie gelebt und regiert hatten. Und als sie die Truhe erreichten, auf der die eben erloschene Kerze stand, zuckte Januão zusammen und Dshirah schrie auf, schrie den ersten harten Ton in diesen Saal.

‹Juja Machidão n'Almohida›

«Sie ist tot!», schluchzte Dshirah, und sie klammerte sich an ihren Bruder.

«Nein», sagte der, «da ist das Jahr eingemeißelt, in dem sie nach En-Wlowa kam. Schau, das ist zwei Jahre her.»

«Ja», flüsterte Dshirah, «und er hat ihr so eine Truhe herrichten lassen, obwohl sie nicht seine Kalifa war. Und er bringt ihr Kerzen. Das war er, Hisham, er war hier, oh, er ist lieb, und er hat sie lieb.»

«Er hat mich blenden wollen», sagte Januão hart.

«Lass!»

Sie ging weiter und stand mit einem seltsamen Gefühl vor der nächsten Truhe.

‹Umajida n'Almohida n'Amurjana›

Woran erinnerte sie das? Er ging vorbei und nahm ihr das Licht von dem Namen. Sie tastete über die eingravierten Zeichen, aber sie war es nicht gewohnt, mit den Fingern zu lesen.

«Komm noch einmal her!», rief sie. «Lass mich das noch einmal sehen!»

«Hast du die Schrift gefunden?»

Er eilte zu ihr.

«Nein, aber ...»

Vor 13 Jahren sei diese Frau gestorben, las sie, und wäre jetzt 56, wenn sie noch lebte.

Und sie lebt, dachte Dshirah.

«Das ist Una», sagte sie. «Umajida n'Almohida n'Amurjana. Daraus hat sie ‹Una› gemacht. Das ist sie. Vor 13 Jahren kam sie nach En-Wlowa, und sie könnte jetzt 56 sein. Und Sittah-Su ist 14. Was ist da geschehen?»

«Das geht uns nichts an. Lass uns die Schrift finden», drängte er. «Ich will hier weg.»

Aber sie fanden die Schrift nicht. Weder auf dem Boden, noch an den Wänden, noch an der Decke.

«Wir müssen denken, nicht sinnlos suchen», flüsterte er.

Er stellte die Lampe auf eine der Truhen, die in der Mitte den großen Stern bildeten.

«Der Saal ist wahrscheinlich sehr alt», überlegte er. «Er wurde vor ungefähr 300 Jahren von Hdorigo umgebaut. Alles, was später hier hereingekommen ist, müssen wir nicht untersuchen.»

Dshirah streichelte noch einmal die Truhe, auf der Unas Name stand, und versuchte, durch die Marmorplatte zu erspüren, ob sie wirklich leer war. Januão nahm die Lampe, ging an ihr vorbei, leuchtete die Truhen ab.

«Dieser», sagte er, «komm endlich und hilf mir. Dies ist Kalif Abdalameh I. Er starb in der Zeit, als Hdorigo hier gearbeitet haben muss. Komm!»

Unter einer schlichten weißen Marmorplatte lag der tote

Körper des ersten Kalifen mit dem Namen Abdalameh, und natürlich musste Dshirah wieder an Juja denken.

«Abdalameh!», rief sie leise und klagend, «Abdalameh.»

Alles, was sie für die verstörten Augen der fernen Freundin tun konnte, war ihren traurigen Klageruf: «Abdalameh!», in diesem freundlichen Saal mit der weichen Wärme des ungewöhnlichen Klanges einzuhüllen: «Abdalameh!» Ihr Bruder jedoch schien nichts von dem stillen Frieden dieses Ortes zu spüren. Er war wieder grünlich weiß im Gesicht.

«Ich fürchte», hauchte er tonlos, «wir müssen die Platten heben. Die Schrift könnte innen auf dem Deckel sein.»

Dshirah erschrak. Aber es war ein Erschrecken ohne Entsetzen. Wie sehen Tote aus? Sie hatte noch nie darüber nachgedacht. Die Asche ihres Schwesterchens hatten sie in den Fluss gestreut. Vor Jahren war ihnen ein Hund gestorben. Eines von Je-ledlas Fohlen hatten sie tot im Fels gefunden. Was der Vater mit den Körpern gemacht hatte, wusste sie nicht. Von Ameisen zu Skeletten abgenagte Mäuse hatte sie schon gesehen. Aber in den Truhen waren keine Ameisen. Sie folgte Januaos forderndem Blick, fasste ihm gegenüber die Kante des Deckels auf der Truhe von Abdalameh I., und während die Lippen ihres Bruders zitterten, funkelte in ihren Augen die Neugier.

«Ich sage: eins – zwei – ruck», seufzte er, «wie gestern an dem Gitter, hinter dem das Kokodril war. Dies ist auch nicht besser.»

Das empfand Dshirah ganz anders. Auf keinen Fall erwartete sie, dass der tote Kalif aussah wie das Schuppentier. Sie packte kräftig zu, seine Hände aber lagen leicht und zögernd auf dem Marmor.

«Eins – zwei –», und niemals sagte Januão: ruck.

Es kam wieder etwas Farbe in sein Gesicht, die Angst verschwand aus seinen Augen, nur seine Lippen flatterten noch eine kleine Weile, aber sie zuckten um ein zitterndes Lächeln, das schließlich ruhig und strahlend auf seinem Mund liegen blieb, und endlich war auch seine Stimme so sicher und klar, dass es diesem Saal gelang, sie in weiche, volle Töne zu verwandeln.

«Du», sagte er, «was fühlen deine Finger am Rand von diesem Deckel?»

Sie tastete. Da war etwas eingeritzt. Muster? Zeichen?

«Merkst du's?»

Sie versuchte, die Linien zu verfolgen, aber was ihre Finger spürten, machte kein Bild in ihrem Kopf.

«Komm!»

Er winkte ihr mit der rechten Hand, die linke blieb an der Kante liegen. So tasteten sie sich aufeinander zu.

«Wir haben Blindenschrift geübt», sagte er, «und offenbar habe ich dabei schon etwas gelernt. Aber es ist auch leichter für mich. Meine Hand läuft mit der Schrift, dir kommt sie entgegen, sie ist bardisch.»

Er hielt die Lampe an die Kante: Rund um den Deckelrand eingraviert waren bardische Schriftzeichen.

«Du liest, und ich schreibe», schlug sie vor.

Sie zog das Blatt aus ihrem Kleid, faltete es auseinander, breitete es auf dem Deckel aus, strich es glatt.

«Gib mir Feder und Tinte!»

Als sie zu ihm schaute, sank er neben der Truhe auf den Boden.

«Januão! Was hast du?»

Sie sprang zu ihm, kniete sich neben ihn, er hatte den Kopf

gesenkt. Sie fasste seine Schultern, schüttelte ihn, er wandte ihr das Gesicht zu, doch fand sie den Geschwisterblick nicht, er war, wo sie noch niemals zusammen gewesen waren.

«Januāo! Wo bist du? Was machst du?»

«Es ist gut, kleine Schwester», sein Blick kam ihr näher, «ich bin gar nicht weit fort. Ich will nur noch ein wenig – bevor wir die Schrift lesen – ich wollte – ich will – ich – hoffe! Ich hoffe, dass es der letzte Teil der Sage ist, dass wir das Rätsel heute lösen. Komm zu mir und hoffe noch ein wenig mit mir.»

Sie ließ sich neben ihn sinken, drückte sich an ihn, hielt sich an ihm fest, sie waren einander sehr nah und saßen lange im gemeinsamen Hoffen. Als er aber danach die Schrift las und sie schrieb, merkten sie bald, dass all ihr inniges Hoffen vergebens gewesen war. Was sie gefunden hatten, war der zweite Teil der Sage, der zwar die beiden, die sie schon hatten, zu einer Einheit verband, aber das Rätsel offen ließ. Und während er las, sank Dshirahs Herz so tief, dass sie in seiner Stimme nicht mehr den weichen Klang des Raumes hörte, sondern nur die Traurigkeit, die langsam zu Verzweiflung wurde.

Mit drei Vierteln der Siebten Sage und dennoch hängenden Köpfen und Schultern schlurften sie den Gang zurück zu dem unterirdischen Pferdestall, wo zwölf kleine Pferde lebten, die satt und sauber und überhaupt nicht glücklich waren, und Dshirah fiel wieder alles ein, was sie bedrückte: Sie hatten nur noch einen Tag. Sie kannten das vierte Zeichen nicht. Sie hatten keine Ahnung, wo sie morgen suchen sollten. Und oben in der Kammer der Düfte erwärmten sich in kleinen Gefäßen Blüten und Kräuter, die einen tiefen Schlaf bringen sollten für einen, der keine hörenden Ohren mehr hatte und der ihr unbekannter Freund war.

Und in dem Saal mit den zerstörten Kleinodien der bardischen Könige stand eine grobe Kiste mit aufgemalten Pomeranzen und darin war ein Pulver, das von allem Entsetzlichen das Schlimmste war.

Katzenorgel

Hast du Hunger?», fragte Januão.

«Nein», sagte Dshirah, «aber ich würde gern etwas trinken.»

«Ich habe auch keinen Hunger. Es kann also noch nicht so spät sein. Über die Treppe der Pferdepfleger sind wir bald wieder oben. Wir müssen heute noch herausfinden, was alles Hdorigo gebaut hat. Da finden wir das vierte Zeichen oder gleich die Schrift.»

Dshirah trug die Lampe. Bei der Treppe des Kalifen blieb sie stehen.

«Und wenn wir da hinaufgehen?», fragte sie.

«Ich weiß nicht», er zögerte, «da ist mit Sicherheit ein Wächter. Oder eine fest verschlossene Tür. Sie müssen doch verhindern, dass jemand von hier in den Palast des Kalifen kann. Nein, ich glaube, da kommen wir nicht durch. Sie würden auch Fragen stellen. Und es ist gar nicht so weit zu den Pferden.»

Dshirah hätte eine zweite Begegnung mit den abgestumpften Augen der kleinen Pferde gern gemieden. Als sie den Gang kreuzten, der mit beträchtlicher Steigung nach oben führte, blieb sie stehen.

«Und wenn wir diesen Weg nehmen?», schlug sie vor. «Wir kommen dann in die Stallungen, und wir sagen allen, du wolltest Pferde riechen und anfassen. Da werden sie uns keine Fragen mehr stellen.»

«Ja, warum nicht? Aber wir sollten wissen, ob sie inzwischen die Pferde gewechselt haben.»

Er ging ein paar Schritte und warf einen Blick in den Raum, in dem die sechs Pferdchen die große Spinne drehten. Dshirah blieb allein mit der Lampe in dem Gang. Sie lief aufwärts, dem Duft nach, es roch nach frischem Pferdemist. Es roch wie daheim. Januão kam zurück.

«Es sind immer noch dieselben eingespannt», berichtete er, «aber im Stall sind drei neue. Also wird gleich einer kommen und noch drei bringen. Wir sollten uns verstecken.»

Aber Dshirah wollte durch den Gang gehen und sich zu dem frischen Pferdemist die größeren, gelben Sorraia-Stuten vorstellen, in deren Augen sich die Weite der Ebene spiegelte. Sie ging weiter aufwärts und hatte solche Sehnsucht nach Pferden im Licht, dass sie sich gar nicht wunderte, als sie plötzlich oben zwei Pferdeköpfe im Licht sah. Da wollte sie hin. Sie konnte nichts anderes denken. Dass ihr Bruder rief: «Vorsicht! Zurück!», wollte sie nicht hören.

Es war einer von den gedehnten Augenblicken, die sich wie Stunden anfühlen und nur Sekunden dauern. Zwei Pferdeköpfe im Licht – und sie war daheim, und ihr Gefühl blieb daheim, als sie Schnauben und Wiehern hörte, als Januão schon schrie und ein anderer schrie, und Pferdekörper das Licht verdrängten, und Hufschlag dröhnte, den die Wände vervielfachten. Und Dshirah war immer noch daheim, wo sie keine Angst haben musste, wenn Pferde auf sie zugerannt kamen, wo Pferde niemanden umwarfen, wo sie Platz hatten und beiseite sprangen, wo sie immer einfach stehen blieb, während die Herde links und rechts an ihr vorbeiströmte, und nichts als ein Luftzug berührte sie. Aber jetzt wurde sie gegen die Wand geworfen, die Lampe flog aus ihren Händen, und die Hände taten das, was sie gewohnt waren, sie griffen nach dem einzigen Halt, den sie hier kannten, sie krallten sich in eine Mähne, die war dichter als die ihrer halbwilden Stuten, und welche Farbe sie hatte, wusste sie nicht. Aber ihr Körper erinnerte sich, und er handelte allein. War er immer noch zu Hause? Das hatte nicht Dshirah entschieden, was ihre Beine jetzt taten. Sie machten jenen kurzen und kräftigen Sprung, den sie bei den Stuten mit Januão und Silbão geübt hatte, der Silbão immer am besten gelungen war, aber dieses Pferd war kleiner als ihre Stuten, und so landete sie mit einem Satz auf einem weichen Rücken und war – daheim.

Die Pferde galoppierten durch die Finsternis. Eines lief neben ihr und eines ahnte sie vor sich. Von hinten schrie eine Stimme, die zu einem Mann gehören konnte oder zu einer Frau oder weder zu einem Mann noch zu einer Frau, und sie kannte diese Stimme.

«He! Halt! He! Halt!»

In Dshirah blitzte eine Erinnerung auf, die von der Dunkelheit sofort verschluckt wurde. Wann hatte sie das letzte Mal auf einem Pferd gesessen? Als sie mit Silbão in ihr Gefängnis floh. Wann war sie das letzte Mal im puren Glück geritten? Als sie auf Dshallalama saß, auf Zaiiras Platz, auf Zaiiras Vollblut. Da war sie im Glück geritten und in ihr Unglück hinein. Jetzt war es finster und eng, und die Luft war schlecht, und dennoch fühlte sie sich der Ebene so nah wie lang nicht mehr. Angst hatte sie nicht. Der Schreck kam erst, als ihr einfiel: Wo ist Januão? Wo ist mein Bruder? Da wurde sie plötzlich nach vorn geworfen in die dichte

Mähne, die schwarz oder rot oder auch gefleckt sein mochte. Das Pferdchen stand. Und vor ihr, schwach, aber unverkennbar, war ein Licht.

«Januão!», rief sie. «Januão, wo bist du?»

«Hier.»

Seine Stimme war leise, gepresst und kam von vorn. In dem schwachen Licht ahnte sie die Umrisse: er hing an der Seite eines Pferdes, die Hände in die Mähne gekrallt, ein Bein über der Kruppe. Er hatte den Sprung hinauf nicht ganz geschafft. Nun ließ er sich fallen. Sie hörte ihn keuchen. Sollte sie abspringen? Würde das Pferdchen dann davonlaufen? Brauchten sie es noch?

«Bleib da. Ruh dich aus», sagte sie. «Ich schau nach dem Licht.»

Sie gab einen Schenkeldruck, aber das Pferdchen rührte sich nicht. Sie presste die Beine stärker zusammen. Da schnaubte es, stieg und wich zurück.

«Das will nicht weiter», sagte sie. «Es gehorcht mir nicht. Januão, was soll ich tun?»

«Lass es», keuchte er, «wir gehen allein zu dem Licht. Es kann nicht weit sein.»

Sie sprang hinab.

«Wo bist du? Wo bist du?»

Er lag am Boden, und da erhellte der matte Lichtschein nichts.

«Hier!», rief er. «Hier! Hier!»

Sie kroch und tastete nach ihm um Pferdebeine herum und fiel in seine Arme.

«Oh, das war schlimm», stöhnte er. «Aber ich bin nicht gestürzt. So – jetzt gehen wir weiter.»

Sie half ihm auf die Beine. Er taumelte ein wenig. Sie hörten

Hufschlag auf dem harten Boden. Der entfernte sich. Die Pferde liefen zurück. Warum liefen die Pferde zurück? In die Dunkelheit hinein und nicht auf das Licht zu? Sie dachten nicht darüber nach. Alles, was sie denken konnten, war: Da ist Licht. So taten sie zwei Schritte, vielleicht drei – dann brach der Boden unter ihnen weg. Sie stürzten zusammen mit Erde und Geröll auf das Licht zu. Verletzt waren sie nicht. Aber gefangen. Das Licht in der Halle, in die sie hinabgestürzt waren, war nun hell genug, um ihnen zu zeigen: Sie konnten nicht zurück. Der Hang war senkrecht abgerutscht, sie konnten kaum hoffen, dass die große Holztür, durch deren Fenster und Ritzen das Licht kam, nicht verschlossen war. Mitten in der Halle stand ein riesiger Wagen, den Dshirah schon einmal irgendwo gesehen hatte.

«Balbo!», schrie oben die Stimme, die sich nicht entscheiden konnte, ob sie einem Mann oder einer Frau gehörte. «Balbo gut, Balbo brav. Und Nira. Bist du Nira? Wo ist Santan – wie heißt das Vieh, Santan-»

Die Stimme kam näher.

«Santan-, Santan-ich-weiß-nicht-mehr, so komm doch, du kriegst auch ... Santan ...»

Der Ruf brach ab wie der unvollständige Name, und eine schmale Gestalt stürzte mit Erde und Geröll in die Halle hinunter. Die drei starrten sich an.

«Dshirah Dshinnu», kiekste die unentschiedene Stimme. «Was machst du hier? Oder bist du ein Geist? Ich suche noch ein Pferd. Es fehlt noch eins. Sie werden mich prügeln, wenn es weg ist, oder ...» Brun, nicht mehr in der Kleidung der weißen Lakaien, legte die Hände auf seine Ohren und schüttelte sich.

Dann drehte er sich um. «Ehh!», schrie er. «Wie komme ich zurück?»

Er wandte sich wieder den beiden Geschwistern zu.

«Ich muss zurück. Ihr müsst mir helfen. Wer bist denn du? Du siehst genauso aus. Du bist ihr Bruder. Ehh! Der Bruder vom Dshinnu ist doch blind!»

Das hatte Januão vergessen. Seine Augen erwiderten klar Bruns Blick.

«Er ist blind», behauptete Dshirah. «Darum ist er da runtergefallen. Ich bin ihm nach.»

«Unsinn. Ich bin da auch runtergefallen. Der ist so wenig blind wie ich taub ...»

«Sag lieber, was du hier machst», verlangte Dshirah. «Du bist mein Diener. Ich stelle hier die Fragen. Du warst ein weißer Lakai. Was hast du angestellt, dass sie dich jetzt unter der Erde arbeiten lassen?»

«Nichts.»

Er ging zu dem großen Wagen und klopfte auf die Speichen eines Rades.

«Können wir den dahin schieben? Dann kann ich raufklettern und komme wieder zu den Pferden. Irgendwo ist Santansowieso. Ich muss ihn finden.»

«Ich will wissen, warum du kein weißer Lakai mehr bist», beharrte Dshirah.

«Und ich will wissen, warum der da nicht blind ist.»

«Er ist blind.»

Brun zuckte die Achseln.

«Ich kann dir sagen, warum ich kein weißer Lakai mehr bin. Ich habe kein Geheimnis. Und wenn ihr mir helft, den Wagen dahin zu schieben, verrate ich auch nicht, dass der nicht blind ist.»

«Er ist blind!»

Brun versuchte, das Rad zu drehen, aber es bewegte sich nicht.

«Wenn ich es gewollt hätte, wäre ich noch immer ein weißer Lakai», erzählte er. «Aber ich sollte natürlich einer von der untersten Sorte sein. Und sie haben gedacht, ich wüsste das, aber ich komme aus En-Wlowa, und ich wusste das nicht, ich krieg das verdammte Ding hier nicht weg.»

Dshirah trat an das Rad und versuchte, ihm zu helfen. Januão starrte ins Leere.

«Heute Morgen», fuhr Brun fort, «kamen sie zu mir und wollten mir einen stinkenden Saft in die Ohren spritzen, weil die untersten weißen Lakaien alle taub sind und – was hast du? Schieben! Du sollst schieben. Was lachst du?»

Dshirah hielt sich an dem Rad fest. Es war größer als sie. Sie schüttelte sich in einem irren Kichern und Lachen.

«Aber du bist doch nicht mein Freund!», prustete sie. «Du bist doch gar nicht mein Freund!»

«Dshirah, was hast du?», schrie Januão. «Du darfst jetzt nicht verrückt werden! Bitte!»

«Es ist gut», sagte sie, «ich bin nicht verrückt. Ich bin nur so froh. Ich erzähl dir später, warum. Das ist Brun. Er ist aus En-Wlowa geflohen, als ich ...»

Das Gefühl der Erleichterung war kurz. Sie hatte eine Sorge weniger und eine – schlimmere – Sorge mehr. Aus dieser Halle würden sie wieder herauskommen, spätestens wenn andere Pferdepfleger nach den Pferden suchten. Dann konnten sie schreien, und man müsste sie finden. Das also bedrückte sie nicht. Aber Brun hatte in Januãos klar blickende Augen geschaut, und was immer der Junge aus En-Wlowa versprechen würde, sie traute ihm nicht. Er versuchte gerade, zurück in den Gang zu klettern, aber es lösten sich Steine und Erde, und er rutschte wieder herunter.

«Verdammter Dreck!», schimpfte er. «Ich muss rauf. Ich glaube, Balbo und Nira sind zurückgelaufen, aber dieses fleckige Biest ist abgehauen. Ich muss ihn finden, sonst wird er verhungern oder verdursten.»

Dshirah horchte auf. Sorgte sich Brun wirklich um jemand anderes als um sich selbst? Mochte er die kleinen Pferde? In En-Wlowa gab es keine Tiere. Nur Fliegen.

«Ehh!», schrie Brun. «Pferdepfeifer! Hast du deine Pfeife? Du musst mir Santansowieso herbeipfeifen! Sie kommen doch von überall, wenn du sie rufst. Stellt euch hierher, vielleicht kann ich auf eure Schultern steigen. Und wenn ich oben bin, pfeifst du. Ich fange ihn hier ab. Hoffentlich ist er nicht schon in einen anderen Abgrund gestürzt. Komm und tu nicht so blind.»

«Hör mal, Brun», Dshirah trat auf ihn zu, «wir versuchen, dir hinaufzuhelfen, und Januão pfeift dir den Santandunão wieder her. Aber du musst mir etwas versprechen.»

«Was?»

«Du darfst niemand erzählen, dass mein Bruder sehen kann.»

«Dshirah», schrie Januão, «ich …»

«Lass», wehrte sie ab, «er weiß es doch.»

«Ich versprech dir das schon», murmelte Brun.

«Aber?»

«Ich weiß ja nicht, was die da oben mir dafür geben, wenn ich es sage.»

Dshirah nickte. Sie war nicht überrascht.

«Magst du Pferde?», fragte sie. «Möchtest du etwas anderes für sie tun, als sie hier in die Unterwelt bringen? Möchtest du im Licht für sie arbeiten? Möchtest du reiten lernen? Ich kann das alles für dich machen. Wenn ich morgen die Siebte Sage erzähle, erfüllen sie mir jeden Wunsch. Jeden!»

Er ließ sich den Abhang ganz hinunterrutschen.

«Jeden?», fragte er.

«Jeden!»

«Ich glaube es. Ja.»

Seine Augen waren voller Sehnsucht. Es war etwas Weiches, Liebevolles darin. Dshirah sah, dass sie gewonnen hatte. Dieser Blick war ohne Betrug.

«Kannst du Macoña aus En-Wlowa rausholen?», fragte er leise.

«Ja. Wer ist Macoña?»

Aber sie wusste es schon.

«Oh», flüsterte sie, «ja, ich hole Macoña aus En-Wlowa. Ich kenne sie. Sie hat mir sehr geholfen an meinem ersten Tag dort. Ist sie deine Mutter?»

«Nein, aber fast. Sie hat mir erst in den letzten Wochen gesagt, dass sie nicht meine Mutter ist. Als ich beschlossen hatte zu gehen. Ich habe nämlich immer den Pferdepfeifer als Erster gehört, weil ich die allerbesten Ohren von En-Wlowa hatte. Die werde ich mir doch nicht nehmen lassen, um ein weißer Lakai zu sein, das versteht ihr?»

«Das verstehe ich», sagte Dshirah, «aber warum warst du in En-Wlowa?»

«Ich bin da geboren, und ich bin jedes Mal, wenn ich den Pferdepfeifer hörte, zu dem Loch gerannt und habe geguckt, was die Wächter machen.»

«In En-Wlowa werden Kinder geboren?», fragte Dshirah.

«Ja. Und da habe ich gesehen, dass man raus kann. Rein und raus. Wie der schöne Junge, der immer kam. Und dann du.»

Dshirah dachte an Aiina in der Kammer der Geburt, an den wundervollen ersten gemeinsamen Herzschlag von Aiina und ihrer Tochter in dieser Welt. Das in En-Wlowa?

«In En-Wlowa werden Kinder geboren?», wiederholte sie.

«Ja, aber sie sterben fast immer oder die Mütter oder beide. Das kommt von dem Dreck, hat Macoña gesagt. Meine Mutter ist verblutet. Und Macoña hatte kurz vorher ein Kind geboren, das ist krank geworden von dem Dreck. Da hat sie mich genommen. Vierzehn Jahre lang habe ich geglaubt, dass sie meine Mutter ist. Ich bin vierzehn Jahre alt. Sie hat für mich gezählt, als ich es noch nicht konnte.»

Januão hielt noch immer das Gesicht von Brun abgewandt. Seine Augen flackerten zwischen klarem Schauen und Blindenblick.

«Können wir ihm vertrauen?», fragte er gepresst.

«Ja», sagte Dshirah, «außerdem bleibt uns nichts anderes übrig.»

Da drehte er sich um und ging auf Brun zu.

«Also, ich könnte Santandunão herbeipfeifen», sagte er, «aber das nützt uns gar nichts. Es macht nur alle Pferde unruhig, und wir kommen da nicht rauf. Wir müssen sehen, was wir anderes tun können.»

Sie gingen um den Wagen. Es war ein großes Gestell mit langen hölzernen Säulen darauf.

«Ich hab das schon mal irgendwo gesehen», murmelte Dshirah.

«Ich auch», sagte Brun.

Er trat auf die Radnabe und schwang sich hinauf.

«Ehh», schrie er, «es ist das Ding, dieses kreischende.» Er bückte sich und stemmte einen Bärenkopf hoch, an dem ein ganzes Bärenfell hing. «Da hat dieses Tier drauf rumgehauen. Wie heißt es noch.»

«Bär», sagte Dshirah.

«Die Katzenorgel», flüsterte Januāo.

Die beiden kannten das tierische Instrument schon von früheren Umzügen, hatten es aber nie so genau angeschaut, sondern immer auf den Bären gestarrt, der mit seinen großen Pranken auf die Tasten schlug. Über die Katzen in den Orgelpfeifen, deren Schwänze an die Tasten gebunden waren, hatten sie nicht nachgedacht.

«Da können wir lange warten, bis sie kommen und die holen», stellte Januāo fest. «Die Katzenorgel ziehen sie nur zwei- oder dreimal im Jahr durch die Straßen.»

Er ging zum Tor. Es war ein zweiflügeliges Tor, das wahrscheinlich von außen durch einen baumlangen Holzriegel verschlossen wurde. Es war unmöglich, den Riegel von innen zu heben. Zwar fiel etwas Licht durch die Ritzen zwischen den Brettern, aber morsch waren sie nicht. Januāo schaute nach oben.

«Da oben ist Licht», sagte er. «Wir sind nicht weit unter der Oberfläche, da kommt Licht durch. Aber raus können wir da nicht.»

Das kleine Fenster im Tor war zu hoch, als dass sie hätten hindurchschauen können.

«Lass mich auf deine Schultern klettern, Brun», schlug Januão vor. «Vielleicht kriege ich wenigstens raus, wo wir sind.»

Brun stemmte die Hände gegen das Tor, und Dshirah half ihrem Bruder über Bruns Rücken auf die Schultern.

«Kommt mir bekannt vor», sagte er, «aber viel sehen kann ich nicht. Bergland über der Stadt. Wir müssen westlich von der Stadt sein. So wie die Schatten fallen, ist es noch nicht spät, zwei bis drei Stunden nach Mittag, denke ich. Das da unten könnte ein Fluss sein.»

«Still», sagte Brun, «seid mal still.»

Januão sprang hinab.

«Warum sollen wir still sein?», fragte er.

«Ich habe was gehört.»

«Ich nicht.»

«Es war ein ganz leises – ich weiß da kein Wort – jemand tut was weh.»

«Ich habe nichts gehört.»

«Ich habe bessere Ohren, und die werde ich auch behalten. Glaubt ihr, Santansowieso ist in ein Loch gefallen und jetzt weint er?»

«Nein. Pferde weinen nicht. Du musst keine Angst um ihn haben. Der ist längst bei den anderen und frisst Stroh.»

Dshirah ging durch den Raum. Die Wände rechts und links

waren Felsgestein. Auf der Seite, die sie nun für Westen hielten, war der Stein feucht. An einigen Stellen lief Wasser hinunter.

«Kann man das trinken?», fragte sie. «Ich habe Durst.»

«Still!», zischte Brun. «Da war es wieder.»

«Ich habe nichts gehört», sagte sie.

«Es kam von da», er zeigte auf den Wagen.

Januão hielt eine Hand an den Fels, sodass das Wasser sich wie in einer Schale sammelte. Er trank.

«Es ist frisch», sagte er. «Quellwasser.»

Auch Dshirah löschte ihren Durst. Brun lief um den Wagen. Er trat nahezu lautlos mit seinen groben Schuhen auf den felsigen Boden. Januão ging an der westlichen Wand entlang. Hinten, wo er nichts mehr sehen konnte, tastete er über den Stein.

«Hier ist Mauer», stellte er fest. «das ist kein Fels, das ist Mauer.»

Dshirah hatte immer noch eine Hand am Fels, fing Wasser auf und trank. Sie schaute nach oben und verschluckte sich fast.

«Da oben ist Licht.» Sie hustete. «Ist da Licht?»

«Still!», rief Brun leise.

«Da war was», flüsterte sie, «ich hab was gehört.»

Es war ein schwaches, klägliches Wimmern. Brun sprang auf den Wagen, trat das Bärenfell beiseite, riss die Klappe einer der Orgelpfeifen auf. Das Wimmern wurde lauter. Dshirah und Januão kletterten auf den Wagen, halfen Brun, die Orgelpfeifen zu öffnen. Sie fanden zehn tote und zwei sterbende Katzen. Es war Brun, der einen Käfig nach dem anderen aus den Röhren riss. Er schrie: «Diese Biester! Diese verdammten, dreckigen Biester. Sie haben sie einfach da drin gelassen. Die sind verhungert. Das da lebt noch!»

Die Geschwister waren starr und konnten sich nicht rühren. Die Käfige polterten vor ihre Füße, die Katzenkörper, steif und hart, flogen darin herum, nur ein nebelgrauer war weich und geschmeidig.

«Das da lebt auch!» Brun versuchte, die Gitterstäbe auseinanderzureißen. «Helft mir doch! Wie krieg ich das auf?»

Es gelang Dshirah, den Blick von den toten Tieren zu lösen. Mit einem Handgriff hob sie den Riegel des Käfigs und öffnete die Tür. Das ging leicht. Nichts klemmte, nichts war verrostet. Die Käfige waren gut gepflegt, die Scharniere geölt, nur die Katzen waren tot.

Machen die das immer so?, dachte sie. Lassen sie jedes Mal, wenn sie die Katzenorgel durch die Straßen gezogen haben, die Tiere in den Käfigen verhungern? Oder haben sie die einfach vergessen?

Sie schaute nach oben. Über den beiden Röhren, in denen sie die lebenden Katzen gefunden hatten, mochte Wasser durchgedrungen sein. In der Nacht, die Januão in der Kammer der Düfte verbrachte, hatte es geregnet. So hatten diese beiden etwas Wasser bekommen, die anderen nicht.

Die haben sie vergessen, dachte sie. Das machen sie nicht immer so. Dazu sind Katzen zu teuer.

Januão hockte auf dem Bärenfell und würgte. Brun schüttelte die Käfige.

«Tot», sagte er. «Oh, das ist gerade erst gestorben ... wenn wir eher gekommen wären ... zwei ... zwei leben.»

«Hast du schon viele tote Katzen gesehen?», fragte Dshirah.

«Nein! In En-Wlowa gibt es keine Katzen.»

«Woher weißt du so genau, dass die graue noch nicht lange tot ist?»

Sie hob eine zuckende fahlgelbe Katze aus ihrem Käfig. Die hatte dieselbe Farbe wie Zaiiras.

«Wird auch nicht anders sein als bei Menschen», sagte Brun.

«Du hast tote Menschen gesehen?»

«Du nicht? Du warst doch in En-Wlowa.»

Kaum spürte sie, wie die Katze sich an ihrem Arm festkrallte. Nicht jeder, der in En-Wlowa in der Gosse gelegen war, hatte also dort geschlafen. Mit der freien Hand kraulte sie die Katze am Kopf, genau so, wie Zaiiras es so gern hatte. Januāo würgte noch immer. Brun hatte die andere lebende Katze aus dem Käfig geholt. Die war grau, aber nicht einfarbig wie ein Esel, sie hatte ein Muster aus helleren und dunkleren grauen Streifen. So etwas hatte Dshirah noch nie gesehen. Das gelbe Kätzchen zog die Krallen ein. Seine Augen waren verklebt und geschlossen. Es entspannte sich, und als Dshirah sich tief über es beugte, hörte sie ein leises Schnurren. Da fühlte sie sich, als ob sie selber gestreichelt würde. Januāo hatte aufgehört zu würgen, sah aber wieder grünlich bleich aus.

«Wasser», sagte Dshirah, «komm, Brun, die brauchen Wasser.»

Sie legte die Katze an den Rand des Wagens und rutschte hinunter. Dabei ließ sie einen Arm bei dem Tier, das umklammerte ihr Handgelenk mit allen vier Pfoten, Krallen spürte sie keine mehr.

«Au», sagte Brun leise, die Graue im Arm, sprang er vom Wagen, «die kratzen. Ich hab noch nie eine angefasst.»

Sie trugen die Katzen zur Felswand, hockten sich neben das Rinnsal und träufelten Wassertropfen in die offenen Mäulchen. Der Gelben liefen sie über die Zunge, die Graue schluckte. Januāo folgte ihnen.

«Sterben die?», fragte er mit einem misstrauischen, fast feindlichen Blick.

«Kann sein», sagte Brun. «Ehh! Meiner trinkt! Und deiner?»
Dshirah schüttelte den Kopf.

«Wo hast du vorhin Licht gesehen?», fragte Januão.

«Da oben.»

Sie machte eine leichte Kopfbewegung, ohne die Augen von dem gelben Körper mit den schwarzen Beinen und Ohren zu wenden. Sie ließ Wasser auf die winzige raue Zunge tropfen. Die leckte, aber die Kehle schluckte nicht. Im Augenwinkel sah sie Januão an der Felswand hochklettern, dem Licht entgegen. Sie bettete die Katze angenehmer in ihren Arm, sodass sie sich sanft in ihre Armbeuge schmiegte und der Kopf etwas höher zu liegen kam. Behutsam wischte sie mit feuchtem Finger die verklebten trockenen Augen aus, bis das Kätzchen blinzelte und die Lider hob. Es hatte blaue Augen wie Zaiiras Katze, genau solche, genau. Dshirahs Mundwinkel zuckten, und auf ihren Lippen war jenes Lächeln, das mehr mit Weinen als mit Lachen verwandt ist.

«Mach das auch, Brun», flüsterte sie, «schau, so, aber sei vorsichtig, drück ihr die Augen nicht ein.»

Sie spürte ihren Bruder wieder neben sich.

«Ja, da oben fällt Licht durch einen Spalt», sagte er. «Aber der ist zu schmal für uns. Sterben die?»

«Ehh, meiner hat grüne Augen», rief Brun leise, «ganz grün, gibt es das auch!»

«Das sieht lebendiger aus», sagte Januão und hockte sich näher an Brun.

Dshirah blinzelte zur Seite, ohne ihren gelben Schützling ganz aus den Augen zu lassen. Das graue Kätzchen hob den Kopf und schüttelte ihn. Brun drehte es zur Seite, dem Wasser entgegen. Es streckte die Zunge heraus und trank, leckte das Wasser mit seiner winzigen rosa Zunge vom Fels. Da schauten sich die drei an, ein paar Herzschläge lang freuten sie sich so sehr, als seien sie selber gerettet worden. Und während das grau gestreifte Kätzchen sich in Bruns Armen aufrichtete, sah Dshirah in den Augen ihrer gelben Falbkatze etwas, das sie noch nie erlebt hatte, das sie aber so rasch erkannte wie vorgestern den Beginn der Geburt: Die blauen Augen in dem dreieckigen Gesicht zogen sich zurück. Sie entfernten sich wie ein Klang. Sie blieben blau, ein von der Sonne beschienener See, aber das Blau wurde leise. Der See floss nach innen, in die Tiefe oder in die Höhe, in die Erde oder in den Himmel, das konnte Dshirah nicht unterscheiden, es schien nicht mehr wichtig zu sein. Und dann zog eine Schicht über das Himmelblau, wie manchmal nach einer sehr kalten Winternacht auf den Tränkebecken im Hof. Die blauen Katzenaugen sperrten sie aus. Sie hatte nicht das Gefühl, dass etwas Schlimmes geschah, aber sie war entsetzlich traurig. Sie beugte sich tiefer über das Tier und hörte es schnurren, bis es starb.

«Ehh!», rief Brun.

Die graue Katze sprang aus seinen Armen. Erst taumelte sie, dann lief sie, verblüffend sicher auf federnden Beinen an der Felswand hin und her, kletterte auf das Licht zu, kam wieder heruntergesprungen, lief hinten im Dunkeln, wo Januão die Mauer entdeckt hatte, an der Wand empor, als sei das ebener Boden, kaum konnte man sie noch erkennen, so katzengrau, so felsengrau. War das wirklich ein gestreifter Katzenschwanz, was da im Stein verschwand und nicht wiederkam?

«Da oben muss ein Loch sein», sagte Brun.

Er schaute hinauf. Dshirah auch. Januão nicht. Der streckte eine Hand aus. Zaudernd, zögernd, zweimal zurückzuckend streichelte er das gelbe Fell in Dshirahs Armen.

Das Gastmahl unter der Erde

Brun kletterte an der Wand hoch, seiner grauen Katze nach. Beim ersten Mal stürzte er ab, aber dann verschwand sein Kopf im Dunkeln, und sie hörten seinen leisen Schrei. Dshirah hielt die tote Falbkatze in den Armen und musste an Aiina denken, an den Augenblick, in dem die Hebamme der Kalifenfrau das Neugeborene an die Brust gelegt hatte. Sie hatte alles andere vergessen. Sie hielt die Katze im Arm, die vor wenigen Herzschlägen gestorben war, und sie fühlte sich dicht, hautnah an einem Wunder.

«Hier kommen wir durch!»

Bruns Stimme klang seltsam vergrößert und zugleich wieder zusammengepresst. Januão tastete die Mauer ab und suchte die beste Möglichkeit hinaufzusteigen. Dshirah ging zu dem Wagen. Da lagen durcheinandergeworfen die Käfige mit den toten Katzen, steif in die Gitterstäbe geklemmt. Das sah sehr schrecklich aus, das mochte sie nicht anschauen. Auch die Mausgraue, die noch weich und geschmeidig war, fing an, mit verdrehtem Kopf und verbogenem Rücken zu erstarren.

Euch kann ich nicht helfen, dachte Dshirah und war so traurig, dass ihr das Herz wehtat.

«Aber du sollst anders tot sein», flüsterte sie ihrer Falbkatze zu. «Du sollst es besser haben.»

Und sie ließ die gelbe Katze auf das Bärenfell gleiten, rollte sie rund zusammen, schob ihr die Pfoten unter den Körper, legte den Schwanz rund herum, und nun schlief da auf dem Bärenfell eine Katzenkugel wie im Haus Antvari auf den seidenen Kissen. Und dann sagte sie: «Leb wohl», wandte sich der Mauer zu und dachte: Was hab ich da gerade gesagt?

Januão hing schon auf halber Höhe an der Mauer. Aber Dshirah zögerte. Konnte sie sich so von einer toten Katze verabschieden? Sie ging noch einmal zurück zum Wagen, streichelte das gelbe Fell, es war noch warm, sie wollte ein passendes Abschiedswort sagen. Alles, was ihr einfiel war: «Bis dann.»

Und sie kletterte ihrem Bruder nach. Sein Kopf und sein halber Oberkörper waren hinter einem dicken Balken verschwunden. Sie prüfte nicht die Griffe ihrer Hände, die Tritte ihrer Füße, sie suchte nicht nach Vorsprüngen und Löchern im Stein, fast lief sie die Wand hinauf wie Bruns graue Katze, sie stieg, wie sie über die Ebene ging, in Gedanken versunken, die waren bei der anderen Katze. Aber als sie sich zwischen Balken und Wand quetschen musste und als sie über den Mauerrand in eine weite Halle hinabblickte, fing etwas an, ihr davonzulaufen. Sie krallte die Finger in den Stein und versuchte, weiter an die Katze zu denken, die friedlich zusammengerollt auf dem Bärenpelz lag und überhaupt nicht schrecklich war, aber diese Erinnerung begann ihr zu entgleiten. Sie kniff die Augen zusammen und blinzelte, obwohl die Helligkeit in der Halle nicht so groß war, dass sie geblendet wurde. Sie wandte das Gesicht dem Bruder zu und fand den Geschwisterblick.

«Woran denkst du?», flüsterte er tonlos mit zurückweichendem Kopf, der an den Balken schlug und nicht weiter fliehen konnte. Fliehen? Ja, er floh. Und das wollte sie auch. Fliehen, flüchten, davonstürmen, wie ein verschrecktes wildes Tier, das ahnt, was da auf es zukommt, muss ein Erdbeben sein. Aber sie blieben eingeklemmt zwischen Mauer und Holz und starrten hinab in eine weite Halle, in der aus Stein gehauene Gestalten um eine lange Tafel saßen.

«Woran denkst du, Dshirah, sag!»

«Ich weiß nicht. Ich weiß es nicht. Aber an dasselbe wie du. Ja.»

Brun war schon hinabgestiegen. Er lief um die Tafel und die Figuren herum und schrie: «Ehh! Gibt es das auch? Ehh! Warum kommt ihr nicht?»

Sie kamen. Sie folgten ihm. Es gab keinen Grund, es nicht zu tun. Zumindest fiel ihnen keiner ein, Januão nicht und Dshirah auch nicht. Sie krochen ein Stück auf der Mauer entlang, bis sie eine Stelle fanden, wo sie hinabsteigen konnten. Sie gelangten in eine große Höhle, und Brun empfing sie mit dem Satz: «Da ist Wasser. Hört ihr's? Da ist irgendwo Wasser. Da müssen wir hin. Da geht's raus.»

Die Geschwister schauten sich an, wussten, sie dachten dasselbe: Raus! Weg! Fort von hier! Sie liefen um die Tafel und die grauen Gestalten herum auf die gegenüberliegende Wand zu. Da fanden sie einen Felsspalt, breit genug, um sich hindurchzuzwängen, und sie hörten Wasser, deutlich hörten sie fließendes Wasser.

«Ehh!», schrie Brun. «Nicht so schnell! Ich will das angucken da!»

Das wollten sie nicht. Aber sie gingen zurück, wortlos nebeneinander im gleichen Schritt, sie griff nach seiner Hand, und sofort krallte er sich fest.

Inmitten des Saales war die Höhle oben offen. Von da kam das Licht. Es fiel auf die Tafel, auf eine Schale mit Früchten, die ihre Blicke anzog. Die aus Stein gehauenen Gestalten waren etwas mehr als lebensgroß. Sie trugen königliche, steinerne Gewänder, die in zerbröckelnden Falten über ihre Körper, ihre Schenkel fielen. Sie saßen in großen Armsesseln, ebenfalls aus Stein. Einige hatten sich mit befremdlich verdrehten Körpern halb erhoben oder krümmten sich in ihren Sesseln, andere saßen gelassen, und ihre Arme lagen entspannt auf den Lehnen. Der Tisch war gedeckt. Manche aßen. Es waren keine Bestecke zu sehen, aber gewiss hatten sie einmal welche in den Händen gehabt. So wie ihnen die Arme, die Hände in anmutig tänzerischer Bewegung versteinert waren, mussten es Löffel und Messer aus dem alten bardischen Königsbesteck gewesen sein, Tanzlöffel, Tanzspieße, die nach Januãos Lieblingsmärchen ein Hirtenjunge geschmiedet hatte.

«Das ist alt!», rief Brun in den Saal. Er zog das Wort «aaaa…lt» in die Länge, und da seine Stimme sich wieder überschlug, klang das Wort durch die Halle wie Stein auf Stein.

«Glaubt ihr, die sind alt, und die sind Steine geworden? Ist das eine Krankheit? Warum sind sie so groß?»

Dshirah und Januão hörten nicht zu. Sie schauten. Die Gastgeber und ihre Gäste hatten das Mahl offenbar fast beendet. Auf dem Tisch standen Teller mit abgenagten Knochen, alles aus Stein, Skelette von Fischen, deren feine Gräten bereits zu Staub zerfallen waren und die als dünne Sandstreifen auf dem Tisch lagen. Auch die große Schale in der Mitte, auf die alles Licht fiel, zerfranste an den Rändern zu bröckelndem Stein, aber die

Früchte, die sie trug, waren vollkommen erhalten, obwohl genau darüber das Loch in der Höhle war und dieser Teil des Tisches dem Regen am meisten ausgesetzt war. Die Früchte, rund und groß wie Männerfäuste, waren aus Marmor oder Alabaster, rötlich marmoriert, sie allein, alles andere war aus Felsblöcken gehauen.

«Wie ist das alles hierher gekommen?», fragte Dshirah, und sie fragte es nur, um sich abzulenken von dem, was sie zu denken begann. Ihr Bruder ging sofort darauf ein.

«Hier entstanden ist das nicht», stellte er fest.

Die Sessel hatten keinen festen Stand auf dem nicht ganz ebenen Boden. Er musterte die Wand, über die sie geklettert waren.

«Sie haben das alles von da gebracht», vermutete er, «und dann zugemauert. Das ist ein Versteck. Hier wird was versteckt.»

Eine der Gestalten, sie saß am Stirnende der Tafel, nahm nicht teil an dem Mahl. Es war offensichtlich ein araminischer Fürst, denn er trug das schon seit Jahrhunderten von den Araminen mehrfach um den Kopf geschlungene Tuch. Er war noch etwas größer als die anderen, in der rechten Hand hielt er ein Buch, und er schrieb mit der linken. Januão ging zu ihm, und Dshirah folgte. Er kletterte an dem Stuhl hoch und schaute in das Buch.

«Ich glaube, es waren einmal Zeichen drin», sagte er, «aber man kann nichts mehr erkennen.»

Dshirah blickte von unten hinauf.

«Von hier sieht man noch was», sagte sie. «Es ist araminische Schrift, ganz schwach, ich kann es nicht lesen.»

Januão konnte es. Das Buch hieß: ‹Das bardische Gastmahl›.

Rund um diesen Titel war ein Kranz von Zeichen gemeißelt, die er aus der Schule kannte.

«Es ist eine der Chroniken», erklärte er. «Wir haben die Chroniken in der Schule gelesen, aber nur die der letzten 250 Jahre. Die älteren sind ja alle vernichtet worden. Das hat Armei dan Hasud damals verlangt. Es steht in seinem Buch über das Vergessen – oh, Dshirah, wir haben die Lampe verloren, die Lampe, die hat er doch gehabt, als er das Buch schrieb – ist das schlimm?»

«Ich weiß nicht. Es ist jetzt nicht wichtig.»

«Das ist sicher einer der kostbarsten Gegenstände des ganzen Kalifenreiches.»

«Kann sein, aber ich finde es jetzt nicht wichtig. Du glaubst, das Buch da ist eine ältere Chronik?»

«Natürlich. Sonst würde ich es ja kennen.»

«Vielleicht warst du nicht in der Schule, als es gelesen wurde.»

«Ich kenne alle Chroniken. Sie stehen in den Bibliotheken. ‹Das bardische Gastmahl› ist nicht dabei.»

Sie schwiegen. Sie schauten sich an und schauten sich nicht mehr um. Sie wollten nicht mehr sehen, was in dieser Höhle war. Sie hörten Steine poltern und Brun schreien. Er musste versucht haben, auf einen der Sessel oder eine der Gestalten zu klettern und war offenbar damit umgestürzt. Sie wandten sich nicht um.

«Glaubst du, wir haben ...», begann Dshirah.

«Ja», sagte Januão, «wir haben es gefunden. Und es ist nicht so, wie es sein sollte. Hast du gemerkt, wer hier die araminischen Tücher um den Kopf gebunden hat?»

Sie hatten das Verbrechen gefunden, das Armei dan Hasud in der Geschichte des Kalifenreiches durchgestrichen, ausgestrichen, das er vergessen haben wollte. Dshirah griff nach ihrem Bruder, erst nach seinen Händen, dann nach seinen Schultern, sie klammerte sich an ihn. Und irgendwo jammerte Brun.

«Die Früchte», flüsterte sie, «es sind die Früchte, die sind aus Marmor, nur die.»

Sie fühlte sein Kinn an ihrer Schläfe nicken. Sie ließen sich nicht mehr los, auch nicht, als Dshirah sagte: «Komm!» und sich langsam umdrehte. Die Hände ineinander vergraben, die Arme umeinandergeschlungen gingen sie diesen schrecklichen Weg gemeinsam um die große Tafel.

Es waren alles Männer, die da saßen. Keine einzige Frau war zu dem bardischen Gastmahl geladen worden. Da saßen prachtvolle Gestalten aufrecht mit kühn erhobenem Kinn, ihre steinernen Finger spielten mit den Rosetten auf den Sessellehnen. Sie lächelten, und in ihren Felsenaugen war ein stiller Triumph. Es waren junge und alte, schön waren sie alle, und der an der Oberfläche zerfallende Stein lag wie eine Schicht Puder auf ihren Gesichtern, das milderte den Ausdruck ihres bösen Triumphs. Je mehr Staub auf den Gesichtern war, desto leichter fiel es Dshirah, sie anzuschauen. Die Mutter hatte Geschichten erzählt, Märchen von Königen und Fürsten mit dieser Haartracht: sie trugen die Haare lang, in sanften Locken bis auf die Schultern fallend, an den Schläfen waren je zwei Strähnen zu langen dünnen Zöpfen geflochten und um den Hinterkopf gebunden. In den Geschichten der Mutter waren diese Haare blond gewesen, und die Männer waren auf schwarzen Pferden geritten, deren gelockte Mähnen von beiden Seiten des Halses fast bis auf den Boden hingen. Sie kamen und gingen aus Burgen, die aussahen, wie die alte

Bardenburg einmal ausgesehen hatte, bevor die Araminen sie zerstörten. Die steinernen Männer mit den araminisch um den Kopf geschlungenen Tüchern sahen anders aus. Hatte man für sie anderes Gestein gewählt? Zerfiel es gröber? Oder war es der qualvolle Schmerz in ihren Gesichtern, was den Stein in Furchen verwittern ließ? Erbarmten sich hier die Steine? Empfanden sie Mitleid mit den in den Sesseln verspannten Gestalten, den verdrehten Hälsen, den verkrampften Armen, den aufgerissenen Mündern? Und die mit dem geflochtenen Haarkranz räkelten sich und lächelten dazu. Die Araminen, die zu diesem ‹bardischen Gastmahl› geladen waren, hatten im Lauf der Jahrhunderte keine weich gepuderten Gesichter bekommen, sondern Risse und Kanten, spitz und scharf. Wie lange verkrümmten sie sich schon in den Sesseln und starben? Hatte Armei dan Hasuds Buch über das Vergessen sie hier unter die Erde verbannt? Wo waren sie vorher gewesen? Auf dem großen Platz in der Kalifenstadt? Da, wo jetzt der Brunnen war? Oder auf dem Platz unten in Al-Cúrbona, der jetzt Plaza de las Poemas hieß, wo die Dichter von Buchstabe zu Buchstabe schritten und Gedichte ergingen, die nur die Sonne las? Wo immer sie gewesen waren, sie waren auch dort unter Schmerzen gestorben.

Dshirah holte tief Luft. Sie trat an den Tisch. Er war so groß, dass sie gerade auf die Teller schauen konnte. Sie stand neben einem sterbenden araminischen Fürsten. Auf seinem Teller lag eine der marmornen Früchte zerteilt in halbmondförmige Schnitze, und sie wusste, was sie die ganze Zeit schon ahnte: Es waren Pomeranzen. Da dachte sie an die Kiste in der anderen Halle unter der Erde, die sie heute gefunden hatten, mit den aufgemalten Pomeranzen und dem schrecklichen Staub darin, der ihnen auch nach mehreren hundert Jahren den Atem und den Herzschlag vergiftet hatte, sodass alles Licht aus Januãos Händen geglitten war. Der drückte sein Gesicht an ihre Schulter und sagte: «Wenn wir das alles überleben sollten, müssen wir eine Vereinigung gründen. Sie heißt: ‹Ein Barde mit Herz bietet seinem Gast niemals Pomeranzen an.›»

Während sie sich an einen Sessel lehnten und sich gegenseitig festhielten, kam Brun angehumpelt.

«Ich kann wieder laufen», sagte er. «Es tut weh, aber es geht. Ich hab das jetzt alles gesehen. Ich will hier raus.»

Er ging voran. Januão torkelte hinter ihm her. Dshirah blieb zurück.

Zaiira, dachte sie, ich werde das alles Zaiira erzählen, und ich werde ihr sagen, dass ich jetzt jedes Mal, wenn ich einen Araminen grüße, denke: Und ich bitte dich, vergib uns.

«Kommst du, Dshirah?»

Januãos leiser Ruf tönte durch die Halle wie ein alter Gong. Sie sah ihn mit hängenden Schulter neben Brun stehen, und sie dachte: Jetzt sind wir alt. Älter als alle Barden in Al-Cúrbona. Wir sind das älteste Gedächtnis in Kalif Hishams Reich. Wir sind keine Kinder mehr. Wir wissen etwas, das Kinder nicht wissen. Man erzählt es ihnen nicht.

«Kommst du, Dshirah?»

Sie schlurfte durch die Halle wie eine Greisin, die ihre Füße nicht mehr vom Boden heben kann.

Und alle glauben, dass Armei dan Hasud ein araminisches Verbrechen totschweigen wollte, dachte sie.

«Und recht hatte er!», sagte sie halblaut vor sich hin. «*Wir* denken nicht mehr daran, dass sie uns die Zungen rausgeschnitten haben, und sie sollen vergessen, dass die Barden ihre Fürsten zu einem Gastmahl geladen und vergiftet haben. Ich erzähle es Zaiira nicht!»

Und als sie die Jungen erreichte, drehte sie sich um, schaute noch einmal über die Tafel und sagte laut: «Und außerdem – es sind keine Frauen dabei. Es ist keine einzige Frau dabei!»

«Ja», flüsterte Januão, «wenn wir das erzählen, werden sie sich über jedes Mädchen freuen, das geboren wird.»

Brun hatte schon begonnen, sich durch die Spalte zu zwängen. Sie folgten ihm, sie hatten es etwas leichter, da sie kleiner waren, und so gelangten sie in eine Höhle, die sich nur nach Süden öffnete. Das von dort einfallende Licht spiegelte sich auf einer Wasserfläche, die fast den gesamten Raum füllte. Wasser floss aus der gegenüberliegenden Felswand und sammelte sich in dem breiten Becken.

«Das wird in den Fluss fließen, den ich vom Fenster bei der Katzenorgel gesehen habe», vermutete Januão.

«Ehh!», schrie Brun plötzlich. «Wo ist eigentlich meine Katze?»

«Die findet ihren Weg», versicherte Januão, «leichter als wir, aber ich glaube, wir schaffen es auch. Ich habe vorhin von dem Fenster aus keine schlimmen Wasserfälle und Stromschnellen gesehen. Ich denke, wir können es wagen, uns mit der Strömung hier hinaustreiben zu lassen. Wahrscheinlich kommen wir nur in einen kleinen Bach. Auf jeden Fall geht es da hinaus.»

«Der Krach kommt von da», sagte Brun und zeigte auf den

Ausgang. «Da draußen macht das Wasser Krach. Hier drin ist es still.»

Dshirah und Januāo schauten sich an.

«Er hat recht», murmelte er.

«Wir versuchen es trotzdem», sagte sie. «Es ist auch gar nicht tief.»

Brun hielt eine Hand ins Wasser.

«Aber kalt», sagte er.

«Nein, es ist nicht tief», Januāos Augen prüften das Becken. «Trotzdem, Dshirah, zur Sicherheit, falls du doch ganz eintauchen solltest. Komm!»

Er zog sie dichter zu sich. Den Rücken gegen die Felswand gepresst, nickte er ihr zu, und sie verstand. Sie holte das Blatt mit der Siebten Sage aus den Falten ihres Kleides, und gemeinsam lasen sie noch einige Male, was sie heute gefunden hatten.

«Ehh?» Brun drängte zu ihnen. «Was macht ihr da?»

«Bleib weg!», zischte Dshirah ihn an.

«Lass ihn», sagte Januāo, «er kann doch nicht lesen.»

«Ich kann viele Buchstaben», behauptete Brun. «Macoña hat sie mir auf den Boden gemalt, und ich kann meinen Namen schreiben – ehh? – das sind ja gar keine Buchstaben!»

«Hast du alles behalten?», fragte Januāo.

«Ich glaube», sagte sie. «Ich kann's!»

Sie steckte die Blätter zurück in ihr Kleid. Dann fassten sie sich alle drei an den Händen, Dshirah hielt Brun.

«Wir halten uns nur fest, bis wir drin sind», schlug sie vor. «Da fällt es leichter, weil das Wasser so kalt ist. Dann lassen wir uns los. Vielleicht müssen wir doch schwimmen.»

«Was müssen wir?», fragte Brun.

Aber das Wasser war so kalt, und sie musste sich so heftig zwingen hineinzugehen, dass sie ihm nicht zuhörte. Sie wateten, bis zu den Hüften im Wasser, auf fast ebenem Boden, und als sie sich der Mitte näherten, spürten sie eine schwache Strömung. Dshirah fühlte, wie die Feuchtigkeit in ihrem Kleid emporkroch, noch lag das Blatt Papier trocken auf ihrer Brust, aber vielleicht nicht mehr lange, und sie murmelte vor sich hin: *«Nun mussten alle warten, und das Dshinnu hatte Zeit zu denken. Als der Schreiber …»* Mit der Strömung zu gehen, war eher leichter. Januão erreichte als Erster den Ausgang, sie war dicht hinter ihm, und in ihrem Rücken jammerte Brun: «Ehh! Das mach ich nie wieder. Ehh, ist das kalt.»

Vor der Öffnung mussten sie sich etwas bücken. Über Januãos Schultern sah Dshirah weißes, schäumendes Wasser.

«Vorsicht!», sagte er, beugte sich unter der Öffnung hindurch und verschwand vor ihren Augen. Sie stürzte ihm nach.

Als du hereinkamst, weinte ein Kind, dachte sie noch und tauchte in den schäumenden Sprudel.

Die Strömung war heftiger als daheim in ihrem Fluss. Sie wurde hinuntergezogen, nach oben gespült, nach rechts, nach links geworfen. Sie schürfte sich das Knie am Grund auf, stieß mit dem Kopf gegen einen Stein, schrammte mit dem Rücken über Fels und hinunter ging es, weiter hinunter. Dann hörten die Stromschnellen auf, das Wasser wurde ruhiger und tiefer, sie musste schwimmen. Meist gelang es ihr, den Kopf über dem Wasser zu halten, das nicht mehr gar so kalt zu sein schien, und hoch oben am Himmel stand die Sonne. Sie fühlte Grund unter den Füßen, konnte stehen, stemmte sich gegen die Strömung, sah Januão einige Meter oberhalb am Ufer festgekrallt, und zwei heftig schlagende Arme trieben an ihr vorbei. Sie warf sich nach rechts auf einen Büschel hartes Gras zu, konnte sich ans Ufer ziehen und an Land klettern. Nicht weit von ihr stieg Januão aus dem Fluss. Auf schmerzenden Beinen rannte sie ihm entgegen und dachte: Falsch! Falsch! Umdrehen! Der da unten braucht Hilfe! Der!

Sie schaute zurück. Da ragte ein Stück Land in das Flussbett, bildete eine kleine Bucht und hatte einen reglosen Körper gefangen.

«Januão!», schrie sie. «Da ist er! Komm!»

Aber ihr Bruder saß weiter oben am Ufer und rührte sich nicht. War er verletzt? Er saß mit geradem Rücken und schaute sich um. Als hätten sie Zeit, die Landschaft zu betrachten, wandte er langsam den Kopf und blickte über den Berg. Und er lächelte. Ein zutiefst beglücktes, seliges Lächeln war das.

Er ist verrückt geworden, dachte sie. So hat Juja ausgesehen, wenn ich ihr von Abdalameh erzählt habe. Das ist Wahnsinn.

Langsam ging sie zu ihm. Sie packte ihn bei den Schultern und schüttelte ihn. Er griff nach ihren Händen. Er hielt sie sacht und schob sie von seinen Schultern. Dann steckte er zwei Finger in den Mund, machte ein zischendes Geräusch, mit dem er nicht zufrieden schien. Er versuchte es wieder und wieder. Es gelang ihm nichts anderes als ein kaum hörbares Zischen.

Brun, dachte sie. Ich will nicht schon wieder an etwas Schrecklichem schuld sein. Wir müssen ihm helfen.

Sie krallte ihre Finger fest in Januãos Hand, stürzte flussabwärts, er stolperte hinter ihr her.

Bruns Kopf hing mit dem Gesicht im Wasser. Sie zog an seinen Haaren.

«Januão!», schrie sie. «Hilf mir doch!»

Ihr Bruder hatte einen großen schwarzen Fleck auf der Brust, aufgeschürfte Stellen an Armen und Beinen, aus einer Platzwunde an der Stirn lief ihm Blut über die Nase, die Augen blickten immer noch in die Ferne, über das Land. Bruns Haare rutschten aus ihren Händen, sein Kopf glitt wieder ins Wasser, sie ließ sich auf den Bauch fallen und versuchte seine Arme zu greifen, da hatte sie Januão plötzlich neben sich. Gemeinsam zogen und zerrten sie Bruns leblosen Körper aus dem Fluss. Er war wie ein schwerer, mit Körnern gefüllter Sack, und kaum hatten sie ihn an Land geschleppt, da ließ Januão ihn los und schaute wieder über den Berg, hinauf und hinab.

«Wir müssen das Wasser aus ihm rauskippen», rief sie, «er ist voller Wasser.» Sie rollte Brun auf den Bauch und riss ihm den Mund auf. «Das muss raus, hilf mir!»

Ein Schwall Wasser brach aus Brun, sein Körper krümmte sich, er spuckte noch mehr Wasser aus, und dann atmete er wieder. Dshirah wollte erleichtert ihren Bruder anstrahlen, aber der erwiderte ihren Blick nicht, er sah aus wie ein Träumer in der Nacht. Er holte tief Luft, steckte zwei Finger in den Mund, und es gelang ihm der Pfiff. Es war ein langer auf- und abschwellender Ton. Den hatte Dshirah schon einmal gehört. Brun fing wieder an zu spucken.

Noch mehr Wasser, dachte sie. Muss raus! Alles raus!

Sie versuchte, ihn wie einen Eimer zu halten, den sie auskippen wollte. Sie fasste ihn von hinten unter den Armen und zerrte ihn hoch. Er war schwer, er half ihr überhaupt nicht, und Januão pfiff. Erst jetzt merkte sie, wie sehr ihr die rechte Schulter und das linke Knie wehtaten.

«Hilf mir doch», flehte sie ihren Bruder an und schaute zu ihm hoch. Der große schwarze Fleck auf seiner Brust zerlief an den Rändern. Was ist das für eine Wunde?, dachte sie. Wird man davon verrückt? Das Tintenfass, fiel ihr ein, es ist aufgegangen –

Brun krümmte sich in ihren Armen, und Januão pfiff. Sein Pfiff war laut und leise, er war nah und fern, er war doppelt, er war zwei Pfiffe auf einmal. Echo? Gab es hier ein Echo? Sie lauschte. Das war kein Echo. Brun wand sich, zappelte und fing an, feste Klumpen zu erbrechen, dann rutschte er schwer aus ihren Armen in das Gras, und jetzt erst merkte sie, wie sehr ihr Kopf schmerzte.

Die Pfiffe sprachen miteinander, sie fragten und antworteten, Januão schickte sie den Hügel hinunter, und sie kamen zurück, den Hügel herauf, und sie brachten andere Töne mit, Gebimmel, Geläut, Gemecker, hoch und tief. Brun hustete. War das gut? Sie schaute ihn an. Ja, das war gut. Sein Gesicht war nicht mehr gar so kalkweiß, und er stützte sich auf einen Ellenbogen. Was aber half ihr das? Was hatte sie davon, dass hier einer überlebte, der nicht einmal ihr Freund war. Und der wusste, dass Januão nicht blind war. Vielleicht wäre es besser gewesen, wenn der im Fluss geblieben wäre. Was nützte es ihr, wenn er überlebte und ihr Bruder war verrückt geworden und war trotzdem der einzige Mensch, den sie noch hatte in dieser Welt, in der es ein Verbrechen gab, das nicht die Araminen begangen hatten.

Ziegen! Schwarze, weiße, braune, gefleckte, große, kleine, freche, muntere Ziegen und Zicklein, säugende Mütter mit prallen

Eutern und ein unverschämter Bock, der sein schweres, breites, hoch nach oben sich wölbendes Gehörn einem sehr hübschen araminischen Jungen in den Rücken stieß. Der stolperte. Er fiel zwischen Dshirah und Januāo auf den steinigen Boden, keuchend, vom raschen Lauf hügelaufwärts rot im Gesicht, und ein strahlendes Glück übertraf die Verwunderung in seinen dunklen, wenig verstehenden Augen.

Silbāo fragte nicht: Wo kommst du her? Er gehörte nicht zu den Menschen, die viele Fragen stellten. Er ließ sein Erstaunen ganz einfach Erstaunen sein. Er stand auf, setzte sich auf einen Stein, streckte einen Arm aus und zog den Freund neben sich. Da saßen sie, als seien sie gerade aus der Schule gekommen, nur atmete Silbāo noch ein wenig zu schnell, Januāo lief ein Streifen von trocknendem Blut über das Gesicht. Ein schwarzes, winziges Zicklein, das nicht mehr wog als die kleinen Hunde der Kalifentöchter, sprang auf Bruns Rücken mit seinen Fingerspitzenhufen, sanft wie Katzenpfoten. Der wandte den Kopf und lächelte. Dshirah ließ die beiden Freunde für sich sein. Die hatten sich weit mehr zu erzählen, als sie hier Zeit hatten zu reden. Brun brauchte ihre Hilfe auch nicht mehr. Sie konnte sich umschauen. Hoch über sich sah sie die Mauern der Kalifenstadt. Die grenzte im Westen an das Bergland, aus dem der Bach kam, der sie aus der Unterwelt hinausgespült hatte.

Wir sind wieder auf der Erde, in der Sonne, dachte sie, und trotzdem ist die Unterwelt über uns. Wer hätte gedacht, wo überall Unterwelt ist ...

Sie sah die Straße, die zu dem Tor vor der Katzenorgel führte.

Um zurück in die Kalifenstadt zu kommen, mussten sie über das zum Teil sehr unwegsame Hügelland klettern, bis sie eines der Portale erreichten. Würden sie das schaffen? Ihr rechtes Knie schmerzte heftig. So wie Januão auf dem Stein saß und mit seinem Freund schwatzte, schien er weniger verletzt als sie.

Und verrückt ist er auch nicht, dachte sie.

Brun sah am schlimmsten aus. Er hatte einen seltsam verdrehten Winkel im rechten Fußgelenk, eine tiefe Wunde am linken Ellenbogen, eine blutende Verletzung an der rechten Schläfe – aber er hatte nur Augen für das Zicklein. Er saß jetzt gegen einen Stein gelehnt, und das Tierkind saugte an seinem Zeigefinger. Dshirah hockte sich neben ihn.

«Was ist das?», flüsterte er leise, als hätte er Angst, es zu verscheuchen. Aber es kamen nur noch mehr Zicklein auf ihn zu. «Wie heißen die?»

«Ziegen», sagte sie.

«Was macht man damit?», fragte er.

«Sie geben Milch», erklärte sie. «Daraus macht man Käse.»

Ob man diese Tiere auch aß, wusste sie nicht genau. Silbão hatte einmal so etwas erzählt. Aber in Al-Cúrbona sprach man nicht über Fleisch, man aß es. Man kaufte ja auch nicht Ziege oder Schaf oder Rind, sondern Basilikumbrat oder Rosmarinspieß oder Thymianfeuer. Zum ersten Mal fragte sich Dshirah, ob Basilikumbrat immer von demselben Tier stammte. Und Rosmarinspieß immer von demselben anderen? Sie wusste es nicht, aber sie war sicher, dass Pferde nicht gegessen wurden.

«Glaubst du, dass du laufen kannst?», fragte sie Brun.

«Ich weiß nicht», er zuckte die Achseln und streichelte das

schwarze Ziegenfell. Sie schaute zu den beiden anderen Jungen. Die kicherten und lachten, Januāo erzählte vom Kokodril.

Der weiß jetzt auch, dass Januāo sehen kann, fiel ihr plötzlich ein. Er wird uns nie verraten wollen, aber er ist nicht sehr klug ...

Er ist nicht klug, aber sehr sehr treu, dachte sie. Er wird schweigen. Schweigen kann er.

Sie stand auf und ging zu den beiden Freunden.

«Wir müssen weiter», sagte sie.

Januāo blinzelte in der Sonne.

«So spät ist es noch nicht», sagte er. «Es dauert noch lange, bis der Vater die Sechste Sage erzählt.»

«Aber wir müssen die Kalifenstadt durchsuchen! Wir müssen alles finden, was Hdorigo gebaut hat.»

«Das machen wir morgen.»

«Nein!»

Januāo schloss die Augen.

«Ich erzähl dir alles später, Silbāo», sagte er.

Später, dachte sie, was meint er mit ‹später›?

«Ich komme mit», sagte Silbāo. «Ich führe euch, bis ihr den Weg zu den Palästen findet.»

«Was erzählen wir den Wächtern?», fragte Dshirah.

«Dass ich auf der Außenmauer laufen wollte», sagte Januāo, «weil da der Wind ist wie daheim in der Ebene. Und da bin ich abgestürzt. Weil ich doch nichts sehe. Und du bist mir nach-gesprungen.»

«Wer ist das?», fragte Silbāo und zeigte auf Brun.

«Ja, das ist schwierig», murmelte Dshirah. «Ich glaube, laufen kann er nicht.»

«Ich will gar nicht zurück», sagte Brun. «Kann ich nicht hier bei diesen Tieren bleiben?»

«Habt ihr Arbeit für ihn?», fragte Januāo.

«Arbeit? Du meinst, er soll bei uns bleiben?» Silbāo schaute Brun zweifelnd an. «Arbeit haben wir immer, aber was erzähle ich meinem Vater?»

«Du hast mich gefunden», schlug Brun vor. «Ich will bei diesen Tieren sein. Ich kann arbeiten. Glaube ich.»

«Aber du kannst nicht erzählen, wo du herkommst», wandte Dshirah ein. «Brun, vorhin als wir ins Wasser gingen, da hab ich gesagt: ‹Vielleicht müssen wir schwimmen.› Und du hast gesagt: ‹Was müssen wir?› Du weißt nicht, was schwimmen ist.»

«Jetzt weiß ich es!»

«Und du hast noch nie eine Ziege gesehen. Du wirst vor einem Eimer stehen und fragen: ‹Was ist das?›»

«Eimer kann ich! Habe ich heute bei den Pferden gelernt.»

«Wieso weiß der das nicht?», fragte Silbāo. «Ist der noch dümmer als ich?»

«Er ist in En-Wlowa geboren», erklärte Januāo. «Er ist da aufgewachsen und geflohen.»

Silbāos Gesicht leuchtete auf.

«Kennst du meine Schwester?», rief er.

«Deine Schwester?» Brun verstand ihn nicht, aber Januāo fand die Lösung.

«Natürlich! Er war unschuldig in En-Wlowa. Er wird in eurem Haus willkommen sein. Du sagst die Wahrheit, Brun, ganz einfach. Kannst du ein bisschen laufen?»

Das konnte Brun wirklich nicht. Sie erklärten ihm, dass er

warten musste, lange vielleicht, aber Silbão würde mit seinen Brüdern kommen und ihn zu ihrem Haus tragen.

Und dann gingen sie, die Jungen schwatzend, Silbão lachte und manchmal lachte Januão mit. Nur Dshirah wandte sich noch einmal zu Brun um und sagte: «Ja, dann. Bis dann.»

Die beiden Freunde genossen es, dass sie noch diesen Weg lang zusammen sein durften. Unterhalb eines der Tore zur Kalifenstadt mussten sie sich trennen. Januão sagte einfach: «Bis morgen», drehte sich um und ging.

Am Tor wurden die Geschwister von den Wächtern zwar hereingelassen, aber festgehalten, bis sie von Ärzten abgeholt und in ein Krankenzimmer getragen wurden. Sie wehrten sich.

«Wir brauchen euch nicht!», rief Dshirah. «Das sind keine schlimmen Verletzungen.»

Doch das nützte nichts. Ihre Wunden wurden gewaschen, gespült, betupft, geölt, gesalbt, verbunden – und taten dadurch nur noch mehr weh als zuvor. Man ließ sie nicht allein. Dshirah konnte nicht einmal um ein Blatt Papier bitten, um den Teil der Siebten Sage aus der Grabkammer der Kalifen aufzuschreiben. Aber sie hatte alles behalten und nutzte die Zeit, um die ganze Geschichte immer wieder lautlos vor sich hin zu sagen. Nur, nach Hdorigos Gebäuden suchen, konnten sie nicht. Sie bekamen zu essen, zu trinken und mussten auf weichen Betten liegen, bis die Sonne sank und es Zeit war, zu jenem Patio zu gehen, in dem ihr Vater die Sechste Sage erzählen würde.

Da warteten die Eltern bereits. Der Vater saß auf dem Erzählerhügel und die Mutter hinter ihrem Wandschirm. Ansonsten war noch niemand da. Die Sechste Sage war nicht sehr beliebt.

Niemand wollte sie hören. Dshirah und Januão durften zu ihrer Mutter, und keiner der Wächter griff ein, als sie flüsternd die Erlebnisse des Tages berichteten. Das vierte Zeichen konnten sie ihr nicht zeigen, und weder Chomina noch Tazihlo war eingefallen, was das Gegenteil von Wasser und nicht Feuer war. Immer wieder stockend beschrieben die Geschwister das Gastmahl unter der Erde. Chomina weigerte sich, ihnen zu glauben.

«Die Barden», sagte sie, «niemals, nein!»

Da kam Hisham mit den Frauen. Er trug sein Kalifengrün und setzte sich sofort hinter seinen Wandschirm, allein, die Kalifa und die Frauen nahmen hinter anderen Wänden Platz. Es waren ohnehin nur drei gekommen, außerdem Sittah-Su, die jüngeren Mädchen fehlten. Sittah-Su ging zu Dshirah und sagte: «Ich bin allein. Willst du nicht zu mir kommen?» Aber Dshirah drückte sich in die Arme der Mutter und schüttelte heftig den Kopf. Sittah-Su nickte. Ob ihr Blick auf die drei – zwei Kinder und ihre Mutter – traurig war, konnte man durch den Schleier nicht sehen. Sie zog sich hinter ihren Wandschirm zurück, und als sie ihn nicht mehr hören konnte, murmelte Januao: «Ich bitte dich, vergib uns.» Da reichte ein Diener ihrem Vater das Wasser des Erzählens. Tazihlo trank und begann:

Das Dshinnu und der Minister des Todes

Als das Dshinnu Minister des Lebens war, verzweifelten die Richter und Henker. Sie mussten auf den Genuss der köstlichen roten Früchte verzichten, damit sie harte Urteile sprechen konnten, und sie forderten als Gegenwert für dieses Opfer etwas anderes als nur ihre neuen, schönen Kleider, so prachtvoll die auch waren, dunkelblau für die Richter, schwarz für die Henker. Sie waren allesamt ordentliche Leute, die nur ihre Pflicht tun wollten. Zwar waren das Auspeitschen, das Finger- oder Handabhacken, das Ohrabschneiden und Ähnliches für die Henker noch dieselbe Aufgabe wie früher, doch über die Todesurteile lachten die Angeklagten. Sie griffen mit leichten Händen nach dem Tollkirschenbecher und leerten ihn wie süßen Wein.

Die Richter und Henker kamen zum Dshinnu und sagten: «Dshinnu Minister, wir brauchen deine Hilfe. Wie sollen wir Recht sprechen und gerechte Urteile fällen, wenn der Todesspruch ein milderes Urteil ist als die Prügelstrafe? Du musst da etwas ändern, Dshinnu Minister. Wir müssen die zum Tode Verurteilten so töten können, dass sie nicht im Zwischenraum den Tod überlisten.»

«Was fragt ihr mich», erwiderte das Dshinnu. «Ich bin Minister des Lebens und nicht Minister des Todes. Ernennt einen Minister des Todes und übergebt ihm diese Aufgabe.»

Da gingen die Richter und Henker zum Kalifen und baten ihn, einen Minister des Todes zu ernennen, aber keiner wollte dieses Amt. Der Kalif zwang einen seiner Richter, über die Frage nachzudenken, doch dem fiel nichts ein. Der Kalif dachte selber darüber nach, aber ihm fiel auch nichts ein.

Dshirah, Januão und Chomina hörten nicht zu.

«Wenn es eine Chronik ‹Das bardische Gastmahl› wirklich gegeben hat», sagte Chomina, «dann muss sie in der Bibliothek des Kalifen sein.»

«Aber Armei dan Hasud hat doch alles vernichtet, was vergessen werden sollte», zweifelte Januão.

«Wir glauben das nicht», meinte Chomina. «Zu Armei dan Hasuds Zeit war Obayan I. Kalif, und beide liebten Bücher. Wir glauben, dass in der Bibliothek des Kalifen noch alles gesammelt ist.»

Inzwischen ritten Boten durch das ganze Land, erzählte Tazihlo, *und sie riefen aus, es werde einer gesucht, der Minister des Todes sein möge, Paläste, Gold und Edelsteine seien ihm versprochen, nur müsse er auf die roten Früchte verzichten.*

Und einer kam. Einer war zuversichtlich, dass es ihm gelingen werde, die zum Tode Verurteilten gründlich zu töten. Die Paläste und Edelsteine nahm er so gern, wie er auf die roten Früchte verzichtete. Er sagte: «Die schmecken mir nicht.»

Als das dem Dshinnu mitgeteilt wurde, ließ es sein weißes Maultier satteln, aber anstatt sich in den Sattel zu setzen, bepackte es das Tier mit Körben voll von den roten Früchten und ging in den Wald.

«Ich muss nachdenken», sagte es.

Im Wald teilte es sich die Früchte mit dem Maultier. Dabei sagte es: «Weißt du, ich glaube nicht, dass einer, dem solche Früchte nicht schmecken, diese Aufgabe lösen sollte. Oder was meinst du?»

Zunächst antwortete das Maultier nicht, fraß aber die Früchte sehr gern, und als es anfing zu reden, begann das Dshinnu zu vergessen, warum es in den Wald gegangen war.

Das Maultier sagte:

Ande Binke, waffe Darte,
ar barijen, baren Silf,
dalb warliefene Jelarte,
branst zerlus'ner Warnenrilf

Das Dshinnu lobte es und gab ihm mehr von den Früchten. Sie übten, das Maultier lernte und sagte:

Rost auf Fohn
Wappt corazon
Fohn in Rost
É mar is lost

Das Dshinnu lobte es und gab ihm fast alle seine Früchte, und das Maultier sagte:

In der Wüste erfrieren die Schlangen,
Und die Fische ertrinken im See,
Im kalten Wasser verbrennen die Flammen,
Und ein Felsblock stürzt in die Höh –

Da hatte das Dshinnu keine Früchte mehr. Es fiel ihm wieder ein, warum es gekommen war, aber es wusste immer noch keine Antwort auf die Frage, wie man die Todesurteile wieder tödlich machen konnte, und da es nichts mehr zu essen hatte, musste es heimkehren. Das wurde ein schlimmer Weg.

«Dshirah», sagte Chomina, «es war sehr klug von dir, der Kalifa zu erzählen, dass du das geträumt hast, von dem Blinden, meine ich, der sehen kann in dem dunklen Raum. Ich glaube, ich weiß, wie ihr morgen weiterkommen werdet.»

Schon am Stadtrand hingen welche mit gebrochenem Genick an Bäumen, auf denen Früchte wuchsen, die faulten, bevor sie reiften. Das Dshinnu fragte Menschen, die vorbeieilten, was man denn da getan habe, und es erfuhr: Der Minister des Todes hatte seine Aufgabe erfüllt. Die auf diese Weise ums Leben Gekommenen seien nicht zurückgekehrt bis auf einen, aber der habe immer seinen Kopf festhalten müssen, mit beiden Händen, sodass er gar nichts mehr habe essen können. Da sei er aus freiem Willen wieder gegangen, und das Maultier klagte:

Schuhu, schuhu
Niente, nada, nevermore
No se no sabes tu
Whatever lo que le verlor ...

Das Dshinnu ritt weiter. Auf dem Marktplatz mitten in der Stadt lagen Köpfe von Männern und Frauen und etwas entfernt davon die Körper. Und das Maultier, das lange keine roten Früchte mehr bekommen hatte, sagte:

Ande Binke, waffe Darte,
ar barijen, baren Silf,
dalb warliefene Jelarte,
branst zerlus'ner Warnenrilf

Das Dshinnu fragte nach den Richtern und den Henkern, und man wies es zum Gerichtssaal. Da war auch der Minister des Todes. Der begrüßte das Dshinnu, Minister des Lebens, und er sagte: «Ich bin mächtiger als du, denn der Tod löscht das Leben aus.»

«Der Tod spielt Bagomi», sagte das Dshinnu, «und es ist üblich, dass dabei jeder so viele Steine setzt, wie er Finger und Zehen hat. Also werde ich wahrscheinlich gewinnen.»

«Wir verhandeln gerade darüber», sagte der Minister des Todes, «ob es besser ist, die Verurteilten zu hängen oder zu köpfen. Was meinst du?»

Das Dshinnu schaute sich um und sah: Die Henker hatten neue Kleider bekommen. Sie trugen jetzt Rot.

«Was meinst du?», fragte der Minister des Todes.

Aber das Dshinnu antwortete nicht.

Als Dshirah sich an diesem Abend von der Mutter trennte, wusste sie zwar noch nicht, was sie in der Nacht träumen würde, aber sie wusste, welchen Traum sie der Kalifa am nächsten Morgen erzählen musste.

Lesen ist lebenswert

Wer wiegt mich heut in diesen Tag, dachte Dshirah, es könnte mein letzter sein.

Hell war es. Die Sonne schien in ihr Zimmer. Man hatte sie schlafen lassen bis weit in den Morgen hinein. Sie hatte keine wichtigere Aufgabe zu erfüllen, als zu träumen. Und sie hatte geträumt! Wer schläft schon tief und ruhig und traumlos in einen Tag hinein, der ein letzter sein könnte? Sie war gestorben im Traum dieser Nacht, und man hatte sie in eine Kiste gelegt. Auf den Bauch hatte man sie gelegt, in ein feines Pulver, das nach Pomeranzen roch, die zuerst verfault, dann vertrocknet und dann zu Staub zerfallen waren. Der verklebte ihr Augen, Nase und Mund. Dass sie nicht atmen konnte, war nicht so schlimm, denn sie war tot und wollte nicht mehr atmen. Aber dass sie nicht schreien konnte, war furchtbar. Und über sie fiel mit silberhellem Klang das Besteck der bardischen Könige, zerbrochene Messer, Gabeln, Spieße für Hände, die beim Essen tanzen wollten. Und darauf legten sich Stoffe, leicht wie Federkleider, die mit ihrer seidigen Weiche die Hohlräume ihrer Kiste füllten, bunt und glänzend vertrieben sie die letzte Luft, die sie so dringend brauchte, nicht um sie einzuatmen, aber um sie hinauszuschreien. Da fiel eine Lampe, Glas zersprang, und es erlosch ein Licht, das schon lang nicht mehr geleuchtet hatte. Sie erwachte aus greller Dunkelheit und hatte nicht geschrien, und das war gut, denn sie musste einen anderen Traum erzählen, nicht diesen, der vielleicht gar kein Traum gewesen war, unter der Kalifenstadt stand die Kiste mit dem zu Staub zerfallenen Verbrechen der Barden. Sie schloss die Augen vor der Morgensonne und ließ sich wiegen von einer sanften, müden Hand. Sie blieb liegen, bis das Schwingen sie etwas beruhigte und sie von einem Traum voller Hoffnung erzählen konnte, und sie dachte: Es ist die Kalifa, die mich wiegt oder eine der anderen Frauen.

Sie stellte sich die Gesichter der anderen Frauen vor, aber nur Thokardi, der Bardin, traute sie diese weiche Wiegehand zu, Thokardi, die allen Kindern mit dem gleichen liebevollen Sehnsuchtsblick nachschaute, Thokardi, der Kinderlosen. Sie erhob sich langsam und schaute über den Rand ihres Bettes. Es war Hisham. Er saß, halb liegend, auf roten Kissen, an ihn gelehnt schlief die Kalifa, ihr Kopf lag auf seiner Schulter, ihre Kleider fielen über seine, grün auf grün. Und das Erste, was Dshirah empfand, als sie die Betreuer ihrer Träume dieser Nacht erkannte, war ein kleiner schmerzhafter Stich ins Herz.

Liebt er sie?, dachte sie.

Sie wollte nicht, dass er sie liebte. Er sollte Juja lieben, nur Juja, von allen seinen Frauen Juja allein. Sie hatte ihn so gern, und sie wollte, dass er wie ein Barde liebte. Sie belauerte seine Blicke, die sich dem dunklen Kopf auf seiner Schulter zuwandten, sie versuchte, seine rechte Hand zu beschwören, die von der rechten Schulter der Kalifa die schwarzen Haare strich, sie wollte jene liebevolle Zärtlichkeit, die sie zwischen ihren Eltern beobachtet hatte, von seinen Fingern wegzaubern. Er sollte lieben, wie die Barden lieben. Um dieser ungeteilten, unteilbaren Liebe willen vergaß sie das bardische Gastmahl unter der Erde. Hatte ihr Hexenblick gewirkt? Die tiefe, alte Vertrautheit zwischen den beiden war die gleiche wie die zwischen ihr und Januāo. Diese Frau war seine Vertraute, seine Schwester, seine Freundin, sie war seine Kalifa, seine Königin, sie war die Mutter seines ältesten Sohnes – die Frau, die er liebte, war sie nicht. Er weckte sie, indem er sanft über ihre Schulter strich. Wie anders hatten seine Hände das verdorbene Stück Brot umzittert, das Dshirah aus En-Wlowa für Abdalameh mitgebracht hatte.

«Dshirah Dshinnu», sagte er, «hast du geträumt?»

Sie nickte.

«Halt deinen Traum fest. Du hast Zeit.»

Dshirah ordnete ihre Gedanken. Dann erzählte sie, was sie zwar nicht geträumt, aber am Abend zuvor mit ihrer Mutter hinter dem Wandschirm ausgedacht hatte:

«Ich war in einem großen, endlos großen Raum, in dem es nur Bücher gab. Ich ging durch den Raum. Mit meinem Bruder. Wir waren allein. Er lief voraus, und wir kamen nur sehr langsam voran, weil er über die Teppiche und Kissen stolperte, gegen Säulen lief und immer wieder hinfiel. Ich konnte ihm nicht helfen. Ich durfte ihn nicht stören, nur er wusste den Weg. Schließlich fand er ein Buch. Wie es aussah, weiß ich nicht, ich habe es von außen gar nicht gesehen. Ich weiß nur, dass es lauter leere Blätter hatte. Für meine Augen stand da nichts drin. Nur Januāo konnte es lesen. Es war die Siebte Sage, seit gestern weiß ich, wie sie heißt: *Das dreimal gewendete Blatt.*»

«Das hat der Blinde gestern beim Licht von Armei dan Hasuds Lampe aus dem dunklen Raum gelesen?», fragte die Kalifa.

Dshirah nickte, und sie dachte: Hoffentlich fragt sie nicht nach der Lampe.

«*Das dreimal gewendete Blatt*», murmelte Hisham, «ja, das klingt gut. Dshirah Dshinnu geht mit den Frauen zum Bad und zum Morgenessen», bestimmte er, «aber gleich danach soll ihr Bruder heute aus der Blindenschule geholt werden. Ihr verbringt den Tag in der Bibliothek. Es wird niemand außer euch dort sein.»

Hisham selber führte die Geschwister in die Bibliothek. Als sie über den großen Platz gingen, spürte Dshirah, dass etwas anders war. Sie sah sich um. Sie schaute und lauschte, aber sie fand nichts, das sich verändert hatte.

Die Bibliothek des Kalifen war ein Raum, wie sie noch keinen gesehen hatten. Was hatten sie erwartet? Dshirah gar nichts. Bücher natürlich. Da mussten Bücher sein, viele, an mehr hatte sie nicht gedacht. Januão kannte Bibliotheken. Er war gern und oft in der großen Bibliothek von Al-Cúrbona gewesen. Da gab es Räume, in denen man die Wände nicht sah, weil sie von einer Schicht Bücher vollständig bedeckt waren. Und so etwas hatte er auch hier erwartet. Aber in der Bibliothek des Kalifen gab es keine Räume. Dies war ein Palast mit einem einzigen Raum. So zumindest erschien es den beiden, als sie eintraten. Säulenreihen unterteilten den Raum, bildeten die Grundpfeiler für weitere Säulen, es war ein in mehreren Etagen sich hinaufschwingender Säulenwald. Die Säulen waren viereckig, und im ersten Augenblick sah es aus, als bestünden sie nur aus Büchern, als sei dieser ganze Palast mit seiner sich hoch wölbenden Kuppeldecke auf nichts als Bücher gebaut. Dshirah, die Januãos Hand hielt, wandte ihm sofort den Kopf zu, erkannte in seinen Augen Bewunderung, Begeisterung und quetschte seine Finger zusammen.

«Pass auf!», zischte sie.

Er drehte das Gesicht von Hisham weg, und sie wusste, dass er schaute, dass er mit gierigen Augen diesen Raum in sich hineinsog, und sie riss an seinem Arm. Blinde wenden nicht den Kopf hierhin und dorthin, warum sollten sie?

«Was kann ich euch helfen?», fragte der Kalif.

«Nichts», sagte Dshirah schnell. «Wir müssen unser Buch allein finden. So habe ich das geträumt.»

Er sollte gehen, sofort! Sie spürte, wie Januāos Hand in ihrer zitterte. Er konnte seine Blicke kaum noch bändigen. Sie sprangen ihm aus den Augen. Hisham trat ein paar Schritte vor.

«Und wenn euer Buch weit oben ist?», fragte er. «Da sind Treppen. Sie stehen auf Rädern und sind gut gesichert, sie haben Geländer, siehst du? Bis jetzt ist noch niemand abgestürzt. Aber es war auch noch nie ein Blinder hier.»

«Ich passe auf ihn auf.»

«Die anderen Treppen da, die man nicht bewegen kann, führen zu den Galerien.»

Dshirah schaute hinauf. Die Galerie lief rundum an allen Wänden entlang. Dahinter war eine Reihe Fenster. Darüber waren noch drei weitere Galerien, jeweils tiefer in der Raum hinein versetzt, die letzte war rund und bildete die Basis für die Kuppel, von Säulen getragen.

«Es sind überall Geländer», murmelte Hisham, «es ist noch nie jemand abgestürzt.»

«Ich passe auf», versicherte Dshirah.

«Ich denke, es hat wenig Sinn, dass ich dir erkläre, wie das alles hier geordnet ist?», fragte er.

«Nein», sagte sie. Sie wollte, dass er bald ging, aber jetzt war es Januão, der an ihrem Arm zog. «Doch!», sagte sie schnell. «Ich meine, es kann ja nicht schaden.»

«Da hinten», begann der Kalif, «sind die Märchen, Sagen und Romanzen. Da würde ich an deiner Stelle anfangen zu suchen. Daneben sind die Lieder und die großen Gesänge. Dort die Bücher über Jagd, Pferdezucht, Gartenbau, Kochkunst, Mathematik und alles, was man wissen muss. Hier an der Wand die Chroniken. Auf den Tischen findest du Papier und Tinte in allen Farben. So, und jetzt ...», er zögerte, überlegte, schloss die Augen und biss auf seiner Unterlippe, «jetzt öffne ich dir die Tür zu den verborgenen Büchern.»

Er lief voran. Dshirah sah nirgendwo eine Tür. Sie folgte und zog Januão hinter sich her. Der musste sich keine Mühe geben zu stolpern. Er war so angestrengt damit beschäftigt, trotz des in weite Ferne gerichteten Blindenblicks den Raum und seine Bücher zu betrachten. Hinter den letzten Säulenreihen trafen sie auf eine kleine, kaum sichtbare Tür. Der Kalif schloss sie auf.

«Hinein gehe ich nicht», sagte er, «und erklären kann ich dir da auch nichts. Ich gehe jetzt?»

Dshirah nickte: «Ich passe auf.»

Hisham verließ die Bibliothek. Er ging schnell. Er lief vor der offenen Tür mit den verborgenen Büchern davon. Kaum war er fort, überließ sich Januão dem Rausch des Schauens. Er sagte nichts. Auch Dshirah schwieg. Stumm und staunend gingen sie durch einen Raum, der aussah, als bestünde er aus nichts als Büchern und dem Licht, das durch die Fenster und die Kuppel fiel. Es gab keinen Schmuck an den Wänden. Da war kaum eine Handbreit Platz für Schnörkel und Ornamente. Nur die warmen Braun- und Ockertöne der Buchrücken bildeten die Muster an Wänden und Säulen, ohne Regelmäßigkeit und in fremden Rhythmen wechselnd, weit und unbegrenzt. Obwohl sie daheim keine Bücher hatten, wusste Dshirah, dass sich mit jedem Buchdeckel die Tür zu einem noch unbekannten Leben, zu einer noch unentdeckten Welt öffnete. So stand sie und ging sie, ahnte das Grenzenlose und spürte Unendlichkeit. Geschmückt war nur der Boden. Eingelassen in die Marmorfliesen waren Buchstaben, braun, sandfarben, ocker, manchmal fast golden.

«Wir sind nicht zum Staunen hergekommen», sagte sie schließlich. «Wo fangen wir an?»

Januão nickte. Er zeigte in die Richtung, wo die Bücher über Jagd, Gartenbau, Mathematik und anderes standen.

«Was wollen wir mit Pferdezucht, Gartenbau und Kochkunst?», wunderte sich Dshirah.

«Diese Bibliothek ist größer als die in der Stadt, aber genauso geordnet», erklärte er. «In der Nähe von Gartenbau finden wir Bücher über Gebäude und Palastanlagen. Da werden auch welche über die Entstehung der Kalifenstadt sein.»

Er ging zielsicher zwischen den Büchersäulen hindurch. Überall waren Tafeln mit araminischen Buchstaben, die Dshirah nicht verstand, die er jedoch zu deuten wusste.

«Hol mir eine Treppe», forderte er, ohne den Blick von den Säulen zu nehmen.

Sie lief zu einer der Treppen, deren Stufen sich in einer Spirale

nach oben wanden. Die ließ sich leicht bewegen, glitt nahezu lautlos über die araminischen Schriftzeichen auf dem Marmorboden.
Er übernahm die Treppe, schob sie an eine Säule, stieg hinauf, griff
nach einem Buch, kam wieder herab, drehte die Treppe um die
Säule herum, ging ein paar Stufen hinauf, nahm ein Buch, stieg
weiter hinauf, zog zwei, drei Bücher heraus, beim vierten sagte er:
«Dies! Was für eine Ordnung! Dshirah, was für eine Ordnung!
Und irgendwo wird das Buch über das Bardische Gastmahl stehen,
es ist ein Teil von dieser Ordnung, und wenn man es aufschlägt,
ist jede Ordnung für immer zu Ende. Wir werden es finden, es ist
schlimm, wir werden es finden.»

«Soll ich es suchen?», fragte Dshirah.

«Nein. Das kannst du nicht. Bis ich dir erklärt habe, wie man
mit dieser Ordnung umgeht, ist es Nachmittag. Auch ich habe
lange gebraucht, bis ich das in der Bibliothek in der Stadt begriffen habe, und ich verstehe so etwas schnell.»

Er kam die Treppe herunter, trug das große, schwere Buch zu
einem Tisch und schlug es auf.

«Da», zeigte er ihr, «das ist der Grundriss der Kalifenstadt,
und es ist alles eingezeichnet und beschrieben, was Hdorigo
gebaut hat. Hier, das ist das Bad.»

Dshirah verstand das seltsame Bild aus Linien und Bögen nicht,
denn natürlich waren alle Erklärungen in araminischer Schrift.

«Was machst du damit?», fragte sie.

«Einen Plan. Auch wenn wir das vierte Zeichen nicht finden,
wissen wir, wo wir nach der Schrift suchen müssen. Aber es würde
alles viel schneller gehen, wenn wir das vierte Zeichen hätten und
wüssten, was es bedeutet.»

«Ich möchte auch etwas tun», sagte Dshirah. «Was kann ich helfen?»

«Nichts. Jetzt gerade nichts. Genieße diesen Raum. Oder schau dir Bücher an. Da hinten sind sicher welche mit vielen Bildern.»

Er nahm sich ein großes Blatt, Feder und Tinte. Aber Dshirah war zu unruhig, um Bücher zu betrachten. Sie lief herum und trat mit jedem Schritt auf einen araminischen Buchstaben. So hatte sie vor wenigen Monaten angefangen, die araminische Schrift zu lernen. Auf der Plaza de las Poemas war sie beglückt mit anderen Kindern von Zeichen zu Zeichen gesprungen. Sie kannte alle araminischen Buchstaben, aber bevor sie hatte üben können, diese Schrift zu lesen, hatte das Unglück begonnen. Sie stellte sich vor, dass all das Schreckliche nie geschehen sei. Sie schaute nach unten auf die Buchstaben und versuchte zu denken, sie sei nicht hier, sondern unten in der Stadt auf der Plaza de las Poemas, wo sie heute Abend – oh nein! Das war eine schlimme Vorstellung – heute Abend würde sie wieder auf der Plaza sein, und wenn sie dort versagte, würde sich das goldene Gitter vor dem Löwengang öffnen – sie musste an anderes denken. Sie schaute auf die Schrift unter ihren Füßen und dachte an nichts als an diese Schrift, sie trat über ein paar Buchstaben und blieb stehen, sie ging zurück und folgte denselben Zeichen noch einmal: ‹... ist mehr als einer Rose Rot ...› buchstabierte sie langsam Schritt für Schritt ...

Ich habe die Siebte Sage gefunden, dachte sie, hob den Kopf und schaute, doch sie fand nicht einen von den Hufeisenbogen Hdorigos, in den Fenstern nicht, in der Kuppel nicht und in den von Säule zu Säule geschwungenen Bogen auch nicht.

Nein! Hier war keine Siebte Sage, nicht offen vor aller Augen und Füßen und nicht in araminischer Schrift. Sie ließ den Kopf hängen und stolperte über: ‹... *rauscht die Sonne mit dem Moor ...*› Sie ging noch einmal zurück und setzte Fuß auf Fuß über: ‹... *tauscht die Sonne mit dem Mond ...*›

Dshirah ging und las. Sie schlenderte unter den Säulen entlang in Schlangenlinien und Spiralen, in Kreisen und Kurven, in Schlaufen und Schleifen, und immer seltener musste sie zurückgehen, weil sie nicht auf den ersten Schritt verstanden hatte, was ihr Weg beschrieb. Sie entzifferte ein ‹... *Salamanderhaar am abendalten Gartentor ...*›. Rund um eine Säule wand sich ‹... *ein fliehender Schimmel, er sprang in den Fels, zurück blieb sein Schweif, ein Sturzbach am Hang, schäumend im Weiß, rühr ihn nicht an, längst hat er vergessen, wem er entfloh ...*›

Dshirah ging über Worte von Tälern und Flüssen, sie trat mit leichtem Schritt über Verse von Bergen und Seen, sie fand und erkannte in reimenden Silben das niemals gesehene Meer. Als sie wieder in Januāos Nähe gelangte, konnte sie lesen. Da hatte sie ein riesig großes Gefühl in der Brust, das tat ihr weh, aber nur weil es viel zu groß war für ihren kleinen Körper. Sie drehte sich im Kreis und schaute nun mit anderen, sehnsuchtsvolleren Augen auf diesen aus Büchern gebauten Palast.

Ich kann das lesen, dachte sie. Ich will das lesen. Ich will leben, damit ich das alles – alles! – lesen kann.

Sie blickte ihrem Bruder über die Schulter.

«Schaffst du's?», fragte sie.

«Stör mich nicht», murmelte er.

Die Chronik!, dachte sie.

Nicht die vom Bardischen Gastmahl, die wollte sie nicht, die wollte sie jetzt ganz und gar nicht, aber die andere, die Chronik der Zeit, als Una hier in der Kalifenstadt gelebt hatte ...

Die finde ich jetzt, dachte sie.

Und während sie nun mit rascheren Schritten auf die Wand mit den Chroniken zulief, den Blick aber nicht von der Schrift auf dem Boden wenden konnte, erkannte sie: Die Marmorfliesen der Bibliothek waren ein unendliches Gedicht, das man sich bei jedem Gang durch den Raum, mal diesen, mal jenen Weg nehmend, neu zusammenreimen konnte.

Die Chroniken, Hisham hatte darauf gewiesen, standen alle an der Wand. Araminische Buchstaben teilten die Bände in Gruppen, doch obwohl Dshirah die Schrift jetzt lesen konnte, verstand sie von dem Gesetz dieser Ordnung nichts. Die Buchrücken waren aus braunem Leder ohne Schrift oder andere Zeichen. Sie nahm wahllos einen Band und schlug ihn auf. ‹Aus den Zeiten des Lesens und Friedens: Kalif Abdalameh II.› las sie, und darunter fand sie die genaue Angabe der Jahre. Sie schob das Buch zurück, merkte sich, wo sie es eingestellt hatte, ging an der Wand entlang, zog ein anderes heraus und fand: ‹Aus den Zeiten des neuen Anfangs: Kalif Obayan I.›. Das war länger her als Kalif Abdalameh II. Mit Kalif Obayan hatte das Zusammenleben der Araminen und Barden begonnen. Davor – sie schielte weiter nach rechts, ohne den Kopf in die Richtung zu drehen – davor mussten die Bücher über die schlimme Zeit der Barden stehen. Und das Bardische Gastmahl? Doch die Bücher, die von hier an die Wand bedeckten, sahen anders aus, und Dshirah verstand: Ältere Chroniken gab es hier nicht.

Also, dachte sie, müssen die Berichte über die letzten Jahre ganz am anderen Ende stehen.

Sie lief an der Wand entlang. Die allerletzte der Chroniken hieß: ‹Zeit des Spieles und des Glücks: Kalif Hishams III. erste Jahre›. Das wollte sie lesen. Sie blätterte, pickte aus jeder Seite ein Lob auf Hisham, wie gut und mild er war, wie das Glück in seinem Land herrschte, wie sich die Menschen an gewöhnlichen Tagen in den Straßen mit kleinen und an den Festtagen in der Arena mit großen Spielen unterhielten – sie blätterte rasch um – und keine Willkür gab es im Kalifenreich, da der Kalif sich an die Gesetze hielt – sie klappte das Buch zu. Langsam stellte sie es zurück, griff das daneben und hatte gefunden, was sie suchte: ‹Das Jahr des Aufruhrs: Hakams II. einziges Kalifenjahr›. Sie trug das Buch zu einem der Tische, setzte sich auf einen Stuhl und las und las, bis plötzlich Januão vor ihr stand, sie hatte nicht gehört, dass er gekommen war.

«Ich bin fertig», sagte er. «Wir gehen jetzt zu den verborgenen Büchern und suchen die alten bardischen. Was liest du da? Kannst du das lesen?»

«Januão», flüsterte sie, «ich weiß jetzt alles.»

«Was?»

«Über Una und Sittah-Su. Una war die Kalifa von Abdalameh III. Der ist Hishams Vater. Aber Hisham ist nicht Unas Sohn. Sie ist die Mutter von Abdalamehs ältestem Sohn, von Hakam, und damit war eigentlich sie die Kalifa. Ich bin sicher, dass sie das ist. Wir haben gestern da unten ihre Truhe gesehen. Da wollen sie sie hineinlegen, wenn sie in En-Wlowa stirbt. Für das Kalifenreich ist sie seit vierzehn Jahren tot. Sie hat Hakam – das steht hier so –

476

verdorben. Sie hat nämlich dafür gesorgt, dass er Lehrer bekam, die ihn gegen Armei dan Hasud aufgehetzt haben, gegen das Vergessen, verstehst du? Das konnte sie tun, weil Kalif Abdalameh immer krank war. Wahrscheinlich hatte er darum außer Hakam nur einen Sohn, eben Hisham, der ist fünfzehn Jahre jünger als Hakam, und es war Una, die ...»

«Dshirah, um das alles können wir uns kümmern, wenn wir die Siebte Sage gefunden haben. Das ist jetzt nicht wichtig.»

«Doch! Es war Una, die die Vereinigung ‹Ein Aramine mit Herz zerbeißt seine Zunge› gegründet hat. Sie wollte, dass alle wieder die verborgenen Bücher lesen, sie wollte auch das andere, schlimmere Verbrechen der Araminen wieder allen bekannt machen, sie wollte – schau, hier steht: ‹... eine alte Schuld sühnen›, und sie hatte keine Ahnung, wer dieses Verbrechen wirklich begangen hatte. Ihr Sohn Hakam hat mit ihr dafür gekämpft. Er war nur ein Jahr Kalif, und in diesem Jahr wurde sein einziges Kind geboren, das ist Sittah-Su. Es gab dann einen Aufruhr, nicht nur unter den Gelehrten, auch im Volk. Una, Hakam, seine Frau, er hatte nur die eine, er wollte leben wie ein Barde, also die alle und die kleine Sittah-Su wurden vertrieben, und Hisham wurde Kalif. Da war er zwölf.»

«So ist er also Kalif geworden, dein Hisham», unterbrach Januão, «er hat seinen Bruder gestürzt.»

«Er war zwölf! Ich glaube nicht, dass es Hisham war, der den Befehl geben hat, seinen Bruder und Una und die ganze Familie zu verfolgen, das muss jemand anders gewesen sein, auf jeden Fall sind die alle in die Provinz Afrika geflohen. Sie wollten, so steht es hier, sich mit den Dunkelleuten verbünden. Aber man hat sie gefunden, Hakam und seine Frau ermordet. Una konnte mit der kleinen Sittah-Su fliehen, wurde aber bald gefangen. Das muss ich Sittah-Su erzählen.»

«Und was nützt uns das?», fragte Januão.

«Ich weiß nicht, ich dachte ...»

«Komm! Wir müssen das vierte Zeichen suchen.»

Sie brachte das Buch zurück. Dann näherten sich die beiden zögernd der einzigen Tür in diesem Raum.

«Da war bestimmt seit vielen Jahren niemand mehr drin», flüsterte Januão.

«Und Hisham hat uns selber hierher gebracht», sagte Dshirah, «und er hat selber die Tür aufgeschlossen, weil seine Richter nicht wissen dürfen, dass er es getan hat. Er hält sich nicht immer an diese – diese Gesetze. Er ist mutig und hilft uns.»

«Wenn er es heimlich tun kann», meinte Januão. «Er hilft uns, aber er ist nicht mutig. Heute Abend auf der Plaza wird er uns nicht helfen.»

Sie betraten den Raum der verborgenen Bücher. Er war nicht sehr hoch. Die Bücher standen an Wänden und Zwischen- wänden. Das Licht kam von drei Seiten durch Fenster, die alle so hoch waren, dass niemand von außen hineinschauen konnte. Offenbar war dieser Teil an die eigentliche Bibliothek angebaut worden, als man entschieden hatte, einen Teil der Bücher im Ver- borgenen verschwinden zu lassen. Araminische Buchstaben, die darauf hinwiesen, was wo zu finden war, gab es hier nicht.

«Wie sollen wir das schaffen?», murmelte Januão. «Wir können doch nicht jedes Buch einzeln aufschlagen.»

Sie gingen zunächst einmal an allen Wänden und Zwischenwänden entlang, nahmen Bücher heraus, schauten kurz hinein, stellten sie zurück, bis Januão doch so etwas wie eine Ordnung erkannte.

«Dieser Teil ist araminisch», stellte er fest.

«Ja», sagte Dshirah, «das da sind die ältesten Chroniken, ich weiß, wie sie aussehen, da müsste ...»

«Das lassen wir jetzt», unterbrach er, «erst müssen wir das vierte Zeichen finden, und das alles scheint bardisch zu sein.»

Ein Teil dieser Bücher war nicht nur in bardischer Schrift, sondern auch in bardischer Sprache geschrieben. Das konnten sie nicht lesen. Die bardische Sprache war in den Stummen Jahren verloren gegangen. Übrig blieben immer noch viele Bücher in bardischer Schrift und araminischer Sprache.

«Ich wusste nicht, dass sie so viele von unseren Büchern aufbewahrt haben», sagte Januão.

«Lass uns anfangen!», drängte Dshirah. «Wir nehmen zuerst diese Wand. Ich beginne hier, du an der anderen Seite. Und wir lesen nicht! Januão! Versprochen? Wir lesen nicht!»

«Versprochen!»

«Wir schauen nur, ob alte Zeichen drin sind. Das geht ganz schnell.»

Aber so schnell ging es nicht. Die Blätter waren steif und glitten ihnen nicht durch die Finger. Manche waren brüchig, die wendeten sie vorsichtig. Die meisten Bücher hatten nicht einmal einen Titel, und nichts gab ihnen einen Hinweis auf den Inhalt.

«Vielleicht doch lesen?», schlug Januão vor. «Immer nur so weit, bis wir wissen, wovon das Buch handelt. Vielleicht geht das schneller als alles Durchblättern.»

Sie versuchten es, aber das brachte sie auch nicht rascher voran. Und dann hörten sie Geräusche aus der großen Bibliothek.

«Da ist wer», flüsterte Januão.

«Ja, aber hierher kommt niemand», sagte Dshirah leise. «Hisham hat es verboten.»

«Ja, aber da ist wer.»

«Sie bringen uns etwas zu essen», vermutete sie. «Wir müssen nur warten.»

Sie blieben reglos stehen, bis es in dem großen Saal wieder vollkommen still war. Dann fasste Dshirah ihren Bruder an der Hand und führte ihn zurück in die Bibliothek. Im Mittelpunkt des Raumes fanden sie einen niedrigen Tisch, umgeben von Kissen, beladen mit Früchten, Brot, Käse, Fleisch, Säften ...

«Später», sagte sie. «Lass uns erst weitersuchen.»

Sie tranken einen Becher Saft, aßen nicht einmal eine Dattel und kehrten zurück zu den verborgenen Büchern.

Nur kurz hineinschauen, hatten sie ausgemacht? Dshirah begann zu lesen. Lesen, bis wir wissen, worum es geht, wegstellen das Buch und das nächste nehmen – hatten sie ausgemacht. Was aber, wenn man nach wenigen Zeilen merkte: hier ging es um das Mädchen Hramhradis. Ihr war gelungen, das Wasser zu kneten wie Ton. Sie hatte daraus Wesen geformt und die so lange am Regenbogen gerieben, bis sie bunt geworden waren, und dann hatte sie die bunten Wesen wieder ins Wasser gleiten lassen –

«Dshirah! Was machst du da? Du liest!»

Sie stellte das Buch zurück. Das nächste erzählte von Viljamur, dem Jungen aus Salz, dessen Mutter eine Träne und dessen Vater ein Seufzer war. Er verlor die Mutter durch ein Lachen und den

Vater durch einen Fluch. Ganz allein zog er durch die Welt, musste jede Nacht in einer anderen Hütte um eine Schlafstelle bitten, musste jeden Morgen seinen Gastgebern mit einer Prise seines Körpers die Suppe würzen, bis er so dürr war wie ein Winterzweig, und eines Tages sprang er ins Meer, da fiel er nicht auf ...

Wie lange las sie schon? Januāo hatte sie nicht unterbrochen. Sie schauten beide gleichzeitig auf und stellten beide rasch ihr Buch zurück.

«Ich habe die Geschichte von dem Hirtenjungen gefunden», sagte er, «weißt du, der die Löffel und die Messer für die tanzenden Mahlzeiten erfindet.»

Er lächelte verlegen, aber sie nickte ihm zu, und beiden zersplitterte das Lächeln in ein Schmerzgesicht, denn beide mussten sie denken: Da drüben steht die Chronik über das Bardische Gastmahl. Und noch einmal ermahnten sie sich: Nicht lesen! Suchen!

War es die Fülle von fremden Einfällen, die Zeile für Zeile an ihren Augen vorbeiglitt, was Dshirah auf einen Gedanken brachte, der ihnen beiden schon längst hätte kommen müssen? Sie ließ das Buch sinken.

«Oh, Januāo», flüsterte sie, «wir sind gerettet!»

«Hast du's?»

Er sprang zu ihr, aber in dem Buch auf ihren Knien war nichts von alten bardischen Zeichen zu sehen.

«Was hast du gefunden?», fragte er.

Seine Augen flogen über die Zeilen. Wie sollte die Geschichte von der feuergefleckten Salamanderhaut sie retten?

«Ich weiß, wie die Siebte Sage zu Ende geht», sagte sie.

«Warum das Dshinnu den Mann verbrennen will. Es ist ganz einfach. Dass wir nicht gleich darauf gekommen sind!»

«Erzähl!»

«Damit es keine Toten gibt! Verbrennen, und weg ist er! Niemand will was mit toten Körpern zu tun haben. Ob die nun gehängt oder geköpft sind. Niemand will die anfassen, niemand will die sehen. Niemand will daran denken, dass es die überhaupt gibt. Also verbrennen sie die Verbrecher, und sie sind weg. Vor dem bisschen Asche ekelt sich keiner. Wir suchen nicht mehr weiter, Januão. Du schreibst die Siebte Sage zu Ende. Du hast gesagt, du kannst es, wenn das Rätsel gelöst ist. Es ist gelöst. Du schreibst den Schluss, und die Gelehrten werden das anerkennen.»

«Ja, das werden sie.»

Seine vollkommen tonlose Stimme zerfetzte ihr die Freude. Sie starrte ihn an und begriff: Ja, die Gelehrten würden das anerkennen, die araminischen und die bardischen auch.

«Niemals glaube ich, dass die Siebte Sage so ausgeht», sagte er, «aber wir alle haben solch einen Graus vor toten Körpern. Sie werden dir das glauben. Und die Gelehrten werden dich als Dshinnu anerkennen, wenn du das heute Abend erzählst. Du kannst uns retten, Dshirah. Und du wirst umjubelt werden.»

Es war kein Jubel in seiner Stimme. Allmählich begriff sie, was ihr da eingefallen war. Sie konnte ihre Familie retten, die Mutter, den Vater, den Bruder. Sich selbst. Sie konnte sich ein Leben als Dshinnu schaffen, dem man alle Wünsche erfüllen würde. Sie könnte heimkehren zum Fluss in der Ebene, zu ihrem Haus, den Hunden, den Pferden ... Sie würde in eine Schule gehen, eine

Fürstenschule mit Zaiira ... Sie dürfte in alle Bäder gehen mit bloßen Füßen und sechs hochgeachteten Zehen daran ... Sie könnte in den Bibliotheken sitzen und lesen, lesen, lesen ... Und außerhalb der Stadt würden Verbrecher gegen das Kalifenreich verbrannt. Man würde nur auf günstigen Wind warten, damit die Düfte von Al-Cúrbona nicht zerstört würden – und es gäbe keine Leichen mehr ...

Dshirah fühlte sich elender als je zuvor in ihrem Leben. Sie stürzte sich auf die Bücher, riss sie heraus, schlug sie auf, klappte sie zu ...

«Hilf, Januão», schrie sie. «Hilf! Wir müssen das vierte Zeichen finden.»

Aus und vorbei war es mit dem Verweilen bei Wassermädchen, Salzjungen, Salamanderhäuten und Tanzgeschirr. Sie hetzten durch die Bücher, dass die Seiten knickten, und Januão fand es: «Hier!»

Es war ein dickes Buch über die alten bardischen Zeichen. Sie mussten gar nicht so lange darin suchen. Es gab ein Kapitel über die Elemente Feuer, Wasser, Luft und Erde und alle ihre Gegenteile.

«Dies», sagte Januão, «das ist es.»

«Ja», nickte Dshirah. Auch sie erkannte es wieder. Es bedeutete: Schmutz.

«Natürlich», sagte Januão, «weil ‹Wasser› ja auch für ‹sauber› steht. Das ist schlimm, Dshirah, es ist schlimm. Kaum etwas ist in der Kalifenstadt so schwer zu finden wie Schmutz.»

«Mal es ab», verlangte Dshirah.

«Warum? Wir wissen jetzt, was es bedeutet. In allen Teilen, die Hdorigo gebaut hat, suchen wir nach Schmutz.»

«Wo zu Hdorigos Zeiten Schmutz war, kann es heute sauber

sein! Bitte, Januão, wir malen es ab. In Hdorigos Rot. Wir haben Tinten in allen Farben. Die bardische Schrift mit der Siebten Sage ist so verborgen, dass niemand sie je bemerkt hat. Aber die Zeichen fallen auf. Wir zeigen das Sittah-Su. Vielleicht ist auch Zaiira hier. Es kann doch sein, dass eine von ihnen das Zeichen gesehen hat.»

«Damit gibst du zu, dass wir etwas anderes machen, als wir der Kalifa heute früh erzählt haben. Das können wir Zaiira sagen, aber dieser Sittah-Su?»

«Ich weiß nicht, ob sie wirklich meine Freundin ist, aber ich glaube, sie ist ehrlich, und was sie verspricht, wird sie halten. Ich habe etwas, dafür tut sie alles: Ich kann ihr sagen, wer ihre Eltern sind.»

«Gut!» Er stimmte zu.

Dann standen sie in der Tür zur großen Bibliothek, gingen aber nicht hinein. Es gab noch etwas in diesem Raum, das sie wie eine Fessel zurückhielt. Sie schauten sich an. Januão schüttelte den Kopf.

«Nein», sagte er, «denn erstens haben wir dazu keine Zeit, und zweitens werden wir, wenn wir das gelesen haben, nicht mehr kämpfen. Wir werden keine Lust mehr haben zu leben.»

«Das ist es», sagte Dshirah, «das will ich. Ich will keine Lust mehr haben zu leben. Damit ich heute Abend nicht erzähle, das Dshinnu will die Angeklagten verbrennen. Komm, ich will es lesen. Ich brauche etwas, das schlimmer ist als hungrige Löwen.»

Diesmal war es sie, die sich besser auskannte. Als sie die Chronik vom Bardischen Gastmahl in den Händen hielt, wurde ihr übel.

Medizin, dachte sie, es ist bitterste Medizin. Die hilft mir, dass ich heute Abend nicht etwas Schreckliches tue.

Es war schlimmer als bitterste Medizin. Es war eher so ein Schnitt, wie ihn die besten araminischen Ärzte wagten, um aus einem kranken Körper ein Geschwür herauszuschneiden. Aber die gaben dem Kranken zuvor Betäubungssäfte zu trinken. Ohne Betäubung, bei vollem Bewusstsein erfuhren die beiden Geschwister: Die Araminen hatten die Barden vor 450 Jahren keineswegs überfallen. Ein anderes, ein mit den Barden verwandtes Volk, war von Norden in das Land eingedrungen. Die Barden riefen die Araminen zu Hilfe. Die kamen und schlugen die Eindringlinge nach Norden zurück. Viele der Araminen blieben im Land. Sie brachten den Barden neue Erkenntnisse über Heilkunst, Gartenbau, neue Pflanzen und bauten Anlagen zum Bewässern der Felder. Beide Völker glaubten an einen Gott, und sie teilten sich die Gotteshäuser. So lebten sie friedlich einige Jahre neben- und miteinander. Doch dann beschlossen die Barden, dieses Land wieder allein zu bewohnen. Sie luden alle Fürsten der Araminen, besonders deren Feldherren, zu einem großen Gastmahl und töteten sie mit vergifteten Pomeranzen. Danach erst kamen von Süden über das Meer Massen von Araminen und unterwarfen die Barden.

«Das genügt», flüsterte Dshirah. «Ich werde die Geschichte vom Verbrennen nicht erzählen.»

Sie dachte an die Kiste mit den zu Staub zerfallenen Pomeranzen unter der Erde. Das war der Boden, auf dem sie lebte. Aber Januão griff nach ihren Händen, nach beiden.

«Wir müssen etwas tun», sagte er. «Wir müssen dafür sorgen,

dass alle dies erfahren. Armei dan Hasud hat sich fürchterlich geirrt. So etwas ist nicht Vergessen. Es ist Lüge.»

Er stellte das Buch zurück.

«Ich habe Hunger», sagte er.

Dshirah hatte keinen Hunger. Zwar folgte sie ihm zu dem Tisch in der Bibliothek, aber sie hockte auf einem Kissen und aß nichts. Was soll ich tun, dachte sie. Uns retten durch ein neues Verbrechen?

Sie war so unglücklich und entschlusslos und verzweifelt, am liebsten wäre sie sofort tot gewesen. Aber da saß sie in diesem Saal, in diesem endlosen Raum, der durch die unzähligen Bücher unendlich wurde, sie konnte nicht anders als schauen und immer wieder schauen.

Ich will das lesen, dachte sie. Muss man zum Lesen unbedingt leben? Geht Lesen nicht allein? Es geht nicht.

Sie aß eine Feige.

Auf der Suche nach dem verborgenen Schmutz

Dshirah und Januão verließen die Bibliothek. Sie gingen über den großen Platz.

«Ich finde, es ist etwas anders», sagte Dshirah, «ich habe es vorhin schon gemerkt, aber ich sehe nichts, was anders ist.»

«Die Tauben», sagte Januão, «es sind keine Tauben da.»

Sie schaute über den Platz. Keine einzige Taube flatterte um den Brunnen. Sie sah hinüber zum Taubenhaus. Es schien leer.

Sie hatten das Schreibzeug wie immer verteilt: Er trug Feder und Tinte an einer Schnur unter dem Hemd, sie das Papier in einer Falte ihres Kleides. Sie schlossen die Tür zum Raum mit den verborgenen Büchern, konnten sie jedoch nicht verriegeln.

«Wir müssen Hisham sagen, dass wir jetzt gehen», verlangte sie.

«Warum?», fragte er.

«Ich glaube nicht, dass die Richter ihm erlaubt haben, uns zu den verborgenen Büchern zu lassen.»

«Genau», nickte er, «das möchte ich gern erleben: Was geschieht, wenn der Kalif dabei erwischt wird, dass er sich nicht an die Gesetze hält? Wir haben keine Zeit zu verlieren und können uns nicht um deinen Hisham kümmern.»

Sie gingen schnell, aber sie durften nicht rennen. Blinde rennen nicht. Dshirah hatte einen Arm um ihn gelegt, weil sie dachte, dass Blinde sich so sicherer fühlen und schneller gehen können.

489

Außerdem wollte sie ihm nah sein.

Sie überquerten den großen Platz. Neben dem Brunnen stand eine Sänfte. Bunte Tücher wehten von ihrem Dach, Schleier hingen in den Fenstern. Die Geschwister gingen daran vorbei und bedauerten es nicht, dass ihnen die Sicht auf den Brunnen verdeckt war.

«Wir müssen sicher sein», sagte Januão, «dass wir diese Sittah-Su auch wieder loswerden, sobald sie uns zu dem Zeichen geführt hat.»

«Das werden wir», versicherte Dshirah. «Sie muss es versprechen, bevor ich ihr sage, wer ihre Eltern sind.»

«Ich glaube», meinte er, «wenn wir das alles hinter uns haben, verschwinden wir besser nach Afrika. Da muss ich dann auch nicht mehr blind sein.»

Sie erreichten den Frauenpalast. Wenn sie niemanden in den Gängen sahen, rannten sie. Rechts und links flogen Arabesken und Ornamente an ihnen vorbei, unterbrochen von Fenstern mit Säulen und Bogen.

«Aber wer diese Paläste einmal gesehen hat ...», sagte er. «Die gibt es in der Wüste nicht ...»

Sittah-Su saß mit Zaiira in ihrem Patio. Sie spielten nichts. Sie saßen am Teich und starrten ins Wasser. Als sie die beiden Geschwister sahen, sprang Sittah-Su auf.

«Dshirah Dshinnu», rief sie, «die Kalifa sagt, ihr werdet die Siebte Sage finden?!»

«Wir haben es fast geschafft», behauptete Dshirah. Sie hielt Januãos Hand. «Ich muss mit dir reden. Ich habe noch etwas anderes gefunden.»

Sie versuchte, unauffällig an Sittah-Su vorbei Zaiiras Blick zu erreichen, aber das war nicht möglich, und Zaiira wich ihr aus.

«Ich glaube», sagte Sittah-Su, «du musst jetzt nach Hause gehen, Zaiira.»

«Ich werde abgeholt», sagte Zaiira. «Ich treffe mich mit meinen Eltern gleich auf der – auf der Plaza de las Poemas.»

«Geh jetzt!», befahl Sittah-Su. «Eine von unseren Dienerinnen wird dich begleiten.»

Zaiira stand auf und ging dicht an Dshirah vorbei. Sie schauten sich noch einmal an.

«Ich werde dir zuhören, Dshinnu», sagte Zaiira, «ich werde dort sein.»

Dann ging sie. Dshirah sah ihr nicht nach.

«Was hast du herausgefunden?», fragte Sittah-Su.

Dshirah antwortete nicht. Sie zog das Blatt Papier mit Hdorigos Zeichen aus ihrem Kleid. «Kennst du das?», fragte sie.

«Hat das was mit meinen Eltern zu tun?»

«Nein, aber du musst uns helfen. Mir fehlt noch eine Kleinigkeit für die Siebte Sage. Über dieses Zeichen werde ich sie finden. Es muss irgendwo in der Kalifenstadt sein.»

Da sagte Sittah-Su: «Ich kenne es.»

Und das Blatt zitterte in Dshirahs Händen.

«Führst du uns hin?»

«Ja, aber wozu brauchst du das? Die Kalifa hat gesagt ...»

«Sittah-Su», unterbrach Dshirah, «du musst uns zeigen, wo dieses Zeichen ist und uns dann allein lassen und bitte keine Fragen stellen und niemandem was erzählen. Versprochen? Dann sage ich dir, wer deine Eltern sind.»

Sittah-Su zögerte.

«Ich weiß gar nicht so genau, ob ich das wissen will.»

Damit hatte Dshirah nicht gerechnet.

«Und warum tust du so?», fragte Sittah-Su. «Warum muss ich dir etwas versprechen? Du kannst mir vertrauen. Ich weiß nur nicht mehr, ob ich dir vertrauen kann. Warum darf ich der Kalifa nicht ...»

«Bitte!»

Sittah-Su schwieg. Dann sagte sie leise: «Meine Eltern sind tot?»

Dshirah nickte.

«Wenn mein Ururgroßvater irgendein General war», sagte Sittah-Su, «der vor hundert Jahren irgendeine Schlacht gewonnen hat, und darum lassen sie mich hier sein – dann will ich das gar nicht wissen.»

Dshirah atmete auf.

«Dein Urgroßvater war kein General», sagte sie.

«Irgendein Erfinder oder Gelehrter wäre mir auch nicht genug – es sei denn, es ist Armei dan Hasud.»

«Du wirst mit deiner Familie zufrieden sein», versicherte Dshirah.

«Dann sag es mir.»

«Führ uns zu dem Zeichen.»

Sittah-Su schüttelte den Kopf.

«Vertrauen gegen Vertrauen», verlangte sie. «Du machst etwas, das die Kalifa nicht wissen darf. Trotzdem soll ich dir vertrauen. Also musst du mir auch vertrauen.»

Dshirah drückte die Hand ihres Bruders. Der erwiderte nichts. Sie musste selber entscheiden.

«Du bist eine Kalifentochter», sagte sie.

Sittah-Su schwieg. Dann lächelte sie, griff nach dem Blatt mit Hdorigos Zeichen und sagte: «Komm!»

Sie führte die beiden Geschwister weiter hinein in den Frauenpalast. Zuerst hatte Dshirah nur eine Befürchtung: Sie könnten die Kalifa treffen. Aber es waren keine Frauen zu sehen. Nur Tamerlalun lag auf einem Kissen, hob den schönen Kopf, schaute sie kurz an und schloss wieder die Augen. Dann aber fiel ihr ein: Schmutz! Das Zeichen stand für Schmutz. Im Frauenpalast gab es keinen Schmutz, und so etwas hatte es sicher niemals dort gegeben.

«Bist du sicher, dass wir richtig gehen?», fragte sie. «Ich glaube nicht, dass dieses Zeichen hier in eurem Palast ist.»

«Nein», Sittah-Su schüttelte den Kopf, «das ist es nicht. Ich habe es außerhalb von unserem Palast gesehen, aber es ist nicht weit davon.»

Januão drückte Dshirahs Hand und zog an ihrem Arm. Sie sah ihn an. Es war ein Zittern um seine Mundwinkel, und sein Kopf zuckte. Er wollte ihr etwas mitteilen, aber er wagte es nicht, sie anzuschauen. Doch bald merkte sie selber, dass Sittah-Su sie hin und her und nicht auf ein Ziel zu führte. Die blieb stehen, warf einen Blick aus dem Fenster.

«Ich finde es», murmelte sie, «ich finde es bestimmt. Wart mal – ich glaube, wir gehen hinunter auf den Platz. Von da finde ich es. Bestimmt!»

Sie zog den Schleier über ihr Gesicht. Als sie hinaus auf den Platz traten, standen da fünf Sänften hintereinander. Zwei Pferdeburschen brachten zwei schwarze Pferde, nicht die flinken, zierlichen Reitpferde, sondern große, kräftige, die aber nicht weniger prachtvoll waren.

«Ich sollte mich umziehen», sagte Sittah-Su. «Du auch, Dshirah. Die Frauen sind alle schon beim Umziehen. Wozu brauchst du dieses Zeichen? Du hast nicht mehr viel Zeit.»

Sie ging schneller und jetzt zielsicher, ohne nach rechts und links zu schauen. Sie führte die beiden eine Treppe hinauf, und ihre Aufmerksamkeit war so sehr nach vorn gerichtet, dass sie nicht merkte, wie selten Januāo stolperte. Der hatte, Dshirah sah es mit einem Seitenblick, Angst im Gesicht. Er riss an ihrem Arm, schüttelte heftig den Kopf, seine Lippen formten ein: Nein! Nein! So liefen sie durch einen Gang, bis Sittah-Su plötzlich stehen blieb und auf die Wand zeigte: «Da!»

Januāos Arm hing schlaff in Dshirahs Hand. Sie folgte Sittah-Sus Finger. Hdorigo-Rot leuchtete es eingewoben in ein buntes Blumenmuster. Erst dachte sie: Das ist es! Dann erkannte sie: Es war das Zeichen für Geburt.

So viel Zeit verloren. Für nichts.

Sie schloss die Augen.

«Danke, Sittah-Su», sagte sie. «Du bist die Tochter von Kalif Hakam, Hishams älterem Bruder. Er wurde verfolgt, weil er die – die Gesetze ändern wollte. Du bist geboren in dem einzigen Jahr, in dem er Kalif war. Hab keine Angst vor den Dunkelleuten in deinem Traum. Sie lächeln, Sittah-Su, sie lächeln dich an.»

Sittah-Su schaute von dem Zeichen an der Wand zu Dshirah und wieder zurück, hin und her. Sie musste spüren, dass etwas nicht stimmte.

«Soll ich jetzt gehen?», fragte sie.

Dshirah nickte.

«Ich danke dir», sagte Sittah-Su.

Sie drehte sich um, ging den Weg zurück, die Treppe hinunter. Sie hätte nur etwas weiter geradeaus und dann nach rechts gehen müssen. Da begann der Frauenpalast. Aber das wusste sie nicht.

«Gib mir die Pläne, die ich gezeichnet habe», sagte Januão. «Wir müssen jetzt alle Gebäude durchsuchen, die Hdorigo gebaut hat. Da – neben der Bibliothek fangen wir an. Das ist der Gelehrtentrakt. Den hat er gebaut.»

«Meinst du, da ist Schmutz?»

Er zuckte die Achseln.

«Wenn wir nach Schmutz suchen wollen, weiß ich nicht, wo wir anfangen sollen.»

Zurück zum Platz rannten sie schneller, als Blinde laufen. Dort brachten Pferdeburschen mehr von den kräftigen, stattlichen Rössern, deren Aufgabe es war, die Sänften zu tragen, tief schwarze, silberweiße und ein paar mit einem Fell wie aus gelber Butter und Mähnen wie aus Milch, die fast bis auf den Boden fielen.

«Sie machen eine Parade», sagte Dshirah. «Natürlich, das haben sie gestern schon erzählt. Ich habe nicht zugehört. Und ich dachte, wir hätten Zeit bis zum Abend.»

Ihr Bruder stand mit hängenden Armen und hängendem Kopf.

«Es hat alles keinen Sinn mehr», flüsterte er.

Aber Dshirah drückte seine Hand.

«Wir suchen, bis sie mich hier wegreißen und zu der Parade zwingen», sagte sie. «Eher geben wir nicht auf.»

Als sie über den Platz rannten, kam vom Kalifenpalast ein Ruf: «Dshirah Dshinnu!»

Sie drehten sich um. Auch Januāo hob sein blickloses Gesicht. Hisham stand am Fenster. Er war allein.

«Bleib da stehen!», befahl er.

Sie gehorchte. Wenige Herzschläge später kam Hisham aus seinem Palast. Mit hastigen Schritten überquerte er den Platz, wie wahrscheinlich noch niemals ein Kalif gerannt war, ohne Gefolge, ganz allein. Er trat dicht an Dshirah heran.

«Warum seid ihr nicht in der Bibliothek?», fuhr er sie an.

«Wir – wir ha – haben ...», stotterte sie.

«Ich habe die Siebte Sage aus dem leeren Buch gelesen, Kalif», behauptete Januāo. «Aber ich bin nicht ganz fertig geworden. Wir wurden gestört. Es kamen welche und brachten Essen.»

«Ja, ich habe angewiesen, dass man euch ein Mittagsmahl bereitet», gab Hisham zu.

«Das war ein Fehler, Kalif», sagte Januāo. «Ich wurde gestört und habe danach in dem Buch nichts mehr gesehen. Jetzt folge ich einer Ahnung, ich weiß nicht welcher, ich gehe blind dahin.»

«Ja, gehe, blinder Sänger», sagte Hisham rasch. «Und, Dshirah, du darfst mit ihm gehen, bis wir zur Parade aufbrechen. Du musst dich nicht waschen, nicht umziehen, du wirst nicht geschminkt. Nirgendwo steht, wie das Dshinnu gekleidet ist. Du hast Zeit, bis wir aufbrechen.»

«Ich will nicht mit zur Parade», bat Dshirah.

Aber Hisham schüttelte hilflos den Kopf.

«Die Parade ohne das Dshinnu? Das ist ausgeschlossen.»

Er drehte sich um und lief zur Bibliothek.

«Jetzt schließt er die Tür zu den verborgenen Büchern»,

Januāos Stimme war voller Verachtung. «Hast du gemerkt, was für Angst er hat?»

«Wir haben auch Angst», erwiderte Dshirah.

«Nicht vor offenen Türen, wenn dahinter nur Bücher sind. Und er ist Kalif! Er ist ein Feigling.»

Dshirah zog ihn weiter zum Patio der Gelehrten. Hdorigos Hufeisenbögen umstanden den Garten. Sie schauten sich vorsichtig um. Es war niemand da.

«Wo hast du das Zeichen?», fragte er.

Sie erschrak.

«Das hat Sittah-Su mitgenommen.»

«Wir brauchen es nicht mehr. Aber hoffentlich macht sie keinen Fehler damit.»

Ihre Augen glitten an Wänden und Säulen entlang. Sie suchten nicht nach dem Zeichen, sie lauerten nur auf Rot, sie folgten jedem Rot wie Jagdhunde einer Blutspur, aber Hdorigos Rot war heller als Blut, und es sollte sie diese Jagd nicht zu einem sterbenden Tier, sondern zur Rettung ihres Lebens führen, Rot, wo war im bunten Gewimmel von Farben und Mustern Hdorigos Rot? Sie stürzten sich hier auf eine Arabeske, dort auf ein mäanderndes Band, doch nirgends war ein bardisches Zeichen.

«Hier ist es nicht», stellte Januāo fest.

«Nein», sagte Dshirah, «Hdorigo wäre auch dumm gewesen, wenn er die Schrift ausgerechnet den Gelehrten in den Patio gemalt hätte.»

«Ja, und es war dumm von uns, hier zu suchen. Ich verliere den Kopf, Dshirah.»

Er gab ihr seine Aufzeichnungen der Pläne.

«Schau du das lieber an. Falls doch einer kommt. Damit in der Hand sollte mich niemand erwischen.»

Doch Dshirah fand sich in den Linien und Kästchen nicht zurecht. So hockte er sich damit hinter einen Rosenstrauch, und sie prüfte rundum in alle Richtungen, ob jemand den Patio betrat. Sie blieben allein. Niemand in der Kalifenstadt hatte jetzt Zeit, in einem Patio zu sitzen und auf das Plätschern der Springbrunnen zu lauschen. Alle eilten, freilich mit anderem Ziel als die beiden Geschwister.

«Den Hof der Seiltänzer und Saltospringer hat Hdorigo gebaut», sagte er, «und die Ställe der Sänftenpferde ...»

«Januão», rief sie, «da gehen wir hin! Wenn es irgendwo Schmutz gibt, dann in den Ställen.»

Sie wollte vorauslaufen.

«Du musst mich führen!»

Hand in Hand betraten sie den großen Platz.

«Du bist viel klüger als ich», flüsterte er ihr zu. «Ich habe nicht daran gedacht, dass es Schmutz sein könnte, was Pferde machen.»

Die Sänftenpferde standen ruhig mit ihren klotzigen Hufen auf dem Pflaster. Sie ließen die Köpfe hängen und dösten, einen Huf auf die Spitze gestellt. Sie waren das einzig Reglose in einem hastigen Getriebe. Es kamen: die Fanfarenbläser, die Trommelschläger, die Fahnenwerfer, die Saltospringer, die Jäger des Kalifen mit ihren hellen Falken auf tänzelnden Pferden, die Generäle und Offiziere, die seit Jahrzehnten keine Kriege mehr führten und nichts zu tun hatten, als prachtvolle Kleider zu tragen – und mitten auf dem Platz stand ein niedriger Wagen, der war so mit Blumen geschmückt, dass man kaum die Räder sah. Auf der Wagenfläche erhob sich aus Kissen und Polstern der Erzählerhügel, den die Geschwister nur zu gut kannten. An einer Seite war der Blumenkranz nicht geschlossen. Dort wurde gerade eine kleine Treppe mit nicht mehr als fünf Stufen angelegt. Daneben standen Chomina und Tazihlo.

Dshirah rannte auf sie zu und wurde von Januāos Hand zurückgerissen. Sie blieb zitternd stehen und schaute ihn flehend an. Gegen alle Vorsicht erwiderte er ihren Blick. Seine Hand hielt ihre umklammert, hart und fest.

«Verdirb nicht unsere letzte, unsere allerletzte Möglichkeit.»

Sie nickte. Schon liefen sie weiter, Dshirah drehte sich noch einmal um und sah, wie ihre Eltern auf den Wagen stiegen. Hinter ihnen schloss sich die Girlande der Blumen. Sie musste an En-Wlowa denken. Sie nahmen kaum noch Rücksicht auf das Spiel mit der Blindheit und hetzten über den Platz bei ihrer verzweifelten Jagd nach Schmutz. Wo gab es in der Oberwelt dieser glänzenden Kalifenstadt Dreck?

Die Ställe der Sänftenpferde waren leer. Trotzdem hörten sie Tritte und spürten die Nähe von Tieren. War es der Hufschlag des weißen Maultieres, das durch einen Hufeisenbogen ins Freie geführt wurde? Dshirahs Augen folgten ihm. Sie wusste, wer es reiten würde. Die Ställe waren mehr schön als angenehm für die Tiere. Jedes schien eine Art Kammer zu bewohnen. Halbhohe gemauerte Trennwände waren zwischen den einzelnen Kammern, darüber Säulen mit Hufeisenbögen. Die trugen die Decke und unterteilten die Fenster. Der Boden war ausgestreut mit Sand und voller Mist. Dreck! Endlich Dreck! Aber auf dem Boden war kein Schmuck, und an den Wänden und über die Säulen liefen nur ein paar Girlanden entlang, die waren schön und schlicht so allein an den gekalkten Mauern – eine bardische Schrift verbargen sie nicht. Und nirgendwo Hdorigos Rot.

Und es war noch ein Tier in diesen Ställen, eines, das stampfte, roch, das mit seinem tierischen Dasein die Luft erfüllte. Sie hasteten an den leeren Kammern der Sänftenpferde vorbei und gelangten in einen anderen Stall, der war groß und öffnete sich auf einen Platz. Da lagen, standen und wälzten sich die kleinen Pferdchen, die sie tief unter dem großen Platz getroffen hatten, einige von ihnen gefleckt wie Silbāos Ziegen. War der vermisste Santandunāo dabei? Erkannte Dshirah den Rücken wieder, der sie gestern getragen hatte? Sie hatten keine Zeit, sich zu erinnern. Sie hatten auch keine Zeit, sich zu freuen, dass diese Pferdchen Platz hatten, sich zu wälzen, dass sie hinaus in Licht und Wind gehen konnten. Wichtig war nur, dass dieser Stall ohne jeglichen Schmuck war. Dreck und Schmutz allein half ihnen nicht weiter. Und diese kleinen, unbeschlagenen Hufe, die nahezu lautlos auf den Sand traten, machten nicht die stampfenden Tritte des unbekannten Tieres, dessen Nähe Dshirah so deutlich spürte. Sie fühlte sich bedroht. Und sie hatte doch niemals vor Pferden Angst gehabt. Dies war ein anderes Tier. Noch ein Kokodril? Aber der Geruch des fremden Tieres war anders und ihr gar nicht fremd.

«Irgendwo muss noch ein Stall sein», sagte Januāo. «Merkst du das auch? Dass da noch irgendwo ein Tier ist?»

Sie nickte. Aber während er nach dem Stall suchte, wollte sie fliehen. Sie wusste nicht, warum, und so folgte sie ihm. Es konnte doch möglich sein, dass sie im wandbemalten Stall eines ganz besonderen Kalifentieres ihre Siebte Sage fänden. Durch einen weiß gekalkten Gang erreichten sie einen großen Stall. Prachtvoll und geschmückt war darin nur eines: das Tier mit einem großen, rot-gold bestickten Dreieck auf seiner massigen Stirn, mit der Decke aus Goldbrokat über dem mächtigen Rücken und der offenen Sänfte, die auf zierlichen goldenen Säulen einen Baldachin-Himmel trug. Die Wände waren kahl. Zwei Männer mit langen Stangen und eisernen Haken an den Enden lenkten den Riesen hinaus. Da wusste Dshirah, dass sie verloren hatten.

«Hier ist nichts», flüsterte Januão an die Wand gepresst. «Das ist nur der Elefant des Kalifen. Lass uns zu den Akrobaten gehen.»

Zitternd lief Dshirah ihm nach. Er streckte die Hand aus, damit sie ihn führte, sie aber wusste: Das war heute nicht der Elefant des Kalifen, das war ihr Elefant.

Es war nicht weit bis zum Übungsplatz der Akrobaten, und doch erreichten sie den Hof nicht mehr.

«Das Dshinnu!», ertönte ein lauter Ruf über den Platz. «Der Kalif befiehlt das Dshinnu zu seinem Elefanten!»

Sie wurde gesehen und erkannt. Sie klammerte sich an ihren Bruder. Kräftige Arme rissen sie auseinander. Noch hielten ihre Hände. Noch einmal gelang es ihr, ihn näher zu sich heranzuziehen.

«Hab keine Angst!», rief sie ihm leise zu. «Ich rette uns alle. Ich erzähle die Geschichte vom Verbrennen.»

Das dreimal gewendete Blatt

Zwei Männer hielten Januão fest, als zwei andere Dshirah aus seinen Armen rissen. Da gab er jeden Widerstand auf. Er war müde. Er hatte keine Kraft mehr zu kämpfen und war bereit, sich mitschleifen zu lassen, wohin auch immer ...

Aber die beiden Männer ließen ihn los, fast ließen sie ihn fallen. Er stolperte rückwärts. Da war niemand mehr, keiner, der ihn mit sich riss, keiner, der ihn auffing. Keiner, der ihn führte. Er machte einen torkelnden Schritt zurück. Dann stand er allein und als Einziger reglos in einer hastenden Menge. Er schaute dahin, wo Dshirah verschwunden war. Da drehte sich jetzt ein buntes Kaleidoskop aus den vielfarbenen Kleidern der Akrobaten. Doch er wusste ja, wo er seine Schwester wiederfinden würde: «Der Kalif befiehlt das Dshinnu zu seinem Elefanten!» war der Ruf gewesen, und während seine Augen über den Platz glitten und sofort das große Tier in der Nähe des Brunnens fanden, fiel ihm wieder ein, dass er blind sein sollte.

Ich kann nicht mehr, dachte er und machte die Augen zu.

Es war so viel Bewegung um ihn herum, dass er sich wie in einem Boot schwankend mitten in einem Fluss fühlte. Ihm wurde schwindlig, er musste die Augen wieder öffnen, und er zwang sich zu dem leeren Blindenblick.

Wenn wir denn alles verloren haben, dachte er, so soll doch Sidi Antvari und seiner Familie nichts geschehen.

Er wurde angerempelt.

«Hast du nichts zu tun?», schrie ihn ein junger Mann an. Pomeranzengelb und blau waren seine Kleider, und eine ebensolche Fahne wehte an ihm vorbei.

Doch, er hatte etwas zu tun! Wichtigeres, Eiligeres zu tun als sie alle miteinander. Aber er konnte es nicht mehr tun. Es war zu spät. Sie hatten verloren. Da merkte er, dass ihn niemand beachtete. Er fiel einzig dadurch auf, dass er hier stand und sich nicht bewegte.

Sie erkennen mich nicht, dachte er.

Warum hätten sie ihn erkennen sollen? Er war nicht auffällig gekleidet. Er hatte nicht das pockennarbige Gesicht der blinden Sänger. Es kannten ihn die Frauen des Kalifen und ein paar von den weißen Lakaien. Die waren gerade dabei, ihren Platz in der Parade einzunehmen. Alle anderen hatten ihn vielleicht einmal an der Hand seiner Schwester über den Platz huschen sehen. Hatte sich irgendjemand sein Gesicht merken können? Wenn es etwas gab, woran man ihn erkannte, dann war es seine Blindheit.

Januãos Augen schnappten nach dem so lange verbotenen Blick, gerade zur rechten Zeit, dass er zur Seite springen konnte, denn die roten Fesselreiter auf ihren flinken, lebhaften Pferden sprangen an ihm vorbei.

Ich suche weiter, dachte er.

Aber wozu? Er konnte Dshirah nicht mehr erreichen.

Ich kann fliehen, durchfuhr es ihn. Sie haben Dshirah, ich bin nicht mehr wichtig.

Fliehen vor dem Anblick der hungrigen Löwen, die seine Eltern und seine Schwester zerreißen würden, und fliehen vor dem eigenen Tod. Oder fliehen vor den dunklen Rauchfahnen, unter denen Menschen brannten, wenn Dshirah wirklich die Geschichte vom Verbrennen erzählen sollte. Und fliehen vor dem Gedanken, dass er geholfen hatte, diese Scheiterhaufen zu erschaffen. Fliehen in eine weite Ferne, wo niemand ihn für blind hielt, wo er schauen und singen konnte.

Er fühlte nach der Schnur unter seinem Hemd. Da waren das Tintenfass und seine Flöte, darin die Schreibfedern, die er nicht mehr brauchte.

Ich werde schmerzende Lieder singen, dachte er, Lieder von Leid und Wehmut. Ich gehe nach Afrika und werde Pferdepfeifer in der Wüste. Ich werde den Tod meiner Eltern und meiner Schwester über die Wüste klagen, einer muss übrig bleiben und um sie weinen, und die kleinen Pferde Afrikas werden ganz traurige Augen haben davon.

Er fing an, ziellos auf dem Platz herumzulaufen, nur nicht stehen bleiben, nur nicht auffallen, allem aus dem Weg gehen und verschwinden. Aber er konnte nicht anders, er musste nach dem Elefanten schauen. Der war gar zu leicht zu finden. Dshirah saß unter dem blauen Baldachin. Sie war sehr klein auf dem großen Tier und sehr allein so hoch über allen, unter der Flöte stach es in Januãos Herz. Da sah er eine Gruppe weißer Lakaien. Sie kamen geradewegs auf ihn zu. Waren die beiden dabei, die ihn zu gut kannten? Die ihn erkennen würden? Er wollte in der Menge verschwinden, aber es gab fast kein Gewimmel mehr auf dem Platz. In eben diesen Augenblicken entstand eine Ordnung, jeder war da, wo er hingehörte. Nur Januão stand verkehrt neben dem großen Kopf eines der buttergelben Sänftenpferde. Das döste nicht mehr mit dem Maul knapp über dem Boden hängend. Es hatte den Kopf erhoben, aber seltsam verdreht, nach innen der Sänfte zugeneigt. Durch die Strähnen der Sahnemähne schaute ihn ein Auge an. Das hatte eine Farbe wie Honig von Akazienblüten, und es war groß, sanft und traurig. Ein Pferdebursche trat an den Kopf des Tieres. Januão wich zurück und schlüpfte neben starken Beinen unter dem hellen Bauch hindurch zwischen Pferdeleib und Sänfte. Das Tier verdeckte seinen Körper, nur seine Beine waren zu sehen. Auch er sah nichts mehr von dem Pferdeburschen auf der anderen Seite des buttergelben Felles.

Wenn es doch Brun wäre, dachte er.

Der Gedanke schmerzte.

Brun ist bei Silbão, dachte er.

Und der Gedanke schmerzte noch mehr.

Aber dann:

Wenn ich hier rauskomme, gehe ich zu Silbão, fiel ihm ein. Nein, das darf ich nicht. Ich darf ihn nicht in Gefahr bringen. Aber ich will ihn noch einmal sehen. Heimlich. Oder kann ich bei ihm untertauchen wie Brun? Kann ich sein Bruder werden? Zwei Brüder ohne Ähnlichkeit? Nein, Afrika. Afrika!

Und er sah, wie das große Pferd den Kopf aus seiner verdrehten Stellung nahm, wie es gerade nach vorn schaute und dabei den Hals aufrichtete. Selbst aus Januãos Blickwinkel wirkte es nun stolz und prachtvoll. Da entdeckte er einen schmalen Lederriemen, buttergelb wie das Pferdefell, der lief vom Zaumzeug zu dem Geschirr, in dem die Sänfte hing, und er verstand: Auf der anderen Seite hatte der Pferdebursche gerade einen ebensolchen Riemen befestigt und damit die stolze Wölbung des Halses erzwungen.

So ist das also, dachte Januão.

Er hatte bisher bei den Paraden diese dünnen Riemen nie bemerkt, sondern immer nur die eindrucksvolle Haltung der Pferde bewundert.

Pracht und Stolz hängen hier an einem dünnen Riemen, dachte er, und er wusste: Die Honigaugen unter der Sahnemähne hatten keinen Siegerblick.

«Dshinnu-Bruder, was machst du hier?»

Eine schmale Hand griff nach ihm. Finger lagen matt auf seiner Schulter. Es war eine Hand, die niemals gelernt hatte, etwas festzuhalten, weil sie niemals erlebt hatte, dass ihr etwas weggenommen wurde. Er erstarrte, ohne sich gegen den Griff zu wehren.

«Pass auf, du bist zwischen die Sänfte und ein Pferd geraten.»

Er erkannte Sittah-Sus Stimme.

«Ich weiß», sagte er. «Ich rieche das Pferd, und ich fühle es.»

Und als er sich der Stimme zuwandte, hatten seine Augen keinen Blick. Trotzdem nahm er wahr, dass ein verschleierter Kopf sich aus dem Fenster der Sänfte beugte.

«Ich weiß, wo das seltsame Zeichen ist», flüsterte Sittah-Su. «Aber das nützt euch jetzt nichts mehr, oder?»

«Doch», sagte er schnell. «Wo? Sag's mir!»

Er hielt ihr ein Ohr hin.

«Ich habe euch nicht verraten», sie sprach sehr schnell, «glaub mir, bestimmt nicht. Aber ich hatte doch das Blatt, das Blatt mit dem roten Zeichen, und ich wollte es noch einmal ansehen, und da habe ich auch gemerkt, dass ich euch zu dem falschen geführt habe. Ja, und so hat Thokardi mich gesehen. Sie ist eine von den beiden bardischen Frauen des Kalifen. Ich habe ihr nichts erzählt.

Aber sie hat mich ganz seltsam angeguckt. Das ist ein bardisches Zeichen, hat sie gesagt, was es bedeutet, weiß sie auch nicht, aber es gibt drei davon.»

Drei, dachte Januão, die wird doch nichts von dem Todeszeichen wissen. Das ist in einem Arbeiterhaus und schon halb unter der Erde, da ist die Kalifenfrau nie gewesen, und wenn sie das nicht kennt, dann –

«Also das eine», fuhr Sittah-Su fort, «ist das, zu dem ich euch geführt habe. Und ein anderes ist neben dem Eingang zum Kalifenbad. Und dann gibt es noch eins, das ist kaum zu sehen, aber es ist dasselbe Rot, es ist fast ganz zugewachsen von Laub an einer Säule neben dem Eingang zum Löwenhof.»

Schmutz! Dreck! Gestank! Mist!

Januãos Kopf flog herum und er blickte Sittah-Su in die verschleierten Augen. Die fuhr zurück.

«Dshinnu-Bruder», rief sie leise. «Wie schaust du mich an? Du schaust mich an!»

«Ja, aber ich sehe dich nicht», sagte er rasch. «Das scheint nur manchmal so, wenn ein Blinder sich an etwas sehr Altes erinnert. Die anderen Blinden sagen, das sind ‹Rück-Blicke›. Ich danke dir, Kalifentochter, ich danke dir sehr.»

Er wollte wieder unter dem Leib des Pferdes hindurchtauchen, aber da gab es einen Ruck, die Pferdebeine liefen. Es blieb ihm nichts übrig als mitzugehen.

«Dshinnu-Bruder!», rief Sittah-Su. «Du musst hier weg! Ich kann die Sänfte nicht anhalten. Ich müsste den ganzen Zug zum Stehen bringen.»

«Lass nur», sagte er. «Das ist ein Pferd, ich komme zurecht.»

Aber selbst dem sanftmütigsten Pferd kann man nicht unter dem Bauch hindurchkriechen, wenn es läuft.

«Geh, Sittah-Su», drängte er, «du hast uns sehr geholfen, aber jetzt geh zurück in die Sänfte, bitte.»

Für das, was er nun tun musste, brauchte er seine Augen. Und Sittah-Su folgte seiner Bitte. Sie ließ den Vorhang über das Fenster fallen. Er drehte sich um, lief rückwärts. Nicht stolpern jetzt! Er duckte sich unter den Tragbalken, mit zwei Schritten waren die gelben Hinterbeine des Pferdes an ihm vorbei, und bevor ihn die riesigen Rappen der nächsten Sänfte erreichten, sprang er zur Seite. Er lief neben dem Zug, bis sie die Säule vor dem Ausgang passierten. Dahinter verbarg er sich und musste nur noch warten.

Die Sänften – die Jäger – die Jongleure – die Fesselreiter – die Saltospringer – die Offiziere – zwei Fahnenwerfer – der –– der Elefant. Er presste das Gesicht an die Säule und wartete, bis der Platz leer war. War die gesamte Kalifenstadt leer? Natürlich nicht. Auf den Boden des großen Platzes waren allerlei Pferdeäpfel gefallen, und nah dem Brunnen, fast musste er lächeln, lagen die melonengroßen Bollen des Elefanten. Pferdeburschen kamen und räumten den Mist weg. Januão ging durch sie hindurch, langsam, er bückte sich nach einer vergessenen Schaufel, näherte sich dem Pomeranzenhain vor dem Löwenhof und verschwand unter den Bäumen. Er ging den Hang hinunter durch Pomeranzenduft.

Jetzt nicht an das Gastmahl unter der Erde denken, befahl er sich, jetzt nicht!

Allmählich wurde der Duft geschwächt durch den Gestank aus dem Löwenhof und schließlich völlig verdrängt durch die

Ausdünstungen und Ausscheidungen hungriger Raubkatzen. Er erreichte den Eingang. Die Säulen waren umwachsen von Pomeranzenlaub, nur der Hufeisenbogen, der sie verband, war noch gut zu erkennen. Große Früchte hingen apfelchinenfarben an den Ästen, vom Schmuck der Säulen war kaum etwas zu sehen, aber da seine Augen danach suchten, fand er es: Durch die Blätter leuchtete Hdorigos Rot.

Dshirah vermisste Brun. Sie wünschte, er stünde hinter ihr wie bei ihrem anderen Ritt auf diesem grau und bunt geschmückt dahinschreitenden Turm. Die Straße führte mit vielen Bogen und Windungen hinunter in die Stadt, und zum ersten Mal seit sechs Tagen, die länger als Jahre waren, hatte sie Zeit, die Augen über das weite Land gleiten zu lassen, aber nirgendwo fand ihr Blick etwas, das sie weniger einsam machte unter ihrem blauen Baldachin. Bei der ersten Parade war sie ihren Eltern nah gewesen, fürchterlich nah, denn sie hatten als Köder vor dem Löwenkäfig gesessen. Und doch hatte sie die Augen nicht von ihnen abwenden können. Jetzt saß ihr Vater fürstlich gekleidet auf dem Erzähler-hügel, aber sein Wagen fuhr ihrem Elefanten weit voraus und war immer in der nächsten Biegung schon verschwunden. Nur die Sänften konnte sie sehen, doch sie wusste weder, in welcher Sittah-Su saß, noch, wo sie Hisham vermuten sollte, denn es war keine grüne dabei. Am meisten fehlte ihr der Bruder, seine Hand in ihrer Hand – wie sie sich daran gewöhnt hatte. So viel leichter war es gewesen, zusammen Todesgefahren zu begegnen, als untätig und allein zu sein. Und immer noch in derselben schlimmen Gefahr. Sie saß auf einem kleinen Sattelkissen, das wie ein Pöckchen hinter dem Nacken des Elefanten klebte, und sie konnte nichts tun. Sie konnte nur warten, dass dieses gutmütige Tier sie zu jenen anderen Tieren trug, die vielleicht nicht weniger gutmütig, aber sehr hungrig waren.

Sie näherten sich der Stadt. Vereinzelt standen Menschen am Straßenrand, manchmal auch zu zweit, zu dritt. Sie winkten, aber noch waren es solche, die nicht schrien, und noch winkte Dshirah nicht zurück. Sie schaute verwundert auf die Fremden am Wegrand, die ihr mehr nach- als zuwinkten, mit schweren Händen, Abschiedshänden, als ginge sie davon und sei ein Freund gewesen. Da bekam sie einen tiefen Schreck, und sie dachte: Ich komme doch erst, ich gehe doch gar nicht, ich will bleiben, leben, bleiben ...

Und sie fing an, lautlos vor sich hin die Siebte Sage zu Ende zu erzählen.

‹Der Minister des Todes entzündete das Feuer, und sie schubsten den Verurteilten in die Flammen ...›

Der bleibt doch nicht da drin, dachte sie. Kein Mensch und Mörder bleibt auf einem brennenden Holzstoß.

Sie schaute nicht mehr nach rechts und links und schaute nicht mehr nach vorn. Sie verpasste die lange gerade Straße vor den Toren Al-Cúrbonas, sie versäumte den einzigen Augenblick, in dem sie den Wagen mit ihren Eltern hätte sehen können, sie dachte: Anbinden! ‹Sie banden den Mörder an einen Pfahl und entzündeten die Holzscheite unter seinen ...›

«Dshinnu!»

Da ging es los. Noch vor den Toren der Stadt.

«Dshinnu! Das Dshinnu! Es lebe das Dshinnu!!!»

Fort war die weiche Abschiedsschwere aus den winkenden Händen der vereinzelten Menschen am Straßenrand. Diese Arme hier flatterten wie die Flügel von fetten Vögeln, die viel zu massig waren, um zu fliegen, die Hände zackten und zuckten, aber sie blieben am Boden, und die Köpfe schrien, übrig blieb vom Gesicht nur der Mund. Bei den wenigen Malen, als Dshirah nicht auf Elefantenbeinen, sondern auf ihren eigenen sechs Zehen durch diese Stadt gelaufen war, hatten die Menschen schöner ausgesehen. Zwei Herzschläge lang sehnte sie sich nach den stillen Vereinzelten vor dem Tor, einen dritten Herzschlag lang dachte sie: Wer alles wird brennen, gefesselt am Pfahl, wenn ich …

Dann winkte sie zurück. Mit der rechten Hand. Mit der linken. Mit beiden Händen zugleich. Von ihren Ellenbogen flatterte in sehr hellem Blau der baumwollene Stoff, das unscheinbare Kleid, das sie am Morgen ausgewählt hatte. Sie begann sich zu ärgern. Sie hätte sich umziehen müssen. Da saß sie nun wie ein vom himmelblauen Baldachin abgefallenes Stück Schlechtwetterhimmel mit Regenwolkenfetzen, denn die Suche nach Schmutz und Dreck hatte Spuren gelassen auf ihrem Kleid. Aber die Masse Münder um sie schrie trotzdem, und doppelt so viele Arme winkten ihr zu. Sie hatte keine Angst mehr.

Die tun mir nichts, dachte sie, die lieben mich doch.

Von der Stadt sah sie nichts. Die Fassaden waren überschwemmt von der jubelnden Menge. Die Säulen brüllten, die Rundbogen kreischten, die Spitzbogen schrien. Dshirah streifte die Schuhe von den Füßen und streckte die Zehen aus.

Und die Siebte Sage? Der Schluss, den sie sich ausdenken wollte, bevor sie die Plaza erreichten? Sie vergaß es,

– – – –

während ihr Bruder danach suchte.

Es gab kaum Schmuck im Löwenhof. Dies war kein Patio, in dem sich die Richter mit den Gelehrten trafen. Weder der Kalif noch seine Frauen spielten hier Schach, wenn es auch zu gewöhnlichen Zeiten, in denen die Löwen gefüttert wurden, weitaus weniger stank. Jetzt tobten die beiden Tiere in ihrem Käfig. Man hatte sie getrennt. Ein Gitter war mitten durch den Käfig geschoben, sonst hätten sie sich wahrscheinlich gegenseitig gefressen. Sie brüllten Januão an. Er war das einzig Essbare, das sie – zumindest mit den Augen – erreichen konnten. Vielleicht hatte seit Tagen niemand mehr den Hof betreten. Vielleicht hatten sie kein lebendes Wesen mehr gesehen, seit Dshirah und Januão sich auf der Suche nach der Wasserschrift hierher verirrt hatten. Sie waren jetzt noch sehr viel verdreckter als vor drei Tagen. Januão verstand: Diesen Käfig konnte man nicht reinigen, so lange die Löwen hungern mussten.

An den großen Käfig gebaut war ein kleinerer, verbunden durch ein Gitter, das nach oben gezogen werden konnte. In gewöhnlichen Zeiten wurden die Tiere wohl mit Futter in den kleineren Käfig gelockt, und die Löwenwärter konnten ohne Gefahr das Gehege reinigen und mit frischem Sand ausstreuen.

Januão schaute sich um. Nur zu gern wandte er die Augen von den verdreckten Tieren ab, konnte aber weder seine Nase dem Gestank noch seine Ohren dem Gebrüll entziehen. Was hatte Hdorigo hier gebaut? Außer dem Hufeisenbogen am Eingang fand er keine Spuren des großen bardischen Baumeisters. Den kleinen künstlichen Bach hatten sie schon geprüft, als sie die Schrift im Wasser suchten, und hatten nichts gefunden. Er hatte

515

Durst. Er kniete am Rand des Baches und trank. Bevor das Wasser in den Löwenkäfig lief, war es klar und frisch. So waren die halb verhungerten Tiere wenigstens nicht durstig. Januão lief ziellos in dem kleinen Hof hin und her.

Ich sollte fliehen, dachte er. Wem helfe ich, wenn ich den Schluss der Siebten Sage wirklich hier finde? Ich kann ihn Dshirah nicht mehr bringen. Und wenn ich es doch noch schaffe, werden die Gelehrten das nicht anerkennen. Ich verrate Sidi Antvari und helfe keinem. Ich sollte fliehen. Dann haben die Mutter, die Schwester, der Vater wenigstens noch einen, der um sie weint. Ich werde fliehen.

Aber er hob den Jasmin von den Mauern, zerstach sich die Finger an den Heckenrosen, überwand den sehnlich dringenden Wunsch, die Flöte aus dem Hemd zu ziehen, kratzte Staub von den Steinen, fand nichts. Gaben die Blumen einen Hinweis? Rosen und Jasmin verschwendeten hier sinnlos die Pracht ihrer Farben und Blüten. Kaum jemals schaute sie jemand an. Sie sollten in diesem Hof nur eines: duften und durch ihren Geruch verbergen, dass es am Rand der Kalifenstadt nach Kot und dem scharfen Urin hungriger Raubtiere stank.

Fliehen? Wohin? Würden die Antvaris ihm helfen, nach Afrika zu entkommen? Das würden sie! Ja! Und es gab keine Siebte Sage in diesem Hof.

Aber wie ein Sog, wie ein Strudel, der ihn nach unten zog, bannte ihn das Gitter in der Rückwand des Löwenkäfigs. Das war in den blanken Fels gesetzt. Es war das Gitter vor dem Gang durch den Berg, der hinunterführte zur Stadt, zu dem anderen Gitter,

– – – – –

dem goldenen, im Maul eines riesigen brüllenden Löwen aus bunten Mosaiksteinen auf der Plaza de las Poemas.

Dshirahs Hände erstarren im Winken. Hier ist der Jubel zu Ende. Hier zerreißt ihr Blick zwischen der Mutter und dem goldenen Gitter, zwischen dem Vater und dem goldenen Gitter, zwischen Zaiira, die mit ihren Eltern auf der Tribüne sitzt, und dem goldenen Gitter im Maul des Löwen, glänzend inmitten glasierter Steine – aus dem werden lebende Löwen springen, zwei.

Auf der Plaza ist um den Brunnen ein großer Käfig gebaut. Dshirah versteht, sie wird die Siebte Sage im Käfig erzählen müssen, die Löwen sollen sie und ihre Eltern und sonst niemanden fressen, sie ist eine gefeierte Gefangene. Sie schaut sich um. Die Statue des Armei dan Hasud ist nicht mit im Käfig. Es gibt nichts, worauf man klettern könnte. Der Brunnen? So gut klettern und springen können Löwen auch. Die Richter und die Gelehrten sitzen auf ihrer Tribüne. Einige haben strenge Gesichter, aber die meisten blicken ihr freundlich entgegen, nicken ihr zu, manche lächeln sogar. Der Erzählerhügel ist vom Wagen ihrer Eltern bereits abgeladen, er erhebt sich jetzt mitten in dem Käfig, aber ihr Vater sitzt nicht mehr darauf, er hat hier nichts mehr zu erzählen, er sitzt auf einem Kissen rechts neben dem Hügel, und auf der anderen Seite sitzt ihre Mutter.

Der Elefant hebt das rechte Vorderbein. Das kennt Dshirah schon. Sie lässt sich von ihrem Sattel auf das Elefantenbein gleiten und wird von hellen Ärmeln hinabgehoben. Zwei weiße Lakaien führen sie zu dem Sitz, der jetzt der ihre ist. Es schreit und tobt niemand mehr. Es ist sehr still.

Sie sollen schreien, denkt sie, sie sollen lauter schreien, als ich sprechen kann. Das sollen sie. Ja!

Sie sitzt weich, so weich, dass sie hier schlafen möchte, schlafen und träumen, etwas anderes träumen. Sie hört Hishams Stimme. Das ist gut. Sie will gern von Hisham träumen, nur sollte er in diesem Traum nicht sagen: «Ist das Dshinnu bereit, die Siebte Sage zu erzählen?»

Warum nickt sie? Ihr Blick zu Hisham ist hilflos, aber er ist zu weit weg, um die Verzweiflung in ihren Augen zu sehen. Er gibt ein Zeichen, doch das gilt nicht ihr, das weist hinauf zu den Dächern rund um den Platz. Sie hört ein Zischen, ein Krachen, chinesische Leuchtkugeln steigen hoch in die Luft, zerplatzen, die Feuersterne versprühen ihr Licht an den viel zu hellen Sommerhimmel und verschwenden ihre strahlenden Farben fast genauso sinnlos

– – – – –

wie die Rosen und der Jasmin im Löwenhof, und Januão weiß: Jetzt muss sie beginnen.

Er will zu ihr. Ja, er will fliehen. Zu seinem Vater, seiner Mutter, seiner Schwester will er fliehen. Hier ist nichts. Hdorigos Zeichen an der Säule weist ins Leere. Man hat den Hof umgebaut. Die Schrift ist vernichtet. Für immer. Was soll er hier? Wird man ihn hinauslassen aus der Kalifenstadt? Und wie lange wird er brauchen den Berg hinunter und quer durch Al-Cúrbona zur Plaza de las Poemas? Länger als Dshirah erzählt. Wenn er dort ankommt, werden die Löwen nicht mehr hungrig sein. Oder wird Dshirah wirklich die Geschichte vom Verbrennen …? Es gibt einen kürzeren Weg. Den kann er nicht gehen. Der ist nur für die Löwen.

Er kehrt zurück zum Löwenkäfig. So nah ist er, dass die großen Katzen mit ihren Pranken durch die Stäbe greifen und ihn zu packen versuchen. Da hinten der Gang hinter dem Gitter führt hinunter zur Plaza. Würde er Dshirahs Stimme hören, wenn nicht die Löwen brüllten, so entsetzlich, so laut? Die Tiere toben. Sie können ihn nicht erreichen. Sie schlagen den Boden mit Tatzen und Krallen –

Da!

Januão tritt nah an den Käfig, zu nah, er muss zurückspringen, schnell. Doch er hat es gesehen, er hat es gelesen, drei Worte auf dem Boden im Käfig der Löwen, eine Handbreit, freigefegt von einer Raubtierpranke, gefliester Boden zwischen Schmutz und Kot und dunklem Sand: «*Halt!*» *rief das* …

Halt!, schreit Januão. Halt! Halt! Halt!

Niemand hört ihn. Nur er allein weiß: Da ist sie, es gibt sie, er hat sie gefunden, die Siebte Sage: *Das Dshinnu und* …

– – – – –

… *das dreimal gewendete Blatt*

Ein Raunen, ein Murmeln unter den Richtern und Gelehrten. Dshirah schaut auf. Sie spürt die Zustimmung der Männer. Der Titel gefällt und überzeugt. Sie nimmt noch einen Schluck vom Wasser des Erzählens und fährt fort:

Dem Dshinnu, als es Minister des Lebens war und über die Art des Sterbens entscheiden sollte, wurde ein Mann gebracht, der so lange Arme und so große Hände hatte, dass man die Kette, mit der er gefesselt war, dreimal um den Palast des Kalifen hätte schlingen können. Sie saßen in einem Kreis mitten auf dem Marktplatz, denn es war viel Volk zusammengelaufen, Männer und Frauen, die alle zuschauen wollten, und als der Mann, der ein Mörder war, in den Kreis geführt wurde, weinte ein Kind.

«Warum», fragte das Dshinnu den Mann, «hast du ein blau geschlagenes Auge? Mit wem hast du dich geprügelt?»

«Mit keinem, Dshinnu», sagte der Mann, «das habe ich mir selber geschlagen.»

«Warum schlägst du dich selber?», fragte das Dshinnu.

«Ich habe», sagte der Mann, «so lange Arme und so große Hände. Ich wollte nur meine Nase putzen. Und ich kann so schlecht zielen und so schlecht bremsen.»

An einem Tisch neben dem Dshinnu saß ein Mann mit Papier, Feder und Tinte. Der fragte: «Soll ich das aufschreiben?»

Aber das Dshinnu antwortete nicht.

«Und die Nase?», fragte es. «Hast du die auch selber zerschlagen?»

«Ja, Dshinnu», nickte der Mann, «mir war eine Mücke ins Auge geflogen, und ich wollte sie hinauswischen.»

«Soll ich das auch nicht aufschreiben?», fragte der Mann neben dem Dshinnu, und das Dshinnu drehte sich um.

«Was willst du aufschreiben?», fragte es.

An der gegenüberliegenden Seite des Kreises erhob sich der Minister des Todes.

«Ich lasse immer alles aufschreiben», sagte er, «alles, was die Angeklagten verbrochen haben.»

«Das ist gut», sagte das Dshinnu, «ja, schreib das auf.»

– – – – –

Wohin? Auf was?

Januão hat nicht das kleinste Fetzchen Papier. Er hat die Federn und die Tinte. Alles Papier ist in einer Falte von Dshirahs blassblauem, in den Pferdeställen verschmutztem Kleid. Und was soll er auch aufschreiben? Er kann nicht mehr sehen als: «*Halt!*», *rief das* … und auch das haben die Löwen schon wieder halb verwischt. Er lauert am Gitter. Er lockt die Löwen in eine Ecke und springt zur anderen Seite zurück. Die Tiere folgen ihm sofort. Er schaut auf die Spuren, die sie im schmutzigen Sand hinterlassen, und er liest: «*Dshinnu*», *sagte der Henker* …

Er reißt einen Rosenzweig von einem blühenden Busch, er zersticht sich die Finger und merkt es nicht. Mit dem Zweig versucht er, aus sicherer Entfernung den Käfigboden frei zu fegen. Die Löwen stürzen sich auf die Blumen. Kein gutes Futter für ihren Geschmack.

Wie komm ich da rein, denkt er.

Er könnte an den Gitterstäben hinaufklettern. Der Käfig ist hoch, aber oben offen. Aber er kann nicht hinein, solange die Löwen da drin sind.

Ich muss warten, denkt er.

Warten! Warten worauf? Dass man die Löwen aus dem Käfig hinauslässt? Dass sie durch den Gang zur Plaza jagen und dort …

Warten?, denkt er.

– – – – –

Nun mussten alle warten, bis der Schreiber fertig war, und das Dshinnu hatte Zeit zu denken.

«Ich habe es aufgeschrieben», sagte der Schreiber.

«Wo ist der Mann, den der Angeklagte erschlagen hat?», fragte das Dshinnu. «Ist er noch im Zwischenraum? Ist er schon zurück?»

«Er war zurück», sagte der Minister des Todes. «Aber er ist wieder gegangen, weil ihm der Angeklagte den Schädel so zerschlagen hat, dass er immer Kopfweh hatte.»

Der Angeklagte schaute auf seine Hände.

«Halt!», rief das Dshinnu dem Schreiber zu. «Dreh das Blatt um. Schreib das auf die andere Seite.»

«Warum?», fragte der Schreiber. «Die Seite ist noch lange nicht voll.»

«Tu es!», befahl das Dshinnu, und der Schreiber gehorchte.

«Warum hast du den Mann erschlagen?», fragte das Dshinnu.

«Er stand mir im Weg», sagte der Angeklagte.

«Konntest du nicht um ihn herumgehen?»

«Er hat gelacht.»

«Über dich?»

«Über meine Arme und Hände.»

«Konntest du nicht mitlachen?»

«Nein.»

«Das ist schade», sagte das Dshinnu.

«Das ist nicht schade, das ist Mord!», sagte der Minister des Todes.

«Ja», sagte das Dshinnu.

Es wandte sich dem Schreiber zu und verlangte: «Schreibe auf: Das ist Mord. Schreibe es auf diese Seite.» Dann sagte es zu dem Angeklagten: «Als du hereinkamst, weinte ein Kind. War es ein Kind des Mannes, den du erschlagen hast?»

«Nein», sagte der Mann, «das war meine Tochter.»

«Schreib das auf», befahl das Dshinnu, «schreib: Es weinte ein Kind. Aber vorher dreh das Blatt um.»

«*Warum?*», *fragte der Schreiber.*

«*Tu es!*»

Das Dshinnu verlangte, dass man das Kind hole, und als das kleine Mädchen vor seinem Vater stand, forderte es: «*Nun putz ihr die Nase und wisch ihr die Tränen ab.*»

– – – – –

Nicht weinen jetzt!

Januāo kämpft gegen seine alte Schwäche. Er muss jetzt denken, nicht heulen. Aber er kann nichts anderes denken als: Ich habe den Schluss der Siebten Sage, aber ich kann ihn erst lesen, wenn die Löwen aus dem Käfig sind und dann –

Er braucht Hilfe. Er weiß nicht, wer auf welche Weise helfen könnte, aber er braucht Hilfe. Er rennt aus dem Löwenhof, durch den Pomeranzenhain in die Kalifenstadt. Der große Platz ist wieder sauber, kein bisschen Schmutz ist zurückgeblieben – und auch kein Mensch. Doch! Unter dem Taubenhaus sitzen zwei Männer. Er jagt zu ihnen. Zuerst kann er nichts sagen, er fühlt ein Stechen in der Seite und schnappt nach Luft. Die beiden Männer sehen mürrisch aus. Wahrscheinlich wären sie viel lieber unten in der Stadt, wo das Volk zum ersten Mal die Siebte Sage hört oder, wenn es sie nicht hört, ein Schauspiel geboten bekommt, wie es seit über hundert Jahren keines in Al-Cúrbona gegeben hat. Warum die Männer hier stehen müssen, versteht Januāo nicht. Das Taubenhaus ist leer. Nun kann er zwar noch nicht reden, aber stammeln.

«D-d-d-die Sie-siebte Sage», stottert er, «ich – ich ha-ha-habe sie gefunden.»

Die Männer blinzeln in der Sonne.

«Der ist verrückt», sagt einer.

«Nein!» Januão schreit. «Dem Dshinnu fehlt der letzte Teil der Sage. Und ich habe ihn gefunden. Ich bin der Bruder des Dshinnu und ...»

«Völlig verrückt», sagt der andere. «Hör mal, Junge, der Bruder des Dshinnu ist nicht verrückt, der ist blind.»

Januão trottet zurück. Jetzt ist alles verloren. Er hat Sidi Antvari verraten und seiner Schwester nicht geholfen. Er lässt seine Tränen fließen. Sie tropfen in sein Hemd. Er wischt sie nicht ab.

— — — — —

«Ich habe kein Tuch», sagte der Mörder.

Er spannte seine Arme, sprengte die Kette, kniete sich auf den Boden und wischte mit einem Zipfel seines Kleides seiner kleinen Tochter die Tränen aus den Augen und den Rotz von der Nase. Das dauerte sehr lange.

Dshirah spricht langsam und immer langsamer. Sie erzählt auf ihr Ende zu, nicht auf das Ende der Geschichte – auf das Ende ihres Lebens. Sie müssen ihn an einen Pfahl binden, bevor sie das Feuer anzünden, sonst rennt er weg, denkt sie.

«Schreib das auf», sagte das Dshinnu, «schreib es auf diese selbe Seite.»

«Was?», fragte Schreiber. «Was soll ich schreiben?»

«Was du siehst.»

Als das kleine Mädchen mit sauber geputztem Gesicht neben seinem Vater stand, erhob sich das Dshinnu.

«Ich spreche das Urteil», verkündete es.

Jetzt muss ich es sagen, dachte Dshirah, jetzt gleich. Ich hätte mehr nachdenken sollen. Warum habe ich nicht mehr nachgedacht?

Sie schaut auf die Tribüne der araminischen Fürsten. Zaiira sitzt starr neben ihrem Vater.

Werden sie Sidi Antvari auch verbrennen, wenn sie irgendwie herauskriegen, dass Januão nicht blind ist?, denkt sie.

«Der Angeklagte ist schuldig. Er hat einen Menschen getötet, der ihm nichts getan hat. Er wird verurteilt, einen Tod zu sterben, aus dem es keine Rückkehr vom Zwischenraum gibt. Er soll verbrannt werden.»

«Verbrannt!», rief der Minister des Todes. «Ja! Verbrannt! Dass ich nicht selber darauf gekommen bin!»

Einer der Richter springt auf. Dshirah stockt und schaut hinüber. Es ist der freundliche alte Mann, der Januão gezwungen hat, den Blindentrunk zu schlucken und der gewusst hat, dass es nichts als bitteres Wasser war. Auch unter den Gelehrten ist Unruhe. Zweifelnde Blicke fängt sie auf. Sie redet weiter, die letzten Zeilen, die sie im Gang vor dem Zimmer der Geburt von den Wänden geschrieben haben.

Am gleichen Tag noch wurde vor der Stadt ein Holzstoß errichtet. Dahin brachte man den Verurteilten, der wieder gefesselt war mit stärkeren Ketten, die so lang waren, dass man sie siebenmal um den Kalifenpalast hätte schlingen können. Das ganze Volk zog mit hinaus und das Dshinnu und der Minister des Todes und die Henker und der Schreiber und ein weinendes Kind.

Mehr weiß sie nicht. Jetzt sollte sie den Mörder an den Pfahl anbinden lassen. Es ist still auf dem Platz. Einige der Richter und Gelehrten sind aufgestanden. Es sind die mit den freundlichen Blicken. Sie schauen Dshirah auffordernd an.

«Erzähl weiter», sagt einer. «Dshinnu, wir hören dir zu.»

Sie schweigt.

«So lass uns nicht warten», sagt ein anderer. «Rede und lös uns das Rätsel. Das Dshinnu lässt keinen Menschen verbrennen.»

Dshirah sitzt auf dem Erzählerhügel und schweigt. Sie nimmt einen Schluck vom Wasser des Erzählens und hofft, es möge ein Zauber darin sein, ein Zauber, der das Rätsel löst. Sie hat verstanden: Sie kann die Geschichte nicht selber zu Ende erzählen. Die Richter und Gelehrten werden das Menschen verbrennende Dshinnu nicht als Siebte Sage anerkennen. Einen Herzschlag lang ist sie froh. Sie wird unschuldig sterben. Einen weiteren Herzschlag lang ist ihr das lieber, als schuldig zu leben. Dann kommt die Angst. Sie hört das Schluchzen ihrer Mutter, und der Becher gleitet aus ihrer Hand, das letzte Wasser des Erzählens ergießt sich über ihr Kleid. Das Erzählen ist zu Ende.

Es ist immer noch still. Zaiira sitzt nicht mehr so dicht neben ihrem Vater, sie drückt den Kopf an die Brust der Mutter. Hishams Rücken ist gebeugt, sein Kopf hängt zwischen den Schultern. Eine seiner Frauen oder Töchter hat den Schleier in den Mund gepresst wie einen Knebel. Vielleicht erstickt er wirklich ihren Schrei. Und so stumm ist das Volk, als es erleben muss, wie eine Hoffnung stirbt. Wird es genauso lautlos zuschauen, wenn es erleben darf, wie drei Menschen sterben?

«Kalif!»

Einer nach dem anderen setzen sich die Richter und Gelehrten. Stehen bleibt nur eine einzige Gestalt im Blau der Richter und ruft: «Kalif!», und muss noch einmal rufen: «Kalif! Dies ist dein Amt!»

Hisham taumelt auf die Füße. Kaum versteht man ihn, so leise spricht er: «Gelehrte und Richter! Ihr habt gehört, was das Dshinnu erzählt hat. Es erhebe sich, wer diese Geschichte als Siebte Sage anerkennt.»

Die wenigen, die aufstehen, sind die mit den härtesten Zügen in strengen Gesichtern, deren Blick Dshirah bis jetzt gemieden hat. Die anderen, die sie liebevoll angeschaut, die ihr freundlich zugenickt haben, bleiben sitzen. Es sind die meisten. Sie sprechen ihr Todesurteil. Hisham hebt den Arm. Zweimal muss er ansetzen. Es sieht aus, als hingen schwere Gewichte an seiner Hand. Schließlich gelingt ihm so etwas wie ein winkendes Zeichen hinauf zu einem der Häuser am Platz. Auf dem Dach stehen zwei Männer mit einem Käfig. Den öffnen sie, und Tauben quellen hinaus. Sie fliegen, ein weißer Federschwarm, über die Plaza und weiter über den Berg zur Kalifenstadt. Sie fliegen auch über

– – – – –

den Löwenhof, wo Januão nur so viel versteht, dass die beiden mürrischen Männer auf dem Platz darauf gewartet haben.

Sie kommen bald. Sie kommen schnell. Er hört ihre schweren, rennenden Schritte schon im Pomeranzenhain. Sie laufen zum Löwenkäfig, der eine nach rechts, der andere an Januão vorbei auf die linke Seite. Sie steigen an der Felswand hinauf, fassen jeder das Ende einer starken Kette, ziehen gemeinsam – «Hau und

Ruck!» – sie sind stark, und langsam hebt sich das Gitter vor dem Gang.

Die Löwen brüllen. Sie drängen sich in den Gang, jeder aus seinem Käfigteil, der eine schlägt nach dem anderen, dann sieht Januão die langen Schwänze verschwinden.

Die beiden Männer springen vom Fels. Sie sehen Januão an.

«Der Verrückte», sagt einer.

Dann laufen sie davon. Ihre Aufgabe ist erledigt. Sie rennen. Sie haben ein Ziel.

Januão steht vor dem Löwenkäfig. Jetzt ist er leer. Er könnte hinein und die Schrift auf dem Boden lesen. Helfen wird das keinem mehr.

Fliehen, denkt er.

Aber fort von der Schrift gelingt ihm kein Schritt. Und er muss etwas tun. Wenn er hier noch lange reglos stehen bleibt, wird er wirklich verrückt. Er klettert den Felsen hinauf, schwingt sich über das Käfiggitter und lässt sich innen an den Stäben hinabgleiten. Mit den Füßen, mit den heute noch nicht durchgelaufenen Blindenschuhen, schiebt er die Mischung aus Sand, Kot und verfilztem Löwenhaar beiseite und sucht den Anfang dieses Teils der Geschichte. Er schließt die Augen, versucht sich zu erinnern, dies muss anschließen an den letzten Satz vor dem Zimmer der Geburt. Den hatte Dshirah auswendig lernen müssen, weil er nicht mehr auf die Tafel passte: *Das ganze Volk zog mit hinaus und das Dshinnu und der Minister des Todes und die Henker und der Schreiber und ein weinendes Kind.*

Da! Das muss es sein: *Der Minister des Todes entzündete das Feuer …*

Hinter sich im Gang hört er die Löwen brüllen. Es klingt nah. Warum sind sie so nah? Er hört Laute wie von wütenden, knurrenden Hunden. Er hört ein Knacken und ein Schmatzen. Das kennt er doch. Wann hat er so etwas schon einmal gehört? Vorgestern! Unten in den Abwässern. Als das Kokodril den Kadaver fraß.

Die fressen sich, denkt er.

Und zugleich mit dem Schauder kommt ein Gefühl des Glücks.

Die gehen nicht hinunter, die fressen sich gegenseitig auf. Ich habe Zeit!

Wie viel Zeit? Er liest und vergisst sofort, was er gelesen hat. Er liest den Satz noch einmal und vergisst ihn. So geht das nicht. Er muss es aufschreiben. Er hat kein Papier. Aus dem dunklen Loch brüllt ein Löwe. Ist das der Stärkere? Hat er den anderen verletzt? Getötet?

Aber er wird ihn nicht fressen, fällt Januão ein, weil Löwen zwar Fleisch, aber keine Löwen fressen. Er wird zurückkommen. Hier oben im Käfig gibt es besseres Futter für ihn.

Januão springt zu den Gitterstäben, umklammert sie, versucht sich hinaufzuziehen, seine Hände sind nass von Schweiß, er rutscht ab, sinkt hinunter, er schaut zu der Felswand, die ist kahl und glatt und steil, er kann nicht mehr hinaus. Er zieht das Hemd aus, bindet die Ärmel um die Stäbe, da hängt es wie eine Tafel. Er zieht die Feder aus der Flöte – die Flöte! – kann sie ihn retten? Seine Mutter hat Geschichten von Hirtenjungen erzählt, die mit ihrem Flötenspiel wildeste Löwen zu schnurrenden Palastkatzen besänftigt haben. Gibt es in diesem Kalifenreich einen, der das besser kann als er? Er beißt das Tintenfass auf und schreibt auf sein Hemd: ... *Holzstoß kräftig brannte* ... Er liest und schreibt, kaum versteht er, was er gelesen hat. Er nähert sich dem dunklen Loch des Ganges und riecht Blut und Fleisch. Das stinkt ein wenig faulig, verdorben. Wie riecht ein halb verhungerter Löwe, der von einem anderen hungrigen Löwen getötet wurde? Er läuft zu seinem Hemd und schreibt: ... *seine Missetat vernichtet* ... Im Gang brüllt ein Löwe. Klingt das näher als vorhin? Oder nur lauter? Er schreibt: ... *Blatt einem der Henker* ... Kommen sie zurück? Kommt einer zurück? Er greift nach den Gitterstäben, versucht sich hinaufzuziehen und rutscht ab. Er hat Angst. Die Angst treibt ihn aus dem Käfig. Und die Angst treibt ihm den Schweiß in die Hände, und er rutscht ab.

Er dreht sich um. Er hat alles aufgeschrieben, was auf dieser Seite in den Boden gefliest ist. Jetzt muss er hinüber in das Abteil des anderen Löwen. Um das Trenngitter kommt er nur, wenn er einen Schritt in den Gang tut. Er will hier weg. Aber stehen und denken und reglos Angst haben ist schlimmer als etwas Schreckliches tun. Rasch tritt er in den Gang, tiefer hinein in den Hauch von Blut und faulendem Fleisch und um das Gitter herum. Er schiebt den Boden frei. Er zwingt sich, an nichts zu denken als an die Schrift, und es gelingt ihm, sich jetzt mehr als einen Satz zu merken. Noch zweimal muss er um das Trenngitter herum, dann hat er sein Hemd vom Kragen bis zum Saum beschrieben – in bardischer Schrift, das merkt er erst jetzt, hätte er araminisch schreiben müssen? Zu spät. Im Gang ist es still.

– – – – –

Stumm spuckt das riesige, aufgerissene Maul auf der Plaza de las Poemas einen Löwen auf den Platz. Dshirah sitzt nicht mehr

530

auf dem Erzählerhügel. Sie hat sich in die Arme der Mutter verkrochen.

«Wo ist Januão?», flüstert die ihr ins Ohr.

«Ich weiß nicht.»

«Glaubst du, er kann fliehen?»

«Nein, er wird uns retten.»

Die Mutter streichelt ihren Kopf.

«Ja», schluchzt sie, «ja.»

– – – – –

Nein. Es ist nicht mehr wichtig, ob er hier bardisch oder araminisch schreibt. Die eine Schrift wird so wenig helfen wie die andere. Die letzten Sätze schreibt er auf seinen linken Arm. Aber der letzte Satz ist kein Satz: *Dann …*

Er tritt den Schmutz beiseite und zerreißt seine Blindenschuhe an scharfen Kanten im Boden. Ist hier die Schrift zerstört? Er kniet und sucht mit den Händen. Teile der Fliesen sind ausgebrochen, aber nur eine Ellenbogenlänge scheint der Boden beschädigt. Danach ist er wieder glatt. Ein buntes Muster. Keine Schrift.

Nicht denken jetzt! Handeln! – Erst denken! Dann handeln! Richtig handeln! Und schnell! Schneller denken! Schneller handeln!

Der kürzeste Weg hinunter zur Plaza ist der durch den Gang.

Januão denkt nicht. Er handelt.

Er knüpft das Hemd vom Gitter und denkt nicht:

Es ist sinnlos, ich komme zu spät.

Er knüllt das Hemd zusammen und denkt nicht:

Ich verrate Antvari, unseren Freund.

Er löst einen Ärmel aus dem verknautschten Hemd, schlüpft mit dem linken Arm hinein und wickelt den Stoff so um den Arm, dass die Schrift geschützt ist, und er denkt:

Im Gang sind die Löwen.

Er tritt in den Gang. Da ist es dunkel und still. Der Geruch nach angefaultem Fleisch ist schwächer geworden. Sein rechter Arm ist frei. Er tastet sich an der Wand entlang. Entscheiden muss er jetzt nichts mehr. Es gibt nur einen Weg. Der Boden ist uneben. Durch die dünnen Sohlen seiner Schuhe spürt er den Fels. Dann tritt er auf etwas anderes. Es könnte ein Ast sein. Oder ein Knochen. Er fühlt mit den Zehen. Splitter. Ist Holz so hart? Kann Holz mit solch scharfer Kante brechen? In seinen zerrissenen rechten Schuh dringt Feuchtes, schmierig Flüssiges, er gleitet aus. Er presst den linken Arm und das Hemd an den Körper, sein rechter Arm greift ins Leere, er fällt. Der Boden senkt sich plötzlich stärker, es geht steil hinunter, er rutscht und rollt, das Hemd wie ein Kind im Arm.

Auf die Plaza de las Poemas kugelt ein Junge mit nacktem Oberkörper, verdreckt und zerschrammt und mit mehr Blut auf der Haut, als er Wunden hat. In der Abendsonne liegen die beiden Löwen. Sie lecken sich das Maul.

Er ist gekommen, denkt Dshirah, ich hab ihn wieder.

Januão steht auf und erschrickt. Seine Beine, sein rechter Arm, seine Brust – alles voller Blut. Aber er spürt kaum einen Schmerz.

Bin ich tot?, denkt er. Bin ich gestorben an all diesen Wunden und habe jetzt keine Schmerzen mehr? Ach, das ist schön.

Da sieht er die Löwen. Und seine Schwester in den Armen seiner Mutter.

Ja, ich bin tot, denkt er, tot bin ich und ich bin da, wo Löwen keine Menschen fressen. Ach, das ist schön.

Aber Dshirah und seine Eltern sehen sehr lebendig aus. In ihren Gesichtern steht ein sehr lebendiger Schmerz. Allein will er nicht tot sein. Das ist auch nicht besser, als allein zu leben. An der Fassade eines Hauses links neben ihm klebt ein heftiges Winken und zieht seinen Blick an. Es ist Brun, der stürmischer winkt, als es für seinen Platz auf dem schmalen Sims gut ist. Neben ihm hängt Silbāo mit für einen Araminen viel zu blassem Gesicht.

Sind tote Araminen so bleich, denkt Januāo. Ist der auch tot?

Um den wiederzusehen, will er gern tot sein, wenn Totsein so wenig wehtut wie ein paar leichte Schürfwunden und eine kleine Prellung vom Sturz.

Es ist der Geruch nach totem Fleisch, der ihm beweist, dass er lebt. Verwundert schaut er auf seinen rechten Arm. An seinem Ellenbogen klebt ein Stück Fleisch, und da versteht er: Jemand hat die Löwen gefüttert. Sie haben sich voll gefressen auf dem Weg durch den Gang. Sie werden ihm nichts tun und Dshirah nicht und seiner Mutter nicht und seinem Vater nicht. Sie sind satt. Wer hat ihnen das Fleisch in den Gang gelegt? Sidi Antvari? Oder ein anderer aus der Vereinigung: ‹Ein Aramine mit Herz zerbeißt seine Zunge›?

Durch die Löwen, einer rechts, einer links, geht er auf den Erzählerhügel zu. Sacht löst er Dshirah aus dem Arm der Mutter. Die will ihn an sich ziehen, aber sein Blick weist sie zurück.

«Später», flüstert er.

Er führt sie auf den Erzählerhügel. Sie setzt sich. Er schaut nach dem Becher des Erzählens und findet das Wasser vergossen.

Macht nichts, denkt er.

Er entfaltet sein Hemd und breitet es vor seiner Schwester aus.

«Hier», flüstert er, «hier geht es weiter.»

Erst kann sie nicht sprechen. Jetzt hätte sie wirklich einen Schluck von dem Wasser gebraucht. Trocken schluckt sie und räuspert sich die Kehle frei. Dann spricht sie leiser als zuvor, aber man hört sie, so still ist es nun.

Der Minister des Todes entzündete das Feuer. Als der Holzstoß kräftig brannte, packten vier Henker in roten Gewändern den Mörder, um ihn ins Feuer zu werfen. Da rief das Dshinnu: «Halt!» Es stand auf. «Warum», fragte es, «haben wir alles aufgeschrieben, wenn es niemand liest? Der Schreiber soll vorlesen, damit jeder erkennt: Hier wird Recht und kein Unrecht vollzogen.»

Der Schreiber trat vor und las.

«Es ist gut», sagte das Dshinnu. «Bevor der Verurteilte brennt, soll seine Missetat vernichtet werden. Gib das Blatt einem der Henker.»

Das tat der Schreiber.

«Und nun», fuhr das Dshinnu fort, «wirf alles, was da über den Mord geschrieben ist, ins Feuer.»

Aber kaum hatte der Henker den Arm erhoben, um das Blatt in die Flammen zu werfen, da rief das Dshinnu: «Halt!»

Der Henker drehte sich verwundert um.

«Du sollst nur ins Feuer werfen, was über den Mord geschrieben ist. Du sollst nicht verbrennen, dass ein Kind um den Mann weint und auch nicht, wie er seiner Tochter die Nase putzt.»

«Dshinnu», sagte der Henker, «dann hast du einen Fehler gemacht. Du hättest dem Schreiber zwei Blätter geben müssen.»

«Ich habe keinen Fehler gemacht», sagte das Dshinnu. «Zwei Blätter brauche ich für zwei Menschen. Ein Mensch, ein Blatt.»

«Aber ich kann doch nicht nur eine Seite des Blattes verbrennen!»

«Dann», sagte das Dshinnu, «kannst du das Blatt überhaupt nicht verbrennen.»

«Und dann», rief der Minister des Todes dazwischen, «willst du auch diesen Mann nicht verbrennen?»

Das Dshinnu nickte.

«Dshinnu», sagte der Minister des Todes, «ich habe dir diesen Mann übergeben, es ist gut, dein Wort gilt. Aber es sind noch andere hier. Es sind hier welche, die haben nicht nur einen Mann erschlagen, weil sie mit langen Armen schlecht zielen und schlecht bremsen können. Es sind hier welche, die morden und morden. Dshinnu, Minister des Lebens, wenn bei solchen auf der anderen Seite des Blattes steht, dass ein Kind um sie weint oder dass sie Hunde streicheln, Dshinnu, Minister des Lebens, was machst du dann?»

Mehr steht nicht auf dem Hemd. Januão legt den rechten Arm um seine Schwester, ganz dicht neben ihr sitzt er nun. Er hält ihr den linken Arm hin und sie liest:

Das Dshinnu trat auf den Henker zu, nahm ihm das Blatt aus der Hand, drehte es hin, drehte es her und drehte es wieder hin.

«Dann», sagte es ...

«Dann», sagt Dshirah. Sie sieht ihren Bruder an.

«Dann?», fragt sie.

Er zuckt die Achseln. Kaum sichtbar heben sich seine Schultern.

«D-d-d-dann», stottert Dshirah und schweigt.

Alle schauen sie an. Zaiira sitzt neben ihrer Mutter, die Kalifenfrau oder -tochter hat den Schleier nicht mehr als Knebel im Mund, Brun hat aufgehört zu winken, Silbão ist noch genauso blass, Hisham reckt den Kopf, er schaut Dshirah an. Schließlich sagt einer der Richter: «Erzähl weiter, Dshinnu. Deine Geschichte ist gut.»

«Diese Geschichte ist nicht gut!», ruft ein anderer. Es ist einer von denen, die vorhin für Dshirah gestimmt haben. «Diese Geschichte würde unser Land zerstören!»

«Das Dshinnu soll die Siebte Sage zu Ende erzählen», verlangt einer der Gelehrten.

Aber das Dshinnu hat nichts mehr zu erzählen.

«Das – das ist alles», stammelt Dshirah.

«Das ist kein Schluss», sagt ein Richter. «Wenn die Geschichte an dieser Stelle abbricht, wird sie Unglück und schlimmstes Chaos über unser Land bringen.»

So streiten sie. Dshirah schaut zu. Sie hat ihren Bruder wieder. Aber sie hat Angst. Immerhin – eines ist jetzt richtig gerückt: Die für sie streiten, sind ihre Freunde.

«Betrug!», ruft einer, der sie niemals freundlich angeschaut hat. «Wer hat die Löwen gefüttert? Und warum geht der Bruder des Dshinnu mit sicherem Schritt? Er ist blind!»

«Das wird sich aufklären», sagt ein anderer. «Ich bin bereit, darüber Gericht zu halten. Gebt mir einen Schreiber mit einem Blatt – einem einzigen Blatt!»

«Wir können nicht eine Geschichte als Siebte Sage anerkennen, die keinen Schluss hat!»

Und da steht einer, mit dem niemand gerechnet hat, grün, schlank und nicht sehr groß.

«Das ist der Schluss», behauptet Hisham.

«Kalif! Das ist nicht einmal ein Satz!»

«Nein. Die Siebte Sage endet ohne Satz.»

Hat er recht? Januão denkt an die Ellenbogenlänge zerstörter Fliesen im Löwenkäfig. Hätte da das Ende gestanden? Oder sprach die Siebte Sage wirklich kein letztes Wort?

«Ich erwarte von meinen Richtern und Gelehrten …»

Weiter kommt Hisham nicht. Ein kleiner jubelnder Schrei unterbricht ihn. Ein Kind springt von der Kalifentribüne, ein äußerst hübscher zweijähriger Junge. Er klatscht in die Hände, er breitet die kurzen Arme aus und dreht sich im Kreis. Dshirah erkennt den Rhythmus, und lautlos singt sie: «Abdalameh, Abdalameh …»

Hat das kleine Kind mit nicht sehr viel Verstand in seinem schönen Kopf von allen als Erstes begriffen, was nun geschehen muss?

Es wird seine Mutter wiedersehen.

Und auf der Plaza de las Poemas gähnt ein Löwe in der Abendsonne.

Ein paar Wörter, die du vielleicht nicht kennst

Alabaster

ist ein Stein, der wie Marmor wirkt, aber viel weicher ist und darum gut bearbeitet, fast geschnitzt werden kann. Alabaster ist nämlich eine Art von Gips. Es gibt ihn in Weiß, Grau, Gelblich, Rötlich, Grünlich, auch marmoriert. Man hat daraus Gefäße, kleine Statuen und Ähnliches hergestellt.

Arabeske

könnte man übersetzen mit: ‹arabische Verzierung›. Das ist ein fortlaufendes Muster von geschwungenen Ranken mit Blättern. Es kann sich durch andere Bilder, Tierkörper und Ähnliches hindurchschlingen.

Arkade

kommt aus dem Lateinischen und heißt ‹Bogen›. So nennt man den Bogengang, der noch heute viele Plätze umgibt. Das Erd-geschoss der Häuser ist zurückgesetzt, und man geht unter dem ersten Stock des Gebäudes, das von Säulen getragen wird.

Galerie

hat in der Baukunst verschiedene Bedeutungen. Hier ist ein vor-ragender Laufgang im Innenraum gemeint.

Mäander

ist eigentlich ein sich in vielen Wendungen schlingender Fluss (wie z.B. die Mosel). In der Kunst bezeichnet man damit eine fortlaufende Linie, die Muster mit rechten Winkeln bildet.

Patio

ist der Innenhof eines Hauses, der rundherum von den Wohn-räumen aus zu erreichen ist.

Plaza de las Poemas

ist spanisch und heißt: ‹Platz der Gedichte›

Pomeranze

ist heute die Bezeichnung für die wild wachsende Bitterorange, früher hat man aber auch die süßen Apfelsinen so genannt. Man könnte Pomeranze übersetzen mit ‹orangefarbener Apfel›, denn Orange ist ursprünglich nur eine Farbe. Apfelsine heißt ‹chinesi-scher Apfel›. Das Wort ‹Apfelchine› ist eine Erfindung.

Relief

ist ein halbplastisch aus einer Steinwand herausgeschlagenes Bild.

Sierra

ist eine spanische Bezeichnung für eine Gebirgskette.

Meinen jungen Lektorinnen und Lektoren …

in der Reihenfolge, wie wir uns gegenübersaßen, bardisch von
links nach rechts:

Sophie, Lara, Svea, Maria, C,hristian, Lukas und Julius

Beim Vorlesewettbewerb der 6. Klassen hatte ich die sie-
ben Schüler kennengelernt. Leider war ich in der Jury. Das war
schrecklich schwer, denn sie waren alle außergewöhnlich gut.
Auch die Gespräche rundherum waren ein Genuss. Es ging um
Bücher, Bücher, Bücher … Und ich dachte, mit diesen jungen
Lesern würde ich gern zusammenarbeiten.

Nun, zu Beginn des nächsten Schuljahres war *Die Siebte Sage*
in erster Fassung fertig. Ich schickte das Skript zum Verlag. Zu
gleicher Zeit bildeten wir eine Arbeitsgemeinschaft an der Inter-
natsschule Burg Hohenfels, das ist die Juniorenschule der Schule
Schloss Salem. Die sieben Schüler (12 Jahre alt, nur Lukas war
gerade 13) bekamen ebenfalls das Skript und lasen – zweimal –
parallel zu der Lektorin im Verlag. Ich setzte mich dann mit den
Schülern zusammen und lauschte ihren Reaktionen, ihrer Kritik,
ihren Vorschlägen. Die meisten ihrer Änderungswünsche habe
ich in den Text eingearbeitet, und ich bin sicher, das hat dem Buch
gutgetan. – Also:

Meine sieben Sagen-haften Siebtklässler – in araminischer Reihenfolge von rechts nach links:

Julius, Lukas, Christian, Maria, Svea, Lara und Sophie
ich danke Euch!

Alles erfunden?

Nein! Aber die Stadt Al-Cúrbona, die Völker der Barden und Araminen, das Reich dieses Kalifen hat es nie gegeben. Ich habe dieses Land erfunden. Es ist allerdings stark angelehnt an das arabische Reich in Spanien, das Kalifat von Al-Andaluz mit der Hauptstadt Córdoba. Das war von 912 bis 1031. Ich würde aber die Zeit in diesem Buch etwas später ansetzen, und es kommen auch Einflüsse aus viel späteren Zeiten hinein.

Vielleicht wollt ihr wissen, wie die Namen entstanden sind. Drei stammen aus dem Arabischen: Dshirah heißt wirklich ‹Spuren im Sande›, Hisham und Hakam sind Namen von Kalifen, meine Personen hier haben aber mit den wirklichen Herrschern nichts zu tun.

Viele Namen sind der arabischen Sprache nachgebildet. Sie werden auf der letzten Silbe betont: Abdalaméh. Oder sie sind den nordischen Sprachen nachempfunden (Brun, Thokardi). Oder dem Portugiesischen. Januão müsste man mit einem ganz weichen Laut am Anfang sprechen, wie das zweite ‹g› in Garage. Wenn ihr euch aber für eine andere Aussprache entschieden habt, ist das auch in Ordnung.

Und so viel erfunden habe ich gar nicht. Fast alles hat es gegeben. Ihr könnt ja mal raten. Von den folgenden verwunderlichen Kuriositäten oder Ereignissen habe ich nur eines erfunden.

Gab es schon mal irgendwann irgendwo:
- eine Stadt mit über 800 Bädern?
- eine Stadt mit ungefähr 1000 Schulen?
- Ponys, die tief unter der Erde arbeiten mussten?
- ein Gastmahl, bei dem die Gastgeber versuchten, die Führungsschicht eines befreundeten Volkes zu vergiften?
- eine Katzenorgel?
- einen Orangenhain als Duftsperre vor unangenehmen Gerüchen?
- geblendete Musiker, die die Frauen des Herrschers nicht sehen durften?
- eine Plaza de las Poemas?
- einen Quecksilberteich, der gepeitscht wurde und Lichteffekte an die Wände warf?
- Menschen, die von Löwen zerrissen wurden, während das ganze Volk zuschaute?
- halbwilde Tiere, die von Jungen mit Flöten heimgerufen werden?
- zwei Völker mit verschiedenen Religionen, die sich ein Gotteshaus teilten?

Nun, was glaubt ihr? Was davon habe ich erfunden?

Schickt mir eine E-Mail: *christaludwig@gmx.de*
oder schreibt eine Postkarte an den Verlag
(die Adresse steht ganz vorn im Buch)